GOLDMANN

Buch

In New Iberia ist ein Filmteam aus Hollywood eingefallen, um ein Bürgerkriegsepos zu drehen. Damit kommen Geld und Glamour in die Stadt – aber auch Elrod Sykes, der Star des Films und ein haltloser Säufer. Als ihn Detective Dave Robicheaux wegen Trunkenheit am Steuer verhaften will, bietet Sykes ihm im Gegenzug für seine Freilassung wichtige Informationen in einem Mordfall an. Einem Mordfall, der 35 Jahre zurückliegt. Und er erzählt Robicheaux von einem Skelett, auf das er im Atchafalaya-Sumpf zufällig gestoßen sein will. Angesichts dringenderer Fälle aus der Gegenwart tut Robicheaux die Geschichte zunächst als Säuferphantasien ab: Er ist auf der verzweifelten Suche nach einem Serien-Sexualmörder. Doch dann stutzt er. Denn 1957, vor genau 35 Jahren, hat er als Jugendlicher einen kaltblütigen Mord zweier Weißer an einem Schwarzen mitangesehen, auf den Sykes' Beschreibung haargenau paßt.

Robicheaux rollt den Fall wieder auf – mit ungeahnten Folgen, denn die Spur führt ihn nicht nur direkt zu seinem Frauenmörder, sondern leider auch zu einem alten Schulfreund …

Virtuos und mit ungeheurer Sprachkraft erzählt James Lee Burke seine Geschichten um Detective Dave Robicheaux und entführt seine Leser dabei in die dunkel brodelnde Welt des tiefen amerikanischen Südens.

Autor

James Lee Burke, 1938 in Louisiana geboren, wurde bereits Ende der 60er Jahre von der Literaturkritik als neue Stimme aus dem Süden gefeiert. Doch nach drei erfolgreichen Romanen wurde es still um ihn, bis er sich Mitte der 80er Jahre dem Kriminalroman zuwandte, in dem er die dichte, dampfende Atmosphäre von New Orleans mit packenden Stories verband. Burke, der unter anderem mit dem Edgar-Allan-Poe-Preis ausgezeichnet wurde, lebt heute abwechselnd in Missoula/Montana und New Orleans.

Außerdem im Goldmann Verlag erschienen:

Flamingo. Roman (41317)
Weißes Leuchten. Roman (41544)

JAMES LEE BURKE

Im Schatten der Mangroven

ROMAN

Deutsch von Oliver Huzly

GOLDMANN VERLAG

Die Originalausgabe erschien 1993 unter dem Titel
»In the Electric Mist with Confederate Dead«
bei Hyperion, New York.

Umwelthinweis:
Alle bedruckten Materialien dieses Taschenbuches
sind chlorfrei und umweltschonend.
Das Papier enthält Recycling-Anteile.

Der Goldmann Verlag
ist ein Unternehmen der Verlagsgruppe Bertelsmann

Deutsche Erstausgabe März 1996

Umschlaggestaltung: Design Team München
Umschlagmotiv: TIB/Stage, München
Satz: deutsch-türkischer fotosatz, Berlin
Druck: Elsnerdruck, Berlin
Verlagsnummer: 42577
Redaktion: Jochen Stremmel
T. T. · Herstellung: Sebastian Strohmaier
Made in Germany
ISBN 3-442-42577-8

3 5 7 9 10 8 6 4 2

Für Frank und Tina Kastor
und
Jerry und Maureen Hoag

1

Bei Sonnenuntergang war der Himmel schwarz geworden, und das peitschende Unwetter hatte sich vom Golf her landeinwärts gewälzt und New Iberia unter Wasser gesetzt. Die East Main Street war übersät mit Blättern und Ästen, die der Sturm aus dem langen Baldachin von Eichen gerissen hatte, der die Straße von der alten, aus Ziegeln gemauerten Post bis zu der Zugbrücke über den Bayou Teche am Stadtrand überdachte. Die Luft hatte sich jetzt abgekühlt, und sie war durchsetzt mit leichtem Nieselregen und mit dem üppigen, eiweißreichen Aroma von nassem Humus, dem Jasmin, der in der Nacht blüht, Rosen und jungem Bambus beladen. Ich wollte gerade mit meinem Pickup bei Del's halten, um zum Abendessen für uns drei Portionen Crawfish mitzunehmen, als ein lavendelfarbener Cadillac schlingernd aus einer Seitenstraße schoß, gegen den Bordstein prallte, dabei eine Radkappe auf dem Bürgersteig hinterließ, und lange, schlangenlinienförmige Reifenspuren durch das mattschimmernde gelbe Licht der Straßenlaternen zog, das sich auf dem regennassen Asphalt spiegelte.

Mein Dienst war beendet, und ich war müde und ausgelaugt. Ich hatte den Tag damit verbracht, im Wald nach einem neunzehnjährigen Mädchen zu suchen. Ich fand sie schließlich, wo man sie liegengelassen hatte: in einem Graben, Mund und Handgelenke mit Klebeband umwickelt. Ich hatte bereits versucht, nicht an den Rest zu denken. Der Pathologe war ein netter Mann. Er war mit dem Leichensack zur Hand, bevor irgendwelche Reporter oder Familienangehörigen eintrafen.

Verhaftungen wegen Trunkenheit am Steuer sind mir zuwider. Es ist mir zuwider, die Erklärungsversuche der Fahrer mitanhören zu müssen, ihre mitleiderregenden Versuche, nüchtern zu wirken, mitansehen zu müssen, und es macht mir auch keine Freude, wenn ich sehe, wie die blanke Furcht in ihre Augen tritt, wenn ihnen dämmert, daß ihnen der Gang in die Ausnüchterungszelle bevorsteht und daß ihnen der nächste Morgen wenig zu bieten haben wird, von der Erwähnung ihres Namens in der Zeitung mal abgesehen. Aber vielleicht ist es in Wahrheit auch so, daß es mir einfach nicht gefällt, ein Abbild meiner selbst zu sehen, wenn ich in ihre Gesichter blicke.

Aber ich glaube nicht, daß dieser bestimmte Fahrer noch einen Block weiter kommen würde, ohne einem geparkten Wagen den Kotflügel wegzureißen oder in irgendeinem Vorgarten zu landen. Ich steckte mein tragbares Rotlicht in den Zigarettenanzünder, setzte den Magneten aufs Dach der Fahrerkabine und ließ ihn genau vor The Shadows rechts ranfahren, einer riesigen steinernen Villa mit weißen Säulen, die 1831 hier am Bayou Teche gebaut worden war.

Ich hielt meine Polizeimarke vom Iberia Parish Sheriff's Department offen in der Hand, als ich an sein Fenster trat.

»Kann ich bitte Ihren Führerschein sehen?«

Er hatte markante Züge, ein römisches Profil, gerade, eckige Schultern und breite Hände. Als er lächelte, sah ich, daß seine Zähne überkront waren. Die Frau neben ihm trug das Haar in blonden Ringellöckchen, und ihr Körper war so geschmeidig, sonnengebräunt und wohlgeformt wie der einer Schwimmerin bei den Olympischen Spielen. Ihr Mund wirkte so rot und verletzlich wie eine Rose. Außerdem sah sie aus, als sei sie seekrank.

»Führerwas wollen Sie sehen?« sagte er und versuchte, mir dabei gerade ins Gesicht zu schauen. Aus dem Wageninnern drang ein schwerer, warmer Geruch an meine Nase, wie der Rauch brennenden feuchten Laubs.

»Ihren Führerschein«, wiederholte ich. »Bitte nehmen Sie ihn aus Ihrer Brieftasche, und geben Sie ihn mir.«

»Oh, yeah, klar doch«, sagte er. »Ach, vorher, da hab ich echt nicht aufgepaßt. Tut mir leid. Ehrlich.«

Er fischte den Führerschein aus der Geldbörse, ließ ihn in seinen Schoß fallen, ertastete ihn wieder und reichte ihn dann hoch zu mir, die ganze Zeit über bemüht, seinen Blick nicht von meinem Gesicht gleiten zu lassen. Sein Atem roch wie vergorenes Obst, das man lange Zeit in einem verschlossenen Steinkrug sich selbst überlassen hatte.

Unter einer Straßenlaterne betrachtete ich den Führerschein.

»Sie sind Elrod T. Sykes?« fragte ich.

»Jawohl, Sir, der bin ich.«

»Würden Sie bitte aus dem Wagen steigen, Mr. Sykes?«

»Jawohl, Sir, was immer Sie wünschen.«

Er war an die vierzig, aber gut in Form. Trug ein hellblaues Golfhemd, Slipper und graue Gabardinehosen, die locker von seinem flachen Bauch und seinen schmalen Hüften fielen. Er schwankte ein wenig und legte eine Hand auf die Wagentür, um sich zu stützen.

»Wir haben hier ein kleines Problem, Mr. Sykes. Ich glaube, das ist Marihuana, was Sie da in Ihrem Auto geraucht haben.«

»Was ... Junge, Junge, das wär aber wirklich übel, wenn dem so wäre, oder?«

»Und wie ich es sehe, hat Ihre Freundin gerade eben auch noch den Joint verschluckt.«

»Das wäre nun wirklich in der Tat übel, Sir.« Er schüttelte den Kopf in tiefem Ernst.

»Nun gut, lassen wir das mit dem Gras jetzt mal beiseite. Aber ich muß Sie leider verhaften. Wegen Trunkenheit am Steuer.«

»Das sind in der Tat schlechte Neuigkeiten. Das war's nun gewiß nicht, was mir für den heutigen Abend so vorschwebte.« Er sperrte die Augen weit auf und machte den Mund auf und zu, ganz so, als ob er versuchte, die Ohren wieder freizubekommen. »Sagen Sie mal, haben Sie mich erkannt? Was ich damit sagen will, da draußen gibt's jede Menge Reporter, die mir nur zu gerne mal den Arsch richtig aufreißen würden. Glauben Sie mir, Sir, das wär das letzte, was ich brauche. Das kann ich nicht deutlich genug betonen.«

»Ich werde Sie jetzt eben zum Stadtgefängnis fahren, Mr. Sykes. Ist nur die Straße hier runter. Dann lasse ich einen Wagen kommen, der Mrs. Drummond dahin bringt, wo sie übernachtet. Aber Ihr Cadillac wird abgeschleppt.«

Er atmete mit einem langen Seufzer aus. Ich wandte mein Gesicht ab.

»Sie gehen also ins Kino?« sagte er.

»Ja, und Ihre Filme haben mir immer gefallen. Wenn Sie jetzt bitte den Schlüssel aus der Zündung ziehen würden.«

»Ja, klar doch«, sagte er, ergeben in sein Schicksal.

Er beugte sich zum Fenster hinein und zog die Schlüssel ab.

»El, tu was«, sagte die Frau.

Er richtete sich kerzengerade auf und sah mich an.

»Das Ganze ist mir wirklich irrsinnig peinlich«, sagte er. »Kann ich vielleicht irgendeine Spende leisten, für Mütter gegen Alkohol am Steuer oder so was in der Art?«

Im Licht vom Stadtpark konnte ich den Regen sehen, der auf die Wasseroberfläche des Bayou Teche prasselte.

»Mr. Sykes, Sie sind hiermit verhaftet. Sie haben das Recht zu schweigen, aber wenn Sie sich dafür entscheiden, etwas zu sagen, kann alles gegen Sie verwendet werden«, sagte ich. »Als Ihr langjähriger Fan empfehle ich Ihnen, kein weiteres Wort mehr zu sagen. Schon gar nicht über irgendwelche Spenden.«

»Hat nicht den Anschein, als würden Sie viel Federlesens machen. Waren Sie jemals ein Texas Ranger? Die machen auch nicht viel Federlesens. Wenn man bei einem von denen frech wird, gibt's gleich was auf die Rübe.«

»Nun, das halten wir hier nicht so«, sagte ich. Ich legte meine Hand unter seinen Arm und führte ihn zu meinem Pickup. Ich öffnete die Wagentür und half ihm hinein. »Sie haben doch nicht vor, sich in meinem Wagen zu übergeben, oder?«

»Nein, Sir, mir geht's blendend.«

»Das ist gut. Ich bin gleich wieder bei Ihnen.«

Ich ging wieder zurück zu dem Cadillac und pochte an die Scheibe der Beifahrertür. Die Frau, deren Name Kelly Drummond war, kurbelte das Fenster herunter. Ihr Gesicht blickte nach oben in meines. Die Augen waren von einem tiefen, intensiven Grün. Sie befeuchtete sich die Lippen, und ich sah verschmierten Lippenstift auf ihren Zähnen.

»Sie werden hier so an die zehn Minuten warten müssen, dann wird jemand kommen und Sie heimfahren«, sagte ich.

»Officer, es ist meine Schuld«, sagte sie. »Wir haben uns gestritten. Elrod ist ein guter Fahrer. Ich finde nicht, daß er Strafe verdient hat, nur weil ich ihn verärgert habe. Darf ich aussteigen? Mir tut der Hals weh.«

»Ich gebe Ihnen den Rat, den Wagen zu verriegeln und sich nicht vom Fleck zu rühren, Mrs. Drummond. Außerdem rate ich Ihnen, sich einmal über die Gesetze zu informieren, die den Besitz von Rauschmitteln im Staat Louisiana betreffen.«

»Wow, also, es ist ja nicht so, daß wir irgend jemandem Schaden zugefügt haben. Elrod kommt in Teufels Küche. Mikey wird ihm die Hölle heiß machen. Warum bringen Sie nicht ein bißchen Verständnis dafür auf?«

»Mikey?«

»Unser *Regisseur,* der Bursche, der an die zehn Millionen Dollar in Ihr kleines Kaff bringt. Darf ich jetzt aussteigen? Ich bin wirklich nicht scharf darauf, einen Hals wie Quasimodo zu bekommen.«

»Sie können gehen, wohin Sie wollen. In dem Billardsalon dahinten ist ein Münztelefon. Von dort aus können Sie eine Kautionsagentur anrufen. An Ihrer Stelle würde ich nicht aufs Revier kommen, um Mr. Sykes zu helfen. Waschen Sie sich erst mal mit ordentlich Shampoo das mexikanische Lachgras aus dem Haar.«

»Mannomann, so was von Arsch offen. Wo haben die einen wie Sie bloß aufgetrieben?«

Ich ging zurück zu meinem Wagen und stieg ein.

»Hören Sie, vielleicht kann ich mich dem Gericht gegenüber gefällig erweisen«, sagte Elrod Sykes.

»Was?«

»Nennt man das nicht so? Da ist doch nichts Schlechtes dran, oder? Mann, ich sag's Ihnen, jetzt verhaftet zu werden ist wirklich das letzte, was ich brauche.«

»Die wenigsten Menschen, die sich vor einem Richter wiederfinden, haben damit gerechnet«, sagte ich und ließ den Motor an.

Er schwieg, während ich wendete, um zum Revier der städtischen Polizei zu fahren. Er schien angestrengt über etwas nachzudenken. Dann sagte er: »Hören Sie mal zu. Ich weiß, wo eine Leiche liegt. Ich hab sie gesehen. Niemand hat mir geglaubt, aber ich hab das vermaledeite Ding gesehen. Tatsache.«

»Sie haben was gesehen?«

»Einen Farbigen, ich meine, einen Schwarzen, so sah es jedenfalls aus. Nur ein großes, trockenes Netz aus lauter Haut, und drin Knochen. Wie ein großes Rattennest.«

»Wo war das?«

»Draußen im Atchafalaya-Sumpf, vor ungefähr vier Tagen. Wir drehten ein paar Szenen in der Nähe eines Indianerreservats, so was in der Art. Ich bin da hinter so 'n paar Trauerweiden verschwunden, um mal zu pinkeln, da hab ich ihn gesehen. Er ragte aus einer Sandbank.«

»Und bis zu diesem Augenblick hielten Sie es nicht der Mühe wert, das zu melden?«

»Ich hab's Mikey gesagt. Der meinte, es sind wahrscheinlich Knochen, die aus einem indianischen Grabplatz herausgespült worden sind, so was in der Art. Mikey kann ziemlich stur sein. Er hat gesagt, das allerletzte, was wir jetzt brauchen, wäre Ärger mit der Polizei oder Archäologen von irgendeiner Uni.«

»Darüber reden wir morgen, Mr. Sykes.«

»Sie wollen auch nicht auf mich hören. Aber das macht nichts. Ich hab Ihnen gesagt, was ich gesehen hab. Machen Sie doch damit, was Sie wollen.«

Er starrte unverwandt durch die Scheibe, von der das Wasser in breiten Schlieren floß. Das attraktive Gesicht wirkte jetzt bläßlich, müde, ernüchtert, als hätte er sich mit dem Szenarium, das nun folgen würde, abgefunden. Ein Szenarium – zwischen Haftformalitäten und Ausnüchterungszelle –, das er nur allzu gut kannte. Ich erinnerte mich an zwei oder drei Episoden, die in den letzten Jahren über die Nachrichtenagenturen die Runde gemacht hatten – eine Prügelei mit ein paar Cops in Dallas oder Fort Worth, ein gewaltsamer Rauswurf aus einem Yachtclub in Los Angeles und eine Festnahme wegen Kokainbesitzes, wo er sich schuldig bekannt hatte. Mir war zu Ohren gekommen, daß junge Böhnchen, Mineralwasser und ein Leben in Nüchternheit der letzte Schrei in Hollywood waren. Allem Anschein nach hatte Elrod Sykes den Trend verpaßt.

»Tut mir leid, wie war doch gleich der Name?« sagte er.

»Dave Robicheaux.«

»Nun, hören Sie, Mr. Robicheaux, viele Leute wollen mir nicht glauben, wenn ich ihnen erzähle, daß ich was sehe. Aber die Wahrheit ist, ich sehe die ganze Zeit bestimmte Sachen, wie Schatten, die sich hinter einem Schleier bewegen. In meiner Familie nennen wir das ›die Gabe‹. Als ich klein war, erzählte mir mein Großvater: ›Mein Sohn, der Herrgott hat dir die Gabe verliehen. Er hat dir ein drittes Auge gegeben, mit dem du Dinge sehen kannst, die andere Leute nicht wahrnehmen. Aber das ist ein Geschenk des Herrn, und du darfst es nie zu etwas anderem einsetzen.‹ Ich habe diese Gabe noch nie mißbraucht, Mr. Robicheaux, obwohl ich eine ganze Masse anderer Sachen getan habe, auf die ich ganz und gar nicht stolz bin. Aber unterm Strich ist es mir egal, ob die Leute denken, ich hätte meinen Schädel mit zuviel Freizeitchemikalien pochiert.«

»Ah ja.«

Dann schwieg er wieder. Wir waren jetzt fast beim Gefängnis. Der Wind blies Regentropfen aus den Eichen, und der Mond stanzte einen metallisch-silbernen Lichtrahmen um die Umrisse der Gewitterwolken. Er kurbelte das Fenster auf seiner Seite halb runter und atmete den kühlen Duft der Nacht ein.

»Aber wenn das ein Indianer war, den es aus einer Grabstätte gespült hat, und kein Farbiger, dann frag ich mich, wieso er eine Kette um sich gewickelt hatte«, sagte er.

Ich trat auf die Bremse und fuhr rechts ran.

»Sagen Sie das noch mal«, sagte ich.

»Da war eine verrostete Kette, mit Gliedern so groß wie meine Faust, über Kreuz um seinen Brustkorb gewickelt.«

Ich musterte sein Gesicht. Es wirkte offen und ohne Falsch, frei von Verschlagenheit. Es war bleich im Mondlicht und bereits aufgedunsen vom kommenden Kater.

»Erwarten Sie, daß man Ihnen wegen der Sache mit dieser Leiche bei der Trunkenheit am Steuer etwas entgegenkommt, Mr. Sykes?«

»Nein, Sir, ich hab Ihnen nur sagen wollen, was ich gesehen hab. Ich hätte mich nicht hinters Steuer setzen sollen. Kann gut sein, daß Sie mich vor einem Unfall bewahrt haben.«

»Manche Leute würden das für einen akuten Fall von Gefängnisdemut halten. Was meinen Sie?«

»Ich meine, daß Sie vermutlich einen ziemlich harten Filmregisseur abgeben würden.«

»Können Sie diese Sandbank wiederfinden?«

»Jawohl, Sir, ich glaube, das kann ich.«

»Wo wohnen Sie und Mrs. Drummond?«

»Das Studio hat für uns ein Haus draußen am Spanish Lake gemietet.«

»Ich muß Ihnen was gestehen, Mr. Sykes. Verfahren wegen Trunkenheit am Steuer sind ein ziemliches Kreuz. Außerdem bin ich hier im Revier der Stadtpolizei und erledige deren Arbeit. Wenn ich Sie beide jetzt heimfahre, geben Sie mir dann Ihr Wort, daß Sie bis morgen früh dort bleiben?«

»Jawohl, Sir, das verspreche ich Ihnen.«

»Aber ich will, daß Sie Punkt neun Uhr bei mir im Büro erscheinen.«

»Punkt neun. Klare Sache. Wird gemacht. Ich weiß wirklich zu schätzen, was Sie da tun.«

Die Verwandlung in seinem Gesicht erfolgte unmittelbar, als hätte man einem Verhungernden eine Infusion mit flüssigem Nektar verabreicht. Aber als ich mitten auf der Straße wendete, um die Schauspielerin, die Kelly Drummond hieß, wieder aufzulesen, sagte er etwas, das mich an seinem Geisteszustand zweifeln ließ.

»Gibt's hier in der Gegend eigentlich irgendwelches Gerede über Soldaten der Südstaatenarmee draußen am See?«

»Versteh ich nicht.«

»Genau so, wie ich sagte. Erzählt man sich irgendwas über Männer in grauen oder nußbraunen Uniformen, die da draußen rumspuken? Ein ganzer Haufen, nachts, draußen im Nebel.«

»Drehen Sie da draußen nicht einen Film über den Bürgerkrieg? Reden Sie von Schauspielern?« Ich sah ihn schief an. Seine Augen blickten unverwandt nach vorne, auf irgendeinen privaten Gedanken konzentriert, der direkt vor der Windschutzscheibe zu schweben schien.

»Nein, die Burschen waren keine Schauspieler«, sagte er. »Denen war im Gefecht übel mitgespielt worden, und hungrig sahen sie auch aus. Hier ist es doch gewesen, oder?«

»Was?«

»Die Schlacht.«

»Ich fürchte, ich kann Ihnen nicht ganz folgen, Mr. Sykes.«

Weiter vorne an der Straße sah ich Kelly Drummond in ihren hochhackigen Schuhen und Levi's-Jeans auf Tee Negs Billardsalon zustapfen.

»Doch, das können Sie wohl«, sagte er. »Sie glauben noch, wo's die meisten nicht mehr tun, Mr. Robicheaux. Das auf jeden Fall. Und wenn ich sage, Sie glauben, dann wissen Sie auch genau, was ich damit meine.«

Er blickte mir voller Zuversicht und mit heiterer Gelassenheit ins Gesicht und blinzelte mit einem blutunterlaufenen Auge.

2

Meine Träume führten mich an viele Orte: manchmal zurück zu einem windgebeutelten Geschützposten auf der Kuppe eines orangefarbenen Hügels, der von Granaten durchlöchert war; zu einem milden, noch leicht nebligen Morgen, an dem Enten vor einer rosigen Sonne in die Luft stiegen, während mein Vater und ich uns in unser Versteck kauerten und auf jenen pulsbeschleunigenden Moment warteten, in dem ihre Schatten über den Rohrkolben und dem Schilfdickicht auf uns zurasen würden; auf ein flutlichtbestrahltes Baseballfeld der American Legion, wo ich mit siebzehn gegen eine Mannschaft aus Abbeville ein absolut perfektes Spiel als Pitcher machte, bei dem eine schöne Frau, die ich nicht kannte, vielleicht zehn Jahre älter als ich, mich so heftig auf den Mund küßte, daß es mir in den Ohren klingelte.

Aber heute nacht fand ich mich im Sommer meines ersten Jahres im College wieder. Es war der Juli 1957, und tief in der Atchafalaya-Marsch. Der Hurrikan Audrey hatte gerade Südlouisiana heimgesucht und allein im Cameron Parish mehr als fünfhundert Menschen getötet. Ich hatte einen Job auf einem der Boote, die seismographische Messungen und Testbohrungen für die Ölgesellschaften machten, und die Barkasse mit dem Bohrer hatte soeben das eiserne Pfahlwerk auf den Grund einer langen, flachen gelben Bucht gesetzt, und die Mannschaft des wannenförmigen Meßschiffs hatte mich bei einer Reihe von Bauminseln abgesetzt, damit ich eine lange Rolle elektrischen Kabels aufsammelte, das quer durch die Bäume und über spitze Sandbänke und Sumpfausläufer ausgelegt war. Die Sonne stand grellweiß am Himmel, und die Luft war so feucht wie der Dampf, der von einem Topf mit gekochtem Gemüse aufsteigt. Sobald ich im Schatten der Bäume war, umschwärmte mich ein grauer Nebel von Moskitos, der um meine Augen und Ohren so dicht wie ein Helm war.

Kabelrolle und Spule hingen an Leinenriemen vor meiner

Brust, und immer wenn ich ein paar Fuß Kabel aufgespult hatte, mußte ich aufhören und tief ins Wasser eintauchen, um die Moskitos von der Haut zu bekommen, oder mir mehr Schlamm auf Schultern und Gesicht schmieren. Es war der fünfte Tag meines Jobs, der zehn dauern sollte, was bedeutete, daß heute abend der Vorarbeiter erlauben würde, daß sein Boot ein paar von uns am Damm bei Charenton absetzte, von wo aus wir dann in ein kleines Kaff in der Nähe von Morgan City fahren würden, wo wir ins Kino gehen konnten. Als ich auf meinen Armen Moskitos zu blutigem Matsch schlug und durch sandigen Morast watete, der mir bis über die Knie ging, mußte ich die ganze Zeit an die kalte Dusche denken, die ich später auf dem Mannschaftsboot nehmen, an das gebratene Hühnchen, das ich abends im Speisesaal essen würde, an die Fahrt in die Stadt, zwischen Zuckerrohrfeldern hindurch, am kühler werdenden Abend. Dann brach ich am Rand einer weiteren Bucht aus der Waldung heraus, in eine milde Brise, Sonnenlicht, den Anflug von Regen, der sich im Süden ankündigte.

Ich ließ die schwere Kabelrolle in den Sand fallen, kniete im flachen Wasser nieder und wusch mir den Schlamm von der Haut. Knapp hundert Meter auf der anderen Seite der Bucht sah ich ein Boot mit einer Kabine, das an der Mündung eines schmalen Bayous vertäut war. Ein schwarzer Mann trat vom Bug auf die Uferböschung, gefolgt von zwei weißen Männern. Dann sah ich genauer hin und merkte, daß da etwas ganz und gar nicht stimmte. Einer der Weißen hielt eine Pistole in der Hand, und die Arme des Schwarzen waren ihm mit einer dicken Kette, die man um seinen Oberkörper gewickelt hatte, an den Leib gefesselt.

Ich starrte ungläubig hin, als der Schwarze plötzlich ein kurzes Strandstück hinunterrannte, den Kopf nach hinten über die Schulter verdreht, und der Mann mit der Pistole zielte und schoß. Die erste Kugel mußte ihn ins Bein getroffen haben, weil es unter ihm nachgab, als hätte man den Knochen mit einem Hammer entzweigeschlagen. Er kam noch einmal halb auf die Beine, stolperte ins Wasser und kippte zur Seite. Ich sah, wie die Kugeln um ihn herum im Wasser aufspritzten, als der Kopf mit den krausen Locken versank. Der Mann mit der Pistole watete ihm hinterher und schoß immer weiter, bis er fast senkrecht hinunter ins Wasser zielte, während der andere Weiße von der Uferböschung ruhig zusah.

Den Schwarzen sah ich nicht mehr.

Dann blickten die zwei Weißen über die sich flach dahinstreckende Bucht und sahen mich. Ich erwiderte ihren Blick, stumpf, fast verlegen, wie jemand, der im falschen Augenblick eine Schlafzimmertür geöffnet hatte. Dann gingen sie in aller Seelenruhe zurück zu ihrem Boot, ohne erkennbare Anzeichen von Hast oder Sorge, geradeso, als ob mein Erscheinen keinerlei Belang hätte.

Später erzählte ich dem Vorarbeiter, jemandem vom Sheriff's Department und zu guter Letzt allen, die mir zuhören wollten, was ich da gesehen hatte. Aber ihr Interesse war von kurzer Dauer; eine Leiche wurde in der Gegend nie gefunden, und es wurde auch nie irgendein schwarzer Mann aus der Gegend als vermißt gemeldet. Mit der Zeit versuchte ich mir selbst einzureden, daß der Mann in Ketten seinen Peinigern entkommen war, für unglaublich lange Zeit den Atem angehalten hatte und irgendwo stromabwärts wieder aufgetaucht war, um einem neuen Tag entgegenzusehen. Als Neunzehnjähriger wollte ich nicht akzeptieren, daß es möglich war, den Mord an einem Menschen für genauso geringfügig zu halten wie die Nagelreste, die bei einer Maniküre zu Boden fielen.

Am Morgen nachdem ich Elrod T. Sykes wegen Trunkenheit am Steuer angehalten hatte, stand Punkt neun Uhr ein Rechtsanwalt, und nicht Elrod Sykes, in meinem Büro. Er war großgewachsen, hatte silbergraues Haar, und er trug einen grauen Anzug mit roten Steinen in den Manschettenknöpfen. Er sagte mir seinen Namen, ohne daß es Wirkung bei mir hinterließ. Tatsache war, daß es mich nicht im geringsten interessierte, was er zu sagen hatte.

»Selbstverständlich steht Mr. Sykes zu Ihrer Verfügung«, sagte er, »und sowohl er als auch ich wissen die Höflichkeit zu schätzen, die Sie ihm gestern abend erwiesen haben. Selbstverständlich ist ihm äußerst unangenehm, was geschehen ist. Ich weiß nicht, ob er Ihnen gesagt hat, daß er ein neues Medikament gegen sein Asthma genommen hatte, auf das allem Anschein nach sein Kreislauf sehr stark reagiert hat. Auch das Studio weiß zu schätzen –«

»Wie war doch gleich Ihr Name, Sir?«

»Oliver Montrose.«

Ich hatte ihn noch nicht gebeten, Platz zu nehmen. Ich nahm mehrere Büroklammern aus einer kleinen Blechdose auf meinem Schreibtisch und ließ sie eine nach der anderen auf meine Schreibtischunterlage fallen.

»Wo befindet sich Sykes jetzt im Augenblick, Mr. Montrose?«

Er sah auf die Uhr.

»Jetzt um diese Zeit sind sie draußen am Drehort«, sagte er. Als ich darauf nicht antwortete, trat er ein wenig auf der Stelle und fügte hinzu: »Draußen am Spanish Lake.«

»Am Drehort am Spanish Lake?«

»Ja.«

»Wollen wir doch mal sehen. Das sind ungefähr fünf Meilen außerhalb der Stadt. Von dort hierher zu fahren sollte nicht länger als fünfzehn Minuten dauern. Dreißig Minuten sollten also hinreichend Zeit für Sie sein, Mr. Sykes aufzutreiben und dafür zu sorgen, daß er in diesem Stuhl hier vor mir sitzt.«

Er blickte mich kurz an und nickte dann.

»Ich bin sicher, daß das kein Problem sein wird«, sagte er.

»Yeah, da möcht ich wetten. Deshalb hat er wohl auch Sie geschickt, anstatt zu seinem Wort zu stehen. Bestellen Sie ihm das bitte auch.«

Zehn Minuten später kam der Sheriff in mein Büro, einen aufgeschlagenen Aktenordner in den Händen, und nahm mir gegenüber Platz. Er war Inhaber einer chemischen Reinigung und der Präsident des örtlichen Lion's Club gewesen, bevor er sich zum Sheriff hatte wählen lassen. Er trug eine randlose Brille und hatte weiche Pausbäckchen, durch die sich blaurote

Adern zogen. In seiner grünen Uniform erinnerte er mich eher an den Leiter einer Kindertagesstätte als an einen Vertreter von Recht und Ordnung, aber er war ein ehrlicher und anständiger Mann und sich nicht zu schade, auf die zu hören, die mehr Erfahrung hatten als er.

»Ich habe den Autopsiebericht und die Fotos von diesem LeBlanc-Mädchen«, sagte er. Er nahm die Brille ab und kniff sich in die rote Schwiele auf dem Nasenrücken. »Wissen Sie, ich mache diesen Job jetzt seit fünf Jahren, aber so was –«

»Wenn es Ihnen nichts mehr ausmacht, dann müssen Sie sich Sorgen machen, Sheriff.«

»Nun gut, wie auch immer, laut Bericht ist ihr wahrscheinlich das meiste davon zugefügt worden, als sie schon tot war, das arme Mädchen.«

»Darf ich ihn sehen?« sagte ich und streckte die Hand nach dem Ordner aus.

Als ich die Fotos betrachtete, mußte ich schlucken, obwohl ich erst gestern das Ganze mit eigenen Augen gesehen hatte. Ihrem Gesicht hatte der Mörder nichts angetan. In der Tat hatte er es mit ihrer Bluse bedeckt, entweder im Verlauf der Vergewaltigung oder vielleicht, bevor er ihr junges Herz mit einem Eispickel zum Stillstand brachte. Aber in den vierzehn Jahren, die ich beim Police Department von New Orleans zugebracht hatte, und auch in den drei Jahren, in denen ich mit Unterbrechungen für das Büro des Sheriffs von Iberia Parish gearbeitet hatte, waren mir wenige Fälle untergekommen, in denen Gewalt oder Wut in einem solchen Ausmaß am Körper einer Frau verübt worden war.

Dann las ich mich durch die klinische Prosa, die die Autopsie in allen Einzelheiten beschrieb, die Beschaffenheit der Wunden, die sexuelle Penetration der Vagina, die Abwesenheit von fremden Hautspuren unter den Fingernägeln des Mädchens vermerkte, die Schätzungen und Vermutungen des Pathologen, was den Zeitpunkt und die unmittelbare Todesursache betraf, und zuletzt die Art von Werkzeug, das der Mörder wahrscheinlich dazu verwendet hatte, das Opfer zu verstümmeln.

»Das kann man drehen und wenden, wie man will, ich schätze, wir haben es hier mit einem Psychopathen zu tun oder einem Typ, der sich mit Crack oder Acid vollgedröhnt hat«, sagte der Sheriff.

»Ja, vielleicht«, sagte ich.

»Oder meinen Sie etwa, jemand anders würde ein neunzehnjähriges Mädchen mit einem Skalpell oder einem Rasiermesser ausweiden?«

»Vielleicht will der Kerl auch nur, daß wir ihn für übergeschnappt halten. Er war schlau genug, am Tatort nichts außer dem Eispickel zu hinterlassen, und auf dem waren keinerlei Abdrücke. Auf dem Klebeband, mit dem er sie gefesselt und geknebelt hat, waren auch keine. Sie ist zur Vordertür aus dieser Kneipe rausgegangen, aus freien Stücken, um ein Uhr morgens, als der Laden noch gut voll war, und irgendwie hat er sie entführt oder dazu gebracht, mit ihm zu gehen, all das zwischen der Eingangstür und ihrem Auto, das nur dreißig Meter weit weg geparkt war.«

Seine Augen waren nachdenklich.

»Fahren Sie fort«, sagte er.

»Ich glaube, daß sie den Kerl gekannt hat.«

Der Sheriff setzte die Brille wieder auf und kratzte sich mit dem Fingernagel im Mundwinkel.

»Sie hat ihre Handtasche am Tisch gelassen«, sagte ich. »Ich denke, daß sie nach draußen ging, weil sie etwas aus dem Wagen holen wollte. Dabei hat sie jemanden getroffen, den sie kannte. Psychopathen versuchen nicht, eine Frau direkt vor einer Bar voller betrunkener Rednecks und Ölfeldarbeiter gewaltsam zu etwas zu zwingen.«

»Was wissen wir über das Mädchen?«

Ich holte meinen Notizblock aus der Schreibtischschublade und blätterte ihn auf der Unterlage durch.

»Ihre Mutter ist gestorben, als sie zwölf war. Sie ist in der Neunten von der Schule abgegangen und ist ein paarmal von ihrem Vater abgehauen. Das war in Mamou. Mit sechzehn ist sie in Lafayette wegen Prostitution verhaftet worden. Seit ungefähr einem Jahr wohnte sie hier bei ihren Großeltern, draußen am Ende der West Main Street. Ihren letzten Job hatte sie vor ungefähr drei Wochen draußen in einer Bar in St. Martinville, wo sie gekellnert hat. Wenige enge Freunde, falls überhaupt welche, keine feste Beziehung, weder gegenwärtig noch in jüngster Vergangenheit, zumindest den Großeltern zufolge. Man kann nicht behaupten, daß sie eine Chance auf ein richtiges Leben gehabt hätte, oder?«

Ich konnte hören, wie sich der Sheriff mit dem Daumen am Kiefer entlangfuhr.

»Nein, die hatte sie nicht«, sagte er. Sein Blick schweifte zum Fenster hinaus und wandte sich dann wieder meinem Gesicht zu. »Schlucken Sie das, daß da keine Beziehung gewesen sein soll?«

»Nein.«

»Ich auch nicht. Abgesehen davon, daß sie ihren Mörder wahrscheinlich kannte, haben Sie noch irgendwelche anderen Theorien?«

»Eine.«

»Und die wäre?«

»Daß ich völlig falsch liege, daß wir es mit einem Psychopathen oder Serienmörder zu tun haben.«

Er erhob sich, um zu gehen. Er hatte Übergewicht, war andauernd auf Diät, und sein Bauch ragte über seinen Revolvergurt, aber die aufrechte Körperhaltung ließ ihn größer und schlanker wirken, als er tatsächlich war.

»Da bin ich aber froh, daß wir hier mit solcher Gewißheit arbeiten, Dave«, sagte er. »Passen Sie auf, ich will, daß Sie bei diesem Fall alle verfügbaren Kräfte einsetzen. Ich will diesen Mistkerl festnageln.«

Ich nickte und fragte mich, wieso er das Offensichtliche noch einmal feststellte.

»Und genau deshalb werden wir in dieser Sache mit dem FBI zusammenarbeiten«, sagte er.

Meine Augen waren ausdruckslos, meine Hände geöffnet und reglos auf der Schreibtischunterlage.

»Sie haben die angerufen?« sagte ich.

»Das habe ich in der Tat, und der Bürgermeister auch. Der Tatbestand des Kidnapping ist genauso erfüllt wie der der Vergewaltigung und des Mordes, Dave.«

»Ja, okay, könnte sein.«

»Der Gedanke, mit diesen Burschen zusammenzuarbeiten, gefällt Ihnen nicht?«

»Mit dem FBI arbeitet man nicht zusammen, Sheriff. Von denen nimmt man Anweisungen entgegen. Man kann schon von Glück sagen, wenn sie einen vor einer Fernsehkamera nicht wie einen unwichtigen Dorfdödel behandeln. Da lernt man so richtig schön, was es heißt, in seine Schranken verwiesen zu werden.«

»Niemand kann Ihnen vorwerfen, daß es Ihnen gelingt, Ihre Gefühle zu verbergen, Dave.«

Fast auf den Punkt genau dreißig Minuten nachdem der Anwalt Oliver Montrose mein Büro verlassen hatte, warf ich einen Blick aus dem Fenster und sah Elrod T. Sykes seinen lavendelfarbenen Cadillac im Parkverbot abstellen. Die Weißwandreifen kratzten am Bordstein, und er stieg aus dem Wageninneren ins grelle Sonnenlicht. Er trug braune Hosen mit Streifen, eine Sonnenbrille und ein zitronengelbes kurzärmeliges Hemd. Der Anwalt stieg auf der Beifahrerseite aus, aber Sykes bedeutete ihm zu bleiben, wo er war. Sie hatten eine kurze Diskussion, dann betrat Sykes allein das Gebäude.

Die Sonnenbrille hatte er in der Hand, als er durch meine Bürotür trat, das Haar feucht und frisch gekämmt, ein verlegenes Grinsen im Mundwinkel.

»Nehmen Sie bitte kurz Platz«, sagte ich.

Die Haut um seine Augen war bleich. Kater. Er setzte sich und faßte sich an die Schläfe, als wäre sie wund.

»Das mit dem Lohnknecht tut mir leid. War nicht meine Idee«, sagte er.

»Von wem stammte sie dann?«

»Mikey stellt sich auf den Standpunkt, daß er über alles zu entscheiden hat, was Auswirkungen auf den Film hat.«

»Wie alt sind Sie, Mr. Sykes?«

Er machte große Augen und schürzte die Lippen.

»Vierzig. Na ja, eigentlich dreiundvierzig«, sagte er.

»Als Sie sich betrunken hinters Steuer gesetzt haben, mußten Sie da auch diesen Mann um Erlaubnis bitten?«

Er blinzelte, als hätte ich ihm einen Schlag versetzt, ein feuchter Laut brach aus seiner Kehle, und er wischte sich mit dem Handrücken über den Mund.

»Ich weiß wirklich nicht, was ich sagen soll«, sagte er. Er hatte einen eigentümlichen Akzent, Nord-Texas, etwas belegt, leicht näselnd, als hätte er einen groschengroßen schmelzenden Eisklumpen in der Wange. »Ich habe mein Wort gebrochen, das ist mir völlig bewußt. Aber ich lasse auch noch andere im Regen stehen, Mr. Robicheaux. Es kostet zehntausend Dollar die Stunde, wenn man hundert Menschen rumstehen lassen muß, während ein Typ wie ich zusieht, wie er seinen Hals aus der Schlinge bringt.«

»Ich will mal hoffen, daß Sie das geregelt kriegen.«

»Ich schätze, hier ist der falsche Ort, um Aspirin und Mitgefühl zu suchen, stimmt's?«

»Ein Deputy aus dem St. Mary Parish wird sich mit uns mit einem Boot am Chitimacha Indianerreservat treffen, Mr. Sykes. Ich gehe davon aus, daß er jetzt schon auf uns wartet.«

»Okay, ich muß zugeben, eigentlich freue ich mich drauf. Habe ich Ihnen gestern abend eigentlich erzählt, daß mein Großvater ein Texas Ranger war?«

»Nein, das haben Sie nicht.« Ich sah auf die Uhr.

»Na ja, Tatsache, das war er. Er hat mit Frank Hammer gearbeitet, dem Ranger, der oben in Arcadia, Louisiana, Bonny und Clyde erwischt hat.« Er lächelte mich an. »Wissen Sie, was er mir immer gesagt hat, als ich klein war? ›Sohn, es gibt zwei Arten, auf die Tube zu drücken – volles Rohr und zur Hölle.‹ Mann, das war eine Kanone. Er –«

»Lassen Sie mich mal kurz was klarstellen. Und nehmen Sie's nicht persönlich.«

»Jawohl, Sir.«

»Gestern hat jemand auf der Südseite des Bezirks ein neunzehnjähriges Mädchen vergewaltigt und ermordet. Er hat ihr die Brüste abgeschnitten, die Eingeweide aus dem Bauch gerissen, Zweige in die Vagina gestopft. Ich hab's nicht so gerne, hier in meinem Büro drauf zu warten, daß Sie aufkreuzen, wann es Ihnen paßt. Die Probleme Ihrer Filmgesellschaft interessieren mich nicht, und an einem Morgen wie diesem wäre ich Ihnen ausgesprochen dankbar dafür, wenn Sie die Histörchen aus Ihrer Familiengeschichte Ihrem Werbefritzen überlassen würden.«

Er versuchte mir in die Augen zu sehen, aber dann wurden seine Augen wäßrig und blickten weg.

»Wenn ich vielleicht mal Ihre Toilette benutzen dürfte«, sagte er. »Ich fürchte, mir ist heute morgen was auf den Magen geschlagen.«

»Ich warte draußen. Zwei Minuten, Mr. Sykes.«

Der Himmel war hell und etwas diesig, der Wind heiß wie Feuer, als wir in Richtung Atchafalaya River fuhren. Zweimal mußte ich anhalten, damit Elrod Sykes sich am Straßenrand übergeben konnte.

Es war ein seltsames Gefühl, nach so vielen Jahren wieder diesen Teil des Atchafalaya-Beckens zu betreten. Im Juli 1957, nachdem der Hurrikan sich verzogen und die Sturzflut endlich aufgehört hatte, rochen die überfluteten Waldungen und Bauminseln, die Kanäle, deren Blätterdächer so dicht waren, daß kaum je Sonnenlicht aufs Wasser fiel, und die Strandstreifen entlang der Buchten noch wochenlang nach Tod. Dieser Geruch, schwer, modrig, stechend wie der einer verwesenden Ratte, schien den ganzen Tag lang in der Hitze zu stehen, und nachts wehte er durch den Fliegenschutz auf dem Mannschaftsboot, und er erwartete einen morgens, wenn man durch die Kombüse in den Speisesaal trat.

Viele der Tiere, die nicht ertranken, verhungerten. Waschbären kletterten die Vertäuung hoch und kratzten an der Gazeverkleidung der Kombüse nach Futter, und wir holten viele

Hasen aus den Baumwipfeln, die kaum noch übers Wasser ragten, und brachten sie mit dem Wannenboot zum Damm bei Charenton. Manchmal trieben nachts in der Dunkelheit riesige Bäume vorbei, deren Wurzelverästelungen so breit wie Scheunendächer waren, und kratzten von Bug bis Heck mit den Ästen am Schiffsrumpf entlang. Eines Abends, als der Mond voll und gelb tief über den Trauerweideninseln stand, hörte ich, wie etwas hart auf einer Seite gegen das Boot schlug, wie eine große hölzerne Faust, die ihre Knöchel über die Planken rollen läßt. Ich setzte mich in meiner Koje auf und blickte durch das Gazefenster nach draußen. Dort sah ich ein Hausboot, mit dem Deck nach unten. Es drehte sich in der Strömung, und verwickelte Fischernetze hingen aus einem Fenster wie Spinnweben aus einer Augenhöhle.

Ich dachte an die Hunderte von Menschen, die im Cameron Parish entweder unter einer Flutwelle erdrückt worden waren oder ertranken, deren Leichen tief in die Sümpfe entlang des Calcasieu River gespült worden waren, und wieder trug mir der Wind diesen durchdringenden, üblen Geruch in die Nase. Ich konnte nicht mehr einschlafen, bis die Sonne wie eine rote, geschmolzene Kugel durch den Nebel am anderen Ende der Bucht aufstieg.

Wir brauchten nicht lange, um die Bauminsel zu finden, wo Elrod Sykes das Skelett eines Indianers oder Schwarzen gesehen zu haben behauptete. Wir überquerten den weiten Bogen des Atchafalaya in einem Boot des Sheriff's Department, an dessen Heck zwei Außenbordmotoren montiert waren, fuhren durch einen Kanal zwischen Reihen von Sandbänken hindurch, deren Kuppen, in der Sonne getrocknet, wie die Rücken eines ganzen Schwarms springender Delphine aussahen, überquerten eine lange Bucht und ließen das Boot auf ein schmales Strandstück gleiten, das schwarz in eine dichte Ansammlung von Trauerweiden und eine Kette von gefluteten Schlund- und Sandlöchern mündete.

Elrod Sykes trat vom Bug in den Sand und stierte in die Bäume. Er hatte das Hemd ausgezogen und verwendete es dazu, sich den Schweiß von der gebräunten Brust und den Schultern zu wischen.

»Dahinten ist es«, sagte er und wies die Richtung. »Man sieht meine Fußabdrücke, wo ich reingegangen bin, um zu pinkeln.«

Der Deputy aus dem St. Mary Parish setzte sich eine Stoffmütze auf den Kopf und besprühte Gesicht, Hals und Arme mit Insektenschutz. Dann gab er mir die Sprühdose.

»Wenn ich Sie wäre, würde ich das Hemd anziehen, Mr. Sykes«, sagte er. »Früher hatten wir hier mal 'ne Menge Fledermäuse. Das war, bevor die Moskitos sie alle aufgefressen haben.«

Sykes lächelte freundlich und wartete, bis die Dose mit dem Insektenspray an ihn weitergereicht wurde.

»Jede Wette, Sie werden's nicht glauben«, sagte der Deputy, »aber hier ist es schon so trocken gewesen, daß ich einen Catfish mit einer Wasserflasche über den Damm hab laufen sehen.«

Sykes' Augen zogen kleine Fältchen in den Winkeln, dann ging er uns voran in die Düsternis.

»Der Junge ist ganz schön weit weg von seinen Hollywood-Muschis, stimmt's?« sagte der Deputy hinter mir.

»Wie wär's, wenn Sie's mal sein ließen mit dem Humor?« erwiderte ich.

»Was?«

»Der Mann ist im Süden aufgewachsen. Seien Sie nicht so herablassend.«

»Herabla –«

Ich ließ ihn stehen und schloß zu Sykes auf, als er aus den Weiden in eine flache Mulde zwischen den Bäumen und einer Sandbank trat, in der das Wasser stand. Es war heiß und roch nach totem Hornhecht.

»Da«, sagte er. »Direkt unter den Wurzeln dieses toten Baums. Ich hab's euch ja gesagt.«

Eine sonnengebleichte Zypresse, von der die Rinde abgefallen war, lag quer auf einer Sandbank, der vom Wasser glattgespülte Stumpf wurmstichig, und in den Wurzelverästelungen, wie im Griff einer gichtigen Hand, lag ein Skelett, zusammengekrümmt wie ein Embryo, umhüllt von einem dichten Netz getrockneter Algen und sonstigem Treibgut.

Was man an Knochen sah, war blankpoliert und so verwittert, daß es fast schwarz war, aber Teile der Haut waren getrocknet, bis sie die Farbe und Beschaffenheit ausgedörrten Leders aufwiesen. Eine dicke, rostige Kette war um Arme und Brustkorb geschlungen, genau wie Sykes gesagt hatte. Die Enden waren mit einem Vorhängeschloß verbunden, das so breit wie meine Hand war.

Ich brach einen Ast von einer Weide, wischte das Laub mit meinem Puma-Messer beiseite und kniete vor dem Skelett nieder.

»Was meinen Sie wohl, wie er unter diese Wurzeln geraten ist?« sagte Sykes.

»'57 war hier ein übler Hurrikan«, sagte ich. »Da hat's Bäume wie den wie Karotten aus dem Boden gerissen. Ich nehme an, die Leiche dieses Mannes hat sich in irgendwelchen treibenden Bäumen verfangen und ist später auf dieser Sandbank darunter geraten.«

Sykes kniete sich neben mich.

»Das versteh ich nicht«, sagte er. »Woher wollen Sie wissen, daß es 1957 passiert ist? Dieser Teil des Landes wird doch andauernd von Hurrikans verwüstet, oder?«

»Gute Frage, Partner«, sagte ich, und mit dem Weidenast entfernte ich das Netz getrockneter Algen zuerst von einem Schienbeinknochen, dann dem anderen.

»Das linke ist in zwei Stücke gebrochen«, sagte Sykes.

»Ja. Da hat ihn die Kugel getroffen, als er vor zwei weißen Männern fliehen wollte.«

»Sind Sie 'n Hellseher oder so was?« sagte Sykes.

»Nein, ich hab's mit eigenen Augen gesehen. Ungefähr eine Meile von hier.«

»Sie haben's gesehen?« sagte Sykes.

»Ja.«

»Was ist jetzt los?« sagte der Deputy hinter uns. »Wollen Sie damit sagen, daß irgendwelche Weißen jemand gelyncht hätten?«

»Yeah, genau das sage ich. Wenn wir zurückkommen, müssen wir mit Ihrem Sheriff reden und dafür sorgen, daß ein Gerichtsmediziner hier rausgeschickt wird.«

»Ich weiß ja nicht, wie Sie das da drüben in Iberia Parish so handhaben, aber hier wird sich niemand großartig für irgendeinen Niggerscheiß interessieren, der vor fünfunddreißig Jahren gelaufen ist«, sagte der Deputy.

Ich stocherte mit dem Ast um die Knochen herum und zog ein dichtes Geflecht von Algen ab, unter dem die Beine, die Beckenknochen und die Schädeldecke, auf der oben immer noch ein Flecken zerzausten schwarzen Haars klebte, zum Vorschein kamen. Ich kratzte an den verwitterten, schwarz gewordenen Arbeitsstiefeln und den bunten Fetzen, die vom Becken baumelten.

Ich legte den Ast weg und nagte an meinem Daumennagel.

»Wonach suchen Sie, Mr. Robicheaux?« sagte Sykes.

»Es geht nicht drum, was da ist, sondern was fehlt«, sagte ich. »Er hat keinen Gürtel in der Hose, und die Stiefel haben keine Schnürsenkel.«

»Der Hurensohn hat sich vermutlich bei der Heilsarmee eingekleidet. Na und«, sagte der Deputy, zerklatschte einen Moskito auf seinem Hals und betrachtete den rotschwarzen Matsch in seiner Handfläche.

Später an diesem Nachmittag machte ich mich wieder an den Fall des ermordeten Mädchens, dessen voller Name Cherry LeBlanc war. Niemand wußte, wo ihr Vater steckte, der aus Mamou verschwunden war, nachdem man ihn beschuldigt hatte, sich an einem schwarzen Kind in der Nachbarschaft vergangen zu haben, aber ich sprach noch einmal mit ihren Großeltern, dem Besitzer der Bar in St. Martinville, wo sie zuletzt gearbeitet hatte, dem Mädchen, in deren Gesellschaft sie am Abend ihres Todes in dem Bretterverhau von Kneipe gewesen war, mit einem Captain der Polizei von Lafayette, der sie zur Bewährung empfohlen hatte nach ihrer Verhaftung wegen Prostitution. Ich erfuhr wenig über sie, außer daß sie allem Anschein nach ein fatal attraktives Mädchen ohne Schul- und Berufsausbildung und ohne Glück gewesen war, das gedacht hatte, sie könne in einem Spiel ihr Glück machen, wo die Würfel für Menschen wie sie immer präpariert waren.

Soviel erfuhr ich über sie, und die Tatsache, daß sie Zydeco-Musik geliebt hatte und in die Kneipe gekommen war, um Sam »Hogman« Patin seine Mundharmonika und seine zwölfsaitige Gitarre mit dem Bottleneck spielen zu hören.

Mein Schreibtisch war übersät mit dahingekritzelten Notizen aus meinem Block, Fotos aus der Leichenhalle und vom Tatort, Vernehmungskassetten und Fotokopien aus den Unterlagen des Sozialamts über die LeBlanc-Familie, als der Sheriff mein Büro betrat. Der Himmel draußen war jetzt lavendelfarben und rosa, und die Wedel der Palmen draußen am Bürgersteig hingen schlaff in der Hitze und warfen dunkle Silhouetten vor der tiefstehenden Sonne.

»Ich erhielt gerade einen Anruf des Sheriffs drüben im St. Mary Parish«, sagte er.

»Ja und?«

»Er hat sich bedankt. Sie wissen die zusätzliche Arbeit wirklich zu schätzen.« Er setzte sich auf die Schreibtischkante.

»Sagen Sie ihm, er soll sich einen anderen Job suchen.«

»Er läßt ausrichten, Sie können gern rüberkommen und die Untersuchung führen, wenn Sie mal frei haben.«

»Was macht er in der Angelegenheit?«

»Die Knochen sind jetzt beim Leichenbeschauer. Aber ich will Ihnen nichts vormachen, Dave, ich glaube nicht, daß das irgendwohin führt.«

Ich lehnte mich in meinem Drehstuhl zurück und trommelte mit den Fingern auf dem Schreibtisch. Meine Augen brannten, und der Rücken tat mir weh.

»Mir scheint, als hätte sich Ihre Aussage von damals im nachhinein bewahrheitet«, sagte der Sheriff. »Lassen wir's doch erst mal dabei bewenden.«

»Das wird sich zeigen.«

»Schauen Sie, ich weiß, daß Sie eine Menge Arbeit auf dem Tisch haben, aber ich habe da ein Problem, mit dem Sie sich mal befassen müßten, wenn Sie die Zeit dazu haben. Vielleicht gleich morgen früh als allererstes.«

Ich blickte ihn an, ohne ein Wort zu sagen.

»Baby Feet Balboni«, sagte er.

»Was ist mit ihm?«

»Er ist in New Iberia. Im Holiday Inn, begleitet von rund sechs seiner Schmalzlockenkumpane und ihren Huren. Der Hoteldirektor hat mich aus einer Telefonzelle auf der Straße angerufen, weil er solche Angst hatte, daß ihn einer von ihnen hören würde.«

»Ich weiß nicht, was ich da tun kann«, sagte ich.

»Wir müssen erfahren, was er in der Stadt macht.«

»Er ist hier aufgewachsen.«

»Hören Sie, Dave, selbst in New Orleans werden sie mit diesem Burschen nicht fertig. Er hat die Hälfte der Giacano- und Cardo-Familien zu Hackfleisch verarbeitet, um dahin zu kommen, wo er heute ist. Der kommt hier nicht wieder her. Das lasse ich nicht zu.«

Ich rieb mir das Gesicht. Meine Barthaare drückten stoppelig und hart gegen meine Handfläche.

»Soll ich einen anderen schicken?« fragte der Sheriff.

»Nein, geht schon in Ordnung.«

»Sie waren eine Zeitlang in der Highschool befreundet, oder?«

»Wir haben nur zusammen in einer Mannschaft gespielt.«

Ich ließ meinen Blick aus dem Fenster auf die länger werdenden Schatten schweifen. Er musterte mein Gesicht.

»Was ist los, Dave?«

»Nichts.«

»Macht es Ihnen was aus, daß wir einen Baseballkameraden von Ihnen aus der Stadt werfen wollen?«

»Nein, eigentlich nicht.«

»Haben Sie je die Story gehört, was er mit dem Cousin von Didi Giacano gemacht hat? Man sagt, er hätte ihn am eigenen Darm an einem Fleischerhaken aufgehängt.«

»Die haargenau gleiche Geschichte habe ich über ein halbes Dutzend verschiedener Mafiosi in den Bezirken von Orleans und Jefferson gehört. Die wird im NOPD von Generation zu Generation weitergereicht.«

»Also nicht mehr als schlechte Presse, ja?«

»In meinen Augen ist Julie schon immer ein großer Schauspieler gewesen, das sag ich mir jedenfalls«, sagte ich.

»Klar doch, und Gorillascheiße schmeckt wie Schokoladeneis. Dave, Sie sind manchmal wirklich zum Schießen.«

3

Julie Balboni sah genauso aus wie sein Vater, der in den vierziger Jahren in Iberia Parish den Großteil der Spielautomaten besessen hatte und gemeinsam mit einer syrischen Familie das Glücksspiel und die Prostitution in dem Teil von Lafayette kontrolliert hatte, den man Underpass nannte. Schon in der elften Klasse war Julie riesig gewesen, an die zwei Meter, mit breiten Hüften und oben wie unten schmal zulaufend, wie eine dicke Banane, mit winzigen Knöcheln und Schuhgröße 7 und einem Schädel, der so groß wie der eines Wasserbüffels war. Ein Jahr später füllte er diese Statur richtig aus. Das war auch das Jahr, in dem er wegen Einbruchs in einen Schnapsladen verhaftet wurde. Sein Vater marschierte mit vorgehaltener Waffe mit ihm in den Wald und prügelte ihm mit der Tülle eines Gartenschlauchs die Haut vom Rücken.

Das Haar wucherte auf seinem Kopf wie schwarze Schlangen, und weil ein Arzt bei seiner Geburt einen Nerv in seinem Gesicht verletzt hatte, sackte manchmal ein Mundwinkel unkontrolliert nach unten, was seinem Gesicht einen obszönen oder lüsternen Ausdruck verlieh, der die meisten Mädchen abstieß. Er furzte im Unterricht, rülpste während des Verfassungseids, kämmte seine Schuppen aufs Pult. Wenn er jemanden nicht leiden konnte, faßte er sich an den Sack und forderte den anderen zum Reinbeißen auf. Auf dem Flur und in den Umkleidekabinen machten wir einen großen Bogen um ihn. Seine Lehrer waren insgeheim erleichtert, wenn seine Mutter und sein Vater beim Elternabend nicht auftauchten.

Sein anderer Spitzname war Julie the Bone, obwohl ihm das niemand ins Gesicht sagte, weil er Stammkunde in Mabel Whites Negerbordell in Crowley und in den schwarzen Absteigen auf der Hopkins Avenue in New Iberia war.

Aber zwei unbestrittene Talente hatte Julie. Als Kickboxer und als Fänger im Baseball war er gleichermaßen gut. Seine Knöchel waren zu empfindlich, um Football zu spielen; für einen Läufer war er zu dick; aber mit einer schnellen Bewegung seines mächtigen Oberschenkels konnte er einen Gegner beim Kickboxen Blut spucken lassen, und hinter dem Schlagmal konnte er dem Schläger den Ball direkt von der Keule stibitzen oder einen flachen Aufsetzer wie ein Staubsauger vom Boden aufklauben und mit der Wucht eines Luftgewehrschusses dem Mann am dritten Mal zuwerfen.

In meinem letzten Spiel als Werfer der Highschool-Mannschaft ging ich gegen Abbeville in die zweite Hälfte des neunten Innings, den Sieg schon fast in Händen. Es war ein milder, rosiger Abend, in der Luft der Duft von Blumen und frisch gemähtem Gras. Es waren nur noch drei Wochen bis zum Schulabschluß, und wir alle hatten das Gefühl, als habe uns ein Hauch von Magie umfangen, und der Frühling sei ein Lied, das eigens für uns geschrieben worden war. Unschuld, eine glorreiche Zukunft, das siegesgewisse Aufbrausen in den Lenden, die Bestätigung im Kuß eines Mädchens unter den dunklen Eichen wie eine im Mund zerplatzende Erdbeere – all das war unser.

Wir verspürten sogar Wohlwollen und Kameradschaft gegenüber Baby Feet. Der unmittelbar bevorstehende Schulabschluß und der Lorbeer einer erfolgreichen Saison schien die Unterschiede unserer Herkunft und unserer Lebensgeschichten weggeschmolzen zu haben.

Dann schaffte der Werfer der Gegenseite, ein Haudegen, der Ellenbogen, Knie und auch die Spikes seiner Schuhe einsetzte, wenn es sein mußte, als Schläger zwei Bases und rückte in der nächsten Runde zur dritten Base vor. Baby Feet gab das Zeichen zur Auszeit und joggte zum Abwurf. Schweiß floß ihm aus der Kappe, die er mit dem Schirm nach hinten trug. Er machte einen neuen Ball für mich warm.

»Setz ihn in den Sand. Ich gebe dem Schwanzlutscher seine Chance«, sagte er.

»Ich weiß nicht, ob das so schlau ist, Feet«, sagte ich.

»Bis jetzt hab ich die noch alle kleingekriegt, oder? Mach, was ich sag.«

Beim nächsten Wurf blickte ich kurz zu dem Läufer an der dritten Base, bevor ich den Ball flach neben dem Schläger in den Sand setzte. Baby Feet fing ihn tatsächlich, machte dann eine schnelle Drehung, bei der er wie ein Elefant Staub aufwirbelte, und rannte los nach hinten, als hätte er den Ball verpaßt und müßte hinterher.

Der Läufer in der dritten Base setzte sich in Bewegung. Doch auf einmal war Baby Feet wieder an der Home plate, die Fängermaske immer noch vor dem Gesicht – der Ball hatte seine Hand ja nie verlassen. Der Läufer merkte, daß er auf die Finte hereingefallen war, und versuchte Baby Feet zu rammen, als er heranrauschte, und streckte im Rutschen einen dornenbewehrten Fuß hoch, in Richtung von Baby Feets Gesicht. Die Spikes knallten gegen die Gesichtsmaske, und Baby Feet klopfte ihm mit dem Ball auf den Kopf, um ihn abzuschlagen. Dann, zu diesem Zeitpunkt bereits völlig unnötig, trat er mit seinen eigenen Spikes fest auf den Knöchel des anderen Jungen und drehte den Schuh.

Die Spieler auf dem Feld, die Trainer, die Zuschauer auf ihren Sitzen, alle starrten wie benommen zur Home plate. Baby Feet machte in aller Ruhe die Spikes im Sand sauber, kniete sich hin, um einen Schienbeinschützer festzubinden. Sein Gesicht war kühl und unbeteiligt, als er mit zusammengekniffenen Augen auf die Flagge blickte, die hinter dem Spielfeld an einer Metallstange flatterte. Es war nicht schwer, ihn im Holiday Inn zu finden. Er und seine Entourage waren die einzigen Menschen im und am Swimmingpool. Ihre sonnengebräunten Leiber glänzten, als hätten sie sie mit zerlassener Butter eingerieben. Sie trugen eng anliegende Sonnenbrillen, so schwarz wie die eines Blinden, rekelten sich genußvoll in Liegestühlen, die Genitalien scharf abgezeichnet unter der knappen Badekleidung. Andere ließen sich auf Luftmatratzen treiben, an der Seite kleine Halter mit tropischen Drinks, und von ihren Fingern und Zehenspitzen stieg der dunstige Glanz von Sonnenöl in die Luft.

Eine Frau kam mit ihren zwei Kindern durch die Schiebetür eines Raumes, geleitete sie zum flachen Becken. Dann merkte sie offenkundig, in was für einer Gesellschaft sie sich da befand; sie blickte sich nervös um, als hörte sie das Hohngezwitscher unsichtbarer Vögel, und trat dann flugs den Rückzug in ihr Zimmer an, die Kinder fest an der Hand.

Julie the Bone hatte sich nicht groß verändert, seit ich ihn vor sieben Jahren zuletzt in New Orleans gesehen hatte. Die Augen, die an schwarze Murmeln erinnerten, lagen ein bißchen tiefer im Gesicht; das wild wuchernde Haar wies graue Stellen auf; aber der mächtige Brustkorb und der Bauch, der so ausladend war wie ein Waschzuber, schienen immer noch die Farbe und Beschaffenheit einer Walfischhaut aufzuweisen. Wenn man die wulstigen Narben unter dem Haar an Schultern und Rücken sah, wo sein Vater ihn geprügelt hatte, die Sehnen und Adern, die sich in seinem Hals ballten, und die weißen Knöchel, die aus seinen gewaltigen Händen herausragten, konnte man den Eindruck bekommen, daß man schon eine Abrißbirne bräuchte, aus großer Höhe an einem Stahltau geschwungen, um diesem Mann entsprechend beizukommen, sollte er sich dazu entschließen, seine unmittelbare Umgebung in Schutt und Asche zu legen.

Er richtete sich auf einem Ellbogen im Liegestuhl auf, schob die Sonnenbrille hoch ins Haar und blinzelte durch die heiße Luft, als ich mich ihm näherte. Neben ihm saßen zwei seiner Männer unter einem Sonnenschirm an einem Glastisch und spielten Karten mit einer Frau mit gebleichtem Haar und so sonnengebräunter Haut, daß sie wie Lagen weichen Leders aussah. Beide Männer legten die Karten weg und standen auf, und einer von ihnen, der aussah, als hätte man ihn aus Ofenstahl geschmiedet, stellte sich mir in den Weg. Sein Haar war orangefarben und grau, die feuchten Locken flachgedrückt auf dem Kopf, und auf seine Handrücken waren Pachuco-Kreuze auftätowiert, Insignien lateinamerikanischer Gangs. Ich öffnete mein Seersucker-Jackett, damit er die Polizeimarke an meinem Gürtel sehen konnte. Aber auf seinem Gesicht machte sich bereits Erkennen breit.

»Was läuft denn so, Cholo?« sagte ich.

»Hey, Lieutenant, wie geht's?« sagte er und drehte sich dann zu Baby Feet. »Hey, Julie, es ist Lieutenant Robicheaux. Vom First District in New Orleans. Du weißt doch noch, als –«

»Yeah, ich weiß, wer das ist, Cholo«, sagte Baby Feet mit einem Lächeln und nickte mir zu. »Was führt dich her, Dave? Hat jemand einen Baseball in den Pool geworfen?«

»Ich war nur grad in der Gegend. Hab gehört, du wärst auf eine kurze Stippvisite wieder in der Stadt.«

»Im Ernst?«

»Tatsache.«

»Klar. Du bist beim Friseur gewesen, und irgend jemand sagt, ›Bone ist in der Stadt‹, und da hast du dir gedacht, ›Mensch, toll. Da muß ich dem alten Feet doch glatt mal Hallo sagen.‹«

»Du bist ein berühmter Mann, Julie. So was spricht sich rum.«

»Und ich bin nur für eine kurze Stippvisite hier, ja?«

»Yeah, genauso hört man's.«

Seine Augen musterten mich von oben bis unten. Er lächelte vor sich hin und nippte an einem hohen, in eine Serviette gewickelten Glas mit kleingestoßenem Eis, Obststückchen und einem winzigen Papierschirm.

»Wie ich höre, bist du jetzt Detective für den hiesigen Sheriff.«

»Immer mal wieder.«

Er schob einen Stuhl mit dem Fuß in meine Richtung, hob ihn dann hoch und stellte ihn in den Schatten ihm gegenüber. Ich zog mein Jackett aus, legte es gefaltet über den Arm und nahm Platz.

»Macht ihr euch wegen mir Sorgen, Dave?«

»Manche Leute in New Iberia halten dich für schwer zu überbieten. Wie viele Männer wären dazu in der Lage, den Nachtclub des eigenen Vaters abzufackeln?«

Er lachte.

»Ja, danach ist das Interesse des Alten an Gartenschläuchen schlagartig erloschen«, sagte er.

»Jeder stattet seiner Heimatstadt hin und wieder einen kleinen Besuch ab. Das ist völlig normal. Deshalb macht sich niemand Sorgen, Julie.« Ich blickte auf seine Augen. Unter den verschwitzten Augenbrauen waren sie so glänzend und funkelnd wie Obsidian.

Er schüttelte eine Zigarette aus einem Paket auf dem Betonboden und zündete sie an. Er blies Rauch ins Sonnenlicht und ließ seinen Blick über den Pool schweifen.

»Nur, daß ich bloß ein Durchreisevisum hab, versteh ich dich recht?« sagte er. »Man erwartet von mir, daß ich ein bißchen Geld hierlasse, schön die Hauptstraße meide, meinen Jungs die Order erteile, nicht auf den Bürgersteig zu spucken oder sich im Restaurant die Nase mit der Serviette zu putzen. Hab ich das so richtig umschrieben, Dave?«

»Es ist eine Kleinstadt mit Kleinstadtproblemen.«

»Scheiße.« Er holte tief Luft, verdrehte dann den Hals, als sei er steif. »Margot –« sagte er zu der Frau, die unter dem Sonnenschirm Karten spielte. Sie erhob sich von ihrem Stuhl und trat hinter ihn, das schmale Gesicht ausdruckslos unter der Sonnenbrille, um seinen Hals mit den Fingern zu massieren. Er nahm den Mund voll Eis, Orangenscheiben und Kirschen und musterte mein Gesicht, während er kaute.

»Diese Einstellung geht mir ein bißchen auf den Sack, Dave. Ich bitte dich um Nachsicht«, sagte er und deutete mit den Fingerspitzen auf sein Brustbein. »Aber manchmal scheint es keine Rolle zu spielen, was ein Mann im Augenblick macht. Es ist immer die Vergangenheit, die die Leute im Kopf haben. Nimm nur Cholo hier. Er hat vor fünfzehn Jahren einen Fehler begangen, und wir müssen uns das immer noch um die Ohren schlagen lassen. Was soll die Scheiße? Findest du das fair?«

»Er hat seinen Schwager vom Dach der Jax-Brauerei auf einen Wagen beim Mardi-Gras-Umzug geworfen. Das war selbst für New Orleans eine Premiere.«

»Hey, Lieutenant, da ging's noch um 'ne Menge anderer Dinge. Der Kerl hat meine Schwester verprügelt. Der war ein beschissenes Tier.«

»Hör zu, Dave, du bist schon lange weg aus New Orleans«, sagte Baby Feet. »Die Stadt ist nicht mehr wiederzuerkennen. Schwarze Kids mit geronnener Scheiße im Hirn halten die ganze Scheißstadt zum Narren. Sogar im Audubon-Park werden Leute gekillt. Bei Gott. Wenn du auf der St. Charles in die Straßenbahn steigen willst, hängen da die Nigger und Japse schon zu den Türen und Fenstern raus. Früher gab's gewisse Übereinkünfte mit der Stadt. Jeder kannte die Regeln, niemand kam zu Schaden. Mach jetzt mal einen kleinen Spaziergang bei den Projects, Desire oder St. Thomas, paß mal auf, was dann passiert.«

»Worauf willst du raus, Julie?«

»Wer braucht so eine Scheiße, darauf will ich raus! Ich besitze ein Tonstudio, derselbe Laden, wo Jimmy Clanton seine erste Platte aufgenommen hat. Ich bin in der Unterhaltungsbranche. Ich telefoniere jeden Tag mit Leuten in Kalifornien, über die du in den Illustrierten liest. Wenn ich hier in dieses Drecksloch reinkomme, sollten sie eigentlich einen ›Willkommen-daheim-Balboni-Tag‹ ausrufen. Statt dessen teilt man mir mit, daß ich hier die Luft verpeste. Das verletzt mich, wenn du verstehst, was ich meine.«

Ich rieb die Handflächen aneinander.

»Ich bin nur der Botenjunge«, sagte ich.

»Hat dich der Wäschereibesitzer, für den du arbeitest, geschickt?«

»Er hat so seine Befürchtungen.«

Er winkte die Frau weg und setzte sich im Liegestuhl auf.

»Gib mir fünf Minuten, um mich anzuziehen. Dann möchte ich, daß du mich kurz wohin fährst«, sagte er.

»Meine Zeit ist grad ziemlich knapp.«

»Ich verlange fünfzehn Minuten deiner Zeit, allerhöchstens. Meinst du, die kannst du für mich erübrigen, Dave?« Er stand auf und ging an mir vorbei in Richtung seines Zimmers. Aus den Fettpölsterchen an seiner Taille ragten Büschel schwarzen Haars wie Schweineborsten. Er drehte sich mit ausgestrecktem Zeigefinger zu mir. »Sei bloß noch da, wenn ich wiederkomm. Du wirst es nicht bereuen.«

Die Frau mit dem gebleichten Haar setzte sich wieder an den Tisch. Sie nahm die Brille ab, spreizte kurz die Beine und blickte mir ins Gesicht, die Augen weder anmachend noch feindselig, nur tot. Cholo lud mich ein, eine Partie Gin Rommé mit ihnen zu spielen.

»Danke, damit hab ich's nie gehabt«, sagte ich.

»Dafür haben Sie's aber mit Pferden gehabt, Lieutenant«, sagte er.

»Yep, Pferde und Jim Beam. Das gab auf der Rennbahn immer eine interessante Kombination ab.«

»Hey, erinnern Sie sich noch, wo Sie mir damals die zwanzig Mücken geliehen haben, damit ich von Jefferson Downs heimkomm? Das hab ich nicht vergessen, Lieut. Das war schwer in Ordnung.«

Cholo Manelli war der Sohn einer mexikanischen Waschfrau, die sich wahrscheinlich wünschte, statt seiner lieber eine Kegelkugel zur Welt gebracht zu haben, und eines gehirngeschädigten sizilianischen Buchmachers, dessen Kopf vom

Schlagstock eines Cops im Irish Channel in Mitleidenschaft gezogen worden war. Er war in Iberville aufgewachsen, einer desolaten Wüste von Sozialwohnungen gegenüber den alten Friedhöfen von St. Louis, und wurde mit elf das erstemal zusammen mit seinen Brüdern verhaftet, weil sie die Penner, die in den leeren Grabkammern schliefen, ausgeraubt und verprügelt hatten. Mit Sand gefüllte Socken waren die Waffen ihrer Wahl gewesen.

Er hatte die schwieligen, eckigen Hände eines Maurers, ein Gesicht von der Ausdrucksstärke eines Tortenblechs. Ich hatte immer angenommen, daß man keinen Unterschied merken würde, wenn man ihn einer Lobotomie unterzöge. Soziopath, lautete die Diagnose der Psychiater in Mandeville, und sie rückten seinem Kopf mit Stromstößen zuleibe. Es war offenkundig, daß die Behandlung genausoviel Wirkung zeigte wie der Versuch, eine leere Autobatterie mit drei matten Mignonzellen aufzuladen. Bei seinem ersten Aufenthalt in Angola steckten sie ihn gleich zu den »Big Stripes«, wie man die Gewalttätigen und Unverbesserlichen wegen ihrer Kleidung dort nannte. Das war noch zu der Zeit, als der Staat Vertrauenshäftlinge, Kapos, als Wärter einsetzte: Sie waren beritten und mit großkalibrigen doppelläufigen Schrotflinten bewaffnet, und die Strafe eines jeden Häftlings, der unter ihren Augen entkam, wurde ihnen auf die eigene Haftzeit draufgeschlagen. Cholo mußte mal ins Gebüsch und ließ sich für den Geschmack des Kapos zuviel Zeit. Der Wärter verpaßte ihm vier Schrotkugeln in den Rücken. Zwei Wochen später fand man ein Einmachglas mit vergorener Obstmaische – der behelfsmäßige Alkohol, den die Häftlinge selbst herstellten – in der Zelle des Kapos. Wieder einen Monat später, wieder eingegliedert in den normalen Haftbetrieb, kippte jemand den kompletten Inhalt eines vollgeladenen Müllwagens auf seinen Kopf.

»Julie hat mir von der Sache erzählt, wo Ihnen so 'n Makake fast eine mit 'ner .38er verplättet hat«, sagte er.

»Wann soll das gewesen sein?«

»Als Sie Streifenpolizist waren. Im Quarter. Julie hat gesagt, er hat Ihnen das Leben gerettet.«

»Das hat er gesagt, ja?«

Cholo zuckte mit den Schultern.

»Das hat er gesagt, Lieutenant. Was weiß ich schon?«

»Laß gut sein, Cholo. Unser Detective hier hält nicht viel von höflicher Konversation«, sagte die Frau, ohne den Blick von den Karten zu heben. Sie klackte mit den lackierten Fingernägeln auf der gläsernen Tischplatte, und ihre Lippen machten einen trockenen, saugenden Laut, wenn sie an ihrer Zigarette zog.

»Sind Sie an diesem Mordfall dran? Dem mit dem Mädchen?« sagte er.

»Wieso wissen Sie denn davon?«

Seine Augen klickten zur Seite.

»War in der Zeitung«, sagte er. »Julie und ich haben heute morgen drüber geredet. Eklig, so was. Sie haben hier 'nen beschissenen Irren rumlaufen. Jemand sollte ihn in ein Spital bringen und ihn umbringen.«

Baby Feet trat in voller Montur durch die gläserne Schiebetür seines Zimmers. Er trug einen weißen Anzug mit grauen Nadelstreifen, ein purpurrotes Hemd, das mit grauen Blumen verziert war, ein halbes Dutzend Goldketten und Medaillons um den frischgepuderten Hals, weiche Mokassins mit Schnallen, die an seinen Füßen so zierlich wie Ballettschuhe wirkten.

»Klasse siehst du aus, Julie«, sagte Cholo.

»Klar doch«, sagte Baby Feet und zündete sich mit einem winzigen Goldfeuerzeug eine Zigarette an, die in seinem Mundwinkel baumelte.

»Darf ich mit euch?« fragte Cholo.

»Bleib hier, und hab ein Auge auf alles.«

»Hey, gestern abend hast du noch gesagt, ich kann mit.«

»Du mußt meine Anrufe entgegennehmen.«

»Hat Margot auf einmal verlernt, wie man ans Telefon geht?« sagte Cholo.

»Meine Zeit wird knapp, Julie«, sagte ich.

»Wir gehen heute abend mit ein paar interessanten Leuten zum Essen«, sagte Baby Feet zu Cholo. »Wird dir Spaß machen. Hab nur Geduld.«

»Sie freuen sich schon echt drauf, dich zu treffen. Sie haben extra angerufen und das gesagt, Cholo«, sagte die Frau.

»Margot, warum hast du lauter Schwielen am Rücken? Hat jemand dein Bettlaken zu steif gebügelt?« sagte Cholo.

Ich setzte mich in Richtung meines Wagens in Bewegung. Das Sonnenlicht, das sich auf dem Beton am Pool spiegelte, war gleißend hell. Baby Feet schloß zu mir auf. Eine andere Frau aus seiner Entourage machte einen Kopfsprung vom Sprungbrett und spritzte Wasser und den Geruch von Chlor und Sonnenöl auf meinen Rücken.

»Hey, ich lebe in einem verdammten Zoo«, sagte Baby Feet, als wir auf die Straße kamen. »Jetzt such hier nicht so angesäuert das Weite. Hab ich's dir gegenüber jemals an Respekt mangeln lassen?«

Ich stieg in den Pickup.

»Wo geht's hin, Feet?« sagte ich.

»Raus zum Spanish Lake. Paß auf, ich will, daß du dem Mann, für den du arbeitest, was von mir ausrichtest. Ich stecke hinter keinem der Probleme, die ihr hier habt. Das Kokain, das sie hier in diesem Parish verticken, ist so oft gestreckt worden, daß es der reinste Babypuder ist. Wenn es von bestimmten Leuten kommen würde, mit denen ich in New Orleans zu tun hatte, und die Betonung liegt auf hatte, verstehst du, dann würde es von der Nase ins Hirn schießen wie Drano.«

Ich fuhr auf der alten zweispurigen Überlandstraße stadtauswärts, die zu der kleinen Siedlung Burke und dem See führte, wo spanische Kolonialhelden im 18. Jahrhundert versucht hatten, Plantagen aufzubauen, und dem Iberia Parish seinen Namen gegeben hatten.

»Drogen sind nicht mein Bier, Julie, und irgendwelchen Quatsch auszurichten ist auch nicht grad meine Stärke. Mein Hauptanliegen im Augenblick ist das Mädchen, das wir südlich der Stadt gefunden haben.«

»Ach ja? Was für ein Mädchen ist das?«

»Das ermordete Mädchen. Cherry LeBlanc.«

»Nie gehört. Muß mir wohl entgangen sein.«

Ich drehte mich zu ihm und blickte ihn an. Er sah ungerührt zum Fenster hinaus auf die vorbeihuschenden Eichen am Stadtrand und einen Verkaufsstand mit Wassermelonen und Erdbeeren am Straßenrand.

»Liest du die Lokalzeitungen nicht?« sagte ich.

»Ich hatte viel zu tun. Du sagst also, ich rede Quatsch, Dave?«

»Laß es mich mal so sagen, Feet. Wenn du dem Sheriff was zu sagen hast, dann tu es selbst.«

Er kniff sich in die Nase, schnaubte dann.

»Wir sind mal Freunde gewesen, Dave. Ist sogar möglich, daß ich dir mal einen kleinen Gefallen getan hab. Also sag ich's euch noch mal im Klartext, dir und allen anderen Heinis hier vor Ort, die Bohnen in den Ohren haben. Das Ölgeschäft ist immer noch am Arsch, und euer Kaff pfeift auf dem letzten Loch. Wenn du meine offene Meinung hören willst, kriegt die Stadt alles, was sie verdient. Aber ich und diese ganzen Leute, die du da am See siehst –« Er zeigte aus dem Fenster. Durch einen Pecanhain, dessen Silhouetten sich vom Wasser her im flimmernden Licht abzeichneten, sah ich auf Kränen und Wagen montierte Kameras und Schauspieler in Uniformen der Konföderierten, die sich auf der Flucht vor imaginären Truppen der Union durchs flache Wasser am Uferrand schlugen. »Wir werden an die zehn Millionen Dollar in Lafayette und Iberia Parish lassen. Wenn sie den Namen Balboni hier nicht gerne hören, dann sag ihnen doch, daß wir mit unserem ganzen Kram auch gerne nach Mississippi gehen können. Du wirst sehen, auf wieviel Begeisterung das bei einigen dieser zurückgebliebenen Wichser in der Handelskammer stößt.«

»Willst du mir damit sagen, du bist in der Filmbranche?«

»Co-Produzent mit Michael Goldman. Was sagst du dazu?«

Ich bog auf die unbefestigte Straße, die zwischen den Pecanbäumen hindurch zum See führte.

»Ich bin sicher, daß jeder dir viel Erfolg wünscht, Julie.«

»Als nächstes mache ich einen Baseball-Film. Willst du eine Rolle?« Er lächelte mich an.

»Ich glaube nicht, daß das mein Ding wäre.«

»Hey, Dave, nimm's mir nicht krumm.« Auf seinem Gesicht war jetzt ein breites Grinsen. »Aber mein Hauptdarsteller sieht Tote aus der Vergangenheit draußen im Nebel, sein Liebchen ist für gewöhnlich um neun Uhr morgens voll auf Gras oder Pillen, und Mikey hat Magengeschwüre und ist als Jude irgendwie besessen vom Holocaust. Dave, ohne Scheiß, ganz ehrlich, ohne dir zu nahe treten zu wollen, mit deiner Vorgeschichte würdst du da echt gut reinpassen.«

Ich hielt neben einer kleinen hölzernen Wachkabine. Ein drahtiger Mann in Khakiuniform und Schirmmütze näherte sich dem Fenster auf der Fahrerseite. An seinem Hals hatte er eine weiße Narbe, deren Form an einen Hühnerfuß erinnerte.

»Wir bleiben in Kontakt, Feet«, sagte ich.

»Willst du dich nicht mal umsehen?«

»Adios, Partner«, sagte ich. Ich wartete, bis er die Tür geschlossen hatte, dann wendete ich im Unkraut und fuhr durch die Pecanbäume hindurch wieder zurück zur großen Straße. Das Spiegelbild der Sonne hüpfte auf meiner Motorhaube wie ein gelber Ballon.

Es war in meinem zweiten Jahr bei der Polizei von New Orleans passiert, als ich im French Quarter Streife ging und jemand einen mutmaßlichen Einbruch in der Dumaine Street meldete. Das verrostete Schloß am eisernen Tor war mit einer Eisenstange aufgehebelt worden, das Tor hing offen aus den Angeln. Weiter innen in dem schmalen Ziegelgang konnte ich Glasscherben sehen, wie winzige Rattenzähne, wo jemand die oben hängende Glühbirne zerschlagen hatte. Aber in dem Innenhof, wo der Gang mündete, war noch Licht, erfüllt von den schwankenden Schatten von Bananenstauden und Palmwedeln, und ein Baseballspiel, das in einem Radio- oder Fernsehgerät lief, drang an meine Ohren.

Ich ließ den Revolver aus dem Holster gleiten und bewegte mich an den kühlen Ziegeln entlang, durch eine Lache, wo sich Wasser sammelte, bis zum Eingang des Innenhofs, wo ein zweites gußeisernes Tor gähnend weit offenstand. Ich roch die feuchte Erde in den Blumenbeeten, die Minze, die hinten an einer Stuckmauer wuchs, die dicht wuchernden purpurroten Glyzinien, die von einem Ziegeldach hingen.

Dann roch ich ihn, noch bevor ich ihn sah, ein Geruch, der Schnupftabak, billigen Wein, faulige Zähne und bittere Galle in sich vereinte. Es war ein riesiger Schwarzer, der ein Donald-Duck-T-Shirt, dreckige Tennisschuhe und purpurfarbene Hosen trug, die an den Oberschenkeln aus allen Nähten platzten. In der Linken trug er einen Wäschesack voller Diebesgut aus der Wohnung, der er gerade einen Besuch abgestattet hatte. Er ließ das Tor mit der ganzen Wucht seines Körpers gegen meine Hand knallen, und etwas darin knackste wie ein zerbrechendes Eisstäbchen. Mein Revolver schlidderte über die Steinplatten.

Ich versuchte meinen Schlagstock freizubekommen, aber jetzt gab er den Takt an. Aus seiner Hüfttasche zückte er einen abgenutzten .38er mit Stummellauf, der Griff mit schwarzem Isolierband umwickelt, und schraubte mir den Lauf ins Ohr. In seinem rechten Auge war ein dunkler Blutklumpen, und sein Atem fuhr mir von der Seite übers Gesicht wie eine ungewaschene Hand.

»Zurück in den Gang, Motherfucker«, wisperte er.

Wir stolperten rücklings in die Finsternis. Draußen auf der Straße hörte ich Passanten, die offensichtlich guter Dinge waren, und eine Bierdose klapperte über den Beton.

»Mach bloß keine Dummheit«, sagte ich.

»Halt's Maul«, sagte er. Dann, fast als zornigen Nachgedanken, schlug er meinen Kopf gegen die Ziegelmauer. Ich fiel auf die Knie, ins Wasser, der Schlagstock nutzlos im Gürtel verdreht.

Seine Pupillen waren geweitet, das Haar von einer dichten Schweißschicht umhüllt, und in seinem Hals pochte der Puls wie wild. Er war der schlimmstmögliche Gegner, den sich ein

Cop in einer solchen Situation vorstellen kann – nicht bei Sinnen, verängstigt und dumm genug, bei einem einfachen Bruch eine Waffe mit sich zu führen.

»Warum mußtest du bloß hier auftauchen, Mann? Warum mußtest du das tun?« sagte er.

Sein Daumen legte sich auf den Hahn der Waffe, und ich hörte, wie sich die Trommel drehte und die Patronenkammer einschnappte.

»Die Straße ist an beiden Enden von Cops abgeriegelt«, sagte ich. »Aus dem Quarter kommst du nicht raus.«

»Kein Wort mehr, Mann. Das nützt eh nichts. Wegen dir ist jetzt alles am Arsch.«

Er wischte sich den Schweiß aus den Augen, atmete tief aus und zielte mit der Waffe nach unten auf meine Brust.

Baby Feet trug nur einen Bademantel, seine Jockey-Unterwäsche und ein paar Slipper an den blanken Füßen, als er auf dem Ziegelweg hinter dem Schwarzen auftauchte.

»Was zum Teufel hast du hier zu suchen?« sagte er.

Der Schwarze machte einen Schritt nach hinten und senkte den Revolver bis zum Oberschenkel.

»Mister Julie?« sagte er.

»Yeah. Was zum Teufel machst du hier? Hast du etwa eine Wohnung in meinem Haus ausgeräumt?«

»Ich hab nicht gewußt, daß Sie hier wohnen, Mister Julie.«

Baby Feet nahm dem schwarzen Mann den Revolver aus der Hand und ließ den Abzugshahn wieder in die Ausgangsposition zurückgleiten.

»Walter, wenn ich will, pißt du sechs Monate lang noch Blut«, sagte er.

»Jawohl, Sir, das weiß ich.«

»Ich bin froh, daß du's so siehst. Und jetzt mach, daß du deinen miesen Arsch hier wegbringst.« Er schubste den schwarzen Mann in Richtung des Ausgangs. »Mach schon.« Er drängte den Schwarzen an der Ziegelwand entlang und versetzte ihm dann unvermittelt einen harten Tritt in den Hintern, so schnell wie eine zustoßende Schlange. »Jetzt mach schon, hab ich gesagt.«

Er trat ihn noch einmal, und der kleine spitze Schuh fuhr tief in den Schritt des Mannes. Tränen quollen aus den Augen des Schwarzen, als er über seine Schulter zurückblickte. »Mach hin, Walter, wenn du nicht willst, daß du Eier wie Kokosnüsse bekommst.«

Der Schwarze verschwand hinkend auf der Dumaine Street. Baby Feet stand vor dem aufgebrochenen Tor, ließ die Patronen aus der .38er auf den Bürgersteig fallen und schleuderte den Revolver in die Dunkelheit hinter dem schwarzen Mann her.

»Komm mit hoch, da geb ich dir etwas Eis für deine Hand«, sagte er.

Mittlerweile hatte ich meine Mütze und meine Waffe wieder aufgesammelt.

»Ich verfolge den Kerl«, sagte ich.

»Schnapp ihn dir morgen früh. Er putzt Schuhe in einem Frisiersalon an der Ecke Calliope und St. Charles. Bist du sicher, daß du den richtigen Job gewählt hast, Dave?«

Er lachte, zündete sich eine Zigarette mit purpurnen und goldenen Streifen an und legte seinen runden, mächtigen Arm um meine Schultern.

Der Sheriff hatte recht: Baby Feet mochte jetzt ein Filmproduzent sein, aber als bloßen Schauspieler würde man ihn nie abtun können.

4

Mein kurzer Besuch bei Julie Balboni hätte eigentlich nur ein kleines, unbedeutendes Zwischenspiel am Morgen sein sollen. Doch statt dessen hatte mein Gespräch mit ihm im Wagen ein irritierendes Fragezeichen hinter den Mord an Cherry LeBlanc gestellt. Er behauptete, nichts darüber gehört und auch in der örtlichen Zeitung nichts darüber gelesen zu haben. Und das zehn Minuten nachdem Cholo Manelli mir erzählt hatte, daß er und Baby Feet sich früher am Tage über den Tod des Mädchens unterhalten hatten.

Log Baby Feet, oder hatte er einfach nur keinerlei Interesse an einem Gespräch über eine Sache, die nicht unmittelbar mit seinem Wohlbefinden zu tun hatte? Oder hatten gar die Elektroschock-Therapeuten in Mandeville Cholo zuviel Saft verpaßt?

Meine Erfahrungen mit Mitgliedern der Mafia und Soziopathen im allgemeinen zeigten, daß sie selbstverständlich und automatisch lügen. Sie lügen überzeugend, weil sie es oft tun, wenn keinerlei Bedarf dazu besteht. Man könnte jetzt tief in die Kiste der forensischen Psychologie greifen, um zumindest ansatzweise zu verstehen, wie die Gedankenprozesse solcher Menschen ablaufen, aber genausogut könnte man seinen Kopf in den Mikrowellenherd stecken, um tiefergehende Erkenntnisse über die Elektrizität zu gewinnen.

Den Rest des Tages verbrachte ich damit, die zeitlichen und räumlichen Umstände der letzten Stunden von Cherry LeBlanc nachzuzeichnen und mir in meinem Kopf ein Bild von der Welt zu machen, in der sie gelebt hatte. Um drei Uhr nachmittags parkte ich meinen Pickup im Schatten der alten Holzkirche von St. Martinville und betrachtete ein Farbfoto von ihr, das mir ihre Großeltern gegeben hatten. Ihr Haar war schwarz, mit einem Mahagoniton, der Mund grellrot mit übermäßig dickem Lippenstift, das Gesicht weich und noch ein bißchen rund vom Babyspeck; ihre dunklen Augen leuchteten und verbargen keine Hintergedanken; sie lächelte.

Mit sechzehn wegen Prostitution verhaftet, mit neunzehn tot, dachte ich. Das waren die Dinge, die wir wußten. Nur Gott mochte eine Ahnung davon haben, was ihr sonst noch in ihrem Leben widerfahren war. Aber es war ja nicht so, daß sie so geboren worden war, als Nutte oder einfach die Art von Mädchen, das immer weitergereicht wurde, bis jemand eine Wagentür für sie öffnete und sie tief in ein Wäldchen fuhr, wo er ihr die Instrumente ihres schrecklichen Endes offenbarte, sie vielleicht sogar davon zu überzeugen verstand, daß sie selbst es war, die diesen Augenblick bestimmt hatte.

Andere hatten mitgeholfen, sie auf diesen Weg zu bringen. Der erste Kandidat war für mich der Vater, der Kinderschänder, in Mamou. Aber unser Justizsystem richtet sein Augenmerk auf Substantive, selten auf Adverbien.

Ich ließ meinen Blick über die ausladenden Eichen auf dem Friedhof der Kirche streifen, wo Evangeline und ihr Geliebter Gabriel begraben waren. Die Grabsteine waren von Flechten überzogen und wirkten im Schatten kühl und grau. Jenseits der Bäume spiegelte sich die Sonne wie eine gelbe Flamme im Bayou Teche.

Ich fragte mich, wie der Freund hier reinpaßte. Ein so hübsches Mädchen hat entweder einen Beau, oder es gibt zumindest jemanden in ihrem Leben, der diese Rolle gern einnehmen würde. Sie war in der Schule nicht weit gekommen, aber aus schierer Notwendigkeit mußte sie einen Überlebensinstinkt im Umgang mit Menschen entwickelt haben, speziell mit Männern, und ganz gewiß mit der Sorte von Männern, die wie Treibgut in den Kneipen von Südlouisiana aus und ein gingen.

Sie hatte ihren Mörder gekannt. Davon war ich überzeugt.

Ich ging zu der Bar, einem baufälligen Holzhaus aus dem vorigen Jahrhundert, von dem die Farbe abblätterte und dessen obere Veranda schwer durchhing. Im Innern war es dunkel und kühl und nahezu menschenleer. Eine dicke schwarze Frau schrubbte die Vorderfenster mit einer Bürste und einem Eimer Seifenwasser. Ich ging durch das Lokal nach hinten zu dem kleinen Büro, wo ich schon einmal den Besitzer aufgesucht hatte. Entlang dem Tresen vor dem Barspiegel standen Reihen um Reihen von Flaschen – dunkelgrün und schlank, mit feuchten Korken verschlossen; obsidianschwarz mit arterienblutroten Wachssiegeln; milchig weiß wie Eis, das man aus der Oberfläche eines Sees herausgesägt hat; whiskeybraun, eine Rhapsodie aus Hitze und Licht.

Der Geruch des grünen Sägemehls auf dem Fußboden, die Zapfhähne mit den Holzgriffen, von denen es durch einen Aluminiumrost tropfte, die vorgemischten Zutaten für einen Tom Collins und die Schalen mit Kirschen und Limonen- und

Orangenscheiben, all das gehörte für mich jetzt der Vergangenheit an, sagte ich mir und schluckte schwer. Das gehört jetzt der höheren Macht, der du dich verschrieben hast. Genau wie eine ehemalige Freundin, die dir eines Tages auf der Straße zuzwinkert, dachte ich. Du hast schon Schluß gemacht. Jetzt geh einfach an ihr vorbei. So leicht ist das.

Aber denk nur nicht drüber nach, denk nur nicht drüber nach, denk nur nicht drüber nach.

Der Besitzer war ein sehr beschäftigter Mann, der sich das schwarze Haar auf dem schmalen Kopf gerade nach hinten kämmte und den Kamm in der Brusttasche seines Hemdes trug. Die Quittungen und Whiskeyrechnungen auf seinem Schreibtisch zogen seine Augen magnetisch an. Meine Fragen konnten da nicht mithalten. Immer wieder fuhr er sich hinten mit der Zunge über die Zähne, während ich sprach.

»Sie wissen also gar nichts über ihre Freunde?« sagte ich.

»Nein, Sir. Sie ist grad mal drei Wochen hiergewesen. Die kommen und gehen. So ist's nun mal. Ich weiß nicht, was ich Ihnen sonst noch sagen soll.«

»Ihre Barkeeper, wissen Sie denn über die was?«

Sein Blick fixierte einen Punkt irgendwo im Rauch seiner Zigarette.

»Ich verstehe nicht recht«, sagte er.

»Heuern Sie einen Barkeeper an, dessen Kumpels lauter Ex-Sträflinge sind oder der bis über beide Ohren verschuldet ist? Ich möchte mal annehmen, daß Sie das nicht tun. Weil solche Typen nämlich gern ihre Freunde mit Doppelten auf Kosten des Hauses freihalten und es auch nicht immer so genau nehmen, wenn es darum geht, Beträge in die Kasse einzutippen.«

»Worauf wollen Sie hinaus?«

»Haben Sie gewußt, daß sie wegen Prostitution verhaftet worden war?«

»Das habe ich nicht gewußt.«

»Sie haben sie angestellt, weil Sie sie für eine Stipendiatin der USL gehalten haben?«

In seinem Mundwinkel zeichnete sich der schwache Anflug

eines Lächelns ab. Er rührte mit der Zigarettenspitze im vollen Aschenbecher.

»Ich lasse Ihnen mal meine Karte und was zum Nachdenken da, Mr. Trajan. Wir kriegen den Kerl, der sie umgebracht hat, so oder so. Wenn er in der Zwischenzeit aber noch jemanden tötet, und ich finde heraus, daß Sie mir was verschwiegen haben, dann steh ich hier mit einem Haftbefehl auf der Matte.«

»Ihr Ton gefällt mir nicht.«

Ich verließ sein Büro, ohne zu antworten, und ging wieder durchs Lokal. Die schwarze Frau war jetzt draußen, wo sie die Scheibe putzte. Sie legte die Bürste weg, kippte den ganzen Eimer mit Seifenwasser aufs Glas, das sie dann mit einem Schlauch abzuspritzen begann. Ihre Haut hatte die Farbe von verbranntem Ziegel, die Augen waren türkisfarben, und die Brüste hingen in dem billigen Baumwollkleid nach unten wie wassergefüllte Ballons. Ich klappte die Polizeimarke in der Handfläche auf.

»Haben Sie das weiße Mädchen Cherry LeBlanc gekannt?« fragte ich.

»Die hat hier gearbeitet, oder?« Sie kniff die Augen zusammen, weil Wasser von der Scheibe spritzte.

»Wissen Sie zufällig, ob sie einen Freund hatte, *tante*?«

»Wenn Sie das so nennen wollen.«

»Was meinen Sie damit?« fragte ich, obwohl ich bereits wußte, daß die Antwort kommen würde, die ich nicht hören wollte.

»Sie hat angeschafft.«

»So richtig?«

»Wie will man das sonst nennen, wenn man seine Haut zu Markte trägt?«

»Steckt Mr. Trajan da drin?«

»Tun Sie ihn doch fragen.«

»Ich glaub's nicht, sonst würden Sie mir wohl kaum diese Sachen erzählen, *tante.*« Ich lächelte sie an.

Sie ließ frisches Wasser in den Eimer laufen. Mit einemmal wirkte sie müde.

»Ein trauriges Mädchen ist sie gewesen«, sagte sie. Sie wischte sich den Schweiß mit der Handfläche vom runden Gesicht und blickte auf den Handteller. »Ich hab's ihr gesagt, da tut ihr nicht noch soviel Geld noch helfen, wenn sie sich von so 'nem Kerl was holt. Ich hab ihr gesagt, ein hübsches weißes Mädchen wie sie, die kann doch alles haben, was sie will – zur Schule gehen, 'n Auto, einen Ehemann mit 'nem guten Job auf 'nem Ölboot. Wenn die sich rausgeputzt hat, hat sie wie ein Filmstar ausgesehen. ›Jennifer, manche Menschen sollen nur das haben, was ihnen andere Menschen lassen‹, hat sie gesagt. Guter Gott, in ihrem Alter und weiß, und dann glaubt sie so was.«

»Wer war ihr Zuhälter, Jennifer?«

»Sie haben sie hier geholt.«

»Wer?«

»Die Männer. Wenn sie sie haben wollten. Die sind hergekommen und haben sie mit nach Haus genommen.«

»Wissen Sie, wer die waren, wie sie hießen?«

»Die Sorte Männer hat keinen Namen. Die sind hier bloß mit ihren fetten Wagen vorgefahren, wenn sie mit Arbeiten fertig war, und das arme Mädchen ist da reingehüpft.«

»Verstehe. Okay, Jennifer, hier ist meine Karte mit meiner Telefonnummer. Würden Sie mich anrufen, wenn Ihnen noch etwas einfällt, das mir helfen könnte?«

»Mehr tu ich nich wissen. Einer alten Niggerfrau wie mir hätte die doch niemals den Namen von so 'nem reichen weißen Fatzke gesagt.«

»Was für ein weißer Mann?«

»Das sag ich Ihnen doch grade. Ich tu den nich kennen.«

»Tut mir leid, ich versteh Sie grad nicht recht.«

»Haben Sie Bohnen in den Ohren? Wo kommen Sie bloß her? Sie hat gesagt, da ist so'n reicher Weißer, der kann ihr helfen, daß sie die Beine nich mehr breitmachen muß. Das hat sie das letzte Mal gesagt, wo ich sie gesehen hab, grad bevor jemand diese schrecklichen Dinge mit dem jungen Ding gemacht hat. Mister, in dem Geschäft hat jeder Mann ein süßes Wort auf den Lippen, jeder Kerl tut so seine Art haben, damit er die Muschi in seinem Bett behalten kann und den Dollar in seiner Tasche.«

Sie schüttete den Eimer mit klarem Wasser auf die Scheibe, so daß es uns beide vollspritzte, dann stapfte sie schwer mit ihren Bürsten, Putzlumpen und dem leeren Eimer in die Gasse neben der Bar.

Regentropfen fielen durch den Eichenbaldachin, als ich den Bayou entlang auf der unbefestigten Straße zu meinem Haus fuhr. Im Sommer regnet es im Süden von Louisiana fast jeden Nachmittag. Von meiner Veranda aus konnte man gegen drei Uhr nachmittags mit schöner Regelmäßigkeit beobachten, wie sich die Wolken draußen über dem Golf so hoch und dräuend wie ein Gebirge auftürmten, woraufhin innerhalb von Minuten das Barometer fiel, die Luft mit einem Schlag abkühlte und nach Ozon und Waffenstahl und Fischlaich roch. Dann kam ein Südwind auf, der das Moos auf den toten Zypressen in der Marsch aufrichtete, die Rohrkolben im Bayou beugte und die Pecanbäume in meinem Vorgarten aufplusterte und zerzauste. Dann bewegte sich eine graue Regenwand aus dem Sumpf heraus, über die schwimmenden Inseln purpurner Hyazinthen im Bayou, über meinen Laden mit Angelzubehör und den kleinen Pier mit der Leinenmarkise, von wo aus ich Boote vermietete, und die Tropfen prasselten so laut auf meine Veranda wie Murmeln, die auf rostiges Blech fallen.

Ich parkte den Pickup unter den Pecanbäumen und rannte den Anstieg zur Eingangstreppe hoch. Mein Vater, ein Fallensteller und Ölfeldarbeiter, der hoch oben auf dem Förderkran gearbeitet hatte, auf dem sogenannten Affenbrett, hatte das Haus in der Zeit der Weltwirtschaftskrise aus Zypressen- und Eichenholz gebaut. Die Bretter in Wänden und Fußboden waren mit Nuten versehen und mit Holzstiften miteinander verbunden. In die Ritzen paßte keine Spielkarte. Mit den Jahren war das Holz nahezu schwarz geworden. Ich glaube, Gewehrkugeln wären daran abgeprallt.

Der Wagen meiner Frau war nicht da, aber durch die Fliegentür roch ich Shrimps, die auf dem Herd köchelten. Ich suchte nach Alafair, meiner Adoptivtochter, sah sie aber auch nicht. Dann bemerkte ich, daß die Pferdekoppel und der kleine Stall leer waren und daß Alafairs dreibeiniger Waschbär, Tripod, nicht in seinem Käfig auf den Kaninchenverschlägen war und auch nicht an der Kette, die es ihm gestattete, an einer zwischen zwei Baumstümpfen gespannten Wäscheleine entlangzutoben.

Ich wollte schon ins Haus, da hörte ich die Hufe ihres Pferdes im Laub auf der anderen Hausseite.

»Alafair?«

Keine Antwort.

»Alf, ich habe so das Gefühl, da tut jemand was, was eigentlich verboten ist.«

»Was denn, Dave?« sagte sie.

»Komm bitte hierher, und bring deine Freunde mit.«

Sie kam auf ihrem Appaloosa unter der Regenrinne hervorgeritten. Die Tennisschuhe, rosa Shorts und das T-Shirt waren triefend naß, und Wasser glänzte auf ihrer sonnengebräunten Haut. Sie grinste unter ihrem Strohhut.

»Alf, was ist letztesmal passiert, als du mit Tripod geritten bist?«

Sie blickte nachdenklich auf den Regen, der in die Bäume fiel. Tripod wand sich in ihren Händen. Er war ein prachtvoller Waschbär, mit silbermelierten Fellspitzen, einer schwarzen Gesichtsmaske und schwarzen Ringen am buschigen Schweif.

»Ich hab ihm gesagt, daß er das nie mehr nicht tun darf, Dave.«

»Nur ›nie mehr‹.«

»Nie mehr. Er wird es nie mehr tun, Dave.«

Sie grinste jetzt wieder. Tex, ihr Appaloosa, war stahlgrau, mit weißen Beinen und einem schwarzweiß getupften Leib. Letzte Woche hatte Tripod sich mit den Pfoten in Tex festgekrallt, und Alafair war abgeworfen worden und kopfüber in den Tomaten gelandet.

»Wo ist Bootsie?«

»In der Stadt, einkaufen.«

»Wie wär's, wenn du Tex in den Stall stellst und reinkommst, um ein Eis zu essen? Meinst du, das schaffst du, Kleines?«

»Ja, das ist eine ziemlich gute Idee, Dave«, sagte sie, als hätten wir gerade gemeinsam mittels angestrengten Nachdenkens ein Problem bewältigt. Sie blickte mich weiter an, funkelndes Licht in den dunklen Augen. »Was ist mit Tripod?«

»Wie ich es sehe, braucht Tripod wohl auch ein bißchen Eis.«

Sie strahlte. Sie setzte Tripod auf den Kaninchenställen ab, dann rutschte sie vom Pferd direkt auf den schlammigen Boden. Ich beobachtete sie, wie sie Tripod an seiner Kette festhakte und Tex zurück zur Koppel führte. Sie war jetzt elf Jahre alt. Ihr Körper war rund und hart und voller Energie, das indianerschwarze Haar so glänzend wie der Flügel eines Raben; wenn sie lächelte, schlossen sich ihre Augen fast. Vor sechs Jahren hatte ich sie aus einer wabernden Luftblase im untergegangenen Wrack eines zweimotorigen Flugzeugs draußen auf dem Meer gezogen.

Sie machte Tripods Kette an der rückwärtigen Veranda fest und ging in ihr Schlafzimmer, um sich umzuziehen. Ich gab eine kleine Portion Eiskrem in zwei Schalen und stellte sie auf den Tisch. Auf der schwarzen Tafel über dem Küchentresen, die wir für Nachrichten verwendeten, stand eine Telefonnummer. Alafair kam wieder in die Küche, sich den Kopf mit einem Handtuch reibend. Sie trug jetzt ihre Slipper, eine Bluejeans mit Stretchverschluß und ein T-Shirt der University of Southwestern Louisiana, das ein paar Nummern zu groß war. Immer wieder blies sie sich den Pony aus den Augen.

»Versprichst du mir, daß du ordentlich zu Abend ißt?« sagte ich.

»Na klar. Was macht es schon für einen Unterschied, wenn man Eis vor dem Abendessen ißt oder danach? Manchmal sagst du dumme Sachen, Dave.«

»Ah ja.«

»Manchmal hast du echt komische Ideen.«

»Du wächst mir über den Kopf.«

»Was?«

»Vergiß es.«

Sie holte Tripods Napf von der Veranda und gab einen großen Löffel Eiskrem hinein. Der Regen hatte nachgelassen, und über dem Zuckerrohr auf der rückwärtigen Seite meines Grundstücks konnte ich die Abendsonne den Nebel durchbrechen sehen, wie eine Oblate in leuchtendem Rosa.

»Oh, das hatte ich ganz vergessen, ein Mann hat angerufen«, sagte sie. »Das ist seine Nummer.«

»Wer war das?«

»Er hat gesagt, er ist ein Freund von dir. Ich hab's nicht richtig mitgekriegt, weil da soviel Lärm war.«

»Das nächste Mal läßt du dir den Namen buchstabieren und schreibst ihn dann neben der Nummer auf die Tafel, Alf.«

»Er hat gesagt, er will mit dir über so 'nen Mann mit einem Arm und einem Bein reden.«

»Was?«

»Ein Soldat, hat er gesagt. Seine Worte waren ein ziemliches Durcheinander. Ich konnte ihn nicht verstehen.«

»Was für ein Soldat? Richtig schlau werde ich da nicht draus, Alf.«

»Er hat immer aufstoßen müssen, während er geredet hat. Er hat gesagt, sein Großvater ist ein Texas Ranger gewesen. Was ist ein Texas Ranger?«

Ach herrje, dachte ich.

»Ist es vielleicht Elrod T. Sykes gewesen?« sagte ich.

»Ja, genau, der war's.«

Zeit für eine Geheimnummer, dachte ich bei mir.

»Wovon hat er geredet, Dave?«

»Er war wahrscheinlich betrunken. Du darfst nicht auf das achten, was Betrunkene sagen. Wenn er noch mal so anruft, wenn Bootsie und ich nicht hier sind, sag ihm, ich rufe ihn zurück, und leg dann auf.«

»Magst du ihn nicht?«

»Wenn jemand trinkt, ist er krank, Alafair. Wenn man mit so jemandem redet, während er betrunken ist, wird man auf eine komische Art wie er. Keine Sorge, ich werde später mit ihm reden.«

»Er hat nichts Schlimmes gesagt, Dave.«

»Aber er sollte nicht hier anrufen und kleine Leute belästigen«, sagte ich und blinzelte ihr zu. Ich beobachtete die Sorge in ihrem Gesicht. Ihre Mundwinkel zeigten nach unten, und ihre Augen blickten in einen leeren Raum über der Eiskremschale. »Du hast recht, Kleines. Es ist nicht recht, auf andere Menschen böse zu sein. Ich glaube, daß Elrod Sykes wahrscheinlich ganz in Ordnung ist. Er macht wohl nur manchmal zu viele Flaschen an einem einzigen Tag auf.«

Sie lächelte wieder. Sie hatte große, weiße Zähne, die etwas voneinander abstanden, und auf ihrer braunen Wange war ein Klecks Eiskrem. Ich umarmte sie und küßte sie oben auf den Kopf.

»Ich muß jetzt los. Paß auf die Shrimps auf, okay?« sagte ich. »Und kein Ausritt mehr mit Tripod. Ist das klar, Alf?«

»Klar, Großer.«

Ich schlüpfte in Tennisschuhe und Sporthosen und lief los, die unbefestigte Straße hinunter zur Zugbrücke über den Bayou. Der Regen sah jetzt in der Luft wie Flecken von gesponnenem Glas aus, und das Spiegelbild der sterbenden Sonne lag blutrot im Wasser. Nach einer Meile rann mir der Schweiß in der feuchten Luft nur so vom Leib, aber ich spürte schon, wie die Ermattung des Tages aus meinem Körper wich, und ich hüpfte über die Pfützen und gab den ganzen Weg zur Brücke ordentlich Gas.

An den rostigen Brückenbalken machte ich Dehnungsübungen für meine Beine, beobachtete die Leuchtkäfer, die in den Bäumen aufglühten, und die Hornhechte, die im Schatten eines unter Wasser stehenden Rohrdickichts hin und her schwammen. Die Laute der Baumfrösche und Zikaden in der Marsch waren jetzt fast ohrenbetäubend.

Um diese Zeit des Tages, und besonders im Sommer, befiel mich immer ein Gefühl der eigenen Vergänglichkeit, das ich einem anderen Menschen gegenüber nie angemessen beschreiben konnte. Manchmal war es, als ob die Abendsonne im Begriff stände, am Rande des Horizonts zu toter Asche zu verglühen, um nie wieder aufzugehen. Bei dem Gedanken kroch mir der Schweiß wie Schlangen am Leib hinunter. Vielleicht weil ich glauben wollte, daß der Sommer ein Lied war, das nie aufhörte, daß es genauso viel oder wenig bedeutete, sich im dreiundfünfzigsten Lebensjahr zu befinden, als wenn man bei einem Baseballspiel das sechste Inning begann, wo der Wurfarm immer noch elastisch und zäh wie eine Peitsche war und die bloße Erwartung eines deiner blitzartigen Würfe den Mann am Schlagmal schwer schlucken und einen Schritt zurück machen ließ.

Und wenn morgen alles zu Ende wäre, hätte ich keinen Grund, mich zu beklagen, dachte ich. Schon Jahre zuvor hätte es mich zahllose Male erwischen können. Zur Erinnerung an diese Tatsache mußte ich nur die Narbe auf meinem Bauch berühren, die von einem Punjistab stammte, zusammengerollt wie ein flachgedrückter, grauer Wurm; oder die glänzenden, pfeilförmigen Schmarren, die eine Springmine an meinem Oberschenkel hinterlassen hatte; oder die verrunzelte Delle unter meinem Schlüsselbein, wo eine Patrone vom Kaliber .38 meine Schulter durchbohrt hatte.

Es waren auch nicht Wunden, die ich in Heldenmanier empfangen hatte. In jedem Fall kam es dazu, weil ich selbst etwas tat, das achtlos oder unüberlegt war. Außerdem hatte ich versucht, mich in Raten selbst zu zerstören, Glas für Glas.

Schlag dir diese Gedanken aus dem Kopf, Partner, sagte ich mir. Ich winkte dem Brückenwärter in seiner kleinen Kabine am anderen Ende der Brücke zu und machte mich auf den Heimweg.

Auf der letzten halben Meile machte ich noch einmal richtig Dampf, stoppte dann am Pier und machte fünfzig Liegestütze und Klappmesser auf den Holzplanken, die noch die Hitze des Tages in sich trugen und nach getrockneten Fischschuppen rochen.

Ich ging durch die Bäume auf der dichten Schicht aus dahinmoderndem Laub und Pecannußschalen den Hang hoch zur Veranda meines Hauses, wo Licht brannte. Dann hörte ich hinter mir auf der unbefestigten Straße einen Wagen, und ich drehte mich um und sah ein Taxi bei meinem Briefkasten anhalten. Ein Mann und eine Frau stiegen aus, dann bezahlte der Mann den Fahrer und schickte ihn wieder in Richtung der Stadt.

Ich rieb mir mit dem Unterarm das Salz aus den Augen und starrte durch die Dunkelheit. Der Mann leerte den Schaum aus einer langhalsigen Bierflasche und stellte sie hinter einem Baumstumpf ab. Dann stupste ihn die Frau an die Schulter und zeigte in meine Richtung.

»Hey, hier stecken Sie also«, sagte Elrod Sykes. »Wie geht's, Mr. Robicheaux? Sie haben doch nichts dagegen, daß wir hier reinschneien? Wow, schön haben Sie's hier.«

Er stand etwas unsicher auf den Beinen. Die Frau, Kelly Drummond, faßte ihn am Arm. Ich ging den Abhang wieder hinunter.

»Ich muß Ihnen leider sagen, daß ich gerade duschen und dann zu Abend essen wollte«, sagte ich.

»Wir möchten Sie gerne zum Essen einladen«, sagte er. »Da gibt's so einen Laden in Beau Bridge, der heißt Mulate's. Die machen ein Gumbo, mit dem man glatt eine neue Religion starten könnte.«

»Das ist nett, danke. Aber meine Frau hat bereits gekocht.«

»Schlechter Zeitpunkt, um auf der Matte zu stehen, El«, sagte Kelly Drummond. Aber sie sah mich an, als sie es sagte, die Augen direkt in meine gerichtet. Sie trug hellbraune Hosen, Schuhe mit flachen Absätzen und eine gelbe Bluse, deren oberster Knopf aufgeknöpft war, so daß man ihren BH sah. Als sie die Hand hob, um sich eine blonde Locke aus der Stirn zu wischen, sah man einen sichelförmigen Schweißfleck unter ihrem Arm.

»Wir haben nicht vorgehabt, Ihnen Ärger zu machen«, sagte Elrod. »Ich fürchte, die Großwetterlage war hier heute nachmittag etwas alkoholhaltig. Aber hey, wir kommen schon klar. Wir haben ein Taxi genommen. Haben Sie das bemerkt? Wie finden Sie das? Hören Sie zu, ich sag Ihnen was, wir holen uns in dem Angelladen dahinten nur kurz was Trinkbares und rufen uns dann ein Taxi.«

»Jetzt sag ihm schon, warum du gekommen bist, El«, sagte Kelly Drummond.

»Schon okay. Wir sind zur unpassenden Zeit hier reingeplatzt. Tut mir wirklich leid, Mr. Robicheaux.«

»Nennen Sie mich Dave. Macht's Ihnen was aus, im Angelladen ein paar Minuten zu warten? Ich dusche dann kurz und fahre Sie heim.«

»Mann, Sie wissen aber echt, wie man Klischees vermeidet«, sagte die Frau.

»Wie bitte?« sagte ich.

»Ihnen kann ja wohl keiner vorwerfen, daß Sie die sprichwörtliche Gastfreundschaft der Südstaatler zu dick auftragen«, sagte sie.

»Hey, schon okay«, sagte Elrod und zog sie am Arm in Richtung des Angelladens.

Ich war nur ein kurzes Stück den Hang wieder hochgegangen, als ich die Schritte der Frau hinter mir hörte.

»Nur einen Augenblick, Dick Tracy«, sagte sie.

Hinter ihr sah ich Elrod den Pier hinunter zum Laden laufen, wo Batist, der Schwarze, der für mich arbeitete, gerade die Leinenmarkise über den Tischen zurückzog, um für heute Schluß zu machen.

»Hören Sie, Mrs. Drummond –«

»Sie müssen uns nicht in Ihr Haus bitten, und Sie müssen auch nicht glauben, was er über die Dinge sagt, die er so sieht und hört, aber Sie sollten zumindest wissen, daß es ihn eine Menge Mumm gekostet hat, hier rauszukommen. Wenn er sich's mit Mikey verdirbt, wenn er diesen Film schmeißt, dann war's das vielleicht für ihn.«

»Sie müssen schon entschuldigen, aber ich bin mir nicht sicher, was das mit dem Iberia Parish Sheriff's Department zu tun hat.«

In ihrer Hand trug sie einen Beutel aus Rehleder. Sie

stemmte eine Hand in die Taille. Sie blickte hoch zu mir und fuhr sich mit der Zunge über die Unterlippe.

»Sind Sie so blöd?« fragte sie.

»Wollen Sie mir sagen, daß ein Mafioso, vielleicht Baby Feet Balboni, in Ihrem Film drinsteckt?«

»Ein Mafioso? Das ist gut. Ich wette, daß Sie eine Menge von denen in den Knast geschickt haben.«

»Wo stammen Sie her, Mrs. Drummond?«

»East Kentucky.«

»Haben Sie schon mal erwogen, Ihren nächsten Film dort zu drehen?«

Ich machte wieder ein paar Schritte aufs Haus zu.

»Einen Moment, Mr. Klugscheißer«, sagte sie. »Elrod respektiert Sie. Haben Sie schon mal von der Chicken Ranch in LaGrange, Texas, gehört?«

»Ja.«

»Wissen Sie, was das war?«

»Ein Bordell.«

»Seine Mutter ist dort Prostituierte gewesen. Das ist der Grund, weshalb er nie über jemanden in seiner Familie redet, außer seinem Großpapa, dem Texas Ranger. Deswegen mag er Sie, und Sie täten verdammt noch mal gut dran, das zu registrieren.«

Sie machte auf dem Absatz kehrt, der Lederbeutel schlug gegen ihren Leib, und dann ging sie aufrecht den Hang hinunter zum Angelladen, wo ich sehen konnte, wie Elrod gerade unter der Glühbirne über der Fliegentür ein Bier mit dem Taschenmesser öffnete.

Nun, Elrod, du hättest es wesentlich schlechter treffen können, dachte ich.

Ich duschte, trocknete mich ab und knöpfte gerade ein frisches Hemd in der Küche zu, als das Telefon auf dem Küchentresen klingelte. Bootsie stellte einen Topf auf dem Herd ab und ging ran.

»Batist«, sagte sie und reichte mir den Hörer.

»*Qui t'as pr'est faire?*« sagte ich in die Muschel.

»Hier ist so'n betrunkener Weißer. Ist grad in den Bayou gefallen«, sagte er.

»Was macht er jetzt?«

»Sitzt mitten im Laden und macht mir meinen Fußboden naß.«

»Bin gleich da«, sagte ich.

»Dave, die Lady bei ihm, die hat da draußen auf dem Dock 'ne Zigarette geraucht, die roch mir aber gar nicht nach Tabak.«

»Alles klar, Partner. Danke«, sagte ich und hängte auf.

Bootsie sah mich mit einem fragenden Ausdruck im Gesicht an. Winzige Lichter funkelten in ihrem kastanienbraunen Haar, das sie hochgesteckt hatte.

»Ein Mann ist in den Bayou gefallen. Ich muß ihn und seine Freundin heimfahren«, sagte ich.

»Wo haben die ihr Auto?«

»Sie sind mit dem Taxi gekommen.«

»Mit dem Taxi? Wer geht mit dem Taxi angeln?«

»Er ist ein seltsamer Bursche.«

»Dave –« sagte sie, meinen Namen gereizt langziehend.

»Er ist einer dieser Schauspieler, die da draußen am Spanish Lake arbeiten. Schätze, er ist hierhergekommen, um mir was zu erzählen.«

»Welcher Schauspieler?«

»Elrod Sykes.«

»Elrod Sykes ist draußen im Laden?«

»Ja.«

»Und wer ist die Frau, mit der er da ist?«

»Kelly Drummond.«

»Dave, ich fasse es nicht. Du hast Elrod Sykes und Kelly Drummond da draußen im Angelladen stehengelassen? Du hast sie nicht zu uns hereingebeten?«

»Er ist voll wie eine Strandhaubitze, Boots.«

»Das ist mir egal. Sie sind hierhergekommen, um dich zu sehen, und du hast sie im Laden sitzenlassen, während du kurz mal duschst?«

»Bootsie, der Kopf von dem Burschen leuchtet im Dunkeln, selbst wenn er keine Pillen geschluckt hat.«

Sie ging zur Haustür hinaus und den Abhang zum Bayou hinunter. Im bläulich-violetten Dämmerlicht konnte ich sehen, wie sie sich ans Haar faßte, bevor sie den Laden betrat. Fünf Minuten später saß Kelly Drummond an unserem Küchentisch, eine Tasse Kaffee zwischen den Fingern, das Gesicht marihuanabedingt entrückt, während Elrod Sykes in unserem Schlafzimmer in trockene Klamotten schlüpfte. Als er in die Küche trat, trug er meine Sandalen, Khakihosen und das Ragin'-Cajuns-T-Shirt, auf dessen Rücken mein Name aufgebügelt war. Alafair hatte es mir zum Vatertag geschenkt.

Blutunterlaufene Äderchen röteten sein Gesicht, und sein Blick schweifte automatisch zum Kühlschrank.

»Möchten Sie ein Bier?« sagte Bootsie.

»Gerne, wenn es Ihnen nichts ausmacht«, sagte er.

»Boots, ich glaube, es ist keins mehr da«, sagte ich.

»Oh, das macht nichts. Ist wirklich nicht nötig«, sagte er.

Die Verlegenheit stand Bootsie in die Augen geschrieben. Dann sah ich ihre Züge hart werden.

»Ich bin sicher, da muß irgendwo noch eins sein«, sagte sie. Dann fischte sie eine langhalsige Flasche Dixie aus dem unteren Fach und machte sie für ihn auf.

Elrod blickte beiläufig zur Hintertür hinaus, während er am Flaschenhals nippte.

»Ich muß die Kaninchen füttern. Wollen Sie kurz mit mir rauskommen, Elrod?« sagte ich.

»Die Shrimps sind in einer Minute fertig«, sagte Bootsie.

»Länger dauert's auch nicht«, sagte ich.

Draußen, unter den Pecanbäumen, die im nachlassenden Licht jetzt schwarzgrün schimmerten, spürte ich, wie Elrod von der Seite her mein Gesicht beobachtete.

»Junge, Junge, ich weiß gar nicht, was ich sagen soll, Mr. Robicheaux, ich meine, Dave.«

»Zerbrechen Sie sich da mal nicht den Kopf drüber. Sagen

Sie mir nur, was Ihnen den ganzen Tag lang schon auf der Seele brennt.«

»Diese Burschen da draußen am See. Ich hab's Ihnen schon mal erzählt.«

»Welche Burschen? Wovon reden Sie?«

»Südstaateninfanterie. Besonders ein Kerl, mit goldenen Epauletten am Uniformrock. Er hat eine Armverletzung, und das eine Bein fehlt. Ich glaube, daß er vielleicht ein General ist.«

»Ich sag's Ihnen offen und ehrlich, Partner. Meiner Meinung nach haben Sie Halluzinationen.«

»Das denken viele Menschen. Aber irgendwie hab ich nicht erwartet, daß ich von Ihnen dieselbe Scheiße zu hören bekomme.«

»Ich wäre Ihnen doch dankbar, wenn Sie Ihre Zunge hier bei mir im Zaum hielten.«

»Entschuldigung. Aber dieser Offizier der Konföderierten hat was gesagt. Ich konnte nicht draus schlau werden, aber ich hab mir gedacht, daß es Ihnen vielleicht was sagt.«

Ich füllte einen der Kaninchennäpfe mit Trockenfutter – in Kugeln gepreßte Luzerne – und hängte den Riegel an der Gazetür des Verschlags wieder vor. Ich blickte Elrod Sykes an. In seinem Gesicht lag nicht ein Anflug von Tücke oder manipulativer Absicht; in der Tat erinnerte es mich an jemanden, dem gerade ein Blitz in den Kopf gefahren ist.

»Hören Sie zu, Elrod. Vor Jahren, als ich an der Flasche hing, da glaubte ich immer, Anrufe von Leuten zu bekommen, die lange tot waren. Manchmal hörte ich im Regen die Stimmen von meiner verstorbenen Frau oder von Kameraden aus meinem Zug. Ich war der festen Überzeugung, daß die Stimmen echt waren und daß ich mich vielleicht zu ihnen gesellen sollte. Gut ist das nicht gewesen.«

Er kippte den Schaum aus der Flasche, schnippte dann die letzten Tropfen nachdenklich auf die Rinde eines Pecanbaums.

»Ich war nicht betrunken«, sagte er. »Dieser Typ mit dem verletzten Arm und dem einen Bein, der hat zu mir gesagt: ›Sie und Ihr Freund, der Polizeibeamte aus dieser Stadt, Sie müssen sie zurückschlagen.‹ Er stand am Wasser, im Nebel, auf eine Krücke gestützt. Er hat mir voll ins Gesicht geblickt, als er es sagte.«

»Ah ja.«

»Was glauben Sie wohl, hat er damit gemeint?«

»Tut mir leid. Woher soll ich das wissen, Partner?«

»Ich hab so den Eindruck gehabt, daß er davon ausging, Sie wissen, worum es geht.«

»Ich will Ihnen nicht zu nahe treten, aber ich glaube doch, daß das alles eine Ausgeburt Ihrer Phantasie ist, mit der ich mich nicht weiter beschäftigen will. Mal was anderes. Mrs. Drummond hat vorhin etwas gesagt, zu dem ich von Ihnen gerne Näheres hören würde.«

»Das wäre?«

»Warum ist es für Ihren Regisseur, diesen Mikey, ein Problem, wenn Sie mir einen Besuch abstatten?«

»Das hat sie Ihnen gesagt?«

»Das hat sie mir gesagt.«

»Nun, er hat's so gesagt: ›Fall diesem Cop da nicht auf den Wecker, El. Gib ihm keinen Grund, hier rauszukommen und uns Ärger zu machen. Wir dürfen nie vergessen, daß ein Großteil der Dinge, die in diesem Teil des Landes geschehen sind, uns nichts angehen.‹«

»Macht er sich Sorgen wegen des toten schwarzen Mannes, den Sie gefunden haben?« sagte ich. »Das scheint mir keinen Sinn zu ergeben.«

»Haben Sie wohl noch so eins?« sagte er und hielt die leere Flasche hoch.

»Warum macht er sich Sorgen wegen des schwarzen Mannes?«

»Wenn Mikey sich Sorgen macht, dann um Geld, Mr. Robicheaux. Oder genauer gesagt, um das Geld, das er dazu braucht, die Art von Filmen zu machen, an denen ihm wirklich liegt. Er hat einen Fernsehmehrteiler über den Holocaust gemacht. Das waren zehn Millionen Dollar Miese für das Network. Es ist nicht so, daß irgend jemand grade Schlange steht, um eins von Mikeys Projekten zu finanzieren.«

»Julie Balboni schon.«

»Haben Sie schon mal gehört, daß ein College Geld von einem Rüstungsunternehmen abgelehnt hat, weil es Napalm herstellt?«

Er machte den Mund auf und zu, als befände er sich in einem Flugzeug und hätte mit dem Druck in den Ohren zu schaffen. Der Mond war jetzt aufgegangen, und in den Lichtstrahlen, die durch die Äste fielen, war die Haut seines Gesichts bleich und großporig, straff wie Pergament über den Knochen. »Mr. Robicheaux ... Dave ... ich will Ihnen nichts vormachen, ich brauche was zu trinken.«

»Dann gehen wir besser rein und besorgen Ihnen was. Aber ich mache Ihnen einen Vorschlag, Partner. Vielleicht lassen Sie sich mal durch den Kopf gehen, ob Sie mal mit mir zu so einem Meeting gehen wollen. Damit meine ich nicht unbedingt, daß Sie da hingehören. Aber es gibt Menschen, die finden's besser, als jeden Morgen mit einer Motorsäge im Schädel aufzuwachen.«

Sein Blick schweifte weg zu einem Boot mit Lichtern auf dem Bayou.

»Ist nur ein Gedanke. Ich wollte mich Ihnen nicht aufdrängen«, sagte ich. »Gehen wir rein.«

»Haben Sie schon mal nachts draußen Lichter in den Zypressen gesehen?«

»Das ist Sumpfgas. Es entzündet sich und rollt über die Wasseroberfläche wie ein Kugelblitz.«

»Nein, Sir, das ist es nicht«, sagte er. »Sie hatten Laternen an manchen der Wagen mit den Verletzten hängen. Die Pferde sanken immer wieder in den Sandlöchern ein. Viele der Soldaten hatten Maden in den Wunden. Das ist der einzige Grund für ihr Überleben gewesen. Die Maden haben die entzündeten Stellen saubergefressen.«

Ich hatte nicht vor, noch länger über diese seltsame psychologische Zwischenwelt zu reden, die er sich offensichtlich als

Privatzoo für all die vielgestaltigen, schemenhaften Figuren geschaffen hatte, die in seinem Unterbewußtsein spukten.

Ich legte den Sack mit dem Trockenfutter oben auf den Kaninchenstall und machte kehrt, um wieder zum Haus zurückzugehen.

»Der General hat noch was gesagt«, sagte Elrod hinter mir.

Ich winkte ab und lief weiter.

»Na ja, kann's Ihnen nicht verdenken, daß Sie mir nicht zuhören wollen«, sagte er. »Diesmal bin ich vielleicht tatsächlich betrunken gewesen. Wie sollte Ihr Vater auch an die Pistole seines Adjutanten kommen?«

Ich blieb stehen.

»Was?« sagte ich.

»Der General hat gesagt: ›Der Vater Ihres Freundes nahm den Revolver meines Adjutanten, Major Moss.‹ ... Hey, Mr. Robicheaux, ich hab nichts Falsches sagen wollen.«

Ich nagte kurz an meiner Lippe und wartete einen Augenblick, bevor ich wieder etwas sagte.

»Elrod, ich habe so das Gefühl, daß Sie mir hier mit einem ganz faulen Zauber kommen wollen«, sagte ich. »Vielleicht geht's darum, daß Sie Werbung für Ihren Film machen wollen, vielleicht ist es aber auch nur so, daß da jemand wirklich sein Gehirn zu lange in Alkohol konserviert hat. Aber wie man's auch dreht, eins muß ich klarstellen: Niemand, und damit meine ich niemand, Partner, sollte versuchen, ein Mitglied meiner Familie dazu zu verwenden, mich an der Nase rumzuführen.«

Er drehte die Handflächen nach oben, und seine langen Wimpern flatterten.

»Ich weiß nicht, was ich sagen soll. Ich bitte Sie um Entschuldigung, Sir«, sagte er. Dann schweifte sein Blick ins Nichts, und er kniff mit der Hand den Mund zusammen, als quetschte er eine trockene Zitrone aus.

Um elf Uhr nachts zog ich mich aus und legte mich neben Bootsie aufs Bett. Der Ventilator im Fenster blähte die Vorhänge auf und ließ die Abendluft von draußen herein, und ich roch Wassermelonen und Jasmin, der jetzt draußen im Mondlicht in Blüte stand. Die Tür zum Wandschrank stand offen, und ich starrte auf die hölzerne Feldkiste, die hinter den aufgehängten Hemden und Hosen verstaut war. Bootsie drehte den Kopf auf dem Kissen und streifte mit den Fingern über mein Gesicht.

»Bist du sauer auf mich?« fragte sie.

»Nein, natürlich nicht.«

»Sie scheinen wirklich nett zu sein. Es wäre nicht recht gewesen, sie nicht reinzubitten.«

»Ja, sie sind okay.«

»Aber als du mit Elrod wieder reingekommen bist, da hast du ausgesehen, als sei dir eine Laus über die Leber gelaufen. Ist was vorgefallen?«

»Er behauptet, Gespräche mit Toten zu führen. Vielleicht ist er verrückt. Ich weiß nicht, Boots, ich –«

»Was ist, Dave?« Sie stützte sich auf dem Ellenbogen auf und sah mir ins Gesicht.

»Er hat gesagt, dieser tote Südstaatengeneral hätte ihm erzählt, mein Vater habe den Revolver seines Adjutanten genommen.«

»Er hat zuviel getrunken, das ist alles.«

Ich fuhr fort, auf den Schrank zu starren. Sie lächelte mich an und drückte ihren Körper gegen mich.

»Du hast einen langen Tag gehabt. Du bist müde«, sagte sie. »Er hat's nicht bös gemeint. Morgen wird er sich wahrscheinlich nicht mehr daran erinnern, was er gesagt hat.«

»Du verstehst nicht, Boots«, sagte ich und setzte mich am Bettrand auf.

»Was verstehe ich nicht?« Sie legte die Hand auf meinen nackten Rücken. »Dave, deine Muskeln sind total verspannt und hart wie Eisen. Was ist los?«

»Einen Augenblick.«

Ich wollte weder blankem Aberglauben noch meinen eigenen Phantasien oder gar den Manipulationen von Elrod Sykes anheimfallen. Aber ich tat es doch. Ich knipste die Tischlampe an und zog meine alte Feldkiste aus dem Schrank. Auf ihrem Boden befanden sich in einem halben Dutzend Schuhkartons die Erinnerungsstücke meiner Kindheitstage mit meinem Vater in den vierziger Jahren: eine Sammlung von Baseball-Karten, indianischen Bannersteinen und Pfeilspitzen aus Quarz, und die Minié-Kugeln, die wir nach dem ersten Regen immer aus den frischgepflügten Zuckerrohrfeldern gepickt hatten.

Ich holte einen eingedrückten Schuhkarton heraus, der mit Drachenschnur zugebunden war, und setzte mich damit wieder aufs Bett. Ich entfernte die Schnur, nahm den Deckel ab und stellte die Schachtel auf den Nachttisch.

»Das ist das tollste Geschenk gewesen, das mir mein Vater je gemacht hat«, sagte ich. »Wenn mein Bruder und ich Geburtstag hatten, hat er immer *cush-cush* und Würstchen zum Frühstück gemacht, und neben dem Teller haben wir dann immer ein ungewöhnliches Geschenk gefunden. Das habe ich zu meinem zwölften Geburtstag bekommen.«

Ich hob den schweren Revolver aus dem Karton und wickelte ihn aus dem schwarzbefleckten Öltuch.

»Er hatte seinen Job auf den Ölfeldern verloren und eine Arbeit angenommen, wo sie alte Sklavenquartiere auf einer Zuckerrohrplantage ungefähr zehn Meilen tiefer im Bayou abreißen mußten. Da war eine Hütte, die stand ein Stück abgerückt von den anderen. Sie hatte ein Ziegelfundament, und wie er es sah, mußte sie wohl dem Aufseher gehört haben. Wie auch immer, als er sich daranmachte, die Bretter aus den Wänden zu brechen, hat er im Holz ein paar flachgedrückte Minié-Kugeln gefunden. Er wußte, daß man sagte, es hätte in der Gegend da draußen ein kleineres Scharmützel zwischen Unionstruppen und Konföderierten gegeben. Dann riß er die Überreste des Fußbodens auf, und in einer kleinen Nische, tief hinten in den Ziegeln, lag dieser Remington-Revolver Kaliber .44.«

Als mein Vater die Waffe fand, war sie von Rost und Spinnweben überzogen, Trommel und Hahn am Rahmen festgefressen, die hölzernen Griffschalen von Schimmel und Insekten zersetzt, aber ich legte sie eine Woche lang in Benzin und polierte den Stahl mit Schmirgelpapier und Lappen, bis er den matten Glanz einer alten Fünfcentmünze hatte.

»Es ist nur eine antike Pistole, die dir dein Vater geschenkt hat, Dave«, sagte sie. »Vielleicht hast du sie irgendwann Elrod gegenüber erwähnt. Dann hat er sich betrunken und sie in irgendeine seiner Phantastereien reingewoben.«

»Nein, er hat den Namen des Offiziers genannt.« Ich öffnete die Nachttischschublade und holte eine kleine Lupe heraus. »Er hat gesagt, sie habe einem Major Moss gehört.«

»Na und?«

»Boots, in den Abzugsbügel ist ein Name eingraviert. Ich habe seit Jahren nicht mehr daran gedacht. Ich hätte es ihm gegenüber gar nicht erwähnen können.«

Ich legte den Revolver auf meine Oberschenkel und blickte durch das Vergrößerungsglas auf den Messingbügel um den Abzug, in dem sich matt das Licht der Lampe spiegelte. Der Stahl lag kalt und ölglatt auf meinen Beinen.

»Schau her«, sagte ich und reichte ihr die Lupe und den Revolver.

Sie ging in den Schneidersitz und blickte mit einem zusammengekniffenen Auge durch die Lupe.

»Da steht ›CSA‹«, sagte sie.

»Falsche Stelle. Auf der Rückseite des Bügels.«

Sie hielt die Waffe näher ans Vergrößerungsglas. Dann sah sie mich an. Auf ihrer Wange waren weiße Flecken.

»J. Moss.« Ihre Stimme war trocken, als sie es sagte. Dann wiederholte sie den Namen noch einmal. »Da steht J. Moss.«

»Das steht da in der Tat.«

Sie wickelte das geschwärzte Öltuch um die Waffe und legte es wieder in den Schuhkarton. Sie legte ihre Hand in meine und drückte sie fest.

»Dave?«

»Ja?«

»Ich finde Elrod Sykes nicht unsympathisch, aber hierher kommt er mir nicht mehr.«

Sie schaltete das Licht aus, legte sich zurück aufs Kissen und blickte nach draußen auf das Mondlicht in den Pecanbäumen. Ihr Gesicht war erfüllt von privaten, sorgenvollen Gedanken, wie ein Käfig, in dem ein Vogel lautlos mit den Flügeln schlägt.

5

Früh am nächsten Morgen hielt mich der Sheriff im Flur an, als ich auf dem Weg in mein Büro war.

»Special Agent Gomez ist da«, sagte er. Ein Lächeln zeichnete sich in seinem Mundwinkel ab.

»Wo?«

»In Ihrem Büro.«

»Und?«

»Ich finde es gut, daß das FBI mit uns in dieser Sache zusammenarbeitet.«

»Das haben Sie mir bereits gesagt.«

»Yeah, das hab ich allerdings.« Seine Augen strahlten, dann blickte er weg und lachte laut auf.

»Was ist hier so witzig?« fragte ich.

»Gar nichts.« Er rieb sich die Lippen mit den Fingerknöcheln. Um seine Augen zogen sich immer noch kleine Fältchen.

»Wenn Sie sich zwischen den ganzen Insiderwitzen mal einkriegen, muß ich Sie mal was fragen«, sagte ich. »Warum schaltet sich das FBI in so einem frühen Stadium in diesen Fall ein? Haben die mit dem organisierten Verbrechen in New Orleans nicht genug zu tun?«

»Das ist eine gute Frage, Dave. Stellen Sie sie Agent Gomez und halten dann später Rücksprache mit mir.« Er zog ab, verschmitzt in sich hineinlächelnd. Auch uniformierte Deputies im Flur suchten mit einem Lächeln seinen Blick.

Ich holte meine Post, trat durch die Tür zu meinem Büro und starrte verdutzt die Frau an, die auf meinem Stuhl saß und in mein Telefon sprach. Während sie redete, betrachtete sie durchs Fenster eine Drossel, die auf einem Ast saß. Sie drehte mir den Kopf lange genug zu, um auf einen Stuhl zu deuten, wo ich Platz nehmen könne, wenn mir danach wäre.

Sie war klein und dunkelhäutig, und ihr dichtes schwarzes Haar war entlang des Halses radikal gerade geschnitten. Die weiße Jacke ihres Kostüms war über die Lehne meines Bürostuhls gehängt. An ihrer Bluse trug sie eine riesige Seidenschleife, die Bugs Bunny zur Ehre gereicht hätte.

Ihr Blick streifte mich wieder, und sie nahm den Telefonhörer vom Ohr und hielt eine Hand über die Sprechmuschel.

»Setzen Sie sich doch. Ich bin gleich für Sie da«, sagte sie.

»Danke«, sagte ich.

Ich setzte mich, ging beiläufig meine Post durch, und einen Augenblick später hörte ich sie den Hörer auflegen.

»Kann ich Ihnen behilflich sein?« fragte sie.

»Gut möglich. Ich heiße Dave Robicheaux. Das hier ist mein Büro.«

Blut stieg ihr ins Gesicht.

»Sie müssen mich entschuldigen«, sagte sie. »Da war ein Anruf für mich auf Ihrer Leitung, und ich habe mich ganz automatisch an Ihren Tisch gesetzt.«

»Schon okay.«

Sie stand auf und zog die Schultern gerade. Ihre Brüste wirkten unnatürlich groß und schwer für eine Frau ihrer Körpergröße. Sie nahm ihre Handtasche und ging um den Tisch herum.

»Ich bin Special Agent Rosa Gomez«, sagte sie. Dann streckte sie die Hand aus, als ob sie Schwierigkeiten damit hätte, Muskeln und Worte miteinander zu koordinieren.

»Freut mich, Sie kennenzulernen«, sagte ich.

»Ich glaube, die werden einen zusätzlichen Tisch für mich hier reinstellen.«

»Ach ja?«

»Macht's Ihnen was aus?«

»Nein, gar nicht. Schön, daß Sie da sind.«

Sie blieb stehen, beide Hände auf der Handtasche, die Schultern so steif wie ein Kleiderbügel.

»Warum nehmen Sie nicht Platz, Mrs. ... Agent Gomez?«

»Nennen Sie mich Rosie. Alle nennen mich Rosie.«

Ich setzte mich hinter meinen Schreibtisch, bemerkte dann, daß sie mein Profil ansah. Unwillkürlich faßte ich mir ins Haar.

»Sind Sie schon lange beim FBI?« sagte ich.

»Eigentlich nicht.«

»Also erst seit relativ kurzer Zeit?«

»Na ja, nur was diese Art von Auftrag betrifft. Ich meine die Arbeit vor Ort, im Außendienst, sozusagen.« Auf der großen Tasche wirkten ihre Hände klein. Ich glaube, sie kämpfte mit letzter Anstrengung dagegen an, sich vor Nervosität an der Tasche festzukrallen. Dann blieb ihr Blick wieder an der Seite meines Kopfes haften.

»Ich habe eine weiße Stelle im Haar«, sagte ich.

Peinlich betreten schloß sie die Augen, öffnete sie dann wieder.

»Jemand hat mir mal gesagt, daß ich wohl Stinktierblut in mir haben muß«, sagte ich.

»Ich glaube, ich lasse heute morgen wohl keinen Fettnapf aus«, sagte sie.

»Nein, das stimmt nicht.«

Aber auf irgendeinen Idioten beim FBI wird's schon zutreffen, dachte ich.

Dann saß sie mit stocksteifem Rücken auf ihrem Stuhl und konzentrierte ihren Blick auf einen Punkt außerhalb des Fensters, bis ihr Gesicht wieder gefaßt war.

»Der Sheriff sagte, daß Sie nicht glauben, wir haben es mit einem Serienmörder oder einem Zufallsverbrechen zu tun«, sagte sie.

»Ganz so hab ich's nicht gesagt. Ich habe ihm gesagt, daß sie meiner Meinung nach den Mörder gekannt hat.«

»Warum?«

»Ihr Vater scheint sich an Kindern vergangen zu haben. Sie ist selbst ganz schön rumgekommen. Als sie sechzehn war, haben sie sie wegen Prostitution hopsgenommen. Gestern fand ich heraus, daß sie immer noch anschaffte – von einem Nachtlokal in St. Martinville aus. So ein Mädchen läßt sich für gewöhnlich nicht gewaltsam vor einer knallvollen Kneipe in ein Auto zerren.«

»Vielleicht ist sie mit einem Freier mitgegangen.«

»Nicht ohne ihre Handtasche. Sie hat sie am Tisch gelassen. Wir fanden darin –«

»Kondome«, sagte sie.

»Genau. Ich denke also nicht, daß es ein Freier war. In ihrem Auto haben wir eine Stange Zigaretten, eine brandneue Haarbürste und im Kofferraum in einem Plastikbeutel ein halbes Dutzend Joints gefunden. Ich glaube, sie ist rausgegangen, um sich Zigaretten, einen Joint oder die Bürste zu holen, hat dann jemanden gesehen, den sie kannte, ist in seinen Wagen gestiegen und kam niemals wieder.«

»Vielleicht war es ein alter Kunde, jemand, dem sie vertraut hat. Vielleicht hat er ihr gesagt, er will mit ihr nur für später etwas abmachen.«

»Das paßt nicht. Ein Freier, der einmal zahlt und dann beim nächsten Mal mit einem Rasiermesser oder einem Skalpell wiederkommt, das haut nicht hin.«

Sie steckte den Daumennagel zwischen die Zähne. Ihre Augen waren braun, und kleine Lichtfunken sprühten in ihnen.

»Dann glauben Sie also, daß der Mörder hier aus der Gegend ist, daß sie ihn kannte und ihm soweit vertraute, daß sie zu ihm in den Wagen gestiegen ist?«

»Ich glaube, so in der Art hat es sich abgespielt.«

»Wir glauben, er ist ein Psychopath, möglicherweise ein Serienmörder.«

»Wir?«

»Na ja, genauer gesagt ich. Ich habe ein psychologisches Verhaltensprofil anfertigen lassen. Jede seiner Aktionen deutet auf ein Persönlichkeitsbild hin, das Kontrolle und Dominanz sucht. Während der Entführung, der Vergewaltigung und dem eigentlichen Mord kontrollierte er die Situation zu jedem Zeitpunkt vollkommen. Er wird sexuell erregt von diesen Machtgefühlen, indem er Angst und Schrecken bei einer Frau erzeugt, indem er sie mit seinem Körper förmlich erdrückt. Aller Wahrscheinlichkeit nach hat er Eiswasser statt Blut in seinen Adern.«

Ich nickte und schob ein paar Büroklammern auf meiner Schreibtischunterlage herum.

»Scheint keinen großen Eindruck auf Sie zu machen«, sagte sie.

»Was schließen Sie aus der Tatsache, daß er ihr Gesicht mit ihrer Bluse bedeckt hat?« sagte ich.

»Dem Opfer die Augen zu verbinden erniedrigt es und vergrößert das Entsetzen noch.«

»Yeah, schätze, das tut es.«

»Aber auf das psychologische Profil scheinen Sie nicht viel zu geben.«

»Ich hab's nicht so sehr mit der Psychoanalyse. Ich gehöre zu einer Zwölf-Schritte-Selbsthilfegruppe, die von der Annahme ausgeht, daß der Großteil des Verhaltens, das wir als schlecht oder böse bezeichnen, durch etwas ausgelöst wird, das wir eine selbstzentrierte Angst nennen. Ich glaube, daß unser Mann Angst vor Cherry LeBlanc hatte. Ich glaube, er konnte ihr schlichtweg nicht in die Augen sehen, während er sie vergewaltigte.«

Sie griff nach einer Akte, die sie auf der Ecke meines Schreibtisches liegengelassen hatte.

»Wissen Sie, wie viele ähnliche ungeklärte Frauenmorde in Louisiana in den letzten fünfundzwanzig Jahren begangen wurden?«

»Ich habe gestern das Formular mit der entsprechenden Nachfrage nach Baton Rouge geschickt.«

»Was den Zugriff auf Quellen angeht, sind wir Ihnen gegenüber unfairerweise ziemlich im Vorteil«, sagte sie. Sie blätterte durch die Computerausdrucke, die oben auf dem Ordner zusammengeheftet waren. Hinter ihr sah ich zwei Deputies in Uniform, die mich durch die Glasscheibe der Bürotrennwand angrinsten.

»Entschuldigen Sie mich einen Augenblick«, sagte ich, stand auf, schloß die Tür und setzte mich wieder.

»Sind das alles Komiker hier?« sagte sie. »Irgendwie scheine ich bei vielen Leuten ein Lächeln hervorzurufen.«

»Manche von denen da haben selten mit der zivilisierten Welt zu tun.«

»Wie auch immer, wenn man es auf die letzten zehn Jahre beschränkt, sind da mindestens siebzehn noch offene Mordfälle, deren Opfer alle Frauen sind und die gewisse Gemeinsamkeiten mit dem Mord an Cherry LeBlanc aufweisen. Wollen Sie mal reinschauen?« sagte sie und reichte mir die Mappe. »Ich muß noch mal runter ins Büro des Sheriffs und mir meine Schlüssel holen. Ich bin gleich wieder da.«

Es war eine finstere Lektüre. Die Sprache ließ nichts im unklaren. Sie war einfallslos, platt, auf eine brutale Art beiläufig und läppisch, wie sie das Potential zur Bestialität unter Menschen darstellte, wie eine banale Umsetzung unserer schlimmsten Alpträume: Schlitzermorde, für gewöhnlich an Prostituierten; die Strangulation von Hausfrauen, die am hellichten Tag auf den Parkplätzen von Supermärkten und Kegelbahnen entführt worden waren; Morde am Straßenrand an Frauen, deren Wagen nachts eine Panne gehabt hatten; Prostituierte, die wahrscheinlich von ihren Zuhältern in Brand gesteckt worden waren; zwei schwarze Frauen, die man mit Stacheldraht an den Motorblock eines Autos gefesselt und ertränkt hatte.

In fast allen Fällen kam noch Vergewaltigung, vaginal wie anal, oder eine Form von Folter dazu. Und was mir am meisten zu schaffen machte, war die Tatsache, daß die Täter mit großer Wahrscheinlichkeit immer noch da draußen frei rumliefen, wenn sie nicht wegen anderer Verbrechen aus dem Verkehr gezogen worden waren; wenige von ihnen hatten ihre Opfer gekannt, und als Konsequenz davon würden wenige von ihnen jemals gefaßt werden.

Dann bemerkte ich, daß Rosie Gomez sechs Fälle am Rand markiert hatte, die mehr Gemeinsamkeiten mit dem Tod von Cherry LeBlanc aufwiesen als die anderen: drei von zu Hause weggelaufene Teenager, die man in einem Waldstück in der Nähe einer Überlandstraße vergraben gefunden hatte; ein Highschool-Mädchen, das bei einer Angelhütte in Lake Chicot vergewaltigt, an einen Baum gebunden und aus nächster Entfernung erschossen worden war; zwei Kellnerinnen, die ohne Erklärung von ihrer Arbeitsstelle verschwunden und wenige Stunden später zu Tode geprügelt in Bewässerungsgräben abgeladen worden waren.

Die Leichen wiesen alle, auf die eine oder andere Art, Spuren von Fesselungen auf. Sie waren alle jung gewesen, entstammten alle der Unterschicht und waren vielleicht völlig überrascht gewesen, als ein degenerierter Wahnsinniger gewaltsam und unwiderruflich in ihr Leben eindrang und wieder verschwand, ohne einen Hinweis auf seine Identität zu hinterlassen.

Ich bekam zusehends Hochachtung vor den Fähigkeiten von Rosie Gomez.

Als sie wieder zur Tür hereinkam, befestigte sie zwei Schlüssel an einem Schlüsselring.

»Sollen wir weiterreden, während wir zum Spanish Lake rausfahren?« sagte ich.

»Was gibt's dort?«

»Einen Filmregisseur, den ich gerne aufsuchen würde.«

»Was hat das mit unserem Fall zu tun?«

»Wahrscheinlich gar nichts. Ist aber immer noch besser, als hier drinnen zu hocken.«

»Klar. Ich muß nur noch kurz meine Dienststelle anrufen, dann komme ich gleich.«

»Darf ich Sie mal was fragen, das nichts mit unserem Fall zu tun hat?« sagte ich.

»Sicher.«

»Gesetzt den Fall, Sie würden die Überreste eines Mannes mit schwarzer Hautfarbe finden, und in seiner Hose steckte kein Gürtel und in seinen Stiefeln keine Schnürsenkel, welche Schlüsse über ihn würden Sie daraus ziehen?«

Sie blickte mich mit einem fragenden Lächeln an.

»Daß er arm war?« sagte sie.

»Könnte sein. Tatsächlich hat mir jemand anders in weniger gewählten Worten so was Ähnliches gesagt.«

»Nein«, sagte sie. Sie blickte gedankenverloren ins Nichts, blies erst eine Wange auf, dann die andere, wie ein Backenhörnchen. »Nein, ich würde sagen, er ist im Gefängnis gewesen, in einer Haftzelle in irgendeinem Bezirks- oder Stadtgefängnis, wo sie befürchteten, daß er sich selbst was antut.«

»Nicht schlecht«, sagte ich. Gar nicht schlecht, dachte ich bei mir. »Okay, fahren wir los.«

Ich wartete draußen im Schatten des Gebäudes auf sie. Ich schwitzte in meinem Hemd, und die gleißende Sonne auf dem betonierten Parkplatz trieb mir das Wasser in die Augen. Zwei der uniformierten Deputies, die vorher durch die Scheibe zu meinem Büro gegrinst hatten, kamen mit Clipboards in den Händen zur Tür heraus. Als sie mich sahen, machten sie halt. Der größere der beiden, ein Mann namens Rufus Arcenaux, nahm ein Streichholz aus dem Mund und lächelte mich durch seine Sonnenbrille hindurch an.

»Hey, Dave«, sagte er, »trägt die Kleine an jeder Titte einen Briefbeschwerer, oder hat sie nur ein bißchen viel Holz vor der Hütte?«

Sie grinsten jetzt beide. Über einem Eisenrost im Schatten des Gebäudes hörte ich Schmeißfliegen summen.

»Jungs, nehmt's, wie es ist«, sagte ich. »Und macht mir deswegen keine Vorwürfe, nur weil ich einen höheren Rang als ihr hab oder so was. Okay?«

»Muß man erst zum Detective befördert werden, bevor man an die Muschis vom FBI kommt?« sagte Arcenaux und steckte sich das Streichholz wieder in den Mundwinkel.

Ich setzte meine Sonnenbrille auf, legte das Seersucker-Jackett gefaltet über den Arm und sah auf die andere Straßenseite, wo ein Schwarzer von der geöffneten Ladefläche eines Pickups hinunter Wassermelonen verkaufte.

»Wenn ihr in aller Öffentlichkeit den Clown spielen wollt, ist das eure Sache«, sagte ich. »Aber die blöden Gesichter schminkt ihr euch besser ab, wenn meine Partnerin in der Nähe ist. Und wenn ich euch Bemerkungen über sie machen höre, entweder mir gegenüber oder zu irgend jemand anderem, dann kracht's, und zwar gewaltig. Habt ihr verstanden?«

Arcenaux ließ seinen Kopf kreisen, dann zog er die Hemdbrust mit den Fingerspitzen von der feuchtgeschwitzten Haut.

»Junge, das ist vielleicht eine Hitze«, sagte er. »Ich glaube, heute nachmittag mach ich mal kurz Pause und nehme eine kalte Dusche. Das solltest du auch versuchen, Dave. Eine kalte Dusche, da kommst du nicht auf falsche Gedanken.«

Sie gingen weiter in die flirrende Hitze, und die Lederholster und Munitionsgürtel an ihren Hüften knarrten, Schweißtupfer zeichneten sich auf ihren Hemdrücken ab.

Rosie Gomez und ich bogen in meinem Pickup von der Überlandstraße ab und fuhren auf der unbefestigten Straße durch das Pecanwäldchen auf den Spanish Lake zu, wo wir die Silhouetten sahen, die die erhöhten Kamerabühnen und -galgen gegen das Spiegelbild der Sonne im Wasser warfen. Eine Kette war zwischen einem Pfosten und der einen Wand der hölzernen Wachkabine quer über die Straße gespannt. Der Wächter, der drahtige Mann mit der weißen Narbe, die sich wie ein Hühnerfuß über seinen Hals zog, trat an mein Fenster. Im Schatten seiner Schirmmütze wirkte sein Gesicht verkniffen und erhitzt.

Ich zeigte ihm meine Marke.

»Yeah, fahren Sie nur rein«, sagte er. »Erinnern Sie sich noch an mich, Detective Robicheaux?«

Sein Haar war grau, bis dicht an die Kopfhaut gestutzt, und seine Haut war bräunlich und so rauh wie die einer Echse, die lange in der Sonne gelegen hat. Mit seinen blauen Augen schien irgend etwas nicht zu stimmen, ein nervöses Zucken wie Murmeln, die auf einem Teller zusammenstoßen.

»Sie sind Doucet, stimmt's?« sagte ich.

»Jawohl, Sir, Murphy Doucet. Sie haben ein gutes Gedächtnis. Ich war beim Jefferson Parish Sheriff's Department, als Sie beim NOPD waren.«

Sein Bauch war flach wie ein Brett. Er trug einen verchromten Revolver vom Kaliber .357 und dazu noch an seinem Gürtel ein Walkie-talkie, eine Dose Mace und einen Gummiknüppel.

»Sieht so aus, als seien Sie jetzt im Filmgeschäft«, sagte ich.

»Nur für eine kurze Zeit. Mir gehört jetzt die Hälfte eines privaten Sicherheitsdienstes, und außerdem bin ich auch noch Obmann der Teamsters in Lafayette. Was bedeutet, daß ich hier gewissermaßen doppelt dabei bin.«

»Das ist Special Agent Gomez vom FBI. Wir würden gerne ein paar Minuten mit Mr. Goldman reden, wenn er nicht zu beschäftigt ist.«

»Hat's irgendwelchen Ärger gegeben?«

»Ist Mr. Goldman da?«

»Ja, Sir, dahinten zwischen den Bäumen steht er. Ich sag ihm kurz Bescheid, daß Sie auf dem Weg sind.« Er wollte sein Walkie-talkie vom Gürtel nehmen.

»Nicht nötig, Partner. Wir finden ihn schon.«

»Jawohl, Sir, wie Sie meinen.«

Er löste die Kette und wartete, bis wir durchgefahren waren. Im Rückspiegel sah ich, wie er die Kette wieder am Pfosten festhakte. Rosie Gomez sah mich von der Seite her an.

»Was ist los?« sagte sie.

»Die Teamster. Warum sollte eine Produktionsgesellschaft aus Hollywood aus freien Stücken in ein wirtschaftlich schwer gebeuteltes ländliches Gebiet kommen und dann die Fahrdienste über die Teamster abwickeln? Sie könnten sich hier vor Ort für kleines Geld alle Arbeitskräfte anheuern, die sie brauchen.«

»Vielleicht machen sie prinzipiell alles über die Gewerkschaften.«

»Nein, nein, im Normalfall sind die nur froh, wenn sie die Gewerkschaften in Kalifornien lassen können. Ich hab so ein Gefühl, daß das etwas damit zu tun hat, daß Julie Balboni bei der Sache hier mit an Bord ist.«

Ich achtete auf den Ausdruck in ihrem Gesicht. Sie blickte unverwandt nach vorne.

»Sie wissen doch, wer Baby Feet Balboni ist, oder etwa nicht?« sagte ich.

»Ja, Mr. Balboni ist uns gut bekannt.«

»Sie wissen auch, daß er sich in New Iberia aufhält, ja?«

Sie ließ eine kurze Pause verstreichen, bevor sie wieder sprach. Ihre kleinen Hände umklammerten krampfhaft die Handtasche.

»Was wollen Sie damit andeuten?« sagte sie.

»Ich glaube, daß es mehr als einen Grund für die Anwesenheit des FBI in dieser Stadt gibt.«

»Sie glauben, daß der Mord an diesem Mädchen für mich nur von zweitrangiger Bedeutung ist?«

»Nein, für Sie nicht.«

»Aber wahrscheinlich für die Leute, denen ich unterstellt bin?«

»Das müßten Sie besser wissen als ich.«

»Sie haben keine allzu hohe Meinung von uns, stimmt's?«

»Ich habe nie gute Erfahrungen mit dem FBI gemacht. Aber vielleicht lag das Problem auch auf meiner Seite. Wie es in der Bibel so schön heißt, einst blickte ich durch ein dunkles Glas. In erster Linie, weil es die meiste Zeit mit Jim Beam gefüllt war.«

»Das FBI hat sich verändert.«

»Ja, ich schätze, das hat es wohl.«

Ja, dachte ich, auf massiven politischen Druck hin haben sie jetzt die Angehörigen von ethnischen Minderheiten und Frauen eingestellt, und sie haben auch damit aufgehört, Führer der Bürgerrechtsbewegung abzuhören und Unschuldige zu verleumden, nachdem endlich ans Licht gekommen war, daß jahrelang systematisch illegale Überwachungen und Rufmord betrieben worden waren.

Ich parkte den Pickup im Schatten einer moosüberwucherten Eiche, und wir gingen zum Seeufer, wo ein Dutzend Menschen gebannt einem Mann auf einem Leinenstuhl lauschte, der mit den Armen fuchtelte, während er sprach, einzelne Worte mit dem ausgestreckten Zeigefinger untermauerte und mit den mächtigen

Schultern zuckte, als verzweifelte er an seinem Anliegen, verstanden zu werden. Seine Stimme und seine ganze Art ließen mich an einen Wirbelsturm denken, den jemand in weiße Tennisshorts und ein dunkelblaues Polohemd gestopft hatte.

»– der beste verdammte Schnittmeister in dieser verdammten Stadt«, sagte er gerade. »Ist mir egal, was diese Arschlöcher sagen, die sind zu blöde, sich die Schuhe zuzubinden. Wenn wir damit hier aus dem Schneideraum kommen, wird's verdammtes pures Gold sein. Kriegt ihr das alle in euren Schädel? Wir machen hier einen großen Film. Ihr könnt mir's glauben, diesmal werden die sich richtig in die Hose machen.«

Das Gesicht mit den angespannten Zügen war wie ein weißer Ballon, der im Begriff war zu platzen. Aber selbst während das Schauspiel, das er da abzog, immer ehrfurchterregendere Dimensionen annahm und seine Zuhörer zu stummer Unterwürfigkeit vergatterte, schweifte sein Blick zu mir und Rosie, und ich hatte so eine Ahnung, daß Murphy Doucet, der Wächter, doch noch zum Walkie-talkie gegriffen hatte.

Als wir uns vorstellten und auswiesen, sagte er: »Haben Sie da, wo Sie arbeiten, Telefone?«

»Wie bitte?« sagte ich.

»Haben Sie Telefon an Ihrem Arbeitsplatz? Haben Sie vielleicht auch Leute, die wissen, wie man Termine für Sie abmacht?«

»Vielleicht verstehen Sie nicht ganz, Mr. Goldman. Während der Ermittlungen an Verbrechen machen wir keine Termine im voraus, wenn wir mit jemandem reden wollen.«

Sein Gesicht dehnte sich, als wäre es aus weißem Gummi.

»Sie sagen, Sie sind hier draußen, weil Sie ein Verbrechen untersuchen? Was für ein Verbrechen soll das denn sein?« sagte er. »Sehen Sie hier irgendwo ein Verbrechen?« Er beschrieb einen Kreis mit dem Kopf. »Ich seh keins.«

»Wenn Sie wünschen, können wir auch gern im Büro des Sheriffs reden«, sagte Rosie.

Er starrte sie an, als wäre sie gerade durch einen Dimensionenriß in seine Welt getreten.

»Haben Sie eine Vorstellung davon, was es kostet, einhundertfünfzig Menschen rumstehen zu lassen, während ich mit irgendeiner gottverdammten Polizeiuntersuchung rumwichse?« sagte er.

»Sie haben gehört, was sie gesagt hat. Was darf's sein, Partner?« fragte ich.

»Partner?« sagte er und blickte hinaus auf den See, eine Art melancholischer Ungläubigkeit im Gesicht. »In einer früheren Inkarnation muß ich schwere Scheiße gebaut haben. Wahrscheinlich war ich verantwortlich für den Untergang der Titanic oder den Mord an Erzherzog Ferdinand. So muß es wohl sein.«

Dann stand er auf und stellte sich mir gegenüber mit dem stieren Blick eines Boxers, der darauf wartet, daß der Ringrichter endlich fertig ist mit seinen Anweisungen vor dem Kampf.

»Wollen wir einen Spaziergang machen oder uns in meinen Trailer setzen?« sagte er. »Die Klimaanlage in meinem Trailer ist kaputt. Auf dem Toilettensitz kann man Spiegeleier braten. Was ist Ihnen lieber?«

»Das hier tut's vollkommen«, sagte ich.

»Vollkommen, ja?« sagte er, wie aus einem tiefen Fundus zynischer privater Erkenntnis in seinem Innern schöpfend. »Was brennt Ihnen auf der Zunge, Mr. Robicheaux?«

Wir gingen an der Uferböschung des Sees entlang, dichtes Haar quoll wie bronzefarbener Draht aus seinem Polohemd. Die weißen Tennisshorts schienen jeden Augenblick von seinen muskulösen Lenden und Schenkeln gesprengt zu werden.

»Ich habe gehört, daß Sie einige Ihrer Leute davor gewarnt haben, sich mit mir einzulassen. Stimmt das?« sagte ich.

»Was für Leute? Wovon reden Sie überhaupt?«

»Ich glaube, Sie wissen sehr wohl, wovon ich rede.«

»Elrod und seine Stimmen im Nebel? Elrod und seine Skelette in der Sandbank? Meinen Sie etwa, ich zerbreche mir den Kopf über solchen Kram? Meinen Sie allen Ernstes, daß ich mir damit den Kopf schwermache, wenn ich einen Film drehe?« Er stoppte und fuchtelte mit einem dicken Finger in meine Richtung. »He, versuchen Sie mal folgendes zu verstehen. Ich lebe mit permanentem Feuer unterm Arsch. Das ist eine Sache der Einstellung. Ich habe keinerlei Interesse an irgendwelchen Problemen an einem gewissen Ort, ganz zu schweigen, daß ich was damit zu schaffen hätte. Soll das etwa schlimm sein? Ist es in Ordnung, wenn ich meinen Schauspielern meine Meinung sage? Befinden wir uns hier überhaupt noch auf dem Boden der Verfassung?«

Eine Gruppe von Schauspielern in schweißbefleckten grauen und blauen Uniformen, die aus Styroporbehältern Hamburger aßen, ging an uns vorbei. Ich drehte mich um und merkte mit einem Mal, daß Rosie nicht länger bei uns war.

»Sie ist wahrscheinlich in ein Loch gefallen«, sagte Goldman.

»Ich glaube, Sie haben tatsächlich schwer an was zu knabbern, Mr. Goldman. Und ich glaube, daß wir beide wissen, worum es sich da handelt.«

Er holte tief Luft. Sonnenlicht schien durch die Eichenäste über seinem Kopf und warf unstete Schattenmuster auf sein Gesicht.

»Ich will noch mal versuchen, Ihnen was zu erklären«, sagte er. »Nahezu alles in der Filmwelt ist reine Illusion. Ein Schauspieler ist ein Mensch, der nie mit dem zufrieden ist, was er war. Also erfindet er einen Charakter, und zu dem wird er dann. Oder meinen Sie etwa, John Wayne ist als John Wayne aus dem Mutterleib gesprungen? Er und ein Drehbuchautor haben eine Figur geschaffen, die eine Mischung aus Captain Bligh und dem heiligen Franz von Assisi war, und diese Rolle hat der Duke gespielt, bis er aus den Latschen gekippt ist.

Elrod hat sich eingeredet, daß er Zauberkräfte hat. Warum? Weil er seinem Hirn schon vor fünf Jahren den Rest gegeben hat und es jetzt Tage gibt, an denen er sich ohne Bedienungsanleitung nicht mal die Schuhe zubinden kann. Anstatt sich einzugestehen, daß er vielleicht den Großteil des Krams zwischen seinen Ohren zu Frikassee verkocht hat, ist er jetzt also ein Mystiker, ein verfolgter Seher.«

»Sparen wir uns die Affenscheiße, Mr. Goldman. Ihr Geschäftspartner ist Baby Feet Balboni. Das ist Ihr Problem, nicht Elrod Sykes.«

»Falsch.«

»Sie kennen sicher den Spruch ›Mitgefangen, mitgehangen‹.«

»Na und?«

»Das besagt auch, wenn es einen erwischt, wird auch der andere mit reingezogen.«

»Und?«

»Bei Julie ist das nicht der Fall. Seine Nutten sitzen für ihn Zeit im Bezirksgefängnis ab, seine Dealer in Angola, seine Buchhalter gehen an seiner Stelle nach Atlanta und Lewisburg. Ich glaube nicht, daß Julie je einen vollen Tag hinter Gittern zugebracht hat.«

»Das habe ich auch nicht. Weil ich die Gesetze nicht übertrete.«

»Ich glaube, er wird Kleinholz aus Ihnen machen.«

Er blickte weg von mir, und ich sah, wie er die Hände ballte und wieder löste und die Adern in seinem Hals pulsierten.

»Hören Sie mal zu«, sagte er. »Ich habe neun Jahre an einem Fernsehmehrteiler über den Mord an sechs Millionen Menschen gearbeitet. Ich bin nach Auschwitz gegangen und habe Kameras an denselben Stellen aufgestellt, wo die SS fotografiert hat, wie die Menschen aus den Waggons gezerrt und mit Hunden in die Öfen getrieben wurden. Überlebende haben mir gesagt, ich sei der einzige Mensch, der jemals in einem Film beschrieben hätte, was sie tatsächlich durchgemacht hätten. Es ist mir scheißegal, was irgendein Kritiker sagt, diese Filmreihe wird tausend Jahre überdauern. Schreiben Sie sich das aufs Tapet, Mr. Robicheaux. Mich als Einzelperson mag man wohl mal über den Tisch ziehen, aber als Regisseur laß ich mich niemals kleinkriegen. Das kann ich Ihnen schriftlich geben.«

Seine blassen Augen ragten wie Murmeln aus seinem Kopf. Ich erwiderte wortlos seinen Blick.

»War das alles?« sagte er.

»Eigentlich ja.«

»Warum starren Sie mich dann so an? Was ist los?«

»Nichts. Ich glaube, Sie meinen es wahrscheinlich ehrlich. Aber wie jemand mir mal gesagt hat, Hybris ist ein Charakterfehler, den man am besten den Autoren großer Tragödien überläßt.«

Er preßte die Finger gegen die Brust.

»Wollen Sie damit sagen, ich hätte ein Problem mit meinem Stolz?«

»Ich denke, Jimmie Hoffa ist wahrscheinlich der härteste Bursche gewesen, den die Gewerkschaftsbewegung je hervorgebracht hat«, sagte ich. »Allem Anschein nach beschloß er dann, sich auf ein Tänzchen mit dem Mob einzulassen. Ich kannte mal früher einen Auftragskiller in New Orleans, der hat mir erzählt, sie hätten Hoffa in Hunderte von Stückchen geschnitten und die als Fischköder verwendet. Ich glaube ihm sogar.«

»Klingt so, als sollte Ihr Freund damit zur Staatsanwaltschaft gehen.«

»Das kann er nicht. Vor drei Jahren hat ihm einer von Julies Mietschlägern mit einem Hartmeißel den Schädel geknackt. Nur so aus Spaß. Er verkauft jetzt Eistüten aus einem Karren vor dem Drugstore auf der St. Charles. Auf bald, Mr. Goldman.«

Ich ging durch das welke Laub davon, über eine Reihe gummiüberzogener Stromkabel, die wie ein Gewirr schwarzer Schlangen aussahen. Als ich noch einmal zurück auf Mikey Goldman blickte, starrten seine Augen unzusammenhängend ins Nichts.

6

Rosie wartete unter der Eiche neben dem Pickup auf mich. Das junge Zuckerrohr in den Feldern war noch grün und bog sich im Wind. Sie fächelte sich mit einer Aktenmappe Luft zu, die sie sich vom Wagensitz gefischt hatte.

»Wo sind Sie abgeblieben?« fragte ich.

»Ich wollte mit Hogman Patin reden.«

»Wo ist der?«

»Da drüben, mit diesen anderen Schwarzen, unter den Bäumen. Er spielt in dem Film einen Straßenmusiker.«

»Wie sind Sie drauf gekommen, mit ihm zu reden?«

»Sie haben seinen Namen in der Akte zu dem Fall aufgeführt, und ich habe ihn nach einem Foto auf einer seiner Platten erkannt.«

»Sie sind ein ziemlich guter Cop, Rosie.«

»Ach so. Soll heißen, das hätten Sie von einem Special Agent nicht erwartet, der klein ist, eine Chicana und darüber hinaus auch noch eine Frau?«

»Es sollte ein Kompliment sein. Wie wär's, wenn Sie sich dieses Zeug für die richtigen Adressaten aufheben? Was hatte Hogman zu sagen?«

Mein scharfer Ton ließ sie blinzeln.

»Tut mir leid«, sagte ich. »Das sollte nicht so rauskommen. Ich bin mit dem Kopf immer noch bei Goldman. Ich glaube, er verbirgt gravierende Probleme, und meiner Meinung nach geht es dabei um Julie Balboni. Außerdem glaube ich, daß vielleicht eine Verbindung zwischen Julie und Cherry LeBlanc besteht.«

Sie ließ ihren Blick zu der Gruppe von Schwarzen unter den Bäumen schweifen.

»Sie haben es wohl nicht für nötig gehalten, mir das schon früher zu sagen«, sagte sie.

»Ich bin mir nicht sicher gewesen. Bin's immer noch nicht.«

»Dave, ich will offen zu Ihnen sein. Bevor ich hierher gekommen bin, hab ich etwas in Ihrer Personalakte gelesen. Sie scheinen eine gewisse Art zu haben, Sachen auf eigene Faust durchzuziehen. Mag sein, daß es Situationen gegeben hat, wo Sie keine andere Wahl hatten. Aber ich kann nicht mit jemandem zusammenarbeiten, der Informationen vor mir zurückhält.«

»Das ist reine Spekulation, Rosie, und ich hab's Ihnen grade eben gesagt.«

»Wo, meinen Sie, könnte eine Verbindung bestehen?« sagte sie, und ihre Züge wurden wieder klar.

»Ich bin mir nicht sicher. Aber einer seiner Handlanger, ein Typ namens Cholo Manelli, hat mir erzählt, daß er und Julie sich über den Tod des Mädchens unterhalten haben. Zehn Minuten später sagte mir dann Julie, er hätte nichts darüber gelesen oder gehört. Einer von den beiden lügt also, und ich glaube, es ist Julie.«

»Warum nicht der andere Gangster, wie hieß er doch gleich, Cholo?«

»Wenn ein Kerl wie Cholo eine Lüge auftischt oder versucht, jemand an der Nase rumzuführen, dann läßt er den Namen von seinem Boß dabei außen vor. Er weiß ohne Zweifel, wie gefährlich so was sein kann. Wie auch immer, was haben Sie von Hogman erfahren?«

»Nicht viel. Er hat nur auf Sie gezeigt und gesagt: ›Tun Sie mal dem andern dahinten sagen, daß nicht jeder Mensch unschuldig ist und daß auch nicht jeder richtig zuhört, der's eigentlich sollte.‹ Sagt das Ihnen was?«

»Hogman spricht gern in Rätseln.«

»Diese Narben auf seinem Arm –«

»Er hatte ein paar Messerstechereien in Angola. In den vierziger Jahren hat er einen Weißen ermordet, der als Eintreiber für Sterbeversicherungen arbeitete und der mit seiner Frau geschlafen hatte. Hogman ist eine Show für sich, das können Sie mir glauben. Die Wärter wußten nicht, wie sie mit ihm umgehen sollten. Einmal haben sie ihn achtzehn Tage zum Schwitzen in den Metallkasten in Camp A gesteckt.«

»Wie hat er den Weißen getötet?«

»Mit einem Zuckerrohrmesser, einer Art Machete, direkt auf der Veranda vor dem Haus des Weißen. Am hellichten Tag. Die Leute hier haben noch lange davon geredet.«

Ich konnte sehen, wie ein Gedanke in ihre Augen trat.

»Er kommt als Verdächtiger nicht in Frage, Rosie«, sagte ich.

»Warum nicht?«

»Hogman ist kein schlechter Kerl. Er hat nicht viel Vertrauen in Weiße, und er ist ein bißchen leicht gekränkt, aber er würde niemals einem neunzehnjährigen Mädchen ein Haar krümmen.«

»Das ist alles? *Er ist kein schlechter Kerl?* Obwohl er sein ganzes Leben lang Gewalttaten mit Messern verübt hat? Großer Gott.«

»Außerdem hat der Besitzer des Nachtclubs ausgesagt, daß Hogman den Club in dieser Nacht nicht verlassen hat.«

Sie stieg in den Pickup und schloß die Wagentür. Ihre Schultern reichten nur knapp an den Fensterrahmen heran. Ich stieg auf der Fahrerseite ein und startete den Motor.

»Na ja, damit wäre das dann ja wohl geklärt«, sagte sie. »Ich schätze, der Wirt hat unseren Mann den ganzen Abend über immer im Auge behalten. Eins ist mal sicher, Sie haben hier eine überaus interessante Art, eine Ermittlung durchzuführen.«

»Ich mache Ihnen einen Vorschlag. Ich rede noch mal mit Hogman, wenn Sie nachprüfen, was es mit diesem Murphy Doucet auf sich hat.«

»Weil er für die Teamster arbeitet?«

»Genau. Finden wir doch mal heraus, wie es denn kommt, daß diese Burschen sich auf einmal für den Bürgerkrieg interessieren.«

»Wissen Sie, was man in der Psychologie einen ›Transfer‹ nennt?«

»Worauf wollen Sie raus?«

»Vorhin haben Sie mir unterstellt, mein wahres Interesse gelte in Wirklichkeit Julie Balboni. Meinen Sie nicht, daß vielleicht Sie es sind, der die Untersuchung in eine andere Richtung drängt?«

»Könnte sein. Aber man kann nie sagen, was aus einem Baum hochflattern wird, bevor man nicht einen Stein reingeworfen hat.«

Das war einfach so dahingesagt. Aber damals erschien es mir unschuldig und kaum folgenschwerer als die warme Brise, die über das Zuckerrohr wehte, und die pflaumenfarbigen Gewitterwolken, die sich draußen über dem Golf zusammenbrauten.

Sam »Hogman« Patin lebte südlich der Stadt in einem ungestrichenen Holzhaus am Bayou, das mit Bananenstauden überwuchert war. Blätter verstopften die Abflußrinnen, und die Gazeflächen waren rostig-orange. Das Dach war mit R. C. Cola-Schildern geflickt, der Hof ein wirres Durcheinander von Unkraut, diversen Einzelteilen von Autos und Waschmaschinen, purpurnen Schlingpflanzen und Schweineknochen; die Veranda und eine Ecke des Hauses sackten auf einer Seite nach unten wie ein schiefes Lächeln.

Ich hatte einen späteren Zeitpunkt abgewartet, damit ich bei ihm zu Hause mit ihm reden konnte. Ich wußte, daß er auf dem Filmset vor anderen Leuten nicht mit mir geredet hätte, und in der Tat war ich nicht einmal sicher, daß er mir jetzt etwas Nennenswertes erzählen würde. Er hatte siebzehn Jahre in Angola abgesessen, die ersten vier davon in der Red-Hat-Arbeitskolonne. Dorthin steckte man die Mörder, die Psychopathen und die Unkontrollierbaren. Sie trugen schwarzweiß gestreifte Anstaltskleidung und Strohhüte, die man in rote Farbe getaucht hatte, mußten unter der Aufsicht berittener Wächter immer Doppelschichten fahren, und zu ihrer Züchtigung bediente man sich Ameisenhügel, gußeiserner Schwitzkästen, die in der Sonne heiß wie Glutöfen wurden, oder der Black Betty, einer Lederpeitsche, die den Rücken eines Mannes zu Brei schlagen konnte.

Hogman wäre vermutlich immer noch dort, hätte er nicht den Weg zum Glauben gefunden: Ein Baptistenprediger aus Baton Rouge erreichte, daß er auf Bewährung entlassen wurde. Der Hof hinter seinem Haus war blanke Erde, tief überschattet von den großen Eichen, und erstreckte sich in sanfter Neigung bis hinunter zum Bayou, wo ein verrotteter, von grünen Algen überzogener Einbaum halb versunken im flachen Wasser lag. Er saß auf einem Holzstuhl mit gerader Lehne unter einem Baum, von dem zahllose blaue Milk-of-Magnesia-Flaschen und aus Stöckchen und Alufolie gebastelte Kruzifixe baumelten. Als von Süden her ein leichter Wind aufkam, erwachte der ganze Baum mit silbernen und blauen Lichtern zum Leben.

Hogman stimmte eine Saite nach, die er gerade neu auf die Gitarre gespannt hatte. Seine Haut war so schwarz, daß sie purpurn schimmerte; und sein Haar war schneeweiß, mit struppigen Locken, die flach gegen den Schädel gedrückt waren. Seine Schultern waren so breit wie der Stiel einer Axt lang, und die Muskeln in seinen Oberarmen hatten die Dimensionen einer Grapefruit. An seinem Körper war nicht ein Teelöffel Fett. Ich fragte mich, wie es wohl gewesen war, sich Hogman Patin in den Tagen in den Weg zu stellen, als er ein stehendes Rasiermesser an einer Lederschlaufe um den Hals trug.

»Was wolltest du mir sagen, Sam?« fragte ich.

»Da sind so ein oder zwei Dinge, die tun mir zu schaffen machen. Schnapp dir 'nen Stuhl von der Veranda. Willst du was Tee?«

»Nein, vielen Dank.«

Ich hob einen Korbstuhl von der hinteren Veranda und ging damit zurück zu der Eiche. Er hatte drei metallene Fingerpicks auf die rechte Hand gesteckt und spielte ein Bluesschema in immer höheren Lagen. Er drückte die Saiten so fest gegen die Fretboards, daß der Ton noch lange durch das dunkle Holz vibrierte, nachdem er die Saiten mit den Stahlpicks gezupft hatte. Dann stimmte er noch einmal nach und legte den großen, geschwungenen Korpus der zwölfsaitigen Gitarre auf dem Oberschenkel ab.

»Ich tu mich nich gerne in Sachen einmischen, die die Weißen angehen«, sagte er. »Aber was da jemand mit diesem Mädchen angestellt hat, das tut mir doch zu schaffen machen. Das macht mir ganz schön zu schaffen.«

Er hob vom Erdboden ein Marmeladenglas mit Eistee und trank daraus.

»Sie hat ihre Nase in irgendso 'ne üble Sache gesteckt, wollte nich auf mich hören oder wenigstens mal die Ohren aufmachen. Wenn die sich in dem Alter was in den Kopf setzen, da gibt's nix.«

»Die Nase wo reingesteckt?«

»So an die zwei Stunden bevor sie die Kneipe verlassen hat,

da hab ich noch mit ihr geredet. Hab das Mädchen schon lange gekannt. Zydeco und Blues, das hat sie geliebt. Sie sagt mir: ›Hogman, im nächsten Leben, da werden du und ich heiraten.‹ Das sagt sie. Ich hab ihr gesagt: ›Darlin‹, mach du mal nich das Huhn für diese Männer.‹

Da sagt sie: ›Ich bin kein Huhn, Hogman. Ich geh nach New Orleans. Da werd ich meinen eigenen Stall haben. Die andern, das werden die Hühner sein. Ich, ich werd ’n Haus am Lake Pontchartrain haben.‹«

»Moment, Sam. Sie hat dir gesagt, daß dort andere Mädchen für sie arbeiten würden?«

»Das hab ich doch grad erzählt, oder?«

»Ja, allerdings.«

»Ich sag also: ›Jetzt red nich so. Halt dich bloß von diesen Luden fern, Cherry. Dieser weiße Abschaum wird dir kein Haus in der Stadt geben. Die werden dich aufbrauchen und wegwerfen, und dann suchen sie sich ein anderes Mädchen, das genau ist wie du, ruckzuck, fünf Minuten, so schnell geht das.‹

Da sagt sie: ›Nein, das werden sie nicht, weil ich nämlich den Boß in der Tasche hab, Hogman. Und das weiß er auch.‹

Weißt du, wie sie das sagen tut, da tut sie mich anlächeln, und ihr Gesicht hat so die Form von ’nem Herz, so wie ein kleines Mädchen, das irgendwas Unschuldiges tut, nich eins, das gleich umgebracht wird.«

»Welchen Mann hat sie gemeint?«

»Wahrscheinlich irgend ’n Zuhälter, der ihr weisgemacht hat, sie ist was Besonderes, sie ist so hübsch, sie ist wie ’ne Tochter für ihn. In Angola hab ich dasselbe erlebt. Ist kein Unterschied. Ein Rudel greift sich so’n Bürschchen, und wenn sie mit ihm fertig sind, dann ist er bereit. Der ist froh, wenn er sich ’n Kleid anziehen und schminken kann und für irgendeinen Wolf den Sklaven machen kann, der sich um ihn kümmern tut und ihm sagt, er ist nich nur das Futter für die andern in der Gemeinschaftsdusche.«

»Warum wolltest du mir das erzählen?«

»Weil so was hier vorher noch nie passiert ist. Mir gefällt das nicht. Ganz und gar nicht, Sir.«

»Ich verstehe.«

Er spreizte die langen Finger auf dem Korpus der Gitarre. Die Nägel zeichneten sich rosa von der schwarzen Haut ab. Sein Blick schweifte gedankenverloren hinaus auf den Bayou, wo Leuchtkäfer funkenstiebend durch die Finsternis über den unter Wasser stehenden Rohrkolben schwirrten.

Schließlich sagte er: »Da ist noch was, was ich dir sagen muß.«

»Schieß los, Sam.«

»Du hast doch mit diesem Skelett da zu tun, das sie drüben im Atchafalaya gefunden haben, stimmt's?«

»Woher weißt du das?«

»Wenn jemand einen toten schwarzen Mann findet, dann hören die schwarzen Leute davon. Der Mann hatte keinen Gürtel und keine Senkel in den Stiefeln, stimmt's?«

»Das stand aber nicht in der Zeitung, Partner.«

»Der Prediger, den sie wegen der Beerdigung gerufen haben, ist mein Vetter. Er hat ein paar Klamotten in die Leichenhalle gebracht, damit sie die Knochen reinstecken können. Dort arbeitet ein Schwarzer, und mein Vetter sagt zu ihm: ›Den Knaben haben sie gelyncht, stimmt's?‹ Drauf sagt der Schwarze: ›Yeah, und wahrscheinlich haben sie ihn mitten in der Nacht aus'm Bett gezerrt. Er hatte nich mal Zeit, sich die Stiefel zu binden oder 'nen Gürtel in die Hose zu stecken.‹«

»Was willst du mir damit sagen, Sam?«

»Ich erinner mich da an so was, ist lange her, vielleicht dreißig, fünfunddreißig Jahre.« Er tätschelte mit der einen Hand die andere, und seine Augen wurden trüb.

»Sag's einfach, Sam.«

»Der Häher setzt sich nich ins Nest der Drossel. Beim Menschen seh ich das genauso. Der Herrgott hat schon einen Grund gehabt, daß er den Menschen verschiedene Hautfarben gegeben hat.«

Er schüttelte den Kopf vor und zurück, als versuche er, einen unangenehmen Gedanken loszuwerden.

»Du meinst doch nicht etwa eine Vergewaltigung, oder?«

»Die Weißen nennen's Vergewaltigung, wenn's ihnen so paßt«, sagte er. »Die sehen, was sie sehen wollen. Schwarze können nich so wählerisch sein. Die sehen, was sie sehen müssen. Da war so ein Schwarzer, nein, stimmt nich, der Kerl, von dem ich rede, ist ein Nigger, und der hat was laufen gehabt mit der weißen Frau, für die er gearbeitet hat. Und die Schwarzen haben's gewußt. Die haben ihm gesagt, daß er's besser sein läßt, bevor sie mit den großen Wagen hier einfallen und irgendein unschuldiger Schwarzer sein Ende an 'nem Baum findet. Ich glaube, das waren die Knochen, die du in dieser Sandbank ausgegraben hast.«

»Wie hieß er?«

»Wen schert's, wie er geheißen hat? Vielleicht hat er nur bekommen, was er verdient hat. Aber die Kerle, die's getan haben, die sind immer noch da draußen. Ich sag immer, Vergangenheit ist Vergangenheit. Laß die Finger davon, sag ich.«

»Soll das eine Warnung für mich sein?«

»Als ich im Bau war, hat dein Daddy, Mr. Aldous, meiner Mutter immer zu essen gebracht. Er hat sich um sie gekümmert, als sie krank war, er hat im Laden ihre Medizin bezahlt. Das hab ich nich vergessen.«

»Sam, wenn du etwas über einen Mord weißt, verlangt das Gesetz, daß du damit zur Polizei gehst.«

»Wessen Gesetz? Das Gesetz, das das Gefängnis da oben führt? Wenn du Leichen finden willst, dann grab doch mal in dem Deich dort nach ein paar der Jungs, die die Wärter aus purer Gemeinheit abgeknallt haben. Hab's selbst gesehen.« Er berührte mit einem langen Finger einen Augenwinkel. »Der Wärter hat sich mit Maisschnaps betrunken, dann einen armen Jungen an der Schubkarre rausgepickt und ihm zugerufen: ›Hey! Du da! Nigger! Lauf!‹ Dann hat er ihm mit der .45er eins verpaßt, wie beim Tontaubenschießen.«

»Wie hieß die weiße Frau?«

»Muß mich jetzt mal an mein Abendessen machen.«

»War der Tote vorher noch im Gefängnis?«

»Das hat damals keinen geschert, das schert jetzt keinen. Gib noch'n paar Jahre dran, dann sind wir alle tot. Was du auch tust, für 'nen Nigger, der dreißig Jahre im Fluß lag, wird das nix ändern. Wenn du was Gutes tun willst, greif dir den Luden, der das junge Mädchen zerlegt hat. Denn so gewiß, wie Gott grüne Äpfel geschaffen hat, der wird das wieder tun.«

Ein Sonnenstrahl warf durch die Äste einen Lichtkegel, und er kniff ein Auge zusammen. Der Lichtstrahl ließ seine eine Gesichtshälfte wie eine Theatermaske aus Ebenholz wirken, die man aus Teilen zusammengefügt hatte, die nicht zusammengehörten.

Als ich abends heimkam, dämmerte es schon fast, aber der Himmel im Westen war immer noch so blau wie das Ei eines Rotkehlchens, und das Licht der untergehenden Sonne drang durch die Wolken wie Lachen rosafarbenen Feuers. Nach dem Abendessen ging ich runter zum Laden, um Batist beim Zumachen zu helfen. Ich zog gerade die Leinenmarkise an den Spanndrähten über die runden Plastiktische, als ich den Wagen des Sheriffs die unbefestigte Straße herunterfahren und unter den Bäumen parken sah.

Er kam runter zum Pier in meine Richtung. Sein Gesicht war gerötet von der Hitze und teigig vor Erschöpfung.

»Mann, das war vielleicht ein Tag, sag ich Ihnen«, sagte er, verschwand im Laden und kam mit einer beschlagenen Flasche Orangenlimonade in der Hand wieder. Er setzte sich an einen Tisch und wischte sich mit einem Taschentuch den Schweiß vom Hals. Kleine Eisklümpchen glitten am Hals der Limonadenflasche hinunter.

»Was ist los, Sheriff?« sagte ich.

»Haben Sie Rosie heute nachmittag gesehen?« Er nahm einen Schluck aus der Flasche.

Ich setzte mich ihm gegenüber. Die Bugwellen eines vorbeifahrenden Bootes klatschten gegen die Pfeiler unter dem Pier.

»Wir sind rausgefahren, wo sie den Film drehen, dann ist sie nach Lafayette, um ein paar Dinge nachzuprüfen«, sagte ich.

»Yeah, und genau deshalb bin ich hier.«

»Was meinen Sie damit?«

»Ich habe heute nachmittag ungefähr ein halbes Dutzend Anrufe bekommen. Ich bin mir nicht sicher, was Sie da so treiben, Dave.«

»Ich führe die Ermittlungen in einem Mordfall.«

»Ach ja? Was hat der Regisseur eines Kinofilms mit dem Tod von Cherry LeBlanc zu tun?«

»Hat Goldman Krach geschlagen?«

»Er nicht. Aber ein paar anderen hier scheinen Sie auf den Schlips getreten zu sein. Wollen wir mal sehen, da waren Anrufe von zwei Mitgliedern der Handelskammer; Goldmans Anwalt, dem zufolge Sie den Filmleuten, die hier zu Besuch sind, ein unangemessenes Interesse widmen; und der Bürgermeister, der gerne wissen würde, was zum Teufel meine Leute eigentlich glauben, was sie da tun. Als wenn das noch nicht genug wäre, bekam ich auch noch einen Anruf von einem Teamster-Funktionär in Lafayette und einen von einem Kerl namens Twinky Hebert Lemoyne, der dort ein Limonadenwerk hat. Betreiben Sie zwei so eine Art negatives Publicity-Programm? Was hatte sie drüben im Lafayette Parish zu schaffen?«

»Fragen Sie sie.«

»Ich habe so das Gefühl, sie ist dorthin geschickt worden.«

»Sie überprüfte, inwieweit die Teamster mit Goldman und Julie Balboni zu tun haben.«

»Was hat das mit unserer Untersuchung zu tun?«

»Ich bin mir nicht sicher. Vielleicht gar nichts. Weswegen hat dieser Twinky Lemoyne angerufen?«

»Ihm gehört zusammen mit einem Kerl namens Murphy Doucet ein Sicherheitsdienst. Lemoyne hat gesagt, daß Rosie in seiner Fabrik aufgekreuzt sei, ihm Fragen gestellt hätte, die sie nichts angingen, und ihm geraten hätte, er solle es sich doch besser zweimal überlegen, bevor er sich auf Geschäfte mit der Mafia einläßt. Wissen Sie, wer Twinky Lemoyne ist?«

»Eher nicht.«

»Er ist ein wohlhabender und in Lafayette hochgeachteter

Mann. Tatsache ist, er ist ein anständiger Kerl. Was führen Sie im Schilde, Dave?«

»Sie haben mich losgeschickt, Julie Balboni freundlich zu bitten, wieder aus der Stadt zu verschwinden. Und jetzt müssen wir feststellen, daß Julie ein wichtiger Teil der einheimischen Wirtschaft ist. Ich glaube, da liegt das Problem, Sheriff, nicht bei mir und Rosie.«

Er rieb sich die Barthaare mit dem Fingerrücken.

»Vielleicht ist dem so«, sagte er schließlich, »aber es gibt verschiedene Arten, eine Sache anzupacken.«

»Was sollten wir denn Ihrer Ansicht nach anders tun?«

Seine Augen betrachteten emsig einen Truthahngeier, der sich von den heißen Luftströmen über der Marsch tragen ließ.

»Konzentrieren Sie sich drauf, diesen Psychopathen zu erwischen. Vergessen Sie Balboni für den Augenblick«, sagte er. Als er sprach, sah er mir dabei nicht in die Augen.

»Vielleicht steckt Julie in der Sache mit drin.«

»Das tut er nicht. Julie tut gar nichts, wenn's nicht um Geld geht. Das wissen Sie.«

»Mich beschleicht der Eindruck, daß das Gebiet um den Spanish Lake allmählich zur Tabuzone wird.«

»Nein, das habe ich nicht gesagt. Es ist eine Frage der Prioritäten. Damit kommen wir zu einem weiteren Thema – die Überreste dieses Schwarzen, die Sie draußen im Atchafalaya-Becken gefunden haben.«

»Ja?«

»Das fällt unter die Jurisdiktion des St. Mary Parish. Sollen die den Fall bearbeiten. Wir haben selbst genug zu tun.«

»Die werden keinen Finger rühren.«

»Dann ist das deren Entscheidung.«

Einen Augenblick lang sagte ich gar nichts. Das Dämmerlicht war jetzt fast verschwunden. Die Luft war schwer und feucht und voller Insekten, und draußen in den Zypressen hörte ich Enten, die über die Wasseroberfläche flatterten.

»Möchten Sie noch was zu trinken?« fragte ich.

»Nein danke, das reicht«, antwortete er.

»Dann geh ich mal besser und helfe Batist, den Laden zuzumachen. Bis dann, Sheriff«, sagte ich und ging in den Laden. Ich kam erst wieder heraus, als ich seinen Motor starten hörte und ihn auf der unbefestigten Straße davonfahren sah.

Sam »Hogman« Patin hatte sich getäuscht. Der Mörder von Cherry LeBlanc würde nicht erst in naher Zukunft ein weiteres Opfer finden. Er hatte es bereits getan.

7

Der Anruf kam um elf Uhr abends. Ein Angler, der tief unten am äußeren Rand des Vermilion Parish, fast schon am Meer, eine große Halteleine gespannt hatte, hatte ein umgekipptes offenes Ölfaß zwischen den Rohrkolben aus dem Wasser ragen sehen. Dem hätte er wenig Bedeutung beigemessen, wären ihm nicht die ganzen Hornhechte aufgefallen, deren Rücken im Mondlicht aus dem Wasser hervorstanden, als sie an etwas in dem Faß herumzerrten.

Ich fuhr die schmale unbefestigte Straße oben auf dem Damm entlang, links und rechts von mir meilenweit unter Wasser stehendes Riedgras, das schließlich in den Golf mündete. Schwarze Wolkenstreifen bewegten sich vor dem Mond, und vor mir erblickte ich einen Krankenwagen und eine Ansammlung von Fahrzeugen des Sheriff's Departments. Sie waren auf dem Damm geparkt, in einem rot-weißen Lichtermeer aus Suchscheinwerfern, Markierungslampen und den blinkenden Rotlichtern auf den Dächern der Fahrzeuge.

Das Mädchen lag bereits in einem Leichensack im Krankenwagen. Der Leichenbeschauer war ein übermüdeter, übergewichtiger Jude mit Lungenemphysem, der furchtbar nach Zigarettentabak stank. Ich kannte ihn schon seit vielen Jahren. Unter seinen Augen waren tiefe Ringe, und er schmierte sich dauernd Moskitoschutz aufs Gesicht und die dicken Arme.

Unten an der Uferböschung vernahm ein Kriminalbeamter aus Vermilion Parish den Angler, dessen unrasiertes Gesicht im harten Licht der Suchscheinwerfer blutleer und grau aussah.

»Willst du sie sehen, Dave?« fragte der Leichenbeschauer.

»Ist es nötig?«

»Wahrscheinlich.«

Wir kletterten hinten in den Krankenwagen. Obwohl die Klimaanlage auf vollen Touren lief, war das Innere des Fahrzeugs heiß und von einem stickigen Geruch erfüllt.

»Wie ich es sehe, hat sie nur ein paar Tage im Wasser gelegen, aber sie ist wahrscheinlich schon seit mehreren Wochen tot«, sagte er. »Das Faß stand wahrscheinlich neben dem Damm und ist dann ins Wasser gerollt. Sonst hätten die Krebse und Hornhechte sie viel schlimmer zugerichtet.«

Er zog den Reißverschluß vom Kopf des Mädchens bis herunter zu ihren Knöcheln auf.

Ich holte Luft und schluckte.

»Ich würde sagen, sie war Anfang Zwanzig, aber das ist nur geraten«, sagte er. »Wie du sehen kannst, ist mit Fingerabdrücken nicht mehr viel zu machen. Ich glaube auch nicht, daß ein Polizeizeichner noch dazu in der Lage ist, das Gesicht einigermaßen zu rekonstruieren. Die Todesursache scheint kein großes Rätsel zu sein – Tod durch Ersticken, herbeigeführt durch eine über den Kopf gestülpte Plastiktüte, die mit einem Klebeband am Hals verschlossen wurde. Mit demselben Isolierband hat er sie an Händen und Fußgelenken gefesselt. Vergewaltigung, auch anal, sexuelle Erniedrigung, all das? Wenn die Kleider weg sind, kann man eigentlich drauf wetten.«

»Keine Ringe, Armbänder, Tätowierungen?«

Er schüttelte den Kopf.

»Haben sie da draußen irgendwas gefunden?«

»Nichts.«

»Reifenspuren?«

»Nicht nach dem ganzen Regen, den wir hier hatten.«

»Haben Sie irgendwelche Vermißtenmeldungen, die auf –«

»Fehlanzeige.«

Eine lange Strähne ihres blonden Haars fiel aus dem Sack heraus. Aus irgendeinem Grund störte es mich. Ich nahm sie zwischen die Finger und legte sie auf ihre Stirn. Der Leichenbeschauer blickte mich seltsam an.

»Warum er sie wohl in ein Faß gestopft hat?« sagte ich.

»Dave, glaub mir, an dem Tag, wo du dich in den Kopf eines solchen Schwanzlutschers versetzen kannst, da gibst du dir die Kugel.«

Ich trat wieder ins Freie, in den feuchten Glanz der Flutlichter, dann ging ich vom Damm den Abhang hinunter bis unten ans Wasser. Die Dunkelheit war vom Gequake der Frösche erfüllt, und Leuchtkäfer schwirrten funkenstiebend durchs Riedgras. Polizistenfüße hatten das Unkraut entlang des Damms niedergetrampelt; frische Zigarettenstummel schwammen im Wasser; ein Deputy erzählte gerade zwei anderen einen rassistischen Witz.

Der Detective aus Vermilion Parish brachte die Vernehmung des Anglers zu Ende, steckte den Notizblock in die Hemdtasche und lief den Hang hoch zu seinem Wagen. Der Angler blieb neben seinem Einbaum stehen. Er kratzte die Moskitostiche an seinen Armen und war offensichtlich unsicher, was er als nächstes tun sollte. Schweiß rann unter seiner Stoffmütze hervor und glänzte auf seinen Kieferknochen. Als ich mich vorstellte, war sein Händedruck, wie der der meisten Cajun-Männer, weich und effeminiert.

»Also, so was hab ich noch nie gesehen«, sagte er. »Und ich leg auch keinen Wert drauf, so was noch mal zu sehen.«

Auf dem Boden des Bootes lag ein großer Haufen Katzenwelse. Sie zuckten wild durcheinander, und die Barthaare klebten ihnen am gelben Rumpf und den aufgeblähten weißen Bäuchen. Auf dem Sitz des Bootes lag ein Scheinwerfer mit einem Stretchband.

»Wann sind Sie zum erstenmal auf das Metallfaß aufmerksam geworden?« sagte ich.

»Heut abend.«

»Kommen Sie oft her?« fragte ich.

»Nein, Sir, nicht so oft.«

»Ansehnlichen Haufen Fisch haben Sie da.«

»Yeah, wenn der Mond am Himmel steht, beißen die prächtig.«

Ich ließ meinen Blick tief in den Rumpf des Einbaums schweifen, wo sich das feucht glänzende Mondlicht in den Fischrümpfen spiegelte. Da war ein Gewirr von Angelleinen und Korken, und unter dem Sitz ein langer Gegenstand, der in eine Leinenplane gewickelt war.

Ich faßte den Einbaum am Schandeckel und zog ihn ein Stückweit ans Ufer.

»Haben Sie was dagegen, wenn ich mir das mal ansehe?« sagte ich und schlug die Leinenplane auf.

Er gab keine Antwort. Ich nahm meine Stiftlampe aus der Hemdtasche und deutete mit ihrem Lichtstrahl auf ein Repetiergewehr vom Kaliber .30-30. Das Metall war abgewetzt, und der Kolben war mit Kupferdraht umwickelt.

»Leisten Sie mir doch mal kurz Gesellschaft bei einem kleinen Spaziergang«, sagte ich.

Er folgte mir zum äußeren Rand des erleuchteten Areals, außer Hörweite der Deputies aus Vermilion Parish.

»Wir wollen den Kerl fassen, der das gemacht hat«, sagte ich. »Dabei würden Sie uns doch sicher gerne helfen, oder?«

»Jawohl, Sir, das tät ich in der Tat wollen.«

»Aber da gibt's ein kleines Problem, stimmt's? Etwas, das Sie davon abhält, mir alles zu sagen, was Sie mir eigentlich sagen wollen?«

»Ich weiß nicht so recht, was Sie –«

»Verkaufen Sie Fische an Restaurants?«

»Nein, Sir, das ist nicht wahr.«

»Haben Sie das Gewehr mitgenommen, um Frösche zu schießen?«

Er grinste und schüttelte den Kopf. Ich erwiderte sein Grinsen.

»Aber einen Alligator oder zwei zu wildern, das wär Ihnen schon zuzutrauen?« sagte ich.

»Nein, Sir, ich hab keinen Alligator. Sie können ja schauen.« Mein Gesicht wurde ausdruckslos.

»Völlig korrekt. Sie müssen also keine Angst haben«, sagte ich. »Ich will nur, daß Sie mir die Wahrheit sagen. Niemand wird Ihnen wegen dem Gewehr oder dem Scheinwerfer Ärger machen oder Sie groß fragen, was Sie mit Ihrem Fisch machen. Haben wir uns verstanden, Partner?«

»Jawohl, Sir.«

»Wann haben Sie dieses Faß das erstemal bemerkt?«

»Ist vielleicht drei, vier Wochen her. Es blieb da auf trockenem Boden hängen. Ich hatte keinen Grund, mich drum zu scheren, aber dann roch ich was. Ich hab gedacht, es ist 'n toter Sumpfbiber, oder vielleicht so'n großer Hornhecht, der irgendwo am Ufer verrottet. In der einen Nacht hat's wirklich streng gerochen, drei Abende später hat man's dann gar nicht gemerkt, wenn der Wind nicht voll von der Seite übers Wasser kam. Dann hat's geregnet, und am nächsten Abend roch's gar nicht. Ich hätt nie im Traum gedacht, daß da ein totes Mädchen drinsteckt.«

»Haben Sie irgend jemanden dort in der Nähe gesehen?«

»Vor vielleicht einem Monat, abends, da hab ich ein Auto gesehen. Ich weiß noch, wie ich mir gedacht hab, das ist ja neu. Warum fährt jemand mit seinem neuen Wagen über diese holprige Straße voller Schlaglöcher, das hab ich mir gedacht.«

»Was für eine Art Wagen war das?«

»Da erinner ich mich nicht mehr dran, Sir.«

»Wissen Sie noch, welche Farbe er gehabt hat?«

»Nein, Sir, tut mir leid.«

Sein Gesicht wirkte erschöpft und leer. »Ich wünschte nur, ich wär's nicht gewesen, der sie finden hat müssen«, sagte er. »Den Blick in das Faß, das werd ich nie vergessen.«

Ich steckte ihm meine Geschäftskarte in die Hemdtasche. »Rufen Sie mich an, wenn Ihnen noch was einfällt. Das haben Sie gut gemacht, Partner«, sagte ich und klopfte ihm auf den Arm.

Ich wendete meinen Wagen mitten auf dem Damm und fuhr

zurück nach New Iberia. Der Lichtschein vom Rot- und Blaulicht am Krankenwagen bewegte sich mit großer Geschwindigkeit vor mir. Er huschte über die Spitzen der Riedgrashalme und Rohrkolben und die ausgebleichten Sandbänke, wo es in den Überresten von toten Hornhechten vor roten Feuerameisen nur so wuselte.

Was hatte mir das alles an neuen Erkenntnissen gebracht?

Nicht viel.

Aber vielleicht hatte mein Freund, der schlaflose Leichenbeschauer, auf seine zynische Art den Nagel auf den Kopf getroffen: Wie versetzt man sich in den Kopf eines mordlustigen Sadisten, der durchs Land zieht wie ein Tiger, den man auf einem Schulhof freigelassen hat?

Ich habe Filme gesehen, die Detektive porträtieren, die den moralischen Wahnsinn ihrer Gegenspieler zu absorbieren versuchen, um diese im Gerüst des eigenen Wahns zur Strecke zu bringen. So was gibt interessante Geschichten ab. Vielleicht ist es sogar möglich.

Aber vor vier Jahren mußte ich nach Huntsville, Texas, um einen Mann in der Todeszelle zu vernehmen, der an die dreihundert Morde, verstreut quer über die Vereinigten Staaten, gestanden hatte. Mit einem Mal lockte es Cops mit ungelösten Mordfällen aus dem ganzen Land nach Huntsville, so wie Schweinemist Fliegen anzieht. Wir machten da keine Ausnahme. Eine schwarze Frau in New Iberia war aus ihrem Haus entführt, erdrosselt und in den Vermilion River geworfen worden. Wir hatten keine Verdächtigen, und der Mann in Huntsville, Jack Hatfield, war viele Male durch Louisiana gekommen, als er seine roten Spuren auf der Landkarte hinterlassen hatte.

Wie sich herausstellte, war er weder schlau noch verschlagen; in seinen Augen funkelte kein böses Licht, an seinem Verhalten war nichts Feindseliges oder Getriebenes. Er sprach wie ein Hinterwäldler, er benahm sich eher wie ein Einfaltspinsel. Er erzählte mir von seiner Bekehrung zur Religion und leuchtenden Erscheinungen, die sich ihm in seiner Zelle offenbarten; es wurde schnell offenkundig, daß ihm daran lag, mir sympathisch zu sein, daß er mir alles sagen würde, was ich hören wollte. Ich mußte ihm nur die Details eines Mordfalls liefern, und er würde sich das Verbrechen zu eigen machen.

(Später gestand ein arbeitsloser Arbeiter von den Ölfeldern, daß er die schwarze Frau ermordet hatte, nachdem ihm ihr Ehemann einen zehn Jahre alten Wagen überlassen hatte.)

Ich fragte Jack Hatfield, ob er durch seine Kooperationsbereitschaft zu erreichen versuchte, daß sein Urteil in eine Haftstrafe umgewandelt wurde. Darauf antwortete er: »Nö, solang's legal is, will ich dafür nix haben.«

Mit sanftmütigem Gesichtsausdruck lieferte er mir eine Chronik der langen Liste von Morden, die er auf den Straßen von Maine bis Südkalifornien begangen hatte. Er hätte genausogut von einer Sammlung von Ziertellern reden können, die er aus allen Staaten, durch die er kam, zusammengetragen hatte. Wenn er tatsächlich getan hatte, was er mir gegenüber angab, zeigte er nicht die geringste Reue.

»Meine Opfer haben nich leiden müssen«, sagte er.

Dann begann er von seiner Mutter zu reden, und eine unglaubliche Verwandlung ging in ihm vor. Tränen flossen in Strömen über sein stumpfes Gesicht, er zitterte am ganzen Körper, seine Finger hinterließen weiße Striemen auf den Armen. Allem Anschein nach war sie nicht nur eine Prostituierte, sondern auch pervers gewesen. Als er klein war, mußte er auf ihren Befehl neben dem Bett stehen und ihr beim Geschlechtsakt mit den Freiern zusehen. Als er versucht hatte, sich im Wald zu verstecken, prügelte sie ihn mit einer Reitpeitsche, schleifte ihn zurück zum Haus und zwang ihn, weiter zuzusehen.

Er saß fünfzehn Jahre im Staatsgefängnis von Wisconsin, nachdem er sie ermordet hatte.

Dann hielt er kurz inne mit seiner Geschichte, wischte sich das Gesicht mit der Hand, zog sich mit dem Finger das T-Shirt von der Brust und roch an sich.

»An dem Tag, wo ich aus dem Gefängnis gekommen bin, hab ich noch drei kaltgemacht. Ich hab gesagt, daß ich's tu, und ich hab's getan«, sagte er und machte sich daran, die Fingernägel mit einem Zahnstocher zu reinigen, als ob ich nicht anwesend wäre.

Als ich an jenem Nachmittag wieder hinaus in den herbstlichen Sonnenschein trat, wo es nach texanischen Fichten roch und Häftlinge in weißen Uniformen am Rande eines Baumwollfeldes Stapel von Baumstümpfen verbrannten, war ich davon überzeugt, daß die Geschichte von Jack Hatfields Mutter der Wahrheit entsprach, aber nahezu alles andere, was er mir erzählt hatte, so wenig handfest und greifbar wie ein psychotischer Traum bleiben würde. Vielleicht lag die Antwort auf die Fragen, die ein Mann wie Jack Hatfield aufwarf, bei anderen, dachte ich bei mir. Vielleicht sollten wir die fragen, die ihn letztlich auf die Trage in der Exekutionskammer schnallten, die Injektionsnadel in die Vene stachen, sie sorgsam mit Heftpflaster an der Haut befestigten und durch das Sichtfenster beobachteten, wie das Gift seine Augen trübte und dann sein Herz wie ein Hammer traf. Würde sein Leben, sein geheimes und dunkles Wissen, an sie weitergereicht werden?

Ich hatte wenig geschlafen, als ich am nächsten Morgen ins Büro aufbrach. Die Sonne war rot und heiß über den Bäumen aufgegangen, und weil ich am Abend zuvor das Fenster heruntergekurbelt gelassen hatte, war das Innere meines Pickups voller Moskitos und triefend feucht. Im Ostteil der Stadt mußte ich an einer Ampel halten und sah eine purpurfarbene Cadillac-Limousine mit getönten schwarzen Fenstern, die ins Halteverbot vor einem Restaurant rollte und direkt vor dem Hydranten parkte.

Cholo Manelli stieg auf der Fahrerseite aus, streckte sich, lockerte den steifen Nacken, blickte ein paarmal nach links und rechts und lief dann außen um die Limousine herum, um die hintere Tür für Julie Balboni zu öffnen. Dann quoll der Rest von Julies Entourage – drei Männer und die Frau namens Margot – heraus auf den Bürgersteig, die Gesichter verkniffen in der Hitze, die Augen mürrisch zu so früher Stunde.

Cholo ging auf dem Bürgersteig voran, Vorhut und guter Soldat, der er war. Er drehte den Kopf dabei leicht von einer Seite zur anderen, und seine affenartigen Schultern bewegten sich rollend unter dem geblümten Hemd. Er öffnete die Eingangstür des Restaurants, und Julie trat ein, die anderen im Gänsemarsch hinterher.

Nichts von dem, was im Anschluß daran geschah, war von mir geplant.

Bei Grün fuhr ich los und war schon fast zwei Blocks weiter, als ich wendete, zurück zum Restaurant fuhr und unter einer großen Eiche auf der anderen Straßenseite gegenüber der Limousine parkte. Die Morgensonne warf soviel Hitze, daß sie bereits wieder vom Zement aufstieg, und im Rinnstein roch es nach toten Wasserkäfern.

Meine Augen brannten, weil ich zuwenig geschlafen hatte, und obwohl ich frisch rasiert war, konnte ich entlang meines Kiefers Bartstoppeln spüren wie Sand. Ich stieg aus dem Pickup, legte das Seersucker-Jackett über den Arm und ging über die Straße zu der Limousine. Die gewachste purpurfarbene Oberfläche hatte den matten Glanz harten Zuckerwerks; in den getönten schwarzen Fenstern schwammen die Spiegelbilder der Eichen und Azaleenbüsche, die sich im Wind bewegten.

Ich klappte mein Puma-Messer auf, lief von Kotflügel zu Kotflügel um den Wagen herum und schnitt die Ventile an allen vier Reifen ab. Die Limousine sank auf die Felgen, als hätte man sie an einer Kette hochgezogen und dann fallen gelassen. Ein schwarzer Jugendlicher, der irgendwelche Benachrichtigungen an Haustüren geheftet hatte, hielt inne und betrachtete mich, als wäre ich ein faszinierendes Geschöpf in einem Zookäfig.

Ich lief zu der Tankstelle an der Ecke, rief in der Einsatzzentrale an und ließ einen Abschleppwagen kommen, der die Limousine mitnehmen sollte.

Dann betrat ich das Restaurant, das vor Chrom und Silberbesteck und Kunststoffoberflächen nur so blitzte, und ging an dem langen Tisch vorbei, wo zwei Kellnerinnen gerade dabei waren, Julie und seinem Trupp das Frühstück aufzutischen. Cholo sah mich als erster und wollte etwas sagen, aber ich blickte unverwandt nach vorne und setzte meinen Weg auf die Herrentoilette fort, als ob sie nicht dagewesen wären.

Ich wusch mir das Gesicht mit kaltem Wasser, trocknete es mit Papiertüchern und kämmte mir vor dem Spiegel das Haar. In meinem Schnurrbart waren mittlerweile weiße Tupfer, und um meine Augen Falten, die mir vor einer Woche noch nicht aufgefallen waren. Ich drehte das kalte Wasser auf und wusch mir erneut das Gesicht, als ob ich mir irgendwie Zeit und Alter aus der Haut spülen könnte. Dann knüllte ich das feuchte Papiertuch in der Hand zusammen, warf es in den Mülleimer, rückte meine Krawatte gerade, schlüpfte ins Jackett und setzte die Sonnenbrille auf und ging wieder zurück ins Restaurant.

Showtime, Julie, dachte ich bei mir.

Selbst im Sitzen überragte er von seinem Platz am Kopfende des Tisches die anderen, in seinem kurzärmeligen rosa Hemd, Hosenträgern und einer graugestreiften Hose. Das verworrene schwarze Haar bewegte sich im Luftzug des Ventilators auf seiner Stirn, und mit vollem Mund sagte er der Kellnerin, sie solle mehr Kaffee bringen und Margots Frühstückssteak noch einmal aufwärmen. Cholo versuchte immer noch, mich anzulächeln, die falschen Zähne so steif und hart wie Walfischknochen in seinem Mund. Julies andere Schläger hoben den Kopf, erst zu mir, dann zu Julie; als sie in seinem Gesicht nichts lasen, aßen sie weiter.

»Hey, Lieutenant, hab ich doch gedacht, daß Sie das sind. Frühstücken Sie hier?« sagte Cholo.

»Ich bin nur zufällig hier vorbeigekommen«, sagte ich.

»Was liegt an, Dave?« sagte Julie mit vollem Mund kauend, der Blick fixiert auf die Blumenvase, die vor ihm stand.

»Hatte gestern ’ne lange Nacht«, sagte ich.

»Ach ja?« sagte er.

»Wir haben unten im Süden von Vermilion Parish ein Mädchen in einem Ölfaß gefunden.«

Er kaute weiter, dann nahm er einen Schluck Wasser. Er betupfte den Mund mit der Serviette.

»Willst du dich zu uns setzen, oder bist du auf dem Sprung?« sagte er.

In genau diesem Augenblick hörte ich, wie der stählerne Haken des Abschleppwagens mit lautem Scheppern irgendwo an der Karosserie der Limousine Halt faßte und die hydraulischen Schleppseile sich am Zug strafften. Cholo verdrehte den Kopf, um zum Fenster hinausblicken zu können, das zur Straße zeigte.

»Ich hab immer gedacht, du seist ein ganzer Kerl, Feet«, sagte ich.

»Ich weiß das Kompliment zu schätzen, aber das sagt man meist über Leute an einem Ort, wo ich noch nie war.«

»Das macht nichts, ich habe meine Meinung eh geändert. Ich halte dich nicht mehr für einen ganzen Kerl, Feet.«

Er blähte die Wangen.

»Was versuchst du mir zu sagen, Dave?«

»Der Mann, für den ich arbeite, hat gestern ein paar Anrufe bekommen. Wie's aussieht, hat mich jemand beim Kiwanis-Club verpfiffen.«

»Bei dem Haufen hab ich wenig zu bestellen. Wenn du mit denen Probleme hast, mußt du mit Mikey Goldman reden.«

»Du verwendest alles, was Wirkung zeigt, Julie.«

»Hey, komm mal zurück auf den Boden der Tatsachen, Dave. Wenn ich jemandem eine Nachricht senden will, dann doch nicht durch so einen Kleinstadtkomiker.«

Draußen drückte der Fahrer des Abschleppwagens aufs Gaspedal, zog in die Mitte der Straße und schleppte die Limousine am vorderen Fenster vorbei. Die beiden Vorderreifen der Limousine, aus denen alle Luft gewichen war und die schlaff auf dem Asphalt lagen, wurden von den Felgen in Fetzen gerissen.

Cholos Mund, voll mit Rührei, stand offen.

»Hey, der Kerl hat unseren Wagen! Da fährt irgend so ein Kerl mit der Scheißlimousine weg, Julie!« sagte er.

Julie sah zu, wie der Abschleppwagen und die Limousine auf der Straße verschwanden. Er schob seinen Teller mit dem Daumen ein paar Zentimeter weg. Ein Mundwinkel sackte ein wenig herab, und er drückte die Serviette darauf.

»Setz dich hin«, sagte er.

Jetzt hatten alle aufgehört zu essen. Eine Kellnerin kam mit einem Krug Eiswasser an den Tisch und wollte die Gläser nachfüllen. Dann kam sie ins Zögern und verzog sich wieder hinter den Tresen. Ich zog mir einen Stuhl heraus und nahm an der Ecke des Tisches Platz, keinen halben Meter von Julies Ellenbogen entfernt.

»Du bist wegen was sauer und läßt deshalb meinen Scheißwagen abschleppen?« sagte er.

»Es ist verboten, vor einem Hydranten zu parken.«

»Einem Hydranten?«

»Genau.«

»Du kommst mir mit so einer Scheiße wegen eines beschissenen Hydranten?«

»Nein, Julie, mir geht was anderes im Kopf rum. Was für ein Interesse haben du und Cholo an einer Teenagernutte aus einer Kleinstadt? Habt ihr daheim in New Orleans nicht genug Frischfleisch?«

»Was?«

»Cherry LeBlanc«, sagte ich.

»Wer zum Teufel ist Cherry LeBlanc?«

»Jetzt mach mal halblang und hör auf, dich so aufzuführen, als wärst du gerade auf die Welt gekommen.«

Er faltete seine Serviette zusammen, plazierte sie sorgfältig neben seinem Teller, fischte eine Nelke aus der Blumenvase und knickte den Stiel ab.

»Willst du mich einen Zuhälter nennen?« sagte er. »Willst du mich vor allen Leuten lächerlich machen? Ist es das, worum's dir geht?«

»Du hast mir nicht zugehört. Wir haben gerade ein weiteres

ermordetes Mädchen gefunden. Cholo hat gewußt, wer das LeBlanc-Mädchen war, und er sagt, du hast es auch gewußt. Nur daß du mich belogen hast, als ich sie dir gegenüber erwähnte.«

Sein Blick wanderte träge zu Cholos Gesicht. Cholo drückte die Hände gegen die Gelenke.

»Ich weiß gar nicht, worum's hier geht. Ich –« fing er an.

»Weißt du, wo das eigentliche Problem liegt, Dave?« sagte Julie. Er schnippte die Nelke auf die Tischdecke. »Du hast nie begriffen, wie's in dieser Stadt hier läuft. Erinnerst du dich daran, daß sich jemals jemand über die Bordelle auf der Railroad Street und der Hopkins Street beschwert hätte? Oder über die Spielautomaten, die in jeder Bar und in jedem Restaurant der Stadt sind? Niemand hat sich beschwert, weil mein Alter nämlich am Ende jedes Monats bestimmten Leuten einen Umschlag überreichte. Aber genau dieselben Leute haben unsere Familie wie feuchten Dreck behandelt.

Du und diese FBI-Braut, ihr seid also durch die Stadt gezogen und habt ein bißchen Wirbel bei den Korinthenkackern gemacht, ihnen mit einem Besenstiel ein bißchen die Kimme geliftet, worauf dein Boß dich zu sich bestellt hat, um dir mal die harten Tatsachen des Lebens zu verklickern. Klar macht das keinen Spaß, wenn man feststellen muß, daß die Typen, für die man arbeitet, nur ungern ein paar Millionen Dollar aus ihrer schönen Stadt verscheuchen wollen. Also vergreifst du dich an meinem Wagen und machst mir in aller Öffentlichkeit eine Szene. Weißt du, was ich denke? Vielleicht solltest du wieder zurück nach New Orleans gehen. Vielleicht färbt dieses Scheißloch hier allmählich auf dich ab.«

Der Geschäftsführer war hinter dem gläsernen Kassentresen hervorgekommen und stand jetzt keinen Meter entfernt von Julie und mir, die Ansteckfliege schief, mit der Zunge die Lippen befeuchtend. »Sir, könnten die Gentlemen vielleicht, ich meine, wäre es Ihnen vielleicht möglich, etwas weniger, mit Ihrer Wortwahl –« begann er.

Julies Augen, in denen ein schwarzes Licht funkelte, fuhren hoch zum Gesicht des Geschäftsführers.

»Verpiß dich«, sagte er.

»Sir –« sagte der Geschäftsführer.

»Schon okay, Mr. Meaux. Ich gehe sofort«, sagte ich.

»Oh, das betrübt uns aber«, sagte die Frau, Margot. Die anderen Schläger am Tisch, Cholo ausgenommen, lächelten über ihren Humor. Sie trug ein Sommerkleid, und ihr Haar, das zur Farbe von Asche gebleicht war, war straff nach hinten gekämmt. Sie rauchte eine Zigarette, und ihre Arme waren mit Sommersprossen übersät.

»Willst du mal bei mir im Büro vorbeischauen und dir ein paar Bilder aus der Leichenhalle ansehen? Ich halte das für eine gute Idee«, sagte ich. »Bring deine Freundin mit, wenn du willst.«

»Ich sag's nur einmal. Ich kenne keins dieser Mädchen, ich habe nichts mit deinen Problemen zu schaffen, kannst du mir folgen? Du hast da ein paar häßliche Sachen zu mir gesagt, Dave, aber wir sind alte Freunde, und ich will es dabei bewenden lassen. Ich ruf uns ein paar Taxis, ich bezahle mein Bußgeld, ich kauf mir neue Reifen, und ich werde alles vergessen, was du zu mir gesagt hast. Aber versuche nie wieder, mich in der Öffentlichkeit zum Affen zu machen.«

Einer seiner Schläger stand auf, schob den Stuhl zurück, um auf die Toilette zu gehen.

Ich klappte die Sonnenbrille zusammen, steckte sie in die Hemdtasche und rieb mir mit Daumen und Zeigefinger die brennenden Augen.

»Feet, du redest mehr Scheiße, als eine öffentliche Toilette verkraften kann«, sagte ich leise.

Der Gangster legte mir eine Hand auf die Schulter. Er war vielleicht achtundzwanzig oder dreißig, wendig und mit olivfarbenem Teint, das dunkle Haar nackenlang. Eine lange rosafarbene Narbe, so dick wie ein Strohhalm, zog sich an der Innenseite eines Arms entlang.

»Bis jetzt sind hier alle hübsch höflich gewesen«, sagte er.

Ich blickte auf seine Hand und in sein Gesicht. Ich konnte den schwachen Anflug von Schweiß durch sein Deodorant riechen, das Nikotin auf seinen Fingerrücken.

»Aber Sie hören einfach nicht auf mit den Beleidigungen«, sagte er. Er hob die Handfläche kurz, ließ sie dann wieder auf meine Schulter sinken.

»Machen Sie Ihren Tag nicht komplizierter, als er schon ist«, sagte ich.

»Es ist an der Zeit, andere Leute in Frieden zu lassen, Mr. Robicheaux«, sagte er. Dann begann er, meine Schulter zu massieren, wie es ein Mannschaftskamerad beim Pitcher tun mochte.

Ich fühlte, wie ein rot-schwarzer Ballon aus meiner Brust hoch in meinen Kopf stieg, vernahm hinter meinen Augen ein Geräusch wie das Zerreißen nassen Zeitungspapiers, und aus unerfindlichem Grund erschien vor meinen Augen ein kaleidoskopisches Bild des blonden Mädchens in dem schwarzen Leichensack, eine lange Strähne algenverschmierten Haars auf die graue Haut an ihrer Stirn gepappt.

Ich schlug ihm so hart in den Bauch, daß meine Faust direkt unter dem Brustbein bis zum Handgelenk verschwand, und Speichel spritzte aus seinem Mund auf den Tisch. Dann schoß ich vom Stuhl hoch und verpaßte ihm einen Haken aufs Auge, sah, wie die Haut am Knochen platzte und Blut herausquoll. Er rappelte sich auf und kämpfte um sein Gleichgewicht und startete einen wilden Schwinger in Richtung meines Gesichts, aber ich packte ihn, drehte ihn seitwärts, schlug ihm in die Nieren und zwang ihn zwischen zwei Hockern am Tresen auf die Knie. Ich konnte mich nicht daran erinnern, ihn auf den Mund geschlagen zu haben, aber von seiner Unterlippe rann Blut auf die Hemdbrust.

Ich wollte nicht aufhören. Ich hörte Wind rauschen – wie Meeresmuscheln –, das langsame Knirschen der Zahnräder eines verrosteten Motors. Dann sah ich Cholo vor mir, die großen, eckigen Hände besänftigend erhoben, der Mund klein, Laute von sich gebend.

»Was?« sagte ich.

»Ist nicht Ihr Stil, Lieut«, wisperte er mit heiserer Stimme. »Lassen Sie's gut sein, der Typ ist neu, er kennt die Regeln nicht, Lieut. Lassen Sie's gut sein, das hier nützt doch keinem.«

Meine Knöchel waren aufgeschürft, die Handflächen brannten. In der entgeisterten Stille hörte ich Glassplitter unter meiner Schuhsohle, und ich blickte wie betäubt zu Boden auf meine zerbrochene Sonnenbrille, wie ein Mann, der nach einem Blackout wieder zu sich kommt.

Julie Balboni schob seinen Stuhl zurück, zog einen goldenen Geldclip aus der Hosentasche und zählte eine Reihe von Zehndollarscheinen auf den Tisch.

Er hob nicht einmal den Kopf, als er zu mir sprach. Aber jeder im Restaurant hörte, was er sagte. »Ich glaube, dir brennen allmählich die Sicherungen durch, Dave. Hör endlich auf, für die hiesigen Schleimscheißer den Mietaffen zu spielen, oder besorg dir zumindest bessere Beruhigungsmittel.«

8

Es war zehn Uhr morgens. Batist war auf dem Bayou, um nach einem Boot mit Motorschaden zu sehen, und der Laden und der Pier waren leer. Das Blechdach schwoll in der Hitze an, und die Schrauben und Holzträger ächzten und knarrten unter dem Druck. Ich fischte eine Dr.-Pepper-Dose aus dem kleingestoßenen Eis in der Kühltruhe, setzte mich allein draußen in den Schatten und trank. Grüne Libellen standen über den Riedkolben entlang des Bayou-Ufers in der Luft; ein spitzmäuliger Hornhecht, der vermutlich in einen Bootspropeller geraten war, drehte wilde Kreise im reglosen Wasser, während ein Schwarm Elritzen die klaffende rote Wunde hinter seinen Kiemen zur Nahrungsaufnahme ansteuerte; ein Geruch nach toten Schlangen, saurem Schlamm und modrigen Kletterhyazinthen kam mit dem heißen Wind aus der Marsch.

Ich wollte nicht einmal an die Ereignisse dieses Morgens denken. Die Szene im Restaurant war wie eine Momentaufnahme aus einem betrunkenen Traum, in dem ich immer die Beherrschung verlor, mich in der Öffentlichkeit schlimm oder in den Augen anderer obszön aufführte.

Die Limonadendose wurde warm in meiner Hand. Der Himmel im Süden glänzte hell wie blaue Seide. Ich hoffte, daß es nachmittags ein Gewitter geben würde, daß Regen auf Marsch und Bayou herabdonnern würde, daß er wie Schotter auf das Dach meines Hauses prasselte, daß er in Sturzbächen durch den Dreck und das tote Laub unter den Pecanbäumen in meinem Hof strömen würde.

Ich hörte Bootsie hinter mir. Sie setzte sich vor einem runden Tisch auf einen der Segeltuchstühle und schlug die Beine übereinander. Sie trug weiße Shorts, Sandalen und ein Jeanshemd mit abgeschnittenen Ärmeln. Unter ihren Armen waren Schweißringe, und der zarte Flaum auf ihren Schenkeln war von der vielen Sonne golden.

Wir lernten uns im Sommer 1957 auf einem Tanzfest am Spanish Lake kennen, und kurze Zeit später verloren wir beide im Bootshaus meines Vaters gegenseitig unsere Unschuld, während der Regen aus der Sonne purzelte und von den Dachrinnen und Trauerweiden um den See tropfte und das Innere des Bootshauses von einem flackernden, wäßrigen grüngelben Licht erfüllt wurde.

Aber selbst in diesem Alter hatte ich mich schon dem Sour Mash Whiskey verschrieben, unverdünnt und von einem eisig beschlagenen Jax-Bier zum Runterspülen begleitet. Bootsie und ich gingen getrennte Wege, und sie führten uns weit weg vom Bayou Teche und der provinziellen Cajun-Welt, in der wir aufgewachsen waren. Ich sollte die Reise nach Vietnam antreten, als einer der selbsternannten neuen Kolonialherren, und wiederkommen mit einem Schrotthaufen in Hüfte und Oberschenkel und nächtlichen Erinnerungen, denen weder der Whiskey noch rezeptpflichtige Rauschmittel Einhalt gebieten konnten. Sie heiratete einen Piloten, der für die Ölfirmen arbeitete und später auf einer Bohrinsel ein Halteseil touchierte. Der Helikopter stürzte voll aufs Mannschaftsboot. Dann mußte sie feststellen, daß ihr zweiter Ehemann, der in Tulane Betriebswirtschaft studiert hatte, als Buchhalter für die Mafia arbeitete, obwohl sich diese Karriere als kurzlebig erwies, als seine Arbeitgeber ihm und seiner Geliebten auf dem Parkplatz der Pferderennbahn in Hialeah mit Schrotflinten ein Ende setzten.

Sie litt unter einer Krankheit, die als Lupus bekannt war. Für den Augenblick waren wir den Symptomen durch starke Medikamente beigekommen, aber die Krankheit lebte in ihrem Blut wie ein schlafender Parasit, der nur auf den geeigneten Augenblick wartete, sich über ihre Nieren herzumachen und ihr Bindegewebe zu zerstören. Eigentlich sollte sie starkes Sonnenlicht meiden, aber wieder und wieder kam ich von der Arbeit heim und fand sie in Shorts und rückenlosem Oberteil bei der Gartenarbeit, die heiße Haut überzogen von einem Schweißfilm und Staubpartikeln.

»Ist bei der Arbeit was passiert?« sagte sie.

»Ich hatte etwas Ärger in Del's Restaurant.«

»Was?«

»Ich habe einen von Baby Feet Balbonis Schlägern zusammengeschlagen.«

»Im Restaurant?«

»Yeah, im Restaurant.«

»Was hat er angestellt?«

»Er hat mich angefaßt.« Ich stellte die Limodose weg und stützte die Unterarme auf die Oberschenkel. Ich blickte hinaus auf das Spiegelbild der Sonne im braunen Wasser.

»Bist du schon wieder im Büro gewesen?« sagte sie.

»Noch nicht. Ich geh wahrscheinlich später noch.«

Sie schwieg einen Augenblick.

»Hast du mit dem Sheriff geredet?« fragte sie.

»Da gibt's eigentlich nicht viel zu reden. Der Typ könnte zwar Anzeige erstatten, aber das wird er bleiben lassen. Das ist denen einfach zu lästig, juristisch gegen einen Cop vorzugehen.«

Sie stellte die Beine wieder gerade und wischte sich gedankenverloren mit den Fingerspitzen übers Knie.

»Dave, ist da noch was anderes, etwas, das du mir verschweigst?«

»Der Kerl hat mir die Hand auf die Schulter gelegt, und ich wollte ihn in der Luft zerreißen. Vielleicht hätte ich's auch getan, wenn so'n Kerl namens Manelli sich nicht vor mich gestellt hätte.«

Ich sah, wie ihre Brüste sich unter dem Oberteil hoben und senkten. Tief hinten im Bayou schleppte Batist hinter seinem Motorboot ein zweites her, und die Bugwellen klatschten die schwimmenden Hyazinthen gegen die Uferböschung. Sie erhob sich von ihrem Stuhl und trat hinter mich. Sie massierte meine Schulter mit den Fingern. Ich spürte ihren Oberschenkel an meinem Rücken.

»New Iberia wird nie wieder der Ort sein, an dem wir aufgewachsen sind. So sind die Dinge halt«, sagte sie.

»Das bedeutet nicht, daß es mir gefallen muß.«

»Die Balboni-Familie ist lange Zeit hier gewesen. Das haben wir auch überlebt, oder etwa nicht? Die drehen ihren Film, und dann verschwinden sie wieder.«

»Es gibt zu viele, die beim Ausverkauf mitmachen wollen.«

»Ausverkauf von was?«

»Von allem, was Geld bringt. Rotbarsch und *sac-à-lait* für die Restaurants, Alligatoren für die Japaner. Sie lassen es zu, daß die Ölgesellschaften die Austernbänke vergiften und Kanäle durch die Marsch graben, was zur Folge hat, daß das Salzwasser Tausende von Quadratmeilen von Sumpfgebiet zerstört. Die gehen vor jedem auf die Knie, der ein Scheckheft hat.«

»Laß gut sein, Dave.«

»Ich denke, es würde eine Menge unserer Probleme lösen, wenn man drei Tage alle für vogelfrei erklären würde.«

»Sag dem Sheriff, was passiert ist. Laß es nicht nur so im Raum stehen.«

»Der macht sich wegen so ein paar Kerlen von der Handelskammer in die Hose, Bootsie. Eigentlich ist er ein guter Mann, aber das sind die Menschen, in deren Umgebung er den Großteil seines Lebens zugebracht hat.«

»Ich finde doch, daß du mit ihm reden solltest.«

»Okay, ich dusche jetzt, und dann werde ich ihn anrufen.«

»Du gehst nicht ins Büro?«

»Ich weiß noch nicht genau. Vielleicht später.«

Batist schaltete den Bootsmotor ab und ließ sich an den Pier treiben, bis das Boot gegen die aufgeschnittenen Reifen stieß, die wir an die Dockpfeiler genagelt hatten. Sein Hemd lag zusammengeknüllt neben ihm auf der Sitzplanke, und Schweißtropfen standen auf den schwarzen Schultern und der mächtigen Brust. Sein Schädel sah aus wie eine Kanonenkugel. Er grinste, im Mundwinkel eine unangezündete Zigarre.

Ich war dankbar für die Ablenkung.

»Bin vorne an der Kreuzung gewesen«, sagte er. »Ein Mann dort hat gesagt, du hast im Restaurant mit einem der Spaghettis den Boden gewischt.«

Danke, Batist, dachte ich.

Ich duschte so kalt, daß es mir fast den Atem nahm, zog mich um und fuhr zu dem Limonadenwerk unten am Vermilion River in Lafayette. Das zweistöckige Gebäude war alt, aus gelben Ziegeln gemauert und umringt von riesigen Eichen. Dahinter befand sich ein Parkplatz, der voller Lieferwagen stand, und eine Verladestation, wo ein Dutzend schwarzer Männer mit viel Getöse Limonadenkästen aus dem dunklen Gebäudeinnern heraustrugen und sie in den wartenden Lastern aufeinanderstellten. Ihre Körperkraft war unglaublich. Manche von ihnen nahmen ein halbes Dutzend Kästen auf einmal und hoben sie mit Leichtigkeit bis auf Augenhöhe. Ihre Muskeln hatten das Aussehen wassergegerbten schwarzen Gesteins.

Ich fragte einen von ihnen, wo ich Twinky Hebert Lemoyne finden konnte.

»Mr. Twinky ist hinten, im Büro. Aber Sie müssen schnell machen. Er will grad seine Tour beginnen«, sagte er.

»Er fährt selbst die Getränke aus?«

»Mr. Twinky macht alles selbst, Sir.«

Ich ging durch das Lager zu einem vollgerammelten Büro mit

Fenster, dessen Tür bereits offenstand. Wände und Korktafeln waren vollgeklebt mit Lieferscheinen, alten Kirchenkalendern, ungerahmten Fotografien von Angestellten und Anglern, die dickbäuchige Breitmaulbarsche in ihren Händen hielten. Lemoynes Gesicht war rosig und wohlgeformt, die Augenbrauen sandfarben, das graue Haar an manchen Stellen immer noch mit goldblonden Strähnen. Er saß aufrecht in seinem Bürosessel, die Augen hinter der randlosen Brille auf die Papiere in seinen Händen konzentriert. Er trug ein kurzärmeliges Hemd und eine gelockerte dunkelorangefarbene Krawatte (ein Seersucker-Jackett hing über der Rückenlehne des Sessels), in seiner Brusttasche steckte ein Plastikfüllhalter; die braunen Schuhe waren gewienert; die Fingernägel gepflegt und sauber. Aber er hatte die breiten Schultern und Hände eines Mannes, der körperlich arbeitet, und er strahlte die Art von ruhiger, schwerverdienter Körperkraft aus, die bei manchen Männern weder durchs Alter noch durch zusätzliche Pfunde abzunehmen schien.

Das Büro hatte keine Klimaanlage, und er hatte alle Papiere auf dem Tisch beschwert, damit sie der unregelmäßig tuckernde Ventilator nicht hinunterblies.

Nachdem ich mich vorgestellt hatte, ließ er den Blick kurz hinaus zur Verladestation schweifen, hob dann die Hände von der Schreibtischunterlage und senkte sie wieder, als hätten wir in unserem Gespräch bereits den Punkt erreicht, an dem nichts mehr gesagt werden konnte.

»Darf ich mich setzen?« sagte ich.

»Nur zu. Aber ich glaube, Sie vergeuden hier Ihre Zeit.«

»Ich hatte heute einen eher ruhigen Tag.« Ich lächelte ihn an.

»Mr. Robicheaux, ich habe nicht die geringste Idee, warum sowohl Sie als auch diese mexikanische Frau sich für mich interessieren. Könnten Sie vielleicht ein bißchen deutlicher werden?«

»Tatsache ist, ich glaube nicht, daß ich vor dem gestrigen Tag jemals Ihren Namen gehört habe.«

»Wie habe ich das zu verstehen?«

»Das Problem besteht darin, daß Sie und ein paar andere

versucht haben, meinem Boß Druck zu machen.« Ich lächelte wieder.

»Hören Sie zu, diese Frau kam gestern in mein Büro und hat mir unterstellt, ich arbeite mit der Mafia zusammen.«

»Warum hat sie das wohl getan?«

»Das frage ich Sie.«

»Ihnen gehört zusammen mit Murphy Doucet ein Sicherheitsdienst?«

»Das ist allerdings richtig. Können Sie mir sagen, wonach hier gesucht wird, was Sie alle bei mir hier im Geschäft zu schaffen haben?«

»Wenn man sich auf Geschäfte mit einem Mann wie Julie Balboni einläßt, dann muß man damit rechnen, daß das andere neugierig macht.«

»Ich mache keine Geschäfte mit diesem Mann, und ich weiß nicht das geringste über ihn. Ich habe Geld in die Produktion dieses Films, der da gedreht wird, gesteckt. Das haben viele Geschäftsleute hier aus der Gegend. Ich habe Julie Balboni noch nie getroffen und habe es auch nicht vor. Ist das soweit klar, Sir?«

»Mein Chef sagt, Sie sind ein hochgeachteter Mann. So wie's aussieht, führen Sie auch ein gutes Unternehmen. Ich an Ihrer Stelle wäre vorsichtig, mit wem ich mich da einließe, Mr. Lemoyne.«

»Ich habe kein Interesse daran, weiter auf dieses Thema einzugehen.« Er rückte seine Brille gerade, machte die Schultern ein wenig eckig und hob mit beiden Händen mehrere Blätter Papier vom Tisch auf.

Ich trommelte mit den Fingern auf der Lehne meines Stuhls. Ich hörte, wie draußen LKW-Türen zugeschlagen und Gangschaltungen betätigt wurden.

»Ich schätze, ich habe nicht besonders gut klargemacht, worum es mir geht«, sagte ich.

»Dazu besteht auch kein Anlaß«, sagte er und sah hoch zu der Uhr an der Wand.

»Sie sind ein grundsolider Geschäftsmann. Es ist nichts Unrechtes daran, Anteile an einer Filmproduktion zu erwerben. Und es ist auch nichts Unrechtes daran, für diese Produktion den Sicherheitsdienst zu stellen. Aber dann kommt eine Lady, die kaum größer ist als ein Hydrant, und stellt Ihnen ein paar Fragen, und sofort schlagen Sie Krach. Wie mir scheint, will das nicht so recht zusammenpassen, Mr. Lemoyne.«

»Da draußen sind Menschen, die sich Vergewaltigungen und Raubüberfälle zuschulden kommen lassen und Crack an Kinder verkaufen und Gott weiß was noch anstellen, aber Sie und diese Frau besitzen die Dreistigkeit, hier aufzukreuzen und mich zu vernehmen, weil ich eine vage Geschäftsbeziehung mit einer Filmproduktion habe. Und Sie meinen, das sei kein Grund, auf die Palme zu gehen? Irgendwas muß bei Ihnen nicht stimmen.«

»Sind Ihre Angestellten gewerkschaftlich organisiert?«

»Nein, das sind sie nicht.«

»Aber Ihr Kompagnon im Sicherheitsdienst ist als Obmann für die Teamster tätig. Seltsame Widersprüchlichkeiten, in die Sie da verstrickt sind, finde ich, Mr. Lemoyne.«

Er erhob sich aus seinem Bürosessel und nahm einen Satz Schlüssel aus der Schreibtischschublade.

»Ich zeige heute einem neuen Jungen seine Tour. Ich muß jetzt abschließen. Wollen Sie noch hierbleiben und mit jemand anderem reden?« sagte er.

»Nein, ich muß los. Hier haben Sie meine Geschäftskarte für den Fall, daß Sie mich später noch kontaktieren wollen.«

Er ignorierte sie, als ich sie ihm hinhielt. Ich legte sie auf den Schreibtisch.

»Danke für Ihre Zeit, Sir«, sagte ich und trat wieder hinaus auf den Ladeplatz, in die erhitzte, zähflüssige Luft, das blendend grelle Licht, den kalkigen Geruch zertretener Austernschalen auf dem ungeteerten Parkplatz.

Als ich wieder zu meinem Pickup lief, erkannte ich einen älteren Schwarzen, der vor Jahren im alten Kühlhaus in New Iberia gearbeitet hatte. Er pickte am Straßenrand mit einem Stock, aus dessen Ende ein Nagel ragte, Müll auf. Er hatte einen Lumpen um seine Stirn gebunden, damit ihm der Schweiß nicht in die Augen rann, und das verrottete nasse Unterhemd, das er trug, klebte wie Streifen von Käseleinen an seinem Leib.

»Wie gefällt dir die Arbeit hier, Dallas?« sagte ich.

»Ganz gut.«

»Wie ist Mr. Twinky so als Boß?«

Seine Augen blickten kurz zurück zum Gebäude, dann grinste er.

»Er versteht's, den Adler schreien zu lassen, wenn Sie verstehen, was ich meine.«

»Er ist knauserig?«

»Mr. Twinky ist so knauserig, daß er Miete von seinem eigenen Schatten verlangt.«

»So schlimm?«

Er strich an einer Eiche ein paar getrocknete Blätter vom Nagel an seinem Stock.

»War nur ein Scherz von mir«, sagte er. »Mr. Twinky zahlt das, was er einem versprochen hat, und er zahlt immer rechtzeitig. Er ist gut zu Schwarzen, Mr. Dave. Da gibt's nichts dran zu rütteln.«

Wieder zurück in New Iberia, ging ich nicht ins Büro. Statt dessen rief ich von zu Hause dort an. Der Sheriff war nicht da.

»Wo ist er?« sagte ich.

»Wahrscheinlich auf der Suche nach dir«, sagte der Dispatcher. »Was ist los, Dave?«

»Nicht viel.«

»Sag das der Schmalzlocke, mit der du heute morgen die Möbel poliert hast.«

»Hat er Anzeige erstattet?«

»Nein, aber ich hab gehört, daß der Wirt einen Zahn von dem Kerl mit dem Schraubenzieher aus dem Tresen pulen mußte. Du hast's voll raus, Dave.«

»Richte dem Sheriff aus, daß ich nach New Orleans fahre, um dort ein paar Sachen nachzuprüfen. Ich rufe ihn heute abend an, wenn nicht, seh ich ihn morgen früh im Büro.«

»Ich hab so den Eindruck gehabt, daß es vielleicht ganz gut wäre, wenn du heute nachmittag noch vorbeikämst.«

»Ist Agent Gomez da?«

»Yeah, bleib dran.«

Wenige Augenblicke später ging Rosie an ihren Apparat.

»Dave?«

»Wie geht's?«

»Mir geht's gut. Wie geht es Ihnen?«

»Prächtig, prächtig. Ich habe gerade mit Ihrem Freund Twinky Lemoyne geredet.«

»Ach ja?«

»Sieht so aus, als seien Sie ihm auf den Schlips getreten.«

»Warum sind Sie dann noch mal zu ihm gegangen?«

»Man darf die nie denken lassen, daß sie einen ins Bockshorn jagen können.«

»Einen Moment mal. Ich will die Tür zumachen.« Einen Augenblick später nahm sie den Hörer wieder und sagte: »Dave, was auch immer hier geschieht, auf meinen Job oder meine Karriere wird das keine nennenswerten Auswirkungen haben. Aber Sie sollten zur Abwechslung vielleicht mal dran denken, sich ein paar Gedanken über Ihren Kopf zu machen.«

»Ich hatte gestern eine ziemlich üble Nacht und hab mich heute morgen ziemlich dumm benommen. So wie's halt manchmal kommt«, sagte ich.

»Davon rede ich nicht, und ich glaube, das wissen Sie auch. Wenn man Geld aus einer Gemeinde verprellt, entdecken bestimmte Leute ungeahnte Tiefen in sich.«

»Haben Sie was Neues über das erstickte Mädchen aus Vermilion Parish?«

»Ich komm grad aus dem Büro des Leichenbeschauers. Sie ist immer noch nicht identifiziert.«

»Meinen Sie, es handelt sich um denselben Kerl?«

»Bandage, Erniedrigung des Opfers, ein langwieriger Tod, wahrscheinlich sexuelle Gewalt, das ist dasselbe Schwein, das können Sie mir glauben.« Ich hörte einen scharfen Unterton in ihrer Stimme, wie eine Glasscherbe.

»Ich hab auch schon ein paar Theorien«, sagte sie. »Er hat die letzten zwei Opfer so hinterlassen, daß wir sie leicht finden konnten. Vielleicht wird er immer zwanghafter, verzweifelter, so daß er sich weniger unter Kontrolle hat. Die meisten Psychopathen erreichen irgendwann einmal einen Punkt, wo sie wie Haifische im Freßrausch sind. Sie können ihre Obsession nie mehr befriedigen.«

»Oder er will uns was reindrücken?«

»Sie haben's erfaßt.«

»Alles, was Sie sagen, kann durchaus richtig sein, Rosie, aber ich glaube, daß bei der ganzen Sache irgendwo Prostitution eine Rolle spielt. Wollen Sie heute nachmittag mit mir nach New Orleans fahren?«

»Ein Detective aus Vermilion Parish geht mit mir raus zum Damm, wo sie gestern das Mädchen gefunden haben. Spucken alle diese Menschen hier mit Redman-Kautabak rum?«

»Ein paar von den weiblichen Deputies stehen nicht so drauf.«

Ich hörte sie in den Hörer lachen.

»Passen Sie auf sich auf«, sagte sie.

»Sie auch, Rosie.«

Weder Bootsie noch Alafair waren zu Hause. Ich hinterließ ihnen eine Nachricht, packte Kleidung zum Wechseln in eine Leinentasche für den Fall, daß ich dort übernachten mußte, und fuhr zur Interstate 10 nach New Orleans. Die Temperatur stieg auf achtunddreißig Grad, und die Trauerweiden entlang des Bayou hingen schwer und bewegungslos in der Hitze, als wären alle Lebenssäfte aus den Blättern herausgebrutzelt worden.

Ich nahm die erhöhte Überlandstraße und durchquerte das Atchafalaya-Becken mit seinen windbewegten Buchten. Verstreut dort waren Ölbohrtürme und tote Zypressen, ein Netzwerk von Kanälen und Bayous, Sandgruben, Bauminseln, auf hohen Pfeilern gebaute Häuser, unter Wasser stehende Waldungen und immer wieder auch Flecken trockenen Landes, wo die Moskitos in grauen Wolken aus dem dichten Gewirr von Unterholz und Bäumen schwärmten. Dann ging ich bei Baton Rouge über den Mississippi in seiner ganzen gelben Breite, und fünfundvierzig Minuten später rollte ich durch Jefferson Parish am Ufer des Lake Pontchartrain entlang nach New Orleans hinein. Der See war graugrün, mit leichten Schaumkronen auf den Wellen, der Himmel in der Hitze fast weiß, und die Palmwedel hoben sich im heißen Wind und raschelten trocken. Die Luft roch nach Salz und stehendem Wasser und abgestorbenen Pflanzen – das kam aus den Sandgruben im Westen der Überlandstraße –, der Asphalt sah aus, als würde er einem die Hand verbrennen.

Aber da waren keine Regenwolken am Horizont, nicht der geringste Hinweis darauf, daß irgend etwas heranzog, das das Gleißen der weißen Scheibe am Himmel oder die Feuchtigkeit lindern würde, die einem über die Haut kroch und krabbelte wie wütende Insekten.

Vierzehn Jahre lang war ich Polizist in New Orleans gewesen, zuerst als uniformierter Streifenbeamter und schließlich als Lieutenant in der Mordkommission. Bei der Sitte war ich nie gewesen, aber es gibt wenige Bereiche bei der Polizeiarbeit in New Orleans, die einen nicht letztlich dorthin führen. Ohne die Aura von Gottlosigkeit und Dekadenz, die Striptease-Shows, Nutten, die burlesken Nepper und Schlepper, die Zuhälter, die vom Taxi aus ihr Geschäft verrichteten, und die gehirngeschädigten Junkies auf der Straße wäre die Stadt für die meisten Touristen so attraktiv wie eine Landwirtschaftsausstellung in West-Nebraska.

Das French Quarter hat zwei verschiedene Bevölkerungen, fast wie zwei soziale Klimazonen. Früh am Morgen reihen sich vor der katholischen Grundschule am Park schwarze Kinder in ihren Uniformen auf; Gemeindemitglieder und Kirchgänger aus der St.-Louis-Kathedrale nehmen an den Tischen vor dem Café du Monde *Café au lait* und *beignets* zu sich und lesen die Zeitungen; die Straßen sind noch kühl, die Ziegeldächer und pastellfarbenen Stuckverkleidungen der Gebäude feucht beschlagen, die verschnörkelten Eisengeländer an den Balkonen strotzen vor Blumen; Familien lassen sich von den Künstlern zeichnen, die ihre Staffeleien entlang des Gitterzauns am Jackson Square aufgestellt haben; im Hintergrund bläst ein sanfter Wind vom Fluß her durch die Azaleen und die Hibiskusbüsche, durch die Magnolienblüten, die so groß wie Männerfäuste sind, und durch die dichtgedrängten Bananenstauden unter der Reiterstatue von Andy Jackson. Sobald man weiter hinein ins Quarter läuft, unter den eisernen, grüngestrichenen Kolonnaden, ist da das kalte, saubere Aroma frischen Fischs, der auf Eis ausgelegt ist, und es duftet aus den Kisten von Erdbeeren und Pflaumen und gestreiften Wassermelonen, die noch vom Abspritzen mit einem kleinen Schlauch naß sind.

Aber am späten Nachmittag hält eine andere Klientel Einzug im Quarter. Die meisten sind harmlos – Collegekids, Militärpersonal, Familien aus dem Mittleren Westen, die versuchen, an den Türstehern vorbei einen Blick ins Innere der Stripteaselokale zu erhaschen, japanische Geschäftsleute in blauen Anzügen, schwer behängt mit Kameras, Provinzler aus den Teilen von Mississippi, wo Alkohol so gut wie illegal ist. Aber auch ein anderer Typ macht sich breit – kleine Ganoven, Trickbetrüger, Taschendiebe samt Komplizen, Kokain- und Heroindealer, ganze Gruppen von Nutten, die sich auf die Hotels spezialisiert haben, und Stripteasetänzerinnen, die nach zwei Uhr morgens von Taxis aus anschaffen.

Sie alle haben die Froschperspektive gepachtet. Für gewöhnlich führen sie eine freudlose Existenz, sind indifferent, was das eigene Schicksal angeht, ganz zu schweigen von dem anderer; was auch immer sie erleben, ruft bei ihnen kaum mehr als Langeweile hervor. Fast alle nehmen Heroin oder Kokain in jeder erdenklichen Form, bis hin zum Crack. Um wieder richtig munter zu werden, greifen sie auch zu schwarzem Speed.

Das normale Volk sehen sie genauso wie die Leute vom Jahrmarkt zu rupfende Bauerntölpel; mit Verachtung, zuweilen sogar Haß blicken sie auf ihre Opfer herab. Die meisten können nicht bis drei zählen, aber Ausmaß und Genauigkeit ihrer

Kenntnisse über die verschiedenen Kautionsagenturen, die Hierarchie des einheimischen organisierten Verbrechens, das Gesetz in bezug auf sich und ihre Taten und korrupte Cops und Richter ist beeindruckend.

Als die Straßen abkühlten und purpurner Schatten sich über sie senkte, ging ich durch den Lärm der Dixieland-Kapellen und Rockabilly-Bands von einem schäbigen Club zum nächsten. Schwarze Jugendliche mit behelfsmäßigen Metallkappen an den Schuhen steppten auf dem Bürgersteig für die Touristen, Türsteher mit roten Strohhüten und bonbongestreiften Westen trompeteten aus voller Brust Collegejungs an: »Kein Eintritt, kein Getränkezwang, ihr Hengste, immer reinspaziert! Hier gibt's ordentlich Tinte für den Füller.«

Jimmie Ryans roter Schnurrbart und sein gerötetes, gutgelauntes Gesicht erinnerten einen an einen Barkeeper aus dem neunzehnten Jahrhundert. Aber er war auch unter dem Namen Jimmie the Dime bekannt, weil er einen mit einem Telefonanruf auf die eine oder andere Art in Kontakt mit jeder Form von illegaler Aktivität in New Orleans bringen konnte.

Narben überzogen die Venen in beiden Armbeugen wie flachgedrückte graue Gartenschlangen.

Er schob den Strohhut hoch über die Stirn und trank von seinem Bier. Über ihm tanzte ein barbusiges Mädchen in einem pailettenverzierten Slip barfuß auf einem Laufsteg. Ihre Hüften bewegten sich wie Wasser zu der Musik aus der Jukebox, das Neonlicht warf Muster auf ihre Haut, ihr Mund stand in gespielter Ekstase offen.

»Wie ist's dir ergangen, Streak?« sagte er.

»Ziemlich gut, Jimmie. Wie ist das Leben?« sagte ich.

»Kann nicht behaupten, daß ich noch so richtig mitmische. Seit ich vom Supertreibstoff runter bin, hab ich mehr oder weniger einen ganz normalen festen Job, wenn du verstehst, was ich meine. Die menschliche Türklingel für Affen und Idioten zu machen hat ein paar ziemlich gravierende Nachteile. Ich rede hier von meiner Selbstachtung. In dieser Stadt gibt's einen Haufen kranker Typen, Streak, wer braucht das, das will ich damit sagen.«

»Versteh schon. Hör mal, Jimmie, kennst du jemanden, der eventuell versucht, draußen auf dem Land neue Mädels zu rekrutieren?«

Er stützte die Ellenbogen wieder auf den Tresen. Sein weicher Bauch hing aus der gestreiften Weste wie ein wassergefüllter Ballon mit Schlagseite.

»Jemand, der seinen eigenen Laden aufziehen will?« fragte er.

»Vielleicht.«

»Ein Typ, der auf der Suche nach Landmädels ist, die Art, die auf den Märchenprinzen mit der dicken Kohle wartet oder eh kurz davor steht, aus der Stadt gejagt zu werden?«

»So in der Art möglicherweise.«

»Haut nicht hin.«

»Warum?«

»New Orleans ist voll von solchen Mädchen. Warum noch mehr herholen und die Preise verderben?«

»Vielleicht ist dieser Kerl mehr als nur ein Zuhälter, Jimmie. Vielleicht hat er Spaß dran, ihnen weh zu tun. Kennst du jemanden, auf den das zutrifft?«

»Jetzt reden wir von einer ganz anderen Sorte von Kerl, und zwar von einem, der in der Nahrungskette ganz weit unten steckt. Als ich noch in meinem alten Geschäft war und Telefondienste verrichtet habe, also in der Stadt für die verschiedensten Leute die verschiedensten Arrangements getroffen habe, da hab ich es mir zur Regel gemacht, nichts von solchen Typen wissen zu wollen. Tatsache ist, eigentlich bin ich ein bißchen empört, daß du denkst, ich hab mit solchen Leuten was zu tun.«

»Ich habe den größten Respekt vor deinen Kenntnissen und deinem Urteil, Jimmie. Deshalb bin ich zu dir gekommen, nicht zu einem anderen. Mein Problem sind zwei tote Mädchen in Vermilion und Iberia Parish. Derselbe Kerl hat vielleicht noch andere umgebracht.«

Er entfernte sich mit dem kleinen Finger etwas aus den Zähnen.

»Die Stadt ist nicht mehr wie früher«, sagte er. »Das geht alles den Bach runter.«

»Okay –«

»Vor Jahren, da gab's bestimmte Dinge, über die war man sich mit den Cops einig, ohne daß man groß drüber reden mußte. Wenn sie einen bei was erwischt haben, ich rede hier von krankem Zeug, sich an einem Kind vergreifen, alte Leutchen ausrauben und zusammenschlagen, so in der Art, dann haben sie den gar nicht erst eingebuchtet. Sie haben an Ort und Stelle die Scheiße aus ihm rausgeprügelt, ich meine buchstäblich, bis ihm das Hirn aus der Nase tropfte.

Und heute, was haben wir da? Versuch doch mal, einen Spaziergang bei den Projects zu machen, dann wirst du ja sehen, was passiert. Hör zu, Streak, ich weiß nicht, wonach du suchst, aber woran ich denken muß, das ist so eine ganz besondere Art von Schwanzlutscher, Typen, wie es sie früher nicht in der Stadt gab. Typen, die man sich mal greifen sollte, denen man's mal ordentlich zeigen müßte, vielleicht endgültig, wenn du verstehst, was ich meine. Warum's keiner tut, da kann ich dir keine Antwort drauf geben, aber vielleicht denkst du mal drüber nach, wenn du runter zum Busbahnhof gehst. Ich meine, schließlich bist du ja von außerhalb, und niemand, wirklich niemand würd sich groß aufregen, wenn so ein Typ in seine Einzelteile zerlegt wird.«

»Der Busbahnhof?«

»Du hast's erfaßt. Es sind drei oder vier. Einer von ihnen fällt auf wie Scheiße in einer Eiskremfabrik. Womit ich nichts gegen Farbige gesagt haben will.«

Ich hatte ganz vergessen, was für ein linguistisches Erlebnis ein Gespräch mit Jimmie the Dime sein konnte.

Er unterdrückte ein Rülpsen und starrte hoch zu dem Mädchen auf dem Laufsteg.

»Kann es sein, daß Baby Feet Balboni in der Sache drinsteckt?« fragte ich.

Er rollte ein Streichholz auf seiner Zunge, blickte in schrägem Winkel hoch auf einen Punkt an der Decke.

»Komm mal kurz mit mir an die frische Luft, kleiner Spaziergang, der Laden hier ist wie'n voller Aschenbecher. An manchen Abenden denke ich, jemand hat Batteriesäure in meine Lungen gekippt«, sagte er.

Ich folgte ihm nach draußen. Auf dem Trottoir wimmelte es von Touristen und anderen Unternehmungslustigen, die Bier aus großen Pappbechern tranken. Jimmie blickte links und rechts die Straße hinunter, atmete durch die Nase aus und glättete seinen Schnurrbart mit dem Knöchel eines Fingers.

»Das sind die Namen der örtlichen Prominenz, mit denen du jetzt kommst«, sagte er.

»Ich behalt's für mich, Jimmie. Niemand wird erfahren, woher ich's hab.«

»Ich wüßte nichts über diesen gewissen Mann, was nicht bereits allgemein bekannt wäre. Also nützt es wahrscheinlich wenig, wenn ich dazu noch irgendwas sage.«

»Hier läuft doch nichts, wo Julie nicht seinen Anteil dran hat. Warum soll das mit dem Rekrutieren neuer Mädels anders sein?«

»Falsch. In den Projects gibt's fünfzehnjährige Kids, die dealen mit Crack, Mädchen, Waffen, Haschisch, Heroin, was du dir nur denken kannst – die Italiener halten sich da raus, es ist zu unberechenbar. Du suchst einen Kerl, der es auf Nutten abgesehen hat? Feet ist nicht der Mann, Lieutenant. Der Knabe hat Eiswasser in den Adern. Ich hab gesehen, wie er in einer Bar in Algiers mit drei Jungs aus der Giacano-Familie den Boden gewischt hat, die sich eingebildet haben, sie könnten ihm vor ihren Torten dumm kommen. Er ist nicht mal ins Schwitzen gekommen. Einmal hat er kurz aufgehört, aus einem von denen die Scheiße rauszuprügeln, damit er einen ordentlichen Furz lassen konnte.«

»Danke für deine Zeit, Jimmie. Du meldest dich, wenn du was hörst, okay?«

»Was weiß ich schon? Wir leben in einer kranken Zeit. Willst du meine Meinung hören? Die sollten oben am Nordpol, bei den Pinguinen, ein paar Gefängniskolonien aufmachen. Den ganzen Abschaum einfach wegschaffen, damit wieder Anstand ins Land kommt, bevor die ganze Stadt zur Kloake wird.« Er wippte auf den Fußballen. Im Neonlicht der Barreklame waren seine Lippen purpurn, das Gesicht grellrot wie bei einem starken Sonnenbrand.

Ich gab ihm meine Geschäftskarte. Als ich noch im selben Häuserblock unter der Markise eines Pornokinos stehenblieb und mich nach ihm umsah, säuberte er sich damit die Zähne. Ich suchte zwei Rockerkneipen auf der anderen Seite des Flusses in Algiers auf, wo einige der Rockerbräute anschafften, damit ihre Macker das nötige Kleingeld hatten, das sie zum Handel mit Drogen und Waffen brauchten. Warum sie sich dafür hergaben, damit war ich überfragt. Es lag eine gewisse Regelmäßigkeit darin, wie sie mit Motorradketten verprügelt, von der versammelten Mannschaft vergewaltigt und mit den Händen an Bäume genagelt wurden, und für gewöhnlich kamen sie brav zurück, um sich mehr vom selben abzuholen, bis es manchmal so weit kam, daß sie ermordet und in einem Sumpf abgeladen wurden. Die traurigen, langwierigen Opfergeschichten sind austauschbar, ein tieferer Sinn läßt sich in ihnen kaum erkennen.

Die dazu bereit waren, überhaupt mit mir zu reden, strahlten alle denselben Geruch aus, eine Mischung aus verschwitztem Leder, dem warmen weiblichen Aroma von ungewaschenem Haar, Marihuanarauch und Nikotin und Motorschmiere auf Jeansstoff. Aber sie wußten wenig und hatten auch gar kein Interesse an allem, das nicht Teil ihrer atavistischen Welt war.

In einer Nebenstraße der Magazine Street fand ich einen Zuhälter, einen Mulatten, der von einer Wohnung aus dealte. Er hatte sich auf teergefiltertes Heroin spezialisiert, das für fünfundzwanzig Dollar das Briefchen verkauft wurde und bei reiferen Süchtigen wieder in Mode gekommen war, die keine Lust verspürten, sich zu dem Heer psychotischer Wracks zu gesellen, die Crack in den Projects hervorbrachte.

Er hieß Camel; eines seiner Augen war blind wie eine farblose Murmel, und er trug einen Diamantenclip in einem Nasenloch. Das Haar war in Zackenmustern am Kopf rasiert. Er stand am Sandwichtresen eines heruntergekommenen alten Krämerladens mit einem hölzernen Ventilator an der Decke und schälte mit dem Daumen ein hartgekochtes Ei. Seine Haut hatte den hellen gelben Glanz eines frischgeprägten Pennys.

Nachdem er mir eine Weile zugehört hatte, legte er das Ei auf eine Papierserviette und faltete nachdenklich die langen Finger.

»Das ist meine Gegend hier, der Ort, wo alle meine Freunde leben, und niemand hier vergreift sich an meinen Ladies«, sagte er.

»Das hab ich auch gar nicht behauptet, Camel. Ich will nur von dir wissen, ob dir zu Ohren gekommen ist, daß irgend jemand draußen auf dem Land auf Fischzug ist. Ein Kerl vielleicht, bei dem alle Sicherungen durchgebrannt sind.«

»Ich komm nicht mehr viel aus meinem Viertel hier raus. Man wird alt, schätze ich.«

»Ist ein heißer Tag gewesen heute, Partner. Meine Toleranzschwelle für Affenscheiße strebt gegen Null. Du dealst für Julie Balboni mit mexikanischem Heroin, und dir entgeht nichts, was in dieser Stadt läuft.«

»Was war das gleich für ein Name, den Sie da erwähnten?«

Ich blickte ihm lange ins Gesicht. Er kratzte mit dem Fingernagel an einer verkrusteten Stelle im Augenwinkel auf der toten Seite.

»Du bist ein schlauer Kerl, Camel. Jetzt sag mir mal ehrlich, meinst du wirklich, du kannst mich hier zum Narren halten, bis ich mich in Luft auflöse?«

Er schraubte den grünen Deckel von einer Tabascoflasche und träufelte scharfe Soße auf sein Ei.

»Ich hab da so was von einem Weißen läuten hören, ein seltsamer Typ, heißt es, von dem die Leute, die sonst in dem Geschäft was zu sagen haben, die Finger lassen«, sagte er.

»Weiter –«

»Sie liegen falsch.«

»Was soll das heißen?«

»Der Typ ist nicht von hier. Er läßt die Mädchen am Airline Highway im Jefferson Parish anschaffen, bestimmt eine zur Chefin. Er selbst kommt nur ab und zu mal in die Stadt, um nach dem Rechten zu sehen.«

»Ich verstehe, so auf Ehre und Vertrauen. Eine ganz neue Tour. Was für einen Bären willst du mir aufbinden, Camel?«

»Sie hören mir nicht zu. Es hat einen Grund, warum die Profis sich von dem fernhalten. Wenn eine seiner Bräute ihn bescheißen will, verschwindet sie. Verschwindet ist das richtige Wort, vom Erdboden verschwunden, vom Programm gestrichen. Drücke ich mich klar genug aus?«

»Wie heißt er?«

»Weiß ich nicht, will ich nicht wissen. Da ist 'ne Frage, die sollten Sie sich selbst mal stellen. Warum kommen Sie immer zu einem Nigger, wenn Sie vor so 'nem Problem stehen? In 'nem Schwarzenviertel haben wir so was nicht.«

»Bis bald, Camel. Danke für die Hilfe. Hey, wie heißt doch gleich der Schwarze, der immer am Busbahnhof zugange ist?«

»Ich nehme den Flieger, Mann. Macht doch jeder heute«, sagte er und leckte an der Oberseite des geschälten Eis, bevor er es in den Mund steckte.

Viele Jahre war der Airline Highway die wichtigste Landstraße zwischen Baton Rouge und New Orleans gewesen. Als die Interstate 10 gebaut wurde, verlor der Airline Highway diese Bedeutung. Es war nur noch eine Straße von vielen, und sie wurde wieder Teil der halbländlichen Slumkultur, die immer charakteristisch für den finstersten Süden gewesen ist: schäbige, klapprige Nachtclubs, deren Parkplatzbelag Austernschalen bildeten; kakerlakenverseuchte Motels mit Wasserbetten und Pornofilmen und Zimmern, die man tage- oder wochenweise mieten kann; Fernfahrerraststätten mit einer Batterie von Kondomautomaten in den Toiletten; nonstop geöffnete, grellerleuchtete Cafés, wo der Bratgeruch so greifbar wie ein Fettfilm über Tresen und Hockern hängt.

Ich suchte drei Lokale auf und erreichte gar nichts. Jedesmal, wenn ich durch die Tür trat, wanderten die Augen des Barkeepers zu mir, als sei ich jemand, den man den ganzen Abend schon erwartet hatte. Sobald ich am Bartresen Platz nahm, verschwanden die Mädchen auf der Damentoilette oder durch die Hintertür. Der elektrisch verstärkte Lärm der Country-Bands war ohrenbetäubend, das Knarzen durch die Mikrophone wie Metall, das über eine Tafel kratzte. Wenn ich mit jemandem zu reden versuchte, nickte er unberührt in der Lärmkavalkade, als ob ein Mann ohne Stimmbänder zu ihm gesprochen hätte, und wandte sich dann wieder seinem Getränk zu oder starrte durch die dichten Lagen von Zigarettenrauch in die entgegengesetzte Richtung.

Ich gab auf und lief zurück zu meinem Pickup, der zwischen der Bretterwand eines Nachtclubs und einem häßlich dahingeklatschten Motel mit sechs Zimmern, einem kleinen gelben Vorgarten und einer abgestorbenen Palme neben dem Meldefenster geparkt war, zu dem man vorfahren konnte. Die Luft roch nach Imprägniermittel und verbranntem Dieselkraftstoff von den Eisenbahnschienen am Fluß, nach dem Staub des Muschelparkplatzes, nach Schnaps und Bier aus einer mit leeren Flaschen gefüllten Mülltonne. Trockene Blitze, die ein Gewitter ankündigten, ließen den Himmel hoch über dem Golf erbeben.

Ich hörte nicht, wie sie hinter mich trat.

»Jeder hier weiß schon seit zwei Stunden, daß du kommst, Süßer«, sagte sie.

Ich drehte mich um und blickte sie aus zusammengekniffenen Augen an. Sie nahm einen Schluck aus ihrer Bierflasche und paffte dann an ihrer Zigarette. Das Gesicht war verfettet, der Lippenstift schief, das gefärbte rote Haar mit Festiger wie ein Drahtgewirr am Kopf festgepappt. Sie legte eine Hand an die Hüfte und wartete darauf, daß ich sie erkannte.

»Charlotte?«

»Was für ein Gedächtnis. Bin ich arg fett geworden?«

»Nein, nicht sehr. Du siehst gut aus.«

Sie lachte vor sich hin und blies den Zigarettenrauch nach oben in die Dunkelheit.

Vor dreißig Jahren war sie eine Stripteasetänzerin und Nutte auf der Bourbon Street gewesen, danach dann die Mätresse eines Kredithais, der sich eine Kugel in den Kopf geschossen hatte, die Ehefrau eines ehemaligen Polizeisergeants und Alkoholikers, der in Angola endete, weil er auf der Rennbahn Pferde gedopt hatte. Das letzte, was ich von ihr gehört hatte, war, daß sie einen Massagesalon in Algiers führte.

»Was machst du hier draußen auf dem Airline Highway?« sagte ich.

»Ich führe den Saftladen nebenan«, sagte sie und nickte in Richtung des Motels. »He, ich muß mich mal hinsetzen. Ich hab ordentlich was getankt.« Sie förderte in dem Müllhaufen neben dem Nachtclub einen Holzstuhl zutage und setzte sich mit gespreizten Knien darauf und nahm einen weiteren Schluck aus der Bierflasche. Die elektrische Lüftung einer Toilette klapperte über ihrem Kopf. »Hab schon gehört, wonach du suchst, Streak. Ein Typ, der sich die jungen Hühner vom Land holt, stimmt's?«

»Weißt du, wer es ist?«

»Die kommen und gehen. Ich bin zu alt, um da noch mitzukommen.«

»Ich bin wirklich scharf drauf, mal ein paar Worte mit dem Kerl zu wechseln, Charlotte.«

»Yeah, schon richtig, dem sollte jemand mit einem eisernen Haken an die Eier, aber das wird wohl nicht passieren.«

»Warum nicht?«

»Wenn du die richtigen Leute kennst, flickt dir keiner am Zeug.«

»Kennt er die richtigen Leute?«

»Was meinst du denn?«

»Die Balboni-Familie beispielsweise?«

»Vielleicht. Vielleicht hat er auch irgendwelche Cops oder Politiker geschmiert. Es gibt viele Wege, im Geschäft zu bleiben.«

»Aber auf die eine oder andere Art erwischt's die meisten irgendwann doch. Stimmt's nicht?«

Sie hob die Bierflasche an den Mund und saugte den Schaum aus dem Hals.

»Ich glaub nicht, daß überhaupt jemand groß über diesen Typ das Maul aufreißt«, sagte sie. »Man hört da so manches, wenn du verstehst, was ich meine. Beispielsweise, daß dieser Typ, den du suchst, jemand ist, von dem man nicht will, daß er wütend auf einen ist. Und man hört auch, daß er seinen Täubchen ziemlich hart zusetzt.«

»Und stimmt das?«

Sie stellte die leere Flasche auf den Muscheln ab und ließ die Hände lose im Schoß baumeln. Einen Augenblick lang verschwand der Alkoholglanz aus ihren Augen, und ihr Gesichtsausdruck wurde eigenartig nach innen gekehrt, als konzentriere sie sich auf ein vergessenes Bild tief in ihrem Innern.

»Wenn man hier dazugehört, dann hört man eine Menge übler Geschichten, Süßer. Das liegt daran, daß es nicht viel gute gibt«, sagte sie.

»Der Mann, den ich suche, ist vielleicht ein Serienmörder, Charlotte.«

»So ein Typ ist immer ein Freier, kein Zuhälter, Streak.« Sie stützte sich auf die Unterarme, paffte an ihrer Zigarette, starrte auf die Hunderte von Kronenkorken, die zu ihren Füßen in den Erdboden getrampelt waren. Rauch umhüllte das steif frisierte Haar. »Geh heim. Hier wirst du nichts ändern. Jeder hier an dieser Straße ist letztlich freiwillig hier, so oder so.«

»Niemand läßt sich freiwillig umbringen.«

Darauf gab sie keine Antwort. Sie kratzte an einem Mückenstich auf ihrer Kniescheibe und blickte auf einen Wagen, der auf das Meldefenster des Motels zufuhr.

»Wer ist denn dieser Tage der Obermacker der Typen, die den Busbahnhof abklappern?« sagte ich.

»Das ist Downtown Bobby Brown. Der war mal im Bau, weil er sich an 'nem Kind vergriffen hat. Jetzt ist er 'n Profi, ein ausgesuchtes Stück Scheiße. Geh zurück zu deiner Familie, Streak, bevor du anfängst, Gefallen an deiner Arbeit zu finden.«

Sie schnippte mit einem Rückhandwurf die Zigarette weg,

kam auf die Beine, zog das Kleid an den Elefantenhüften gerade, blinzelte mir zu, als stünde sie im Begriff, ihren Abgang von einer Varietébühne zu machen, und stakste mit vorsichtigen Schritten über die Austernschalen zu ihrem Motel und dem Pärchen, das ungeduldig in der Hitze und dem Staub und dem Rattern eines elektrischen Insektenvernichters über dem Meldefenster auf sie wartete.

Die Geier am Busbahnhof sind dort zu nahezu jedem Zeitpunkt rund um die Uhr anzutreffen. Aber ihre beste Zeit haben sie spät in der Nacht. Das ist für gewöhnlich der Zeitpunkt, wenn den Abenteurerinnen aus Vidalia oder De Ridder oder Wiggins, Mississippi, das letzte Geld, die letzte Energie und die letzte Hoffnung abhanden gekommen ist, einen besseren Platz zum Schlafen zu finden als ein leerstehendes Gebäude oder ein offizielles Obdachlosenasyl, wo man sie sofort als Ausreißer meldete. Es ist auch nicht schwer, die Abenteurerinnen zu erkennen. Ihre Mundwinkel zeigen nach unten, ihre Haare sind schlaff und kleben wie nasse Fäden an ihren Hälsen; oft sind ihre Hände und dünnen Arme mit hausgemachten Tätowierungen gesprenkelt; sie waschen sich mit Papierhandtüchern unter den Achseln und putzen sich in der Bahnhofstoilette die Zähne.

Ich beobachtete ihn, wie er den Warteraum durchschritt, einen Lederbeutel an einem Riemen über die Schulter geschwungen, ein Funkeln in den Augen, einen Regenhut keck und schief auf dem Kopf, das weiße Tropenhemd über den Khakihosen. Auf den Beutel war ein goldenes Kreuz gemalt.

Die beiden Mädchen waren weiß, blond, und sie trugen formlose Jeans, Tennisschuhe ohne Socken, Blusen, die salzgebleicht und steif vor getrocknetem Schweiß wirkten. Als er mit ihnen sprach, erinnerte mich sein fröhliches Gesicht an einen mythischen Ballonmann mit Bocksfuß, der den Kindern im Frühling ein fröhlich Liedlein pfeift. Dann brachte er aus seinem Beutel Schokoriegel und Schinkensandwiches zum Vorschein, eine Thermoskanne mit Kaffee, Pflaumen und rote Äpfel, die eine Kinderhand winzig erscheinen lassen würden.

Die Mädchen vergruben sich beide in ihre Sandwiches, und schon saß er neben ihnen, ohne Unterlaß redend, das Lächeln so breit wie die Klinge einer Axt, die Augen so strahlend wie die eines Kobolds, und das goldene Kreuz auf dem Beutel funkelte unter seinem schwarzen Arm.

Ich war müde, nach dem langen Tag abgekämpft, überdreht: Da waren zu viele Stimmen gewesen, zu viele Menschen, die schmutzigen Geschäften nachgingen, zu viele, die andere kauften oder verkauften oder sich selbst für dasselbe Geld ruinierten, das ein Bürstenvertreter heimbringen würde. Meine Kleider waren schmutzig; ich hatte einen schlechten Geschmack im Mund; ich roch nicht gut. Das Innere des Busbahnhofs stank nach kalten Zigarrenstummeln und den Dieselabgasen, die durch die Türen zum Buseinstieg hereindrangen.

Ich nahm den Hörer eines Münztelefons neben den Herrentoiletten ab und ließ ihn an der Schnur herunterbaumeln.

Eine Minute später starrte der Mann am Ticketschalter auf meine Polizeimarke, die ich über den Tresen geschoben hatte.

»Sie wollen, daß ich was tue?« sagte er.

»Sie sollen ausrufen, daß da bei den Münztelefonen ein Anruf für Mr. Bob Brown ist.«

»Für gewöhnlich tun wir das aber nicht.«

»Sehen Sie das als einen Notfall an.«

»Jawohl, Sir.«

»Warten Sie noch mindestens eine Minute, bevor Sie's tun. Okay, Partner?«

»Jawohl, Sir.«

Ich holte mir einen Softdrink aus einem Automaten und blickte beiläufig durch die Glastüren, während die Ladefläche eines Busses mit der Aufschrift »Miami« mit Gepäck beladen wurde. Der Fahrscheinverkäufer griff zu seinem Mikrophon, und Bob Browns Name ertönte im Widerhall von den Bahnhofswänden.

Milde Verwunderung machte sich auf Downtown Bobby Browns Gesicht breit, schelmisch, vor den Mädchen. In entschuldigendem Ton erklärte er, daß er gleich wieder bei ihnen wäre, wahrscheinlich brauchte jemand in seinem Jugendhaus seinen Rat wegen eines Problems.

Ich ließ meine Limonadendose in einen Papierkorb fallen und folgte ihm zu den Münztelefonen. Downtown Bobby war durch die harte Schule der Straße gegangen, und er drehte sich um und blickte mir ins Gesicht. Aber meine Augen ignorierten ihn völlig, ich lief an ihm vorbei und blieb vor dem USA-Today-Kasten stehen. Er nahm den Hörer, lehnte sich mit einem Arm an die Wand und sagte: »Bobby hier. Was liegt an?«

»Das Ende deiner Laufbahn«, sagte ich, packte ihn im Nacken und rammte sein Gesicht gegen die Toilettentür. Dann stieß ich ihn durch die Tür und schleuderte ihn hinein. Aus seiner Nase floß Blut über die Lippe; seine Augen waren weit aufgesperrt, gelblichweiß – wie ein geschältes Ei – vor Entsetzen.

Ein Mann an einem der Pißbecken blieb wie vom Donner gerührt mit offenem Hosenschlitz stehen. Ich hielt ihm meine Marke vor die Nase.

»Hier ist besetzt«, sagte ich.

Er zog seinen Reißverschluß zu und verschwand flink zur Tür hinaus. Ich schob den Riegel oben am Türrahmen vor.

»Was wollen Sie? Warum wollen Sie mir an den Kragen? Das geht aber nicht, daß Sie mich hier krallen und mir 'ne Tür vor den Latz knallen, nur weil Sie –«

Ich zog meine .45er hinten aus dem Gürtel und zielte damit mitten in sein Gesicht.

Er hob die Hände zum Schutz, als gälte es, eine unsichtbare Kraft zurückzuhalten, und schüttelte den Kopf hin und her, die Augen abgewandt, der Mund verdreht wie eine aufgeplatzte Pflaume.

»Mach das nich, Mann«, sagte er. »Ich komm dir nicht zu nahe. Schau her, ich hab keine Kanone. Wenn du mich hochnehmen willst, dann tu's. Echt, ich schwör's, die Knarre ist völlig überflüssig, ich mach keinen Ärger.«

Er atmete jetzt schwer. Schweiß glänzte wie Öl auf seinen Schläfen. Er wischte sich mit den Fingerrücken einzelne Blutstropfen von der Nase.

Ich kam ihm näher, starrte in seine Augen und spannte den Hahn. Er wich zurück in eine Toilettenkabine. Sein Atem roch streng nach Fisch.

»Ich will den Namen von dem Kerl, bei dem du die Mädchen ablieferst«, sagte ich.

»Niemand. Ich tu niemand bei niemandem nich abliefern.«

Ich drückte ihm die Mündung auf die Kinnspitze.

»O Gott«, sagte er und fiel rücklings auf die Toilettenschüssel. Der Sitz war hochgeklappt, und sein Hintern sackte tief in die Schüssel.

»Du kennst den Kerl, von dem ich rede. Er ist genau wie du. Er jagt im Tierschutzgebiet«, sagte ich.

Seine Brust war nach vorne gebeugt bis fast auf die Knie. Er sah aus wie eine runde Wäscheklammer, die man in ein Loch gedrückt hatte.

»Tu mir das nich an, Mann«, sagte er. »Ich hab grad 'ne Operation hinter mir. Buchte mich ein. Ich helf euch, wie ich nur kann. Bin immer gut mit euch zurechtgekommen.«

»Du bist wegen Kindesmißbrauchs im Bau gewesen, Bobby. Für Kinderschänder haben nicht mal Zuchthäusler was übrig. Mußtest du im geschlossenen Trakt bei den Spitzeln und Informanten bleiben?«

»Bin kein Kinderschänder. Es ging um Sex mit Minderjährigen. Das kannst du nachprüfen, Mann. Ohne Scheiß, jetzt nimm endlich das Ding weg. Ich hab immer noch die Fäden im Unterleib. Die werden bestimmt reißen.«

»Wer ist der Kerl, Bobby?«

Er schloß die Augen und legte die Hand vor den Mund.

»Gib mir den Namen, dann ist die Sache erledigt«, sagte ich.

Er öffnete die Augen und blickte hoch zu mir.

»Ich hab in die Hose gemacht«, sagte er.

»Dieser Kerl tut Menschen gern weh. Gib mir seinen Namen, Bobby.«

»Da gibt's so einen Weißen, der verkauft schmutzige Bilder oder so was in der Art. Trägt 'ne Kanone. Niemand legt sich mit dem an. Ist das der Kerl, von dem du redest?«

»Das will ich von dir wissen.«

»Mehr weiß ich nich. Hör zu, mit so gefährlichen Leuten hab ich nichts zu tun. Ich krümme keinem ein Haar. Warum tust du mir das an, Mann?«

Ich machte einen Schritt nach hinten und ließ den Abzugshahn sanft wieder in seine Ausgangsposition zurückgleiten. Er stützte die Hände auf den Rand der Toilettenschüssel und drückte sich langsam hoch auf die Beine. Wasser aus der Toilette tropfte von seinem Hosenboden. Ich knüllte eine Handvoll Papiertücher zusammen, hielt sie unter einen Wasserhahn und reichte sie ihm.

»Wisch dir das Gesicht«, sagte ich.

Er schniefte in einem fort, als sei er erkältet.

»Da draußen kann ich mich nicht mehr sehen lassen.«

»Das siehst du völlig richtig.«

»Ich hab mir in die Hose gemacht. Das ist deine Schuld, Mann.«

»Du wirst dich hier nie wieder blicken lassen, Bobby. Dieser Busbahnhof ist für dich von nun an so was wie ein Sperrgebiet für Atombombentests.«

»Ich hab 'ne Bude ... 'ne Wohnung ... zwei Blöcke von hier, Mann. Was –«

»Weißt du, wer – ist?« Ich nannte den Namen eines berüchtigten rechtsradikalen und rassistischen Streifenpolizisten aus dem Irish Channel.

Die Hand, die seine Nase mit den Tüchern abwischte, verharrte mitten in der Bewegung.

»Mit diesem Redneck hab ich nichts zu schaffen«, sagte er.

»Der hat mal einem Zuhälter die Luftröhre mit dem Schlagstock zertrümmert. Du hast richtig gehört, Bobby. Der Kerl ist an seiner eigenen Spucke erstickt.«

»Wovon redest du hier eigentlich, Mann? Ich hab diesen Kerl mit keinem Wort erwähnt. Ich weiß, was du im Schilde führst, Mann, du –«

»Wenn ich dich noch mal hier im Busbahnhof erwische, wenn mir zur Ohren kommt, daß du dich wieder an Ausreißer und junge Mädchen ranmachst, dann werd ich diesem Typ flüstern, daß du in seinem Viertel dein Unwesen treibst, vielleicht auf den Pausenhöfen der Schulen im Channel.«

»Wer zum Teufel bist du, Mann? Warum hast du's auf mich abgesehen? Ich hab dir nichts getan.«

Ich entriegelte die Tür wieder.

»Hast du zufällig mal die Stelle in der Bibel gelesen, wo steht, was mit Leuten passiert, die Kinder verderben?« sagte ich.

Er blickte mich an, das Gesicht wie gelähmt.

»Mach dir schon mal ein paar Gedanken über Mühlsteine, oder wechsel die Branche, Partner«, sagte ich.

Ich hatte siebzehn Dollar in meiner Brieftasche. Zwölf davon und die Adresse eines Priesters von den Anonymen Alkoholikern, der Menschen von der Straße Zuflucht gewährte und sie nicht den Behörden melden würde, gab ich den Mädchen.

Die Luft draußen hatte den Geschmack von Kupfermünzen und fühlte sich an, als hätte man sie in einem Backofen überhitzt. Selbst der Wind über dem Asphalt war wie die Hitze, die von einem Holzfeuer aufsteigt. Ich startete den Pickup, knöpfte mir das Hemd bis zur Taille auf und fuhr in Richtung der Interstate 10 los, nach Hause.

Als ich am Lake Pontchartrain vorbeifuhr, stand der Mond hoch am Himmel, und kleine Wellen brachen an dem schmalen grauen Sandstrand neben dem Highway. Am liebsten hätte ich angehalten und mich bis auf die Unterhose ausgezogen. Wäre hinausgewatet, bis das Wasser richtig tief wurde, und dann tief hinuntergetaucht durchs immer kühler werdende Wasser, bis ich auf eine dunkle, kalte Strömung auf dem Grund des Sees stieß, die mir die letzten fünf Stunden aus den Poren spülte.

Aber wie New Orleans war auch der Lake Pontchartrain trügerisch. Unter den graugrünen Wellen mit den kleinen Schaumkronen, der mondlichtverzuckerten Wasseroberfläche, umgeben von einem hell erleuchteten, vierundzwanzig Meilen langen Damm, verbargen sich im dunklen Schlickgrund Industrieabfälle jeder nur erdenklichen Art, die so giftig waren, daß es mittlerweile gesetzlich verboten war, im See zu schwimmen.

Ich fuhr die ganze Strecke bis zur Mississippibrücke bei Baton Rouge mit weit geöffneten Fenstern, die Hand auf der vibrierenden Plastikkugel der Gangschaltung. Dann rollte ich auf der erhöhten Straße oben auf dem Damm durch die Atchafalaya-Marsch und die warme Nachtluft, die nach schwefligem Schlamm und den Hyazinthen roch, die weiter hinten in den Bäumen blühten. Draußen hinter den zinngrauen Buchten zeichneten sich vor brennenden Sumpflichtern und der riesig dahingestreckten Landschaft von Schilf und unter Wasser stehenden Bauminseln die Silhouetten toter Zypressen ab. Riesige Gewitterwolken stolperten übereinander wie der zerfließende schwarze Rauch eines ausgehenden Feuers, und ein Netzwerk von Blitzen zerplatzte lautlos oben am Himmel im Süden. Ich glaubte Regentropfen im Wind riechen zu können, so kühl und sauber und durchdringend wie der Geschmack klaren Alkohols auf der Zungenspitze.

9

Die Pecanbäume vor unserem Schlafzimmerfenster standen reglos und grau, triefend vor Feuchtigkeit, im ersten Anflug der Morgendämmerung. Dann brach die rote Sonne durch den Baumhorizont in der Marsch wie ein Küchenstreichholz, das man am Himmel angerissen hatte.

Bootsie schlief auf der Seite liegend, in ihrem Nachthemd, die Konturen ihres Oberschenkels zeichneten sich unter dem Bettlaken ab. Ihr Gesicht wirkte kühl, und der Ventilator im Fenster bewegte ihr kastanienbraunes Haar auf dem Kopfkissen. Am frühen Morgen hatte ihre Haut immer einen strahlenden Glanz, wie das hellrote Licht in einer Rose. Ich zog ihren Körper an meinen und küßte sie leicht auf den Mund. Ohne die Augen zu öffnen, lächelte sie schläfrig, legte ihre Arme um meinen Rücken, öffnete die Schenkel ein wenig und drückte ihren Bauch gegen mich.

Ich glaubte draußen auf dem Bayou einen Barsch zu hören, der aus dem Wasser sprang, einen feuchten Bogen beschrieb und dann wieder eintauchte, mit der Schwanzflosse schlagend, als er tief zwischen die Wurzeln der schwimmenden Hyazinthen glitt.

Bootsie legte ihre Beine in meine, und ihr Atem war warm an meiner Wange, sie legte eine Hand an mein Kreuz, und ihr warmer Körper rollte gegen das Bett; dann fühlte ich, wie dieses herzzerreißende Ziehen in mir immer stärker wurde, bis ich es nicht mehr kontrollieren konnte, wie ein Damm aus Baumstämmen in einem Canyon, der einem reißenden Strom Widerstand leistet, bis er birst und in einer Sturzflut von weißem Wasser und aufgewirbelten Flußkieseln bricht.

Ich lag neben ihr und hielt eine ihrer Hände und küßte den dünnen Schweißfilm auf ihren Schultern.

Sie tastete mein Gesicht mit den Fingern ab und berührte sanft den weißen Fleck in meinem Haar, als erkunde sie zum allerersten Mal ein auffälliges körperliches Merkmal an mir.

»Alter Streak«, sagte sie und lächelte.

»Es gibt Cops, die haben schlimmere Spitznamen.«

Sie schwieg einen Augenblick, dann wiederholte sie meinen Namen noch einmal, diesmal mit einem Fragezeichen dahinter, wie sie es immer tat, wenn sie im Begriff stand, ein heikles Thema anzusprechen.

»Ja?« sagte ich.

»Elrod Sykes hat angerufen, während du in New Orleans warst. Er wollte sich dafür entschuldigen, daß er betrunken zu uns nach Hause gekommen ist.«

»Okay.«

»Er möchte mit dir zu einem AA-Meeting gehen.«

»In Ordnung, ich werd ihn noch mal drauf ansprechen.«

Sie blickte auf die flirrenden Schatten, die der Ventilator im Fenster auf die Wand warf.

»Er hat ein großes Boot gemietet«, sagte sie. »Er möchte eine Angeltour aufs Meer machen.«

»Wann?«

»Übermorgen.«

»Was hast du ihm geantwortet?«

»Daß ich erst mit dir sprechen müßte.«

»Du meinst, wir sollten nicht gehen?«

»Er beunruhigt mich, Dave.«

»Vielleicht hat er ja tatsächlich hellseherische Qualitäten. Das bedeutet nicht, daß er automatisch Ärger bringt.«

»Ich habe ein ganz seltsames Gefühl, was ihn betrifft. Als ob er Unheil über uns bringen würde.«

»Er ist praktizierender Alkoholiker, Boots. Er ist ein kranker Mann. Wie sollte er uns ein Leid zufügen?«

»Das weiß ich doch auch nicht. Es ist nur so ein Gefühl. Ich kann's nicht erklären.«

»Glaubst du, daß er versucht, mich irgendwie zu manipulieren?«

»Wie meinst du das?«

Ich richtete mich auf einen Ellenbogen gestützt auf und blickte ihr ins Gesicht. Ich versuchte zu lächeln.

»Ich habe eine Verpflichtung, anderen Alkoholikern zu helfen«, sagte ich. »Vielleicht wirkt es so, als ob Elrod versucht, mich vor seinen Karren zu spannen, vielleicht mit dem Resultat, daß am Ende ich wieder abstürze, anstatt ihm zu helfen.«

»Laß ihn sich selbst Hilfe suchen, Dave.«

»Ich halte ihn für harmlos.«

»Ich hätte auf dich hören sollen. Ich hätte sie nicht ins Haus bitten sollen.«

»So was ist nicht gut, Boots. Du zerbrichst dir den Kopf über ein Problem, das es gar nicht gibt.«

»Sein Interesse an dir ist zu stark. Dafür muß es einen Grund geben. Das weiß ich.«

»Ich werde ihn einladen, mit mir zu einem Meeting zu gehen. Das mit dem Angelausflug vergessen wir.«

»Versprich mir das, Dave.«

»Versprochen.«

»Großes Ehrenwort, ohne Widerruf?«

»Du hast mein Wort.«

Sie legte ihre Hände um meine Finger und drückte ihren Kopf unter mein Kinn. Im schattengestreiften Licht konnte ich sehen, wie ihr Herz gegen die Brust schlug.

Ich parkte hinter dem Büro des Sheriffs und ging auf die Hintertür zu. Zwei uniformierte Deputies hatten gerade einen schwarzen Mann in Handschellen ins Gebäude geführt, und vier andere tranken Kaffee aus Styroporbechern und rauchten im Schatten an die Wand gelehnt Zigaretten. Ich hörte den einen von ihnen meinen Namen sagen, dann lachten ein paar von ihnen, als ich vorbeiging.

Ich blieb stehen und lief zurück zu ihnen.

»Wie geht's denn so?« sagte ich.

»Was liegt an, Dave?« sagte Rufus Arcenaux. Er war Sergeant bei den Marines gewesen, in der Versorgung und ohne Aussicht auf einen höheren Rang, und trug das sonnengebleichte Haar immer noch militärisch kurz geschnitten. Er nahm die Sonnenbrille ab und kniff sich die roten Druckstellen auf seiner Nase.

»Ich mach mal besser, daß ich wieder an die Arbeit komm«, sagte ein Deputy. Er schnippte seine Zigarette weg und brach in Richtung seines Streifenwagens auf.

»Was war das für ein Witz, Rufus?« sagte ich.

»Ist nicht von mir, Dave. Ich hab nur den Boß zitiert«, sagte Rufus. Die grünen Augen funkelten belustigt, als er die anderen Deputies ansah.

»Was hatte der Sheriff zu sagen?«

»Hey, Dave, bleib fair. Laß es nicht an mir aus«, sagte er.

»Vielleicht nimmst du jetzt mal die Watte aus dem Mund und sagst mir, wovon du eigentlich redest.«

»Hey, Mann, mach mal halblang«, sagte er kichernd.

»Zum Teufel, ist ja keine große Sache. Sag's ihm«, sagte der Deputy neben ihm.

»Der Sheriff hat gesagt, wenn der Gouverneur von Louisiana das gesamte Department zum Abendessen einladen würde, dann gäb's nur einen, der es fertigbringt, in die Bowle zu spucken, und das bist du, Dave.«

Dann schwiegen sie alle drei und unterdrückten ein Grinsen. Ihre Blicke wanderten über den Parkplatz.

»Schau doch irgendwann heut mal bei mir im Büro vorbei, Rufus«, sagte ich. »Irgendwann vor fünf. Meinst du, das läßt sich machen?«

»War nur ein Scherz, Dave. Und auf meinem Mist ist er auch nicht gewachsen.«

»Korrekt. Ist nichts Persönliches. Ich würd nur mal gerne mit dir deine Akte durchgehen.«

»Wozu?«

»Du bist jetzt seit acht oder neun Jahren hier, stimmt's?«

»Ja, das stimmt.«

»Wie kommt's nur, daß ich immer das Gefühl habe, dich zieht's zu deinem alten Posten bei der Armee zurück. Vielleicht hast du ja Ambitionen, die du uns verschweigst?«

Seine Lippen wurden zu einem schmalen, zusammengepreßten Strich, und ich sah einen Schlitz gelben Lichts in seinen Augen.

»Laß es dir mal durch den Kopf gehen. Wir reden dann später, Rufus«, sagte ich und betrat das Gebäude, wo es nach Klimaanlage, Zigarrenstummeln und Tabaksaft roch. Ich zog die Tür hinter mir zu.

Zehn Minuten später spazierte der Sheriff in mein Büro und nahm vor meinem Schreibtisch Platz, die Arme steif auf die Oberschenkel gelegt. Sein rotes, angestrengt konzentriertes Gesicht erinnerte mich an einen Footballcoach, der auf der Kante der Trainerbank sitzt.

»Womit sollen wir Ihrer Meinung nach anfangen?« sagte er.

»Da bin ich überfragt.«

»Nach dem, was ich über diese Szene im Restaurant gehört habe, haben Sie versucht, den Kerl in seine Einzelteile zu zerlegen.«

»Diese Typen glauben, sie sind hier in der Provinz und können sich aufführen, wie es ihnen paßt. Manchmal muß man ihnen den Kopf zurechtrücken.«

»Wie's aussieht, haben Sie das klar und deutlich rübergebracht. Balboni mußte den Kerl ins Krankenhaus schaffen. Sie haben ihm einen halben Zahn im Zahnfleisch rausgeschlagen.«

»War ein übler Morgen. Die Dinge sind mir aus der Hand gelaufen. Kommt nicht wieder vor.«

Er gab keine Antwort. Ich konnte hören, wie er durch die Nase atmete.

»Wollen Sie 'nen Kaffee?« sagte ich.

»Nein.«

Ich stand auf und füllte meine Tasse aus der Kaffeemaschine in der Ecke nach.

»Was Ihren Abstecher nach New Orleans gestern abend angeht, ich hatte bereits zwei Telefonanrufe deswegen«, sagte er.

»Was soll da gewesen sein?«

Er holte einen aufgeschlagenen Notizblock aus der Hemdtasche und blickte auf die oberste Seite.

»Haben Sie schon mal von einem Schwarzen namens Robert Brown gehört?« fragte er.

»Ja, das ist Downtown Bobby Brown.«

»Er will Anzeige gegen Sie erstatten. Er sagt, Sie haben sein Gesicht gegen die Tür der Herrentoilette im Busbahnhof geknallt.«

»Ach ja.«

»Was zum Teufel führen Sie im Schilde, Dave?«

»Er ist ein Zuhälter und vorbestrafter Kinderschänder. Als ich ihn getroffen habe, hat er sich gerade an zwei Mädchen gemacht, die grad mal sechzehn waren, wenn's hochkommt. Ich frag mich, ob er das auch angeführt hat, als er sich beschwert hat.«

»Was dieser Kerl getan hat, interessiert mich einen feuchten Kehricht. Mir bereitet Kopfschmerzen, daß ein Mitglied meines Departments sich fälschlicherweise für Wyatt Earp hält.«

»Mit der Anklage wird der Kerl kein Glück haben, das wissen Sie.«

»Ich wünschte, ich hätte Ihr Selbstvertrauen. Wie's aussieht, haben Sie auch noch gewisse Leute drüben im Jefferson Parish auf sich aufmerksam gemacht.«

»Das versteh ich nicht.«

»Das Jefferson Parish Sheriff's Department scheint der Meinung zu sein, uns seien ein bißchen die Pferde durchgegangen. Ein bestimmtes Pferd.«

»Was haben die für ein Problem?«

»Sie haben sich nicht bei denen gemeldet, Sie haben sich mit niemandem abgesprochen, Sie haben einfach auf eigene Faust den Airline Highway abgeklappert und dort Nutten und Barkeeper nach einem namenlosen Zuhälter befragt.«

»Ja und?«

Er rieb sich das Grübchen in seinem runden Kinn und ließ dann die Hand flach auf den Oberschenkel fallen.

»Die behaupten, Sie seien einer Überwachung in die Quere gekommen, hätten eine Undercoveraktion kaputtgemacht«, sagte er.

»Wie das?«

»Das weiß ich nicht.«

»In meinen Ohren klingt das nach völliger Scheiße, Sheriff. Das klingt nach korrupten Cops, die es nicht mögen, wenn Leute von außen sich in ihrem Gebiet breitmachen.«

»Das mag ja so sein, Dave, aber Sie sind es, wegen dem ich mir hier Sorgen mache. Ich finde, Sie übernehmen sich da ein wenig, und wenn ich Sie drauf hinweise, hören Sie mir nicht zu.«

»Hat Twinky Lemoyne angerufen?«

»Nein. Warum hätte er das tun sollen?«

»Gestern nachmittag bin ich nach Lafayette und habe ihn noch einmal befragt.«

Er nahm seine randlose Brille ab, putzte sie mit einem Kleenex und setzte sie wieder auf. Er sah mir wieder in die Augen.

»Das war nach dem kleinen Gespräch, das Sie und ich hatten, als es darum ging, ob man unbedingt Leute in eine Ermittlung hineinziehen muß, die damit nur indirekt zu tun haben?« fragte er.

»Ich bin davon überzeugt, daß irgendeine Verbindung zwischen Baby Feet und Cherry LeBlanc besteht, Sheriff. Twinky

Lemoyne hat geschäftlich Kontakt mit Feet. Nach meiner Sicht der Dinge ist er damit zum Abschuß freigegeben.«

»Es schmerzt mich wirklich, das hören zu müssen, Dave.«

»Eine Untersuchung belastet ja nicht nur Leute, sie befreit sie auch vom Verdacht. Seine schwarzen Angestellten scheinen eine hohe Meinung von ihm zu haben. Und er ist auch nicht sofort angerannt gekommen und hat sich drüber beschwert, daß ich mit ihm geredet hab. Vielleicht ist er ja in Ordnung.«

»Sie haben meine Instruktionen mißachtet, Dave.«

»Ich habe die Leichen dieser beiden Mädchen gesehen, Sheriff.«

»Und?«

»Offen gestanden ist es mir ziemlich egal, wem ich auf die Füße trete.«

Er erhob sich von seinem Stuhl und stopfte mit dem Daumen das Hemd straff in den Pistolengurt, während seine Augen einen unausgesprochenen Gedanken in der Luft zu mustern schienen.

»Ich schätze, jetzt muß ich Ihnen mal was Persönliches sagen«, sagte er. »Ihr Ton paßt mir nicht, mein Herr. Er paßt mir überhaupt nicht.«

Ich hob meine Kaffeetasse und nippte daran und blickte ins Nichts, als er den Raum verließ.

Rosie Gomez verbrachte fast den ganzen Tag unten im Vermilion Parish. Als sie am späten Nachmittag wieder ins Büro kam, war ihr Gesicht von der Hitze gerötet, und das dunkle Haar klebte feucht auf ihrer Haut. Sie ließ die Handtasche auf ihren Tisch fallen und legte die Arme auf die Klimaanlage, so daß die kühle Luft in ihre ärmellose Bluse blies.

»Und dabei dachte ich immer, Texas ist der heißeste Ort der Erde. Wie hat hier überhaupt jemand leben können, bevor die Klimaanlage erfunden wurde?« sagte sie.

»Wie ist's bei Ihnen heute gelaufen?«

»Geben Sie mir einen Moment, dann erzähl ich's Ihnen. Verdammt, war das heiß da draußen. Was ist mit dem Regen passiert?«

»Keine Ahnung. Ungewöhnlich, daß er ausbleibt.«

»Ungewöhnlich? Ich hab mich gefühlt, als würde ich in feuchte Kohlblätter gerollt bei lebendigem Leib gekocht. Das nächste Mal sollen die mich gefälligst auf die Aleuten schicken.«

»Tja, die Handelskammer ist wohl nichts für Sie, fürchte ich, Rosie.«

Sie ging wieder zu ihrem Tisch, blies sich den Atem ins Gesicht und öffnete die Handtasche.

»Was haben Sie heute angestellt?« fragte sie.

»Ich habe versucht, ein paar dieser alten Fälle aufzurollen, aber das ist ziemlich aussichtslos – die zuständigen Beamten haben den Dienst quittiert oder sind pensioniert worden oder erinnern sich schlichtweg nicht mehr daran, Akten sind unauffindbar, solche Sachen halt. Aber eine interessante Sache ist da doch gewesen –« Ich breitete ein Dutzend Faxblätter vom National Crime Information Center auf meinem Schreibtisch aus. »Wenn ein Täter mehrere dieser ungeklärten Morde begangen hat, dann sieht es nicht so aus, als ob er jemals außerhalb des Staates tätig geworden ist. Mit anderen Worten, es scheint keine ungeklärten Frauenmorde zu geben, die im selben Zeitraum in den angrenzenden Gebieten von Texas, Arkansas oder Mississippi verübt wurden.

Was darauf schließen läßt, daß unser Mann nicht nur von hier ist, sondern aus irgendeinem Grund seine Mordtaten auch auf den Staat Louisiana beschränkt hat.«

»Das wär ja mal was ganz Neues«, sagte sie. »Im Normalfall ziehen Serienmörder durchs Land, es sei denn, sie suchen sich ihre Opfer in einer ganz bestimmten Bevölkerungsgruppe, Homosexuelle oder Prostituierte beispielsweise. Egal, sehen Sie doch mal, was da heute im Unkraut zum Vorschein kam.«

Sie hielt einen Plastikbeutel hoch, in dem sich ein Taschenmesser mit messingbeschlagenem Holzgriff befand. Die Klinge war hochgeklappt und rostbefleckt.

»Wo haben Sie das gefunden?«

»Eine halbe Meile weiter unten am Damm, wo man das Mädchen in dem Faß gefunden hat. Etwa einen Meter tief im Gestrüpp.«

»Sie haben das ganze Areal alleine abgesucht?«

»Mehr oder weniger.«

Ich sah sie einen Augenblick an, bevor ich wieder etwas sagte.

»Rosie, Sie sind ja gewissermaßen neu hier in der Gegend. Aber dieser Damm wird die ganze Zeit von Anglern und Jägern frequentiert. Da bleibt manchmal schon was zurück.«

»Die ganze Mühe umsonst, ja?« Sie lächelte und schob sich eine Haarsträhne von der Augenbraue.

»Das hab ich nicht gesagt –«

»Da ist noch was, das hab ich Ihnen noch nicht gesagt. Da draußen ist mir ein älterer Schwarzer über den Weg gelaufen, der von seinem Pickup runter Catfish und Froschschenkel verkauft. Er hat gesagt, daß er vor ungefähr einem Monat spät in der Nacht einen weißen Mann mit einem neuen blauen oder schwarzen Wagen gesehen hat, der mit einer Taschenlampe etwas auf dem Damm suchte. Und genau wie dieser Alligatorwilderer, den Sie vernommen haben, hat er sich gefragt, was jemand nachts da mit einem neuen Auto verloren hat. Er hat gesagt, der Mann mit der Lampe habe weder einen Bootsanhänger bei sich gehabt, noch sei er in Begleitung einer Frau gewesen. Offenbar sind das für ihn die beiden einzigen vernünftigen Erklärungen, warum jemand dort aufkreuzen sollte.«

»Hat er Ihnen eine Beschreibung des Weißen geben können?«

»Nein, er hat gesagt, er sei damit beschäftigt gewesen, zwischen zwei Jagdsitzen eine Halteleine zu präparieren. Was soll das überhaupt sein, eine Halteleine?«

»Man spannt eine lange Schnur über dem Wasser und befestigt sie an zwei Baumstümpfen oder im Wasser stehenden Bäumen. Dann hängt man daran in Abständen 30 Zentimeter lange Leinen mit Bleigewichten, Haken und Ködern. Die Welse kommen im Mondlicht zur Nahrungsaufnahme an die Wasseroberfläche, und wenn sie anbeißen, verbeißen sie sich für gewöhnlich so heftig in den Haken, daß der sich tief in den Kopf bohrt. Am nächsten Morgen, wenn der Angler die Halteleine abnimmt, hängen sie dann immer noch dran.«

Ich saß auf einer Ecke ihres Schreibtischs, hob den Klarsichtbeutel hoch und betrachtete das Messer. Es war von der Sorte, wie sie in Pakistan oder Taiwan hergestellt werden und für zwei Dollar in nahezu jedem Kramladen erstanden werden können.

»Wenn das unser Mann gewesen ist, was meinen Sie, ist da passiert?« sagte ich.

»Vielleicht hat er sie dort mit dem Isolierband gefesselt. Er hat das Messer dazu verwendet, das Klebeband abzuschneiden, und es dann fallen gelassen. Er hat entweder am selben Abend noch danach gesucht oder kam später wieder, als er bemerkt hat, daß es nicht mehr da ist.«

»Ich will Ihnen ja nicht den Tag verderben, Rosie, aber unser Mann scheint keine Fingerabdrücke zu hinterlassen. Zumindest waren in den beiden Mordfällen, die wir ihm zuschreiben, keine auf dem Isolierband. Warum sollte ihn der Verlust des Messers beunruhigen?«

»Er hat den Drang, alles bis ins kleinste Teil zu arrangieren, alles unter Kontrolle zu haben. Unvorhergesehene Zwischenfälle sind ihm zuwider.«

»Er hat den Eispickel in Cherry LeBlanc zurückgelassen.«

»Weil er das so wollte. Er hat uns die Mordwaffe überlassen; so wird sie nie bei ihm gefunden werden. Aber daß wir sein Taschenmesser kriegen, das hat er nicht geplant. Das macht ihm zu schaffen.«

»Keine schlechte Theorie. Schließlich dreht sich bei unserem Mann alles um Macht, oder?«

Sie stellte die Handtasche auf und wollte sie verschließen. Als sie die Tasche bewegte, schlug etwas schwer gegen den Tisch. Sie faßte hinein und hob ihren Revolver heraus, einen .357er Magnum, der in ihrer kleinen Hand riesig wirkte. Sie legte ihn wieder säuberlich auf die Brieftasche. Dann ließ sie die Tasche zuschnappen.

»Ich sagte gerade, er ist besessen von dem Verlangen nach Macht, oder?«

»Immer, immer, immer«, sagte sie.

Die Konzentration schien aus ihren Augen zu verschwinden, als ob die Anstrengungen des Tages sie soeben eingeholt hätten.

»Rosie?«

»Was ist?«

»Sind Sie okay?«

»Mir fehlt wahrscheinlich ein bißchen Flüssigkeit nach der Hitze da draußen.«

»Geben Sie das Messer bei unserem Fingerabdruckspezialisten ab, dann lade ich Sie zu einem Dr. Pepper ein.«

»Ein anderes Mal. Ich will erst sehen, was auf dem Messer ist.«

»Um diese Zeit hat unser Mann im Labor für gewöhnlich alle Hände voll zu tun. Vor morgen kommt der wahrscheinlich gar nicht dazu.«

»Dann stehen ihm ein paar Überstunden bevor.«

Sie straffte die Schultern, schwang die Handtasche über die Schulter und trat durch die Tür auf den Korridor. Ein Deputy mit einem gewaltigen Faßbauch nickte ihr ehrerbietig zu und trat zur Seite, um sie vorbeizulassen.

Als ich abends Batist dabei half, den Laden sauberzumachen, fiel mir wieder ein, daß ich Elrod Sykes nicht zurückgerufen hatte, um ihm wegen der Einladung zu dem Angelausflug auf dem Meer Bescheid zu geben. Vielleicht hatte ich es auch absichtlich verdrängt. Ich wußte, daß Bootsie wahrscheinlich recht hatte, was Elrod anging. Er war eine der verwundeten Seelen unserer Gesellschaft, einer dieser Menschen, mit denen man immer Mitgefühl hatte, wo man sich aber sicher sein konnte, daß sie einem irgendwann einmal ein Kehrblech voller Glasscherben in den Kopf schütten würden.

Ich rief vorne im Haus an und ließ mir die Nummer geben,

die er Bootsie hinterlassen hatte. Während es bei Elrod klingelte, ließ ich meinen Blick durch das Fliegenfenster nach draußen schweifen, wo Alafair und ein kleines schwarzes Mädchen am Rand eines kleinen Maisfelds an der Straße mit Tripod spielten. Tripod lag auf dem Rücken, rollte sich auf der staubtrocken gebackenen Erde und grub seine Klauen in einen schlaffen Football. Obwohl in den Wurzeln noch etwas Feuchtigkeit war, wirkte der Mais in der Abendsonne ausgelaugt und rot, und als eine leichte Brise durch den Staub wehte, raschelten die Blätter trocken gegen die Vogelscheuche, die schräg über den Köpfen der Kinder stand.

Kelly Drummond nahm ab und holte dann Elrod an den Apparat.

»Sie können nicht?« sagte er.

»Nein, ich fürchte nicht.«

»Morgen ist Samstag. Warum nehmen Sie sich denn nicht mal frei?«

»Samstag ist für uns am Pier ein wichtiger Tag.«

»Mr. Robicheaux ... Dave ... gibt es da noch einen anderen Grund? Ich schätze, ich war ziemlich zu, als ich bei Ihnen draußen war.«

»Wir haben uns über Ihren Besuch gefreut. Wie wär's, wenn wir später noch mal reden? Wenn Sie mögen, können wir ja zu einem Meeting gehen.«

»Sicher«, sagte er mit tonloser Stimme. »Das klingt nicht schlecht.«

»Ich weiß Ihre Einladung zu schätzen. Wirklich, Partner.«

»Klar. Nicht der Rede wert. Ein anderes Mal.«

»Ja, das ist dann vielleicht besser.«

»Machen Sie's gut, Mr. Robicheaux.«

Die Leitung verstummte, und mir blieb das eigentümliche Gefühl, daß ich es soeben bewerkstelligt hatte, gegenüber einem Menschen, den ich eigentlich mochte, sowohl unehrlich zu sein als auch seine Gefühle zu verletzen.

Batist und ich entfernten die Asche aus dem Grill, wo wir Würstchen und Hähnchen mit *Sauce piquante* brieten und sie mittags für 3,95 Dollar den Teller an Angler verkauften; dann fischten wir mit Netzen die toten Elritzen aus dem Köderbecken, wischten die Ladentresen und den rauhen Fußboden, füllten die Kühltruhen wieder mit Bier und Limonade, kippten frisches, kleingestoßenes Eis auf die Flaschen, füllten die Süßwaren- und Zigarettenautomaten nach, verstauten Pasteten, hartgekochte Eier und eingelegte Schweinsfüße im Kühlschrank – für den Fall, daß Tripod dem Laden mal wieder einen Besuch abstattete –, machten die Sonnenschirme an den runden Tischen zu, zogen die Leinenmarkise zurück, die an Drähten über den Pier gespannt war, leerten das Wasser aus den ganzen Booten, die wir vermieteten, zogen eine Sicherungskette durch die festgeschweißten Metallringe, die sich am Gehäuse aller Außenbordmotoren befanden, und zu guter Letzt verriegelten wir die Holzklappen vor den Fenstern und verschlossen alle Türen.

Ich überquerte die Straße und blieb bei dem kleinen Maisfeld stehen, wo Alafair und das schwarze Mädchen spielten. Ein Pickup klapperte durch die Schlaglöcher in der Straße, und Staubwolken trieben durch die Maisstauden. Draußen in der Marsch quakte ein vereinzelter Frosch, und wie auf ein Zeichen schien das gesamte purpurne Himmelsgewölbe mit dem Widerhall Tausender weiterer Frösche erfüllt zu werden.

»Was hat Tripod denn heute angestellt?« sagte ich.

»Tripod ist ganz brav gewesen. Er hat gar nichts angestellt, Dave«, sagte Alafair. Sie hob Tripod hoch und nahm ihn wie einen Sack rücklings in ihren Schoß. Seine Pfoten strampelten wild in der Luft.

»Was hast du denn da, Poteet?« sagte ich zu dem kleinen schwarzen Mädchen. Gummibänder hielten ihre Zöpfe, und ihre Ellenbogen und Knie waren staubgrau.

»Hab ich hier auf dem Acker gefunden«, sagte sie und öffnete die Hand. »Was ist das, Mr. Dave?«

»Das hab ich dir doch gesagt. Das ist eine Miniékugel«, sagte Alafair.

»Also für mich sieht das nicht wie eine Kugel aus«, sagte Poteet.

Ich nahm sie ihr mit spitzen Fingern aus der Hand. Sie lag glatt und kühl in meinem Handteller, schmutzig weiß oxydiert, an einem Ende konisch zulaufend, mit drei Rillen und einem Hohlraum am hinteren Ende. Der französische Beitrag zu der Wissenschaft, Menschen auf große Entfernungen umzubringen. Die Patrone sah fast wie ein Phallus aus.

»Das sind die Kugeln gewesen, die im Bürgerkrieg verwendet wurden, Poteet«, sagte ich und gab sie ihr wieder. »Soldaten der Union und der Südstaaten haben überall hier am Bayou gekämpft.«

»Ist das der Krieg, wo Alafair sagt, Sie sind dabeigewesen, Mr. Dave?«

»Komm ich euch so alt vor?«

»Wieviel ist die wert?« sagte Poteet.

»In New Orleans gibt's einen Laden, da kann man sie für einen Dollar das Stück kaufen.«

»Geben Sie mir einen Dollar für die da?« sagte Poteet.

»Warum behältst du sie nicht lieber, Po?« sagte ich und strich ihr über den Kopf.

»Ich will keine so eklige Miniékugel. Die war wahrscheinlich in einem drin«, sagte sie und warf sie ins Maisfeld.

»Mach das nicht. Die kann man gut für die Schleuder brauchen, oder so was«, sagte Alafair. Sie kroch auf Händen und Knien über den Acker und steckte die Miniékugel in eine Tasche ihrer Jeans. Dann kam sie wieder und nahm Tripod mit beiden Armen.

»Dave, wer ist dieser alte Mann gewesen?« sagte sie.

»Was für ein alter Mann?«

»Er hat ein abbes Bein«, sagte Poteet.

»Ein abbes Bein?«

»Ja, das eine Bein war ab, und der eine Arm sah aus wie eine verschrumpelte Vogelklaue«, sagte Poteet.

»Wovon redet ihr hier?« sagte ich.

»Er hatte eine Krücke, Dave. Hier in den Blättern hat er gestanden«, sagte Alafair.

Ich kniete neben den Kindern nieder.

»Irgendwie macht das keinen Sinn, was ihr mir hier sagt«, sagte ich.

»Er hat genau da drüben in den Maisblättern gestanden. Im Wind hat er geredet«, sagte Poteet. »Sein Mund ist bloß ein großes Loch im Wind gewesen, und da ist kein Laut rausgekommen.«

»Ich möchte wetten, daß ihr die Vogelscheuche gesehen habt.«

»Eine Vogelscheuche mit Körpergeruch«, sagte Poteet.

»Und wo ist dieser alte Mann hingegangen?« sagte ich.

»Der ist gar nirgends hingegangen«, sagte Alafair. »Auf einmal hat ein ganz doller Wind durch den Mais geblasen, und da ist er einfach verschwunden.«

»Verschwunden?« sagte ich.

»Ja«, sagte Poteet. »Er und sein Körpergeruch.«

»Trug er einen schwarzen Mantel, wie diese Vogelscheuche hier?« Ich versuchte zu lächeln, aber mein Herz schlug jetzt heftig in meiner Brust.

»Nein, Sir, einen schwarzen Mantel hat er nicht angehabt«, sagte Poteet.

»Grau war der, Dave«, sagte Alafair. »Genau wie dein Hemd.«

»Grau?« sagte ich schwerfällig.

»Nur daß da noch so Gold auf den Schultern gewesen ist«, sagte sie.

Sie lächelte mich an, als hätte sie mir damit ein Detail genannt, das irgendwie den Ausdruck von meinem Gesicht zu entfernen vermochte, den sie dort gesehen hatte.

Meine Knie knackten, als ich aufstand.

»Du kommst jetzt besser rein. Wir wollen zu Abend essen, Alf«, sagte ich.

»Bist du böse, Dave? Ham wir was Falsches getan?« sagte Alafair.

»Sag nicht ›ham‹, Kleines. Nein, natürlich bin ich nicht böse. Es ist nur ein langer Tag gewesen. Bis später, Poteet.«

Alafair nahm meine Hand und schlenkerte mit dem Arm. Mit

der anderen hielt sie Tripods Leine, und gemeinsam gingen wir durch die Pecanbäume hindurch den sanften Abhang zur erleuchteten Veranda unseres Hauses hoch. Unter unseren Schuhen knackte und knirschte die dicke Schicht von Humus und Blättern und verwitterten Pecanschalen. Der Horizont im Westen hinter dem Haus war immer noch so blau wie das Ei eines Rotkehlchens und mit tiefliegenden rosa Wolken durchsetzt.

»Du bist sehr müde, ja?« sagte sie.

»Ein bißchen schon.«

»Dann leg dich ein bißchen hin.«

»Okay, Kleines.«

»Danach können wir dann zu Vezey's gehen und Eis essen«, sagte sie. Sie grinste hoch zu mir.

»Waren das Epauletten?« fragte ich.

»Was?«

»Das Gold, das du auf seinen Schultern gesehen hast. Manchmal tragen Soldaten etwas auf den Schultern ihrer Mäntel, das man Epauletten nennt.«

»Wie kann er ein Soldat gewesen sein? Er ist auf einer Krücke gelaufen. Manchmal sagst du echt komische Dinge, Dave.«

»Das kommt alles von einer bestimmten kleinen Person, die ich kenne.«

»Dieser Mann, der tut doch Kindern nichts, oder?«

»Nein, ich bin sicher, er ist ganz harmlos. Da wollen wir uns keine Gedanken mehr drüber machen.«

»Okay, Großer.«

»Ich werde mal Tripod füttern. Warum gehst du nicht rein und wäschst dir die Hände, damit wir essen können?«

Die Fliegentür schlug hinter ihr zu, und ich blickte noch einmal zurück, den Hang hinunter, unter den Ästen hindurch, auf das kleine Maisfeld im immer schwächer werdenden Licht der Dämmerung. Das Maisfeld wogte im Wind, der die Blätter aufrichtete und eine Staubsäule um das leere Stoffgesicht der Vogelscheuche aufwirbelte. Die unbefestigte Straße war leer, der Laden dunkel, die grauen Wolken von Insekten, die auf der anderen Seite über dem Bayou schwebten, in der feuchten Hitze und dem nachlassenden Licht fast wie ein greifbarer Gegenstand, dessen Umriß sich permanent veränderte. Ich starrte die Maisstengel und den heißen Himmel voller zorniger Vögel an, und dann rieb ich mir die Feuchtigkeit und das Salz aus den Augen und ging ins Haus.

Ein tropischer Sturm, der eigentlich die Küste von Alabama treffen sollte, wechselte unvermittelt die Richtung und landete in Grand Isle, Louisiana. Im ersten Licht, noch bevor die Sonne aufging, war der Himmel knochenweiß gewesen, dann breitete sich am Horizont im Osten ein rotes Licht aus, als ob in weiter Entfernung ein unkontrollierbares Feuer brannte. Das Barometer fiel; die Luft wurde plötzlich kühler; ganze Schwärme von Brassen kamen an die dunkler werdende Oberfläche des Bayou; in weniger als einer Stunde kam von Süden eine Linie aufgewühlter, blitzgefurchter Wolken heran, die das Sumpfland von Horizont zu Horizont wie ein gigantischer schwarzer Deckel bedeckte. Der Regen donnerte wie Hammerschlag auf den hölzernen Pier und das Blechdach des Ladens. Er füllte die Boote, die wir an dem Tag nicht vermietet hatten, mit Wasser, klatschte auf die Seeroseninseln im Bayou und ließ die Marsch in einem grauen und formlosen Nebel verschwinden.

Dann sah ich eine schnittige weiße Yacht, die sich der Anlegestelle näherte. Die Scheiben waren vom Regen gezeichnet, und das Boot trieb auf der eigenen Bugwelle weiter, als der Mann am Steuer die Hand vom Gas nahm. Batist und ich standen unter der Markise, wo wir gerade den Grill auf die windgeschützte Seite des Ladens trugen. In Batists Mundwinkel steckte eine lange, ausgegangene Zigarre; mit zusammengekniffenen Augen beäugte er durch den Regen hindurch das Boot, das gegen die Reifenteile schlug, die an die Dockpfeiler genagelt waren.

»Wer ist denn das?« sagte er.

»Ich mag gar nicht dran denken.«

»Der winkt dir zu, Dave. Hey, das ist doch der Besoffene, der wo anderntags hier in den Bayou gefallen ist. Eins ist mal sicher, der Mann muß das Wasser lieben.«

Wir stellten den Grill unter dem Dachvorsprung ab und gingen wieder hinein. Der Regen peitschte vom Dach wie schaumbespritzte Tauenden. Durch das Fliegenfenster konnte ich Elrod und Kelly Drummond sehen, die sich in der Bootskajüte bewegten.

»Oh, oh, jetzt will er auf den Pier, Dave. Also, ich geh diesmal nicht raus, um ihn aus dem Bayou zu fischen. Der Mann braucht entweder Schwimmunterricht oder 'nen großen Stein, damit man mal zur Puste kommt.«

Unsere Markise erstreckte sich an Drähten bis ganz vor zum Ende des Piers, und Elrod versuchte gerade über das Schandeck der Yacht unter ihren Schutz zu klettern. Sein Oberkörper war nackt, die weißen Golfhosen klebten patschnaß an der Haut, die Segelschuhe mit den Gummisohlen troffen vor Wasser. Seine Hand rutschte von den Pfählen ab, auf denen der Pier stand, und er fiel rücklings aufs Deck und riß dabei eine Angelrute mit sich. Sie brach entzwei, so daß sie wie ein kaputter Kleiderbügel aussah.

Ich setzte meinen Regenhut auf und ging nach draußen.

Elrod hielt die Hände über die Augen und blickte im Regen zu mir auf. Links oben an seiner Brust war eine Rose in Purpur und Grün auftätowiert.

»Ich schätze, so richtig seefest bin ich noch nicht«, sagte er.

»Gehen Sie wieder rein«, sagte ich und sprang an Deck.

»Wir wollen Forellen fangen. Im Regen beißen die immer. Wenigstens an der texanischen Küste.«

Der Regen war kalt und schmerzhaft wie die Kugeln eines Luftgewehrs. Als ich bis auf einen knappen Meter an ihn herangekommen war, roch ich seine schwere Bierfahne.

»Ich geh rein, Partner«, sagte ich und zog die Kajütentür auf.

»Klar doch. Das wollte ich doch gerade tun. Sie auf ein Sandwich oder ein Dr. Pepper oder ein Mineralwasser oder sonst was einladen«, sagte er und schloß die Tür hinter uns.

Kelly Drummond trug Ledersandalen, Bluejeans und das

Ragin' Cajuns-T-Shirt mit meinem Namen auf dem Rücken, das Alafair Elrod gegeben hatte, nachdem er in den Bayou gefallen war. Sie nahm ein Handtuch und frottierte damit Elrods Haar. Ihre grünen Augen waren klar, das Gesicht frisch, als sei sie vor kurzer Zeit aus einem tiefen Schlaf erwacht.

»Wollen Sie mitkommen angeln?« sagte sie.

»Ich würde Ihnen nicht raten, heute aufs Meer rauszufahren. Es wird heute da draußen vermutlich ziemlich unsanft zugehen.«

Sie sah Elrod an.

»Der Wind flaut bald ab«, sagte er.

»Darauf würde ich nicht zählen«, sagte ich.

»Der Kerl, bei dem wir das Boot gemietet haben, hat gemeint, es kommt auch mit rauher See gut zu Rande. Und so wild ist das Wetter ja auch nicht, oder?« sagte er.

Auf dem Boden stand eine offene Kühltasche mit kleingestoßenem Eis, langhalsigen Flaschen Dixie-Bier, Limonade und Tonic Water.

»Ich kann Ihnen ein paar Angelruten und künstliche Fliegen geben«, sagte ich. »Warum warten Sie nicht einfach, bis der Regen aufhört, und versuchen sich dann einmal an Barschen und ähnlichem?«

»Wann haben Sie das letztemal unmittelbar nach einem Regenguß Flußfische gefangen?« Er lächelte mich schief an.

»Wie Sie wollen. Aber ich halte es trotzdem für eine schlechte Idee, was Sie da vorhaben«, sagte ich. Dabei sah ich Kelly an.

»El, wir müssen ja nicht heute gehen«, sagte sie. »Warum fahren wir nicht einfach runter nach New Orleans und vergnügen uns im French Quarter?«

»Ich hab diesen Trip die ganze Woche lang geplant.«

»Jetzt komm schon, El. Gib's auf. Da draußen sieht's aus wie Noahs Flut.«

»Sorry, muß sein. Das können Sie doch verstehen, oder, Mr. Robicheaux?«

»Eher nicht. Wie auch immer, achten Sie auf die Biege, die

der Kanal ungefähr drei Meilen südlich macht. Da war der Wasserstand ziemlich niedrig, und auf der linken Seite haben sich ein paar treibende Baumstämme festgesetzt.«

»Drei Meilen südlich? Yeah, ich werde drauf achten«, sagte er, und sein Blick schweifte wieder ins Nichts. Wassertropfen standen auf seiner sonnengebräunten, straffen Brust. Er hatte die Füße weit gespreizt, um das Gleichgewicht nicht zu verlieren, obwohl sich das Boot nicht bewegte. »Sie sind sicher, daß Sie kein Tonic Water wollen?«

»Nein, danke. Ich wünsche Ihnen viel Glück«, sagte ich.

Bevor ich durch die Kabinentür hinausging, sah mich Kelly flehentlich an, aber ich zog die Tür hinter mir zu und trat aufs Schandeck und von dort an Land.

Ich machte mich daran, mit einem Besenstiel riesige Wasserballons aus der Markise zu drücken, und hörte nicht, wie sie hinter mich trat.

»Auf Sie wird er hören. Sagen Sie ihm, daß er da nicht rausfahren soll«, sagte sie. Hoch oben auf ihrer rechten Wange war ein geröteter Fleck.

»Ich denke, das sollten Sie ihm selbst sagen.«

»Sie verstehen nicht. Gestern hatte er einen Riesenstreit mit Mikey wegen des Drehbuchs und ist vom Set gestürmt. Heute morgen hat er dann das Boot mit Mikeys Kreditkarte gemietet. Wenn wir das Boot jetzt zurückbringen, wird der Mann vielleicht die Buchung rückgängig machen. Meinen Sie, daß er das tut?«

»Das weiß ich nicht.«

»Die werden El feuern, Mr. Robicheaux.«

»Sagen Sie Elrod, daß Sie hierbleiben. Mehr kann ich Ihnen nicht raten.«

»Dann geht er trotzdem.«

»Ich wünschte wirklich, ich könnte Ihnen helfen.«

»Das ist alles? *Au revoir,* leckt mich, ihr *boat people*?«

»In den letzten zwei Tagen hat Elrod sowohl mir als auch meiner Frau gesagt, daß er gerne mit mir zu einem Meeting der Anonymen Alkoholiker gehen würde. Jetzt haben wir zehn

Uhr morgens, und er ist schon völlig breit. Was meinen Sie, wo das Problem wirklich liegt – ist es das Boot, Ihr Regisseur, der Regen, ich, oder vielleicht etwas ganz anderes?«

Sie machte kehrt, wie um zu gehen, dann drehte sie sich wieder um und sah mir ins Gesicht. In ihren grünen Augen funkelte ein helles, schmerzliches Licht, wie es nahende Tränen ankündigt.

»Was soll ich tun?« sagte sie.

»Gehen Sie mal in den Laden. Ich versuch's noch mal«, sagte ich. Ich kletterte wieder an Bord und stieg in die Kabine. Er hatte die Ellenbogen auf dem Armaturenbrett aufgestützt und aß ein Poorboy-Sandwich. Dabei starrte er auf den Regen, der in einer dichten gelben Wand über den Bayou tanzte.

Sein Gesicht war jetzt fahl und gleichgültig, was entweder an der Erschöpfung oder am Alkohol lag. Weder Beleidigungen noch Einschüchterungsversuche erreichten ihn. Je mehr ich redete, desto mehr gähnte er.

»Sie ist eine tolle Lady, El«, sagte ich. »Viele Männer würden sich mit Kneifzangen die Finger abschneiden, um eine wie sie zu bekommen.«

»Da haben Sie allerdings recht.«

»Warum hören Sie dann nicht mal zumindest für einen Tag mit dieser Scheiße auf und gönnen ihr ein bißchen Ruhe?«

Dann richtete er den Blick auf die Kühltasche, auf eine bernsteinfarbene, beschlagene Flasche Dixie, die im Eis lag.

»Okay«, sagte er beiläufig. »Borgen Sie mir Ihre Angelruten, Mr. Robicheaux. Ich werd gut auf sie achtgeben.«

»Sie fahren nicht aufs Meer raus?«

»Nein, da werd ich eh nur seekrank.«

»Wollen Sie die Tasche mit dem Bier hierlassen?«

»Die gehört zum Boot. Der Kerl wird vielleicht böse, wenn ich die irgendwo liegenlasse. Trotzdem danke, daß Sie sich Gedanken machen.«

»Yeah, von wegen.«

Nachdem sie weg waren, kam ich zu dem Schluß, daß Elrod Sykes auf sich gestellt war, was seine Probleme betraf.

»Hey, Dave, ist dieser Mann wirklich ein berühmter Schauspieler?« sagte Batist.

»In Hollywood ist er ein großer Star, Batist. Das heißt, er ist es zumindest mal gewesen.«

»Ist er reich?«

»Ja, schätze schon.«

»Und mit dieser Frau, mit der ist er richtig zusammen?«

»Ja.«

»Wieso ist er dann so unglücklich?«

»Das weiß ich nicht, Batist. Wahrscheinlich, weil er trinkt.«

»Warum hört er dann nicht auf zu trinken?«

»Das weiß ich nicht, Partner.«

»Bist du sauer, weil ich das gefragt hab?«

»Nein, gar nicht, Batist«, sagte ich und ging hinten in den Laden, wo ich mich daranmachte, im Lagerraum Paletten von Limonadendosen aufzustapeln.

»Du hast vielleicht komische Launen«, hörte ich ihn hinter mir sagen.

Eine halbe Stunde später klingelte das Telefon.

»Hallo?« sagte ich.

»Wir haben hier ein Problem«, sagte eine Stimme.

In der Leitung rauschte es, und Regen pochte auf das Blechdach des Ladens.

»Elrod?«

»Yeah. Wir sind aufgelaufen. Baumstämme oder eine Sandbank oder so was.«

»Wo sind Sie?«

»An einem Münztelefon in einem kleinen Laden. Ich bin an Land gewatet.«

»Wo ist das Boot?«

»Ich hab Ihnen doch gesagt, das ist im Arsch.«

»Warten Sie, bis das Wasser wieder steigt, dann kommen Sie wahrscheinlich wieder los.«

»In der Motorschraube hat sich 'ne Menge Müll festgefressen.«

»Was wollen Sie von mir, Elrod?«

»Können Sie hierher kommen?«

Batist aß am Tresen etwas Hühnchen und Reis. Er sah mein Gesicht und lachte vor sich hin.

»Wie weit drin im Bayou ist das Boot?« sagte ich.

»Ungefähr drei Meilen. Die Biege, von der Sie gesprochen haben.«

»Die Biege, von der ich gesprochen habe, ja?«

»Yeah, Sie haben recht gehabt. Da sind so'n paar tote Bäume oder Baumstämme im Wasser. Wir sind voll draufgeschippert.«

»Wir?«

»Yeah.«

»Gut, ich komme, aber meine Zeit werde ich Ihnen in Rechnung stellen.«

»Klar doch, auf jeden Fall, Dave. Das ist echt anständig von Ihnen. Wenn ich kann –«

Ich drückte den Hörer wieder auf die Gabel.

»Sag Bootsie, daß ich in einer guten Stunde wieder da bin«, sagte ich.

Er hatte fertig gegessen und zog gerade die Zellophanfolie von einer frischen Zigarre. Sein Gesicht war jetzt nicht mehr belustigt.

»Dave, mir steht's nicht zu, dir zu sagen, was du tun sollst, o nein«, sagte er. »Aber es gibt so Menschen, die wollen immer was von einem. Wenn man zu denen nett ist, egal was man denen gibt, es ist nie genug.«

Er zündete die Zigarre an und musterte mich scharf, als er daran paffte.

Ich schlüpfte in meine Regensachen, hängte ein Boot auf einem Anhänger an meinen Pickup und fuhr damit unter dem Blätterdach der Eichen auf der unbefestigten Straße in Richtung des Kramladens, von wo aus Elrod seinen Anruf getätigt hatte. Der Anhänger ruckelte hart durch die überfluteten Schlaglöcher, und durch den Rückspiegel sah ich, wie der Außenbordmotor am Heck des Boots gegen das Gehäuse eierte. Ich schaltete in den zweiten Gang herunter, fuhr an einer breiten Stelle rechts ran und ließ einen Wagen hinter mir vorbei. Der Fahrer, ein Mann mit einem zerbeulten Fedora-Hut, blickte in die entgegengesetzte Richtung, hinaus auf den Bayou, als er vorbeifuhr.

Elrod war nicht in dem Krämerladen, und ich fuhr eine Viertelmeile weiter südwärts bis zu der Biegung, wo er es geschafft hatte, die Yacht direkt zwischen die Äste eines versunkenen Baums zu steuern und gleichzeitig mit dem Bug auf einer Sandbank aufzulaufen. Der Bayou führte jetzt viel Wasser, gelb vom Schlamm, und graue Klumpen toter Schlingpflanzen hatten sich am Bug festgefangen und wedelten in der Strömung hin und her.

Ich schob den Anhänger im Rückwärtsgang ins flache Wasser, wo ich dann das Boot losmachte. Ich startete den Motor und drehte das Gas auf. Das stotternde Heulen durchschnitt das stetige Klatschen des Regens auf der Wasseroberfläche des Bayou.

Ich näherte mich der Yacht von achtern und warf die Fangleine in einer Schlinge über eine Krampe auf dem Schandeck, so daß mein Boot im Windschatten der Yacht festmachte. Die Strömung wirbelte Unmassen von Schlamm mit sich herum, und ich konnte die Schiffsschraube nicht sehen, aber es war offenkundig, daß etwas damit nicht stimmte. Unter dem Kiel tauchte ein steter Strom zerfetzter Kletterhyazinthen und Seerosen auf, dazwischen noch die Überreste einer großen Angelleine samt Ködern, ein Teilstück aus einem spitz zulaufenden Fischernetz und sogar die Cloroxflasche, die dazu benutzt worden war, den Standort des Netzes zu markieren.

Elrod kam aus der Kajüte, eine Zeitung über dem Kopf.

»Wie sieht's aus?« sagte er.

»Ich werd mal was von dem Müll da losschneiden, und dann werden wir versuchen, das Boot in tieferes Wasser zu schieben. Wie haben Sie es geschafft, das Netz mitzunehmen? Haben Sie die Cloroxflasche nicht gesehen?«

»Ach, so markieren die diese Dinger?«

Ich klappte mein Puma-Messer auf, faßte so tief ich konnte ins Wasser und begann das Treibgut aus der Motorschraube zu ziehen und wegzuschneiden.

»Ich schätze, die bittere Wahrheit ist, daß ich hier draußen nichts verloren hab«, sagte er.

Ich schleuderte eine Handvoll verdrehter Hyazinthenreste und ein dichtes Angelleinengewirr in Richtung des Ufers und sah ihm ins Gesicht. Der alkoholische Glanz war aus den Augen verschwunden. Jetzt waren sie einfach leer, an der Grenze zur Reumütigkeit.

»Soll ich runter ins Wasser kommen und das machen?« fragte er. Dann blickte er weg, irgendwohin ans andere Ufer.

»Nein, schon in Ordnung«, sagte ich. Ich kletterte auf den Bug meines Boots und von dort über die Reling der Yacht. »Schauen wir doch mal, was sich tut. Wenn ich Sie nicht loskriege, mach ich meinen Motor am Bug fest und versuche, Sie seitwärts in die Strömung zu ziehen.«

Wir gingen nach innen ins Trockene der Kabine und schlossen die Tür. Kelly schlief auf ein paar Kissen, das Gesicht in einen Arm geschmiegt. Als sie aufwachte, blickte sie schläfrig um sich, die Wange mit dem Abdruck ihres Armes in Falten gezogen; dann wurde ihr klar, daß der graue Morgen, den sie und Elrod verlebten, kaum einen Wandel zum Besseren erfahren hatte, und sie sagte »Oh« – fast wie ein Kind, für das das Aufwachen kein schöner Augenblick ist.

Ich startete den Motor, schaltete in den Rückwärtsgang und drehte das Gas auf. Der Bootsrumpf vibrierte auf der Sandbank, und durch die hinteren Fenster konnte ich sehen, wie hinter dem Heck Schlamm und tote Pflanzen an die Wasseroberfläche blubberten. Aber von der Sandbank kamen wir nicht runter. Ich versuchte es im Vorwärtsgang, um es freizubekommen, aber schließlich machte ich den Motor aus.

»Es hängt ziemlich fest, aber vielleicht kommen wir frei, wenn Sie am Bug anschieben, Elrod«, sagte ich. »Wollen Sie das probieren?«

»Ja, klar.«

»Da ist es nicht tief. Bleiben Sie nur auf der Sandbank, möglichst nah am Bootsrumpf.«

»Nimm eine Rettungsweste, El«, sagte Kelly.

»Bei einer Überschwemmung bin ich mal über den Trinity River geschwommen, als da Häuser den Fluß runterkamen«, sagte er.

Sie nahm eine Rettungsweste aus einem oberen Fach, faßte ihn am Handgelenk und führte seinen Arm durch eine der Schulterschlaufen. Er grinste mich an. Dann blickte er durch die Scheibe ans entgegengesetzte Ufer.

»Was macht der Kerl da?« sagte er.

»Was für ein Kerl?« sagte ich.

»Der Kerl, der da draußen im Gebüsch rumfuhrwerkt.«

»Wie wär's, wenn wir Ihr Boot freimachen und uns danach den Kopf über andere Leute zerbrechen?« sagte ich.

»Sie haben recht«, sagte er, band einen Riemen an der Schwimmweste zu und ging hinaus in den Regen.

Er hielt sich an der Reling auf dem Kabinendach fest und arbeitete sich bis zum Bug vor. Kelly beobachtete ihn durch die Scheibe, und dabei biß sie sich auf die Lippen.

»Er ist ja vorher schon mal an Land gewatet«, sagte ich und lächelte sie an. »Da besteht keine Gefahr.«

»El hat Unfälle. Immer.«

»Ein Psychologe könnte sagen, daß es dafür einen Grund gibt.«

Sie drehte sich vom Fenster weg, und ihre grünen Augen tasteten mein Gesicht ab.

»Sie kennen ihn nicht, Mr. Robicheaux. Nicht den sanftmütigen Menschen, der sich nichts zugute hält. Sie sind zu hart mit ihm.«

»Das ist nicht meine Absicht.«

»Es ist aber so. Sie fällen ein Urteil über ihn.«

»Ich würde es gerne sehen, wenn er sich Hilfe suchte. Aber das wird er nicht tun, solange er trinkt oder Drogen nimmt.«

»Ich wünschte, ich hätte so leichte Antworten.«

»Die sind nicht leicht, ganz und gar nicht.«

Elrod schob sich über das Schandeck, sank bis zur Brust ein und tastete sich dann mit vorsichtigen Schritten durch den Schlick bis zu der Stelle, wo die Sandbank abfiel.

»Können Sie ans Heck gehen? Wegen des Gewichts«, sagte ich.

»Wohin?«

»Ans hintere Ende des Boots.«

»Sicher.«

»Nehmen Sie meinen Regenmantel.«

»Ich bin bereits naß bis auf die Knochen.«

Ich machte den Motor wieder an.

»Einen Moment noch«, sagte ich und setzte ihr meinen Regenhut auf den Kopf. Die nassen blonden Locken lagen flachgedrückt auf ihrer Stirn. »Ich will Ihnen nicht zu nahe treten, aber ich finde, Sie sind eine ganz besondere Frau, Mrs. Drummond, eine echte Kämpfernatur.«

Mit beiden Händen zog sie die weiche Krempe des Hutes fest auf ihr Haar. Sie gab mir keine Antwort, aber zum ersten Mal, seit ich sie getroffen hatte, sah sie mir ohne Angst oder Furcht oder Abwehr voll in die Augen. Tatsächlich lag in ihrem Blick ein gewisser Respekt, der mit größter Wahrscheinlichkeit nicht leicht zu gewinnen war, wie ich fühlte.

Ich winkte Elrod durch die Frontscheibe zu, schaltete wieder in den Rückwärtsgang und drehte das Gas auf. Der Auspuff tuckerte und blies einen Sprühregen an der Wasserlinie hoch in die Luft, die Fenster wackelten, und in den Bootsplanken unter meinen Beinen summten die Vibrationen des Motors im Rumpf. Ich blickte über die Schulter durch die Rückscheibe und sah Kelly über das Schandeck gebeugt. Sie stemmte sich mit einem großen Fischhaken gegen den Wassergrund; dann knirschte der Bootsrumpf auf einmal rückwärts durch den Sand, glitt aus dem Graben der Untiefe mitsamt einer gelbbraunen Sturzflut von Schlick und totem Schilf und kam wieder frei in der Strömung zu liegen.

Elrod stand oben auf der Sandbank, die geballten Fäuste im Gefühl des Sieges über den Kopf erhoben.

Ich nahm die Hand vom Gas und wollte zur Kajütentür hinaus, um an den Anker zu kommen.

In genau dem Augenblick, wo der Regen mein bloßes Haupt

traf und mich in die Augen stach, in dem Sekundenbruchteil, als ich über den Bayou blickte und den Mann in dem zerknautschten Fedora-Hut sah, der direkt neben einer Eiche kniete, das Gesicht im Schatten hinter dem Visier eines Jagdgewehrs, die Lederschlaufe nach Militärart um den Unterarm geschlungen, in diesem Augenblick wußte ich, daß ich dazu verdammt war, eine dieser Situationen zu durchleben, wo es immer zu spät sein wird. Ich wußte es, noch bevor ich schreien konnte, winken, ihm sagen, daß die Gestalt in dem Regenhut und dem Ragin' Cajuns-T-Shirt mit meinem Namen auf dem Rücken nicht ich war. Dann blitzte die Gewehrmündung im Regen auf, und der Knall hallte über das Wasser und durch die Bauminseln. Die Kugel machte im Rücken von Kellys T-Shirt ein Loch von der Größe des Blütenblatts einer Rose und riß eine Austrittswunde in ihre Kehle, die mich an Wölfe erinnerte, die mit roten Mäulern durch den Wald rennen.

10

Es war eine seltsame Woche, für mich ebenso wie für die Stadt. Kellys Tod brachte Journalisten aus dem ganzen Land nach New Iberia. Sie belegten alle Motels bis auf die letzte Kammer, mieteten jedes nur verfügbare Automobil in Lafayette und degradierten sowohl in schierer Masse als auch an technischer Ausrüstung die einheimischen kleinen Nachrichtenagenturen zur Bedeutungslosigkeit.

Viele davon versuchten einfach nur, ihren Job zu tun. Aber da waren auch andere, die uns heimsuchten und die ein voyeuristisches Funkeln in den Augen hatten – wo ihre wahren Motive liegen und wie weit ihre Gefühlskälte reicht, das wissen sie selbst nicht.

Ich besorgte mir eine Geheimnummer.

Da war ein Geruch, der mir mit der Zeit immer strenger in die Nase stieg. Er beunruhigte mich. Er war da, wenn ich schlief, am späten Nachmittag, wenn die Sonne auf die eingestürzte Scheune an der rückwärtigen Seite unseres Grundstücks herunterbrannte. Am zweiten Tag nach Kellys Tod bemerkte ich es zum ersten Mal. Das war der Tag, an dem Elrod ihren Leichnam auf der Heimfahrt nach Kentucky begleitete, wo sie beerdigt werden sollte. Es war ein Geruch wie tote Ratten. Ich streute einen Beutel ungelöschten Kalk auf das Unkraut und die morschen Bretter, und der Geruch verschwand. Aber am nächsten Nachmittag war er wieder da, stärker als zuvor, so aggressiv wie die schmutzige Hand eines Fremden, die einem ins Gesicht gedrückt wird.

Ich stellte den Ventilator aus unserem Schlafzimmer in ein Fenster an der Seite des Gebäudes, damit es die Luft von der Hausfront wegzog, aber nachts träumte ich dann von Truthahngeiern, die über einem Reisfeld mit tiefen Furchen kreisten, von sandigem Wind, der über die formlosen und verwesenden Konturen eines großen Tieres wehte, von Frauenhaar und Fingernägeln, die gegen die Innenseiten einer Metallkiste drückten.

Am siebten Morgen wachte ich früh auf, ging im weichen blauen Licht am Ententeich vorbei, tränkte den ganzen Haufen von Brettern und rostigem Blech mit Benzin und zündete ihn an. Die Flammen schnappten wie ein riesiges rot-schwarzes Handtuch gen Himmel, und eine Wassermokassinschlange, so dick wie mein Handgelenk, glitt zwischen den Brettern hervor und verschwand im Unkraut. Aus ihrem Maul ragte das Hinterteil einer noch unverdauten Ratte.

Der Schütze hatte keine Spur hinterlassen, keine ausgeworfene Patronenhülse, keine verwertbaren Fingerabdrücke an dem Baumstamm, von wo er den Schuß abgegeben hatte. Auf dem Taschenmesser, das Rosie am Damm gefunden hatte, waren keine Abdrücke, wie sich herausstellte. Nahezu unsere gesamte Arbeit hatte sich als nutzlos erwiesen. Wir hatten keine Verdächtigen; unsere Theorien über die Tatmotive waren so zahlreich wie die Stunden, die wir bereit waren, für solche Gedanken aufzuwenden. Aber eine unabänderliche Schlußfolgerung blieb mir den ganzen Tag vor Augen und machte mir das Herz schwer, als ich mit Rosie sprach, mit dem Sheriff, sogar mit den Deputies, die sich die Mühe machten, mir durch meine Bürotür hindurch guten Morgen zu wünschen – Kelly Drummond war tot, und sie war tot, weil man sie mit mir verwechselt hatte.

Ich sah gar nicht, wie Mikey Goldman in mein Büro trat. Ich hob den Kopf, und da stand er. Er dehnte die Fußballen, die vorstehenden hellen Augen streiften wild durch den ganzen Raum, und in seinem Kiefer zuckte ein sehniger Knorpel wie ein wildgewordenes Zehncentstück.

»Darf ich mich hinsetzen?« fragte er.

»Nur zu.«

»Wie geht's Ihnen?«

»Danke, gut. Und selbst?«

»Ich bin okay.« Seine Augen musterten mich von Kopf bis Fuß, als wäre ich ein Gegenstand, den er zum ersten Mal erblickte.

»Kann ich etwas für Sie tun?« fragte ich.

»Welcher Scheißkerl hat das getan?«

»Wenn wir das wissen, kommt er hinter Gitter.«

»Hinter Gitter? Wär es nicht besser, ihm den Schädel wegzublasen?«

»Was ist los, Mr. Goldman?«

»Wie kommen Sie damit zurecht?«

»Bitte?«

»Wie kommen Sie damit zurecht? Ich rede von Ihnen. Ich hab's am eigenen Leib miterlebt, mein Freund. Erste Division der Marines, Chosin Reservoir. Also versuchen Sie nicht, mich zu verarschen.«

Ich legte meinen Füllfederhalter auf die Schreibtischunterlage, faltete die Hände und starrte ihn an.

»Ich fürchte, wir zwei sind nicht ganz auf derselben Wellenlänge«, sagte ich.

»Ach ja? Ich weiß doch, wie's ist. Direkt neben dir erwischt's einen, da kommt's schon, daß man sich fragt, ob man nicht insgeheim froh ist, besser der als man selbst. Lieg ich da falsch?«

»Was wollen Sie?«

Er strich sich über die krausen, salz-und pfefferfarbenen Locken in seinem Nacken und stierte mit rollenden Augen quer durch den Raum. Die Haut um seinen Mund war straff gespannt, Kinn und Kiefer auf eine martialische Art nach vorne gereckt, wie ein Schleifer bei der Grundausbildung.

»Elrod dreht mir durch. Ich weiß es, ich hab's mit ihm schon erlebt. Er ist ein guter Junge, aber er hat schon vor langer Zeit einen Teil seines Großhirns gegen Drogenpilze eingetauscht. Sie mag er, auf Sie wird er hören. Können Sie mir folgen?«

»Nein.«

»Sie können ihn bei sich aufnehmen, Sie können auch zu ihm ziehen, mir egal. Ich werde diesen Film zu Ende bringen.«

»Sie sind unglaublich, Mr. Goldman.«

»Was?« Er bog die Finger nach hinten, als wolle er Worte aus meiner Brust zerren. »Hat man Ihnen gesagt, ich hätte keinerlei Gefühle, meine Schauspieler sind mir scheißegal, und die Leute vom Film sind eh alle gefühllose Schweine?«

»Bevor Sie nach New Iberia gekommen sind, hab ich Ihren Namen noch nie gehört. Aber mir kommt es trotzdem so vor, als ob Sie nur an eine Sache denken – daß Sie das bekommen, was Sie wollen. Wie auch immer, ich habe kein Interesse daran, mich um Elrod Sykes zu kümmern.«

»Wenn ich den Scheißkopf in die Finger bekomme, der Kelly erschossen hat, werden Sie ihn von der Tapete wischen müssen.«

»Irgendwann werden wir diesen Kerl erwischen, Mr. Goldman. Aber in der Zwischenzeit hört man es in einem Sheriff's Department nicht so gern, wenn jemand mit Selbstjustiz prahlt. Was ich im übrigen auch keinesfalls glaubwürdig finde.«

»Wie?«

»Stellen Sie sich doch mal folgende Frage: Wie viele Profikiller – und der Kerl, der das getan hat, ist ein Profi – gibt es wohl in einem Landkreis wie diesem hier? Nächste Frage: Es gibt eine wohlbekannte Gruppe von Berufskriminellen, die sich gegenwärtig bei uns in New Iberia aufhält – wer könnte das sein? Antwort: Julie Balboni und die Neandertaler in seinem Schlepptau. Nächste Frage: Wer produziert zusammen mit diesen Typen einen Film?«

Er lehnte sich auf dem Stuhl zurück, klopfte mit den Handgelenken leicht auf die Lehne, ließ seinen Blick durch den Raum schweifen, die Augen unstet wie Quecksilber, in einem Augenblick fast amüsiert, dann unvermittelt nach innen gekehrt, fixiert auf ein nagendes Problem.

»Mr. Goldman?« sagte ich.

»Ja? Haben Sie noch was auf der Pfanne?«

»Nein, Sir, nichts.«

»Gut. Das ist gut. Sie sind kein schlechter Mensch. Sie stecken nur bis zur Nasenspitze in der eigenen Scheiße. Das ist nur menschlich.«

»Ah ja. Ich geh jetzt mal den Flur runter, um mir eine Tasse Kaffee zu holen«, sagte ich. »Will mal annehmen, daß Sie nicht mehr da sind, wenn ich wiederkomme.«

Er stand auf und streckte den verspannten Rücken. Er entfernte das Papier von einem Pfefferminzbonbon und steckte es in den Mund.

»Wollen Sie auch eins?« sagte er.

»Nein danke.«

»Jetzt spielen Sie hier nicht den Rotarier. Ich habe mich über Sie informiert, bevor ich Sie gebeten habe, für Elrod den Babysitter zu machen. Sie sind genauso meschugge wie wir alle. Sie stehen immer kurz vorm Ausrasten.«

Er machte eine Pistole mit Daumen und Zeigefinger, deutete auf mich und machte ein ploppendes Geräusch mit dem Mund.

In dieser Nacht träumte ich, daß ich draußen im Golf von Mexiko eine Frau vor dem Ertrinken retten wollte. Wir sanken hinab in einen tiefen Graben, peitschende Gischt auf ihren blonden Locken und dem blutleeren Gesicht, die Augen fest verschlossen unter dem kobaltblauen Himmel. Unsere Köpfe ragten aus dem Wasser, als wären sie abgetrennt auf einen Teller gelegt worden. Dann versteinerte ihr Körper, schwerer als eine Marmorstatue, und es war mir unmöglich, sie über Wasser zu halten. Sie sank durch meine Arme hindurch, raste steil nach unten in einen Strudel grünen Lichts, hinunter in eine Schlucht in großer Tiefe, und aus einer fahlen Wunde in ihrer Kehle stieg ein Strom von Luftblasen nach oben.

Rosie kam durch die Tür, knallte die Handtasche lautstark auf den Tisch und wühlte im Aktenschrank. Sie mußte sich auf die Zehenspitzen stellen, um in die obere Schublade zu blicken.

»Haben Sie Lust, zu Mittag zu essen?« fragte sie.

»Wie?«

»Mittagessen ... Wollen Sie zum Mittagessen gehen? Hallo, Erde, bitte kommen.«

»Danke, aber ich fahre wahrscheinlich heim.« Dann fügte ich hinzu: »Sie können gern mitkommen.«

»Schon okay. Ein anderes Mal.« Sie setzte sich hinter ihren Tisch und steckte diverse Blätter in verschiedene Aktenmappen. Aber immer wieder sah sie mich verstohlen an.

»Liegt Ihnen was auf dem Herzen?« fragte ich.

»Ja, Sie.«

»Sie scheinen heute nicht viel zu tun zu haben.«

»Gestern abend ist's bei mir ziemlich spät geworden. Ich habe mit dem Dispatcher eine Tasse Kaffee getrunken. Er hat mich gefragt, wie ich hier zurechtkomme, worauf ich meinte, sehr gut, keine Klagen. Dann hat er mich gefragt, ob mir noch mal einer der Clowns im Department dumm gekommen wäre. Ich habe ihm erzählt, sie hätten sich alle tadellos aufgeführt. Ich wette, Sie kommen nicht drauf, was er als nächstes sagte.«

»Da haben Sie recht.«

Sie imitierte den Cajun-Tonfall. »›Wenn die Ihnen noch mal Ärger machen tun, tun Sie's mal bloß Dave sagen, Miss Rosie. Hat denen schon mal verklickert, was ihnen bevorsteht, wenn sie Ihnen beim nächsten Mal dumm kommen.‹«

»Er hat vielleicht ein bißchen übertrieben.«

»Das war nicht nötig, Dave.«

»Ich bitte um Entschuldigung.«

»Und schnippisch brauchen Sie jetzt auch nicht zu werden.«

»Mann, Sie schießen vielleicht scharf.«

»Wie soll ich jetzt das verstehen?«

»Das weiß ich nicht. Wie wär's, wenn Sie das Ganze mal etwas lockerer nehmen?«

Sie hatte die kleinen Hände übereinander gelegt. Wie sie da so gerade und fest hinter ihrem Tisch stand, erinnerte sie mich an die Nonnen in der Grundschule, auf die ich gegangen war.

»Sie sehen müde aus«, sagte sie.

»Ich habe mit Schlaflosigkeit zu kämpfen.«

»Wollen Sie drüber reden, was da draußen auf dem Bayou geschehen ist?«

»Nein.«

»Haben Sie deswegen Schuldgefühle?«

»Was meinen Sie denn? Wütend macht es mich.«

»Warum?«

»Was für eine Frage ist das denn?«

»Sind Sie wütend, weil Sie keine Kontrolle über das hatten, was da passiert ist? Denken Sie, daß die Schuld für ihren Tod irgendwo bei Ihnen liegt?«

»Und wenn ich beide Fragen mit Ja beantworte? Was für einen Unterschied macht das? Sie ist tot.«

»Ich denke, wenn Sie sich selbst damit quälen, hat das ungefähr soviel Sinn wie Masturbieren.«

»Es ist freundlich von Ihnen gemeint, Rosie, aber lassen Sie's gut sein.«

Ich beschäftigte mich mit meinem Papierkram, und es dauerte fast eine Minute, bis ich wieder den Kopf hob. Als ich es schließlich tat, hatte sie ihre Augen immer noch nicht von mir genommen.

»Ich habe vom FBI gerade eine interessante Information über Julie Balboni bekommen«, sagte sie. Sie wartete und sagte dann: »Hören Sie mir zu?«

»Ja.«

»Das Sittendezernat von New Orleans hat dieses Jahr ein halbes Dutzend seiner Pornokinos und zwei seiner Callgirl-Vermittlungen dichtgemacht. Und seine Großfischerei hat gerade eben Konkurs angemeldet.« Als ich darauf nicht antwortete, fuhr sie fort. »Das war seine Geldwäscherei für einen Großteil der Profite aus dem Drogenhandel. Er hat vor der Steuer alle möglichen legitimen Profite deklariert, die's in Wirklichkeit nie gab.«

»So tun es die Jungs vom Mob alle, Rosie. In jeder Stadt der Vereinigten Staaten.«

»Nur daß die Steuerprüfer vom IRS sagen, daß er gerade einen schweren Fehler begangen hat. Er hat Millionen Dollar für diesen Bürgerkriegsfilm auf den Tisch gelegt, und es wird ihm sehr schwerfallen zu erklären, wie er an die gekommen ist.«

»An Ihrer Stelle würd ich da nicht drauf zählen.«

»Das Finanzamt nagelt die fest, an die man sonst nicht rankommt.«

Ich spitzte mit meinem Taschenmesser einen Bleistift über dem Papierkorb.

»Ich habe so das Gefühl, als langweile ich Sie«, sagte sie.

»Nein, aber Sie geben meiner früheren Skepsis neue Nahrung.«

»Wie?«

»Wie ich es sehe, ist Ihre Behörde ganz scharf auf Julie. Diese Morde sind für die nur zweitrangig.«

»Das denken Sie wirklich, ja?«

»So sieht das aus meiner Perspektive aus.«

Sie stand auf, schloß die Bürotür und trat dann vor meinen Tisch. Sie trug eine weiße Seidenbluse und eine Halskette aus schwarzen Holzperlen. Sie hatte die Finger wie eine Opernsängerin vor dem Bauch verhakt.

»Julie ist dem FBI schon lange ein Dorn im Auge«, fuhr ich fort. »Er hat seine Finger in der Hälfte aller Verbrechen in New Orleans, und bis heute hat er nicht einen einzigen Tag im Knast verbracht.«

»Als ich sechzehn gewesen bin, da hab ich etwas erlebt, von dem ich dachte, ich käme nie drüber weg.« Eine leichte Röte bildete sich an ihrer Kehle. »Und es war nicht nur das, was zwei betrunkene Vorarbeiter mir auf der Ladefläche eines Lasters, der Wanderarbeiter transportierte, antaten. Es war die Art, wie die Cops damit umgingen. In mancher Hinsicht war das sogar noch schlimmer. Hören Sie mir gut zu, Sir?«

»Es ist nicht nötig, das jetzt hier reinzubringen, Rosie.«

»O doch, das ist es, verdammt noch mal. Am nächsten Tag saß ich mit meinem Vater in dem Warteraum vor dem Büro des Sheriffs. Ich hab zwei Deputies darüber lachen hören. Die fanden das Ganze nicht nur komisch, einer von ihnen hat auch noch etwas über Bohnenfressermösen gesagt. Diesen Augenblick werde ich nie vergessen. Mein ganzes Leben lang nicht.«

Ich klappte mein Taschenmesser zusammen und starrte meine Fingerspitzen an. Ich klopfte mir die Bleistiftreste über dem Papierkorb von den Fingern.

»Das tut mir leid«, sagte ich.

»Als ich beim FBI anfing, hab ich mir geschworen, daß ich es nie mehr miterleben möchte, daß eine Frau so wie ich behandelt wird. Deswegen muß ich Ihnen aufs schärfste widersprechen, Dave. Ich würde Julie Balboni gerne aus dem Verkehr ziehen, aber das hat nichts damit zu tun, wie ich zu dem Mann stehe, der diese Frauen vergewaltigt und ermordet hat.«

»Wo ist das gewesen?«

»In einem Lager für Wanderarbeiter vor Bakersfield. So was ist dort fast schon alltäglich. Das können Sie jede Frau fragen, die mal auf einem dieser Wagen mitgefahren ist.«

»Sie sind ein guter Cop, Rosie. Ich denke, Sie kriegen jeden, den Sie aufs Korn nehmen.«

»Dann sollten Sie von Ihrem verdammt hohen Roß runterkommen.«

»In Ordnung.«

Sie wartete darauf, daß ich dem noch etwas hinzufügte, aber das tat ich nicht.

Sie ließ die Schultern hängen und machte einen Schritt in

Richtung ihres Tisches. Dann drehte sie sich um. Ihre Augen waren feucht.

»Das ist alles, was Sie zu sagen haben?« fragte sie.

»Nein, das ist nicht alles.«

»Also, was noch?«

»Ich bin stolz drauf, mit Ihnen zusammenzuarbeiten. Ich finde, Sie haben verdammt viel Mumm.«

Sie faßte in ihre Handtasche, um ein Taschentuch herauszunehmen, dann ließ sie die Tasche entschlossen wieder zuschnappen und holte tief Luft.

»Ich geh mal kurz den Flur runter«, sagte sie.

»Okay.«

»Sind jetzt sämtliche Mißverständnisse ausgeräumt, was die Prioritäten in diesem Fall angeht, Dave?«

»Yeah, ich glaub schon.«

»Gut. Weil ich nämlich keinen Wert drauf lege, so eine Diskussion noch einmal führen zu müssen.«

»Bevor Sie gehen, da ist eine Sache, die ich noch sagen will. Vor ein paar Jahren wurde meine zweite Frau von ein paar Drogendealern ermordet. Davon wissen Sie, richtig?«

»Ja.«

»Auf die eine oder andere Art mußten die Kerle und die Frau, die sie getötet haben, dafür bezahlen. Aber manchmal wache ich mitten in der Nacht auf, und dann ist die alte Wut wieder da. Obwohl es sie alle hart getroffen hat, ein paar davon endgültig, erscheint es einem trotzdem manchmal nicht genug. Sie kennen das Gefühl, von dem ich rede, oder?«

»Ja.«

»Das dachte ich mir.« Dann sagte ich: »Und Sie sind sich wirklich sicher, daß Sie nicht rauskommen und mit uns essen wollen?«

»Heute ist nicht der rechte Tag dafür, Dave. Trotzdem danke«, sagte sie und ging zur Tür hinaus, die Handtasche fest unter den Arm geklemmt, das Gesicht so reglos und starr wie das eines Soldaten.

Unmittelbar nach meiner Rückkehr vom Mittagessen rief Elrod Sykes im Büro an. Seine Stimme war leise, und der texanische Akzent kam jetzt mehr zum Tragen.

»Kennen Sie die Stelle südlich von Ihrem Pier, wo so'n paar Ruinen einer alten Plantagenvilla sind?« fragte er.

»Was ist damit?«

»Können Sie mich in einer halben Stunde dort treffen?«

»Wozu?«

»Ich möchte mit Ihnen reden, dazu.«

»Reden Sie jetzt, Elrod, oder kommen Sie ins Büro.«

»Da unten werd ich nur nervös. Aus irgendeinem Grund muß ich bei Polizeiuniformen immer an einen Alkoholtest denken. Weiß gar nicht, woher das kommt.«

»Wie Sie klingen, ist bei Ihnen auch schon wieder ein Licht an.«

»Wen schert's? Ich möchte Ihnen was zeigen. Schaffen Sie's oder nicht?«

»Ich glaube nicht.«

»Was zum Teufel ist eigentlich mit Ihnen los? Ich habe ein paar Informationen über Kellys Tod. Wollen Sie das oder nicht?«

»Vielleicht sollten Sie mal drüber nachdenken, in welchem Ton Sie mit den Leuten reden.«

»Meine Etikette hab ich in Kellys Familiengrab oben in Kentucky gelassen. Ich treff Sie dann in dreißig Minuten. Wenn Sie kein Interesse haben, lecken Sie mich am Arsch, Mr. Robicheaux.«

Er hängte auf. Ich hatte das Gefühl, daß sich mir allmählich die Seite von Elrods Persönlichkeit offenbarte, die ihm die Aufmerksamkeit der Boulevardblätter eingebracht hatte.

Zwanzig Minuten später fuhr ich mit meinem Pickup auf einer unbefestigten Straße durch ein Zuckerrohrfeld zu den Ruinen der Villa eines Plantagenbesitzers, die in den dreißiger Jahren des 19. Jahrhunderts am Bayou gebaut worden war. 1863 hatten Unionstruppen unter General Banks das Klavier herausgezerrt und in einem Graben in kleine Stücke geschlagen. Gewissermaßen als Zugabe hatten sie dann die Sklavenquartiere und das obere Stockwerk der Villa niedergebrannt. Das Dach und die Zypressenbalken waren eingestürzt – was blieb, war das aus Ziegeln gemauerte Fundament –, die äußeren Gebäudeteile und Zisternen waren zerfallen und jetzt Teil des Erdreichs, die Esse des Schmieds nur noch ein orangefarbener Fleck in der feuchten Erde, und Vandalen hatten die meisten Grabsteine auf dem Familienfriedhof umgekippt. Auf der Suche nach Gold- und Silbermünzen hatten sie auch die Steinplatten in den Kaminen aufgebrochen.

Warum verbringt man Zeit mit einem rabiaten Trunkenbold, erst recht, wenn er die Umstände bestimmt?

Weil es schwierig ist, einem Mann die kalte Schulter zu zeigen oder ihn aus einer Warte moralischer Überlegenheit abzukanzeln, der mit größter Wahrscheinlichkeit für den Rest seines Lebens nachts schweißgebadet aufschrecken wird, heimgesucht von einem ewig wiederkehrenden Alptraum. Einem Mann, dessen endlose Reihe trüber Morgen keinerlei Licht verspricht – nur den ersten harten, scharfen Kick, der aus einem Whiskeyglas kommt.

Ich stand gegen den Kotflügel meines Pickups gelehnt und sah Elrods lavendelfarbenen Cadillac, der sich auf der unbefestigten Straße näherte und schließlich in den Schatten der Eichen rollte, die vor den Ruinen des Hauses wuchsen. Der Mann, der auf dem Filmset für die Sicherheit zuständig war, Murphy Doucet, saß hinter dem Lenkrad, Elrod auf dem Beifahrersitz, den sonnengebräunten Arm auf dem Fensterrahmen, in der Hand eine Dose Coca Cola.

»Wie geht's Ihnen heute, Detective Robicheaux?« fragte Doucet.

»Ganz gut. Und Ihnen?«

»Wie es so schön heißt, wir pflücken alle Baumwolle für den weißen Mann, wenn Sie verstehen, was ich meine?« fragte er und blinzelte mir zu.

Er rieb die weiße Narbe, die sich wie ein Hühnerfuß an seiner Kehle abzeichnete, und schlug auf dem Lenkrad eine Zeitung auf. Elrod lief außen um den Cadillac herum. Er trug blaue

Badehosen, ein beigefarbenes Polohemd und brandneue Nike-Laufschuhe.

Er trank aus einer Coladose, stellte sie auf die Motorhaube und steckte dann eine Pfefferminzpastille in den Mund. Sein Blick streifte über die Lichtung, dann blickte er vage in Richtung des Sonnenlichts, das jenseits der Weiden auf dem Bayou blinkte.

»Sollen wir unser Gespräch jetzt fortsetzen?« sagte ich.

»Finden Sie, ich hab mich danebenbenommen oder so?«

»Was haben Sie auf dem Herzen, Elrod?«

»Machen wir einen kleinen Spaziergang, dahinten zu diesen Bäumen. Ich will Ihnen was zeigen.«

»Den alten Friedhof?«

»Nein, nicht das. Etwas, das Sie wahrscheinlich nicht kennen.«

Wir liefen durchs dichte Unterholz – verkrüppelte Eichen und Zürgelbäume, Dornbüsche und tote Purpurwinden –, bis wir einen kleinen Friedhof erreichten, der von einem verrosteten, halb eingefallenen eisernen Gitterzaun umgeben war. Auf den Gräbern wuchsen Kiefern mit dunkelgrünen Nadeln. Eine einzelne Ziegelkrypta war in sich zusammengefallen – offenbar schon vor langer Zeit – und war von wilden Rosen und dichtgesäten Wunderblumen überwuchert.

Elrod trat neben mich, und sein Atem roch nach Bourbon und Pfefferminze. Er blickte in die blendende Sonne, kniff die Augen aber nicht zusammen. Ein eigentümlicher Ausdruck lag in ihnen, in Vietnam nannten wir das den Tausend-Meter-Blick.

»Hier«, sagte er, »im Schatten, direkt bei diesen Zürgelbäumen. Sehen Sie die Eindrücke da?«

»Nein.«

Er packte mich fest am Arm und zeigte auf etwas.

»Genau da, wo das Gelände zum Bayou hinunter abfällt«, sagte er und ging mir voran in den hinteren Teil des Friedhofsgeländes. Er deutete auf den Boden. »Es sind vier. Stecken Sie hier einen Spaten rein, dann stoßen Sie auf Knochen.«

An einer feuchten Stelle, wo das Regenwasser schräg hinunter in einen schmalen Graben abfloß, befand sich eine Reihe von Ausbuchtungen, die mit Pilzen zugewachsen waren.

»Was soll das alles?« sagte ich.

»Sie kochten irgendeinen Brei in einem Eisentopf, und eine Granate hat sie alle vier erwischt. Der General ließ hölzerne Kreuze auf ihre Gräber stellen, aber die sind schon vor langer Zeit verfault. Er war ein verdammt guter Offizier, Mr. Robicheaux.«

»Ich muß jetzt gehen«, sagte ich. »Ich würde Ihnen ja gerne helfen, Elrod, aber Sie haben Ihren Weg selbst abgesteckt.«

»Ich bin bei ihnen gewesen. Ich weiß, was sie durchgemacht haben. Sie hatten Mut, bei Gott. Sie kochten Suppe aus ihren Schuhen und machten Gewehrkugeln aus geschmolzenen Nägeln und Wagenspeichen. Um keinen Preis der Welt hätten die aufgegeben.«

Ich machte kehrt und lief zurück zum Wagen. Durch den Schatten konnte ich den Mann vom Sicherheitsdienst sehen, der neben der offenstehenden Tür des Cadillacs urinierte. Elrod holte mich ein. Wieder packte er mich fest am Arm.

»Wenn Sie mich als Fall für die Klapsmühle abschreiben wollen, dann ist das Ihre Sache«, sagte er. »Und wenn's Ihnen egal ist, was diese Jungs durchgemacht haben, dann ist das auch Ihre Sache. Wie auch immer, das ist nicht der Grund, weshalb ich Sie hier rausgeholt hab.«

»Warum bin ich dann hier?«

Er drehte mich mit der Hand zu sich hin.

»Weil's mir nicht gefällt, wenn jemand für mich den Ölkanister trägt«, sagte er.

»Wie bitte?«

»Sagt man so in Texas. Damit ist gemeint, ich will nicht, daß sich jemand eine Last aufbürdet, die eigentlich meine ist. Sie sind zu der festen Überzeugung gelangt, daß der Kerl, der Kelly getötet hat, davon ausging, er hätte Sie im Visier gehabt. Stimmt das, oder nicht?«

»Vielleicht.«

»Weshalb sollten Sie so verdammt wichtig sein?«

Ich ging weiter. Wieder holte er mich ein.

»Jetzt hören Sie mir mal zu«, sagte er. »Bevor sie umgebracht wurde, hatte ich eine Auseinandersetzung mit Mikey. Ich hab ihm gesagt, daß das Drehbuch zum Himmel stinkt, daß die Schreiberlinge, die er da angeheuert hat, nicht mal Werbetexte für Tampon-Anzeigen schreiben könnten, daß er mit seiner Erbsenzählerei das ganze Projekt in den Orkus fährt, und daß ich auf der Stelle den Drehort verlasse, wenn er das alles nicht endlich geregelt kriegt. Die Schmalzköpfe haben mich gehört.«

»Welche Schmalzköpfe?«

»Balbonis Leute. Die sind überall am Set. Sie haben Kelly getötet, damit ich kusche.«

Die Gesichtshaut oben an einer seiner Wangen zog sich in Falten, so sehr, daß sie fast zu vibrieren schien.

»Ganz ruhig, El.«

»Sie haben sie benutzt, um mir eine Lektion zu erteilen, Mr. Robicheaux.«

Ich berührte seinen Arm mit meiner Hand.

»Vielleicht hat Julie mit der Sache zu tun, vielleicht auch nicht«, sagte ich. »Aber wenn dem so ist, dann nicht wegen Ihnen. Was das betrifft, da müssen Sie mir vertrauen.«

Er drehte das Gesicht weg und preßte den Handrücken gegen ein Auge.

»Wenn Julie und andere Typen wie er jemandem eine Lektion erteilen, dann picken sie sich direkt die Ursache ihrer Probleme heraus«, sagte ich. »Die suchen sich nicht Unschuldige am Rande aus. So was schafft viel zu viele Probleme.«

Ich hörte, wie der Atem in seiner Kehle rasselte.

»Ich habe dafür gesorgt, daß der Sarg geschlossen blieb«, sagte er. »Dem Mann vom Beerdigungsinstitut in Kentucky habe ich gesagt, wenn er ihre Eltern sie so sehen läßt, komm ich zurück und –«

Ich legte meinen Arm um seine Schultern und ging mit ihm noch eine Runde über den Friedhof.

»Fahren wir zurück in die Stadt und essen was«, sagte ich.

»Wie jemand anders heute morgen schon zu mir gesagt hat, was nützt es, sich selbst andauernd zu treten? Was meinen Sie?«

»Sie ist tot. Und ich sehe sie nicht. Das ist nicht richtig.«

»Wie bitte?«

»Ich sehe diese Soldaten, aber sie kann ich nicht sehen. Wie kommt das? Das macht keinen Sinn.«

»Ich sag's Ihnen offen heraus, Partner. Ich glaube, Sie stehen am Rande vom Delirium tremens. Sie sollten auf die Bremse treten, bevor es so weit ist, El. Glauben Sie mir, man muß nicht erst sterben, um in die Hölle zu kommen.«

»Wie Sie's sehen, bin ich ein Fall für die Zwangsjacke, was? Kann's Ihnen nicht verdenken. Hab selbst so meine Zweifel, was mir da so vor die Pupille tritt.«

»Vielleicht ist das kein schlechtes Zeichen.«

»Als wir durch dieses Zuckerrohrfeld gefahren sind, da hab ich zu Murph, dem Mann vom Sicherheitsdienst, gesagt: ›Wer ist denn der Mann hinter Mr. Robicheaux?‹ Dann hab ich genauer hingeschaut und wußte, wer's war. Nur daß ich ihn zuvor noch nie am hellichten Tag gesehen habe. Als ich noch mal hinsah, war er weg. Das sieht ihm nicht ähnlich.«

»Ich gehe heute abend zu einem AA-Meeting. Wollen Sie mitkommen?«

»Yeah, warum nicht? Kann kaum schlimmer sein, als mit Mikey und den Schmalzköpfen zu Abend zu essen.«

»Vielleicht sollten Sie Ihre Zunge ein bißchen im Zaum halten, wenn diese Leute in der Nähe sind.«

»Junge, ich frag mich, was mein Grandpa sagen würde, wenn er mich mit so einem Haufen sähe. Ich hab Ihnen doch erzählt, daß er ein Texas Ranger war, oder?«

»Das haben Sie allerdings.«

»Wissen Sie, was er mir mal über Bonnie Parker und Clyde Barrow gesagt hat? Er hat gesagt –«

»Ich muß jetzt wieder zurück ins Büro. Paßt es Ihnen, wenn ich Sie um halb acht abhole?«

»Klar. Danke, daß Sie gekommen sind, Mr. Robicheaux. Tut

mir leid, daß ich am Telefon so unhöflich war. Solche Worte gehen mir sonst nicht über die Lippen. Ich weiß gar nicht, was in mich gefahren ist.« Er nahm die Coladose von der Haube des Cadillac und wollte daraus trinken. »Ist nur Coca Cola. Tatsache.«

»Dann trinken Sie's mal besser.«

Er lächelte mich an.

»Schlecht für die Zähne«, sagte er und goß den Inhalt der Dose auf den Erdboden.

An diesem Abend saß ich allein in meinem Laden, ein Glas eisgekühlten Kaffee in der Hand, und machte mir Gedanken, wo der Zusammenhang bestand zwischen Kellys Tod und der Jagd nach einem Serienmörder, der eventuell in Prostitutionsgeschäfte verstrickt war. Nichts in der ganzen Untersuchung schien zusammenzupassen. War der Serienmörder auch ein Zuhälter? Weshalb schienen sich seine Verbrechen ausschließlich auf den Staat Louisiana zu beschränken? Und wenn er in der Tat Kelly mit mir verwechselt hatte, was hatte ich im Verlauf der Ermittlung entdeckt, das ihn dazu trieb, den Mord an einem Polizeibeamten zu wagen? Und was stand in dieser ganzen Sache für Baby Feet Balboni auf dem Spiel?

Gleichermaßen beunruhigend war die Möglichkeit, daß Kellys Tod gar nichts mit unserer Jagd nach einem Serienmörder zu tun hatte. Vielleicht hatte der Gewehrschütze mit dem Fedorahut ein anderes Motiv gehabt, ein Motiv, das seinen Ursprung in einem Rattennest von Knochen, getrockneten Hautfetzen, verrotteten Kleidungsresten und einem Flecken krausen Haars auf einer Schädeldecke hatte. Gab es da draußen jemanden, der glaubte, daß dieser weit aufgesperrte Mund, voller Sand und grüner Algen, irgendwie einen Weg finden würde, um die Namen der zwei Mörder preiszugeben, die im festen Glauben waren, sie hätten ihre schmutzige Tat vor fünfunddreißig Jahren im Wasser begraben?

Wir leben heute in dem, was die Leute gerne den neuen Süden nennen. Aber alte Ängste, die verschiedenen Hautfarben betreffend, und ganz gewiß auch weiße Schuldgefühle gegenüber rassistischen Ungerechtigkeiten sterben schwer. Sam »Hogman« Patin, der wahrscheinlich kaum etwas auf dieser Welt fürchtete, hatte mich zur Vorsicht gemahnt, weil ich den gelynchten schwarzen Mann draußen im Atchafalaya-Becken entdeckt hatte. Er hatte auch angedeutet, daß der Tote etwas mit einer weißen Frau gehabt hätte. Für Hogman waren diese lange zurückliegenden Ereignisse immer noch lebendig, das Symbol einer unvergebenen kollektiven Schande, von dem man so indirekt wie möglich sprach, höchstwahrscheinlich auch, weil manche der Akteure noch am Leben waren.

Vielleicht war die Zeit gekommen, noch einmal mit Hogman zu reden, dachte ich.

Als ich zu seinem Haus am Bayou hinausfuhr, fand ich das Innere dunkel vor, und die weißen Vorhänge in den offenen Fenstern blähten sich im Wind nach außen. Hinter dem Haus hörte ich das klimpernde Klingeln der Milk-of-Magnesia-Flaschen und silbernen Kreuze, mit denen er die Äste einer Eiche vollgehängt hatte.

Wo bist du, Hogman? dachte ich bei mir. Ich drückte eine meiner Geschäftskarten in den Winkel der Fliegentür.

Durch die Bäume hindurch sah man gelb den Mond. Ich roch den unverkennbaren Geruch von Innereien, die in einem Topf angebrannt waren. Ich hörte den Motor eines Autos auf der asphaltierten Straße. Das Licht der Scheinwerfer brach sich an den Baumstämmen entlang der Straße, dann bremste der Fahrer ab, und ich dachte, er würde gleich in den Hain von Bäumen an der Vorderseite von Hogmans Grundstück einbiegen. Ich dachte, daß es vermutlich Hogmans Wagen war, und machte ein paar Schritte in Richtung der Straße. Dann trat der Fahrer aufs Gaspedal, und die Scheinwerfer huschten über mich hinweg.

Ich hätte nicht weiter auf den Fahrer und sein Fahrzeug geachtet, aber gerade als ich kehrtmachen wollte, um zu meinem Pickup zu gehen und wegzufahren, machte er die Lichter aus und gab noch mal Gas, diesmal richtig.

Wenn der Zweck dieser Aktion gewesen sein sollte, sein Nummernschild vor mir verborgen zu halten, war es ihm gelungen. Aber es waren zwei andere Details, die mir im Gedächtnis blieben: Der Wagen sah wie neu aus, und er war dunkelblau, genauso wie das Fahrzeug, das zwei Zeugen auf dem Damm im Vermilion Parish gesehen hatten, wo das erstickte Mädchen nackt in ein Metallfaß gestopft worden war.

Vielleicht hatten in dem Wagen aber auch einfach nur ein paar verliebte Teenager gesessen, auf der Suche nach einem ungestörten Plätzchen. Ich war zu müde, noch länger darüber nachzudenken. Ich startete meinen Wagen und fuhr nach Hause.

Die Nacht war klar, die Sterne prall am schwarz gewölbten Himmel. Nichts deutete auf Regen hin, kein plötzlicher Temperaturabfall oder -wechsel, der Nebel übers Wasser gezogen hätte. Aber knappe zweihundert Meter entfernt von Hogmans Haus waren auf einmal dichte weiße Nebelschwaden auf der Straße, so dicht, daß meine Scheinwerfer nicht dagegen ankommen konnten. Zuerst dachte ich, daß auf einem Feld irgendwo ein Feuer brannte und der Wind den Rauch über die Straße geweht haben mußte. Aber die Luft roch süßlich und kühl, wie frisch aufgegrabene Erde, und war fast spürbar feucht. Der Nebel kam in dichten Wolken vom Bayou her, umhüllte die Baumstämme, schloß sich wie ein weißer Handschuh um meinen Pickup, trieb in kleinen Fetzen durch meine Fenster. Ich weiß nicht, ob ich bewußt anhielt oder der Motor einfach ausging. Aber über einen Zeitraum von wenigstens dreißig Sekunden flackerten meine Scheinwerfer an und aus, die Zündung weigerte sich anzuspringen, und kreischendes Rauschen drang aus meinem Radio, so durchdringend wie Fingernägel, die über eine Tafel kratzen.

Genauso plötzlich wie er gekommen war, löste sich der Nebel wieder von der Straße und den Baumstämmen und der ruhigen Oberfläche des Bayou, als ob jemand eine unsichtbare Flamme darangehalten hätte, und die Nachtluft war wieder so leer und pur wie Wind, den man unter einer Glasglocke eingefangen hat.

Am nächsten Morgen suchte ich im Sonnenlicht nach technischen Erklärungen und reinigte die Anschlüsse der Wagenbatterie mit Natron, Wasser und einer alten Zahnbürste.

Am nächsten Nachmittag rief mich Hogman vom Drehort des Films am Spanish Lake aus an.

»Was hast du bei mir zu Haus gewollt?« sagte er.

»Ich muß mit dir über den gelynchten schwarzen Mann reden.«

»Ich hab dir bereits alles gesagt, was ich weiß. Der Nigger hat seine Finger in den falschen Topf gesteckt.«

»Das reicht mir nicht.«

»Mir schon.«

»Du hast gesagt, mein Vater hat deiner Mutter geholfen, als du im Gefängnis warst. Jetzt bitte ich dich, mir zu helfen.«

»Hab ich schon. Du hörst nur nicht richtig zu.«

»Ist da jemand, vor dem du Angst hast, Sam? Weiße vielleicht?«

»Gott, den fürchte ich. Warum redst du so mit mir?«

»Um welche Zeit kommst du heute nach Hause?«

»Wenn's soweit ist. Du hast doch den Pickup?«

»Ja.«

»Mein Wagen ist gestern gegen einen Baum geknallt. Der tut's nicht mehr. Komm heut abend hier raus, und fahr mich heim. So gegen acht oder neun.«

»Bis dann, Partner«, sagte ich und hängte auf.

Die Sonne war rot und zur Hälfte hinter dem Horizont versunken, und in den Bäumen zirpten die Grillen, als ich durch den Pecanhain hindurch zu dem Filmset am Spanish Lake fuhr. Dort mußte ich allerdings bald feststellen, daß es mir nicht leichtfallen würde, ein paar Worte mit Hogman Patin allein zu wechseln. Mikey Goldman hatte Geburtstag, und das gesamte Filmteam gab ihm zu Ehren eine Party. Eine Büffettafel mit Leinentischtüchern stand randvoll mit Essen, das geliefert worden war, in der Mitte ein riesiger rosa Kuchen und eine große Schale mit Champagnerbowle. Die Bäume entlang des Ufers waren mit Papierschleifen geschmückt, und an Goldmans Regiestuhl hatten sie gute zwei Dutzend treibluftgefüllte Luftballons gebunden.

Alle waren guter Laune. Sie nippten Bowle aus Plastikbechern und aßen gekochte Shrimps und dünne Scheiben *boudin* von Papptellern. Die allgemeine Atmosphäre von Fröhlichkeit und Sympathie, die ihn umgab, schien Mikey Goldmans Gesicht fast zum Glänzen zu bringen.

In der Menschenmenge sah ich Julie Balboni und seine Entourage, Elrod Sykes, den Bürgermeister von New Iberia, den Vorsitzenden der Handelskammer, ein paar Funktionäre der Teamster, eine Abgeordnete der Landesregierung und Twinky Hebert Lemoyne aus Lafayette. Mittendrin saß auf einer umgedrehten Kiste Hogman Patin, die zwölfsaitige Gitarre auf den gekreuzten Oberschenkeln. Er war gekleidet wie ein schwarzer Straßenmusiker aus dem neunzehnten Jahrhundert, nur daß er noch einen weißen Cowboyhut aus Stroh trug, den er schief in die Augen gezogen hatte. Die silbernen Picks an seiner rechten Hand sirrten und schnarrten an den Saiten, als er sang:

Soon as day break in the mornin'
I gone take the dirt road home.
'Cause these blue Monday blues
Is goin' kill me sure as you're born.

»Sie sollten sich auch einen Teller holen.«

Es war Murphy Doucet, der Wachmann. Er redete mit mir, aber seine Augen waren auf ein blondes Mädchen in Shorts und rückenlosem Oberteil gerichtet, das sich über die Bowle beugte. Er nahm einen Happen *boudin* an einem Zahnstocher, den er dann in die Mundmitte gleiten ließ, um daran zu lutschen.

»Sieht nicht so aus, als ob die sich alle den Tod von Kelly Drummond sehr zu Herzen nehmen, oder?« sagte ich.

»Die werden sich denken, das Leben geht weiter, schätze ich.«

»Sie haben geschäftlich mit Mr. Lemoyne da drüben zu tun, Murph?«

»Wir betreiben zusammen einen Sicherheitsdienst, wenn Sie das meinen. Für mich ist das ziemlich gut, für ihn aber gar nichts. Wenn's irgendwo hier in der Gegend ein Unternehmen gibt, das anständig Geld macht, kann man drauf wetten, daß Twinky ein Teil davon gehört. Bei Gott, der Mann weiß, wie man Geld macht.«

Lemoyne saß in einem Leinenstuhl am See, in der Hand ein kurzes, breites Glas mit Bourbon, kleingestoßenem Eis und Minzblättern. Er wirkte ruhig und entspannt in der milden Brise, die vom Wasser her blies, das Restlicht der Sonne schimmerte rosa auf seiner randlosen Brille. Sein Blick fixierte einen Augenblick lang mein Gesicht, dann nippte er an seinem Glas und widmete seine Aufmerksamkeit einigen Jugendlichen, die draußen auf dem See Wasserski fuhren.

»Holen Sie sich was zu essen, Dave. Kostet nichts. Teufel, ich werd mir was mit nach Hause nehmen«, sagte Murphy Doucet.

»Danke, ich hab schon gegessen«, sagte ich und ging hinüber zu der Stelle, wo Hogman neben zwei einheimischen schwarzen Frauen saß, die als Statisten angeheuert worden waren.

»Sollen wir fahren?« sagte ich.

»Bin noch nicht soweit. Die Leute wollen noch, daß ich was spiele.«

»Es war deine Idee, daß ich hier rauskommen soll, Sam.«

»Ich komm ja gleich. Kann nicht mehr lange dauern. Mr. Goldman schneidet gleich den Kuchen an.« Dann sang er.

I ax my bossman, Bossman, tell me what's right.
He whupped my left, said, Boy, now you know what's right.
I tole my bossman, Bossman, just give me my time.
He say, Damn yo' time, boy,
Boy, you time behind.

Ich wartete eine weitere halbe Stunde. Das Licht der Dämmerung verblaßte immer mehr, die Party wurde lauter, und jemand setzte eine Batterie von Flutlichtscheinwerfern in Betrieb, die das ganze Areal in ein unnatürliches helles Licht tauchten, das an eine Phosphorfackel erinnerte. Die Bowlenschale war jetzt leer; statt dessen wurden Waschzuber mit kleingestoßenem Eis und Bierbüchsen aufgetragen, und eine tragbare Bar wurde errichtet, hinter der zwei schwarze Barkeeper in weißen Jacken die Arbeit aufnahmen. Sie mixten Mintjuleps und Martinis, so schnell sie konnten.

»Ich muß jetzt los, Hogman«, sagte ich.

»Diese Lady da will noch was von mir. Gib mir zehn Minuten«, sagte er.

Ein Kellner trat mit einem Tablett zu uns und reichte Hogman und der schwarzen Frau in seiner Begleitung Pappbecher, bis über den Rand voll mit frischgezapftem Bier. Dann gab er mir ein eisgekühltes Cocktailglas, das mit kleingestoßenem Eis, Minzblättern, Orangenscheiben und kandierten Kirschen gefüllt war.

»Das hab ich nicht bestellt«, sagte ich.

»Ein Gentleman da drüben hat gesagt, das würden Sie trinken. Ich soll's Ihnen bringen. Das ist Dr. Pepper, Sir.«

»Was für ein Gentleman?«

»Das weiß ich nicht mehr so genau, Sir.«

Ich nahm das Glas vom Tablett und trank daraus. Das Eis war so kalt, daß es mir im Hals weh tat.

Der See war jetzt schwarz, und draußen in der Dunkelheit, über dem Lärm der Partygäste, konnte ich hören, wie jemand versuchte, einen Außenbordmotor anzuwerfen.

Ich trank aus und stellte das leere Glas auf den Büffettisch.

»Für mich ist jetzt Schluß, Sam«, sagte ich. »Kommst du jetzt oder nicht?«

»Die Lady wird mich heimbringen«, sagte er. Seine Augen waren vom Trinken gerötet. Unter der Krempe des Strohcowboyhutes blickten sie glasig ins Nichts.

»Hogman –« sagte ich.

»Die Lady wohnt gleich bei mir um die Ecke. Sie hat ein bißchen Ärger mit ein paar miesen Niggern. Sie will nicht alleine heim. So ist's nun mal. Ich schau morgen früh bei dir im Büro vorbei.«

Ich versuchte einen Blick auf sein Gesicht zu erhaschen, aber er war emsig damit beschäftigt, an der Mechanik seiner Gitarre herumzufummeln. Ich machte kehrt und lief durch die Schatten zurück zu meinem Pickup. Als ich durch die Windschutzscheibe noch einen letzten Blick auf die Party warf, steckte das blonde Mädchen in den Shorts und dem rückenlosen Oberteil unter dem Applaus aller Anwesenden Mikey Goldman einen Löffel mit Kuchen in den Mund.

Es regnete heftig, als ich mich der Zugbrücke über den Bayou im Süden der Stadt näherte. Ich konnte den Brückenwärter in seinem erleuchteten Fenster sehen, die Stahlträger mit ihrem nassen Glanz und den Rostflecken, die grünen und roten Fahrtlichter eines im Nebel vorbeiziehenden Boots. Ich war nur noch ein paar Minuten von zu Hause entfernt. Ich mußte nur noch die Brücke überqueren und dann der unbefestigten Straße bis hinunter zu meinem Pier folgen.

Aber das war es nicht, was ich tat oder was geschah.

Ein Blitzstrahl detonierte in einer weißen Kugel am Straßenrand und trieb das Herzstück eines Baumstumpfs, schwarz verkohlt und rauchend, quer über die Straße, ins Licht meiner Scheinwerfer. Ich schluckte, um die Ohren freizubekommen, und für den Bruchteil eines Augenblicks glaubte ich hinten im Mund den Geschmack von schwarzen Kirschen, kleingestoßenen Minzblättern und Orangenschalen zu schmecken. Dann fuhr eine gewaltige Zuckung durch meinen ganzen Körper, als ob jemand ein Streichholz in meinem Schädel angerissen hätte.

Der Pickup kam von der Straße ab, rollte über die Reste eines eingefallenen Rindergatters aus Stacheldraht, auf den breiten Deich hinaus, der die Marsch wie eine Trennlinie durchschnitt. Ich erinnere mich an die wilden Butterblumen, die im

Scheinwerferlicht rasend schnell auf mich zukamen, die Steine und den Dreck, die unter den Kotflügeln gegen die Karosserie peitschten, dann an den Nebel, der aus den toten Zypressen und Trauerweiden-Bauminseln wogte, den Wagen einkreiste, die Fenster bedeckte. Ich hörte Donner, der tief hinten in der Marsch grollte, gefolgt vom Echo aus zahllosen Buchten, wie Artilleriefeuer in weiter Ferne.

Ich wußte, daß ich von dem Damm herabstürzen würde, aber ich schaffte es nicht, meine Hände vom Lenkrad zu lösen oder den rechten Fuß aufs Bremspedal zu bringen. Ich fühlte, wie ich zitterte, wie sich in mir alles zusammenzog, wie meine Backenzähne mahlten, als seien alle meine Nervenenden abgetrennt und mit Jod bestrichen worden. Dann hörte ich einen Blitz im Damm einschlagen, schlammiges Wasser spritzte über meine Windschutzscheibe.

Raus, dachte ich. *Drück mit dem Ellenbogen den Türgriff runter, und spring.*

Aber ich konnte mich nicht rühren.

Der Nebel war so rosa und üppig wie Zuckerwatte; elektrischer Strom schien ihn mit Leben zu erfüllen, wie ein Kaleidoskop züngelnder Schlangen. Ich fühlte noch, wie die Vorderräder des Wagens über den Rand des Deichs glitten, durch das Gewicht des Hecks zusätzlichen Schub bekamen, und mit einem Mal donnerte ich einen Abhang hinunter, durch Unkraut und umgeknicktes Zuckerrohr, durch Weidentriebe und Röhricht, bis die Vorderräder sich bis zur Achse in Wasser und Sand eingegraben hatten.

Ich weiß nicht, wie lange ich so dasaß. Ein Schwall von Farben kam über mich, wie die Übelkeit vor einem Erbrechen oder auch der gewalttätige, durch Mark und Bein gehende Schauer, der einen durchfährt, wenn man am Rande des Delirium tremens billigen Bourbon in sich hineinschüttet. Dann war es vorbei, und ich konnte im Wasser das Spiegelbild der Sterne sehen, die Silhouetten, die die Wipfel der toten Zypressen vor dem Mond warfen – und ein Lagerfeuer, wo eigentlich keins hätte sein dürfen. Es brannte in einem nebligen, etwas erhöht gelegenen Waldstück, das an die fünfundzwanzig Meter sumpfeinwärts vom Damm lag.

Und ich wußte, dorthin mußte ich gehen.

Als ich durch die Seerosen in Richtung der Bäume watete, sah ich die Schatten von Männern, die sich im Licht des Feuers bewegten. Ich hörte ihren Südstaatentonfall und die gedämpften Geräusche von Löffeln, die über Blechteller kratzen.

Aus dem flachen Wasser stieg ich an den Rand der Lichtung. Ich war triefend naß, von meinen Beinen baumelten Schlingpflanzen. Die Männer am Feuer nahmen mich kaum zur Kenntnis, gerade so, als hätte man mich vielleicht erwartet. Sie kochten Kutteln in einem eisernen Topf, und sie hatten ihre Provianttaschen und Feldflaschen in die Bäume gehängt und die Gewehre in Fünferpyramiden zusammengestellt. Die grauen und nußbraunen Uniformen waren sonnengebleicht und hart von getrocknetem Salz, und ihre unrasierten Gesichter hatten das ausgezehrte, hungrige Aussehen einer Infanteriekompanie, die lange an der Front gewesen war.

Jenseits des Feuers saß ein bärtiger Mann, der einen grauen Hut mit einem goldenen Band trug. Er starrte mich mit wilden Augen an. Sein linker Arm steckte in einer schwarzen Schlinge, und das rechte Hosenbein baumelte über einem blankgehobelten Holzbein.

Er näherte sich mir auf einer einzelnen Krücke. Seine Kleidung roch nach Tabakrauch und Schweiß. Dann lächelte er steif. Die Anstrengung schien seine Gesichtshaut fast platzen zu lassen. Seine Zähne waren so gelb wie Mais.

»Ich bin General John Bell Hood. Ursprünglich aus Kentucky. Wie geht es Ihnen, Sir?« sagte er und streckte mir die Hand entgegen.

11

»Haben Sie was dagegen, mir die Hand zu geben?« sagte er.

»Nein. Überhaupt nicht. Ich bitte um Entschuldigung.«

Sein Handteller war von Schwielen überzogen, die Stimme so schwer wie nasser Sand. An seinem Oberschenkel hing ein Holster mit einem Zündkappenrevolver.

»Sie wirken etwas verwirrt«, sagte er.

»Kommt er so? Der Tod, meine ich.«

»Fragen Sie die da.«

Manche seiner Männer waren von offenen Wunden gezeichnet, die völlig frei von Blut waren. Sie waren so groß, daß ich meine Faust hätte hineinstecken können. Hinter den zusammengestellten Gewehren stand ein Krankenwagen. Jemand hatte von der hinteren Wagenklappe ein Gewirr von verkrusteten Wundverbänden auf den Erdboden geworfen.

»Bin ich tot?« fragte ich.

»Für mich sehen Sie nicht so aus.«

»Sie haben gesagt, Sie sind John Bell Hood.«

»Das ist richtig.«

Sein Gesicht war schmal, die Wangen eingefallen, die Haut aufgerauht von Ruß und Dreck.

»Ich habe viel über Sie gelesen.«

»Will doch hoffen, daß Sie damit einverstanden waren.«

»Sie waren in Gettysburg und Atlanta. Die Texas-Brigade stand unter Ihrem Befehl. Niemand hat es geschafft, Sie zum Aufgeben zu bringen.«

»Eine Tatsache, die meine politischen Gegner im Kabinett von Präsident Davis zu betonen nicht müde wurden.«

»Welches Datum haben wir heute?« fragte ich.

»Den 21. April 1865.«

»Das verstehe ich nicht.«

»Was verstehen Sie nicht?«

»Lee hat bereits kapituliert. Der Krieg ist vorüber. Was machen Sie hier?«

»Der Krieg ist nie vorüber. Man sollte annehmen, daß Sie das wissen. Sie waren doch Lieutenant in der Armee der Vereinigten Staaten, oder?«

»Ja, aber meinen Krieg habe ich den Leuten zurückgegeben, die ihn angefangen haben. Vor langer Zeit schon.«

»Nein, das haben Sie nicht. Es hört nie auf.«

Er setzte sich vorsichtig auf einen Eichenstumpf, ein schmerzvolles Funkeln in den schmalen Augen. Er rückte die Prothese gerade. Die Hand, die aus der Schlinge baumelte, war zur Größe einer Affenpfote verkümmert. Ein Corporal warf ein Holzscheit ins Lagerfeuer, und Funken stoben in die Äste über unseren Köpfen.

»Es heißt, wir gegen die, mein Freund«, sagte er. *»Menschen voller List und Tücke treiben in unserem Land ihr Unwesen.«* Er schwang seine Krücke in Richtung des Sumpfs. *»Guter Gott, Mann, gebrauchen Sie Ihre Augen.«*

»Die Unionstruppen?«

»Sind Ihre Augen und Ohren mit Dreck verstopft?«

»Dieses Gespräch hier findet gar nicht wirklich statt. Wenn der Tag anbricht, ist der ganze Spuk verschwunden.«

»Sie sind kein Narr, Mr. Robicheaux. Also tun Sie nicht so.«

»Ich habe Ihr Grab in New Orleans gesehen. Nein, in Metairie ist es. Sie sind am Gelbfieber gestorben.«

»Das stimmt so nicht. Ich starb, als Sie die Fahne gestrichen haben, Sir.« Er hob die Krücke und zeigte damit auf mich wie mit einer Waffe. Das Licht des Feuers glänzte auf seinen gelben Zähnen. *»Ihre Seele wird auf eine schwere Probe gestellt werden, mein Sohn. Aber geben Sie die gerechte Sache nicht auf. Sie müssen die Anhöhe nehmen und halten. So daß die anderen für jeden Meter mit ihrem Blut bezahlen müssen.«*

»Ich weiß nicht, wovon wir hier reden.«

»Um Gottes willen, haben Sie ein Brett vorm Kopf? Korrupte und böse Männer zerstören die Welt, in der Sie geboren wurden. Können Sie das nicht verstehen? Wieso sehe ich da Angst in Ihrem Gesicht?«

»Ich denke, vielleicht bin ich wieder betrunken. Ich hatte

früher im Rausch manchmal Wahnvorstellungen. Ich bildete mir ein, im Regen Telefonanrufe von toten Männern aus meinem Zug zu erhalten.«

»Sie neigen nicht zu Wahnvorstellungen, Lieutenant. Genausowenig wie Sykes.«

»Elrod ist ein Fall für die Irrenanstalt, General.«

»Der Junge hat Herz. Er scheut sich nicht, für seinen Glauben lächerlich gemacht zu werden. Das dürfen Sie auch nicht tun. Ich verlasse mich auf Sie.«

»Ihre Worte sind mir ein einziges Rätsel.«

»Unsere Knochen befinden sich hier an diesem Ort. Meinen Sie etwa, wir werden die kampflos Kriminellen überlassen, Menschen, die unsere Zähne und unser Knochenmark dazu verwenden würden, Baugruben aufzuschütten?«

»Ich muß jetzt gehen, General.«

»Aha, Sie kehren einfach dem Wahnsinn den Rücken, ja? Idealistische Visionen sind nichts für Sie, stimmt's?«

»Etwas zieht mich weg. Ich kann es fühlen.«

»Die haben Ihnen Gift gegeben, mein Sohn. Aber das stehen Sie durch. Sie haben schon Schlimmeres überlebt. Die Mine, auf die Sie getreten sind, diese Sachen.«

»Gift?«

Er zuckte mit den Schultern und steckte sich eine Zigarre in den Mund. Ein Corporal zündete sie ihm mit einem brennenden Stock aus dem Feuer an. In den Schatten stellte ein Sergeant eine Patrouille zusammen, die ausrücken sollte. Die Gesichter waren weiß und vor Erschöpfung und in der tropischen Hitze verrunzelt wie Dörrpflaumen.

»Kommen Sie wieder«, sagte er.

»Ich glaube nicht.«

»Dann wünsche ich Ihnen eine gute Nacht, Sir.«

»Eine gute Nacht auch Ihnen, General. Und Ihren Männern.«

Er nickte und paffte an seiner Zigarre. In seinen Wangen waren kleine runde Grübchen.

»General?«

»Jawohl, Sir?«

»Es wird schlimm werden, stimmt's?«

»Was wird schlimm werden?«

»Wovon Sie geredet haben, was mich auf meinem Weg erwartet.«

»Das weiß ich nicht. Aus irgendwelchen Gründen scheine ich mehr über die Vergangenheit als über die Zukunft zu wissen.« Er lachte vor sich hin. Dann wurde sein Gesicht wieder ernst, und er wischte sich einen Tabakkrümel von der Lippe. *»Versuchen Sie sich das zu merken. Es ist genauso, wie wenn der Feind die Kanonen mit Hufeisen und Ketten lädt. Man denkt, das Sperrfeuer dauert ewig, und dann ist da auf einmal eine Stille, die fast lauter ist als ihre Kanonen. Bitte erschrecken Sie nicht über die Härte meines Vergleichs. Gute Nacht, Lieutenant.«*

»Gute Nacht, General.«

Ich watete los, erst ins flache, dann ins tiefere Wasser, zurück zum Deich. Der Nebel klebte in Fetzen auf dem Wasser, die so kompakt wie dickleibige Schlangen waren. Ich sah einen Kugelblitz, der durch die unter Wasser stehenden Bäume rollte und an einer Bauminsel auseinanderbrach; er war so grell und gelb wie geschmolzenes Metall, das aus der Esse eines Schmiedes floß. Dann taumelte Regen vom Himmel, glänzend wie Glaswolle, und das Licht des Feuers hinter mir verschwamm zu einem roten Fleck in einer Nebelbank, die aus der Marsch schwappte, übers Wasser glitt und sich noch einmal um meinen Wagen schloß.

Die Luft war so ozonhaltig, daß ich es fast auf der Zunge schmecken konnte; ich hörte eine herabgestürzte Stromleitung, die in einer Pfütze Funken schlug und zischte. In der Luft lag ein verbrannter, elektrischer Geruch, so metallisch und angekokelt wie der der Straßenbahn auf der St. Charles Street im Regen. Ich hörte den Schrei eines Sumpfbibers auf der Suche nach seinem Weibchen, ein hohes, stranguliertes Kreischen wie von einer hysterischen Frau. An all diese Dinge erinnere ich mich. An den Schlamm in meinen Schuhen, an die Schlingpflanzen, die sich um meine Knie verfangen hatten, den graugrünen Algenfilm, der wie Spinnweben an meinen Khakihosen klebte.

Als ein Deputy und zwei Sanitäter mich am Morgen aus der Fahrerkabine des Pickups bargen, schien die Sonne so weiß wie die Flamme eines Schweißbrenners. Der Morgen war genauso schwül und gewöhnlich wie der der vorherigen Tage, und meine Kleidung war so trocken, als hätte ich sie gerade aus dem Schrank genommen. Das einzige, was dem Sanitäter, der mich untersuchte, an meinem Körper auffiel, war eine aufgeschürfte Beule von der Größe einer Stopfkugel über meinem rechten Auge. Dazu machte er noch eine vorsichtige, fast humorvolle Bemerkung.

»Dave, Sie sind mir doch nicht gestern abend vom Pfad der Tugend abgekommen und auf den Kopf gefallen, oder?« fragte er. Dann schnell hinterher: »Sorry. War nur 'n Scherz. Vergessen Sie, was ich gesagt habe.«

Unser Hausarzt, Dr. Landry, saß auf der Kante meines Bettes im Iberia General Hospital und leuchtete mit einer kleinen Stablampe in meine Augenwinkel. Es war jetzt spät am Nachmittag, Bootsie und Alafair waren heimgegangen, und draußen vor dem Fenster regnete es in die Bäume.

»Tut Ihnen das Licht in den Augen weh?« fragte er.

»Ein bißchen. Warum?«

»Weil Ihre Pupillen unnatürlich vergrößert sind. Erzählen Sie mir doch noch mal, was Sie in dem Augenblick gefühlt haben, bevor Sie von der Straße abgekommen sind.«

»Ich schmeckte auf einmal Kirschen und Minzblätter und Orangen. Dann war es, als hätte ich mit den Zähnen in ein Stromkabel gebissen.«

Er steckte die kleine Lampe in die Brusttasche seines Hemdes, rückte seine Brille zurecht und betrachtete nachdenklich mein Gesicht. Er war ein übergewichtiger, tief gebräunter Golfer, der zunehmend kahl wurde, mit Ringen blonden Haars auf den Unterarmen.

»Wie fühlen Sie sich jetzt?« sagte er.

»Als ob in meinem Kopf etwas gerissen ist. So wie nasse Pappe, die man mit den Händen durchreißt.«

»Haben Sie irgendwas gegessen?«

»Das kam wieder hoch.«

»Soll ich Ihnen die gute Neuigkeit sagen? Die Tests ergaben keine Spur von Sprit in Ihrem Blutkreislauf.«

»Wie könnte das auch sein? Ich habe keinen Alkohol getrunken.«

»Die Menschen denken manchmal in eine bestimmte Richtung, ob das jetzt berechtigt ist oder nicht.«

»Dagegen kann ich nichts ausrichten.«

»Die schlechte Nachricht ist, daß ich nicht weiß, was Ihnen da so mitgespielt hat. Aber den Sanitätern zufolge haben Sie mächtig seltsames Zeug geredet, Dave.«

Ich nahm meinen Blick von seinem Gesicht.

»Sie haben gesagt, da draußen in der Marsch seien Soldaten. Sie behaupteten hartnäckig, daß sie verletzt wären.«

Eine starke Windbö kam auf, und Regentropfen und grüne Blätter klatschten gegen das Fenster.

»Die Sanitäter haben angenommen, daß vielleicht noch jemand bei Ihnen gewesen ist. Sie haben den ganzen Damm abgesucht«, sagte er. »Sie haben sogar ein Boot raus zu diesen Bauminseln geschickt.«

»Tut mir leid, daß ich denen soviel Ärger gemacht habe.«

»Dave, die sagen, Sie hätten über Südstaatensoldaten geredet.«

»Das war keine gewöhnliche Nacht.«

Er holte Luft, dann machte er einen saugenden Laut mit den Lippen.

»Nun, Sie waren nicht betrunken, und Sie sind nicht verrückt, also habe ich eine Theorie«, sagte er. »Als ich damals in den sechziger Jahren als Arzt im Charity Hospital in New Orleans begonnen habe, da habe ich Jugendliche behandelt, die haben sich aufgeführt, als ob ihnen jemand mit einer Lötlampe das Hirn geröstet hätte. Ich rede hier von LSD, Dave. Halten Sie es für möglich, daß eine dieser Hollywoodgestalten draußen am Spanish Lake Ihnen was in Ihr Dr. Pepper gejubelt hat?«

»Weiß nicht. Vielleicht.«

»Aus den Bluttests war nichts abzulesen, aber das ist nicht ungewöhnlich. Um LSD im Labor mit Sicherheit nachzuweisen, braucht man einen Gaschromatographen. Nicht viele Krankenhäuser haben so ein Ding. Wir jedenfalls nicht. Ist Ihnen schon mal etwas Vergleichbares widerfahren?«

»Als meine Frau getötet wurde, fing ich wieder an zu trinken und hatte eine Zeitlang mit Halluzinationen zu tun.«

»Das behalten wir aber lieber für uns.«

»Machen Gerüchte über mich die Runde, Doc?«

Er klappte seine schwarze Tasche zu und stand auf, um zu gehen.

»Seit wann machen Sie sich denn Gedanken darüber, was andere Leute sagen?« sagte er. »Hören Sie zu, ich will, daß Sie noch ein paar Tage hierbleiben.«

»Warum?«

»Weil es bei Ihnen nicht graduell gewirkt hat, sondern wie ein Keulenschlag. Für mich ein beunruhigendes Indiz. Vielleicht hat Ihnen jemand eine wirklich satte Dosis verpaßt. Die Konsequenzen, die chemische Rückstände von solchen Drogen mit sich bringen können, Dave, machen mir etwas Sorgen. Ein verzögertes Streßsyndrom wäre durchaus möglich.«

»Ich muß wieder an die Arbeit.«

»Nein, das müssen Sie nicht.«

»Ich werde mit dem Sheriff reden. Eigentlich bin ich überrascht, daß er noch nicht hier war.«

Dr. Landry strich sich über das dichte Haar an seinem Unterarm und blickte auf den Wasserkrug und das Glas auf meinem Nachttisch.

»Was ist?« sagte ich.

»Ich habe ihn gerade vorher gesehen. Er hat gesagt, er hätte heute morgen eine halbe Stunde mit Ihnen geredet.«

Ich starrte aus dem Fenster in den grauen Himmel und den Regen, der in die Bäume fiel. Vom Süden her donnerte es dröhnend, gefolgt von Echos. Die Fensterscheibe wackelte, und aus irgendeinem Grund sah ich vor meinem geistigen Auge regentriefende Soldaten, die im Schlamm um eine Geschützstellung herumglitschten. Sie reinigten mit einem Kanonenwischer den rauchenden Lauf, um anschließend eine neue Ladung von Ketten und verdrehten Hufeisen hineinzustopfen.

In dieser Nacht konnte ich nicht schlafen, und am nächsten Morgen verließ ich das Krankenhaus und ging nach Hause. Der Arzt hatte mich gefragt, wie ich mich fühlte. Meine Antwort war nicht ganz wahrheitsgemäß gewesen. Ich fühlte mich leer, innerlich wie ausgespült, die Haut gummiartig und tot, und in meinen Augen flackerte ein gebrochenes Licht, das keine richtige Quelle zu haben schien. Ich fühlte mich, als hätte ich drei Tage lang Sour Mash getrunken und wäre mit einem Schlag völlig losgelöst von all den Feuern in mir, die ich genährt und angefacht hatte und von denen ich mit der religiösen Inbrunst eines Meßdieners abhängig war. Da war kein Schmerz, keine zerbrochenen Rasierklingen, die in meinem Gewissen herumfuhrwerkten; da war nur ein taubes Gefühl, als ob der Wind und die Schäfchenwolken und die Regenschauer, die über die Zuckerrohrfelder zogen, Teil eines merkwürdigen sommerlichen Phänomens wären, das ich von einem schalldichten Ort hinter einer Glaswand aus beobachtete.

Ich trank Salzwasser, damit ich mich übergeben konnte, aß Händevoll von Vitaminpillen, bereitete mir Milchshakes mit Erdbeeren und Bananen, machte hinter dem Haus Dutzende von Liegestützen und Bauchpressen und rannte im Abendlicht der Dämmerung zahllose kurze Sprints, bis meine Brust nach Atem keuchte und meine Sporthosen schweißnaß an meiner Haut klebten.

Ich duschte mit heißem Wasser, bis keines mehr im Tank war, hielt dann meinen Kopf für weitere fünf Minuten unter kaltes Wasser. Dann schlüpfte ich in ein frisches Paar Khakis und ein Jeanshemd und ging im herannahenden Abend draußen unter den Pecanbäumen spazieren. Die Marsch jenseits der Straße war von purpurnem Dunst überzogen, überall glommen Leuchtkäfer. Ein schwarzer Jugendlicher in einem Einbaum fischte mit einem Stock als Rute am Rand der Seerosen im Bayou. Das verschwindende rote Licht der Sonne schien seine dunkle Haut mit Glanz zu überziehen. Sein Körper und der Stock verhielten völlig regungslos, sein Blick stur und voller Hingabe auf den Korkschwimmer gerichtet. Der Abend war so ruhig und träge, der Junge so gebannt vor Konzentration, daß es war, als stünde ich vor einem Gemälde.

Dann merkte ich, und es gab meinem Herzen einen Stich, daß etwas nicht stimmte – ich hörte keinen Ton. Ein Wagen fuhr auf der unbefestigten Straße vorbei, der Junge bewegte sein Paddel an der Seite des Einbaums, um den Standort zu wechseln. Aber ich hörte keinen Laut außer dem trockenen Widerhall meines eigenen Atems.

Ich ging ins Haus, wo Bootsie im Wohnzimmer unter einer Lampe las. Ich wollte etwas sagen, so zögernd wie jemand, der das Schweigen in einer Kirche stört, nur um zu sehen, ob ich den Klang meiner eigenen Stimme hören konnte, als ich die Fliegentür hinter mir zuknallen hörte. Es war wie ein Schlag aufs Ohr. Dann hörte ich auf einmal den Fernseher, die Grillen in den Bäumen, den Gartensprenger meines Nachbarn, dessen Strahl auf seine Myrtensträucher schlug, Batist, der draußen am Pier einen Außenbordmotor anwarf.

»Was ist, Dave?« sagte Bootsie.

»Nichts.«

»Dave?«

»Es ist nichts. Ich schätze, ich hab Wasser in die Ohren bekommen.« Ich machte den Mund auf und zu.

»Dein Essen steht auf dem Tisch. Willst du es?«

»Yeah, klar«, sagte ich.

Ihre Augen musterten meine.

»Ich wärm's dir noch mal auf«, sagte sie.

»Das wäre schön.«

Als sie an mir vorbeilief, blickte sie wieder kurz in mein Gesicht.

»Was ist los, Boots? Seh ich aus, als wär ich gerade aus einem Dimensionenriß aufgetaucht?« sagte ich und folgte ihr in die Küche.

»Du siehst müde aus, das ist alles.«

Sie blieb mit dem Rücken zu mir gewandt, während sie Folie um mein Abendessen wickelte, um es in das Mikrowellengerät zu stellen.

»Stimmt was nicht?« sagte ich.

»Nein, eigentlich nicht. Der Sheriff hat angerufen. Er will, daß du dir eine Woche frei nimmst.«

»Warum hat er das nicht mir gesagt?«

»Das weiß ich nicht, Dave.«

»Ich glaube, du verschweigst mir was.«

Sie stellte meinen Teller in die Mikrowelle und drehte sich um. Sie trug ein Goldkreuz an einer Kette, und das Kreuz hing schief vor ihrer rosa Bluse. Sie hob die Finger und betastete sanft meine Wange und die Schwellung über meinem rechten Auge.

»Du hast dich heut nicht rasiert«, sagte sie.

»Was hat der Sheriff gesagt, Boots?«

»Es geht mehr um das, was andere sagen. Im Büro des Bürgermeisters. Im Department.«

»Und was sagen die?«

»Daß du vielleicht einen Nervenzusammenbruch hast.«

»Glaubst du das?«

»Nein.«

»Wen schert's also?«

»Den Sheriff.«

»Das ist sein Problem.«

»Ein paar Deputies sind raus zum Filmset gefahren und haben ein paar der Leute befragt, die auf der Geburtstagsparty von Mr. Goldman waren.«

»Wozu soll das gut sein?«

»Sie haben die Leute gefragt, wie du dich dort verhalten hast, solche Sachen.«

»War einer dieser Deputies Rufus Arcenaux?«

»Ja, ich glaube schon.«

»Boots, dieser Kerl würde seine Mutter an einen Hundezüchter verkaufen, um befördert zu werden.«

»Darum geht's hier nicht. Einige dieser Schauspieler haben gesagt, du seist den ganzen Abend mit einem Drink in der Hand rumspaziert. Die Leute glauben das, was sie hören wollen.«

»Ich hatte am nächsten Morgen Blut- und Urintests. Keine Spur von Alkohol. Das ist im Krankenhaus nachprüfbar.«

»Du schlägst in aller Öffentlichkeit einen von Julie Balbonis Gangstern zusammen, Dave. Du gibst einheimischen Geschäftsleuten eine Vielzahl von Signalen, daß du vielleicht im Begriff stehst, einen Haufen Geld aus der Stadt zu verscheuchen. Du erzählst den Sanitätern, daß da draußen im Sumpf verletzte Südstaatensoldaten sind. Was erwartest du denn, wie die Leute da über dich reden?«

Ich setzte mich an den Küchentisch und blickte durch die Gazefenster auf die länger werdenden Schatten im Gras. Meine Augen brannten, als hätte ich Sand unter den Augenlidern.

»Ich habe keine Kontrolle über das, was die Leute sagen«, sagte ich.

Sie trat hinter mich und legte ihre Handflächen auf meine Schultern.

»Über eins wollen wir uns klar sein«, sagte sie. »Es ist einfach nicht drin, daß wir uns zu was hinreißen lassen, das denen hilft, uns zu schaden. Okay, Dave?«

Ich legte meine rechte Hand auf ihre.

»Ich laß mich zu nichts hinreißen«, sagte ich.

»Also versuch gar nicht erst zu erklären, was du in der Marsch gehört oder gesehen zu haben glaubst. Verlier kein Wort über den Unfall. Gerate nicht in die Defensive. Weißt du noch, was du früher immer gesagt hast? ›Du mußt grinsen und durch den Pulverdampf schreiten. Das macht sie wahnsinnig.‹«

»Gemacht, Boots.«

»Versprichst du mir das?«

»Versprochen.«

Sie faltete ihre Arme über meiner Brust und legte ihr Kinn

oben auf meinen Kopf. Dann sagte sie: »Was ist das für ein Mensch, der versucht, uns so was anzutun, Dave?«

»Jemand, der einen schweren Fehler begangen hat«, sagte ich.

Aber das war großspurig dahingesagt. Die Wahrheit war, ich hatte achtlos den Drink auf der Party angenommen und mich damit zum Darsteller eines Drehbuchs gemacht, das ein anderer für mich geschrieben hatte.

Später in derselben Nacht, im Bett, starrte ich an die Decke und versuchte mir die Szene unter den Eichen am Spanish Lake noch mal ins Gedächtnis zu rufen. Ich hätte gerne geglaubt, daß ich tief in mein Unterbewußtsein hineinfassen konnte und dort eine Fotoplatte zum Vorschein brächte, auf die mein Auge ein Bild eingebrannt hatte, wo jemand seine Hand über dem Glas mit Dr. Pepper, schwarzen Kirschen, Orangenscheiben und kleingestoßenen Minzblättern hatte, das mir daraufhin von einem Kellner gebracht werden würde.

Aber die einzigen Bilder in meinem Kopf zeigten einen Damm, der in graues Wasser hinausragte, und eine unter Strom stehende Nebelbank, die aus den Zypressen schwappte.

Bootsie drehte sich auf die Seite und legte ihren Arm auf meine Brust. Dann bewegte sie ihre Hand an meinem Bauch hinunter und berührte mich.

Ich starrte hoch in die Dunkelheit. Die Bäume draußen vor dem Fenster bewegten sich nicht. Ich hörte einen Alligator in den Sumpf platschen.

Dann nahm sie ihre Hand wieder weg, und ich fühlte, wie sich ihr Gewicht auf der Matratze zur Wand hin verlagerte.

Eine Stunde später zog ich mich im dunklen Wohnzimmer an, schaltete den Pickup in den Leerlauf und ließ ihn lautlos auf der unbefestigten Straße hinunter zum Pier rollen, wo ich Boot und Anhänger hinten festmachte.

Ich ließ das Boot an derselben Stelle ins Wasser, wo ich mit dem Wagen vom Damm abgekommen war. Mit dem Paddel stieß ich es hinaus in tieferes Wasser, vorbei an den Rohrkolben und

Seerosen, die entlang des Ufers wucherten, dann ließ ich den Motor ins Wasser und zog am Starterseil, bis er mit einem Ruck ansprang.

Das Kielwasser hinter dem Heck sah wie ein langer V-förmiger Graben aus, in dem gelber Schlamm brodelte und Baumreste auf und ab schwappten. Dann brach der Mond durch die Wolken und überzog das Moos in den Zypressen mit einem silbernen Licht, und ich konnte Wassermokassinschlangen sehen, die zusammengerollt auf den unteren Ästen von Weiden lagen, den knorrigen braungrünen Schädel eines Alligators inmitten einer treibenden Insel von Blättern und Ästen, den starren, angefressenen Kadaver eines Waschbären auf einer Sandbank und ein halbes Dutzend Waldenten, die vor der Anhöhe und der Baumgruppe, wo ich den General getroffen hatte, übers Wasser flatterten.

Ich nahm die Hand vom Gas und ließ das Boot auf der eigenen Bugwelle weitertreiben, bis der Bug auf Sand lief. Dort machte ich fest und ging mit einer großen Taschenlampe und einem Army-Mehrzweckspaten in die Bäume.

Der Boden war weich, tranig-feucht, mit einer dichten Schicht toter Blätter und sonstigem Abfall, der zurückgeblieben war, als der Wasserstand wieder sank. In den Baumstämmen war ein Wirrwarr aufgegebener Angelhalteleinen; Chloroxflaschen, die Fischnetze markierten, lagen halb begraben im Sand.

In der Mitte der Lichtung fand ich die Überreste eines Lagerfeuers.

Ein Dutzend geschwärzter Bierdosen lag unter dem verkohlten Holz. Ein gebrauchtes Kondom war am äußeren Rand des Feuers ins Gras gedrückt.

Mit dem Fuß trat ich das Holz, die Asche und die Büchsen etwas beiseite, stellte die Taschenlampe im Unkraut auf, verwandelte den Spaten mit ein paar Griffen in eine Hacke, fixierte das Werkzeug in dieser Position und begann auf die Erde einzuhacken.

Gute fünfzig Zentimeter tiefer stieß ich auf das, was Archäologen eine »Feuerlinie« nennen, ein Sediment purer schwarzer Holzkohleablagerungen von einem sehr alten Feuer. Ich untersuchte sorgfältig alles, was ich mit der Hacke zutage förderte. Ich fand einen verkohlten Messingknopf und den Boden einer mundgeblasenen Flasche. In dem dicken grünen Glas waren winzige Luftbläschen.

Aber was bewies das? fragte ich mich.

Antwort: Daß vielleicht im neunzehnten Jahrhundert Trapper, Baumfäller oder auch Landvermesser der Armee hier ein Lagerfeuer errichtet hatten.

Dann ging ich im Geiste noch einmal die Szene durch, die sich in jener Nacht abgespielt hatte: die aneinander gestellten Vorderlader, die an den Ästen hängenden Provianttaschen, die Erschöpfung der Männer, die zur Patrouille ausrücken sollten, die trockenen, blutleeren Wunden, die so aussahen, als seien sie von Maden saubergefressen worden, den Wagen, der als Ambulanz gedient hatte, und die verkrusteten Notverbände, die man auf den Boden geworfen hatte.

Der Krankenwagen.

Ich nahm die Taschenlampe und ging zur hinteren Seite der Lichtung. Unter dem Blätterdach der gefluteten Bäume draußen in der Marsch war das Wasser schwarz. Ich kniete nieder und begann, einen schmalen Graben auszuheben. Die Lichtung war hier leicht abfallend, und der Erdboden war weicher und feuchter, von kleinen Rinnen zerfurcht, die sich im Lauf der Zeit durch Erosion gebildet hatten. An beiden Enden meines Grabens machte ich je einen Haufen, auf den ich die Erde schaufelte; in dreißig Zentimeter Tiefe stieß ich mit dem Spaten auf Wasser.

Ich hielt inne, machte das Werkzeug wieder zur Hacke und arbeitete mich langsam wieder die Anhöhe hoch. Dann sah ich die Roststreifen und Metallstückchen, wie kleine rote Zähne, in den feuchten Erdhaufen, die ich auf beiden Seiten angehäuft hatte. Ich leuchtete mit der Taschenlampe in das Loch, und auf der einen Seite ragte wie eine verdrehte Schlange ein verrosteter Metallstreifen, der der Kranz eines Wagenrads gewesen sein mochte.

Fünf Minuten später stieß ich auf etwas Hartes, und ich legte mein Werkzeug am Rande des Grabens ab und förderte mit den Fingern die Nabe eines Wagenrades zutage, an der noch die handlangen Reste zerbrochener Speichen waren. Ich legte meinen Fund auf den abschüssigen Boden, und in der nächsten halben Stunde trug ich daneben einen ganzen Haufen zusammen: eckige Nägel, morsches Holz, so leicht wie Balsa, Metallscharniere, Kettenglieder, ein rostiges Stück einer Blechtasse und eine Säge. Der Holzgriff und die Zähne des Sägeblattes hatten sich im Grundwasser fast völlig aufgelöst, aber an dem stummeligen, eckigen, fast schon brutalen Umriß konnte kein Zweifel bestehen – es war die Säge eines Chirurgen.

Ich trug alles, was ich gefunden hatte, zurück zum Boot. Meine Kleider waren voll mit Schlamm; ich stank nach Schweiß und Insektenschutz. Geplatzte Wasserblasen brannten in meinen Handflächen. Ich wollte Bootsie aufwecken, Elrod anrufen, vielleicht sogar den Sheriff, hätte am liebsten jedem, der bereit war, mir zuzuhören, von meinem Fund erzählt.

Aber dann mußte ich mich damit auseinandersetzen, wie dumm das von mir gedacht war. Wie sehr bei Verstand konnte ein Mann sein, zumindest in den Augen anderer, der tief in der Nacht in einem Sumpf nach Relikten des Bürgerkriegs gräbt, um zu beweisen, daß er nicht wahnsinnig ist?

Tatsächlich wies ein solches Verhalten gewisse Ähnlichkeiten auf mit dem eines Mannes, der sich selbst als kosmischen Reisenden bezeichnete und einem als Beweis dafür, daß er bei Verstand ist, die Buchungsbestätigung eines Ufo-Flugs zeigte.

Wieder zu Hause, bedeckte ich mein Boot mit einer Plane, duschte, aß in der Küche ein Sandwich mit Schinken und Zwiebeln, während Nachtvögel einander unter dem Vollmond ein Ständchen brachten. Ich kam zu dem Schluß, daß der General und ich unser Geheimnis nicht mit denen teilen würden, deren Leben und Sichtweise sich am Tageslicht und einem rationalen Standpunkt orientierten.

12

Am nächsten Morgen schlief ich lange, und als ich aufwachte, fand ich auf dem Kühlschrank eine Nachricht von Bootsie, daß sie mit Alafair zum Einkaufen in die Stadt gefahren war. Ich machte mir ein Tablett mit Zichorienkaffee und heißer Milch, Grape-Nuts und Erdbeeren und trug es hinaus zu dem Redwoodtisch unter der Akazie hinter dem Haus. Der Morgen war noch nicht heiß, und Blauhäher flatterten durch den unregelmäßigen Schatten; vom Rasensprenger meines Nachbarn breitete sich ein dunstiger Regenbogen über dem Gras aus.

Dann sah ich den Dienstwagen von Rosie Gomez – aus dem Fahrzeugpool der Regierung – an unserem Briefkasten abbremsen und in unsere Einfahrt einbiegen. Ihr Gesicht war nach oben gereckt, damit sie richtig übers Lenkrad blicken konnte. Ich erhob mich vom Tisch und winkte sie zur Rückseite des Hauses.

Sie trug eine weiße Bluse und einen weißen Rock, dazu schwarze Pumps, einen breiten schwarzen Gürtel und eine schwarze Handtasche.

»Wie fühlen Sie sich?« fragte sie.

»Ziemlich gut. Tatsächlich sehr gut.«

»Wirklich?«

»Yeah.«

»Sie sehen okay aus.«

»Ich bin okay, Rosie. Warten Sie, ich hole Ihnen einen Kaffee.«

Als ich mit der Kanne, einer frischen Tasse und Untertasse wieder hinauskam, saß sie auf der Bank aus Redwoodholz und ließ ihren Blick über meinen Ententeich und die Zuckerrohrfelder meines Nachbarn schweifen. Ihr Gesicht wirkte kühl und gefaßt.

»Schön ist's hier draußen«, sagte sie.

»Schade, daß Bootsie und Alafair nicht hier sind. Ich hätte sie Ihnen gerne vorgestellt.«

»Nächstes Mal. Es tut mir leid, daß ich nicht zu Ihnen ins Krankenhaus gekommen bin. Ich war an dem Tag ganz früh nach New Orleans gefahren. Ich bin gerade erst wiedergekommen.«

»Was hat sich da getan?«

»Vor ungefähr drei Wochen hat eine alte Nutte aus dem Quarter beim FBI angerufen und gesagt, daß sie uns Julie Balboni auf dem Präsentierteller servieren könne. Aber sie war betrunken oder high, und der FBI-Agent, der den Anruf entgegennahm, hat ihr nicht viel Glauben geschenkt.«

»Was hat sie anzubieten gehabt?«

»Eigentlich nichts. Sie hat nur immer wieder gesagt: ›Er tut diesen Mädchen weh. Jemand sollte diesen Scheiß-Itaker fertigmachen. Das muß aufhören, daß er diesen Mädchen weh tut.‹«

»Und was ist dann passiert?«

»Vor drei Tagen hatten sie in dem Apartmentgebäude auf der Ursuline Street, wo die Frau wohnt, einen Stromausfall. Ohne die Klimaanlage dauerte es nicht lange, bis der Gestank durch die Fenster in den Hof drang. Der Pathologe sagt, es sei Selbstmord gewesen.«

Ich beobachtete ihr Gesicht. »Sie denken, es war keiner?« sagte ich.

»Wie viele Frauen schießen sich mit einem .38er Special eine Kugel in den Kopf?«

»Vielleicht war sie betrunken, und es war ihr egal.«

»Ihr Kühlschrank und die Küchenschränke waren voll mit Lebensmitteln. Das Apartment war sauber, das ganze Geschirr war gespült. Auf dem Tisch war eine Tüte mit Lebensmitteln aus einem Feinkostladen, die sie noch nicht weggeräumt hatte. Klingt das für Sie nach dem Verhalten eines Menschen, der an seinem Leben verzweifelt?«

»Was sagen sie im NOPD?«

»Die sagen gar nichts. Die gähnen. Deren Mordrate ist so hoch wie die von Washington, D.C. Meinen Sie etwa, die sind scharf drauf, aus dem Selbstmord einer Nutte einen weiteren ungeklärten Mordfall zu machen?«

»Was haben Sie jetzt vor?«

»Weiß nicht. Ich glaube, Sie haben recht gehabt, was eine Verbindung zu Balboni angeht. Der größte gemeinsame Nenner, der in diesem Fall immer wieder auftaucht, ist die Prostitution in und um New Orleans. Und es gibt keinen Zuhälter und keine Nutte in den Bezirken Jefferson und Orleans, die nicht ein Stück ihres Kuchens an Julie Balboni abgeben müssen.«

»Das bedeutet immer noch nicht, daß Julie in einen dieser Morde verwickelt ist, Rosie.«

»Machen Sie mir nichts vor. Vertrete ich für Sie immer noch eine Behörde von Furzern, Bürohengsten und Idioten?«

»Ich weiß nicht recht, ob –«

»Ich schon. Wie nennen die Zuhälter doch die Mädchen, die für sie anschaffen? ›Pferdchen im Stall‹, stimmt's?«

»Das stimmt.«

»Meinen Sie etwa, irgend jemand bringt eine von Balbonis Nutten um und kommt damit durch ohne sein Wissen und Einverständnis?«

»Aber hier hat die Sache einen Haken. Der Mann, der Kelly Drummond ermordet hat, hat wahrscheinlich gedacht, er schießt auf mich. Der Mob legt keine Cops um. Jedenfalls nicht absichtlich.«

»Vielleicht handelt er auf eigene Faust, und sie haben ihn nicht mehr unter Kontrolle. So was haben wir bei der Polizei auch. Warum soll die Mafia nicht das gleiche Problem haben?«

Ich lachte. »Sie sind vielleicht eine Nummer«, sagte ich.

»Jetzt seien Sie nicht so herablassend, Dave.«

»Tut mir leid«, sagte ich, immer noch lächelnd.

Sie sah mir in die Augen. Ihr Blick verdunkelte sich.

»Ich mache mir Sorgen um Sie. Sie bringen sich selbst immer wieder in die Schußlinie«, sagte sie.

»Alles in Butter. Glauben Sie mir.«

»Sicherlich.«

»Wissen Sie etwas, was ich nicht weiß?«

»Ja, daß Menschen und Geld eine verdammt üble Kombination ergeben.«

»Ich wär Ihnen dankbar, wenn Sie aufhören würden, in Rätseln zu reden.«

»Die wenigsten Menschen scheren sich drum, wo ihr Geld herkommt, Dave. Die sehen nur das Bild eines Präsidenten auf einem Dollarschein, nicht das Bild von Julie Balboni.«

»Jetzt spucken Sie's schon aus, ja?«

»Ein paar der Leute hier haben beim Sheriff vorgesprochen, daß Sie auf unbestimmte Zeit vom Dienst freigestellt werden sollen. Zumindest habe ich das gehört.«

»Er ist kein professioneller Cop, aber ein anständiger Mann. Er wird sich nicht nach denen richten.«

»Er ist ein gewählter Amtsträger. Er ist Präsident des Lions Club. Einmal in der Woche ißt er mit den Leuten von der Handelskammer zu Mittag.«

»Er weiß, daß ich nichts getrunken habe. Und die Leute in meiner AA-Gruppe wissen es auch. Ebenso das Krankenhauspersonal. Dr. Landry meint, jemand hätte mir eine Dosis LSD untergejubelt. Was soll ich sonst noch sagen?«

Ihr Gesicht bekam einen melancholischen Ausdruck, und sie blickte in die Sonnenstrahlen auf dem Feld, die Augen in weite Ferne und auf nichts Bestimmtes gerichtet.

»Wo ist das Problem?« fragte ich.

»Sie scheinen nicht zu wissen, wie Sie sich anhören. Ihr Ruf, vielleicht Ihr Job, hängen momentan an einem seidenen Faden, und Sie halten es für angebracht, lauthals zu verkünden, daß Ihnen jemand eine Dosis LSD verpaßt hat.«

»Ich hab eh nie behauptet, daß es mit meinem Geisteszustand sehr weit her wäre.«

Ich versuchte zu lächeln, als ich das sagte. Aber die Haut um meinen Mund fühlte sich steif und unförmig an.

»Das ist nicht lustig«, sagte sie. Sie stand auf, um zu gehen, und der Boden ihrer Handtasche, wo die .357er Magnum lag, schlug an ihre Hüfte. »Ich werde nicht zulassen, daß die Ihnen das antun, Dave.«

»Einen Moment mal, Rosie. Ich lasse nicht zu, daß andere für mich in die Bresche springen.«

Sie ging seitlich am Haus vorbei zu ihrem Auto, der Rücken so gerade und eckig wie eine kleine Tür.

»Rosie, haben Sie mich verstanden?« sagte ich. »Rosie? Kommen Sie wieder her! Lassen Sie uns noch mal drüber reden. Ich weiß zu schätzen, was Sie da –«

Sie stieg in ihren Wagen, gab mir ein Daumen-hoch-Zeichen über dem Lenkrad und rollte rückwärts auf die unbefestigte Straße am Bayou. Dann schaltete sie in den ersten Gang und brauste in den langen Tunnel von Eichen, ohne noch einmal zurückzublicken.

Unabhängig davon, was Rosie in meiner Sache unternehmen wollte, konnte ich immer noch die Möglichkeit nicht ausschließen, daß der Mord von Weißen an einem Schwarzen, dessen Zeuge ich 1957 geworden war, der Haufen Haut und blankpolierte Knochen, den Elrod Sykes im Atchafalaya-Becken entdeckt hatte, nicht irgendwie doch mit der Sache zu tun hatten.

Aber wie beginnt man Nachforschungen in einem fünfunddreißig Jahre alten Mordfall, der nie als solcher gemeldet worden war?

Obwohl der Süden von Louisiana, der vorwiegend französisch-katholisch ist, eine lange und deprimierende Geschichte rassistisch motivierter Vorurteile und Ungerechtigkeiten hat, gab es doch nicht annähernd diese Menge von Gewalttaten gegenüber Schwarzen, wie sie im nördlichen Teil des Staates oder in Mississippi auftraten, wo sogar der Mord an einem Kind – Emmett Till –, den zwei Mitglieder des Ku-Klux-Klans 1955 verübten, nicht nur unbestraft blieb, sondern auch noch im nachhinein von der Stadt, in der er sich ereignete, allgemein gutgeheißen wurde. Ohne Zweifel waren die finanzielle Ausbeutung von Schwarzen im allgemeinen und die sexuelle Ausbeutung schwarzer Frauen im besonderen historisch gesehen in unserer Gegend alltäglich, aber Lynchmorde waren selten, und weder ich noch irgendein anderer, mit dem ich sprach, erinnerte sich an einen gewalttätigen Zwischenfall – abgesehen von dem, dessen Zeuge ich geworden war – oder eine extreme, durch Rassenprobleme entstandene Konfliktsituation aus dem Sommer 1957.

Die größten Zeitungen in Louisiana sind der Morning Advocate aus Baton Rouge und die Times-Picayune aus New Orleans. Ihre Archive haben auch den größten Bestand an alten Zeitungen und nach Stichworten geordneten Presseausschnitten. Ich jedoch begann meine seltsame Odyssee in die Vergangenheit mit den Mikrofilmen im Archiv des Daily Iberian.

Tatsächlich hatte ich wenig Hoffnung, auf irgendeine Information zu stoßen, die mir nützen würde. In jener Zeit wurden kaum Nachrichten in den Zeitungen von Louisiana publiziert, die Farbige betrafen. Die seltenen Ausnahmen fanden sich im Polizeibericht und vielleicht manchmal auf einer Extraseite, die für Meldungen schwarzer Hochzeiten vorbehalten war.

Aber vor meinem geistigen Auge sah ich immer die Stiefel des toten Mannes, in denen keine Schnürsenkel steckten, und die verrotteten Lumpenfetzen um seine Hüfte, wo ein Gürtel hätte sein sollen. War er zum Zeitpunkt seines Todes in Polizeigewahrsam gewesen? Waren es zwei Cops, die ihn überführen sollten und beschlossen hatten, ihn zu exekutieren? Wenn das der Fall war, warum trug er dann keine Handschellen? Vielleicht hatten sie ihn mit der Kette gefesselt, damit die Leiche versank, dachte ich. Nein, das konnte nicht stimmen. Wenn das Opfer von Cops hätte überführt werden sollen, hätten sie ihm die Handschellen angelassen, bis sie ihn ermordet hatten, um sie dann abzunehmen und den Leichnam mit Gewichten zu beschweren. Außerdem, warum sollten Cops überhaupt die Leiche im Atchafalaya versenken? Sie hätten behaupten können, daß sie angehalten hätten, damit er pinkeln konnte, er wäre in Richtung des Waldes davongerannt, und sie wären dazu gezwungen gewesen, ihn zu erschießen. Eine solche Darstellung vom Tode eines Gefangenen wurde in den seltensten Fällen angezweifelt.

Dann fand ich es, auf der Seite mit den Regionalnachrichten der Ausgabe vom 27. Juli 1957. Ein achtundzwanzig Jahre alter Schwarzer namens DeWitt Prejean war im St. Landry Parish im Norden von Lafayette verhaftet worden, weil er ins Haus einer weißen Familie eingebrochen war und die Ehefrau mit einem Fleischermesser bedroht hatte. Über seine Motive oder Absichten stand nichts drin. Eigentlich betraf die Story nicht seine Verhaftung, sondern seine Flucht. Nur elf Stunden war er in Gewahrsam gewesen, es war noch nicht einmal offiziell Anklage erhoben worden, als zwei bewaffnete Männer mit Handschuhen und Halloween-Masken um vier Uhr morgens ins Bezirksgefängnis eindrangen, den Wärter der Nachtschicht in der Toilette einsperrten und DeWitt Prejean aus einer Arrestzelle im unteren Stockwerk herausholten.

Die Geschichte war nur ein kurzer Einspalter.

Ich ließ den Mikrofilm durch den Sucher laufen, um zu sehen, ob die Geschichte weiterverfolgt wurde. Wenn da noch was war, fand ich es nicht, und ich ging jede einzelne Nummer des Daily Iberian bis zum Februar 1958 durch.

Jeder gute Cop, der einige Zeit im Archiv einer Zeitung verbringt, vor allem im ländlichen Süden, weiß, wie bestimmte Ereignisse in der Ära vor der Bürgerrechtsbewegung gemeldet oder verschwiegen wurden. »Der Verdächtige wurde überwältigt« bedeutete für gewöhnlich, daß jemand unliebsame Bekanntschaft mit einem Schlagstock oder Totschläger gemacht hatte. Fälle, in denen es um Inzest und Kindesmißbrauch ging, wurden im Normalfall völlig verschwiegen. Die Meldungen über den Tod von Gefangenen in der Haft waren wenig mehr als Todesanzeigen, mit einem Satz am Ende, der im wesentlichen besagte, daß die Ergebnisse der Autopsie noch nicht feststünden.

Die vollzogene oder nur versuchte Vergewaltigung einer weißen Frau durch einen Schwarzen war allerdings ein heikleres Thema. Polizei und Staatsanwaltschaft wahrten grundsätzlich die Anonymität des Opfers, was selbst so weit ging, daß dem Vergewaltiger manchmal ein anderes Verbrechen zur Last gelegt wurde, eins, das der Richter, falls überhaupt möglich, genauso streng wie eine Vergewaltigung bestrafen würde. Aber eine solche Tat traf so sehr ins Mark der kollektiven Ängste der weißen Gesellschaft und löste eine solche Empörung aus, daß die Lokalzeitung gar nicht anders konnte, als die Story in einer Form zu bringen, die niemanden im unklaren darüber lassen würde, was wirklich geschehen war und welches Schicksal den Vergewaltiger erwartete.

Der Artikel im Iberian von 1957 hatte auch erwähnt, daß DeWitt Prejean elf Stunden nach seiner Verhaftung aus einer Arrestzelle geholt worden war.

Niemand blieb elf Stunden in einer Arrestzelle, schon gar nicht in einem Gefängnis auf dem Land, wo es keine zwanzig Minuten dauerte, einen Verdächtigen in eine Haftzelle einzuweisen.

Ich hinterließ eine Nachricht für Bootsie und fuhr dann nach Lafayette, von dort aus weiter zwanzig Meilen nördlich nach St. Landry Parish zu dem alten Gefängnis in Opelousas.

James Bowie hatte einst in der Stadt gewohnt, bevor er in New Orleans ein wohlhabender Baumwoll- und Sklavenhändler geworden war. Aber in den fünfziger Jahren waren es andere Dinge, die die Stadt berühmt machten, namentlich politische Korruption, ein berüchtigtes Bordell – Margaret's –, das seit den Tagen des Bürgerkriegs in Betrieb war, und diverse Spielhallen, die dem Sheriff gehörten oder zumindest von ihm kontrolliert wurden und in denen die Bundespolizei manchmal Razzien durchführte, wenn politische Gruppierungen in Baton Rouge Einfluß auf die Wahl zum Bezirksabgeordneten nehmen wollten.

Ich parkte meinen Pickup am hinteren Ende des Platzes vor dem Gericht, gleich neben der Ziegelruine des alten Gefängnisses, dessen Dach auf dem gußeisernen Trakt zusammengebrochen war, der, mit kleinen quadratischen Löchern versehen, als Haftbereich gedient hatte. Als ich unter den Eichen zum Eingang des Gerichts ging, blickte ich durch die fensterlosen Löcher in den Gefängniswänden auf die Haufen weicher, zerbröckelter Ziegelreste überall auf dem Boden, das verschimmelte Papier, das herumlag, und ich fragte mich, wo die zwei Männer in Handschuhen und Halloween-Masken wohl eingedrungen waren und was für ein dunkles Schicksal sie dem schwarzen Gefangenen DeWitt Prejean zugedacht hatten.

Im Gericht kam ich nicht weiter. Der Mann, der in den fünfziger Jahren Sheriff gewesen war, war tot, und keiner der jetzigen Leute im Sheriff's Department erinnerte sich an den Fall oder die Flucht; Tatsache war, ich konnte nicht einmal einen Vermerk der Verhaftung von DeWitt Prejean finden.

»Es ist passiert. Ich hab's mir nicht aus den Fingern gesaugt«, sagte ich zu dem Sheriff, der Ende Dreißig war. »In einer Nummer des Daily Iberian von 1957 hat es gestanden.«

»Das mag ja sein«, antwortete er. Er trug das Haar militärisch kurz geschnitten, und sein Kinn war frisch rasiert. Er versuchte höflich zu sein, aber es gelang ihm nicht, sein mangelndes Interesse zu verbergen. »Damals haben die's nicht so genau genommen mit den Akten. Vielleicht ist ja auch was passiert, an das sich die Leute gar nicht erinnern wollen, wenn Sie verstehen, was ich meine?«

»Nein.«

Er spielte mit einem Bleistift auf seiner Schreibtischunterlage.

»Gehen Sie zu Mr. Ben. Reden Sie mit dem. Das heißt, wenn Sie wollen«, sagte er. »Das ist Mr. Ben Hebert. Er hat dreißig Jahre lang hier den Knast geführt.«

»Auch 1957?«

»Yeah, ich nehm's doch an.«

»Das klingt aber nicht gerade enthusiastisch.«

Er rieb die Schwielen an seinen Händen, ohne zu mir aufzusehen.

»Sagen wir's mal so«, sagte er. »Sein einziger Sohn ist in Angola gelandet, seine Frau hat sich geweigert, ihn an ihrem Totenbett zu empfangen, und es gibt hier immer noch Schwarze, die die Straßenseite wechseln, wenn sie ihn kommen sehen. Bekommen Sie so ungefähr ein Bild von dem, was ich meine?«

Ich verließ das Gerichtsgebäude und suchte die einheimische

Zeitung auf, um nachzuprüfen, ob man hier den Gefängnisausbruch weiterverfolgt hatte. Hatte man nicht. Zwanzig Minuten später fand ich den alten Gefängnisvorsteher auf der Veranda seines verwitterten Holzhauses gegenüber von einem Popeye-Fastfood-Imbiss. Der Garten war im Schatten fast schwarz, mit einem dichten feuchten Teppich welken Laubs. Die Steinplatten auf dem Fußweg waren mit Halteringen miteinander verbunden, die im Laufe der Zeit von den Eichenwurzeln, die darunter wuchsen, aufgebrochen und hochgedrückt worden waren. Der Strohsessel, in dem er saß, schien unter seinem gewaltigen Leib schier bersten zu wollen.

Ich mußte mich zweimal vorstellen, bevor er eine Reaktion zeigte. Dann sagte er einfach: »Was wollen Sie?«

»Darf ich mich hinsetzen, Sir?«

Seine Lippen hatten den purpurnen Ton, der mit dem Alter kommt, die Haut war mit braunen Flecken von der Größe von Zehn-Cent-Stücken übersät. Sein Atem war geräuschvoll, als ob er unter Emphysemen litt.

»Ich hab gefragt, was Sie wollen«, sagte er.

»Erinnern Sie sich vielleicht an einen Schwarzen namens DeWitt Prejean?«

Er sah mich bedächtig an. Seine Augen waren von einem klaren Blau, wäßrig, länglich, rot unterlaufen.

»Ein Nigger, sagen Sie?« fragte er.

»Genau.«

»Yeah, an den Hurensohn erinnere ich mich. Was ist mit ihm?«

»Ist es Ihnen recht, wenn ich mich setze, Mr. Hebert?«

»Ist mir scheißegal.«

Ich setzte mich in die Hängeschaukel. Er steckte sich eine Zigarette in den Mund und suchte in der Hemdtasche nach einem Streichholz, während seine Augen mich von Kopf bis Fuß musterten. Graues Haar wuchs aus seiner Nase und an seinem dicken Nacken.

»Hatten Sie in der Nacht Dienst, wo ihn jemand aus dem Gefängnis befreit hat?« sagte ich.

»Ich war der Gefängnisvorsteher. Da muß man nicht nachts arbeiten. Für so was stellt man einen an.«

»Erinnern Sie sich noch, was man diesem Burschen zur Last gelegt hat?«

»Es hat keine Anklage gegeben. So weit ist es nie gekommen.«

»Ich habe mich gefragt, warum er elf Stunden nach seiner Verhaftung immer noch in einer Arrestzelle war.«

»Die haben ihn aus dem Hafttrakt rausgeholt.«

»Nicht nach dem, was in der Zeitung steht.«

»Deswegen wischen sich viele Leute mit der Zeitung auch den Arsch.«

»Er ist mit einem Fleischermesser in das Haus einer weißen Frau eingedrungen, stimmt das?«

»Suchen Sie den Nigger doch, und fragen Sie ihn.«

»Das ist es ja, was mich etwas verwirrt. Niemand scheint zu wissen, was mit dem Burschen passiert ist. Und es scheint auch niemanden zu interessieren. Finden Sie, daß das Sinn macht?«

Er paffte an seiner Zigarette. Sie war feucht und fleckig, als er sie aus dem Mund nahm. Ich wartete darauf, daß er etwas sagte, aber er schwieg.

»Haben Sie diesen Ausbruch einfach auf sich beruhen lassen, Mr. Hebert?« fragte ich.

»Ich weiß nicht mehr, was da noch getan wurde.«

»Ist DeWitt Prejean ein Vergewaltiger gewesen?«

»Er konnte seinen Schwanz nicht in der Hose behalten, wenn Sie das meinen.«

»Meinen Sie, daß es ihr Ehemann gewesen ist, der ihn aus dem Gefängnis holte?«

»Unter Umständen.«

Ich blickte in sein Gesicht und wartete.

»Das heißt, wenn er gekonnt hätte«, sagte er. »Er war ein Krüppel. Kriegsverletzung.«

»Wär es möglich, daß ich mit ihm rede?«

Er drückte die Zigarette in einen Aschenbecher und wandte den Blick ins grelle Sonnenlicht am Rand seines Gartens. Auf der anderen Straßenseite gingen Schwarze in dem Popeye-Restaurant ein und aus.

»Da können Sie lange reden. Der liegt auf dem Friedhof, draußen bei den Gleisen im Ostteil der Stadt«, sagte er.

»Was ist mit der Frau?«

»Die ist weggezogen. Hoch in den Norden. Wieso interessieren Sie sich für Ärger mit 'nem Nigger, der fünfunddreißig Jahre her ist?«

»Ich glaube, daß ich gesehen habe, wie er getötet wurde. Wo ist der Mann, der in der Nacht des Ausbruchs Dienst hatte?«

»Der hat sich vom Zug überfahren lassen, als er betrunken war. Moment mal, was haben Sie da grad gesagt? Was haben Sie gesehen?«

»Manchmal gibt ein Fluß die Toten wieder preis, die in ihm verborgen waren, Mr. Hebert. Auch wenn es in diesem Fall eine Weile gedauert hat. Sie haben ihm die Schnürsenkel und den Gürtel abgenommen, stimmt's?«

»Das macht man mit jedem Gefangenen.«

»Das macht man, wenn alle amtlichen Sachen geregelt sind und man sie in eine reguläre Zelle einweist. Was bei diesem Mann nicht der Fall war. Man hat ihn in einer Arrestzelle vorn im Gefängnis gelassen, damit zwei bewaffnete Männer ihn dort finden können. Sie haben ihm nicht mal die Möglichkeit gelassen, sich selbst das Leben zu nehmen.«

Er starrte mich an, das Gesicht wie eine weiße Torte mit Schlagseite.

»Ich glaube, daß einer der Männer, die Prejean umgebracht haben, versucht hat, auch mich umzubringen«, sagte ich. »Aber statt dessen hat er eine junge Frau ermordet. Eine Filmschauspielerin. Vielleicht haben Sie ja drüber gelesen.«

Er stand auf und warf seine Zigarette über das Verandageländer in einen vertrockneten Busch. Er roch nach Wick Vaporub, Nikotin und dem abgestandenen Schweiß alter Männer. Sein Atem rasselte, als ob seine Lungen zahllose kleine Löcher hätten.

»Scheren Sie sich von meiner Veranda runter«, sagte er und

ging auf einen Stock gestützt mit schweren Schritten nach hinten in die Dunkelheit seines Hauses. Er knallte die Fliegentür hinter sich zu.

Bei einem anderen Popeye's, auf der Pinhook Road in Lafayette, machte ich halt und aß Hühnchen und Reis, dann fuhr ich die Pinhook Road hinunter durch einen langen Eichenkorridor, den Sklaven dort gepflanzt hatten, weiter hinunter zur Vermilion Bridge und dem alten Highway 90, der über Broussard, eine kleine Stadt, die hauptsächlich vom Zucker lebte, nach New Iberia führte.

Kurz vor dem Fluß kam ich an einem viktorianischen Herrenhaus vorbei, das nach hinten versetzt in einem Pecanhain stand. Zwischen der Straße und der breiten Säulenterrasse war ein Trupp von Arbeitern dabei, einen Wasser- oder Abflußgraben auszuheben. Die frisch aufgehäufte schwarze Erde lag in einer geraden Linie, dahinter eine dekorative flache Kutsche aus dem neunzehnten Jahrhundert, die man mit Körben blühender Springkräuter vollgehängt hatte. Die Leiber und Arbeitskleider der Männer wirkten im Schatten der Blätter grau und verschwommen. Dann blies ein scharfer Wind vom Fluß her durch die Bäume, das unstete Licht flackerte über den Boden wie ein hellgelbes Netz, und als ich auf die Arbeiter zurückblickte, sah ich, wie sie ihre Werkzeuge fallen ließen, die Rücken streckten und die Soldatenmützen mit dem goldenen Emblem wieder auf die Häupter setzten. Sie griffen nach ihren Vorderladern, die in Pyramiden zusammengestellt gewesen waren, und stellten sich in Reih und Glied auf.

Der General saß auf dem Kutschbock, das Holzbein steif auf einen eisernen Radkranz gestützt, eine Zigarre im Mund, die Krempe des Offiziershutes schräg in die Augen gezogen.

Er drehte sich mühsam auf dem Kutschbock und hob mir zum Gruße den Hut hoch über den Kopf.

Schotter donnerte wie Schrotkugeln gegen die Innenseite meines rechten Kotflügels. Ich riß das Steuer herum, um wieder ganz auf den Asphalt zu kommen, und blickte dann noch einmal zurück auf die weitgeschwungene, blätterübersäte Wiese unter den Pecanbäumen. Ein Trupp von Arbeitern senkte gerade ein langes Stück weichen Plastikrohrs wie einen weißen Wurm in den Erdboden.

Zurück in New Iberia, parkte ich hinter dem Department und wollte hineingehen. Zwei Deputies kamen mir entgegen.

»Hey, Dave, du bist doch noch krank gemeldet«, sagte einer von ihnen.

»Bin wieder auf den Beinen.«

»Klar. Gut schaust du aus.«

»Ist der Boß da?«

»Yeah. Klar. Hey, du siehst wirklich prima aus. Ehrlich.«

Er gab mir ein Daumen-hoch-Zeichen.

Seine Worte waren offensichtlich gut gemeint, aber ich mußte mich daran erinnern, wie man mich behandelt hatte, nachdem ich in Vietnam auf eine Springmine getreten war – mit einer Ehrerbietigkeit und Freundlichkeit, die mich nicht nur von denen trennte, auf deren Leben noch kein Schatten gefallen war, sondern mir auch unaufhörlich ins Gedächtnis rief, daß der Flammenkegel, der meine Knochen in helles Licht getaucht hatte, mich auch zum ewigen Mitglied eines Clubs der Nacht gemacht hatte, dem ich nicht beitreten wollte.

Auf dem Weg zum Büro des Sheriffs wurde ich vom Dispatcher angehalten. Er wog an die drei Zentner, hatte ein rundes, rotes Gesicht und ein schwaches Herz. Die linke Brusttasche seines Hemdes war prallvoll mit in Zellophanfolie verpackten Zigarren. Er hatte gerade eine Nachricht auf einen rosa Zettel geschrieben. Er faltete ihn zusammen und gab ihn mir.

»Und noch eine«, sagte er. Er hatte die Stimme gesenkt, und seine Augen waren bedeutungsschwanger trüb.

»Noch eine was?«

»Noch eine Nachricht von ein und derselben Person, die mir allmählich auf den Wecker geht.«

»Welche Person?«

Seine Augenbrauen gingen steil nach oben.

»Diese spanische Braut. Oder Mexikanerin. Oder was sie sonst ist.«

Ich faltete den Zettel auf und blickte darauf. Da stand: *Dave, warum rufst du mich nicht zurück? Ich warte immer noch am selben Ort wie sonst. Hab ich was falsch gemacht?* Unterzeichnet war das Ganze mit *Amber.*

»Amber?« sagte ich.

»In deinem Postfach sind acht oder neun von den Dingern«, sagte er.

»Wer ist sie?«

»Woher soll ich das wissen? Du bist es, den sie anruft.«

»In Ordnung, danke, Wally«, sagte ich.

Ich nahm meine ganze Post aus dem Fach und ging dann die telefonischen Nachrichten auf den rosa Zetteln hintereinander durch.

Die Botschaften von »Amber« waren in der Tat rätselhaft. Einige Beispiele:

Ich hab getan, was du wolltest. Ruf bitte zurück.

Dave, hinterlaß mir doch eine Nachricht auf dem Anrufbeantworter.

Ich bin's wieder. Soll ich tot umfallen?

Allmählich werd ich böse. Wenn du nicht willst, daß ich dich weiter belästige, dann sag's. Langsam bin ich's leid.

Es tut mir leid, Dave. Ich war verletzt, als ich diese Sachen gesagt habe. Aber schlag mir nicht die Tür vor der Nase zu.

Ich ging noch einmal zur Telefonzentrale, wo der Dispatcher saß.

»Da steht nirgends eine Telefonnummer drauf«, sagte ich.

»Sie hat keine hinterlassen.«

»Hast du sie nicht danach gefragt?«

»Nein, ich hatte den Eindruck, daß ihr euch irgendwie gut kennt. Hey, jetzt schau mich nicht so an. Was ist sie, eine Informantin oder so was?«

»Keine Ahnung.«

»Sie klingt allerdings, als würd sie gleich Pampelmusen scheißen.«

»Eine etwas gepflegtere Ausdrucksweise würde dir nicht schaden, Wally.«

»Sorry.«

»Wenn sie noch mal anruft, laß dir ihre Nummer geben. Wenn sie sie dir nicht geben will, sag ihr, daß sie nicht mehr anrufen soll.«

»Wie du willst.«

Ich knüllte die Zettel zusammen, ließ sie in einen tabakverschmierten Spucknapf aus Messing fallen und trat ins Büro des Sheriffs.

Eine braune Aktenmappe lag aufgeklappt auf seinem Tisch. Er las darin, beide Ellenbogen auf die Schreibtischunterlage gestützt und die Fingerspitzen leicht an die Schläfen gelegt. Sein Mund war klein, die Mundwinkel nach unten gezogen. An der Wand hing ein gerahmtes und signiertes Bild von Präsident Bush.

»Wie geht's?« sagte ich.

»Oh, hallo, Dave«, sagte er und sah mich über seine Brillengläser hinweg an. »Schön, Sie zu sehen. Wie fühlen Sie sich heute?«

»Prima, Sheriff.«

»Sie hätten nicht hierherzukommen brauchen. Sie sollten sich doch eine Woche oder so frei nehmen. Hat Bootsie Ihnen das nicht gesagt?«

»Bin heute morgen in Opelousas gewesen. Ich denke, ich habe herausgefunden, von wem die Knochen im Atchafalaya-Becken stammen könnten.«

»Was?«

»Zwei bewaffnete Männer haben 1957 einen schwarzen Gefangenen namens DeWitt Prejean aus dem Bezirksgefängnis von St. Landry geholt. Der Kerl war dort eingesperrt, weil er eine weiße Frau mit einem Fleischermesser bedroht hatte. Aber es klingt mehr nach einer versuchten Vergewaltigung. Vielleicht hatten sie auch was miteinander. Der alte Gefängnisvorsteher hat was in der Art gesagt, daß Prejean schwer hinter den Frauen her war. Vielleicht sind die Frau und Prejean miteinander erwischt worden, und sie haben Prejean unter einem Vorwand festgenommen, um ihn dann zu lynchen.«

Die Augen des Sheriffs blinzelten in einer schnellen Folge, und er nagte mit den Zähnen an der Unterlippe.

»Ich versteh Sie nicht«, sagte er.

»Bitte?«

»Ich habe Ihnen wiederholt gesagt, daß dieser Fall dem St. Mary Parish gehört. Wieso stellen Sie sich taub, wann immer ich Ihnen etwas sage?«

»Der Tod von Kelly Drummond hat nichts mit dem St. Mary Parish zu tun, Sheriff. Ich glaube, daß der Mann, der sie getötet hat, hinter mir her war, und das wegen dieses gelynchten Schwarzen.«

»Das ist nicht erwiesen. Das ist längst nicht erwiesen.«

»Vielleicht nicht. Aber was schadet das schon?«

Er rieb sich mit dem Daumen über das runde Kinn mit dem Grübchen. Ich konnte seine Barthaare kratzen hören.

»Eine Untersuchung hat dafür zu sorgen, daß die richtigen Leute ins Gefängnis kommen«, sagte er. »Man wirft nicht einfach ein großes Netz über die halbe Bevölkerung von zwei oder drei Parishes. Und genau das tun Sie und diese Frau.«

»Da liegt also das Problem?«

»Da können Sie Gift drauf nehmen. Vor einer halben Stunde kreuzte Agent Gomez hier damit auf, was sie alles herausgefunden zu haben glaubt.« Er berührte den Rand der Aktenmappe mit dem Finger. »Wenn man Agent Gomez Glauben schenkt, hat sich New Iberia über Nacht zum neuen Reich des Bösen entwickelt.«

Ich nickte.

»Das organisierte Verbrechen von New Orleans benutzt die Firma Bal-Gold Productions, um Drogengeld zu waschen«, sagte er. »Julie Balboni führt vom Spanish Lake aus einen Prostitutionsring, der sich über den ganzen Staat erstreckt. Außerdem befiehlt er die Morde an Prostituierten und hat Ihnen vielleicht LSD in die Limonade gekippt, wenn er nicht gerade damit beschäftigt war, krumme Deals mit der Teamster-Gewerkschaft zu machen. Haben Sie gewußt, daß wir hier in der Stadt all diese Probleme haben, Dave?«

»Julie ist ein wandelnder Jauchetornado. Wer weiß, was er alles auf der Pfanne hat.«

»Außerdem hat sie einige der hiesigen Geschäftsleute als moralische Schlappschwänze und feige Trottel bezeichnet.«

»Sie ist nicht auf den Mund gefallen.«

»Bevor sie aus meinem Büro davonstürmte, hat sie noch gesagt, daß sie Wert drauf legt, mir mitzuteilen, ich sei ihr persönlich zwar durchaus sympathisch, aber sie müßte mir ganz ehrlich sagen, daß ich ihrer Ansicht nach den Arsch offen hätte.«

»Ah ja«, sagte ich und richtete meinen Blick fest auf eine Palme draußen vor dem Fenster.

Im Raum war kein Laut zu hören. Von draußen hörte ich, wie ein Vertrauenshäftling den Rasen mähte. Der Sheriff drehte an dem Universitätsring, den er am Finger trug.

»Eins will ich mal klarstellen, Dave«, sagte er. »Ich bin es gewesen, der diesen fetten Hurensohn Balboni aus der Stadt haben wollte. Sie sind derjenige gewesen, der ihn eher zum Lachen fand. Aber jetzt werden wir ihn nicht mehr los, und so stehen die Dinge.«

»Warum?«

»Weil es völlig legale Geschäfte sind, die er hier betreibt. Er hat sich hier nichts zuschulden kommen lassen. Tatsache ist, er wird nirgendwo gesucht. Er hat in seinem Leben keinen einzigen Tag hinter Gittern zugebracht.«

»Genau das gleiche hört man aus dem Mund seiner Anwälte.«

Er stieß den Atem durch die Nase aus.

»Gehen Sie heim. Sie sind für die Woche vom Dienst freigestellt«, sagte er.

»Wenn nicht noch länger, wie ich so hab läuten hören.«

Er biß sich auf die Lippen.

»Wer hat Ihnen das gesagt?« sagte er.

»Stimmt es, oder stimmt es nicht?«

»Wollen Sie die Wahrheit hören, Partner? Die Wahrheit ist, daß mir der Blick in Ihren Augen gar nicht gefällt. Er beunruhigt mich. Da ist so ein seltsames Leuchten. Gehen Sie heim, Dave.«

»So was mußte ich mir früher von Fremden in Bars sagen lassen. Hier an meinem Arbeitsplatz hör ich das nicht so gern, Sheriff.«

»Was soll ich sagen?« sagte er und hielt die Hände nach oben. Sein Gesicht wurde zu einem rhetorischen Fragezeichen.

Als ich den Flur hinunter zum Ausgang ging, stopfte ich die Post wieder in mein Fach, ungeöffnet, und stapfte an meinem Büro vorbei, ohne auch nur einen Blick hineinzuwerfen.

Als ich heimkam, waren meine Kleider klamm vor Schweiß. Ich zog das Hemd aus, warf es in den Wäschekorb, schlüpfte in ein frisches T-Shirt und ging mit einem Glas Eistee hinten in den Garten, wo Bootsie chemischen Dünger in die Wurzeln der Tomatenstauden grub. Sie war auf Händen und Knien im Beet, und der Hosenboden der rosa Shorts war voller Dreck.

Sie richtete sich auf den Knien auf und lächelte.

»Hast du schon gegessen?« fragte sie.

»Hab in Lafayette kurz haltgemacht.«

»Was hast du dort gemacht?«

»Ich bin nach Opelousas gefahren, um dort einer Spur in diesem alten Lynchmord nachzugehen.«

»Ich hab gedacht, der Sheriff hätte gesagt –«

»Hat er auch. Es hat ihm gar nicht gepaßt, daß ich der Sache nachgegangen bin.«

Ich setzte mich unter der Akazie an den Picknicktisch aus Redwoodholz. Auf dem Tisch lagen ein linierter Block und drei Bücher aus der Stadtbücherei über Texas und die Geschichte der Südstaaten.

»Was ist das?« sagte ich.

»Ein paar Bücher, in denen ich nachgelesen habe. Ich habe noch einige interessante Sachen herausgefunden.«

Sie erhob sich zwischen den Reihen von Tomatenstauden,

klopfte sich die Hände ab und nahm mir gegenüber Platz. Das Haar hing ihr feucht in die Stirn und war voller Erde. Sie nahm den Block und blätterte zurück. Dann legte sie ihn wieder hin und blickte mich etwas verunsichert an.

»Du weißt ja, wie das mit Träumen so ist«, sagte sie. »Ich meine, wie sich bestimmte Daten und Menschen und Orte im Geiste vermischen, und damit wacht man dann am Morgen auf. Das Bild, das man dann vor Augen hat, scheint nicht deiner eigenen Lebensgeschichte zu entstammen, aber gleichzeitig ist man sich fast hundertprozentig sicher, daß man es erlebt hat, verstehst du, was ich meine?«

»Ja, ich denke schon.«

»Ich hab ein paar der Dinge nachgeschlagen, die, na ja, von denen du glaubst, du hast sie da draußen im Nebel gesehen.«

Ich trank von meinem Eistee und ließ meinen Blick über die abschüssige Wiese hinunter zum Ententeich und der grellen, feuchten Dunstwolke auf dem Zuckerrohrfeld des Nachbarn schweifen.

»Siehst du, Dave, nach diesen Büchern hat John Bell Hood niemals ein Kommando in Louisiana geführt«, sagte sie. »Er hat in Gettysburg und in Tennessee und Georgia gekämpft.«

»Er war überall hier im ganzen Land, Boots.«

»Er hat hier gelebt, aber nicht Krieg geführt. Weißt du, das Interessante ist, Dave, teilweise treffen deine Informationen zu, aber den Rest hast du aus Assoziationen geschaffen. Schau mal her –«

Sie drehte den Block zu mir, damit ich die Notizen sehen konnte, die sie sich gemacht hatte. »Die Texasbrigade stand unter seinem Kommando, da hast du recht«, sagte sie. »Das war ein berühmtes Kavallerieregiment. Aber jetzt schau dir mal dieses Datum hier an. Als du den General nach dem Datum gefragt hast, da hat er dir doch gesagt, es sei der 21. April 1865, stimmt's?«

»Stimmt.«

»Der 21. April ist der texanische Unabhängigkeitstag, der Tag, an dem 1836 die Schlacht von San Jaquinto zwischen der mexikanischen Armee und den Texanern stattfand. Siehst du nicht, daß du im Kopf zwei historische Epochen durcheinandergebracht hast. Da draußen im Nebel ist nichts gewesen, Dave.«

»Vielleicht nicht«, sagte ich. »Warte mal einen Augenblick, ja?«

Ich trat vors Haus, wo immer noch der Anhänger mit meinem Boot geparkt war, zog die Plane zurück, auf der sich tiefe Regenpfützen gebildet hatten, faßte in den Bug des Boots und ging dann wieder nach hinten in den Garten.

»Was ist?«

»Nichts.«

»Warum bist du nach vorne gegangen?«

»Ich wollte dir einigen Kram zeigen, den ich draußen in der Marsch gefunden habe.«

»Was für Kram?«

»Vermutlich Zeug, das irgendwann mal Baumfäller liegengelassen haben. Es ist nicht wichtig.«

Verwirrung stand in ihrem Gesicht. Dann wurde ihr Blick wieder klar, und sie legte ihre Hand auf meine.

»Wollen wir reingehen?« sagte sie.

»Wo ist Alf?«

»Sie spielt drüben bei Poteet.«

»Ja, gehen wir rein.«

»Ich bin völlig verdreckt.«

Sie wartete darauf, daß ich etwas sagte, aber das tat ich nicht. Ich starrte auf das Glas mit dem Eistee.

»Was ist los, Dave?« sagte sie.

»Vielleicht ist es an der Zeit, an einen Abschied vom Department zu denken.«

»Einen Abschied? Inwiefern?«

»Schluß machen halt.«

»Willst du das?«

»Nicht wirklich.«

»Warum wartest du dann nicht einfach ab? Triff keine Entscheidungen, wenn du niedergeschlagen bist, *cher.*«

»Ich glaube, die haben den Schnitt bereits gemacht, Boots. Die sehen mich an, als hätte ich noch die Fäden von der Lobotomie in der Stirn.«

»Vielleicht täuscht dich dein Eindruck, Dave. Vielleicht wollen sie dir helfen, wissen aber bloß nicht, wie.«

Ich gab keine Antwort. Später, nachdem wir uns im warmen, abgedunkelten Schlafzimmer geliebt hatten, löste ich mich von ihrem weichen Körper und saß ruhelos auf der Bettkante. Einen Augenblick später fühlte ich ihre Fingernägel sacht auf meinen Rücken klopfen.

»Frag den Sheriff, ob er will, daß du deinen Abschied einreichst«, sagte sie.

»Das ist auch keine Lösung.«

»Warum nicht? Sollen die doch sehen, wie sie ohne dich zurechtkommen.«

»Das verstehst du nicht. Ich bin davon überzeugt, daß der Mörder von Kelly Drummond hinter mir her war. Das hat mit diesem toten Schwarzen zu tun. Nur so ergibt es einen Sinn.«

»Warum?«

»Auf der Suche nach diesem Serienmörder oder Psychopathen, oder was immer er sein mag, sind wir praktisch keinen Schritt weitergekommen. Wir stehen immer noch bei Null. Warum also sollte er mich aufs Korn nehmen? Was den gelynchten Schwarzen angeht, das ist eine ganz andere Sache. Ich bin der einzige, der deswegen Krach schlägt. Da liegt der Hase im Pfeffer. Warum will der Sheriff das nicht sehen?«

Ich fühlte ihre Nägel über meine Wirbelsäule tasten.

»Du möchtest immer glauben, daß alle Menschen gut sind, Dave«, sagte sie. »Und wenn dann deine Freunde nicht so handeln, wie sie's eigentlich tun sollten, dann überkommt dich die große Wut, und die richtest du dann gegen dich.«

»Ich werde diesen Kerl erwischen, Boots. Selbst wenn ich es ohne das Department tun muß.«

Danach war es lange Zeit still. Dann spürte ich, wie sich ihr Gewicht auf der Matratze verlagerte, und ich dachte, sie wolle aufstehen, um sich anzuziehen. Statt dessen kam sie auf die

Knie, drückte ihren Körper fest gegen meinen Rücken und zog meinen Kopf an ihren Busen.

»Ich werde dich immer lieben, Dave«, sagte sie. »Es ist mir egal, ob du ein Cop bist oder ein Fischer, oder ob du diesen Mistkerl in die Ecke treibst und umbringst. Weil du so bist, wie du bist, werde ich dich immer lieben.«

Was kann man zu einer solchen Erklärung sagen?

Der Anruf kam abends um halb zehn. Ich ging in der Küche an den Apparat.

»Sie sind schwer zu erreichen«, sagte sie.

»Wer spricht da?«

»Die Lady, die versucht hat, Sie zu erreichen, Schätzchen.«

»Wie wär's mit einem Namen?«

»Amber. Wer sonst, Darling?« Ihre Stimme klang schläfrig, träge, wie in Zeitlupe.

»Ah, die Dame mit den mysteriösen Telefonnachrichten.«

»Sie erinnern sich nicht an mich? Jetzt bin ich aber gekränkt.«

»Nein, tut mir leid, Fehlanzeige. Was kann ich für Sie tun?«

»Ich werd Ihnen einen großen Gefallen tun, Darling. Weil ich Sie mag. Weil ich Sie nicht vergessen hab – das war in New Orleans vor langer Zeit.«

»Das ist ja alles schön und nett, aber wie wär's, wenn Sie endlich zur Sache kommen?«

»Ich geb Ihnen den Burschen, den Sie wollen, Süßer.«

»Von welchem Burschen reden wir hier?«

»Er ist ein fieser Zuhälter, und er hat ziemlich fiese Sachen mit seinen kleinen Mädchen gemacht.«

Durch das Hinterfenster konnte ich meinen Nachbarn sehen, der in der Dunkelheit Ernteabfall verbrannte. Die Funken stoben hoch zum schwarzen Himmel.

»Seinen Namen, Amber?«

»Ich hab da momentan ein kleines Problem. Würd gern für ein Weilchen nach Florida verschwinden, wenn Sie verstehen, was ich meine?«

»Was brauchen Sie?«

»Nur das Flugticket und ein bißchen Taschengeld. Drei- oder vierhundert Dollar. Nicht zuviel verlangt, oder?«

»Das ließe sich vielleicht machen. Wäre es für Sie machbar, in mein Büro zu kommen?«

»Oh, ich weiß nicht, ob ich das machen sollte. So viele gutaussehende Männer, da werd ich ja ganz verlegen. Kennen Sie Red's Bar in Lafayette?«

»Im Nordteil der Stadt?«

»Sie haben's erfaßt, Süßer. So in einer Stunde? Ich bin an der Theke, gleich an der Tür.«

»Kein Versteckspiel, ja, Amber?«

»Wenn Sie jetzt sagen, daß Sie mich echt nicht erkennen, dann bricht's mir wirklich das Herz. Huhu«, sagte sie und hängte auf.

Wer war sie? Die Sprache, der schnippische Zynismus, der schmollende Unterton, die aufgesetzte Kleinmädchentour, all das klang nach einer Prostituierten. Und die Nachrichten, die sie im Büro hinterlassen hatte, hatten offensichtlich den Zweck, bei anderen den Eindruck zu erwecken, daß zwischen uns irgendeine Art von persönlicher Beziehung bestand. Klang alles nach dem Eröffnungszug eines ganz hübschen Schwindels. Aber sie hatte auch bekifft geklungen. Vielleicht war sie einfach verrückt, dachte ich. Oder vielleicht war sie high und verrückt und versuchte nur, einen schnellen Dollar zu machen. Warum nicht?

Nichts ist unmöglich, wenn man mit dem riesigen Heer psychischer Mutanten zu schaffen hat, die Polizeibeamte und Bewährungshelfer ein Leben lang bei der Stange halten sollen. Ich kannte einmal einen jungen Psychiater von der Tulane University, der sich freiwillig meldete, im Frauengefängnis von St. Gabriel Beratungen durchzuführen. Einen Monat hielt er durch. Die Ergebnisse der Rorschach-Tests, die er mit den ersten Patienten dort durchführte, trieben ihn nicht nur in eine klinische Depression, sondern waren auch schließlich der Auslöser dafür, daß er aus der ACLU austrat und sich der National Rifle Association anschloß.

Ich rief einen Freund von den Anonymen Alkoholikern bei sich zu Hause an. Er hieß Lou Girard und war Detective Sergeant im Sittendezernat des Lafayette Police Department. Er war einer von denen, die mit Unterbrechungen immer wieder bei den Anonymen Alkoholikern sind und nie ganz vom alten Leben lassen, aber er war trotzdem ein guter Cop, der längst zum Lieutenant befördert worden wäre, wenn er nicht einen widerwärtigen Lokalpolitiker im Hauptquartier der Demokratischen Partei mit einem Faustschlag zu Boden gestreckt hätte.

»Sag mir noch mal ihren Namen«, sagte er.

Ich sagte es ihm.

»Yeah, da gibt's 'ne Braut, die sich Amber nennt, aber die ist Mexikanerin«, sagte er. »Du meintest, deine klang, als wär sie hier aus der Gegend?«

»Ja.«

»Paß auf, Dave, diese Bräute haben alle an die zwei Dutzend Namen, die sie ringsum weitergeben – Ginger, Consuela, Candy, Pepper, da gibt's sogar eine Mulattin, eine Tänzerin, die sich Brown Sugar nennt. Wie auch immer, da gibt's so drei oder vier Nutten, die immer mal wieder im Red's rumschwirren. Alle eher vom billigen Trupp. Ihre Freier sind überwiegend Arbeiter von den Ölfeldern und Collegejungs.«

»Ich werde in ein paar Minuten mal da rüberfahren. Kannst du mir ein bißchen Rückendeckung geben?«

»Rückendeckung, um einem Informanten auf den Zahn zu fühlen?«

»Vielleicht ist sie nicht nur eine Informantin.«

»Was ist mit deinen eigenen Leuten?«

»Offiziell bin ich krank geschrieben.«

»Ist da irgendwas faul bei dir, Dave?«

»Hab schon bessere Zeiten erlebt.«

»Okay, wir treffen uns hinter der Bar. Aber ich bleib im Wagen. Wenn mein Gesicht auftaucht, wird's schlagartig leer. Weiß auch nicht, woran das liegt. Vielleicht brauch ich ein besseres Mundwasser.«

»Danke, Partner.«

»Immer noch besser, als zu Hause zu sitzen und zuzuhören, wie meine Leber verfault.«

Red's Bar lag in einem heruntergekommenen Viertel mit buntgemischter Bevölkerung. Ungepflasterte Straßen, moskitobedeckte Abflußgräben, in denen das Wasser stand, und leerstehende Grundstücke, übersät von Müll und Autoteilen, bestimmten das Bild. Zwischen den Lehmhöfen der einzelnen Häuser verliefen kreuz und quer Eisenbahnschienen, und nur wenige Fuß neben Wäscheleinen und Außentoiletten und Schlafzimmerfenstern rollten oft Güterzüge der Southern Pacific durch.

Ich parkte meinen Pickup in den Schatten hinter der Bar. Der mit Austernschalen aufgeschüttete Parkplatz war überzogen von Hunderten von flachgedrückten Bierdosen, und die Büsche am angrenzenden Grundstück stanken von all den Leuten, die nächtlich dort hinein urinierten. Um die Bar zu errichten, hatte der Wirt einen Teil der Vorderwand eines Holzhauses herausgeschlagen und im rechten Winkel einen Wohntrailer mit Neonfassade daran montiert. Ursprünglich hatte er wohl vorgehabt, daß das Lokal genau seinem Äußeren entsprechen sollte – eine billige Bar, wo man keine großen Vergleiche anstellen mußte und einfach jemanden abschleppen konnte, ohne sich Sorgen über die eigenen Defizite zu machen.

Aber die Bar wurde auf eine Weise erfolgreich, die der Wirt nicht vorhersah. Er heuerte schwarze Musiker an, weil sie billig waren, und ohne sein Zutun endete er mit einer der besten neuen Zydeco-Bands im Südwesten Louisianas. Und an Samstagabenden fritierte er Kartoffeln in Hühnerfett, die es in Zeitungen gewickelt gratis für die gewaltigen Menschenmengen gab, die sich bis draußen auf den Parkplätzen drängten.

Aber heute war kein Samstag, keine Band spielte; außer der Musik aus der Jukebox drangen kaum Geräusche aus der Bar, und von meinen Wagenreifen zog eine Staubwolke über die Büsche, die säuerlich nach Bierurin rochen.

Lou Girard stieg aus seinem Wagen aus und kam zu meinem

Fahrerfenster. Er war ein gewaltiger Mann, mit einem Kopf so groß wie ein Basketball, der zu seinen Anzügen Cowboystiefel trug, dazu in einem handgemachten Gürtelholster eine verchromte .357er Magnum. Außerdem trug er einen geflochtenen Totschläger in seiner Gesäßtasche und Handschellen, die er hinten in seinen Gürtel geschoben hatte.

»Schön, dich zu sehen, Streak«, sagte er.

»Find ich auch, Lou. Wie steht's zu Haus?«

»Meine Frau ist endgültig abgehauen. Mit ihrer Kosmetikerin. Mit einer Frau. Na ja, das erklärt zumindest, warum sie mir im Bett immer ein bißchen unbeteiligt vorkam. Was liegt heut abend an?«

»Ich geh mal rein und schau mich um. Wenn du hier draußen bleibst und mir den Rücken deckst, wär das gut. Ist keine große Sache.«

Er blickte auf die Bretterrückwand der Bar, auf die kaputten Fenster und die überquellenden Mülltonnen, und hakte den Daumen in den Gürtel.

»Seit wann brauchst du für so einen Kleinkram einen zweiten Mann?«

»Vielleicht setze ich allmählich Rost an.«

»Nein, im Ernst, mein Freund.«

»Den Mord an Kelly Drummond hast du mitgekriegt?«

»Diese Schauspielerin? Ja, klar.«

»Ich halte es für möglich, daß der Schütze eigentlich hinter mir her war. Ich hab keine Lust, in einen Hinterhalt zu geraten.«

»Für einen Hinterhalt wär das hier ein verdammt seltsamer Ort, Dave. Warum sollte jemand einen Cop an einen öffentlichen Ort in Lafayette locken, um ihn umzulegen?«

»Wer weiß? Was treibt solche Typen überhaupt?«

»Hast du irgend 'ne Idee, wer der Killer sein könnte?«

»Vielleicht ein Mann, der vor fünfunddreißig Jahren an einem Lynchmord beteiligt gewesen ist.«

Er nickte, und ein trüber Schleier zog sich über seine Augen.

»Kommt dir wenig plausibel vor?« fragte ich.

»Was heißt schon plausibel? Ich versuch, vom Alk runterzukommen, und meine Leber schwillt an wie ein Football, meine Frau ist 'ne Lesbe, wie sich rausstellt, und mein Freizeitvergnügen besteht darin, daß ich mich hinter einen Haufen Büsche stelle, die stinken, als ob jemand draufgepißt hat, dem die Niere wegfault.«

Ich zog das Hawaiihemd aus der Hose, steckte mir die .45er hinten in den Gürtel und betrat das Gebäude durch den Hintereingang. Im Innern des Lokals roch es nach kühlschrankkaltem Frischluftspray und Tabak. Der Holzboden war uneben aufgeworfen und übersät von Zigarettenbrandmalen, die wie schwarze Insekten aussahen. Ein paar Collegekids ließen die Jukebox laufen und tranken Bier aus einem Pitcher am Tresen, und zwei oder drei Paare tanzten im Nebenraum. Ein einzelner Biker mit einer blonden Löwenmähne und Gefängnistätowierungen an beiden Armen stieß am Billardtisch die weiße Kugel so hart, daß sie über den Tisch sprang und gegen die Jukebox prallte. Ansonsten war Red's tot, und das einzige weibliche Wesen an der Theke war eine ältere Frau, die dem gähnenden Barkeeper ausgiebig ihr Leid und ihre Unzufriedenheit klagte.

»Was darf es sein?« sagte er zu mir.

»Ist Amber heut schon dagewesen?«

Er schüttelte den Kopf. Das mochte bedeuten, daß sie noch nicht dagewesen war, oder aber auch, daß er keine Ahnung hatte, von wem ich redete.

»Nein?« sagte ich.

»Was wollen Sie trinken?«

»Ein Seven Up.«

Er machte die Flasche auf und goß sie in ein Glas voller Eiswürfel. Aber er stellte mir das Glas nicht hin. Er ging ans hintere Ende der langen Theke, plazierte dort das Glas und wartete auf mich. Als er sich auf den Tresen stützte, zeichneten sich die Muskeln an seinen braunen Armen wie kleine Felsbrocken ab. Ich folgte ihm am Tresen entlang und setzte mich auf einen Barhocker vor ihn.

»Nach welcher Amber suchen Sie?«

»Ich kenn nur eine.«

»Die ist hier kein Stammgast. Aber ich könnte jemanden anrufen, der weiß wahrscheinlich, wo sie sich rumtreibt. Ich mein, wenn wir von derselben Torte reden.«

»Eine Mexikanerin?«

»Yeah, eine Mexikanerin.«

»Redet sie wie eine Mexikanerin?«

»Yeah. Wie soll eine Mexikanerin denn reden?«

»Dann ist sie nicht die, die ich such.«

»Lassen Sie sich das Seven Up schmecken, Partner«, sagte er und zog ab.

Ich wartete eine halbe Stunde. Der Biker verließ das Lokal, und ich hörte, wie er den Starter seines Motorrads betätigte und davonbrauste, bis das Dröhnen der Maschine nicht mehr zu hören war. Dann gingen die Collegekids, und die Bar war fast menschenleer. Der Barkeeper brachte mir noch ein Seven Up. Ich faßte nach meiner Brieftasche.

»Geht aufs Haus«, sagte er.

»Hab ich heut Geburtstag?« sagte ich.

»Sie sind ein Cop.«

»Ich bin ein Cop?«

»Ist mir egal. Ich hab gern Cops im Laden. Hält einem das Gesocks vom Leib.«

»Warum halten Sie mich für einen Cop, Partner?«

»Weil ich grad mal vor die Tür bin, um frische Luft zu schnappen, und da hab ich Lou Girard gesehen, der auf unsere Bananenstauden gestrullt hat. Bestellen Sie Lou ein Dankeschön von mir.«

Also gab ich es auf und ging wieder nach draußen in die schwüle Nacht, wo Staub von der unbefestigten Straße her wehte und Blitze lautlos über dem Golf am Himmel flackerten.

»War nix, fürchte ich«, sagte ich Lou durchs Wagenfenster. »Tut mir leid, daß ich dich wegen nichts bemüht hab.«

»Vergiß es. Wollen wir noch was essen gehen?«

»Nein, ich seh mal besser zu, daß ich heimkomm.«

»Diese Nutte, Amber, die heißt mit vollem Namen Amber Martinez. Wie ich gehört hab, will sie nicht länger auf den Strich gehen. Aber ich kann sie für dich auftreiben.«

»Nein, ich glaube, da wollte mich jemand nur verarschen.«

»Wenn ich was für dich tun kann, laß es mich nur wissen.«

»Klar. Noch mal danke. Gute Nacht, Lou.«

»Gute Nacht, Dave.«

Ich sah noch, wie er um das Gebäude herumfuhr und auf die unbefestigte Straße bog. Die ersten Regentropfen prasselten auf das Dach meines Pickups.

Aber vielleicht war es zu früh, wenn ich jetzt schon ging, dachte ich. Wenn der Barkeeper Lou Girard erkannt hatte, dann vielleicht auch die Frau.

Ich ging noch einmal rein. Kein Barhocker war mehr besetzt. Der Barkeeper spülte Bierseidel in einem Metallbecken. Er hob den Kopf.

»Sie ist immer noch nicht da. Weiß nicht, was ich Ihnen sonst noch sagen soll, Buddy«, sagte er.

Ich steckte einen Quarter in die Musicbox und wählte eine alte Clifton-Chenier-Platte, *Hey 'Tite Fille,* dann ging ich nach vorne auf die Eingangsstufen. Vor dem Neonlicht der Dixie-Bierreklame fiel der Regen wie ein schräger Strich und prasselte in die Gräben und auf den Parkplatz. Auf der anderen Straßenseite standen zwei kleine Holzhäuser, und daneben war ein leerstehendes Grundstück mit einem Gemüsegarten und drei dunklen Eichen, davor geparkt ein alter weißer Buick. Dann schaltete jemand in dem Haus nebenan ein Licht an, und ich sah auf dem Beifahrersitz des Buick die Silhouette einer Gestalt. Ich sah sie so klar, als hätte sie jemand aus Blech ausgestanzt, und dann sah ich auf einer verchromten oder vernickelten Oberfläche kurz Licht aufblitzen, so grell wie ein Spiegeltelegraph.

Der Regen dämpfte die Schüsse – *popp, popp,* wie Chinakracher unter einer Blechdose –, aber ich sah die Funken aus dem Pistolenlauf durch die Dunkelheit im Innern des Buick fliegen. Der Schütze hatte einen seltsamen Winkel für seine

Schüsse gewählt, quer über den Sitz und durchs Rückfenster, aber ich wartete nicht erst, um nachzudenken, warum er aus so einer ungünstigen Position auf mich geschossen hatte.

Ich riß die .45er unter meinem Hemd hervor, ließ mich hinter der Stoßstange meines Pickups auf die Knie fallen und eröffnete das Feuer, beide Hände gerade nach vorne gestreckt. Ich verschoß alle acht Patronen, so schnell ich den Abzug betätigen konnte. Das Dröhnen war ohrenbetäubend, wie wenn mir jemand mit beiden Handtellern brutal auf die Ohren geschlagen hätte. Die Hohlspitzgeschosse zerschlugen das Glas in den Fenstern des Buick in tausend Stücke, durchbohrten die Wagentüren wie ein Meißel, prallten pfeifend von Lenkrad und Armaturenbrett ab. Der Knopf, der die Hupe auslöste, hüpfte wie ein wildgewordener Floh über die Motorhaube.

Der Schlitten der Automatik rastete hinten ein, als das Magazin leer war, und die letzte verschossene Hülse klimperte auf die flachgedrückten Bierdosen zu meinen Füßen. Ich richtete mich auf, immer noch im Windschatten des Pickups, drückte das leere Magazin aus dem Griff der .45er, lud nach und hebelte eine Patrone in die Kammer. Die Straße war mucksmäuschenstill, man hörte nur den Regen, der in die Gräben prasselte. Dann hörte ich in der Entfernung eine Sirene und wie die Eingangstür der Bar hinter mir geöffnet wurde.

»Was zum Teufel ist hier los?« fragte der Barkeeper, den ganzen Leib von einem Lichtrahmen umhüllt. »Sind Sie komplett wahnsinnig?«

»Gehen Sie wieder rein«, sagte ich.

»Wir haben hier noch nie Ärger gehabt. Wo zum Teufel kommen Sie her? Wegen so einer Scheiße kann man seine Konzession verlieren.«

»Legen Sie Wert drauf, eine Kugel einzufangen?«

Er knallte die Tür zu, verriegelte sie von innen und ließ die Rollos herunter.

Ich wollte gerade über die Straße, als ein Kurzschluß in dem Buick die Hupe auslöste, die nonstop losheulte. Ich zielte beidhändig mit der .45er auf die Fenster des Buick und beschrieb einen Kreis vorne um den Wagen herum. Über dem Fensterrahmen sah man niemanden, es regte sich auch nichts im Fahrzeug. Die Hohlspitzgeschosse hatten die Beifahrertür durchschlagen und beim Austritt Löcher von der Größe von 50-Cent-Stücken zurückgelassen.

Ein städtischer Polizeiwagen aus Lafayette kam um die Ecke gefegt, das Blaulicht blinkte im Regen. Keine zwanzig Meter vor dem Buick stoppte der Polizeiwagen, und beide Vordertüren wurden aufgestoßen. Ich sah, wie der Cop im Beifahrersitz seine Repetierflinte aus der Halterung am Armaturenbrett zog. Ich nahm meine Polizeimarke aus der Hosentasche und hielt sie hoch über den Kopf.

»Legen Sie die Waffe auf den Boden, und gehen Sie von dem Auto da weg«, sagte der Fahrer, zwischen Tür und Rahmen in Deckung, den Revolver auf mich gerichtet.

Ich hielt den rechten Arm im 90-Grad-Winkel hoch, so daß der Lauf der .45er in den Himmel zeigte.

»Ich bin Detective Dave Robicheaux, vom Sheriff's Department in Iberia Parish«, sagte ich. »Ich leiste Ihren Anweisungen Folge.«

Ich ging im Lichtkegel ihrer Scheinwerfer in die Hocke, legte die .45er neben den Vorderreifen des Buick und kam wieder hoch.

»Treten Sie zur Seite«, sagte der Fahrer.

»Alles klar, Partner«, sagte ich und verlor fast das Gleichgewicht in der Abflußrinne.

»Hier lang. Los«, sagte der Fahrer.

Menschen waren auf die Veranden vor ihren Häusern getreten, und es regnete jetzt noch heftiger, in großen Tropfen, die mir in den Augen weh taten. Immer noch hielt ich den beiden Polizisten aus Lafayette meine aufgeklappte Marke hin.

»Ich habe mich ausgewiesen. Können wir jetzt vielleicht wieder normal miteinander umgehen?« sagte ich.

Der Polizist mit der Schrotflinte fischte mir die Marke aus der Hand und betrachtete sie. Dann dehnte er die Schultern, um Spannung abzulassen, schnaubte mit der Nase und gab mir die Marke zurück.

»Was zum Teufel ist hier los?« sagte er.

»Jemand hat zweimal auf mich geschossen. Aus diesem Buick da. Ich glaube, daß er vielleicht noch drin ist.«

Sie blickten sich an.

»Sie sagen, der Kerl ist noch dort?« sagte der Fahrer.

»Ich hab ihn nirgends hingehen sehen.«

»Scheiße, warum haben Sie das nicht gleich gesagt?«

Zu einer Antwort kam ich nicht mehr. In diesem Augenblick fuhr Lou Girard vor den Polizeiwagen und stieg in dem strömenden Regen aus.

»Verdammt, Dave, ich dachte, du fährst nach Haus. Was ist passiert?«

»Jemand hat auf mich geschossen«, sagte ich.

»Kennen Sie den Typ?« sagte der Cop mit der Schrotflinte.

»Verdammt noch mal, ja. Steckt die Knarren weg. Was ist bloß in euch gefahren?« sagte Lou.

»Lou, der Kerl hat zweimal auf mich geschossen«, sagte ich. »Ich habe acht Kugeln in den Buick gejagt. Ich glaube, er ist immer noch drin.«

»Was?« sagte er und riß die .357er aus dem Gürtelholster. Dann wandte er sich an die beiden Uniformierten. »Was steht ihr Arschgeigen hier rum?«

»Hey, Lou, hören Sie auf. Wir haben nicht gewußt, wer –«

»Halt's Maul«, sagte er, ging zu dem Buick, warf einen Blick hinein. Dann riß er die Beifahrertür auf. Die Innenbeleuchtung ging an.

»Wie sieht's aus?« sagte der Cop mit der Flinte.

Lou gab keine Antwort. Er steckte den Revolver wieder ins Holster und faßte mit der rechten Hand nach unten. Er betastete etwas auf dem Wagenboden.

Ich ging auf ihn zu. »Lou?« sagte ich.

Seine Hände suchten den Wagensitz ab, dann trat er zurück und untersuchte den Fußboden und das Unkraut zu seinen Füßen, als suche er etwas.

»Lou?«

»Sie ist tot, Dave. Sieht aus, als hätt sie's voll in den Mund erwischt.«

»Sie?« sagte ich. Ich fühlte, wie mir das Blut aus dem Herzen wich.

»Du hast Amber Martinez umgelegt«, sagte er.

Ich stürzte hin, und er packte mich am Arm. Das Licht der Scheinwerfer des Streifenwagens der Stadtpolizei war im Regen blendend grell. Er zog mich an der geöffneten Beifahrertür vorbei, und ich sah eine zierliche Frau, zusammengekrümmt wie ein Embryo. Durch einen Schlitz ihres Cocktailkleides sah man ein Stück weißen Oberschenkel, und ein dichter Schopf braunen Haars war auf die Fußmatte geklatscht.

Unsere Gesichter waren von denen der Streifenpolizisten abgewandt. Lous Mund war nur wenige Zentimeter von meinem Ohr entfernt. Sein Atem roch nach Zigaretten, Bourbon und Pfefferminze.

»Dave, verdammt, sie hat keine Waffe«, wisperte er mit heiserer Stimme.

»Ich hab das Mündungsfeuer gesehen. Ich hab die Schüsse gehört.«

»Da ist keine Waffe. Ich hab im Handschuhfach noch eine, für alle Fälle. Du brauchst es nur zu sagen, dann tu ich's.«

Ich starrte wie gelähmt die beiden uniformierten Streifenpolizisten an. Ihre dräuenden Umrisse zeichneten sich vor den Scheinwerfern ab wie steinerne Monstren, die jeden Augenblick zum Leben erwachen können.

13

Um fünf Uhr am nächsten Morgen rief mich der Sheriff höchstpersönlich an, um unmißverständlich klarzustellen, wie es um mich stand: Ich war ab sofort auf unbestimmte Zeit und ohne Gehalt vom Dienst suspendiert.

Es war sieben und bereits heiß und schwül, als Rosie Gomez und ich in ihrem Wagen vor Red's Bar vorfuhren. Der weiße Buick parkte immer noch auf der anderen Straßenseite. Die Bar war verschlossen, die Rolläden heruntergelassen, und die Aluminiumverkleidung am Eingang des Wohntrailers knarrte bereits in der Hitze.

Wir gingen die Vorderseite des Gebäudes mehrmals ab, suchten nach Beulen und Schrammen im Blech, checkten die provisorischen Abflußrinnen, sogar das Holz im Türrahmen.

»Wäre es möglich, daß die Kugeln einen Wagen getroffen haben oder den Pickup, hinter dem Sie in Deckung gegangen sind?« sagte sie.

»Vielleicht. Aber ich hab sie nicht gehört.«

Sie stemmte die Hände an die Hüften und ließ ihren Blick noch einmal über die Vorderseite des Lokals streifen. Dann hob sie sich das Haar aus dem Nacken. Über dem Kragen ihrer Bluse glänzte Schweiß.

»Na ja, dann wollen wir uns noch mal den Buick anschauen, bevor sie ihn abschleppen«, sagte sie.

»Ich bin Ihnen wirklich dankbar, Rosie.«

»Sie würden für mich das gleiche tun, oder?«

»Wer kann das schon wissen?«

»Doch, das würden Sie.« Sie gab mir mit ihrer kleinen Faust einen Knuff auf den Arm.

Wir gingen über die unbefestigte Straße zu dem Buick. Jenseits des leerstehenden Grundstücks konnte ich Güterwagen zusammenstoßen hören. Ich öffnete alle vier Türen des Buick und machte mich daran, die Fußmatten rauszuschmeißen, den Bodenbelag aufzureißen, allen möglichen Krimskrams unter den Sitzen herauszupulen, während Rosie ihr Glück im Gras entlang des Abflußgrabens versuchte.

Nichts. Ich setzte mich auf den Rand des Rücksitzes und wischte mir den Schweiß aus den Augen. Tiefe Müdigkeit steckte mir in den Knochen, und meine Hände waren steif; es fiel mir schwer, sie zu bewegen. In der Tat fühlte ich mich, als hätte ich einen Kater. Ich konnte keinen klaren Gedanken fassen, und immer wieder trieben mir Farbfetzen vor den Augen.

»Dave, hören Sie mir zu«, sagte sie. »Es ist genau so abgelaufen, wie Sie gesagt haben. Sonst hätten Sie das Angebot Ihres Freundes angenommen.«

»Vielleicht hätte ich das tun sollen.«

»Sie sind nicht die Sorte Cop. Und Sie werden's auch nie sein.«

Darauf gab ich keine Antwort.

»Wie hat es Ihr Freund noch genannt?« fragte sie.

»Das Extra für alle Fälle. Manchmal nennen Cops so was auch Wegwerfknarre. Für gewöhnlich eine .22er oder ein anderes Stück Schrott, wo man die Seriennummer weggefeilt hat.« Ich raffte mich auf und öffnete den Kofferraum. Dort fand ich ein Abzieheisen. Ich stieß das breite Ende in die Verschalung der Hintertür auf der Fahrerseite.

»Was machen Sie da?« sagte Rosie.

Ich brach die Innenverkleidung aus Kunststoff weg, so daß man den Schieberahmen und den Mechanismus sah, auf dem die Fensterscheibe montiert gewesen war.

»Ich will Ihnen mal was zeigen«, sagte ich und verfuhr mit der Innenverkleidung der Fahrertür genauso. »Sehen Sie, auf dieser Seite des Fahrzeugs waren beide Fenster teilweise hochgekurbelt. Deswegen haben meine ersten Schüsse das ganze Glas hier rumsplittern lassen.«

»Ja und?«

»Warum um alles in der Welt sollte der Schütze versuchen, durch ein Fenster zu schießen, das nur einen Spalt offensteht?«

»Gute Frage.«

Ich ging um den Buick herum zur Beifahrerseite. Auf dem Bodenbezug war ein getrockneter brauner Fleck, und eine Küchenschabe vom Ausmaß meines Daumens krabbelte über die festgewordenen Fasern.

»Aber dieses Fenster hier ist ganz runtergekurbelt«, sagte ich. »Das macht keinen Sinn. Es regnete doch schon. Warum sollte diese Frau bei Regen mit geöffnetem Fenster dasitzen, und dann noch auf dem Beifahrersitz ihres eigenen Wagens?«

»Der Wagen läuft auf Amber Martinez?«

»Ja. Lou Girard zufolge war sie eine Nutte, die die Nase voll von diesem Leben hatte. Außerdem nahm sie Heroin und Kokain und brachte kaum mehr als vierzig Kilo auf die Matte. Klingt das für Sie nach einem Profikiller?«

»Warum ist sie dann im Wagen gewesen? Was hatte sie hier zu suchen?«

»Das weiß ich nicht.«

»Was hat der Beamte von der Mordkommission gestern nacht noch dazu zu sagen gehabt?«

»Der hat gesagt: ›Eins ist mal sicher, eine .45er macht ein anständiges Loch.‹«

»Und was noch?«

»Er hat gesagt: ›Mußten Sie unbedingt hier nach Lafayette kommen, um in die Scheiße zu treten?‹«

»Schauen Sie mich mal an«, sagte sie.

»Wie?«

»Wieviel Schlaf haben Sie gestern nacht noch bekommen?«

»Zwei oder drei Stunden.«

Ich warf das Abzieheisen auf den Vordersitz des Buick.

»Was geht jetzt in Ihnen vor?« sagte sie.

»Wie meinen Sie das?« Ich war überrascht, wie scharf meine Stimme klang.

»Sie wissen genau, wie ich das meine.«

Meine Augen brannten und trübten sich in der dunstigen Hitze. Die drei Eichen auf dem leerstehenden Grundstück verschwammen mir zusehends vor den Augen, als ob ich sie durch einen Wassertropfen betrachtete.

»Alle denken sie, ich hätte eine unbewaffnete Frau getötet. Was, meinen Sie, geht in mir vor?« sagte ich. Ich mußte schlucken, als ich das sagte.

»Es war eine Falle, Dave. Das wissen wir beide.«

»Wenn das so ist, wo ist dann die Waffe? Warum sind nirgends in dem Lokal Einschußspuren?«

»Weil der Kerl, der sich das ausgedacht hat, ein verdammt schlaues Bürschchen ist. Er hat eine Frau, wahrscheinlich eine Prostituierte, dazu gebracht, mehrmals bei Ihnen in der Einsatzzentrale anzurufen, um dort den Eindruck zu erwecken, daß Sie die Hose nicht anbehalten können, aber dann hat er Sie in den Zuständigkeitsbereich einer anderen Behörde gelockt und Sie in den Tod einer weiteren Prostituierten verwickelt. Wie ich es sehe, ist dieser Bursche ein Meister darin, eine Situation völlig im Griff zu haben.«

»Irgendwie wird mir davon kaum besser zumute, Rosie.«

Ich blickte auf den Fleck auf dem Bodenbelag des Buick. Die Hitze stieg jetzt dampfend vom Erdboden hoch, und ich bildete mir ein, einen salzigen Geruch riechen zu können, wie toten Fisch. Ich schloß die Beifahrertür.

»Ich bin da wirklich blind reingelaufen, stimmt's?« sagte ich.

»Jetzt machen Sie sich mal keine Sorgen. Den Kerl, der dahintersteckt, den werden wir uns schnappen, und dann werfen wir den Schlüssel weg.« Ein Lächeln stand in ihren Augen, und sie blinzelte mir zu.

Ich hatte einen Gartenrechen von zu Hause mitgebracht. Ich holte ihn aus Rosies Wagen und fischte damit vom Grunde des Abflußgrabens neben dem Buick einen ganzen Haufen Schlamm und aufgeweichter Unkräuter. Dann sagte Rosie: »Dave, kommen Sie mal her. Das müssen Sie sich ansehen.«

Sie stand neben einem Gemüsebeet am Rande des leerstehenden Grundstücks. Sie deutete auf die Erde.

»Schauen Sie sich diese Fußabdrücke an«, sagte sie. »Jemand ist durch den Gemüsegarten gerannt. Er hat die Tomatenstöcke niedergetrampelt.«

Die Abdrücke hatten sich tief und breit in die weiche Erde gedrückt. Die Person hatte sich weg von der Straße bewegt, auf die drei Eichen in der Mitte des Grundstücks zu. Einige der Tomaten- und Auberginenpflanzen im Beet waren plattgetreten.

Ein Abschleppwagen kam um die Ecke gebogen und hielt hinter dem Buick. Zwei Männer saßen darin. Der Fahrer stieg aus und befestigte einen Haken am hinteren Ende des Buick. Ein Kriminalbeamter mittleren Alters stieg mit ihm aus, die Polizeimarke am Gürtel. Er trug ein kurzärmliges Hemd. Sein Name war Doobie Patout, ein verkniffener, verrunzelter Mann, der nicht viel für Fremde übrig hatte. Auf seinen Unterarmen waren verblichene blaue Tätowierungen; es gab Leute, die glaubten, er sei einst in Angola der offizielle Scharfrichter gewesen.

Er sagte nichts. Er starrte Rosie und mich durch die Hitze einfach nur an.

»Wie steht's, Doobie?« sagte ich.

»Was machen Sie hier?« sagte er.

»Wir suchen eine Mordwaffe«, sagte ich.

»Ich hab gehört, die haben Sie suspendiert.«

»So was spricht sich schnell rum.«

»Sie haben am Tatort nichts zu suchen.«

»Ich schau eigentlich nur zu.«

»Wer ist sie?« Er hob einen Finger in Rosies Richtung.

»Special Agent Gomez«, sagte Rosie. »Dies ist Teil einer Untersuchung des FBI. Haben Sie damit ein Problem?«

»Sie müssen das mit den städtischen Behörden absprechen«, sagte er.

»Nein, muß ich nicht«, sagte sie.

Der Fahrer des Abschleppwagens drehte an der Seilwinde. Langsam hoben sich die Hinterräder des Buick vom Boden.

»Ich würde mich an Ihrer Stelle nicht länger hier aufhalten«, sagte Doobie zu mir.

»Warum nicht?« sagte Rosie.

»Weil er hier von Rechts wegen nichts verloren hat. Weil er einen Fehler gemacht hat, aus dem ihm hier wahrscheinlich keiner einen Strick drehen wird. Warum müssen Sie alle Leute gegen sich aufbringen, Robicheaux?«

»Was wollen Sie damit sagen, Doobie?«

»Okay, Sie müssen sich vor Ihrem eigenen Department verantworten. Das bedeutet noch lange nicht, daß man in Lafayette Parish Anklage gegen Sie erheben wird. Warum müssen Sie mit dem Stock in der Scheiße rühren und ihn dann anderen unter die Nase halten?«

Hinter uns trat eine ältere, dicke Mulattin in einem gemusterten Kleid auf ihre Veranda und gestikulierte in unsere Richtung. Doobie Patout registrierte sie mit einem kurzen Blick. Dann öffnete er die Beifahrertür des Abschleppwagens und verhielt kurz, bevor er einstieg.

»Von mir aus können Sie Spinat aus diesem Graben rechen, bis Sie schwarz werden«, sagte er. »Ich bin gestern nacht mit einem Metalldetektor drüber. Da ist keine Waffe drin. Also gehen Sie mir nicht zurück nach New Iberia und erzählen dort, daß man Ihnen hier übel mitgespielt hat.«

»Hey, Sie, und was ist mit meinem Garten?« rief die Frau auf der Veranda.

Der Abschleppwagen fuhr los, der Buick ruckelte am Abschleppseil hinterher. An der Ecke bog der Abschleppwagen ab, und eine Radkappe des Buick löste sich und trudelte auf eigene Faust die leere unbefestigte Straße hinunter.

»Mannomann, was für ein gräßlicher kleiner Kerl«, sagte Rosie.

Ich wandte meine Aufmerksamkeit wieder den Abdrücken in dem Gemüsegarten zu. Sie führten hinaus ins hohe Gras, wo sie völlig verschwanden. Wir gingen in den Schatten der Eichen und blickten von dort zurück auf die Straße. Kleine Glassplitter blinkten auf der Erde wie Zähne, und die Sonne brannte grell auf den Parkplatz mit seinem weißen Muschelbelag. Ich fühlte eine Müdigkeit, für die ich keine Worte finden konnte.

»Gehen wir und reden mit ein paar Anwohnern, dann lassen wir's gut sein«, sagte ich.

Wir mußten nicht weit gehen. Die ältere Frau, der wir keine Aufmerksamkeit geschenkt hatten, mühte sich am Stock die Treppen ihrer Veranda herunter und näherte sich uns wie ein zielstrebiger Krebs. Ihre Beine waren krumm und mit Krampfadern überzogen, ihr Körper von Fettringen überzogen, ihre Haut goldfarben und haarlos. Ihre türkisfarbenen Augen funkelten vor Empörung.

»Wo ist der andere abgeblieben?« sagte sie.

»Welcher andere?« sagte ich.

»Der Mann von der Polizei, mit dem Sie grad noch geredet haben.«

»Der ist wieder zurück in sein Revier.«

»Und wer kommt mir für den Schaden an meinem Garten auf?« fragte sie. »Was mach ich denn mit den kaputten Tomaten? Und mit den zerquetschten Auberginen?«

»Haben Sie gestern nacht was gesehen, *tante*?« sagte ich.

»Sie tun mich fragen, ob ich was gesehen hab? Schauen Sie ihn sich doch an, meinen kleinen Garten. Sie haben doch Augen, oder?«

»Nein, ich meine, ob Sie die Schießerei gestern nacht gesehen haben.«

»Bin im Bad gewesen.«

»Sie haben also gar nichts gesehen?« sagte Rosie.

Die Frau stupste mit ihrem Stock an eine zerstörte Aubergine.

»Das hab ich gesehen. Meinen Sie, das ist 'n Entenei? Tut man kein Englisch sprechen, wo Sie herkommen?«

»Haben Sie vor Ihrem Haus eine Frau in einem weißen Wagen gesehen?« sagte ich.

»Die hab ich gesehen. In einen Krankenwagen haben sie die gesteckt. Die war tot.«

»Ah ja«, sagte ich.

»Und mein Garten? Was wollen Sie da jetzt machen?«

»Ich fürchte, da kann ich gar nichts machen«, sagte ich.

»Der kann also mit seinen Quadratlatschen über meine ganzen Pflanzen trampeln, ohne daß ich was dagegen tun kann?«

»Wer?« sagte ich.

»Der Mann, der wo an meinem Bad vorbeigerannt ist. Hab ich Ihnen doch grade erzählt. Tun Sie genauso schlecht hören, wie Sie sehen? Ich bin aufgestanden, weil ich mal mußte.«

Mir schwamm der Kopf.

»Hören Sie gut zu, *tante*, das ist sehr wichtig«, sagte ich. »Sie sagen also, Sie haben einen Mann gesehen, der vor Ihrem Fenster vorbeirannte?«

»Genau. Den hab ich allerdings gesehen, wie er meine kleinen Pflanzen niedergewalzt hat und den Stab runtergebrochen hat, wo ich die Tomaten hochbinde. Und dann isser einfach weitergerannt, mittenmang durch die Bäume, weiter bis über die Schienen, und dann war er weg. Hab sogar das Licht gesehen, das sich auf der kleinen Pistole gespiegelt hat, die wo er in der Hand gehabt hat.«

Rosie und ich sahen uns an.

»Können Sie diesen Kerl beschreiben, *tante*?« sagte ich.

»Und wie ich das kann – ein Weißer, dem's ganz egal ist, wo er seine großen Drecksfüße hinsetzt.«

»Hat die Waffe so wie diese hier ausgesehen?« sagte Rosie, öffnete die Handtasche und holte ihre .357er Magnum heraus.

»Nein, kleiner ist die gewesen.«

»Warum haben Sie das gestern nacht nicht der Polizei erzählt?« fragte ich.

»Ich hab's denen gesagt. Ich war am Reden, und die machen einfach weiter mit ihrem Kram und tun grad so, als wenn ich nicht da bin, als wenn ich eine alte Frau bin, die nur im Weg steht. Da hat sich nix geändert.«

»Woran hat sich nichts geändert?« sagte ich.

»Wann hat uns denn das letzte Mal 'n Weißer nach unserer Meinung zu irgendwas gefragt? Mich hat jedenfalls keiner gefragt, ob ich diese Kneipe direkt vor meinem kleinen Haus haben will. Keiner kümmert sich um meinen kleinen Garten. Schwarze sind Schwarze, wie früher. Wir leben hier draußen, wo nicht mal die Straßen gepflastert sind, durch die Fliegenfenster weht's einem den Staub von der Straße rein. Genau wie früher. Jetzt tun Sie nicht so, als ob das nicht stimmt.«

»Sie haben uns sehr geholfen, *tante*«, sagte ich.

Sie beugte sich über ihrem Stock nach vorne, griff mit der Hand nach einem Klumpen kaputter Tomatenpflanzen und warf sie hinaus aufs Gras. Dann mühte sie sich wieder zurück zu ihrer Veranda. Die tiefen Falten in der Haut an ihrem Hals und an ihren Schultern hingen wie weicher Talg übereinander.

»Würd's Ihnen was ausmachen, wenn wir Sie noch mal aufsuchen?« fragte ich.

»Wollen Sie mir noch mehr Zeit stehlen und so tun, wie wenn Ihnen was dran liegen tut, was hier an dieser Straße los ist? Warum tun Sie mich überhaupt fragen. Sie kommen doch eh, wann Sie wollen.«

Ihre Hinterbacken drückten wie die eines Elefanten gegen ihr Kleid, als sie sich die Treppen hocharbeitete. Als wir die Stadt verließen, machten wir an einer Gärtnerei halt, wo ich ein Dutzend Tomatensträucher kaufte und bar bezahlte, die an ihre Adresse geliefert werden sollten.

»Ist nicht sonderlich schlau, einer potentiellen Zeugin was zukommen zu lassen, Dave«, sagte Rosie, als wir wieder auf der Überlandstraße waren.

»Sie sind dran gewöhnt, Ihren Job in der normalen Welt zu verrichten, Rosie. Haben Sie nicht gehört, was Doobie Patout gesagt hat? Für die Mordkommission von Lafayette hat der Tod dieser Frau nicht mehr zu bedeuten als ein eingewachsener Fußnagel. Willkommen im neuen Süden.«

Als ich wieder nach Hause kam, machte ich den Ventilator im Schlafzimmerfenster an, zog mich aus und legte mich auf die Bettdecke, einen Arm über den Augen. Die Vorhänge, bedruckt mit kleinen rosa Blumen, bauschten sich im warmen Luftzug, und ich konnte hören, wie Tripod im toten Laub unter den Pecanbäumen an seiner Kette hin und her lief.

Im Schlaf bildete ich mir ein, ich spürte noch einmal, daß sich die .45er in meiner Hand aufbäumte, daß der Abzugsschlitten auf die nächste Patrone schlug, daß der Rückstoß durch meinen Unterarm nach oben fuhr wie die Vibration eines Schmiedehammers. Dann sah ich, wie in Zeitlupe, das Gesicht einer Frau platzen; ein kleines schwarzes Loch tat sich direkt unter dem Mund auf, dann löste sich das ganze fragile Knochengerüst auf, wie eine Gummimaske, die in sich zusammenfällt, und ihr Hinterkopf verwandelte sich unvermittelt in einen blutigen Sprühregen.

Ich wollte aufwachen, damit der Traum ein Ende hätte, meinem Bewußtsein selbst im Schlaf die Erkenntnis aufzwingen, daß es doch nur ein Traum war, aber statt dessen kamen andere Bilder, und ich hörte das abgehackte Wummern von Handfeuerwaffen, und ich sah den Rand des herbstlichen Laubwaldes, die Blätter von Feuer umrahmt. Ein Infanterietrupp der Südstaatenarmee zog sich in den Wald zurück.

Nein, ich sah sie nicht bloß; ich war in ihrer Mitte, stand mit ihnen unter Beschuß, und in meiner Kehle brannte derselbe Durst. Meine Hände zitterten, als ich meine Waffe nachzuladen versuchte, meine Haut zuckte, als ob sie jemand in Streifen abziehen wollte. Ich hörte einen Querschläger ganz dicht an meinem Ohr vorbeiwuschen und pfeifend tief im Wald verschwinden, sah die langen, scharlachroten Streifen im Laub, wo man Verletzte hinter Baumstämme geschleift hatte, und ich war insgeheim froh, daß ein anderer, nicht ich, auf die Knie gestürzt war, nach seiner Mutter geschrien hatte, vergeblich versucht hatte, die bläulichen Eingeweide wieder zurück in den Bauch zu drücken.

Der Feind rückte über ein offenes Feld vor, im Rauch der eigenen Kanonen, die Bajonette aufgestellt; ihr Artilleriefeuer flog in hohem Bogen über ihre Köpfe und schlug hinter uns ein, ließ Säulen aus Erde und Feuer zum Himmel aufsteigen. Das Licht war so sanft und golden wie die Jahreszeit, aber die Luft im Wald war stickig, voller Staub und Blattpartikel, Pulverdampf, dem Geruch wundbrandschwarzer Verbände und dem Aroma von Blut.

Da wußte ich, selbst im Schlaf, was dieser Traum bedeutete. Ich konnte jetzt die Gesichter des Feindes sehen, hörte das Klappern ihrer Ausrüstung, ihre Offiziere, die brüllten: »In Formation, Jungs, in Formation!« Sie waren jung, verängstigt, hatten weder von Politik noch von Ökonomie eine Ahnung und zitterten am ganzen Leib, genau wie ich, der Mund war ihnen selbst für ein Gebet zu trocken, und ihre verschwitzten Hände hielten Kolben und Schaft ihrer Gewehre umklammert. Aber ihre Unschuld, die noch bartlosen Gesichter, die roten Blumen, die aus ihrer jugendlichen Brust hervorbarsten, all das war mir egal. Ich wollte nur leben. Ich wollte, daß jede Kugel, die wir abfeuerten, ein Ziel fand, Knochen brach, Lungen zerriß und Herzen zerschmetterte; ich wollte, daß sich ihre Reihen in eine Kakophonie von Schmerz und Elend auflösten.

Mein Kopf fuhr vom Kissen auf. Im Zimmer war es heiß und stickig, und Staubpartikel trudelten in den schwachen Lichtkegeln, die durch die Vorhänge hereinfielen. Mein Atem rasselte in der Kehle, und Brust und Bauch waren schweißglatt.

Der General saß auf einem Stuhl mit gerader Lehne am Fuß meines Bettes, den Offiziershut auf ein Knie gelegt. Sein Bart war frisch getrimmt, und er trug einen sauber gebürsteten grauen Mantel mit einem hohen goldenen Kragen. Er betrachtete durchs Fenster hindurch die unsteten Lichtraster, die sich um die Pecanbäume und Eichen bildeten.

»Sie?« sagte ich.

»Ich will doch hoffen, daß Sie gegen meine Anwesenheit nichts einzuwenden haben.«

»Nein, ich – ich war nur überrascht.«

»Gefühle, wie Sie sie gerade hatten, Mr. Robicheaux, sollten Sie nicht reuig stimmen. Der Wunsch zu überleben bedeutet noch lange nicht, daß man es an Menschlichkeit fehlen läßt.«

»Ich habe zu schnell auf den Buick geschossen. Ich habe das ganze Magazin abgefeuert, ohne daß ich überhaupt sah, worauf ich da schoß.«

»Sie haben gedacht, Ihr Leben sei in Gefahr, Sir. Was hätten Sie sonst tun sollen?«

»Die sagen, ich hätte eine unbewaffnete Frau getötet, General.«

»Ja, ich möchte doch meinen, daß mir das auch zu schaffen machen würde.« Er ließ den Hut auf seinem Knie kreisen. *»Ich habe den Eindruck, daß Sie Ihren Vater, den Fallensteller, sehr mochten.«*

»Bitte?«

»Hat er Ihnen nicht mal gesagt, wenn alle sich über eine Sache einig sind, stimmt wahrscheinlich damit etwas nicht?«

»Das waren seine Worte.«

»Warum beherzigen Sie die dann nicht?«

»General, jemand hat mich schwer aus dem Konzept gebracht. Ich bin völlig durcheinander. Ich kann meinen eigenen Augen und Ohren nicht mehr trauen.«

»Es tut mir leid. Sie sind was? Ich verstehe nicht recht.«

»Das gleiche Gefühl hatte ich einmal, als ich noch geboxt habe. Die Ringglocke hatte schon geläutet, und der Gegner hat mir noch einen harten Haken verpaßt, direkt hinters Ohr. Zwei oder drei Tage lang hatte ich das Gefühl, als hätte sich etwas vom Knochen gelöst, als schwömme mein Gehirn in einem Glas.«

»Halten Sie die Ohren steif.«

»Ich sehe diese Frau, ihren Hinterkopf ... Ihr Haar klebte in ihrem eigenen Blut am Wagenboden.«

»Lassen Sie sich noch einmal durch den Kopf gehen, was Sie da gerade gesagt haben.«

»Wie?«

»Sie sind ein guter Polizist, ein intelligenter Mann. Was sagt Ihnen Ihr Auge?«

»Ich brauche Hilfe, General.«

»Sie stehen mitten im Leben, Sie wachen morgens auf und riechen den Duft von Blumen, da ist eine Frau, die auf die Berührung Ihrer Finger wartet, und da verlangen Sie Hilfe von den Toten, Sir?«

Er stand mit Hilfe der Krücke auf.

»Ich wollte Ihnen nicht zu nahe treten«, sagte ich.

»In Ihrem Traum, da haben Sie gesehen, wie wir uns in den Wald zurückzogen, und die lange blaue Linie von Soldaten, die aus dem Rauch über das Feld vorrückte, die haben Sie auch gesehen, stimmt's?«

»Ja.«

»Hatten Sie Angst?«

»Ja.«

»Weil Sie dachten, Ihre Zeit sei abgelaufen, hab ich recht?«

»Ja, ich wußte, daß es soweit war.«

»Eigentlich hätte dies unser Ende sein müssen, aber wir schlugen sie zurück. Unser Durst war furchtbar. Wir tranken Regenwasser aus den Hufabdrücken von Rindern. In jener Nacht knebelten wir dann unsere Verwundeten mit Stöcken, damit sie nicht schreien und uns verraten konnten, während wir uns aus dem Wald schlichen und wieder zum Rest der Truppe gelangten.«

Ein scharfer Wind kam in den Bäumen vor dem Fenster auf. Laub vom letzten Herbst wurde vom Boden aufgewirbelt und schlug gegen das Haus.

»Ich spüre Ihren Widerstand«, sagte er.

»Mein Lehrgeld habe ich bezahlt. Ich will nicht –«

»Was wollen Sie nicht?« Er säuberte einen Fingernagel.

»Ich will nicht alleine unter der Flagge stehen.«

»Ach, Lehrgeld zahlen wir bis ans Ende unserer Tage, mein Freund. Ich muß jetzt los. Wir haben Südwind. Heute nachmittag wird es donnern. Ist mir immer schwergefallen, das vom Kanonenfeuer der Yankees zu unterscheiden.«

Er schnalzte mit der Zunge, setzte sorgfältig den Offiziershut auf, nahm seine Krücke und schritt durch die Rotorblätter des Ventilators im Fenster in einen kreisenden Strudel goldener und scharlachroter Blätter.

Als ich schließlich am Nachmittag richtig aus meinem Schlaf erwachte, so, als tauchte ich aus der klebrigen Wärme eines Opiumrausches auf, sah ich Alafair, die mich durch die einen Spalt geöffnete Schlafzimmertür beobachtete. Ihre Lippen waren stumm geöffnet, und in ihrem runden, sonnengebräunten Gesicht war verstörtes Unverständnis sichtbar. Das Bettzeug war klamm und um meine Beine verdreht. Ich versuchte zu lächeln.

»Bist du okay, Dave?«

»Yeah, mir geht's gut.«

»Du hast geträumt. Du hast ganz komische Geräusche gemacht.«

»Wahrscheinlich ist es nicht so gut, wenn man am Tag schläft, Kleines.«

»Hast du wieder Malaria?«

»Nein, die macht mir kaum mehr zu schaffen.«

Sie kam ins Zimmer und legte eine Hand auf den Bettrahmen. Sie blickte zu Boden.

»Was ist los, Alf?« sagte ich.

»Ich bin mit Bootsie in den Laden an der Kreuzung gegangen. Ein Mann hat die Zeitung aufgeschlagen auf dem Tresen liegen gehabt und hat laut etwas daraus vorgelesen. Eine Frau hat uns gesehen und hat den Mann an den Arm gestubst. Dann haben sie uns beide nur angestarrt. Bootsie hat die vielleicht giftig angeschaut.«

»Was hat der Mann gesagt?«

»Eine Lady ist erschossen worden.« Ihre Hand lag fest auf dem Knauf vom Bettgestell. Sie stierte auf den Boden, und auf ihren Wangen waren kleine weiße Flecken, wie Eisstückchen. »Er hat gesagt, du hast die Lady erschossen. Du hast die Lady erschossen, Dave.«

Ich setzte mich an der Bettkante auf.

»Gestern nacht hat es Ärger gegeben, Alafair. Jemand hat mit einer Pistole auf mich geschossen, und ich habe zurückgeschossen. Ich bin nicht sicher, wer da auf mich geschossen hat oder was diese Frau da zu suchen hatte. Aber die Situation ist lange nicht so einfach, wie manche Leute vielleicht denken mögen. Manchmal fällt es sehr schwer, die Wahrheit zu entdecken, Kleines.«

»Hast du getan, was die sagen, Dave?« Ich konnte die Angst sehen, die in ihren braunen Augen glänzte.

»Das weiß ich nicht. Aber ich habe noch nie auf jemanden geschossen, der nicht zuerst versucht hat, mir was zu tun. Das mußt du mir glauben, Alf. Ich bin mir nicht sicher, was gestern abend passiert ist, aber früher oder später werde ich es schon herausfinden. In der Zwischenzeit müssen Leute wie du und ich und Bootsie Rückgrat zeigen und einander vertrauen.«

Ich kämmte ihr mit den Fingern den lang geschnittenen Pony aus den Augen. Sie blickte lange auf die sirrenden Blätter des Ventilators im Fenster und die Schatten, die sie aufs Bett warfen.

»Die haben kein Recht dazu«, sagte sie.

»Wer?«

»Diese Leute. Die haben nicht das Recht, so über dich zu reden.«

»Nun, sie haben das Recht, die Zeitung zu lesen.«

»Die Lady am Ladentresen hat noch was gesagt, bevor wir reinkamen. Ich hab sie durch die Fliegentür gehört. Sie hat gesagt: ›Wenn er wieder trinkt, dann überrascht's mich nicht im geringsten, wenn er so was tut, o nein.‹ Dann hat der Mann angefangen, laut aus der Zeitung vorzulesen.«

Ich hob sie an der Taille hoch und setzte sie aufs Bett. Ihr muskulöser Körper war so kompakt wie ein kleiner Baumstamm.

»Paß auf, Kleines«, sagte ich, »Trinken hat in meinem Leben keinen Platz mehr. Das hab ich an meine höhere Macht weitergereicht.«

Ich streichelte ihr Haar und sah, wie um ihren Mund und ihre Augen ein Lächeln aufkam.

»Dave?«

»Was?«

»Was heißt das, wenn du sagst, man muß Rückgrat zeigen?«

»Egal wie die anderen einem einheizen, du mußt grinsen und unbeirrt durch den Pulverdampf hindurchmarschieren. Das macht sie verrückt.«

Sie grinste jetzt breit, und ihr Gebiß mit den einzeln stehenden Zähnen hob sich strahlend weiß von den Schatten im Zimmer ab.

»Wo ist Bootsie?« fragte ich.

»Die macht Abendessen.«

»Was gibt es denn?«

»*Sac-à-lait* und Reis.«

»Hast du gewußt, daß sie damit die Güterzüge in Louisiana fahren lassen?«

Sie sprang ein paarmal wie auf einem Trampolin auf der Bettkante, dann registrierte sie meine Worte. »Was? Güter ... was?« sagte sie.

»Ich zieh mich nur kurz an, Kleines, dann gehen wir mal schauen, was das Essen macht.«

Die Erklärung, die ich Alafair gegeben hatte, war die beste, die ich auf Lager hatte, aber in Wahrheit sah die Sache so aus, daß ich unbedingt zu einem Meeting der Anonymen Alkoholiker gehen mußte. Seit der Nacht, in der ich den General und seine Soldaten im Nebel gesehen hatte, hatte ich einmal am Telefon mit meinem AA-Sponsor gesprochen, war aber zu keinem einzigen unserer Treffen gegangen, obwohl ich es doch nötiger als alles andere brauchte. Was der Erdbevölkerung (wie Mitglieder der Anonymen Alkoholiker Nicht-Alkoholiker nennen) irrational, abnormal, abartig, lachhaft, unlogisch, bizarr oder schizophren vorkommt, finden AA-Mitglieder für gewöhnlich ziemlich normal.

Die Leute nehmen immer an, daß katholischen Priestern im Beichtstuhl die dunkelsten Ecken der menschlichen Seele offenbart werden. Die Wahrheit liegt ganz anders. Jeder katholische Priester, der kein Blatt vor den Mund nimmt, wird einem sagen, daß die Beichten der meisten Menschen den Beichtvater bis zum Abwinken langweilen; der durchschnittliche reuige Sünder, der einmal pro Woche aufkreuzt, offenbart dabei meistens ein Ausmaß moralischer Verfehlungen, das nicht über unbezahlte Strafzettel und überfällige Bücher aus der Stadtbibliothek hinausgeht.

Aber bei unseren AA-Meetings habe ich im Laufe der Zeit alles gehört: Erpressung, Diebstahl, Fälschung, bewaffnete Raubüberfälle, Kindesmißbrauch, Unzucht mit Tieren, Brandstiftung, Prostitution, tödliche Autounfälle mit Fahrerflucht und Morde an Gefangenen und Zivilisten in Vietnam.

Ich ging zu einem Nachmittagstreffen im ersten Stock einer Episkopalkirche. Ich kannte fast alle der Anwesenden: ein paar Hausfrauen, ein Schwarzer, der eine Baumschule betrieb, eine katholische Nonne, ein ehemaliger Zuchthäusler und Barkeeper namens Tee Neg, der mein Sponsor war, eine Frau, die früher in der Bar des Column Hotel in Lafayette als Nutte angeschafft hatte, ein Psychologe, der Besitzer einer Bäckerei, ein Güterzugführer der Southern Pacific und ein Mann, der einst im Zirkus der Ringling Brothers ein berühmter Trapezkünstler gewesen war.

Ich lieferte ihnen die ganze Geschichte meiner psychohistorischen Begegnungen und ließ nichts aus. Ich erzählte ihnen von dem elektrischen Strom, der im Nebel gezischt und geflackert hatte wie die Zungen von Schlangen, von meinen Gesprächen mit dem General, selbst von dem Geruch ungewaschener, alter Kleidung, der von seiner Uniform aufstieg, von den Wunden seiner Männer, die Maden so blank wie polierte Löffel gefressen hatten.

Wie es üblicherweise mit den dramatischen oder surrealen Enthüllungen bei einem AA-Meeting lief, so war auch diesmal die Antwort eher ernüchternd. Sie hörten mir aufmerksam zu, Sympathie und Wohlwollen in den Augen, aber einem Gutteil der Anwesenden waren zu irgendeinem Zeitpunkt ihrer Vergangenheit bereits selbst einmal sämtliche Sicherungen durchgebrannt. Auch sie wähnten sich bereits in der Hölle, ohne vorher zu sterben, hatten Selbstmordversuche überlebt oder kurz davor gestanden, einer Frontallobotomie unterzogen zu werden.

Als ich geendet hatte, sagte der Leiter des Treffens, ein Schweißer, der bei den Ölpipelines arbeitete: »Verdammt, Dave, das ist die beste Werbung für Dr. Pepper, die ich je gehört habe. Du solltest die Hurensöhne anrufen und sehen, daß sie das im Fernsehen bringen.«

Alle lachten, und mit einemmal schien mir die Welt gar kein so schlechter Ort zu sein.

Als ich das Meeting verließ, kaufte ich mir im Stadtpark am Bayou Teche einen Pfefferminz-Snowball – Eisschnee mit Minzsirup – und benutzte das Münztelefon vor der Sporthalle. Durch die moosbehangenen Eichen sah ich Jugendliche, die in den öffentlichen Pool hechteten, und ihre sonnengebräunten Leiber glänzten in der heißen Sonne wassernaß.

Es dauerte ein paar Minuten, bis ich den Leichenbeschauer

von Lafayette an die Strippe bekam. Es war ein hartgesottener cholerischer Pathologe namens Sollie Rothberg, bei dem jeder Cop schnell lernte, daß man diplomatisch mit ihm umgehen mußte.

»Ich habe mich gefragt, was Sie in der Amber-Martinez-Sache herausgebracht haben«, sagte ich.

Ich hörte die Leitungen des Ferngesprächs im Hörer summen.

»Robicheaux?« sagte er.

»Sie haben's erfaßt.«

»Warum rufen Sie mich an?«

»Hab ich Ihnen doch grad gesagt.«

»Wie ich gehört habe, sind Sie vom Dienst suspendiert.«

»Na und? Die Ergebnisse Ihrer Untersuchung sind jederzeit einsehbar, oder etwa nicht?«

»Erst wenn sie freigegeben werden. Und das ist jetzt noch nicht der Fall.«

»Machen Sie schon, Sollie. Jemand versucht mir verdammt noch mal Feuer unterm Arsch zu machen.«

Vor meinem geistigen Auge konnte ich ihn förmlich sehen, wie er gedankenverloren mit Büroklammern nach seinem Papierkorb warf.

»Wo ist das große Geheimnis, das ich für Sie lösen kann?« sagte er.

»Welches Kaliber hatte die Waffe, die sie getötet hat?«

»Der Größe der Wunde nach und nach dem Aufprall der Kugel zu schließen, würde ich sagen, eine 45er.«

»Was soll das heißen, ›Größe‹?«

»Genau das, was ich sagte.«

»Was ist mit der Kugel?«

»Ist glatt durchgegangen. Da gab's nicht viel zu finden. War eine saubere Austrittswunde.«

»Ein Geschoß mit Kupfermantel?«

»Das ist meine Meinung. Tatsache ist, ich weiß es. Das Loch, durch das die Kugel wieder rausgegangen ist, hatte einen kaum größeren Durchmesser als der Einschuß.«

Ich schloß die Augen und öffnete sie wieder. Ich fühlte, wie mir das Herz in der Brust schlug.

»Sind Sie noch dran?« sagte er.

»Ja.«

»Stimmt was nicht?«

»Ganz im Gegenteil, Sollie. Ich verwende Hohlspitzgeschosse.«

Ich konnte Vögel in den Bäumen singen hören, und auf der Oberfläche des Swimmingpools schien türkisfarbenes Licht zu tanzen.

»Sonst noch was?« fragte er.

»Yeah, den Todeszeitpunkt.«

»Jetzt wollen Sie aber 'ne Menge von mir.«

»Sollie, ich hab andauernd ihren Hinterkopf vor Augen. Das Haar war am Wagenboden festgeklebt. Das Blut war bereits getrocknet, oder lieg ich da falsch?«

»Das kann ich Ihnen so nicht sagen, weil ich nicht an Ort und Stelle war.«

»Kommen Sie schon, Sie wissen, wonach ich frage.«

»Sie wollen wissen, ob sie vorher schon tot war?«

»Hören Sie, Partner, Sie sind meine letzte Rettung. Halten Sie mich nicht hin.«

»Wie wär's mit 'ner Zugabe? Ist sie in diesem Wagen gestorben, ist das die Frage, die Sie mir stellen wollen?«

Ich hatte vor langer Zeit gelernt, daß es nichts brachte, Sollies Launen, Intentionen oder seinem Satzbau etwas entgegenzusetzen.

»Die Schwerkraft ist es«, sagte er. »Die Erde zieht immer an uns – sie versucht uns aufzusaugen.«

»Was?«

»Daran hat der Schütze nicht gedacht«, sagte er. »Blut ist ein Stoff wie jeder andere auch. Geht auf dem direktesten Weg nach unten. Wenn das Herz seine Funktion einstellt, in diesem Fall erst das Gehirn und dann das Herz, dann sucht sich das Blut den kürzesten Weg nach unten. Können Sie mir folgen?«

»Nicht ganz.«

»Das Blut sammelt sich so tief unten wie möglich, je nach Lage des Körpers. Die Fotos zeigen die Frau auf dem Boden des Buick, auf der Seite liegend, zusammengekrümmt. Ihr Kopf lag höher als die Knie. Aber die Autopsie zeigt, daß sie zum Zeitpunkt ihres Todes gerade auf dem Rücken lag. Außerdem hatte sie eine Menge Alkohol und Kokain im Blut. Gut möglich, daß sie nicht bei Bewußtsein war, als sie starb.«

»Sie ist also woanders erschossen worden und wurde dann transportiert?«

»Es sei denn, daß Tote heutzutage alleine rumspazieren.«

»Sie sind ein echter Freund, Sollie.«

»Tragen Sie nie was anderes als eine .45er? Nie eine Neunmillimeter oder eine .357er?«

»Nein, ich habe immer dieselbe Colt .45er Automatik getragen, die ich aus Vietnam mitgebracht habe.«

»Wie viele Leute wissen das?«

»Nicht viele. Die meisten davon sind Cops, nehme ich mal an.«

»Kein Gedanke, bei dem ich ruhig schlafen könnte. Machen Sie's gut, Robicheaux.«

Aber dies war kein Augenblick zum Grübeln. Ich lief zurück zu dem Hotdog-Stand und kaufte Snowballs für ein halbes Dutzend Kids. Als ein Baseball vom Spielfeld in meine Richtung flog, fischte ich ihn aus der Luft, rieb über das grobe Pferdeleder, faßte ihn mit den Fingern fest an den Nähten und warf ihn mit einer ausladenden Bewegung und kunstvollem Effet in den Handschuh des Fängers, als sei ich neunzehn und könnte ein Loch durch das Netz hinterm Schlagmal blasen.

An diesem Abend rief ich Lou Girard bei sich zu Hause in Lafayette an und erzählte ihm von meinem Gespräch mit dem Leichenbeschauer und der Mulattin, die gegenüber der Bar wohnte. Ich fragte ihn, ob jemand den Innenraum des Buick mit einem Staubsauger abgesucht hatte.

»Dave, ich fürchte, dieser Fall genießt hier bei uns nicht unbedingt Priorität«, sagte er.

»Wie kommt das?«

»Der zuständige Detective hält dich für eine Nervensäge, die besser in ihrem eigenen Territorium geblieben wäre.«

»Wann ist Amber Martinez das letzte Mal lebend gesehen worden?«

»Vor drei oder vier Tagen. Sie hatte immer wieder Phasen schweren Alkohol- und Drogenkonsums. Es heißt zwar, daß sie mit dem Anschaffen aufhören wollte, aber wie ich es sehe, wäre das immer nur solange gut gegangen, bis es sie wieder richtig gejuckt hätte. Dann hätte sie sich an den nächsten spendablen Kerl rangemacht, bis sie irgendwo in einer Ausnüchterungszelle oder einer Entziehungsklinik gelandet wäre.«

»Wer war ihr Zuhälter?«

»Ihr Mann. Aber er sitzt seit drei Wochen hinter Gittern – wegen Scheckfälschung. Wer immer sie getötet hat, hat sie wahrscheinlich in irgendeiner Bar aufgetan.«

»Yeah, aber er hat sie vorher schon gekannt. Er hat eine andere Frau dazu gebracht, in Ambers Namen bei mir im Büro anzurufen und Nachrichten zu hinterlassen.«

»Wenn ich es schaffe, daß noch mal jemand mit dem Sauger in den Buick geht, wonach sollen wir dann genau suchen?«

»Ich habe Mündungsfeuer im Wagen gesehen. Das weiß ich hundertprozentig. Aber die Vorderseite des Lokals wies keinerlei Einschüsse auf. Schaut doch mal, was ihr findet.«

»Was könnte das sein?«

»Das weiß ich nicht.«

»Warum vergißt du nicht einfach die ganze Laborscheiße und konzentrierst dich auf das, was dir deine Nase sagt?«

»Und das wäre?«

»Das ist nicht das Werk eines einzelnen Arschlochs. Die ganze Sache stinkt nach den Schmalzlocken. Insbesondere nach einer ausgesucht cleveren Schmalzlocke.«

»Meinst du wirklich, das wäre Julies Stil?«

»Ich bin zwei Jahre bei einer Sonderkommission gewesen, die versucht hat, ihn vor Gericht zu bringen. Wenn er's persönlich nimmt und jemand erledigt werden muß, dann haut er dem Kerl einen Fleischerhaken in den Arsch. Aber wenn ein Cop oder ein Richter oder ein Gewerkschaftsfunktionär aus dem Weg geräumt werden muß, dann geschieht das immer aus sicherer Entfernung, mit einer ganzen Kette von namenlosen Nullen zwischen ihm und dem Ziel.«

»Das klingt allerdings nach unserem Mann.«

»Darf ich dir einen Rat geben?«

»Schieß los.«

»Wenn Balboni dahintersteckt, verschwende gar nicht erst deine Zeit damit, indem du versuchst, die Sache vor Gericht zu bringen. Das haut nicht hin. Seit zwanzig Jahren schmiert der Kerl Geschworene und Richter und jagt Zeugen eine Todesangst ein. Warte den richtigen Augenblick ab, die richtige Situation, und dann putzt du ihn weg.«

»Wir sehen uns, Lou. Danke für deine Hilfe.«

»Okay, okay, nimm's mir nicht krumm. Wer bin ich, daß ich hier drüber rede, einen Kerl wie Balboni wegzupusten? Wahrscheinlich hat Amber Martinez Selbstmord begangen. Take it easy, Dave.«

Am nächsten Morgen um sechs ging ich mit einer Tasse Kaffee und der Zeitung hinaus auf die Veranda und setzte mich auf die Treppe. Unter den Bäumen war die Luft kühl und schattigblau. Es roch nach blühenden Wunderblumen und Pecannußschalen, die in der feuchten Erde verwitterten.

Während ich die Zeitung las, konnte ich Boote hören, die von meinem Pier abfuhren. Dann hörte ich jemand den Hang hoch durch die Blätter laufen, und ich senkte die Zeitung und sah Mikey Goldman, der mit ausladenden Schritten auf mich zustapfte, wie ein Mann, der Streit sucht.

Er trug blankgewienerte schwarze Mokassins mit Troddeln, ein rosa Polohemd, das über der grauen Hose hing, und eine dicke goldene Uhr, die wie zerlassene Butter an seinem Handgelenk glänzte. Sein Mund war ein schmaler Strich, die Winkel nach unten gezogen, das Kinn nach vorne gereckt, die eigentümlichen, hellen hervorquellenden Augen blickten wild in die Gegend und musterten meine Hausfront.

»Auf ein Wort«, sagte er.

»Wie geht's denn so, Mr. Goldman?« sagte ich.

»Es ist sechs Uhr morgens, ich stehe bei Ihnen vor dem Haus anstatt zu arbeiten; ich habe gestern nacht vier Stunden geschlafen. Raten Sie mal.«

»Habe ich mit Ihrem Problem was zu tun?«

»Yeah, allerdings. Man könnte sagen, daß Sie der Kern meines Problems sind. Wie kommt das bloß, Mr. Robicheaux?«

»Ich habe keine Ahnung.«

»Ich schon. Das kommt, weil Elrod irgendwie besessen von Ihnen ist, weswegen mir der ganze Film in den Arsch zu gehen droht.«

»Ich wär Ihnen sehr verbunden, wenn Sie hier bei mir zu Hause Ihre Ausdrucksweise etwas mäßigen würden.«

»Sie haben ein Problem mit meiner Ausdrucksweise? Das ist alles, woran Sie denken können? Was ist mit euch allen hier bloß los? Verbreiten die Moskitos hier den Gehirntripper oder was?«

»Was wollen Sie, Sir?«

»Er fragt mich, was ich will?« sagte er und blickte in die Schatten, als ob er dort ein Publikum hätte. »Elrod gefällt es nicht, wie man Ihnen mitspielt. Offen gesagt, mir gefällt es auch nicht. Es hat vielleicht andere Gründe. Mir geht's in erster Linie darum, daß ich nicht will, daß ein anderer die Suppe auslöffelt, die ich mir eingebrockt habe, wenn Sie verstehen, was ich meine?«

»Nein.«

Er bohrte sich mit Daumen und Zeigefinger etwas aus der Nase.

»Was ist los mit Ihnen? Stecken Sie jeden Morgen Ihren Kopf in einen Eimer mit frisch angerührtem Zement?« fragte er.

»Darf ich offen sein, Mr. Goldman?«

»Nur zu.«

»Ein Gespräch mit Ihnen ist wie ein Schlag auf den Kopf. Ich glaube, das hält kein normaler Mensch aus.«

»Ich will versuchen, es in so einfachen Worten zu sagen, daß auch Sie es verstehen können«, sagte er. »Vielleicht wissen Sie das nicht, aber ich gebe mir alle Mühe, fair zu sein. Was bedeutet, daß es mir nicht paßt, wenn jemand wegen mir zur Sau gemacht wird. Ich rede von Ihnen. Ihre eigenen Leute hacken auf Ihnen rum, weil Sie denken, Sie würden einen Haufen Geld aus der Stadt jagen. Ich geh wohin oder hau von dort ab, weil ich es so will. Wenn mir jemand in die Quere kommt, kümmere ich mich drum, und zwar persönlich. Das können Sie jeden in der Branche fragen. Mit dieser Hintenrum-Masche hab ich nichts am Hut.«

Ich stellte meine Kaffeetasse ab, faltete die Zeitung auf der Treppe zusammen und ging zu den Bäumen, dahin, wo sein Wagen parkte. Ich wartete darauf, daß er mir folgte.

»War da noch was, das Sie mir sagen wollten?« fragte ich.

»Nein, was denken Sie denn? Ich bin nur hier, um Ihnen meinen Lebenslauf vorzutragen. Jetzt hören Sie mir zu, ich werde diesen Film zu Ende bringen, und dann setz ich nie wieder einen Fuß in diesen Staat. Tatsache ist, ich werd nicht mal oben drüber fliegen. Aber bis es soweit ist, will ich nicht, daß noch mehr von meinen Leuten im Krankenhaus landen.«

»Was?«

»Gut, es hat geschnackelt.«

»Was ist passiert?« sagte ich.

»Es war gestern abend nach Drehschluß. Alle waren schon weg. Alle außer Elrod und diesem Jungen, der für uns ein paar Stunts macht. Sie haben gebechert, und Elrod kommt zu dem Schluß, Julie Balboni zur Rede zu stellen. Er greift sich eine Colaflasche und hämmert damit gegen Julies Trailer. Julie kommt in der Unterhose an die Tür, und hinter ihm steht ein zwanzigjähriges Mädchen von hier, die noch schnell in die Klamotten zu schlüpfen versucht. Elrod legt los und nennt ihn einen Feigling und einen Itaker-Scheißhaufen. Außerdem sagt er ihm, er könne ihn ja mal in L.A. mit Charlie Mansons Mädels zusammenbringen, die hätten nur Haare unter den Achseln und keine auf dem Kopf, was wohl mehr Julies Niveau wäre. Dann tönt El noch, daß Julie besser dran täte, seinem Kumpel Robicheaux keinen Ärger mehr zu machen, sonst würde ihm El das Licht ausblasen, was er sowieso tun würde, wenn er herausfindet, daß Julie hinter dem Mord an Kelly steckt, und zwar richtig, mit einer Schrotflinte zwischen Balbonis Arschbacken.

Ich weiß ja nicht, was Balboni mit der Braut da getrieben hat, aber er hatte ein paar Handschellen. Er kam raus, machte die eine an Els Handgelenk, die andere an einem Lichtmast fest und sagte: ›Du hast Glück, Elrod. Du bist ein Stück Obst, das einen bestimmten Wert hat. Aber dein Freund hier, der hat kein Glück.‹ Dann hat er die Scheiße aus dem jungen Stuntman geprügelt. Oder besser getreten, Mr. Robicheaux, buchstäblich mit den Füßen. Er hat dem Jungen die Nase zertrümmert, die Rippen gebrochen und ihm ein Ohr fast abgerissen.«

»Warum haben Sie nicht eingegriffen?«

»Ich war nicht da. Alles, was ich weiß, hab ich von dem Jungen im Krankenhaus. Deshalb bin ich letzte Nacht nicht zum Schlafen gekommen.«

»Erstattet der Junge Anzeige?«

»Wo leben Sie? Er saß heute morgen wieder im Flieger nach Los Angeles, so mit Medikamenten vollgeknallt, daß es auch ein Nashorn ruhiggestellt hätte.«

»Was wollen Sie jetzt von mir?«

»Ich will, daß Sie sich um Elrod kümmern. Ich will nicht, daß ihm was passiert.«

»Sagen Sie mir die Wahrheit. Liegt Ihnen außer Ihren Filmen überhaupt irgendwas am Herzen?«

»Yeah, Menschen. Wenn Sie mir das nicht abnehmen, fahren Sie zur Hölle.«

Die stechenden, hervorstehenden Augen erinnerten mich an hartgekochte Eier. Ich wandte meinen Blick von ihm ab, spürte, wie sich meine Hand unwillkürlich an meiner Hose öffnete und schloß. Das Sonnenlicht auf dem Bayou war wie eine gelbe Fackel, die unter Wasser brannte.

»Ich bin kein Babysitter, Mr. Goldman«, sagte ich. »Ich gebe Ihnen den guten Rat, das alles im Sheriff's Department vorzubringen. Im Augenblick bin ich immer noch suspendiert. Ich geh jetzt zurück, um meinen Kaffee zu Ende zu trinken. Wir sehen uns.«

»Ich bin in Dog Patch – in einem Comicstrip. Ich rede, und niemand hört mir zu.« Er klatschte sich an die Wange. »Vielleicht bin ich tot, und das hier ist die Hölle.«

»Was haben Sie sonst noch zu sagen?« Ich fühlte regelrecht die Hitze, die in meiner eigenen Stimme aufstieg.

»Sie werfen mir vor, keinerlei Menschlichkeit zu besitzen. Dann erzähle ich Ihnen, daß Elrod um Ihretwillen Balboni an den Karren fährt, und Sie lassen mich kalt abblitzen. Wollen Sie, daß Balboni El das Gesicht wegtritt?«

»Er ist Ihr Geschäftspartner. Sie haben ihn hierher gebracht. Sie haben sich keine Gedanken darüber gemacht, wo sein Geld herkam, solange –«

»Stimmt ja alles. Aber die Frage ist, was machen wir jetzt?«

»Wir?«

»Endlich. Ich komme allmählich durch. Haben wohl doch nicht alle hier einen Hackbraten statt einem Gehirn.«

»In dieser Sache gibt's kein Wir. Ich werde mit Elrod reden, ich nehme ihn mit zu den Anonymen Alkoholikern, aber er ist nicht mein Mündel.«

»Schön. Sagen Sie ihm das. Ich muß jetzt an die Arbeit. Stecken Sie ihn einfach in ein Taxi.«

»Wie?«

»Er ist da unten in Ihrem Laden. Betrunken. Ich finde, daß Sie verdammt schlecht hören. Sie sollten da mal was gegen tun.«

Er steckte sich ein gestreiftes Pfefferminzstäbchen in den Mundwinkel und ging den Hang wieder hinunter zu seinem Wagen. Seine Schultern bewegten sich rollend unter dem Polohemd, seine Kiefer zermahlten die Zuckerstange zwischen den Zähnen. Sein Profil streckte sich der auffrischenden Brise entgegen wie das eines Gladiators.

14

»Du hast was getan?« sagte Bootsie. Sie starrte mich mit offenem Mund über den Küchentisch hinweg an.

Ich sagte es ihr noch einmal.

»Du hast ihn in den Bayou geworfen? Ich faß es nicht«, sagte sie.

»Er ist mittlerweile dran gewöhnt. Mach dir um ihn mal keine Sorgen.«

»Mr. Sykes hat auf dem Pier einen Streit mit Dave vom Zaun gebrochen, Bootsie«, sagte Alafair. »Er ist betrunken gewesen und hat vor der ganzen Kundschaft eine Menge Lärm gemacht. Er hat sich geweigert, hoch zum Haus zu gehen, wie ihm Dave gesagt hat.«

Klasse, Alf, dachte ich bei mir.

»Wo ist er jetzt?« sagte Bootsie. Sie wischte sich den Mund mit der Serviette und wollte aufstehen.

»Als ich ihn das letztemal gesehen hab, hat er gerade auf die Rosen gekotzt.«

»Dave, das ist ekelhaft«, sagte sie und setzte sich wieder hin.

»Sag das Elrod.«

»Batist hat gesagt, er hat fünf Bier getrunken, ohne daß er sie bezahlt hat«, sagte Alafair.

»Was willst du mit ihm anstellen?« sagte Bootsie. Dann drehte sie den Kopf und blickte zur hinteren Fliegentür hinaus. »Dave, grade ist er hinten über den Hof gegangen.«

»Ich denke, daß El sich im Moment die Saugnäpfe abgezogen hat, Boots.«

»Saugnäpfe?« sagte Alafair und ließ den Löffel mit den Cornflakes vor dem Mund schweben.

»Er kriecht auf Händen und Knien am Boden. Tu was«, sagte Bootsie.

»Womit wir bei einer Frage wären, die ich dir ohnehin stellen wollte.«

Ich sah, wie es in ihren Augen dämmerte.

»Er hat sich wegen mir mit Julie Balboni angelegt«, sagte ich. »Das heißt, zumindest teilweise wegen mir.«

»Du willst, daß er hier bei uns bleibt? Dave, dies ist unser Zuhause«, sagte sie.

»Er ist verdammt schlecht dran.«

»Es ist immer noch unser Zuhause. Wir können nicht die Tür für jeden Menschen aufmachen, der ein Problem hat.«

»Er braucht einen Freund bei den Anonymen Alkoholikern, sonst wird er's nicht packen. Schau ihn dir doch an. Er sieht erbärmlich aus. Ist es dir lieber, wenn ich ihn ins Gefängnis stecke?«

Bootsie legte die Finger an die Schläfen und starrte die Zuckerdose an.

»Ich werde eine Abmachung mit ihm treffen«, sagte ich. »Sobald er auch nur einen Schluck Alkohol trinkt, muß er zurück zum Spanish Lake. Er zahlt seinen Anteil am Essen, belegt das Telefon nicht unnötig, kommt abends nicht so spät.«

»Warum spritzt er sich mit dem Gartenschlauch in den Mund?« fragte Alafair.

»Okay, versuchen wir's mal für ein paar Tage«, sagte Bootsie. »Aber ich will nicht, Dave, daß dieser Mann noch mal von seinen Visionen anfängt, oder was immer es sein mag, das er draußen auf dem See zu sehen glaubt.«

»Du meinst, daß er mich angesteckt hat, ja?« Ich lächelte.

»Mit einem Wort, ja.«

»Er ist ziemlich in Ordnung, wenn er nüchtern ist. Er sieht die Welt nur ein bißchen anders als die meisten.«

»Oh, großartig.«

Alafair stand von ihrem Stuhl auf und linste schräg durch die Fliegentür in den Garten hinter dem Haus.

»Uups«, sagte sie und legte die Hand vor den Mund.

»Was ist?« sagte Bootsie.

»Mr. Sykes hat gerade das Regenbogengähnen gemacht.«

»Wie bitte?« sagte ich.

»Er hat auf den Picknicktisch gekotzt«, sagte Alafair.

Ich wartete, bis Bootsie und Alafair zum Einkaufen in die

Stadt gefahren waren, dann ging ich hinaus in den Garten. Elrods Hosen und sein Hemd klebten an seiner Haut, naß vom Wasser aus dem Bayou, schlammverschmiert und mit Grasflecken. Er hatte den Picknicktisch mit dem Gartenschlauch abgespritzt und saß jetzt mit herunterhängendem Unterkiefer auf der Holzbank, die Knie gespreizt, die Schultern vornüber gebeugt, die Hände zwischen den Schenkeln baumelnd. Sein unrasiertes Gesicht hatte die graue Farbe schlecht gewordenen Schweinefleischs.

Ich reichte ihm eine Tasse Kaffee.

»Danke«, sagte er.

Sein Atem ließ mich zusammenzucken.

»Wenn Sie weiter bei uns bleiben, meinen Sie, Sie schaffen es, die Finger von der Flasche zu lassen?« sagte ich.

»Kann's nicht versprechen. Nein, Sir, das ist mal sicher, ich kann's nicht versprechen.«

»Können Sie's wenigstens versuchen?«

Er hob die Augen, bis sie auf gleicher Höhe mit meinen waren. In der Iris seines rechten Auges schwamm ein Blutklumpen, der so groß wie mein Fingernagel war.

»Nichts von dem, was ich versucht hab, hat was genutzt«, sagte er. »Medikamente, Psychiater, ein Entzug im Spital der Navy, zwei Wochen Gemüse harken auf einer Gefängnisfarm. Früher oder später ging's immer wieder los, Mr. Robicheaux.«

»Nun, dann sag ich Ihnen jetzt mal die Regeln des Hauses, Partner«, sagte ich und ging sie schön hintereinander mit ihm durch. Immer wieder rieb er sich mit der flachen Hand über die Bartstoppeln und spuckte zwischen seinen Knien aus.

»Ich schätze, ich mach auf Sie einen verdammt jämmerlichen Eindruck, stimmt's?« sagte er.

»Vergessen Sie das, was andere denken. Kein Alkohol, denken Sie nicht drüber nach, und gehen Sie zu den Meetings. Wenn Sie das tun, und zwar ganz von alleine, dann können Sie diesen ganzen Blödsinn hinter sich lassen.«

»Wegen mir hat dieser Junge schwere Prügel bezogen. Es war furchtbar. Balboni sprang immer wieder hoch, machte eine

Drehung und traf den Jungen mit der Fußsohle am Kopf. Man hat richtig hören können, wie die Haut am Knochen aufplatzte.«

Er hielt sich die Ohren zu und nahm die Hände dann wieder weg.

»Halten Sie sich von Balboni fern«, sagte ich. »Der ist nicht Ihr Problem. Überlassen Sie den ruhig dem Gesetz.«

»Machen Sie Witze? Der Kerl macht doch, was er will. Er hat sogar durchgesetzt, daß sein Pornoschleimbeutel eine Rolle bekommt.«

»Welcher Pornoschleimbeutel?«

»Er hat da so einen Typ aus New Orleans angeschleift, einen seiner Jungs, eine Type, die sich für den neuen Johnny Wadd hält. Er hat den Kerl in ein halbes Dutzend Szenen reinschreiben lassen. Hören Sie, Mr. Robicheaux, ich werd jetzt verdammt zittrig. Können Sie nicht ein Auge zudrücken? Zwei rohe Eier in einem Bier und einen Kurzen. Mehr brauch ich nicht. Dann laß ich die Finger davon.«

»Ist leider nicht drin, Partner.«

»O Mann, mir ist vielleicht schlecht. So schlecht war mir noch nie. Das muß das Delirium tremens sein.«

Ich legte meine Hand auf seine Schulter. Seine Muskeln waren so angespannt und hart wie ein Drahtseil, und wilde Zuckungen fuhren durch sie hindurch. Dann bedeckte er die Augen und heulte los, das nasse Haar schmutzverklebt, und er zitterte am ganzen Leib wie ein Mann, dessen Seele von ihrer eigenen Flamme verzehrt wurde.

Ich fuhr hinaus zum Spanish Lake, um Julie Balboni aufzusuchen. Die Wachkabine an der unbefestigten Straße, die zum Filmset führte, war unbesetzt, und ich ließ die Kette auf den Boden fallen und parkte im Schatten neben dem Lieferwagen eines Catering-Services. Regenwolken verdunkelten zusehends den Himmel, und der Wind vom Wasser her blies Laub über den Boden unter den Eichen. Ich ging durch eine Gruppe von Schauspielern, die als Infanteriesoldaten der Südstaatenarmee ausstaffiert waren. Sie rauchten Zigaretten und fläzten sich untätig um einen frisch ausgehobenen Schützengraben und Schutzwälle herum, die man aus riesigen Bastkörben voll Erde aufgetürmt hatte. Nicht weit entfernt stand eine Kanone auf Rädern, die Mündung zum leeren See hin gerichtet. Der schwache Wind trug den trägen, warmen Geruch von Marihuana in meine Nase.

»Können Sie mir vielleicht sagen, wo ich Julie Balboni finden kann?« sagte ich.

Keiner von ihnen antwortete. Ein mürrischer Ausdruck zog auf ihre Gesichter. Ich wiederholte meine Frage.

»Wir arbeiten hier nur«, sagte ein Mann mit Sergeantenstreifen an den Ärmeln.

»Wenn Sie ihn sehen, würden Sie ihm dann bitte ausrichten, daß Dave Robicheaux ihn sucht?«

»Das sagen Sie ihm besser selbst«, sagte ein anderer Schauspieler.

»Wissen Sie, wo Mr. Goldman ist?«

»Der ist mit ein paar Anwälten in die Stadt. Muß gleich wieder zurück sein«, sagte der Sergeant.

»Danke«, sagte ich.

Ich lief zurück zu meinem Pickup und hatte gerade die Wagentür geöffnet, als ich im Laub hinter mir Schritte hörte.

»Ich müßte mal für einen Augenblick Ihre Zeit in Anspruch nehmen, wenn's Ihnen nichts ausmacht«, sagte Twinky Lemoyne. Er war schnell gegangen und hatte mit einer Hand die Kugelschreiber in der Brusttasche seines Hemdes festgehalten; eine Haarsträhne hing über die randlose Brille, und das Blut war ihm ins Gesicht gestiegen.

»Was kann ich für Sie tun?«

»Ich würde gerne wissen, was Ihre Untersuchung bis jetzt erbracht hat.«

»Das würden Sie gern wissen?«

»Ja. Was haben Sie über diese Morde herausgebracht?«

Eigentlich hätte es mich nicht überraschen dürfen, daß er so aufdringlich und anmaßend fragte. In jeder Kleinstadt halten erfolgreiche Geschäftsleute Polizisten für gewöhnlich für den verlängerten Arm ihrer merkantilen Bruderschaft, deren ganzes Streben nicht näher definiert dem finanziellen Wohlergehen der Gemeinde zu gelten habe. Aber hier war das etwas anderes. Bis dato hatte er mich auflaufen lassen, sogar Empörung gezeigt, und es fiel mir schwer, ihm jetzt den arglosen Rotarier abzukaufen.

»Vielleicht sollten Sie im Büro des Sheriffs oder beim FBI anrufen, Mr. Lemoyne. Ich bin im Augenblick vom Dienst suspendiert.«

»Ist dieser Balboni in den Tod dieser Frauen verwickelt?«

»Hat Ihnen das jemand gesagt?«

»Ich habe Ihnen eine ehrliche Frage gestellt, Sir.«

»Das gleiche tue ich auch, Mr. Lemoyne. Und ich gebe Ihnen den guten Rat, sie durchaus ernst zu nehmen. Haben Sie persönlich Kenntnis davon, daß Balboni in die Morde verwickelt ist?«

»Nein, das habe ich nicht.«

»Das haben Sie nicht?«

»Nein, selbstverständlich nicht. Wie könnte ich das?«

»Warum legen Sie dann so viel Wert auf eine Antwort, Sir?«

»Sie würden nicht andauernd hier rauskommen, wenn Sie ihn nicht verdächtigten. Stimmt das nicht?«

»Was für einen Unterschied würde das für Sie machen?«

Seine Gesichtshaut war großporig und rot, und seine Augenlider flatterten entnervt.

»Mr. Robicheaux, ich glaube … ich habe das Gefühl …«

»Was?«

»Ich glaube, daß man Sie unfair behandelt hat.«

»Ah ja?«

»Und ich glaube auch, daß ich selbst meinen Teil dazu beigetragen habe. Ich habe mich sowohl über Sie als auch über diese Frau vom FBI beschwert.«

»Wie ich es sehe, liegt das wahre Problem woanders, Mr. Lemoyne. Vielleicht hat es damit zu tun, welchen Preis man für Geschäfte mit einem Mann wie Julie Balboni zahlen muß.«

»Ich habe versucht, ehrlich mit Ihnen zu reden.«

»Schön. Bringen Sie Distanz zwischen sich und Balboni. Trennen Sie sich von Ihren Anteilen, oder was sonst nötig ist.«

»Dann hat er vielleicht tatsächlich mit dem Tod dieser Mädchen zu tun?« Seine Augen leuchteten und stierten in meine.

»Sagen Sie mir eins, Mr. Lemoyne. Hätten Sie Julie gerne zum Nachbarn? Würden Sie es gerne sehen, wenn Ihre Tochter sich mit einem solchen Menschen abgibt? Wie würde Ihnen das gefallen, Sir?«

»Ich empfinde Ihre Bemerkung als sehr anstößig.«

»*Anstößig* ist es, wenn ein Stuntman Nase und Rippen gebrochen und ein Ohr abgerissen bekommt, um als abschreckendes Beispiel zu dienen.«

Ich konnte an seinen Augen sehen, wie pikiert und verletzt er war. Seine Lippen öffneten sich einen Spalt und schlossen sich dann wieder.

»Warum sind Sie hier draußen, Mr. Lemoyne?«

»Ich wollte Mr. Goldman aufsuchen. Um so viel herauszufinden, wie mir möglich ist.«

»Ich finde, daß Ihre Anteilnahme reichlich spät kommt.«

»Ich habe Ihnen nichts weiter zu sagen. Ich wünsche Ihnen einen guten Tag, Sir.«

Er ging zu seinem Wagen und stieg ein. Als ich ihn so betrachtete, wie er auf die unbefestigte Straße bog und in Richtung des Wachhäuschens davonfuhr, mußte ich mich doch über die selbstgerechte Naivität wundern, die so typisch für ihn und Leute seiner Art war. Sie gehörte genauso zu der Rolle, die sie verkörperten, wie die aneinandergereihten Kredit- und Mitgliedskarten, die sie in ihren Brieftaschen mit sich führten, und wenn sich die richtige Gelegenheit dafür ergab, holten sie sie hervor und trugen sie mit einer kollektiven Verlogenheit zur Schau, die eines Schauspielpreises würdig gewesen wäre.

Zumindest dachte ich das damals – vielleicht in meiner eigenen Naivität – über Twinky Hebert Lemoyne.

Als ich die Wachkabine erreichte, saß Murphy Doucet, der

Mann vom Sicherheitsdienst, wieder dort auf seinem Posten, und die Kette lag auf der Straße. Er war über einen Tisch gebeugt und arbeitete an etwas. Er winkte mir durchs offene Fenster zu und wandte sich wieder seiner Arbeit zu. Ich parkte meinen Pickup auf dem Rasen und betrat das Wachhäuschen.

Darin war es heiß und stickig und roch nach Modelleim. Murphy Doucet blickte von einem riesigen Balsaholzmodell auf, einer B-17 »Flying Fortress«, die er mit Sandpapier abschmirgelte. Seine blauen Augen bewegten sich flink hinter einer bifokalen Brille.

»Wie geht's denn so, Dave?« sagte er.

»Kann nicht klagen, Murph. Ich war auf der Suche nach Julie Balboni.«

»Der ist Baseball spielen.«

»Baseball?«

»Yeah, manchmal fährt er mit zwei oder drei Jungs in die Stadt, um dort ein kleines Spielchen zu machen.«

»Wo?«

»In seiner alten Highschool, glaube ich. Hey, haben Sie Twinky so in Rage gebracht?«

»Wie kommen Sie denn darauf?«

»Ich hab gesehen, wie Sie mit ihm redeten, dann ist er mit gesenktem Kopf hier durchgebrettert, als sei ihm was mächtig aufgestoßen.«

»Vielleicht kommt er zu spät zum Mittagessen.«

»Yeah, wahrscheinlich. Da braucht's eh nicht viel zu, daß Twinky was mächtig aufstößt. Hab immer schon gedacht, daß ihm ein bißchen mehr Muschi in seinem Leben nicht schaden könnte.«

»Er ist nicht verheiratet?«

»Das war er mal, bis ihm seine Frau davongelaufen ist. Nachdem sie sein Bankkonto und seinen Safe ausgeräumt hat. Damals hab ich nicht gedacht, daß Twinky das übersteht. Aber das ist schon lange her.«

Mit einem Werkmesser entfernte er ein winziges Stück getrockneten Klebstoffs von einem der Motoren seines Modellflugzeugs. Er blies Sägemehl von den Flügeln und hielt das Flugzeug hoch.

»Was halten Sie davon?« fragte er.

»Schaut gut aus.«

»Ich hab 'ne ganze Sammlung. Alle Flieger aus dem Zweiten Weltkrieg. Die B-17 hab ich Mikey Goldman gezeigt, und der hat gemeint, vielleicht kann er meine Sammlung in einem seiner Filme verwenden.«

»Das klingt doch ganz gut, Murph.«

»Machen Sie Witze? Damit hat er gemeint, daß ich sie umsonst hergeben soll. Mittlerweile bin ich drauf gekommen, warum dieser knausrige Jude so eine große Nase hat. Weil die Luft gratis ist.«

»Mir kommt er ganz in Ordnung vor«, sagte ich.

»Sie sollten mal versuchen, für einen von denen zu arbeiten.«

Ich blickte ihn an. »Julie ist in seiner alten Highschool, sagen Sie?« sagte ich.

»Yeah, er und irgend 'n Schauspieler und dieser Typ, der Cholo heißt.«

Er legte die Brille auf den Basteltisch und strich mit den Händen über die glatte helle Oberfläche seines Flugzeugs. Seine Haut war so faltig und braun wie ein getrocknetes Tabakblatt.

»Schönen Dank noch«, sagte ich.

»Schauen Sie öfter mal hier rein, und trinken Sie einen Kaffee mit mir. Ist ziemlich langweilig, immer hier in dieser Hütte zu sitzen.«

»Übrigens, haben Sie eine Ahnung, was Goldman mit ein paar Anwälten vorhaben könnte?«

»Wer weiß, was diese Hollywood-Hurenböcke treibt? Sie können sich glücklich schätzen, Dave. Ich wünschte, ich wäre noch ein richtiger Cop. Der Job fehlt mir richtig.«

Er streifte mit den Fingerrücken über die Narbe an seiner Kehle, die so weiß wie Wäschestärke war.

Eine halbe Stunde später, als sich dichte schwarze Regenwolken über meinem Kopf zusammenballten wie der kompakte Rauch eines Ölfeuers, parkte ich meinen Pickup neben dem Baseballfeld meiner alten Highschool, die den Sommer über menschenleer war und wo Baby Feet und ich als Junge gespielt hatten. Er stand auf dem Schlagmal, nur in Laufschuhen mit Spikes und einer purpurroten Sporthose. Das schwarze Haar auf seinem gewaltigen Körper war schweißnaß, und unter der Haut spielten die Muskeln, wenn er mit einem glänzenden blauen Aluminiumschläger einen Ball weit ans hintere Ende des Feldes schlug.

Ich kam an den Eichen vorbei, wo Liebespärchen ihre Namen hineingeschnitzt hatten, vorbei an der durchhängenden, ungestrichenen Tribüne, lief quer über den ausgetretenen Rasen im Innenraum des Spielfeldes zu dem Maschendrahtnetz hinter dem Schlagmal, wo er so kraftvoll seinen Schläger schwang und die Bälle in hohem Bogen wie winzige weiße Punkte über die Köpfe von Cholo und einem gutaussehenden Mann mit nacktem Oberkörper fliegen ließ, dessen rhythmische Bewegungen und glattfließender Muskeltonus mich an perlendes Wasser erinnerten. Basebälle rollten aus einer bis obenhin gefüllten Leinentasche zu Julies Füßen. In seinen dichten Augenbrauen standen Schweißtropfen, und ich konnte das konzentrierte, heiße Funkeln in seinen Augen sehen. Er beugte sich mühelos nach unten, trotz seines immensen Körpergewichts, nahm sich mit spitzen Fingern einen Ball und warf ihn senkrecht in die Luft; dann sah ich, wie sein Blick in meine Richtung fuhr, und sein linker Fuß machte einen Schritt nach vorne auf dem Schlagmal, genau in dem Augenblick, als er den Aluminiumschläger schwang und einen flachen Aufsetzer wie eine Rakete an meinen Knöcheln vorbeischießen ließ.

Ich sah dem Ball nach, der zwischen den Eichen mehrfach aufsprang und auf die Straße rollte.

»Ziemlich gut dafür, daß er aus war«, sagte ich.

»Für mich sah's wie voll auf der Linie aus.«

»Du hast noch nie viel auf Regeln und Markierungen gegeben, Feet.«

»Das einzige, was zählt, ist das Endresultat, Alter.«

Ein neuer Ball zischte, von seinem Metallschläger getroffen, in hohem Bogen weit übers Feld. Cholo lief einen Kreis, um hinter den Ball zu kommen, die rot-grauen Locken an den Kopf geklatscht, den Fanghandschuh ausgestreckt wie die Flosse einer Amphibie. Der Ball fiel zwei Fuß hinter ihm hinunter.

»Wie ich höre, bist du ja draußen am Filmset ziemlich beschäftigt gewesen«, sagte ich.

»Inwiefern?«

»Du hast einen jungen Kerl auseinandergenommen, der dir nichts getan hat.«

»Jede Geschichte hat zwei Seiten.«

»Hat dir der Junge irgendwas getan, Julie?«

»Vielleicht verkehrt er mit den falschen Leuten.«

»Oh, ich verstehe. Du hattest Ärger mit Elrod Sykes? Meinst du ihn mit den falschen Leuten? Seit wann machst du dir Gedanken über einen Kerl, der den lieben langen Tag entweder besoffen oder verkatert ist?«

»Mach draus, was du willst.« Er warf einen Ball in die Luft und schoß ihn über die Second Base hinweg. »Was hast du damit zu tun, Dave?«

»Wie es scheint, hat Elrod gedacht, er muß mich vor dir verteidigen. Ich wünschte, er hätte das nicht getan.«

»Also sind alle reuig und zerknirscht.«

»Nur daß es mir zu schaffen macht, daß du meinetwegen vielleicht einen Mann ernstlich verletzt hast.«

»Vielleicht schmeichelst du dir da nur selbst.« Er balancierte auf einem Bein und klopfte mit seinem Schläger den Dreck von seinen Spikes.

»Das glaub ich nicht. Was deinen Stolz angeht, Julie, da hast du ein großes Problem. Das war schon immer so.«

»Wegen dir? Moment. Wenn mein Gedächtnis mich nicht täuscht, dann war es doch so, daß vor ein paar Jahren ein farbiger Schuhputzer kurz davor war, dir das Licht auszupusten.

Ich erinnere mich nicht dran, daß du was dagegen hattest, als ich in der Nacht deinen Arsch gerettet hab.«

»Schnee von gestern, Feet.«

»Dann nimm nicht alles so ernst. In der Tasche ist noch ein Handschuh.«

»Der Stuntman ist nicht mehr in der Stadt. Er wird keine Anzeige erstatten. Aber ich schätze, das weißt du bereits.«

Er strich mit der Handfläche über den konisch zulaufenden Schläger.

»Was du getan hast, war mies und gemein«, sagte ich.

»Vielleicht. Aber vielleicht mußt du dir das Ganze auch mal aus meiner Perspektive vorstellen. Vielleicht war ich ja grade mit einer Braut zugange, als dieser verdammte Wahnsinnige anfing, mit den Fäusten gegen meinen Trailer zu trommeln.«

»Er bleibt bis auf weiteres bei mir zu Hause, Julie. Ich will, daß du ihn in Ruhe läßt. Dabei ist mir egal, ob er dich nervt oder nicht.«

Er warf einen weiteren Ball in die Luft und ließ ihn in Richtung des Mannes mit nacktem Oberkörper pfeifen, der am linken hinteren Ende des Spielfelds stand. Dann holte er scharf Luft durch die Nase.

»Okay, ich hab nicht vor, mich an ihm zu vergreifen«, sagte er. »Aber nicht, weil du hier bist, Dave. Was sollte mir dran liegen, mir Ärger mit dem Kerl an den Hals zu schaffen, der der Star meines Films ist? Meinst du, ich mach mir wegen dieser Leute Kopfschmerzen? Meinst du, ich habe Spaß dran, Geld zu verlieren? ... Haben wir das jetzt ausgeräumt ... Warum starrst du mich so an?«

»Ein Cop drüben in Lafayette denkt, du hast mir eine Falle gestellt.«

»Du meinst diese Schießerei vor Red's Bar? Also jetzt komm mal zurück auf den Boden der Tatsachen!« Er donnerte einen Ball bis hinüber auf die Straße, beugte sich dann vor und nahm den nächsten. Sein Bauch zog sich in Falten wie die Haut eines Elefanten.

»Nicht dein Stil, ja?« sagte ich.

»Nein, allerdings, nicht mein Stil.«

»Jetzt komm, Julie, mal ganz ehrlich – jetzt blick doch mal zurück. Selbst als wir noch Kinder waren, ist Rache für dich ungeheuer wichtig gewesen – du konntest nie ein Unrecht oder eine Beleidigung einfach so hinnehmen. Weißt du noch, wie du diesem anderen Jungen mit den Spikes deiner Schuhe in die Knöchel getreten hast?«

»Yeah, das weiß ich noch. Ich weiß auch noch, daß er versucht hat, mir mit seinen in die Augen zu treten.«

Der Himmel war jetzt fast schwarz, und der Wind blies Staub über das Baseballfeld.

»Du bist ein einflußreicher und wohlhabender Mann. Warum hörst du nicht auf damit?«

»Womit aufhören? Wovon redest du hier, zum Teufel?«

»Damit, diese ganze Wut mit dir rumzuschleppen, daß du immer beweisen mußt, wie toll du bist, daß du immer noch einen Kampf mit deinem Alten führst, oder was immer es ist, das dich treibt.«

»Was bildest du dir ein, so mit mir zu reden?«

»Jetzt komm, Julie. Wir sind zusammen aufgewachsen. Mit der Tour kannst du anderen kommen.«

»Das ist wohl wahr. Deswegen seh ich bei dir vielleicht auch über Dinge hinweg, die ich mir von keinem anderen gefallen lassen würde.«

»Was heißt hier gefallen lassen? Dein Vater hat dich früher immer mit einem Gartenschlauch verprügelt. Das hab ich mir ja nicht aus den Fingern gesaugt. Du hast dafür seinen Nachtclub niedergebrannt.«

»Es regnet gleich. Ich meine, du solltest jetzt gehen.« Er hob einen weiteren Ball vom Boden auf und ließ ihn auf seinem Handteller springen.

»Ich hab's versucht, Partner.«

»Ach ja? Was soll das jetzt wieder heißen?«

»Nichts.«

»Nein, nein, damit wolltest du sagen, du bist hierhergekommen, um mich zu warnen.«

»Warum meinst du bloß immer, hinter allem steckt eine krumme Tour, Julie?«

Er blickte hinaus aufs Spielfeld, dann wieder zu mir.

»Du hast da Sachen über meine Familie gesagt. Das mag ich nicht«, sagte er. »Ich bin stolz darauf, Italiener zu sein. Bin sogar stolz auf den Alten gewesen. Die Typen, die damals in dieser Stadt das Sagen hatten, waren noch nicht mal den Dreck unter seinen Fingernägeln wert. In New Iberia waren wir immer nur ›Spaghettis‹, ›Stronzos‹ und ›Itaker‹, weil ihr Hinterwäldler einfach zu blöd gewesen seid, um schon mal vom Römischen Reich gehört zu haben. Also nimm gefälligst die Nase runter, wenn du von meiner Familie redest oder von meinen Problemen oder überhaupt von irgendwas, das mit meinem Leben zu tun hat, verstehst du mich, Dave?«

»Hat dich jemand dazu gezwungen, ein Drogendealer zu werden? Willst du das damit sagen?«

»Ich sag dir, daß du mir verdammt noch mal aus dem Weg gehen sollst.«

»Als armes Opfer machst du dich nicht sehr überzeugend, Julie. Wir sehen uns. Sag deinem Mann da draußen, er soll nicht auf den Ball spucken.«

»Wie?«

»Ist das nicht dein Pornostar? Ich an deiner Stelle wäre da vorsichtig. Ich glaube, daß Aids viel leichter übertragen wird, als viele Leute annehmen.«

Ich sah die Regentropfen in den Staub klatschen, als ich ihn stehenließ und in Richtung der Tribüne hinter dem ersten Mal lief. Dann hörte ich, wie der Aluminiumschläger metallischhart gegen einen Ball schlug, der sirrend über mir durch die Äste brach. Ich drehte mich gerade noch rechtzeitig um, um Julie einen weiteren Ball in die Luft werfen zu sehen. Wieder zog er den Schläger durch, die Beine breit gespreizt, den Oberkörper sauber nach hinten gedreht, die Handgelenke leicht wegfedernd, als der Schläger auf den Ball traf und ihn in einer geraden weißen Linie direkt auf mein Gesicht zusteuern ließ.

Als ich die Augen öffnete, sah ich eine dichte schwarze Wolkendecke, die sich vom Horizont im Süden quer über den Himmel bis zu einem seidigen blauen Streifen im Norden erstreckte. Der Regen hatte den warmen Bernsteinton von Whiskey, aber er war lautlos und schlug so trocken wie Blütenblätter in einem Wirbelsturm auf meine Haut.

Der General saß in der untersten Reihe der Tribüne, ohne Mantel, das Hemd vom Wind gebauscht, das Holster mit dem Zündkappenrevolver lose von der rechten Schulter baumelnd. Auf dem grauen Hut glänzten matt die polierten Messingletter CSA. Ich konnte Pferde riechen und Kutscher brüllen und ihre Wagen auf der Straße knarren hören. Zwei Soldaten lösten sich aus einer Gruppe an den Eichen, hoben mich auf die Beine und setzten mich neben dem General auf die Holzbank.

Er zeigte mit seiner Krücke zur ersten Base. Mein Körper lag auf der Seite am Boden, die Pupillen blind nach oben gerollt. Cholo und der Pornodarsteller rannten vom äußeren Rand des Spielfelds in Richtung des Schlagmals, während Julie damit beschäftigt war, den Aluminiumschläger wieder in die Balltasche zu stecken. Aber sie bewegten sich alle in Zeitlupe, wie Kreaturen, die sich aus einer unsichtbaren gelatineartigen Masse zu befreien suchten, die ihre Leiber umfing.

Der General zog aus seiner Hosentasche eine goldene Uhr von der Dicke eines Buttermilchbiskuits. Er klappte den Deckel hoch, warf einen kurzen Blick auf die Zeiger und drehte sich dann auf der Sitzbank zur Seite und blickte auf die Soldaten, die sich auf der Straße in Reih und Glied aufstellten. Sie schraubten die Bajonette an die Gewehrenden, schoben die Lederbeutel mit den papiernen Zündkappen und Miniékugeln in die Gürtelmitte, banden sich die Provianttaschen und zusammengerollten Decken auf dem Rücken fest, damit nichts ihre Arme behinderte. Ich sah, wie ein Mann zusammengerollte Socken über seinem Herzen in den Mantel steckte. Ein anderer steckte eine Bibel an dieselbe Stelle. Ein Junge, der nicht älter als sechzehn war, die Soldatenkappe fest auf den kleinen Kopf gedrückt, rollte eine Südstaatenflagge an einer hölzernen Stange auf und hielt sie in den Wind, wo sie zu flattern begann.

Dann sah ich im Norden, wo der Himmel immer noch blau und nicht von Sturmwolken zugedeckt war, schwarze Rauchwolken aufsteigen wie Vögel mit gezausten Flügeln, und ich hörte den Widerhall von Donner in den Bäumen und zwischen den Holzhäusern auf der anderen Straßenseite.

»Was ist das?« fragte ich ihn.

»Haben Sie das noch nie gehört, diese Stromschläge?«

»Das sind Luftdetonationen, stimmt's?«

»Das ist die Artillerie von General Banks. Allerdings nimmt er das falsche Areal unter Beschuß. Die Granaten werden ein Dorf treffen, wo lauter Farbige leben. Haben Sie in Ihrem Krieg auch solche Dinge miterlebt?«

»Ja, am Mekong. Dorfbewohner versuchten dem Sperrfeuer zu entkommen. In den Reisfeldern gerieten sie voll in die Schußlinie. Als wir sie begruben, sahen die Gesichter alle aus, als seien sie einem schrecklichen Wind zum Opfer gefallen.«

»Dann wissen Sie also, daß es die Unschuldigen sind, um die wir uns am meisten sorgen müssen?«

Bevor ich darauf antworten konnte, sah ich Cholo und den Mann ohne Hemd. Sie starrten herunter auf meinen Körper, die Gesichter von Regentropfen gerahmt. Julie zog den Beutel mit den Bällen fest zu und schwang ihn über die Schulter.

»Einsteigen, Jungs«, sagte er.

»Was ist passiert, Julie?« sagte Cholo. Er trug Tennisschuhe an den bloßen Füßen, ein gebatiktes Unterhemd und eine uringelbe Minibadehose, unter der sich hauteng die Genitalien abzeichneten. Darunter wucherte Haar, das wie kleine Stummel von Kupferdraht aussah.

»Er stand dem Ball im Weg«, sagte Julie.

»Der Typ hat echt 'ne schwere Beule im Haar«, sagte der Mann ohne Hemd. »Vielleicht sollten wir ihn ins Krankenhaus bringen oder so.«

»Laß ihn da liegen«, sagte Julie.

»Wir sollen ihn einfach hier liegen lassen?« sagte Cholo.

»Es sei denn, du willst hier im Regen rumsitzen und warten«, sagte Julie.

»Hey, komm schon, Feet«, sagte Cholo.

»Wo ist das Problem?« sagte Julie.

»Er ist kein so schlechter Kerl für einen Cop. Ihr kennt euch doch schon ewig, stimmt's?«

»Sein Mund hat Durchfall. Vielleicht hat er ja diesmal seine Lektion gelernt«, sagte Julie.

»Yeah, aber das muß trotzdem nicht heißen, daß wir ihn nicht im Spital abladen können. Ich meine, ich find's einfach nicht richtig, ihn hier in dem Scheißregen einfach so liegen zu lassen, Julie.«

»Willst du vielleicht lieber auf eigene Rechnung arbeiten? Ist es das, was du mir zu sagen versuchst, Cholo?«

»Nein, das hab ich nicht gesagt. Ich hab nur versucht, vernünftig zu bleiben. Das ist es doch, was du immer sagst. Warum sollen wir die Leute hier gegen uns aufbringen?«

»Wir bringen hier niemand gegen uns auf. Selbst sein eigenes Department hält ihn für einen Saufkopf und eine Nervensäge. Er hat das bekommen, was er verdient hat. Kommt ihr jetzt oder nicht?« sagte Julie.

Er öffnete den Kofferraum der purpurnen Cadillac-Limousine und warf den Beutel mit den Bällen mit lautem Schlag hinein. Der Pornodarsteller folgte ihm und wischte sich die Brust und das attraktive Gesicht mit seinem zusammengeknüllten T-Shirt. Cholo zögerte, starrte ihnen hinterher, dann löste er die mit Haken befestigte Markierung am ersten Mal und plazierte sie so vor meinem Gesicht, daß sie mich vorm Regen schützen sollte. Dann rannte er hinter den anderen her.

Der blaue Himmelsstreifen im Norden war jetzt voller Rauchfetzen. Mit jeder Granate, die über dem Baumhorizont in der Ferne detonierte, konnte ich einen lauten Knall hören.

»Was wollten Sie mir gerade sagen?« sagte ich zum General.

»Daß es die Unschuldigen sind, um die wir uns sorgen müssen. Und wenn es drum geht, sie zu schützen, sollten wir nicht zögern, auch wenn wir es unter schwarzer Flagge tun müssen.«

»Ich versteh nicht recht.«

»Ich habe das Gefühl, daß ich Sie vielleicht getäuscht habe.«

»Inwiefern?«

»Vielleicht haben Sie aus meinen Worten geschlossen, daß man Sie als eine Art Ritter auserwählt hat.«

»Auf den Gedanken wäre ich nicht gekommen, General.«

Sorge stand in seinem Gesicht, als verfüge er nicht über das rechte Vokabular, um seine Gedanken klar auszudrücken. Dann blickte er hinaus in den Regen, und ein melancholischer Ausdruck zog über seine Augen.

»Mein wahrer Verlust lag nicht in dem Krieg«, sagte er. *»Der kam erst später.«*

Er drehte sich langsam zu mir und sah mir ins Gesicht. *»Das Gelbfieber kostete nicht nur mich das Leben, sondern auch das meiner Frau und meiner Tochter, Mr. Robicheaux.«*

Er wartete. Der Regen war auf meiner Haut wie taumelndes Konfetti. Ich blickte forschend in seine Augen, und mein Herz schlug heftig gegen die Rippen.

»Meine Familie?« sagte ich.

»Wenn ein Mann tapfer und ehrenhaft ist und die Feinde ihn nicht persönlich zerstören können, werden sie danach trachten, das zu zerstören, was er liebt.« Er winkte mit der Krücke einem Sergeanten zu, der einen gesattelten weißen Wallach an der Tribünenseite heranführte.

»Einen Moment noch, General. Das reicht nicht aus«, sagte ich.

»Mehr kann ich Ihnen nicht geben«, antwortete er, jetzt schon im Sattel, hoch aufrecht sitzend, die Zügel um die behandschuhte Faust geschlungen.

»Wer sollte ihnen was antun wollen? Was hätten die dadurch zu gewinnen?«

»Das weiß ich nicht. Aber behalten Sie den jungen Sykes bei sich. Der ist vom rechten Holz. Sie werden sich erinnern, was Robert Lee mal gesagt hat: ›Auf die Texaner ist Verlaß.‹ Einen schönen Tag wünsche ich Ihnen noch, Lieutenant. Es ist an der Zeit, daß wir uns aufmachen, um Bonnie Nate Banks in diesem Teil von Louisiana willkommen zu heißen.« Dann gab er seinem Pferd mit dem linken Stiefel die Sporen, galoppierte an

die Spitze seiner Infanterie und rief mit heller Stimme: *»Hideeho, Boys! Ein schöner Tag wartet auf uns! Wollen wir den Burschen doch mal die nötige Gottesfurcht beibringen!«*

Einige Zeit später rappelte ich mich im Regen auf dem Boden auf. Meine Kleider waren triefnaß, die Markierungsplatte lag in meinem Schoß, und einige Zentimeter hinter meinem Ohr war eine pochende Beule, die so hart und rund wie eine 50-Cent-Münze war. Ein älterer schwarzer Platzwart stand über mich gebeugt, einen sorgenvollen Ausdruck im Gesicht. Hinten auf der Straße konnte ich einen Krankenwagen sehen, der durch den Regen auf mich zukam.

»Sind Sie okay, Mister?« sagte der Schwarze.

»Ja, ich glaube schon.«

»Ich hab Sie da so liegen gesehen und Sie erst mal für 'nen Betrunkenen gehalten. Aber wie's aussieht, hat Ihnen ja wohl einer eins auf den Schädel verpaßt.«

»Ob Sie mir mal bitte kurz aufhelfen?«

»Klar. Geht's Ihnen wirklich gut?«

»Ja, ja, doch. Haben Sie einen Mann auf einem Pferd gesehen?«

»Der Eismann ist vorbeigekommen. Sein kleiner Wagen hat 'n Pferd. Meinen Sie das?«

Er half mir, mich auf die unterste Bank der Tribüne zu setzen. Der Regen wurde jetzt stärker, aber unmittelbar neben mir, da, wo der General gesessen hatte, war das Holz hell und trocken und so warm anzufassen wie Gewebe aus Fleisch und Blut.

15

Als ich am nächsten Morgen aufwachte, war der Himmel klar, und ich hörte graue Eichhörnchen, die sich auf den Baumrinden der Bäume vor meinem Fenster wilde Rennen lieferten.

Der Eisbeutel, den ich auf die Beule hinter meinem Ohr gelegt hatte, fiel auf den Boden, als ich mich aus dem Bett wuchtete, um ans Telefon zu gehen.

»Ich hab bei dir im Büro angerufen und mußte feststellen, daß du immer noch suspendiert bist«, sagte Lou Girard. »Was ist denn da im Gange?«

»Nichts weiter. Ich bin halt immer noch suspendiert.«

»Klingt so, als ob da jemand schwer auf deinen Arsch aus ist, Dave. Wie auch immer, ich hab mit dieser FBI-Agentin gesprochen, wie hieß sie doch gleich, Gomez, und mit deinem Boß auch. Wir haben den Buick abgesaugt. Und rate mal, was wir gefunden haben?«

»Keine Ahnung.«

»Papierreste. Und zwar von der Art, wie man es an Platzpatronen findet. Wie's aussieht, hat jemand mit einer Starterpistole auf dich geschossen. Wahrscheinlich hat er sich durchs Beifahrerfenster in den Wagen hineingebeugt, zweimal geschossen, dann ist er abgehauen.«

»Was hat der Sheriff gesagt, als du ihm das gesagt hast?«

»Nicht viel. Ich hatte den Eindruck, daß ihm vielleicht ein bißchen unwohl zumute war. Klar, es wirft kein besonders gutes Licht auf ihn, wenn erst ein Cop und ein Pathologe aus einem anderen Bezirk kommen müssen, um einen seiner eigenen Männer von einem so schweren Verdacht zu befreien, oder? Mir war schon so, als ob da im Hintergrund ein bißchen Wasser in das Waschbecken des Pontius Pilatus laufen würde.«

»Er ist eigentlich immer ganz in Ordnung gewesen. Er ist einfach nur einigen Schleimbeuteln in der Handelskammer zu nahe gekommen.«

»Trotzdem, Freunde stehen nicht rum und spielen Taschenbillard, während Zivilisten dir den Arsch aufreißen.«

»Wie auch immer, das sind wirklich gute Neuigkeiten, Lou. Ich schulde dir einen Angelausflug nach Pecan Island.«

»Einen Moment noch, ich bin noch nicht fertig. Diese Gomez hat ein paar interessante Theorien über Serienmörder. Sie sagt, diese Kerle suchen Kontrolle und Macht über andere Menschen. Also hab ich mal ein bißchen über das LeBlanc-Mädchen nachgedacht. Wenn deine FBI-Freundin recht hat und der Kerl, der sie umgebracht hat, hier aus der Gegend stammt, in was für einer Branche ist so einer wohl tätig?«

»Vielleicht ist er nur ein Zuhälter, Lou.«

»Okay, aber als sie sechzehn war, da haben sie sie wegen Prostitution drangekriegt, stimmt's? Was bedeutet, daß das Gericht jemandem eine Menge Kontrolle über ihr Leben gegeben hat. Wenn es jetzt ein Bewährungshelfer oder sonst einer aus der Behörde war, für den sie danach anschaffen ging?«

»Ich habe die Leiche gesehen. Der Kerl, der sie so verstümmelt hat, hat statt eines Hirns einen Brennofen. Ich glaube, es würde ihm verdammt schwerfallen, sich in einer normalen bürgerlichen Umgebung zu verbergen.«

»Die Schreibtischhengste sind es gewesen, die der Welt Auschwitz beschert haben, Dave. Wie auch immer, es war in Lafayette, wo sie sie wegen Prostitution hochgenommen haben. Ich werd mal nachchecken, ob ihr Bewährungshelfer oder der zuständige Sozialarbeiter noch greifbar sind.«

»Okay, aber ich glaube trotzdem, daß der Mann, den wir suchen, auf irgendeine Art ein Zuhälter ist.«

»Dave, wenn's bloß ein Lude wäre, erst recht, wenn da Verbindungen zur Mafia bestehen, dann wär der schon lange hinter Gittern. Die Kerle sind dumm wie Scheiße. Deswegen sind sie da, wo sie sind. Die meisten von denen wären für einen Job zu blöd, wo sie Kaugummi von Kinositzen pulen müssen.«

»Vielleicht hat Balboni in seinem Stall ja einen cleveren Zuhälter.«

»Nein, nein, unser Mann weiß aus erster Hand, wie bestimmte Dinge ablaufen. Diese Sache da in Red's Bar, da hat er uns beide drangekriegt.«

Lou hatte noch nie ein gutes Verhältnis zur bürgerlichen Obrigkeit gehabt. Im Grunde war er fast schon besessen in seiner Antipathie, und ich hatte nicht vor, mit ihm darüber zu streiten.

»Sag mir Bescheid, was du rausbringst«, sagte ich.

Aber so leicht ließ er sich nicht bremsen.

»Ich mache diesen Job jetzt seit siebenunddreißig Jahren«, sagte er. »Ich kann schon gar nicht mehr zählen, wieviel Abschaum dank meiner Mithilfe hinter Gittern verschwunden ist. Hat das in Louisiana auch nur irgendwas verbessert? Die Antwort darauf kennst du, Partner. Machen wir uns nichts vor. Die wirklichen Schweine sind die, an die wir nicht rankommen.«

»Nimm's dir nicht so sehr zu Herzen, Lou.« Ich erzählte ihm, wie Julie mich mit einem Baseball k.o. geschossen hatte. Und das Ende der Geschichte. »Ich hab die Sanitäter gefragt, wer sie gerufen hat. Sie haben gesagt, es sei ein anonymer Anruf gewesen. Also bin ich später noch mal in deren Zentrale und hab mir die aufgezeichneten Notrufe angehört. Es war ein Typ namens Cholo Manelli. Er ist ein –«

»Yeah, den kenn ich. Cholo hat das echt gemacht?«

»Dieser Irish-Channel-Tonfall durch die gebrochene Nase, das ist unverkennbar.«

»Ist er dir was schuldig oder so was?«

»Eigentlich nicht. Aber er ist ein Mafiasoldat alter Schule. Er weiß, daß man sich nicht unnötig Feinde bei den Cops macht. Vielleicht verliert Julie allmählich die Kontrolle über seine Leute.«

»Schön wär's. Aber du solltest Balboni aus dem Weg gehen, bis du deine Marke wiederhast. Und von Baseballfeldern würde ich mich an deiner Stelle auch fernhalten. Für einen, der nicht trinkt, hast du's verdammt raus, dem Löwen ins Maul zu spucken, das ist mal sicher.«

Nachdem ich aufgehängt hatte, duschte ich, zog ein paar Seersucker-Hosen an, braune Mokassins, ein schwarzes Hemd mit einer grau-rot gestreiften Krawatte, und in der Stadt ließ ich mir noch die Haare schneiden und die Schuhe putzen. Meine Kopfhaut zuckte zusammen, als die Schere des Friseurs über die Beule hinter meinem Ohr klapperte. Durch die Fensterfront sah ich Julie Balbonis purpurrote Limousine die Main Street hinunterfahren. Der Friseur hörte auf zu schneiden. Bis auf den Schuhputzer war der Laden leer.

»Dave, wie kann es angehen, daß dieser Mann immer noch hier ist?« sagte der Friseur. Sein runder Bauch streifte leicht meinen Ellenbogen.

»Weil er noch nicht den Zorn der richtigen Leute auf sich gezogen hat.«

»Der Kerl ist ein Tunichtgut. Der hat hier nichts zu suchen.«

»Ich finde, du hast recht, Sid.«

Er schnippelte weiter an meinen Haaren. Dann sagte er, fast schon als beiläufigen Nachgedanken: »Sorgt ihr dafür, daß der hier verschwindet?«

»Hier gibt's Geschäftsleute, die verdienen an Julie einen Haufen Geld. Ich glaube, die hätten es gern, wenn er noch eine Weile bleibt.«

Seine Hände verhielten erneut in der Bewegung, und er trat um den Stuhl herum, damit ich sein Gesicht sehen konnte.

»Das sind beileibe nicht wir alle, o nein«, sagte er. »Uns gefällt es gar nicht, daß dieser Mann hier in New Iberia ist. Wir mögen seine Drogen nicht, wir mögen die Gangster nicht, die er aus New Orleans hierher mitgebracht hat. Sag mal ruhig deinem Boß, daß wir uns bei der nächsten Wahl dran erinnern werden.«

»Darf ich dich heute morgen auf einen Kaffee und ein Donut einladen, Sid?«

Wenig später, das Haar noch feucht und frisch gekämmt, trat ich aus der Hitze draußen in die klimatisierte Kühle des Sheriff's Department und ging schnurstracks zum Büro des Sheriffs. Im Vorbeigehen warf ich einen kurzen Blick durch die Tür meines Büros. Rosie war nicht da, dafür aber Rufus Arcenaux, jetzt nicht mehr in Uniform. Er trug einen blauen Anzug und Krawatte und ein Seidenhemd, das so grell wie Blech glänzte. Er saß hinter meinem Tisch.

Ich lehnte mich gegen den Türrahmen.

»Der Bleistiftspitzer tut's nicht mehr richtig, aber in meiner Schublade ist ein Messer, das kannst du nehmen«, sagte ich.

»Ich hab mich nicht nach dem Job gedrängt. Der Alte hat's bestimmt«, sagte er.

»Freut mich, dich auf dem Weg nach oben zu sehen, Rufe.«

»Hör zu, Dave, ich bin's schließlich nicht, der losgegangen ist und sich auf diesem Filmset die Birne zugeknallt hat.«

»Wie ich höre, bist du doch dort gewesen. Um der Sache auf den Grund zu gehen. Wahrscheinlich hast du nur versucht, mich von dem Verdacht zu befreien, daß ich was getrunken hätte.«

»Ich hab bei der Armee gerade mal den Hauptschulabschluß nachgemacht. Du warst auf dem College. Du warst in New Orleans Lieutenant bei der Mordkommission. Willst du mir die Schuld für deine Probleme zuschieben?«

»Wo ist Rosie?«

»Unten im Vermilion Parish.«

»Was tut sie da?«

»Woher soll ich das wissen?«

»Hat sie irgendwas davon erwähnt, daß Balboni juristische Probleme mit Mikey Goldman hat?«

»Was für juristische –« Seine Augen trübten sich, als hätte man Schlick in dunklem Wasser aufgewühlt.

»Wenn du sie siehst, sag ihr bitte, daß sie mich anrufen soll.«

»Leg eine Nachricht in ihr Fach«, sagte er, legte die Unterarme auf meine Schreibtischunterlage, machte den Rücken gerade und blickte zum Fenster hinaus, als sei ich nicht anwesend.

Als ich das Büro des Sheriffs betrat, goß er gerade eine trübe, milchige Flüssigkeit aus einer braunen Arzneiflasche in ein Wasserglas. Ein Haufen Papiere lag auf seinem Tisch verstreut. Das Licht am Telefon blinkte, was besagte, daß noch ein Anrufer in der Leitung war. Er sagte kein Wort. Er trank das Glas leer, füllte es dann noch einmal am Trinkwasserbehälter und trank erneut, heftig schluckend, als ob er eine unerwünschte Substanz aus seinem Stoffwechsel spülen wollte.

»Wie steht's, Partner?« sagte er.

»Jetzt wieder ziemlich gut. Ich hatte heute morgen ein kleines Gespräch mit Lou Girard.«

»Ich auch. Setzen Sie sich«, sagte er. Dann griff er wieder zum Hörer und setzte sein Telefongespräch fort, das er kurz unterbrochen hatte. »Ich bin mir nicht sicher, was genau passiert ist. Wenn ich soweit bin, ruf ich Sie wieder an. In der Zwischenzeit wird Rufus vom Dienst suspendiert. Wir wollen bloß hoffen, daß wir nicht eine Extrasteuer einführen müssen, um für diese Kosten aufzukommen.«

Er legte den Hörer auf und preßte die flache Hand auf den Magen. Er machte ein Gesicht, als stiege eine kleine Flamme seine Speiseröhre hoch.

»Haben Sie je ein Magengeschwür gehabt?« fragte er.

»Nein.«

»Ich hab eins. Wenn's von der Arznei, die ich da trinke, nicht weggeht, muß es vielleicht rausgeschnitten werden.«

»Das tut mir leid.«

»Das war das Büro der Staatsanwaltschaft, mit dem ich da gesprochen habe. Wir haben einen Prozeß am Hals.«

»Wegen was?«

»Gestern abend hat eine sechsundsiebzigjährige schwarze Frau erst ihren Mann erschossen, dann ihre beiden Hunde getötet und sich selbst in den Bauch geschossen. Rufus hat sie mit Handschellen an die Trage gefesselt und ist dann wieder ins Büro gegangen. Er hat sich nicht mal die Mühe gemacht, den Sanitätern einen Schlüssel zu geben. Sie ist vor den Türen der Unfallstation gestorben.«

Ich sagte gar nichts.

»Sie meinen wohl, wir haben nur bekommen, was wir verdient haben, ja?« sagte er.

»Vielleicht wäre es auch soweit gekommen, wenn Sie ihn nicht zu den Detectives befördert hätten, Sheriff.«

»Nein, dann wäre er nicht der leitende Beamte gewesen. Er hätte die Gelegenheit dazu nicht gehabt.«

»Wie steh ich denn heute morgen da?«

Er fuhr sich mit einem Knöchel über die Nase.

»Ich weiß gar nicht, wie ich das sagen soll«, sagte er. »Wir haben Mist gebaut. Nein, falsch, ich habe Mist gebaut.«

Ich wartete.

»Ich habe Ihnen unrecht getan, Dave«, sagte er.

»Niemand ist unfehlbar. Vielleicht haben Sie die Entscheidung getroffen, die Sie zu dem Zeitpunkt für die beste hielten.«

Er streckte die Hände hoch, Handflächen nach vorne.

»Nix da, nichts von alledem«, sagte er. »In Korea habe ich gelernt, daß sich ein guter Offizier um seine Männer kümmert. Dieses Magengeschwür hier, das verdanke ich nicht der Dummheit von Rufus Arcenaux. Das habe ich gekriegt, weil ich auf ein paar Einheimische gehört habe, denen ich hätte sagen sollen, sie sollen sich nicht in die Angelegenheiten des Sheriff's Department einmischen.«

»Man kann von keinem erwarten, daß er immer alles richtig macht, Sheriff.«

»Ich will, daß Sie heute noch Ihre Arbeit wiederaufnehmen. Ich werde mit Rufus reden, was seinen Status betrifft. Diese alte Frau geht zum Teil auf meine Kappe. Ich weiß nicht, warum ich diesen Kerl zum Detective gemacht habe. Schließlich schickt man ja auch kein Warzenschwein zu einem Schönheitswettbewerb.«

Wir gaben uns die Hand, und ich ging auf die andere Straßenseite zu einem Barbecue-Imbiß in einem Eichenhain, wo ich einen Teller mit Reis, Schweinerippchen und roten Bohnen aß. Dann spazierte ich wieder zurück ins Büro, und dabei nippte ich immer wieder an einer eiskalten Dose Dr. Pepper. Rufus Arcenaux war nicht mehr da. Ich steckte mir die Marke an den Gürtel, setzte mich in den Drehstuhl hinter dem Schreibtisch, drehte an der Klimaanlage, bis sie mir direkt ins Gesicht blies, und öffnete meine Post. Rosie strahlte, als sie eine Stunde später durch die Bürotür kam.

»Wen seh ich denn da?« sagte sie. »Und auch noch frisch frisiert und mit geputzten Schuhen.«

»Wie geht's meiner Lieblings-FBI-Agentin?«

»Dave, Sie sehen großartig aus!«

»Danke, Rosie.«

»Ich kann Ihnen gar nicht sagen, wie schön es ist, daß Sie wieder da sind.«

Ihr Gesicht strahlte so vor Glück, daß mir schon etwas mulmig zumute wurde.

»Ich bin Ihnen und Lou Girard eine Menge schuldig«, sagte ich.

»Haben Sie schon zu Mittag gegessen?«

»Ja.«

»Schade. Aber morgen lade ich Sie ein. Okay?«

»Ja, das wäre schön.«

Sie setzte sich an ihren Tisch. Ihr Hals war gerötet, und ihr Busen wogte unter der Bluse, wenn sie atmete. »Heute morgen erhielt ich einen Anruf von einem alten Franzosen, der einen Krämerladen am Highway 35 unten im Vermilion Parish hat. Wissen Sie, was er gesagt hat? ›Hey, Sie haben schon gefangen den Mann, der das junge Mädchen gesteckt hat in das Faß?‹«

Ich goß ihr ein Glas Wasser voll und stellte es vor ihr auf den Tisch.

»Weiß er etwas?« sagte ich.

»Noch besser. Ich glaube, daß er den Täter gesehen hat. Er hat gesagt, daß er sich daran erinnert, wie vor ungefähr einem Monat nachts ein blondes Mädchen in seinen Laden gekommen ist, als es regnete. Er hat gesagt, daß er sich Sorgen um sie machte, weil ein Mann im Laden sie so komisch angesehen hätte.« Sie schlug ihren Notizblock auf und blickte hinein. »Das sind die Worte des alten Knaben: ›Man hat nur in das Gesicht von dem Mann sehen müssen, und man wußte, der führt Übles im Schilde.‹ Er hat gesagt, das Mädchen hätte einen Leinenrucksack gehabt und sei damit noch im Regen wieder hoch zum Highway. Der Mann wäre ihr nachgegangen, dann kam er ein paar Minuten später wieder und fragte den Alten, ob er rote Luftballons hätte.«

»Luftballons?«

»Wenn Ihnen das schon seltsam vorkommt, wie ist es dann erst damit? Als der alte Knabe nein sagte, pickte sich der Mann eine alte Schachtel St.-Valentinstag-Pralinen heraus, die irgendwo auf einem Regal vor sich hingammelte, und sagte, daß er dann die wolle.«

»Ich bring das alles nicht richtig zusammen«, sagte ich.

»Der Ladenbesitzer hat durchs Fenster den Mann mit der

Pralinenschachtel beobachtet. Unmittelbar bevor er den Parkplatz verließ, warf er die Pralinenschachtel in den Graben. Am nächsten Morgen ging der alte Knabe raus und fand sie im Unkraut. Das Zellophanpapier, mit dem die Packung versiegelt war, war nicht mehr da.« Sie beobachtete mein Gesicht. »Was denken Sie?«

»Hat er gesehen, wie der Mann das Mädchen mitgenommen hat?«

»Da ist er sich nicht sicher. Er weiß noch, daß der Mann einen dunkelblauen Wagen fuhr und daß die Bremslichter im Regen aufleuchteten.« Sie beobachtete immer noch mein Gesicht. »Hier ist das Ende vom Ganzen. Ich hab mich in den hinteren Regalen des Ladens umgesehen und fand dort noch eine Pralinenschachtel, die dem Besitzer zufolge identisch mit der ist, die der Mann im blauen Wagen gekauft hat. Jetzt raten Sie mal, welche Tönung das Cellophan hatte.«

»Rot oder purpur.«

»Exakt«, sagte sie und lehnte sich in ihrem Stuhl zurück.

»Er hat es über eine Signallampe geklebt, stimmt's?«

»Das nehme ich an.«

»Konnte der Ladenbesitzer den Kerl beschreiben?«

»Das ist das Problem.« Sie trommelte mit dem Kugelschreiber auf ihrer Schreibtischunterlage. »Alles, woran sich der alte Knabe erinnert, ist, daß der Mann eine Regenkapuze trug.«

»Schade. Warum hat er sich nicht früher bei uns gemeldet?«

»Er hat gesagt, er hätte all das jemandem vom Sheriff's Department im Vermilion Parish erzählt, er wüßte nicht mehr, wem. Als er dort gestern noch mal angerufen hat, haben sie ihm meine Nummer gegeben. Arbeiten die verschiedenen Behörden hier immer so gut zusammen?«

»Immer. Hat er die Pralinenschachtel noch?«

»Er hat gesagt, er hätte die Pralinen an seinen Hund verfüttert und die Schachtel auf den Müll geworfen.«

»Das heißt also, daß wir es vielleicht mit einem Kerl zu tun haben, der sich als Polizist ausgibt, ja?« sagte ich.

»Das würde eine Menge erklären.«

Unbewußt betastete ich die Beule hinter meinem Ohr.

»Was ist?« sagte sie.

»Nichts. Vielleicht ist unser Mann ja doch nur ein Serienmörder und Psychopath. Vielleicht hat er nicht das geringste mit Julie Balboni zu tun.«

»Wie würden Sie das finden? Gut oder schlecht?«

»Kann ich wirklich nicht sagen, Rosie.«

»O doch, das können Sie«, sagte sie. »Sie hoffen immer, daß selbst der schlimmste Abschaum irgendwo tief in seinem Inneren einen Funken Gutes hat. Bei Balboni sollten Sie das lassen. Das einzige, was unter dem ganzen Walfett verborgen ist, ist ein echtes Stück Scheiße, Dave.«

Draußen fuhr der Häftling, der den Rasen mähte, mit dem Rasenmäher über einen Wassersprenger, so daß der Messingkopf abbrach. Ein harter Wasserstrahl überzog die Wand und tropfte von den Fenstern. In dem ratternden Lärm, in dem Bruchteil eines Augenblicks, in dem sich der Verstand von nassen Lichtfetzen ablenken läßt, mußte ich an Pferde denken, die einen reißenden Strom durchquerten, an sonnengebräunte Männer in Uniform, die über ihre Schultern einen letzten Blick nach hinten auf die sichere Deckung des rotgoldenen Laubwaldes werfen, während vor ihnen schmutzige Kavalkaden von Gewehrfeuern aus einem Waldhorizont in der Ferne brachen, in dem es vor unscharf verschwommenen Feinden nur so wimmelte.

Die Unschuldigen sind es, um die wir uns sorgen müssen, hatte er gesagt. *Und wenn es darum geht, sie zu schützen, sollten wir nicht zögern, auch wenn wir es unter schwarzer Flagge tun müssen.*

»Sind Sie okay?« sagte sie.

»Yeah, schöner Tag heute. Lassen Sie uns über die Straße gehen, dann lade ich Sie auf ein Dr. Pepper ein.«

An jenem Abend sprengte ich in der Dämmerung den Rasen und die Blumenbeete im Garten hinter dem Haus, während Elrod und Alafair mit Tripod auf dem Picknicktisch spielten. Im schwächer werdenden Licht war die Luft abgekühlt und roch nach Hortensien und dem Wasser aus dem Schlauch und dem Dünger, den ich kurz zuvor an die Wurzeln meiner Rosenbüsche gegeben hatte.

Im Haus klingelte das Telefon, und einen Augenblick später brachte Bootsie den Apparat und das Verlängerungskabel zur hinteren Fliegentür. Ich setzte mich auf die Stufen und hielt den Hörer ans Ohr.

»Hallo«, sagte ich.

Ich konnte jemanden am anderen Ende der Leitung atmen hören.

»Hallo?«

»Ich will heut noch mit dir reden.«

»Sam?«

»Ja. Ich spiele heute in der Schwarzen-Kneipe in St. Martinville. Kennst du die?«

»Das letztemal, wo ich mit dir verabredet war, hat das nicht so richtig hingehauen.«

»Das war das letztemal. Da hatte ich was getrunken. Dann waren da noch diese Weiber, und da hab ich glatt vergessen, was eigentlich anstand.«

»Ich finde, du hast mich hängenlassen, Partner.«

Er blieb still. Man hörte nur seinen Atem.

»Stimmt was nicht?« sagte ich.

»Muß dir was erzählen. 'ne Sache, die ich noch nie 'nem Weißen erzählt hab.«

»Schieß los.«

»Komm du heut abend ins Lokal.«

»Morgen früh bei mir im Büro.«

»Was ich zu sagen hab, kann mich wieder ins Zuchthaus bringen. Bei dir im Büro werd ich's verdammt noch mal ganz bestimmt nich sagen.«

Elrod hob Tripod waagerecht hoch und zog an seinem Schwanz, daß er auf und ab sprang.

»Ich bin in einer guten Stunde da«, sagte ich. »Halt mich nicht noch mal zum Narren, Sam.«

»Du bist vielleicht 'n Polizist, bist vielleicht sogar anders als die meisten Weißen, aber weiß bist du immer noch – du hast ja keine Ahnung, in was für einer Welt wir Farbigen leben müssen. So ist's nun mal. Tatsache, Sir. So ist's nun mal«, sagte er und hängte auf.

Ich hätte wissen müssen, daß sich Hogman das letzte Wort nicht nehmen ließ.

»Zieh ihn nicht am Schwanz«, sagte Alafair.

»Es gefällt ihm. Es läßt sein Blut schneller fließen«, sagte Elrod. Sie seufzte, als wäre Elrod unbelehrbar, dann nahm sie ihm Tripod aus den Armen und trug ihn ums Haus herum zu seinem Stall.

»Schaffen Sie es heute abend alleine dahin?« fragte ich Elrod.

»Sie können nicht kommen?«

»Nein.«

»Und wenn ich einfach warte, bis wir zusammen gehen können?« Er strich mit den Fingern über die Tischplatte und blickte nicht auf.

»Ich setze Sie dort ab und komme dann wieder, noch bevor das Meeting vorbei ist, wie klingt das?«

»Hören Sie, so ein Treffen, da geht's doch drum, daß man einen Schritt tut, ja?«

»Stimmt.«

»Sie haben gesagt, es geht darum, daß man Abbitte leistet, daß man bei den Leuten wiedergutmacht, was man Unrechtes getan hat?«

»So in der Art.«

»Wie kann ich jemals wiedergutmachen, was Kelly geschehen ist? Wie kann ich das sühnen, Dave?« Er starrte in die rote Abendsonne über dem Zuckerrohrfeld, so daß ich seine Augen nicht sehen konnte.

»Schlagen Sie sich diese Gedanken mal aus dem Kopf, Partner. Kelly ist tot, weil wir einen Psychopathen unter uns haben. Ihr Tod hat nicht das geringste mit Ihnen zu tun.«

»Sie können sagen, was Sie wollen, aber ich weiß es besser.«

»Ach ja?«

»Ja.«

Ich sah die klaren, scharfen Konturen seines Kinns und das feuchte Glänzen in einem Augenwinkel.

»Sagen Sie mir eins, haben Sie Respekt vor Kelly gehabt?« fragte ich.

Er fuhr auf der Gartenbank herum. »Was für eine Frage ist denn das?«

»Ich werde Sie mal mit ein paar unangenehmen Dingen konfrontieren, El. Ich finde, daß ihr Tod dafür herhalten muß, daß Sie sich in Selbstmitleid ergehen können.«

»Was?« Sein Gesicht war ungläubig.

»Als ich meine Frau verlor, da habe ich herausgefunden, daß Selbstmitleid und Schuldgefühle einem einen richtigen Kick geben können, vor allem, wenn man nicht mehr auf Bruder Jim Beam zurückgreifen kann, der das für einen erledigt.«

»Das ist gottverdammt mies.«

»Ich habe von mir selbst gesprochen. Vielleicht sind Sie ja anders.«

»Was zum Teufel ist bloß in Sie gefahren? Ist es für Sie nicht was ganz Natürliches, Trauer und Schmerz zu fühlen, wenn jemand stirbt? Ich wollte das Loch in ihrem Hals mit meinen Händen verschließen, und ihr Blut lief mir durch die Finger. Sie war noch am Leben und hat mir direkt in die Augen geblickt. Als ob sie ertrinkt, und keiner von uns kann etwas dagegen tun.« Er preßte die Stirn gegen die Faust; sein angespannter Oberschenkel bebte unter der Hose.

»Durch meine Schuld sind vier Männer in Vietnam ums Leben gekommen, als wir durch den Dschungel marschierten. Dann habe ich deswegen getrunken. Ich habe es als Vorwand mißbraucht, und ich habe die Männer nicht um ihrer selbst willen und ihrer Tapferkeit wegen respektiert. So funktioniert es, wenn man Alkoholiker ist, El.«

»Ich hätt's gerne, wenn Sie mich jetzt mal 'ne Weile in Ruhe lassen.«

»Werden Sie heut abend hingehen?«

Er gab keine Antwort. In seinen Augen lag ein schmerzliches Leuchten, als ob jemand Stacheldraht um seine Stirn geschlungen hätte.

»Sie müssen ja nicht reden, es langt, wenn Sie einfach zuhören, was die Jungs dort über ihre eigenen Erfahrungen zu berichten haben«, sagte ich.

»Ich würd heut lieber drauf verzichten.«

»Wie Sie wollen«, sagte ich. Ich sagte Bootsie, wo ich hinging, und lief hinaus zum Wagen. Das ganze pflaumenfarbene Himmelsgewölbe war von Horizont zu Horizont vom Zirpen der Grillen erfüllt. Dann hörte ich hinter mir Elrods Schritte im Laub und auf den Pecanschalen.

»Wenn ich hier nur so rumsitze, lande ich am Ende doch in einer Kneipe«, sagte er und öffnete die Beifahrertür. Dann sagte er mit erhobenem Zeigefinger zu mir: »Aber eins muß ich Ihnen noch sagen, Dave. Werfen Sie mir nie wieder vor, daß ich Kelly nur als Alibi vorschiebe. Denn wenn Sie's machen, schlage ich Ihnen Ihre verdammten Zähne in den Hals.«

Ich hätte ihm darauf wahrscheinlich eine Vielzahl von Dingen erwidern können; aber man verweigert einem Menschen, der sich im Garten von Gethsemane angemeldet hat, kein mentales Opiat, und wenn es auch noch so kurz vorhält.

Die Schwarzenkneipe in St. Martinville lag an einer unbefestigten Lehmstraße, nicht weit vom Bayou Teche, ein wenig nach hinten versetzt inmitten von Bäumen. Es war einer jener Läden, die genausogut von einem Wirbelsturm in der Mitte eines Kornfeldes in Iowa abgesetzt werden könnten, und man würde trotzdem sofort wissen, daß sie nur aus dem tiefen Süden stammen können. Bretterwände und mit Klebeband befestigte Fenster vibrierten von Freitag nachmittag bis zum späten Sonntagabend ohne Unterlaß im Lärm. Elektrische Christbaumkerzen säumten das ganze Jahr über Türen und Fenster; jemand grillte Rippchen auf einer Blechtonne, nur wenige Meter von zwei heruntergekommenen Außentoiletten entfernt, unter deren Dachvorsprüngen sich Wespen oder Hornissen eingenistet hatten; die Leute trieben es hinten im Wald an Bäumen und trugen Streitigkeiten auf dem Parkplatz mit Messern, Flaschen und stehenden Rasiermessern aus. Die Luft im Innern war immer ein schweres Gemisch von Muskatellerwein, Rauch, gekochten Innereien, Bier vom Faß und gepanschtem Whiskey, ausgerotztem Schnupftabak, eingelegten Schweinsfüßen, billigem Parfüm, Körperpuder, Schweiß und selbstangebautem Marihuana.

Sam Patin saß auf einer kleinen Bühne, die von einem Baldachin überdacht war, an dem rote Quasten und Miniaturwhiskeyflaschen hingen, die im Zug eines riesigen Ventilators aneinanderklirrten. Die Scheinwerfer am Boden ließen seinen weißen Anzug in knalligem Purpur aufglänzen, und auf den gewachsten schwarzen Deckplatten seiner zwölfsaitigen Gitarre blinkten winzige Lichter. Die Tanzfläche vor ihm war dicht mit Menschen gefüllt. Als er in die Mundharmonika blies, die er an einem Drahtgestell um seinen Hals gehängt hatte, und mit seinen stählernen Fingerpicks einen Blueslauf in E-Dur folgen ließ, ging ein Stöhnen durchs ganze Publikum. Sie brüllten in Richtung Bühne, als gälte es, eine fundamentale Bibelweisheit zu bekräftigen, die er bei einer Erweckungsveranstaltung von sich gegeben hatte. Menschen preßten ihre Unterleiber aneinander, ohne sich der Anwesenheit anderer im geringsten bewußt zu sein, und sie lachten brüllend, obwohl Hogman von einem Mann sang, der seine Seele für einen ochsenblutfarbenen Stetson verkauft hatte, den er soeben beim Würfeln verloren hatte:

Stagolee went runnin'
In the red-hot boilin' sun,
Say look in my chiffo drawer, woman,
Get me my smokeless .41.
Stagolee tole Miz Billy,
You don't believe your man is dead,
Come down to the barroom,
See the .41 hole in his head.

That li'l judge found Stagolee guilty
And that li'l clerk wrote it down,
On a cold winter morning,
Stagolee was Angola bound.
Forty-dollar coffin,
Eighty-dollar hack,
Carried that po' man to the burying ground,
Ain't never comin' back.

Einen halben Meter von mir entfernt füllte der Barkeeper ein Tablett mit frischgezapften Bieren, ohne mich eines Blickes zu würdigen. Er war kahlköpfig und trug üppige graue Koteletten, die so aussahen, als seien sie an seiner Wange festgeklebt. Dann wischte er sich die Hände an der Schürze und zündete sich eine Zigarre an.

»Sie sind sich sicher, daß Sie sich nicht in der Tür geirrt haben?« sagte er.

»Ich bin ein Freund von Hogman«, sagte ich.

»Und da kommen Sie hierher, um ihn zu sehen?«

»Warum nicht?«

»Was darf's sein, Chief?«

»Ein Seven Up.«

Er öffnete eine Flasche, stellte sie ohne Glas vor mich hin und verschwand wieder. Die Flasche war warm und von einer dicken Staubschicht überzogen. Zwanzig Minuten später hatte Hogman immer noch keine Pause eingelegt und spielte unverdrossen weiter.

»Wollen Sie noch eins?« sagte der Barkeeper.

»Ja, doch. Wie wär's, wenn Sie diesmal ein bißchen Eis reintun oder mir ein kaltes geben?« sagte ich.

»Der Gentleman will ein kaltes«, sagte er, an niemand bestimmten gerichtet. Dann füllte er ein hohes Glas mit kleingestoßenem Eis und stellte es mit einer weiteren staubigen Flasche Seven Up auf die Theke. »Warum könnt ihr ihn nicht in Ruhe lassen? Er hat seine Zeit abgesessen, oder?«

»Seh ich so aus wie die Schmier?« sagte ich.

»Sie *sind* die Schmier, Chief. Sie und der andere da draußen.«

»Welcher andere? Wovon reden Sie, Partner?«

»Der Weiße, der da vorhin in dem blauen Mercury draußen war.«

Ich kletterte vom Barhocker und blickte durch die herabgelassenen Rolläden und die gewundenen Neonröhren einer Dixie-Bierreklame auf den Parkplatz.

»Ich seh keinen blauen Mercury«, sagte ich.

»Weil er abgehauen ist, Chief. Als ihm gedämmert ist, daß das hier ein Club für Schwarze ist, wenn Sie verstehen, was ich meine?«

»Wie hat der Kerl ausgesehen?« sagte ich.

»Weiß. Weiß hat er ausgesehen. Hilft Ihnen das weiter?« sagte er, warf ein Geschirrtuch in die Metallspüle und ging über den Dielenboden zum anderen Ende der Bar.

Schließlich streifte Hogman den Harmonikahalter und den Gitarrengurt ab, blickte mich voll an und ging durch eine Tür hinter einem Vorhang, die nach hinten in einen Lagerraum führte. Ich folgte ihm. Er saß auf einem Holzstuhl, inmitten von aufgestapelten Bierkästen, und machte sich über einen Blechteller mit Schweinekoteletts, Gemüse und Cornbread her, der auf einem weiteren Stuhl stand.

»Hab heut noch keine Gelegenheit gehabt, was zu essen. Das Filmstarleben läßt mir kaum noch Zeit. Willst du auch was?« sagte er.

»Nein, danke.« Ich lehnte mich an einen Stapel Kartons mit Bierflaschen.

»Die Lady, die mir diese Koteletts gebraten hat, weiß zwar nicht, was Gewürze sind, aber das Zeug schmeckt nicht schlecht.

»Komm zur Sache, Sam.«

»Du denkst, ich halt dich nur zum Narren, ja? Okay, also die Sache ist so. Vor langer Zeit in Angola, da hab ich mal Ärger gehabt wegen so einer kleinen Schwuchtel. Nich meine kleine Schwuchtel, verstehst du, von so unnatürlichem Kram hab ich die Finger gelassen, 's war eine Schwuchtel, die einem Typ namens Big Melon gehört hat. Big Melon hat für zwei von den Wärtern Marihuana angebaut und verkauft. Er und seine Schwuchtel hatten 'n richtig kleines Feld hinter dem Mais.«

»Hogman, das klingt leider alles ziemlich vage.«

»Du weißt ja immer Bescheid, du hast ja immer 'n schlauen Spruch auf der Lippe. Deshalb drehst du dich im Kreis, deshalb können dich diese Kerle ja auslachen.«

»Welche Kerle?«

»Die Kerle, die den Nigger umgebracht haben, den du im Atchafalaya ausgegraben hast. Willst du jetzt mal schön geduldig sein, oder willst du's lieber auf deine Art tun?«

»Ich warte gespannt auf deine Geschichte, Hogman.«

»Siehst du, diese zwei Wärter, die hatten ein prima Geschäft laufen. Big Melon und sein Boy haben das Zeug angebaut, getrocknet, in Tüten verpackt, und die Wächter haben's dann in Lafayette verkauft. Manchmal haben sie's selbst runtergebracht, manchmal haben es auch der Scharfrichter und ein anderer Cop für sie abgeholt. Niemand durfte in die Nähe von diesem Stück Land hinter dem Maisfeld kommen, dafür haben sie gesorgt. Aber ich war damals so eine Art Halbkapo, in Camp 1, und ich bin immer quer übers Feld, um den Weg zum Schweinepfuhl abzuschneiden. So bin ich drauf gekommen, daß die dahinten Rauschgift anbauen. Big Melon steckt also dem Wärter, daß ich weiß, was sie da treiben, daß ich sie verzinken werd, und dann hat sein Boy mir ein Gurkenglas mit selbstgebrautem Alkohol untergeschoben, damit ich meinen Job als Kapo und die anderen Vergünstigungen verlier.

Ich hab dem Wärter gesagt, es ist nicht recht, ich hab mir den Job hart verdient. Der, der hat nur gesagt: ›Hogman, wenn du dich hier mit den Falschen anlegst, stecken wir dich in die Kiste, und da kannst du dann bleiben, bis du weiß bist.‹ Das hat der Bossman gesagt. Ich hab ihm gesagt, daß es egal ist, wie lange sie mich da reinstecken, das macht's immer noch nich recht. Sie haben gemeldet, ich sei aufmüpfig, und mich zum Baumwollpflücken verdonnert. Wo ich dort 'ne schlechte

Strecke krieg und das Tagessoll nich erfülle, da lassen sie mich dann eine ganze Nacht auf'm Müllfaß stehen, dreckig und stinkend und ohne was zu essen.

Ich also hin zum Bossman auf dem Feld, und ich sag ihm, mir ist egal, was Big Melon macht, was die Wärter machen, geht mich nichts an, ich will nur meinen alten Job wieder. Da sagt er: ›Du hältst besser das Maul, Junge, und machst deinen Sack voll, und daß du mir ja nicht noch mal soviel Erdklumpen dazugibst, damit er schwerer ist, wie du's gestern getan hast.‹ Ich sag: ›Boß, was soll ich bloß tun? Ich hab keinen Dreck in den Sack getan, ich mach keinen Ärger, mich schert's 'n Dreck, wenn Big Melon für die Wächter Dope anbauen will.‹ Er schlägt mich mit 'ner Reitpeitsche nieder und läßt mich drei Tage in den Schwitzkasten in Camp A stecken, im August, wo die Sonne so heiß ist, daß die Eisenwände von dem Kasten kochen, 'nen Eimer zwischen den Knien als Toilette.«

Er aß jetzt nicht mehr. Wirkte in sich gekehrt und gedankenverloren, als ob seine Erlebnisse dadurch, daß er sie erzählte, seltsam und fremd würden.

»Du hast eine Menge Rückgrat, Hogman. Ich habe deine Courage immer bewundert«, sagte ich.

»Nein, 'n Heidenschiß hatte ich vor diesen Leuten, weil wo ich aus dem Kasten gekommen bin, da ist mir klargeworden, daß die Wachen mich umlegen werden. Hatte es ja oft genug schon mit eigenen Augen gesehen, oben auf dem Damm, wo die Jungs aus dem Red-Hat-Haus von Sonnenaufgang bis Sonnenuntergang Doppelschichten schieben mußten. Die haben die armen Kerle abgeknallt und verscharrt, ohne mit der Wimper zu zucken, grad so, wie jemand mit'm Laster 'nen Hund überrollt und einfach weiterfährt.

Ich hatte 'ne zwölfsaitige Gitarre, 'ne große Stella, hab sie von 'nem Mexikaner auf der Congress Street in Houston gekauft. Hab sie immer in der Wachkabine gelassen, damit keiner sich dran vergreift, wenn ich arbeite oder schlafe. Als sie mich also aus der Kiste lassen, dusch ich erst mal und schieb 'n großen Teller Reis und Bohnen rein, dann frag ich als erstes den

Posten nach meiner Gitarre. Und der sagt: ›Tut mir leid, Sam, aber der Bossman hat sie Big Melon überlassen, als du im Kasten gewesen bist.‹

Bis zum Abend hab ich gewartet, dann bin ich in Big Melons Zelle. Da sitzt dieser dicke fette Nigger nackt auf seiner Matratze, wie 'n großer Haufen schwarzer Reifenschläuche, während sein Boy am Boden sitzt und auf meiner Gitarre spielt, Lippenstift und Rouge übers ganze Gesicht und 'n rosa Schlüpfer an seinem kleinen Arsch.

Ich sag: ›Melon, wenn du oder dein Boy sich noch mal an meiner Gitarre vergreifen tun, dann schneid ich dir deinen schwarzen Schwanz ab. Scheißegal, ob sie mich dafür grillen oder nich. Wo du auch bist, ich erwisch dich, in der Dusche, beim Essenfassen oder während du zwischen dem hier seinen Backen steckst. Dann gibt's hier einen fetten Nigger, den sie mit'm Kran auf'n Friedhof schaffen müssen.‹

Melon lächelt nur süß und sagt: ›Wir haben sie nur geborgt, Hogman. Du hätt'st sie gleich zurückgekriegt. Hier, soll dir Pookie noch den Rücken massieren?‹

Aber da hab ich schon gewußt, daß sie's versuchen werden. Zwei Abende später, kurz bevor sie die Zellen dichtmachen, da bin ich noch auf die Toilette, und ich dreh mich um, und da steht die Schwuchtel in der Tür. Ich sag: ›Was willst du, Pookie?‹ Er sagt: ›Tut mir leid, daß ich auf deiner Gitarre gespielt hab, Hogman. Laß mich dein Freund sein, dann komm ich nachts auch mal zu dir in die Zelle.‹

Als ich runterfaß, um meine Hose hochzuziehen, zieht er 'nen Stichel aus der Hüfttasche und zielt genau auf mein Herz. Ich hab ihn um den Hals gepackt und nach hinten gebogen, immer weiter, bis ihm die Luft weggeblieben ist, und er hat rumgezuckt wie 'n Aal, hat sich in die Hosen geschissen, weil das konnt ich riechen, und dann hat's geknackt, grad so, wie wenn man trocknes Brennholz überm Knie bricht.

Ich heb den Kopf, und da ist einer der Wächter, die das Dope verkaufen. Er sagt: ›Keine Sorge, Hogman, da machen wir uns kein Problem draus. Die kleine Schwuchtel stecken wir einfach zu den anderen da draußen am Damm. Schert eh keinen, kümmert eh keinen, nicht mal Big Melon. Und dann bleibt's unser kleines Geheimnis.‹

Die sind schlauer als ich gewesen, und zwar die ganze Zeit. Die haben Pookie geschickt, damit er mich kaltmacht, aber denen war's egal, ob er jetzt mich umbringt oder ich ihn. Für die war's eh gegessen. Die haben genau gewußt, daß ich ihnen nie Ärger machen werd. Und sie haben ja recht gehabt. Ich hab nich aufgemuckt, immer getan, was man mir sagt, 'n paarmal sogar dabei geholfen, das Marihuanafeld umzugraben.«

»Ich versteh nicht ganz, Sam. Willst du mir damit sagen, daß einer dieser Gefängniswärter den Lynchmord an diesem Schwarzen begangen hat?«

»Das hab ich nich gesagt. Ich hab gesagt, daß ein paar von denen mit Dope gehandelt haben. In 'nem Polizeiwagen haben sie's aus'm Knast gebracht. Wie hieß noch der Nigger, den du in der Sandbank ausgegraben hast?«

»DeWitt Prejean.«

»Soviel sag ich dir. Er hat die Frau von 'nem Weißen gefickt. Frag mal rum, was für'n Job er gemacht hat, dann findst du die Leute, die dir soviel Ärger gemacht haben.«

»Wer ist der Kerl, nach dem ich suche?«

»Mehr kann ich nich sagen.«

»Hör zu, Sam, du brauchst keine Angst mehr vor diesen Wärtern oder Polizisten von damals zu haben. Die können dir jetzt nichts mehr tun.«

Er steckte einen Zahnstocher in den Mundwinkel, dann zog er eine kleine Flasche Rum aus der Jackentasche und schraubte sie mit dem Daumen auf. Er hielt die Flasche unter seinen Mund. Seine langen Finger glänzten vom Fett der Koteletts, die er gegessen hatte.

»Ist das hier immer noch Louisiana, oder leben wir neuerdings woanders?« sagte er.

In dieser Nacht fand ich keinen Schlaf. Ich goß mir ein Glas Milch ein und spazierte im Licht der Sterne runter zum Ententeich. Ein paar Wasserhühner brachen aufgeschreckt aus dem Schilf und flatterten dicht über der Wasserfläche zum anderen Ufer. Die Details dieses Falls paßten einfach nicht zusammen. Suchten wir jetzt einen Serienmörder, der im ganzen Staat sein Unwesen getrieben hatte, einen Psychopathen aus der Gegend, einen Zuhälter oder vielleicht sogar einen Profikiller der Mafia? Waren Polizisten in die Sache verwickelt? Hogman nahm es an, und er glaubte sogar, daß irgend jemand da draußen rumlief, der so viel Macht hatte, daß er ihn wieder ins Gefängnis bringen konnte. Dagegen konnte man einwenden, daß seine Perspektive eindeutig von seinen eigenen Erfahrungen als mehrfach Vorbestrafter geprägt war. Und was war mit DeWitt Prejean, dem gelynchten Schwarzen? Würde die Lösung dieses Mordfalls von 1957 uns zu dem Perversen führen, der Cherry LeBlanc verstümmelt hatte?

Nein, der Fall war nicht so einfach, wie Hogman mich glauben machen wollte, obwohl es offenkundig war, daß er es ehrlich meinte und wirklich Angst vor Vergeltung hatte. Aber auch ich hatte keine Antworten.

Unglücklicherweise sollten sie auf eine Art kommen, mit der ich nie gerechnet hatte. Ich sah Elrod aus der Küche kommen, wo Licht brannte. Er kam den Hang runter zum Teich. Er trug kein Hemd und war barfuß, die Hose war über der Unterhose nicht zugeknöpft. In der rechten Hand hielt er ein liniertes Blatt aus einem Notizblock fest umklammert. Er blickte mich unsicher an, und seine Lippen rangen um Worte, die er offenkundig lieber nicht gesagt hätte.

»Was ist passiert?« sagte ich.

»Das Telefon hat geklingelt, als ich in der Küche war. Ich bin rangegangen, damit im Haus nicht alle aufwachen.«

»Wer war dran? Was haben Sie da in der Hand?«

»Der Sheriff ...« Er glättete den zerknüllten Zettel mit den Fingern und ging die Worte, die da standen, für sich durch. Dann hob er den Kopf und sah mir ins Gesicht. »Es ist ein Freund von Ihnen, Dave. Lou Girard. Der Sheriff sagt, vielleicht sollten Sie rüber nach Lafayette fahren. Er sagt, o Mann, es tut mir leid, er sagt, Ihr Freund ist betrunken gewesen und hat sich das Leben genommen.«

Elrod streckte mir den Zettel hin, die Augen abgewandt, irgendwo schief zum Ententeich hin. Das Mondlicht glänzte weiß auf seiner Hand.

16

Er hatte eine Flinte Kal. 20 mit Buckelschaft benutzt. Bei sich zu Hause, in der kleinen Garagenwohnung, deren Fenster von Bambus- und Bananenstauden fast zugewachsen waren. Das war es wenigstens, was mir der ermittelnde Beamte, Doobie Patout, erzählte, als ich um vier Uhr morgens dort eintraf. Der Fotograf war mit seiner Arbeit so gut wie fertig, und die Sanitäter wollten gerade Lous Leiche aus einer gewaltigen Blutlache heben und in einem schwarzen Leichensack verstauen.

»Auf der Spüle steht 'ne halbleere Flasche Wild Turkey, und auf dem Kaffeetisch liegt noch die offene Flasche Valium«, sagte Doobie. »Wie ich es sehe, ist Lou vielleicht einfach schwer down gewesen und hat dann beschlossen, es zu tun.«

Die Einzelladeflinte lag vor einem beigefarbenen Polstersessel. Die obere Rückenlehne, die Wand dahinter und die Decke waren blutverschmiert. Die eine Seite von Lous Gesicht sah völlig normal aus, das Auge unverwandt ins Nichts starrend wie eine blaue Murmel, die man in Teig gedrückt hat. Die andere Gesichtshälfte, auf Höhe des Kiefers, war in den Teppich gedrückt wie ein geplatzter Granatapfel. Lous rechter Arm lag ausgestreckt auf dem Holzboden. An den Fingerspitzen, in Rot, konnte man auf dem Boden die Buchstaben Sl entdecken.

»Sie wollen's als Selbstmord abhaken?« sagte ich.

»So sieht es für mich aus«, sagte Doobie. Seine sonnenverbrannten, abstehenden Ohren schälten sich oben. »Er war schlecht beieinander. Die Matratze ist voller Pißflecken, in der

Spüle stapelt sich der Müll. Gehen Sie mal ins Schlafzimmer und holen Sie Luft.«

»Warum sollte ein Selbstmörder versuchen, mit seinem eigenen Blut noch eine Nachricht zu hinterlassen?«

»Ich glaube, wenn sie wissen, daß es eh zu spät ist, überlegen sie sich's noch mal anders. Dann sperren sie sich dagegen, so sehr sie können. Da unterscheiden sie sich nicht von anderen Menschen. Wahrscheinlich war's an seine Exfrau gerichtet. Sie heißt Silvia.«

»Wo ist seine Kanone?«

»Auf dem Nachttisch im Schlafzimmer.«

»Wenn Lou Schluß machen wollte, warum hat er dann nicht seine .357er benutzt?« fragte ich. Ich kratzte an einer Bleikugel, die an der Tapete entlanggeschrammt war und sich in die Wand gebohrt hatte. »Was für einen Grund kann er gehabt haben, es mit Vogelschrot zu machen, und es dann zu vermasseln?«

»Weil er sturzbesoffen war. Kein ungewöhnlicher Zustand für ihn.«

»Er hat mir bei einem Fall geholfen, Doobie.«

»Und?«

»Vielleicht hat er was rausgefunden, und jemand hat verhindern wollen, daß er's weitergibt.«

Die Sanitäter hoben Lous Leichnam vom Teppich, dann legten sie ihn in den Plastiksack, drückten ihm die Arme gerade an den Leib und zogen den Reißverschluß über seinem Gesicht zu.

»Schauen Sie, beruflich war er ziemlich am Ende«, sagte Doobie, als sich die Sanitäter mit der Trage an ihm vorbeidrückten. »Seine Frau hat ihm wegen einer anderen Lesbe den Stiefel gegeben, er hat sich's auf Kosten des Hauses von ein paar Huren unten in Underpass besorgen lassen, und jeden Morgen hat das ganze Department mitgekriegt, wie er zittrig Pillen in sich reingeschaufelt hat. Sie können gern was anderes glauben, aber für mich ist es kein großes Geheimnis, was hier heute abgelaufen ist.«

»Okay, Lou hatte Alkoholprobleme, aber ich halte es für eine Lüge, daß er sich von Nutten hat schmieren lassen. Er war ein guter Cop.«

»Denken Sie doch, was Sie wollen. Ein Trinker war er. An der Tatsache können Sie nix rütteln. Ich werde jetzt die Wohnung versiegeln. Ist da noch was gewesen, was Sie sich anschauen wollten?«

»Stimmt es, daß Sie in Angola Scharfrichter gewesen sind?«

»Das geht Sie einen verdammten Scheißdreck an, was ich gewesen bin.«

»Ich schau mich hier noch ein bißchen um. In der Zwischenzeit können Sie mir einen Gefallen tun, Doobie. Ich fänd's gut, wenn Sie draußen warten. Tatsache ist, ich würd's noch besser finden, wenn Sie einen so großen Bogen wie möglich um mich machen.«

»Sie würden's gut finden –«

»Ja. Vielen Dank.«

Sein Atem roch alt, und die Augen waren wäßrig und voller Abneigung. Dann erlosch der Funken von Interesse darin, und er ließ seinen Blick nach draußen zum schwachen Leuchten der Sonne am Horizont im Osten schweifen. Er steckte sich eine Zigarette in den Mundwinkel, trat hinaus auf die Veranda und sah den Sanitätern zu, die Lous Leichnam hinten in die Ambulanz einluden. Er tat es nicht, weil er Angst vor mir gehabt hätte oder gar persönlich beschämt war; er war einfach einer jener Polizeibeamten, für die Taktlosigkeit, Zynismus, Grausamkeit und völlige Indifferenz gegenüber moralischen Prinzipien normale und austauschbare Verhaltensformen geworden waren, eine genauso wert- oder bedeutungslos wie die andere.

In der Spüle, auf einer ganzen Lage dreckigen Geschirrs, lag ein Haufen Müll – Kaffeesatz, Bananenschalen, angebrannte Haferflocken, eingedrückte Bierdosen, Zigarettenstummel, zerknüllte Zeitungsreste. Der Mülleimer neben dem Kühlschrank war leer, abgesehen von Kaffeesatzresten, die noch feucht waren und eine Spur vom Rand bis zum Boden des Mülleimers zogen, wo noch eine einzelne Bananenschale lag.

Im Schlafzimmer stand eine Schublade des Ankleidetisches offen. Obendrauf waren ein zusammengerolltes Paar weiße Socken, ein gerahmtes Foto von Lou und seiner Frau bei der Hochzeit in Las Vegas, Lous Revolver samt Holster und der kleine Notizblock mit Bleistiftfach, den er immer in seiner Hemdtasche bei sich getragen hatte. Die ersten acht Seiten waren mit Notizen über einen Todesfall durch Ertrinken und eine Messerstecherei in einem schwarzen Nachtclub vollgekritzelt. Die nächsten paar Seiten waren herausgerissen worden. Kleine Fetzen hingen noch an den Drahtspiralen, und auf der nächsten unbeschriebenen Seite waren keine durchgedrückten Bleistiftspuren von der vorherigen.

In der Sockenlade fand ich eine Flasche Wodka und seine Extrawaffe »für alle Fälle«, ein alter Revolver vom Kaliber .32, mit abgewetztem Lauf, mit Klebeband umwickeltem Holzgriff und Seriennummern, die mit Säure weggeätzt und unlesbar gemacht worden waren. Ich klappte die Trommel heraus. Fünf der Kammern waren geladen, und die sechste war leer, unter dem Hahn.

Ich wollte den Revolver wieder in die Schublade legen, aber statt dessen schloß ich sie abrupt und steckte die Waffe in die Hosentasche.

Auf dem Weg nach draußen warf ich noch einen letzten Blick auf Lous Blut am Fußboden. Doobie Patout war am Rand mit einem Schuh reingetreten und hatte einen sauberen Abdruck seines Gummiabsatzes auf dem Holz hinterlassen.

Was für ein Abgang nach siebenunddreißig Jahren Polizeiarbeit, dachte ich. Ein Tod mit dem Gesicht nach unten in einer Mietwohnung über einer Garage, die nicht einmal den Standard einer Sozialwohnung hatte; und deine Kollegen schreiben dich als Säufer ab und latschen durch dein Blut.

Ich blickte noch einmal auf die verschmierten Buchstaben Sl. Was wolltest du uns damit mitteilen, Lou?

Als ich vor der Tür stand, schloß Doobie Patout hinter mir ab. Ein leuchtendes Rot breitete sich vom Horizont im Osten allmählich über den ganzen Himmel aus.

»Okay, ich glaube, so ist es abgelaufen, Doobie. Machen Sie damit, was Sie wollen«, sagte ich. »Jemand kam rein, hat Lou bewußtlos vorgefunden und die Wohnung durchsucht. Nachdem er ein paar Seiten aus Lous Notizblock gerissen hat, hat er Lou die Schrotflinte unters Kinn gehalten.«

»Wenn er die Bude zuerst durchsucht hat, dann hätte er auch Lous .357er gefunden, stimmt's? Warum hat er nicht die genommen? Das ist das erste gewesen, was Ihnen aufgestoßen ist, Robicheaux.«

»Weil er sie in Lous Hand hätte legen müssen. Er wollte ihn nicht aufwecken. Mit der Flinte ging's leichter.«

Er stierte mir in die Augen; dann wurde sein Blick trüb, ein Schleier senkte sich über seine Pupillen, und er blickte angestrengt auf einen Punkt knappe zwanzig Zentimeter rechts von meinem Gesicht in der Luft. Ein verwelkter Palmwedel auf dem kleinen Innenhof raschelte im warmen Morgenwind.

Es war Samstag, und ich mußte nicht ins Department, aber ich rief Rosie in dem Motel an, wo sie übernachtete, und erzählte ihr von Lous Tod.

Am Mittag desselben Tages kam Cholo Manelli in einem verbeulten feuerwehrroten Cadillac-Cabriolet auf der unbefestigten Straße am Bayou angefahren und parkte am Pier, als ich gerade zum Mittagessen hoch zum Haus wollte. Der Kotflügel vorne links war mit einem Schweißbrenner herausgetrennt worden, und das Loch sah wie eine leere Augenhöhle aus. Das Verdeck war heruntergekurbelt, und auf dem Rücksitz und in dem ein Stück geöffneten Kofferraum lagen gußeiserne Gartenmöbel, darunter ein Tisch mit Glasplatte und ein Strandsonnenschirm.

Er trug weiße Shorts und ein grünes Hawaiihemd, auf dem lauter rosa Flamingos waren. Er kniff die Augen unter seiner weißen Golfkappe zusammen, die er schräg in das eine Auge gezogen hatte, und blickte hoch zu mir. Als er grinste, sah ich, daß vorne ein Schneidezahn abgebrochen war. In der Lücke im Zahnfleisch klebte noch Blut.

»Ich wollt mich verabschieden«, sagte er. »Und Ihnen noch ein kleines Abschiedsgeschenk dalassen.«

»Wo geht's hin, Cholo?«

»Na ja, vielleicht ein Weilchen nach Florida, da laß ich's erst mal ruhig angehen. Vielleicht mach ich so'n Laden auf, wie Sie ihn da haben. Bißchen Hochseefischen, so Zeug. Hören Sie, können wir uns hier mal irgendwo kurz unterhalten?«

»Sicher. Gehen wir in den Laden.«

»Nein, Sie haben grad Kundschaft da, und ich hab 'n ziemliches Problem mit meiner Sprache. Ganz egal, was ich sag, es klingt immer wie 'ne Toilettenspülung. Lassen Sie uns 'ne kleine Spazierfahrt machen, Lieutenant.«

Ich stieg ein, und wir fuhren vor zu dem alten Kolonialwarenladen mit der breiten Terrasse an der Kreuzung. Auf dem Rücksitz vibrierten und klapperten die weißlackierten eisernen Gartenmöbel. Auf einem Stuhlbein war das grüne Emblem von Holiday Inn zu sehen. Cholo parkte im Schatten der riesigen Eiche, die sich über die Veranda des Ladens erstreckte.

»Was hat's mit den Möbeln auf sich?« sagte ich.

»Als ich aus'm Hotel ausgecheckt habe, hat der Besitzer auf einmal gewollt, daß ich sie mitnehm. Er hat gesagt, er braucht neue, die hier sind sowieso abgeschrieben, und ich würd ihm damit 'nen Gefallen tun. Haben die hier Poorboy-Sandwiches? Ich lad Sie ein.«

Bevor ich darauf antworten konnte, verschwand er im Laden. Er kam mit zwei Sandwiches wieder, mit Shrimps und gebratenen Austern, zum Bersten gefüllt mit Mayonnaise, Salatblättern und Tomatenscheiben. Er wickelte seins aus dem Wachspapier und kaute vorsichtig auf einer Seite.

»Was ist los, Cholo?« sagte ich.

»Wie ich schon sagte, Zeit für einen Tapetenwechsel.«

»Hast du Ärger mit Baby Feet gehabt?«

»Kann sein.«

»Weil du einen Krankenwagen für mich gerufen hast?«

Er hielt im Kauen inne, fischte sich einen Salatfitzel aus den Zähnen und schnippte es auf den Muschelparkplatz.

»Margot hat's ihm gesagt. Sie hat mitgekriegt, wie ich telefoniert hab«, sagte er. »Gestern abend sind wir dann alle beim Abendessen in so'nem schnieken Laden oben an der Landstraße gesessen, ein paar von diesen Filmleuten waren auch da, Typen, für die Julies Scheiße immer noch wie Rosenwasser riecht, und auf einmal sagt Julie: ›Habt ihr eigentlich gewußt, daß Cholo sich für Florence Nightingale hält? Daß er meint, er hat sich um Leute zu kümmern, die sich beim Baseball verletzen, obwohl es bedeutet, daß er damit seine alten Freunde hintergeht?‹

Ich sag: ›Was redst du hier, Julie? Florence Nightingale – wer soll'n das sein?‹

Er schaut mich nicht mal an. Zu den ganzen andern sagt er: ›Also wollen wir mal zusehen, daß Cholo einen andern Job kriegt, da ihm der, den er jetzt hat, ja wohl nicht gefällt. Ich hab mir gedacht, daß er in einem meiner Restaurants anfängt, gleich beim Iberville Project. Da kann er sich mal ein bißchen ums Geschirr kümmern, mal so reinschnuppern, dafür Sorge tragen, daß die Toiletten auch schön sauber sind, weil da 'ne Menge so Mittelschichtnigger essen, und die stehen nicht so auf dreckige Toiletten. Was meinst du, Cholo?‹

Alles am Tisch grinst, und ich sag: ›Ich hab nix Unrechtes getan, Julie. Ein Scheiß-Anruf. Was, wenn der Typ da draußen gestorben wär?‹

Julie sagt: ›Jetzt fängst du schon wieder an, Cholo. Immer reißt du's Maul auf, wenn du's nicht sollst. Vielleicht wär's besser, wenn du jetzt abziehst. Du hast Wachs in den Ohren, du redest Scheiße, du verpfeifst deine Freunde. Ich will dich hier nicht mehr sehen.‹

Als ich gegangen bin, haben mich alle im Restaurant angeglotzt, als ob ich 'ne Kakerlake bin, irgend 'n Stück Dreck, das in der Gesellschaft anständiger Leute nix verloren hat. Noch nie ist jemand so mit mir umgesprungen.«

Schweiß glänzte im warmen Schatten auf seinem Gesicht. Er rieb sich die Nase mit dem Handrücken.

»Was war mit dem Zahn, Cholo?« fragte ich.

»Gestern abend bin ich Julie auf die Pelle gerückt. Ich hab ihm gesteckt, daß er ein Wichser ist, für den ich nicht mal mehr arbeiten würd, wenn er mich auf Knien anbettelt. Ich hab ihm auch gesagt, daß Cherry LeBlanc schon recht gehabt hat, er bringt's nicht, sein Schwanz ist 'n Cocktailwürstchen, und so'ne Torte wie Margot ist auch nur bei ihm, weil bei ihr schon so viele drübergerutscht sind, daß es da unten wie der Grand Canyon aussieht – da spielt's dann keine Rolle mehr, wie groß sein Schwanz ist. Da hat er mir mit so'nem großen gläsernen Aschenbecher was aufs Maul verpaßt, der Schweinehund.

Hier, Lieutenant, wenn Sie mal so sehen wollen, was er so treibt«, sagte er, fischte eine Videokassette aus dem Handschuhfach und legte sie mir in die Hand. »Gehen Sie mal ins Kino.«

»Moment mal. Was war das mit Cherry LeBlanc?«

»Wenn er Ihnen sagt, er hat noch nie von ihr gehört, fragen Sie ihn mal nach dem Ding hier. Julie hat wohl vergessen, daß ich mal für ihn ein paar Erinnerungsfotos machen mußte, als wir 'nen Ausflug nach Biloxi gemacht haben. Ist sie das oder nicht?«

Er zückte ein Schwarzweißfoto aus der Brusttasche seines Hemdes und legte auch das in meine Hand. Es zeigte Julie und Cherry LeBlanc, die irgendwo im Freien unter einem Sonnenschirm an einem Tisch saßen. Sie trugen Badekleidung und hielten serviettenumwickelte Drinks in den Händen; beide lächelten. Der Hintergrund war im Sonnenlicht verschwommen und trüb. Man sah die unscharfen Konturen eines Mannes, der an einem anderen Tisch eine Zeitung las; seine Augen waren wie Diamanten, die in der Haut steckten.

»Ich will die Wahrheit wissen, Cholo. Hat Feet sie umgebracht?« sagte ich.

»Weiß ich nicht. Aber ich werd Ihnen sagen, was an dem Abend passiert ist, wo sie starb. Sie hatten einen Riesenstreit im Motelzimmer. Ich hab's durch die Wände gehört. Sie hat gesagt, sie wär hier nicht das Dummchen vom Lande, mit dem man alles machen kann. Ihr eigenes Ding hat sie gewollt, eigene

Mädchen, einen Laden draußen am Lake Pontchartrain, vielleicht 'ne Rolle in dem Film. Darauf sagt er: ›Da sind genug Bräute, die 'ne Menge dafür geben würden, wenn sie nur im selben Raum wie ich sein könnten, Cherry. Vielleicht solltest du zufrieden sein mit dem, was du hast.‹ Da hat sie angefangen, sich über ihn lustig zu machen. Er würd wie 'n Wal mit Haaren aussehen, und außerdem hätt er 'n Pimmel wie 'n Wiener Würstchen.

Das nächste, was ich mitkrieg, ist, daß sie mit viel Getöse abrauscht und Julie brüllt irgendwas ins Telefon, ich weiß nicht, mit wem er da gesprochen hat, ich hab nur gehört, wie er gesagt hat, Cherry ist 'n Scheiß-Alptraum, die ihm jeden Tag für hundert Dollar Koks wegschnupft, und er braucht keine so Alpträume mehr in seinem Leben, erst recht nicht 'ne bekloppte Teenagerbraut, die meint, sie kann jedesmal ausrasten, wenn ihr danach zumute ist.«

»Wer hat sie getötet, Cholo?«

Er warf das halb gegessene Sandwich nach einer verrosteten Mülltonne. Er traf nicht, und Brot, Shrimps und Austern flogen klatschend auf den Boden.

»Kommen Sie, Lieutenant, Sie wissen doch, wie so was läuft. Ein Typ wie Julie, der legt keinen selbst um. Der sagt 'n paar Worte in die richtigen Ohren, dann vergißt er die Sache. Wenn's was ganz Besonderes ist, dann bringt vielleicht irgendeiner so'n Psycho ins Spiel, so'n Kerl, der echt krank im Kopf ist.

Hey, erinnern Sie sich noch an 'nen Taschendieb aus New Orleans, der hieß Tommy Figorelli, aber genannt haben ihn alle Tommy Fig, Tommy Fingers, Tommy Five? Hatte noch so'n Teilzeitjob in 'ner Metzgerei auf der Louisiana Avenue, wo er Fleisch kleingeschnitten hat. Na ja, jedenfalls ist der in die Scheiße getappt, nicht Brieftaschen klauen, also, er hat sich an 'n paar kleinen Mädchen vergriffen, und wie's so kommt, eine von ihnen war mit der Giacono-Familie verwandt. Also haben sie verbreitet, daß Tommy Fig zum Abschuß freigegeben war, nur daß es nicht einfach und schnell sein sollte, nicht für das, was er getan hat. Hab ich Ihnen eigentlich je erzählt, daß ich oben in Angola Dienst in der Küche geschoben hab? Echt wahr. Na ja, als sie Tommy dann eingesackt haben, zu dritt waren sie, also, wo da die Metzgerei am Montag morgen aufgemacht hat, es war nämlich ein Tag vor Weihnachten, das muß ich dazusagen, da hingen da Tommys Einzelteile, hübsch gefriergetrocknet und sauber, im ganzen Laden wie Schmuck an 'nem Christbaum.

Also, das klingt schon ziemlich krank, aber die Typen von dem Laden, die hatten auch nix für einen Kinderschänder übrig, und um zu zeigen, wie sie das Ganze sehen, haben sie 'n paar Jungs von dieser Familie zusammengetrommelt, und dann haben sie alle gemeinsam 'ne Party gefeiert, mit Eggnogg und Obstkuchen und Musik und den Teilen von Tommy Fig, die sich oben schön munter am Deckenventilator gedreht haben.

Damit will ich sagen, Lieutenant, ich laß mich nicht als Zeuge in Schutzhaft nehmen, und vor 'ner Grand Jury sag ich eh nicht aus. So was hab ich schon mal durchgemacht, acht Monate im Stadtgefängnis von New Orleans. Ein halbes Dutzend Typen hat versucht, mich allezumachen, obwohl ich wie 'ne Eins dagestanden bin und für 'n paar Typen den Kopf hingehalten hab, auf die ich nicht mal pissen würd, wenn sie brennen.«

»Und du bist sicher, daß Julie Cherry LeBlanc später in dieser Nacht nicht doch noch erwischt hat?«

»Ist nicht sein Stil. Aber dann –« Er befühlte mit der Zunge die Lücke, wo der Schneidezahn abgebrochen war, »– wer weiß schon, was in Julies Kopf vor sich geht? Total verrückt nach der LeBlanc ist er gewesen, und die hat's vielleicht drauf gehabt, ihn auf die Palme zu bringen. Gehen Sie ins Kino, Lieutenant, machen Sie sich selbst ein Bild. Aber hey, eins dürfen Sie nicht vergessen, ja? Mit dieser Filmscheiße, da hab ich nix mit zu tun. Sie kennen ja meine Akte. Wenn's tatsächlich mal so war, daß ich einem was getan hab, ich will nicht sagen, daß ich's getan hab, dann hat der Kerl es auch verdient gehabt. Der Kerl – das ist das Wort, worauf's ankommt, Lieutenant, wenn Sie verstehen, was ich meine?«

Ich klackte mit den Fingernägeln auf der Plastikkassette, die auf meinem Oberschenkel lag.

»Gestern nacht ist ein Detective aus Lafayette getötet worden. Er hieß Lou Girard. Hast du da was drüber gehört?« sagte ich.

»Wer?« fragte er.

Ich wiederholte Lous Namen noch einmal und beobachtete dabei Cholos Gesicht.

»Hab nie von ihm gehört. Ist das 'n Freund von Ihnen gewesen oder so was?«

»Ja, das war er.«

Er gähnte und blickte hinüber zu zwei schwarzen Kindern, die auf der Veranda des Kolonialwarenladens mit einem Frisbee spielten. Dann ging ein Licht in seinen Augen an, und er blickte mir wieder ins Gesicht.

»Hey, Lieut, das müßten Sie doch noch aus Ihren Tagen im First District wissen«, sagte er. »Niemand, und damit meine ich *niemand*, von den Familien aus New Orleans killt einen Cop. Wer so was abzieht, dem geht's noch schlechter als Tommy Fig. Den nehmen sie auseinander, wenn er noch lebt.«

Er nickte wie ein Weiser, der eine allgemeingültige Wahrheit verkündet hatte. Dann räusperte er sich, saugte den Speichel im Mund zusammen und spuckte einen blutigen Klumpen auf den Muschelgrund.

Eine halbe Stunde später ließ ich im leeren Büro des Sheriffs die Jalousie herunter, um mir auf seinem Videorecorder die Kassette anzusehen, die Cholo mir gegeben hatte. Als es vorbei war, schaltete ich das Gerät ab, ging auf die Herrentoilette, spülte mir das Gesicht im Waschbecken und trocknete mich mit Papierhandtüchern.

»Stimmt was nicht, Dave?« fragte ein uniformierter Deputy, der vor dem Pinkelbecken stand.

»Nein, alles okay«, sagte ich. »Seh ich so aus, als ob was nicht stimmt?«

»Da ist so 'ne Magen-Darm-Grippe, die macht grad die

Runde. Ich hab nur gedacht, daß dich der Virus vielleicht auch erwischt hat.«

»Nein, ich bin putzmunter, Harry.«

»Das hör ich gern«, sagte er und wich meinem Blick aus.

Ich ging wieder zurück ins Büro des Sheriffs, zog den Rolladen auf und blickte hinunter auf den Verkehr in der Straße. Die Wipfel einiger Myrtenbäume bogen sich im Wind, ein schwarzer Junge fuhr mit dem Fahrrad auf dem Bürgersteig, eine Angelrute quer über den Lenker gelegt.

Ich mußte an Leute denken, die ich kannte und die sich selbst als Liberale bezeichneten. Sie sprachen so leichthin über Pornographie und taten sie als belanglos ab, wenn sie nicht sogar das Überleben des First Amendment der Verfassung mit der fortwährenden Existenz solcher Dinge in Verbindung brachten. Ich fragte mich, was ihnen wohl zu dem Film eingefallen wäre, den ich soeben angesehen hatte. Ich fragte mich, wie es ihnen gefallen würde, wenn ein Kino, das solche Filme zeigte, in ihrer unmittelbaren Nachbarschaft läge; ich fragte mich, ob sie es wohl gern sehen würden, wenn ihre Kinder Umgang mit der Kundschaft dieses Kinos hätten.

Schließlich rief ich Rosie in ihrem Motel an. Ich sagte ihr, wo ich mich aufhielt.

»Cholo Manelli hat mir einen pornographischen Film gegeben, von dem Sie wissen müssen«, sagte ich. »Allem Anschein nach hat Julie seine Finger jetzt auch noch in ziemlich finsterem Kram.«

»Worum geht es da, was meinen Sie damit?«

»Ziemlich harter Sadismus, Rosie. Und es sieht nicht wie gespielt aus.«

»Können wir Balboni damit in Verbindung bringen?«

»Ich bezweifle, daß Cholo je vor Gericht aussagt, aber vielleicht können wir ein paar der Leute auftreiben, die den Film gemacht haben.«

»Ich bin in ein paar Minuten bei Ihnen.«

»Rosie, ich –«

»Sie meinen, das steh ich nicht durch?«

»Ich weiß nicht, wozu das gut sein soll.«

»Wenn Sie nicht so lange dableiben wollen, Dave, stecken Sie einfach die Kassette in mein Postfach.«

Zwanzig Minuten später kam sie durch die Tür. Sie trug Bluejeans, Tennisschuhe und ein kurzärmeliges Jeanshemd mit aufgenähten Blumen in Purpur und Weiß. Ich verdunkelte den Raum wieder und startete den Film, nur daß ich diesmal mit dem Schnellauf vorspulte, um die Gewaltszenen zu isolieren und das Ganze so schnell wie möglich hinter mich zu bringen.

Als der Bildschirm dunkel wurde, zog ich die Jalousie wieder hoch. Sonnenlicht erfüllte den Raum. Rosie saß aufrecht und bewegungslos da, die Hände im Schoß. Ihre Nase wurde schmal, wenn sie einatmete. Dann stand sie auf und blickte einen Augenblick aus dem Fenster.

»Wie diese Mädchen geschlagen wurden ... so was hab ich in meinem Leben noch nicht gesehen«, sagte sie.

Ich hörte sie tief Luft holen und mit einem Seufzer wieder ausstoßen, dann drehte sie sich wieder zu mir.

»Das war nicht gespielt, stimmt's?« sagte sie.

»Ich glaube nicht. Für so eine billige Produktion war das viel zu überzeugend.«

»Dave, wir müssen diese Kerle kriegen.«

»Das werden wir auch, so oder so.«

Sie nahm ein Papiertaschentuch aus der Handtasche und schneuzte sich. Sie blinzelte, und ihre Augen glänzten feucht.

»Sie müssen mich entschuldigen. Heuschnupfen. Ich weiß gar nicht, was heute in der Luft ist«, sagte sie.

»Ist das Wetter dafür.«

Dann mußte sie sich noch einmal abwenden und zum Fenster hinausstarren. Als sie sich mir diesmal zuwandte, war der Ausdruck in ihren Augen wieder neutral.

»Wieviel Profit macht er mit einem solchen Film?« fragte sie.

»Ich habe gehört, es kostet an die fünftausend Dollar, einen normalen Porno zu drehen, und einbringen tut er eine sechsstellige Summe. Ich weiß nicht, wie das bei einem Film wie dem hier ist.«

»Ich würde gerne Cholo Manelli als wichtigen Zeugen verhaften lassen.«

»Selbst wenn wir das tun könnten, Rosie, es wäre die reinste Zeitvergeudung. Cholo hat nicht mehr Grips als eine Zuckermelone, aber der fällt nicht um, und auf einen Handel läßt er sich schon gar nicht ein.«

»Wie Sie das sagen, klingt da fast schon Bewunderung durch.«

»Es gibt wahrlich Schlimmere.«

»Also, manchmal fällt es mir wirklich schwer nachzuvollziehen, wo Ihre Sympathien liegen, Dave.«

»Passen Sie auf, der Film ist irgendwo in New Orleans oder der näheren Umgebung gedreht worden. Was man da im Hintergrund sah, das waren die Industriedocks in Algiers. Ich würde gerne eine Kopie ziehen und die an die Sitte im NOPD schicken. Vielleicht können die einige der Darsteller identifizieren. So was ist eh mehr deren Terrain.«

»Okay, machen wir auch eine Kopie für die FBI-Zentrale. Vielleicht bringt Balboni das Zeug über die Staatsgrenze.« Dann griff sie nach ihrer Handtasche, und ich sah, wie ihr Gesicht sich wieder verdüsterte.

»Gehen wir. Ich lad Sie auf einen Drink ein«, sagte ich.

»Was für ein Drink?«

»Was Sie mögen.«

»Ich bin schon okay, Dave. Kein Grund, eine Bar aufzusuchen.«

»Das liegt bei Ihnen. Wie wär's mit einem Dr. Pepper gleich da drüben auf der anderen Straßenseite oder einem Pfefferminz-Snowball im Park?«

»Das klingt gut.«

Wir fuhren in meinem Pickup zum Park. Allmählich füllte sich der Himmel mit nachmittäglichen Regenwolken, die so strahlend weiß waren wie Wasserdampf. Sie gab sich alle Mühe so zu tun, als höre sie mir zu, aber ihr Blick schien unverrückbar an einem weit entfernten Fleck jenseits des Horizonts zu kleben, als ob sie durch ein umgekehrtes Teleskop in ihr Innerstes blickte, wo sie eine traumatische Gewalttat aus grauer Vorzeit sah, die immer im falschen Moment wieder zum Leben erweckt wurde.

Mehrere Male an diesem Tag hatte ich versucht, Hogmans eigenartigen Andeutungen nachzugehen, welche Art von Arbeit DeWitt Prejean verrichtet hatte, der schwarze Mann in Ketten, der vor meinen Augen 1957 in der Atchafalaya-Marsch niedergeschossen worden war. Aber weder der Polizeichef von Opelousas noch der Sheriff vom St. Landry Parish wußten etwas, das mir in dieser Hinsicht weiterhelfen konnte, und als ich endlich den alten Gefängnisvorsteher bei sich zu Hause erreichte, legte der sofort wieder auf, als er meine Stimme erkannte.

Am späten Nachmittag mußte ich der Schlaflosigkeit der vorangegangenen Nacht Tribut zollen, und ich legte mich in die Hängematte, die ich zwischen zwei schattigen Bäumen bei dem kleinen Bächlein im Garten hinter dem Haus aufgehängt hatte. Ich schloß die Augen und versuchte dem Wasser zu lauschen, das über die Steine dahinplätscherte, und ich bemühte mich krampfhaft, die Bilder aus Lous Wohnung zu verdrängen, die sich hinter meinen Augenlidern festgesetzt zu haben schienen wie rote Farbspritzer von einem Pinsel. Ich konnte die Farnkräuter im Bachbett riechen, die langgedehnten, feingeschlungenen Wurzeln, die in der Strömung aufgeschwemmt wurden, das kühle Aroma nassen Steins und das Immergrün, das im Gras raschelte.

Ich hatte mir nie vorgestellt, daß sich an dieser Stelle in meinem Garten, der sanften Ausbuchtung, durch die ein schmaler Bach floß, einst Angehörige des Signalkorps der konföderierten Armee versammeln würden, um sich an einem heißen Tag zu erfrischen. Aber aus den Regenwolken und dem Schwefelgeruch und den Blitzen, die bereits im Süden oben am Himmel flackerten, sah ich den General herabkommen. Er stand in Begleitung von zwei jüngeren Offizieren im geflochtenen Korb eines Observationsballons, der aus Seide in mindestens sechs verschiedenen Farben zusammengenäht zu sein schien. Fünf

Soldaten machten Korb und Ballon mit Halteseilen am Boden fest. Sie halfen dem General heraus und reichten ihm eine Krücke. Neben dem Landeplatz standen ein Tisch und ein Stuhl und eine Telegrafentastatur an einem langen Draht, der am Ballonkorb befestigt war. Der Ballon zerrte an den Seilen und wackelte und wogte im Wind, der über das Zuckerrohrfeld meines Nachbarn blies.

Einer der Adjutanten des Generals half ihm, in einem stoffbespannten Gartenstuhl neben meiner Hängematte Platz zu nehmen, und zog sich dann zurück.

»Großartig, nicht wahr?« sagte er.

»Allerdings«, sagte ich.

»Ladies aus ganz Louisiana haben ihre Seidenkleider für den Ballon zur Verfügung gestellt. Der Strohkorb ist von einem italienischen Feinkosthändler in New Orleans angefertigt worden. Ganz außerordentlicher Ausblick. Im nächsten Leben komme ich als Vogel wieder. Würden Sie es gerne mal auf einen Versuch ankommen lassen?«

»Jetzt gerade nicht, danke.«

»Ein schlechter Tag dafür?«

»Ein anderes Mal, General.«

»Sie trauern um Ihren Freund?«

»Ja.«

»Sie sind auf Rache aus, stimmt's?«

»Die Cops in Lafayette wollen es als Selbstmord abhaken.«

»Jetzt hören Sie mir mal gut zu, Lieutenant. Was auch immer in Ihrem Leben geschieht, wie schlimm und widrig Ihnen auch alles erscheinen mag, eine unehrenhafte Tat dürfen Sie nie in Betracht ziehen.«

»Das war eine andere Zeit, zu der Sie lebten, General. Heute nachmittag habe ich einen Film gesehen, in dem junge Frauen von Sadisten und Degenerierten geschlagen und gequält wurden, vielleicht sogar umgebracht. Solches Zeug wird in Geschäften verkauft und in öffentlichen Kinos gezeigt. Die Schweine, die so was herstellen, kommen selten hinter Gitter, wenn man sie nicht wegen Postbetrugs drankriegt.«

»Ich bin mir nicht ganz sicher, ob ich Ihren ganzen Anspielungen folgen kann, aber ich will Ihnen von einer Sache erzählen, die uns vor drei Tagen widerfahren ist. Mein Flaggenträger war ein Junge von grade mal sechzehn Jahren. Auf einem Brachfeld geriet er in ihr Kreuzfeuer. Es gab keine Möglichkeit für ihn, in Deckung zu gehen. Er versuchte sich zu ergeben, indem er sein Hemd über dem Kopf schwenkte. Sie haben ihn trotzdem getötet, ob aus Absicht oder Zufall, das weiß ich nicht.

Bis zum Abend hatten wir das Gelände wieder erobert und seine Leiche geborgen. Die Miniékugeln hatten ihn so zerrissen, als ob wilde Hunde über ihn hergefallen wären. Er war so dünn, daß man seine Knochen mit den Fingern zählen konnte. In seiner Provianttasche war noch seine Tagesration – eine Handvoll schwarzer Bohnen, ein paar geröstete Eicheln und eine getrocknete Süßkartoffel. Mehr konnte ich diesem Jungen nicht zu essen geben, der mir bis in den Tod gefolgt war. Was meinen Sie, was ich in diesem Augenblick für die fühlte, die ihn getötet hatten?«

»Vielleicht waren diese Gefühle ja berechtigt.«

»Ja, das sagte ich mir auch wiederholt in dieser Nacht. Und auch, wenn ich daran denken mußte, wie ausgeblutet seine Haut glänzte, als wir ihn zur Beerdigung fertig machten. Dann bot sich eine günstige Gelegenheit. Von unserem Ballon aus überblickte ich ein Zürgelbaumwäldchen. Neben einem Sanitätszelt hockten ein Dutzend Unionssoldaten mit heruntergelassenen Hosen an einer Latrine. Zweihundert Yards weiter auf dem Bayou, ohne daß sie es sehen konnten, war eines unserer Boote mit einem Zwölfpfünder auf dem Bug. Ich hätte nur einfach über die Telegraphenleitung die Order geben müssen, dann hätten unsere Kanoniere Kartätschen geladen und die armen Teufel über ihren eigenen Exkrementen zerfetzt. Aber das ist nicht unsere Art, nicht wahr?«

»Das mag für Sie gelten.«

»Es überzeugt mich nicht, wie Sie hier den Zyniker spielen.«

»Ich will Ihnen eine Frage stellen, General. Die Frauen, die

ihre Kleider und Unterröcke für Ihren Ballon gespendet haben … wenn die jetzt vergewaltigt, sexuell erniedrigt und systematisch geprügelt worden wären, und die Männer, die das getan haben, fielen in Ihre Hände, was würden Sie dann tun?«

»Der von mir eingesetzte Feldrichter würde sie festnehmen, vor ein Standgericht stellen und hängen lassen.«

»Heute wäre das nicht mehr der Fall.«

Sein langes, schmales Gesicht war perplex.

»Warum nicht?« fragte er.

»Ich weiß nicht. Vielleicht verspüren wir als Gesellschaft eine solche Kollektivschuld, daß wir Angst davor haben, einzelne Mitglieder dieser Gesellschaft zu bestrafen.«

Er schob sich den Hut in den Nacken, schlug das gute Bein über das Knie aus Kork und befeuchtete das Ende eines Zigarrenstummels. Mehrere seiner Soldaten knieten an meinem Bach und füllten die Wasserflaschen. Ihre Gesichter waren staubig, die Lippen schwarz vom Schießpulver, weil sie die ganze Zeit das Patronenpapier durchbeißen mußten. Der zusammengeflickte Seidenballon zitterte im Wind, das nahende Gewitter warf ein silbriges Licht auf seine glänzende Oberfläche.

»Es liegt mir fern, mich als Ihr Gewissen aufzuspielen«, sagte der General. *»Aber als Ihr Freund, der nicht wünscht, daß Sie durch eigenes Verschulden zu Schaden kommen, rate ich Ihnen, noch einmal gründlich darüber nachzudenken, ob Sie die Waffe Ihres toten Freundes tatsächlich behalten wollen.«*

»Das habe ich bereits getan.«

»Ich finde, daß Sie da einen schweren Fehler begehen, Sir. Und Sie enttäuschen mich.«

Er winkte mit der Hand ungeduldig seinen Adjutanten, und sie halfen ihm auf.

»Wenn das so ist, tut es mir leid«, sagte ich.

Aber der General war kein Mann, mit dem man lange diskutierte. Er humpelte auf Krücke und Korkbein zum Ballonkorb, die Zigarre steil nach oben zwischen den Zähnen, und dabei blickte er immer wieder hoch zu den windgepeitschten Wolken und den Blitzen, die draußen über dem Golf wie weißglühende Drähte am Himmel zuckten.

Das Unwetter brach los, und es ließ Staubwolken aus dem Zuckerrohrfeld meines Nachbarn aufsteigen, just als der Ballon des Generals ihn und seine Adjutanten wieder in die Luft trug. Der Telegrafendraht baumelte wie eine Nabelschnur von dem Strohkorb.

Als ich aus meinem Traum erwachte, war der graue Himmel über mir voll mit einem Dutzend seidener Heißluftballons, die die grellen Farben von Zirkuswagen hatten. Ihre fahlen Schatten zogen über Scheunendächer, unbefestigte Straßen, Bretterhäuser, Kramläden, dicht beieinander stehende Kühe, sich windende Bayous, bis die Ballons selbst nur noch weit entfernte Flecken am sommerlich grünen Horizont jenseits von Lafayette waren.

17

Montag morgen ging ich auf Lou Girards Beerdigung in Lafayette. Es war ein brütend heißer, grüngoldener Tag. Eine regelrechte Hitzewelle schien von dem schwammigen Gras auf dem Friedhof aufzusteigen und an Intensität immer noch zuzunehmen, als die weiße Sonne immer höher am Himmelsdach kletterte. Während der Zeremonie am Grab war jemand mit einem PS-starken Rasenmäher hinter der Ziegelmauer zugange, die den Friedhof unterteilte. Der Mäher hustete und hatte Fehlzündungen, deren Echo an den Ziegeln wie Schüsse aus einem kleinkalibrigen Revolver klang. Den Cops, die ihm in voller Uniform die letzte Ehre erwiesen, tränten die Augen von der Hitze und den Insektenvernichtungsmitteln. Als der Polizeichef und ein Captain die Flagge von Lous Sarg herunternahmen und zu einem militärischen Quadrat zusammenfalteten, war da kein Familienmitglied, um sie entgegenzunehmen. Der Sarg blieb geschlossen. Bevor sie ihn in die Erde ließen, nahm der Kaplan des Departments das gerahmte Bild herunter, das Lou in Uniform zeigte, und stellte es auf einen Klapptisch unter dem Gerüst, an dem die ganzen Kränze befestigt waren. Unabsichtlich stieß er mit dem Handrücken dagegen, so daß es mit der Bildseite nach unten auf die Leinentischdecke fiel.

Bevor ich mich ins Department aufmachte, fuhr ich zum Mittagessen nach Hause. Unter dem Deckenventilator in der Küche war es kühl, und die Körbchen mit Springkraut, die mit Haken am Dachvorsprung der hinteren Veranda aufgehängt waren, bewegten sich im Luftzug. Bootsie stellte mir ein Glas Eistee mit Minzblättern und einen Teller mit Schinken- und Zwiebelsandwiches und Eiersalat hin.

»Wo ist Alafair?« sagte ich.

»Elrod hat sie und Tripod mit nach Spanish Lake genommen«, sagte sie von der Spüle.

»Zum Filmset?«

»Ja, ich denke doch.«

Als ich darauf schwieg, drehte sie sich um und sah mich an.

»Hab ich was falsch gemacht?« fragte sie.

»Julie Balboni hält sich dort auf, Boots.«

»Er wohnt jetzt hier, Dave. Er hält sich überall hier im Ort auf. Ich finde nicht, daß wir von einem solchen Mann abhängig machen sollten, wo wir hingehen oder nicht hingehen.«

»Ich will nicht, daß Alafair in seine Nähe kommt.«

»Es tut mir leid. Ich habe nicht gewußt, daß du was dagegen haben würdest.«

»Boots, da ist was, das du noch nicht weißt. Am Samstag hat ein Gangster namens Cholo Manelli mir ein Pornovideo gegeben, das offenbar von Balboni und seinen Leuten gemacht wurde. Es ist so finster, wie man sich's nur vorstellen kann. Es enthält eine Szene, wo es so aussieht, als ob tatsächlich eine Frau totgeprügelt wird.«

Sie blinzelte mehrmals und sagte dann: »Ich fahr raus zum Spanish Lake und hol sie. Warum ißt du nicht in Ruhe fertig?«

»Mach dir mal keine Gedanken. Ist ja nichts passiert. Ich hole sie ab, bevor ich ins Büro fahre.«

»Kann denn niemand etwas gegen diesen Kerl unternehmen?«

»Wenn die Leute einen Kontrakt mit dem Teufel schließen und ihm ein wohlklimatisiertes Büro als Arbeitsplatz überlassen, dann kriegt man ihn da nicht so leicht wieder raus.«

»Wie kommst du auf diesen puritanischen Gedanken?«

»Das war nicht als Witz gemeint. Die Volltrottel von der Handelskammer, die ihn hierhergeholt haben, würden das Rezept für Eiswasser vermasseln.«

Ich hörte sie lachen und hinter mich treten. Dann spürte ich ihre Hände auf meinen Schultern. Sie küßte mich oben auf den Kopf.

»Dave, manchmal bist du echt zum Schießen«, sagte sie und umarmte meine Brust.

Ich hörte mir die Nachrichten im Radio an, als ich zum Spanish Lake rausfuhr. Ein tropisches Unwetter vor der Küste von Kuba wuchs sich immer mehr zu einem richtigen Hurrikan aus. Man rechnete damit, daß sich der Sturm in nordwestlicher Richtung auf die Golfküste zubewegen würde. Ich warf einen Blick gen Süden, aber der Himmel war metallisch und heiß und nahezu wolkenleer. Als ich an dem kleinen Verkaufsstand mit Wassermelonen und anderem Obst am Ende der West Main Street vorbeikam, fing mein Radio auf einmal wild an zu rauschen, und der Motor produzierte eine Reihe von Fehlzündungen.

Der Pickup ruckelte und stotterte die ganze Strecke bis zur Einfahrt des Filmsets am See. Ich bog von der unbefestigten Straße auf den Rasen neben der Wachkabine, wo Murphy Doucet saß, und öffnete die Motorhaube. Er trat in seiner grauen Uniform durch die Tür nach draußen, die Bifokalbrille aufgesetzt.

»Ist was kaputt, Dave?« fragte er. Licht spiegelte sich in Halbmonden in der Brille. Seine blauen Augen rollten hin und her, als er mich anblickte.

»Sieht so aus, als ob sich ein Draht am Spannungsregler gelöst hat.« Ich betastete meine Hosentasche. »Haben Sie vielleicht mal ein Messer für mich?«

»Yeah, ich müßte was haben.«

Ich folgte ihm hinein. Auf dem Arbeitstisch lagen die Balsaholz-Teile eines Wasserflugzeugs. Auf den Bastelplänen war ein Werkmesser mit einem Aluminiumgriff, dessen Klingen man wechseln konnte. Aber das ließ er liegen und öffnete eine Schublade, aus der er ein Stilett mit schwarzem Griff nahm. Er drückte auf den Knopf, und das Messer sprang in seiner Hand auf.

»Das sollte gehen«, sagte er. »Damit ist mir in Lake Charles mal ein Mexikaner gekommen.«

»Ich habe gar nicht gewußt, daß Sie bei der Polizei in Lake Charles waren.«

»War ich auch nicht. Bin bei der State Police gewesen, auf den Highways und Überlandstraßen. Da hab ich letztes Jahr meinen Abschied genommen.«

»Danke, daß Sie mir das Messer borgen.«

Ich bearbeitete das lose Kabel ein wenig, um ein kleines Stück Draht im Isolierkabel freizulegen, und befestigte es dann wieder am Spannungsregler. Ich gab Murphy Doucet sein Messer zurück und fuhr hinunter in den Eichenhain am See. Als ich in den Rückspiegel blickte, beobachtete Doucet mich, im Mund eine unangezündete Zigarette.

Darsteller und Drehteam waren gerade am Ende der Mittagspause. Sie saßen direkt am Wasser an Picknicktischen mit karierten Tischdecken, die schwer beladen waren mit gebratenen Hühnchen, Kartoffelsalat, Reis, Coleslaw und kalt beschlagenen Plastikkrügen mit Eistee und Limonade. Alafair saß im Schatten auf einer Holzbank, Elrod neben sich, im Hintergrund der schimmernde See. Sie war angezogen wie ein Straßenmädchen aus dem neunzehnten Jahrhundert.

»Was ist denn mit deinen Kleidern passiert?« fragte ich.

»Ich spiel in dem Film mit, Dave!« sagte sie. »In dieser Szene mit Hogman und Elrod. Wir gehen die Straße runter, und hinter uns brennt die Plantage, und die Yankees wollen in die Stadt einmarschieren.«

»Mal ganz im Ernst, Dave«, sagte Elrod. Er trug ein graues Hemd ohne Kragen, gestreifte Offiziershosen und schwarze Hosenträger. »Sie ist ein Naturtalent. Mikey sagt das auch. Sie sieht aus jedem Kamerawinkel gut aus. Ist gar kein Problem gewesen, sie in die Szene zu integrieren.«

»Was ist mit Tripod?« fragte ich.

»Der spielt auch mit«, sagte Alafair.

»Im Ernst?«

»Wir sind schon dabei, ihn als Mitglied der Screen Actors Guild eintragen zu lassen«, fragte Elrod.

Elrod goß mir in einen hohen Pappbecher Eistee ein. Der Wind blies Blätter aus den Bäumen und bewegte die Ecken der karierten Tischdecken. Zum ersten Mal an diesem Tag konnte ich Salz in der Luft schmecken.

»Sie scheinen hier ein angenehmes Leben zu führen«, sagte ich.

»Sagen Sie das nicht so schnell«, sagte Elrod. »Wenn man in Südkalifornien gesund lebt, dann heißt das, daß man morgens drei Meilen am Strand joggt, den ganzen Tag über nur Sojasprossen ißt und jede Nacht zum Ausgleich Koks für fünfhundert Eier in die Nase schiebt.«

Die anderen Schauspieler verschwanden nach und nach vom Tisch, um wieder an die Arbeit zu gehen. Tripods Kette war an einem Baum festgemacht, wo er gerade ein Hühnerbein verspeiste. Neben ihm im Gras lag das Modell eines deutschen Messerschmitt-Flugzeugs, der hölzerne Rumpf in glänzendem Silber lackiert, die rot umrahmten Insignien der deutschen Wehrmacht und der Nazis auf eine finstere Art reizvoll wie das Funkeln im Auge einer Schlange.

»Das hat sie von mir. Ich hoffe, Sie haben nichts dagegen«, sagte Elrod.

»Und wo haben Sie's her?«

»Von Murph, dem Typ da oben in der Wachkabine. Leider scheint er zu denken, daß ich ihm einen Job bei Mikey besorgen kann, Requisiten bauen oder so was. Irgendwie ’ne traurige Gestalt, finde ich, Sie nicht?«

»Ich weiß kaum was über ihn.«

»Alafair, kannst du Hogman suchen und ihm sagen, daß wir in ungefähr fünfzehn Minuten diese Szene noch mal machen müssen?« fragte Elrod.

»Klar, El«, sagte sie, schwang die Beine über die Bank, packte die Kette und nahm Tripod auf die Schulter, dann rannte sie durch die Bäume davon.

»Hören Sie, El, es ist nett von Ihnen, daß Sie Alafair in den Film reingebracht haben, aber offen gestanden ist es mir nicht recht, daß sie hier ist, solange Julie Balboni sich hier herumtreibt.«

»Ich hab gedacht, Sie wissen es schon.«

»Was?«

»Mikey hat einen gerichtlichen Vergleich angemeldet. Er drängt die Schmalzlocken aus der Produktion. Das letzte, was diese Typen wollen, ist eine gerichtliche Untersuchung ihrer Finanzen. Er hat Balboni heute morgen vor dem ganzen Team Bescheid gestoßen.«

»Was meinen Sie mit ›Bescheid gestoßen‹?«

»Na ja, er hat gesagt, Balboni solle nie wieder einen Finger an einen von Mikeys Leuten legen. Er hat ihm gesagt, er soll sich seinen Pornostar und seine Schläger und seine billigen Flittchen nehmen und machen, daß er wieder zurück nach New Orleans kommt. Ich war richtig stolz auf Mikey ... Was ist denn los?«

»Wie hat Julie darauf reagiert?«

»Er hat mit einem Zahnstocher seine Fingernägel gesäubert, dann ist er runter an den See gegangen und hat dort mit irgend jemandem am Mobiltelefon gesprochen und mit Steinen nach den Enten auf dem Wasser geworfen.«

»Wo ist er jetzt?«

»Er ist mit der ganzen Mannschaft in seiner Limousine abgerauscht.«

»Ich möchte mit Mr. Goldman reden.«

»Der ist auf der anderen Seite des Sees.«

»Sagen Sie ihm, daß er mich anrufen soll, ja? Wenn er mich im Department nicht erreicht, kann er auch heute abend zu Hause anrufen.«

»Er muß in ein paar Minuten wieder dasein, um die Szene mit mir und Hogman und Alafair zu drehen.«

»Da sind wir schon nicht mehr hier.«

»Sie erlauben ihr nicht, im Film mitzuspielen?«

»Niemand putzt Julie Balboni vor anderen Leuten runter, El. Ich weiß nicht, was er tun wird, aber ich will auf keinen Fall, daß Alafair hier ist, wenn er es tut.«

Der Wind hatte sich gedreht und blies jetzt heiß durch die Bäume, als wir zurück zu meinem Wagen gingen. Die Luft roch nach Fischlaich, und Wolken, so dunkel und ineinander verschlungen wie frisch aufgegangene purpurne Rosen, ballten sich in einer langen, welligen Linie am Horizont im Süden.

Später, nachdem ich Alafair nach Hause gebracht und kurz im Department vorbeigeschaut hatte, fuhr ich nach Opelousas, um noch einmal mit Ben Hebert, dem alten Gefängnisvorsteher, zu reden. Ein Schwarzer, der in Heberts Garten Laub zusammenrechte, sagte mir, wo ich ihn an einem bestimmten Bayou kurz hinter der Stadt finden konnte.

Er saß auf einem umgedrehten Plastikeimer unter einem Baum, in den Händen eine Angelrute, die hinaus ins Sonnenlicht ragte, am Schilfrand der dazugehörige rote Schwimmer. Schief auf seinem Kopf saß ein verbeulter Strohhut, und er rauchte eine selbstgedrehte Zigarette, die vom Speichel ganz naß war, ohne sie dabei aus dem Mundwinkel zu nehmen. Weiße Fettwülste an Hüften und Bauch quollen zwischen Hemd und Hose hervor wie Schweineschmalz aus einem übervollen Waschzuber.

Drei Meter weiter saß eine Mulattin mittleren Alters ebenfalls angelnd auf einem umgedrehten Eimer. Sie hatte einen kleinen runden Kopf, und am Knöchel trug sie ein 10-Cent-Stück wie ein Amulett. Um sie herum lagen auf dem Boden lauter leere Bierdosen. Sie spuckte Schnupftabak zur einen Seite und bewegte die Leine ein wenig, die durch einen Riß in einer Seerose hing.

Ben Hebert schnippte seine Zigarette in die Strömung, wo sie aufzischte und in einem braunen Strudel verschwand.

»Was wollen Sie denn schon wieder?« sagte er. Er hatte eine Bierfahne, und seine Kleidung roch nach getrocknetem Schweiß und Urin, daß einem die Augen tränten.

»Ich muß wissen, womit DeWitt Prejean sein Geld verdient hat«, sagte ich.

»Was müssen Sie wissen?« Seine Lippen waren so dunkelrot, als ob sie aufgemalt wären, die Zähne klein und gelb wie Maiskörner.

»Sie haben mich gehört.«

»Lassen Sie mich, verdammt noch mal, in Ruh.«

Ich setzte mich am Uferrand ins Gras.

»Es liegt nicht in meiner Absicht, Sie zu belästigen, Mr. Hebert«, sagte ich. »Aber Sie behindern die Ermittlungen einer polizeilichen Untersuchung, und das bringt für uns beide gewisse Probleme mit sich.«

»Er hat … Ich weiß nicht, was er getan hat. Was für einen Unterschied macht das?« Er warf der Mulattin einen schiefen Blick zu.

»Sie scheinen ein gutes Gedächtnis für Einzelheiten zu haben. Warum versagt das bei DeWitt Prejean?«

Die Frau stand von dem Eimer auf und entfernte sich etwas am Ufer. Die Leine mit dem Korkschwimmer zog sie einfach mit.

»Niggerarbeit hat er gemacht«, sagte Hebert. »Rasenmähen, Abflußrohre saubermachen, tote Ratten unter Häusern wegschaffen. Was zum Teufel meinen Sie denn, was der gearbeitet hat?«

»Das ist es nicht. Ich glaube, daß er noch eine andere Arbeit gemacht hat.«

Seine Nasenflügel waren geweitet, als ob aus seinem eigenen Schoß ein übler Geruch aufstieg.

»Er war mit einer weißen Frau von hier im Bett. Ist es das, was Sie wissen wollen?«

»Wer war die Frau?«

»Hab ich Ihnen doch gesagt. Die Frau von einem Krüppel, der im Krieg was abgekriegt hat.«

»Hat er sie vergewaltigt?«

»Wen kümmert das?«

»Aber der verkrüppelte Mann hat Prejean nicht aus dem Gefängnis geholt, Mr. Hebert.«

»War ja nicht das erstemal, daß dieser Nigger wegen weißen Frauen Ärger gehabt hat. Da hat's mehr als einen gegeben, der ihn gern auf dem Scheiterhaufen gesehen hätte.«

»Wer hat ihn aus dem Gefängnis geholt?«

»Ich weiß es nicht, und es ist mir auch egal.«

»Mr. Hebert, Sie verfügen wahrscheinlich über eine ziemlich gute Menschenkenntnis. Seh ich so aus, als ob ich einfach wieder verschwinde?«

Die Haut an seiner Brust war ungesund weiß, Knoten grüner Adern schimmerten durch sie hindurch.

»Damals war alles besser«, sagte er. »Sie wissen, daß das stimmt.«

»Was für einen Job hat er gemacht, Ben?«

»LKW-Fahrer.«

»Für wen?«

»Unten in Lafayette war das. Für 'nen Weißen dort hat er gearbeitet, bis er hierherkam. Über den Weißen weiß ich nichts. Wenn Sie das behaupten wollen, sind Sie 'n gottverdammter Lügner.« Er beugte sich vor, um an mir vorbei nach der Mulattin zu sehen, die jetzt in einer Baumgruppe von Trauerweiden angelte. Dann fuhr sein Gesicht wieder zu mir herum. »Hab sie mitgebracht, weil sie für mich arbeitet. Weil ich's mit dem Ein- und Aussteigen mit dem Wagen nicht mehr so gut schaffe.«

»Was für 'nen LKW hat er gefahren?« fragte ich.

»Bier. Nein, stimmt nicht. Limonade. Der Hurensohn durfte Sprudel ausfahren, als hier Weiße für vier Dollar Tageslohn in den Reisfeldern geackert haben.« Er legte die selbstgebastelte

Angelrute hin und rollte sich eine Zigarette. Auf dem dünnen weißen Papierblättchen, worauf er den Tabak gab, wirkten seine Fingernägel so dick und hornig wie ein Schildkrötenpanzer. Wut und Scham ließen seine Finger fast unkontrollierbar zittern.

Ich fuhr zu Twinky Lemoynes Betrieb in Lafayette, aber dort war schon geschlossen. Zwanzig Minuten später fand ich Lemoyne zu Hause bei der Gartenarbeit. Der Himmel war so rosa wie Lachsrogen, und der Wind beutelte die Bananenstauden und Limonensträucher entlang der Hauswand. Er hatte aufgehört, die Rosen am Spalier zu stutzen, und die Gartenschere in die weite Hüfttasche seiner verblichenen Arbeitshosen gesteckt.

»Das war eine Zeit, in der viele schlimme Dinge unter Menschen verschiedener Hautfarbe passiert sind. Aber wir sind nicht mehr so wie früher, oder?« sagte er.

»Ich denke doch.«

»Sie scheinen nicht in der Lage zu sein, die Vergangenheit ruhen zu lassen, Sir.«

»Meiner Erfahrung nach löst man sich am besten von der Vergangenheit, indem man sich damit auseinandersetzt, Mr. Lemoyne.«

»Irgendwie habe ich das Gefühl, daß ich Ihnen bestätigen soll, was Sie bisher nur vermuten.« In seinem gekämmten sandfarbenen Haar waren kleine Schmutzpartikel, auf der Brille ein dünner Film aus Schweiß und Blütenstaub.

»Das können Sie interpretieren, wie Sie wollen. Aber irgendwie führt mich die Untersuchung immer wieder an Ihre Tür.«

Er schnitt weiter an den Rosen herum und steckte einzelne in eine Milchflasche mit grünem Wasser. Rings um das zweistöckige weiße Haus mit dem Giebeldach in einer alten, wohlsituierten Wohngegend am St. Mary Boulevard in Lafayette standen eindrucksvolle moosüberwucherte Eichen. Das Grundstück war gesäumt von Bambushecken und einer mattrosa Ziegelmauer.

»Soll ich meinen Anwalt anrufen? Raten Sie mir das?«

»Das können Sie gerne machen. Ich glaube nur nicht, daß das Ihr Problem lösen wird.«

»Ich verstehe nicht.« Die Gartenschere verhielt reglos über einer Rose.

»Ich glaube, daß Sie 1957 einen Mord begangen haben. Nur daß Ihre Psyche so gar nicht der eines Mörders entspricht, wie ich es sehe. Was bedeutet, daß Sie wahrscheinlich von furchtbaren Schuldgefühlen geplagt werden, Mr. Lemoyne. Sie legen sich damit abends ins Bett, und Sie wachen damit morgens auf. Sie schleifen es den ganzen Tag wie eine klirrende Kette mit sich rum.«

»Also, irgendwie bin ich für Sie zu einer fixen Idee geworden. Wie kommt das? Erst haben Sie mich beschuldigt, mit einem Gangster aus New Orleans unter einer Decke zu stecken. Und jetzt diese Sache mit dem ermordeten Schwarzen.«

»Ich habe mit eigenen Augen gesehen, wie Sie's getan haben.«

Das ovale Gesicht verhielt völlig reglos. Blut stieg in seine Wangen wie rosa Blumen.

»Ich war grad mal neunzehn«, sagte ich. »Ich habe Sie von der anderen Seite der Bucht beobachtet. Der Schwarze versuchte zu fliehen, und einer von Ihnen hat ihn ins Bein geschossen, und als er ins Wasser fiel, hat er immer weiter abgedrückt. Es schien Ihnen ziemlich egal zu sein, daß ich es gesehen hatte. Womit Sie ja recht hatten. Niemand hat meiner Geschichte viel Aufmerksamkeit geschenkt. Das war eine harte Lektion für einen Neunzehnjährigen.«

Er klappte die Schere zu, ließ die Klammer am Griff einrasten und legte sie auf die Glasplatte eines Gartentischs. Er goß sich zwei Finger breit Whiskey in ein Glas, in dem kein Eis war, und preßte eine Zitrone hinein. Er wirkte so einsam, wie es einem Mann zukam, der sein ganzes Leben lang alleine gelebt hatte.

»Möchten Sie gerne auch etwas trinken?« fragte er.

»Nein, danke.«

»Ich leide unter zu hohem Blutdruck und sollte eigentlich

nicht trinken, aber ich gebe einfach Zitronensaft dazu und rede mir dann ein, daß ich mit dem Alkohol noch was Gesundes zu mir nehme. Ein kleiner Privatscherz.« Er holte tief Luft.

»Wollen Sie drüber reden?«

»Wohl kaum. Bin ich verhaftet?«

»Im Augenblick nicht. Aber ich glaube, das ist wirklich das geringste Ihrer Probleme.«

»Sie stellen mich vor Rätsel, Sir.«

»Sie betreiben zusammen mit Murphy Doucet einen privaten Sicherheitsdienst. Ein Bursche wie der ist wohl kaum vom selben Holz wie Sie geschnitzt.«

»Er ist ein ehemaliger Polizeibeamter. Er hat den beruflichen Background, der mir für so was fehlt.«

»Er ist ein verbitterter Mann voller Groll. Außerdem ist er Antisemit. Einer Ihrer schwarzen Angestellten hat mir gesagt, daß Sie gut zu Menschen anderer Hautfarbe sind. Warum sollte ein Mann wie Sie sich mit einem bigotten Rassisten zusammentun?«

»Er hat kaum Schulbildung genossen. Das bedeutet noch lange nicht, daß er ein schlechter Mensch ist.«

»Ich glaube, daß er Sie die ganze Zeit über erpreßt hat, Mr. Lemoyne. Ich glaube, daß er der zweite Weiße war, den ich auf der anderen Seite der Bucht mit DeWitt Prejean gesehen habe.«

»Sie können glauben, was Sie wollen.«

»Aber damit wären wir immer noch nicht bei dem, was Ihnen wirklich zusetzt, stimmt's? Diese jungen Frauen, das ist es, liege ich da richtig?«

Er schloß die Augen, öffnete sie wieder, und dann blickte er weg nach Süden, wo verästelte Blitze in den Golf schlugen und der Himmel aussah, als verschwände er unter dem gelbschwarzen Rauch verbrennender Chemikalien.

»Nein ... nein ...« hob er an, dann trank er den Whiskey leer und stellte das Glas ab. Er rieb mit der flachen Hand über den nassen Ring auf der Glasplatte, als ob er ihn mit Gewalt wegwischen wollte.

»An dem Tag, wo Sie unter den Bäumen am See zu mir gekommen sind«, sagte ich, »da suchten Sie die Bestätigung, daß ein anderer diese Mädchen verstümmelt und ermordet hat, hab ich recht? Sie wollten nicht zusätzlich zu dem Mord an Prejean noch diese Schuld auf Ihr Gewissen laden.«

»Mein Gott, denken Sie nach, was Sie da sagen. Wie Sie das hinstellen, trage ich die Verantwortung dafür, daß unter uns ein Monster umgeht.«

»Rufen Sie Ihren Anwalt an, und kommen Sie ins Department und machen dort eine Aussage. Bringen Sie die Sache jetzt zu Ende, Mr. Lemoyne. In der Sache mit Prejean werden Sie vermutlich mit der Mindeststrafe davonkommen. Sie haben einen guten Ruf und viele Freunde. Vielleicht müssen Sie nicht mal ins Gefängnis.«

»Bitte, gehen Sie jetzt.«

»Das ändert auch nichts.«

Er wandte sich von mir ab und starrte in das herannahende Unwetter. Blätter brachen aus den Bäumen, die seine Gartenmauer überragten.

»Gehen Sie und tun Sie Ihre Pflicht. Aber jetzt im Augenblick respektieren Sie bitte meine Privatsphäre«, sagte er.

»Die Welt eines Gentlemans haben Sie vor langer Zeit verlassen.«

»Kennen Sie denn gar kein Mitleid?«

»Vielleicht sollten Sie mal zu mir ins Büro kommen und sich die Leichenfotos von Cherry LeBlanc und dem Mädchen ansehen, das wir unten im Vermilion Parish aus einem Ölfaß geholt haben.«

Er antwortete nicht. Als ich das Gartentor hinter mir schloß, warf ich noch einen letzten Blick zurück. Seine Wangen waren rot. Feuchte Streifen zogen über sie, als hätte ein eisiger Wind sein Gesicht lasiert.

Abends sagten sie im Wetterbericht, daß der Hurrikan einhundert Meilen südlich von Mobile zum Stillstand gekommen war. Später, als ich einschlief, das Fenster geöffnet, draußen ein von

Blitzen erfüllter Himmel, da dachte ich bei mir, daß diese elektrischen Strömungen gewiß wieder den General in meinen Träumen erscheinen lassen würden.

Doch statt dessen war es Lou Girard, der erschien. Um drei Uhr morgens stand er unter den windgepeitschten Pecanbäumen, der Kiefer am Gelenk weggeschossen, aus der Haut am Ohr ragte weißer Knochensplitter.

Er wollte etwas sagen, und Speichel schäumte auf den entblößten Zähnen und der Zunge und tropfte von seiner Kinnspitze.

»Was ist es, Lou?«

Der Wind blies durch seinen formlosen braunen Anzug und preßte ihn fest an seinen Leib. Er hob einen langen Stock vom Boden auf, den der Sturm aus dem Baum über ihm gerissen hatte, und kratzte damit etwas in die dichte Schicht aus Laub und Pecannußschalen zu seinen Füßen. Er machte ein S, und dann eine gerade Linie, wie ein I, und dann fügte er daran noch einen Halbkreis, was es zu einem P machte.

Er ließ den Stock zu Boden fallen und starrte mich an, das deformierte Gesicht voller Erwartung.

18

Die ganze Zeit hatte es eine Verbindung gegeben. Ich hatte nur nicht an der richtigen Stelle gesucht. Als ich am nächsten Morgen um acht das Department betrat, rief ich als erstes die zuständigen Bewährungsstellen in Lafayette an und bat den leitenden Beamten, Cherry LeBlancs Akte rauszusuchen.

»Wer hat sie damals wegen Prostitution festgenommen?« fragte ich.

Ich hörte, wie er kreuz und quer durch die Akte blätterte.

»Das ist kein einzelner Beamter gewesen. Die State Police hat bei einer Razzia eine Bar und ein paar Trailer draußen am Breau Bridge Highway durchsucht.«

SP. Die State Police. Danke, Lou, alter Freund.

»Wer hat den Verhaftungsbericht unterzeichnet?« fragte ich.

»Mal sehen. Ziemlich schwer zu entziffern. Irgend jemand hat eine Kaffeetasse auf die Unterschrift gesetzt.«

»Es ist sehr wichtig, Partner.«

»Es könnte Doucet heißen. Hatten die bei der State Police nicht einen, der so hieß? Ja, ich würde sagen, erst ein M. und dann Doucet.«

»Können Sie Kopien von der Akte anfertigen lassen und sie getrennt voneinander wegschließen?«

»Worum geht's hier?«

»Kann sein, daß wir die Akte vor Gericht brauchen.«

»Nein, ich meine was anderes. Lou Girard hat sich die Akte letzte Woche angeschaut. Was steckt dahinter?«

»Tun Sie mir einen Gefallen, ja? Rufen Sie mich an, wenn sich noch jemand für diese Akte interessiert, ja?«

»Da schwingt was mit, wovon ich glaube, Sie sollten es erläutern.«

Der Himmel draußen war grau, und Staub und Papierfetzen wehten durch die Straßen.

»Vielleicht geht's hier um einen Feuerwehrmann, der selbst gern Brände legt«, sagte ich.

Er schwieg einen Augenblick und sagte dann: »Okay, ich tu's, Detective. Ich schließ die Akte weg, und Ihr Anruf bleibt unter uns. Aber da das hier unter Umständen unsere Dienststelle betrifft, erwarte ich von Ihnen in den nächsten Tagen ein paar genauere Informationen.«

Nachdem ich aufgelegt hatte, öffnete ich meine Schreibtischschublade und nahm das Schwarzweißfoto heraus, das Cholo Manelli mir gegeben hatte. Cherry LeBlanc und Julie Balboni am Strand von Biloxi. Meine Aufmerksamkeit galt dem Mann, der am Nebentisch eine Zeitung las. Sein Gesicht war jenseits des Schärfebereichs der Fotografie, aber das einfallende Licht spiegelte sich so in seiner Brille, daß es aussah, als wären da Kristallsplitter, wo die Augen sein sollten. Ich nahm an, daß er eine Bifokalbrille trug.

Wie bei den meisten polizeilichen Untersuchungen bestand das größte Problem jetzt in der Zeitspanne zwischen dem nahenden Abschluß der Ermittlungen und der tatsächlichen Verhaftung eines Verdächtigen. Es ist eine eigenartige Straße mit Verkehr in beiden Richtungen, auf der sowohl Cops wie auch Kriminelle sich befinden. Im selben Maße, wie bei einem Polizisten die Gewißheit an der Schuld eines Verdächtigen wächst und er nach und nach Beweise zusammenträgt, um dies vor Gericht zu erhärten, so dämmert auch dem Verdächtigen für gewöhnlich, daß man ihm auf der Spur ist, was ihn zu dem Schluß kommen läßt, daß der Hochsommer vielleicht ja doch gar keine so schlechte Zeit ist, um Phoenix einen Besuch abzustatten.

Der Leiter der Bewährungsbehörde in Lafayette wußte jetzt, daß ich Doucet verdächtigte, ebenso Twinky Hebert Lemoyne, also würde es nicht lange dauern, bis es auch Doucet wußte.

Das andere Problem bestand darin, daß ich bis dato nur Indizien hatte, die ihn nicht unmittelbar mit den Verbrechen in Verbindung brachten.

Als Rosie kam, erzählte ich ihr alles, was ich hatte.

»Meinen Sie, daß Lemoyne ein Geständnis ablegt?« fragte sie.

»Letzten Endes vielleicht schon. Sein Gewissen läßt ihm augenscheinlich keine Ruhe.«

»Denn wenn er's nicht tut, glaube ich kaum, daß jemals eine Anklage wegen des Lynchmordes zustande kommt.«

»Ich habe vor, mir einen Durchsuchungsbefehl zu besorgen. Wir nehmen alles, was er hat, unter die Lupe. Und anfangen tun wir mit dem Wachhäuschen am Spanish Lake.«

»Okay, Dave, aber wenn ich ehrlich bin, was wir haben, ist ziemlich dünn, finde ich.«

»Da ist noch was. Ich hab Doucets Namen durch die KFZ-Registrierung in Baton Rouge laufen lassen. Er besitzt einen blauen Mercury von 1989. Jede Wette, das ist der Wagen, von dem die ganze Zeit über immer die Rede war.«

»Aber das ist immer noch nicht genug, um zur Staatsanwaltschaft zu gehen, finden Sie nicht?«

»Deshalb holen wir uns ja den Durchsuchungsbefehl.«

»Was ich damit sagen will: Wir haben keine Zeugen, Dave. Wir bräuchten schon durchschlagende forensische Beweismittel, eine Mordwaffe, Kleidungsstücke eines Opfers, irgendwas jedenfalls, das bei Geschworenen die letzten Zweifel ausräumt, daß dieser Kerl eine Gestalt aus ihren schlimmsten Alpträumen ist. Ich will bloß hoffen, daß Doucet nicht bereits mit Lemoyne geredet und alles weggeschafft hat, das wir gegen ihn verwenden könnten, immer vorausgesetzt, daß da überhaupt was ist.«

»Das werden wir früh genug rausfinden.«

Sie musterte mich sorgfältig mit Blicken.

»Mir kommt es so vor, als wären Sie sich Ihrer Sache zu sicher«, sagte sie.

»Es paßt alles zusammen, Rosie. Ein schwarzer Zuhälter, der am Busbahnhof von New Orleans arbeitet, hat mir von einem Weißen erzählt, der Pornomaterial verkauft. Ich dachte, er redet von Fotografien oder Postkarten. Geht da bei Ihnen kein Licht an? Doucet hat wahrscheinlich Mädchen für Balbonis Pornofilme besorgt.«

»Die einzige direkte Verbindung, die wir haben, ist der Fakt, daß Doucet Cherry LeBlanc verhaftet hat.«

»Das stimmt. Und obwohl er wußte, daß ich an dem Fall arbeite, hat er es nie erwähnt, oder? Er war nicht mal neugierig, ob wir weiterkommen. Finden Sie das normal?«

»Na ja, holen wir uns den Durchsuchungsbefehl und schauen wir mal, was Mr. Doucet uns heute morgen zu sagen hat.«

Dreißig Minuten später hatten wir ihn und waren auf dem Weg aus dem Department, als mein Telefon klingelte. Es war Bootsie. Sie sagte mir, daß sie in die Stadt wollte, um Kerzen und Isolierband für die Fenster zu kaufen, für den Fall, daß der Hurrikan doch noch zur Küste rüberkam. Mittagessen für mich und Alafair wäre im Ofen.

Dann sagte sie: »Dave, bist du gestern nacht noch mal weggegangen?«

»Eine Sekunde mal«, sagte ich und nahm den Hörer vom Ohr. »Rosie, ich komme gleich nach.«

Rosie ging zur Tür hinaus und beugte sich über den Trinkwasserbehälter.

»Entschuldigung. Was hast du gerade gesagt?«

»Mir war so, als ob ich mitten in der Nacht deinen Pickup hab starten hören. Dann hab ich gedacht, daß es vielleicht nur ein Traum war. War's nur ein Traum?«

»Ich mußte mich um was kümmern. Ich hatte einen Zettel auf die Lampe gelegt, falls du aufwachst, aber du hast tief und fest geschlafen, als ich wiederkam.«

»Was treibst du, Dave?«

»Gar nichts. Ich kann' s dir später erzählen.«

»Sind es wieder diese Visionen in der Marsch?«

»Nein, natürlich nicht.«

»Dave?«

»Kein Grund zur Sorge. Glaub mir.«

»Ich habe allerdings Grund zur Sorge, wenn du was vor mir verbirgst.«

»Laß uns heute abend essen gehen.«

»Ich finde, erst sollten wir uns mal unter vier Augen unterhalten.«

»Wenn ich nicht aufpasse, springt mir ein ganz übler Kerl vom Haken. Darauf läuft's raus. Ich erklär's dir später.«

»Weiß der Sheriff, was du da treibst?«

»Er hat mich nicht gefragt. Jetzt komm, Boots. Stell dich nicht so an.«

»Wie du meinst. Tut mir leid, daß ich gefragt hab. Schließlich ist es ja normal, wenn der Ehemann mitten in der Nacht verschwindet und wiederkommt, ohne ein Wort zu sagen. Bis heut nachmittag.«

Sie hängte auf, bevor ich etwas darauf erwidern konnte; aber in Wahrheit wußte ich einfach nicht, wie ich ihr die Gefühle erklären sollte, die ich an diesem Morgen gehabt hatte. Wenn Murphy Doucet unser Serienmörder war, und das glaubte ich fest, dann standen wir mit ein wenig Glück kurz davor, ein stählernes Netz über eins jener pathologisch deformierten Individuen zu werfen, die in unserer Mitte ihre Kreise ziehen, gelegentlich ein Leben lang, und dabei ein Ausmaß von Leid anrichten, das nur die Überlebenden nachvollziehen können, die den Rest ihres Lebens damit zubringen, vergeblich nach Erklärungen für ihren Verlust zu suchen.

Ich hatte es am eigenen Leib erfahren. Meine Frau Annie war zwei solchen Männern zum Opfer gefallen. Ein Therapeut sagte mir, daß ich keinen Frieden finden würde, bis ich lernte, nicht nur mir für ihren Tod zu vergeben, sondern auch der gesamten Menschheit, weil sie die Männer hervorgebracht hatte, die sie getötet hatten. Erst wußte ich nicht, was er damit meinte. Das kam erst mehrere Monate später, als mir auf einmal wieder etwas einfiel, das an einem Winternachmittag geschehen war, als ich im Alter von sieben unerwartet vorzeitig von der Schule nach Hause kam.

Meine Mutter war nicht bei der Arbeit in der Tabasco-Abfüllfabrik, wo sie hätte sein sollen. Statt dessen warf ich vom Flur aus einen Blick durch die Schlafzimmertür und sah dort das bonbonfarben gestreifte Hemd eines Mannes, Hosenträger, eine weit geschnittene Anzughose und einen Panamahut am Bettpfosten hängen. Seine Socken steckten in den zweifarbigen Schuhen auf dem Boden. Meine Mutter war nackt, auf allen vieren, auf dem zugedeckten Bett, und der Mann, dessen Name Mack war, war im Begriff, sie zu besteigen. Eine Holzbohle knarrte unter meinem Fuß, und Mack drehte den Kopf und sah mich an, der Strichbart wie die Konturen eines fliegenden Vogels über der Lippe. Dann drang er in meine Mutter ein.

Monatelang träumte ich von einer weißen Wölfin, die in einem skelettartigen schwarzen Baum in einer endlosen weißen Landschaft lebte. Vor dem Baum war eine kleine Höhle mit Wolfsjungen. In meinem Traum sprang die Wölfin vom Baum herunter, die Zitzen prall mit Milch, und fraß nacheinander die eigenen Jungen.

Ich verpaßte absichtlich den Schulbus am Nachmittag und trieb mich am Spielplatz rum, bis auch die letzten Kinder ihre Footballs oder Drachen einsammelten und in der Abenddämmerung durch das heruntergefallene Laub zu den Häusern gingen, wo Licht brannte und durch die Fliegentüren die Radiosendungen »Jack Armstrong« oder »Terry and the Pirates« nach draußen drangen. Als mein Vater wieder heimkam – er hatte Fallen auf Marsh Island gestellt –, sagte ich ihm mit keinem Wort, was da vor meinen Augen in ihrem Schlafzimmer vor sich gegangen war. Wenn sie sich nachts stritten, setzte ich mich auf die Hintertreppe und sah zu, wie die Zuckerrohrabfälle auf den Feldern verbrannt wurden. Die Feuer sahen aus wie Tausende roter Taschentücher, die sich im Rauch drehten.

Ich wußte, in meinen Träumen wartete die Wölfin auf mich.

Eines Nachmittags dann, es war schon spät, als ich endlich den Heimweg von der Schule antrat, kam ich an einer offenen Tür im hinteren Teil des Klosters vorbei. Das war das Musikzimmer, mit einem Piano, einem Plattenspieler und einem gebohnerten Eichenboden. Und die zwei jungen Nonnen, deren Aufgabe es war, die Dielen zu bohnern, hatten Mop und Lappen beiseite gelegt, das Radio eingeschaltet und tanzten barfüßig einen wilden Jitterbug miteinander, mit fliegendem Schleier, so daß die hölzernen Rosenkränze an ihren Hüften nur so wirbelten.

Sie sahen mich nicht, und ich muß ihnen wohl an die fünf Minuten lang zugesehen haben, fasziniert von den geröteten Gesichtern unter ihrer Kluft und dem Lachen, das sie mit ihren Händen zu unterdrücken versuchten, wenn es zu laut zu werden drohte.

Ich konnte es mir selbst nicht erklären, aber von nun an wußte ich, wenn ich an die tanzenden Nonnen dachte, bevor ich einschlief, würde ich nicht von der weißen Wölfin im Baum träumen.

Ich fragte mich, was für Träume Murphy Doucet wohl hatte. Vielleicht waren es einmal die gleichen wie meine gewesen. Vielleicht war es auch besser, es nicht zu wissen.

Aber ich zweifelte nicht daran, daß er bereit war, als wir bei der Wachkabine am Spanish Lake aufkreuzten. Er stand da, die Beine leicht gespreizt wie in Rührt-euch-Stellung, vor der Tür, die Hände auf den Revolvergurt gelegt, der Bauch flach wie ein Brett, ein zynisches Funkeln in den Augen.

Ich entfaltete den Durchsuchungsbefehl vor seinen Augen.

»Wollen Sie ihn durchlesen?« fragte ich.

»Wozu? Ich geb einen feuchten Furz drauf, was Sie hier machen«, antwortete er.

»Könnten Sie vielleicht Ihre Ausdrucksweise etwas mäßigen?« fragte ich.

»Kriegt sie sonst rote Ohren?« sagte er.

»Gehen Sie rüber zu meinem Wagen, bis wir fertig sind«, sagte ich.

»Was hoffen Sie da zu finden?« fragte er.

»Man weiß ja nie, Murph. Sie sind selbst Cop gewesen. Manchmal werden die Leute unvorsichtig und fassen in die Scheiße. Manchmal vergessen sie sogar, daß sie zusammen mit einem ihrer Opfer fotografiert worden sind.«

In seinen Augenwinkeln bildeten sich feine braune Fältchen.

»Wovon reden Sie?«

»Ich an Ihrer Stelle hätte Cholo das Foto in Biloxi mit Baby Feet und Cherry LeBlanc nicht machen lassen.«

Die blauen Augen fuhren wild in der Gegend herum; die Pupillen waren wie schwarze Nadelköpfe. Er fuhr sich mit der Zungenspitze über die Unterlippe.

»Ich will nicht, daß sie in meinem Zeug rumwühlt«, sagte er.

»Würden Sie mich gerne davon abhalten, in Ihrem ›Zeug‹ rumzuwühlen, Mr. Doucet?« fragte Rosie. »Steht Ihnen heute morgen der Sinn nach einer Anzeige wegen Behinderung eines Bundesbeamten bei der Ausübung seines Dienstes?«

Ohne die Augen von ihrem Gesicht zu nehmen, fischte er sich mit zwei Fingern eine Lucky Strike aus der Packung in der Brusttasche seines Hemdes und steckte sie in den Mundwinkel. Dann lehnte er sich nach hinten an meinen Truck, schüttelte sein Zippo-Feuerzeug auf, schützte die Flamme mit den hohlen Händen, zog an der Zigarette und widmete seine Aufmerksamkeit den Pecanbäumen, die im Wind wogten, und einem leeren Obstkorb, der wild über ein Feld sprang.

Auf seinem Arbeitstisch lagen ein Satz Bastelmesser, Leimtuben, kleine Farbfläschchen, feine Pinsel, Stücke benutzten Sandpapiers und die feingliedrigen hölzernen Flügelstreben eines Modellflugzeugs, die auf einen Bastelplan gesteckt waren. Draußen rauchte Doucet seine Zigarette und beobachtete uns durch die Tür. Er zeigte keinerlei Interesse und verzog keine Miene, als ich die Bastelmesser in einen Klarsichtbeutel mit Verschluß gab.

Die Tischschubladen enthielten Playboyhefte, das Papier von Schokoladenriegeln, eine Stange Lucky Strikes, eine Thermosflasche mit Erbsensuppe, zwei Schinkensandwiches, Büroklammern, Radiergummireste, eine Broschüre, die für einen Gewerkschaftskongreß in Atlantic City warb, eine Schachtel Kondome.

Ich öffnete die Schublade am Basteltisch. Darin war noch mehr Sandpapier, der noch ungeöffnete Bausatz eines Modellflugzeugs und das Stilett mit dem schwarzen Griff, das er mir geborgt hatte, um das Kabel in meinem Pickup zurechtzuschneiden. Ich steckte es in einen weiteren Klarsichtbeutel.

Doucet gähnte.

»Rosie, drehen Sie doch bitte auch den Papierkorb hinter dem Tisch um, ja?« sagte ich.

»Der ist leer«, sagte sie, über die Tischkante gebeugt. Ich stand mit dem Rücken zu ihr und Doucet, als ich die Schublade im Arbeitstisch schloß und mich umdrehte, in den Fingern das Werkmesser mit dem Aluminiumgriff. Ich ließ es in einen dritten Plastikbeutel fallen.

»Nun, ich schätze, das wär's«, sagte ich.

Durch die Tür sah ich, wie seine Hand mit der Zigarette abrupt in der Luft verhielt und seine Augen gebannt das Werkmesser anstarrten.

Er kam auf uns zu, als wir aus dem Häuschen traten.

»Was machen Sie denn da?« fragte er.

»Haben Sie irgendein Problem?« sagte ich.

»Das haben Sie mir untergeschoben«, sagte er und deutete

auf den Klarsichtbeutel mit dem Werkmesser. »Sie Mistkerl, das haben Sie mir untergeschoben, und das wissen Sie auch.«

»Wie könnte ich Ihnen etwas unterschieben, das Ihnen gehört?« sagte ich. »Das ist eins Ihrer Bastelwerkzeuge, oder?«

Rosie blickte mich seltsam an.

»Diese Frau hier ist Zeuge«, sagte er. »Sie wollen mir was unterschieben. Dieses Messer ist nicht hiergewesen.«

»Allerdings ist es das. Und ich würde auch sagen, daß es voll mit Ihren Abdrücken ist. Es dürfte Ihnen schwerfallen zu beweisen, daß es nicht Ihnen gehört, Murph.«

»Diese Bohnenfresserschlampe steckt mit Ihnen unter einer Decke, stimmt's?« sagte er.

Ich gab ihm mit der flachen Hand einen Klaps auf die Wange. »Noch ein Wort, und der Tag ist für Sie gelaufen«, sagte ich.

Ein Fehler.

Er sprang mir ins Gesicht, krallte mit der Linken nach meinen Augen, schlug mit der Rechten wild nach meinem Kopf und versuchte, mir die Knie in den Unterleib zu rammen. Ich verlor das Gleichgewicht, versuchte, mich wegzudrehen und den Arm zum Schutz vors Gesicht zu halten; ein Hagel von Schlägen prasselte auf meine Schädeldecke.

Rosie zog die .357er aus der Handtasche, hielt sie beidhändig mit ausgestreckten Armen, die Mündung wenige Zentimeter von seinem Ohr entfernt.

»Auf den Boden mit Ihnen!« brüllte sie. »Los! Sofort! Nicht hersehen! Kopf nach vorne! Gesicht auf den Boden! Hören Sie? Hände hinter den Kopf!«

Er sank auf die Knie und legte sich dann flach vornüber mit dem Gesicht ins Gras. Der faltige, tief sonnengebräunte Hals schwitzte stark, in den Augen ein blankes, ausdrucksloses Glänzen wie bei einem Tier, das unter einem Autoreifen festsitzt.

Ich fischte die Handschellen hinten aus dem Gürtel und ließ sie um seine Handgelenke zuschnappen. Ich nahm seinen Revolver und die Sprühdose Reizgas aus seinem Revolvergurt und zog ihn dann auf die Beine. Sein Arm war in meiner Hand hart wie Knochen.

»Ich verhafte Sie wegen tätlichen Angriffs auf einen Polizeibeamten, Murph«, sagte ich.

Er drehte sich zu mir. Der oberste Knopf seines Hemdes war abgerissen, und auf seiner Brust sah man weiße Knötchen vernarbten Gewebes wie die Finger einer zerschmetterten Hand.

»Damit kommen Sie nicht durch. Und der Durchsuchungsbefehl hat auch nichts getaugt«, sagte er.

»Das ist das Messer, das Sie bei Cherry LeBlanc benutzt haben, stimmt's?« sagte ich.

Rosie trat hinter mir in seine Stube und rief von seinem Telefon aus einen Wagen des Sheriff's Department. Seine Augen wichen nicht von ihr, dann blickte er wieder zu mir. Er spuckte Grasreste aus.

»Läßt sie Sie mit der Zunge ran?« fragte er.

Wir schafften ihn durch die Hintertür ins Sheriff's Department, nahmen seine Abdrücke und erledigten die Formalitäten. Wir ließen ihn einen Anwalt in Lafayette anrufen, dann brachten wir ihn in unser Verhörzimmer. Aus dem ganzen Gebäude drängte sich das Personal, um einen Blick auf Murphy Doucet zu erhaschen.

»Alle wieder marsch an die Arbeit«, sagte der Sheriff im Flur. »Dieser Mann ist hier, weil er einen Officer tätlich angegriffen hat. Das ist alles. Ist das klar?«

»Vor Ihrem Büro stehen drei Reporter, Sheriff«, sagte ein Deputy.

»Das möchte ich doch wissen, wer die hierherbestellt hat«, sagte er.

»Da bin ich überfragt«, sagte der Deputy.

»Macht ihr jetzt mal bitte Platz?« sagte er noch einmal zu der Menschenmenge im Gang. Dann fuhr er sich mit den Fingern durchs Haar und wandte sich an Rosie und mich. »Ich muß mit diesen Reportern reden, bevor die eine Jack-the-Ripper-Story lostreten. Sehen Sie zu, was Sie aus dem Kerl rausbringen, ich bin gleich wieder da. Wer ist sein Anwalt?«

»Jeb Bonin«, sagte ich.

»Bis zur morgigen Anhörung vor Gericht haben wir Doucet

auf jeden Fall unter Verschluß. Wann wollen Sie sein Haus durchsuchen?«

»Heute nachmittag«, sagte Rosie. »Wir haben bereits einen Deputy hingeschickt, der ein Auge drauf hat.«

»Der blaue Mercury, war der draußen am Spanish Lake?« fragte der Sheriff.

»Nein, zur Arbeit kommt er mit einem Pickup. Der Mercury muß noch bei ihm zu Hause sein«, sagte ich.

»Okay, an die Arbeit. Und schön nach Vorschrift. Wir wollen nicht, daß bei dieser Sache was schiefläuft.«

Der Sheriff verschwand in Richtung seines Büros. Rosie stupste mich leicht an den Arm.

»Dave, bevor wir reingehen, muß ich kurz mal mit Ihnen reden«, sagte sie.

»Was ist?«

Sie antwortete nicht. Sie trat in unser Büro und wartete dort auf mich.

»Das Werkmesser, das Sie aus seiner Schublade genommen haben«, sagte sie. »Er war völlig überrascht, als Sie es gefunden haben. Das beunruhigt mich.«

»Es ist sein Messer, Rosie. Daran besteht kein Zweifel.«

»Warum hat er sich dann bis zu diesem Augenblick so sicher gefühlt?«

»Vielleicht hatte er einfach vergessen, daß es noch dort lag.«

»Sie sind in der Nacht in das Wachhäuschen eingedrungen, haben das Messer eingesteckt und es dann heute morgen wieder da hingelegt, stimmt's?«

»Die Zeit läuft immer für den Täter, Rosie. Während wir auf die Durchsuchungsbefehle warten, haben die alle Zeit der Welt, sämtliche Beweise zu vernichten.«

»Was Sie da sagen, schmeckt mir gar nicht, Dave.«

»Er ist unser Mann. Wollen Sie vielleicht, daß er davonkommt? Ohne das Messer wird's nämlich so kommen.«

»Ich seh das anders. Wer die Regeln bricht, gießt Wasser auf die Mühlen der anderen Seite.«

»Dann warten Sie mal, bis Sie seinen Anwalt kennenlernen. Er ist der beste im Südwesten von Louisiana. Außerdem trägt er seine Haut für die Teamster, die Mafia und die Entsorgungskonzerne zu Markte, die hochgiftige Chemikalien verbrennen. Bevor der ausgeredet hat, ist Doucet auf einmal das Opfer, und die Geschworenen sabbern sich auf die Ärmel.«

Ihre Augen wanderten gedankenverloren durch den Raum, als ob sie sich selbst Fragen stellte und sie auch beantwortete. Dann hob sie das Kinn.

»Machen Sie so was nie wieder, Dave. Nicht solange wir Partner sind«, sagte sie und ließ mich stehen. Sie stapfte ins Verhörzimmer, wo Murphy Doucet auf einem Stuhl mit gerader Lehne an einem kleinen Tisch saß, in Zigarettenrauch gehüllt, umgeben von weißen Wänden. Er kratzte sich die Barthaare, die an seinem Hals an den Rändern der hühnerfußförmigen Narbe wuchsen.

Ich betrat das Zimmer nach Rosie und schloß die Tür.

»Wo bleibt mein Anwalt?« fragte er.

Ich nahm ihm die Zigarette aus den Fingern und drückte sie am Boden aus.

»Wollen Sie eine Aussage über die Sache mit Cherry LeBlanc machen?« sagte ich.

»Yeah. Ich hab drüber nachgedacht. Mir ist eingefallen, daß ich vor drei Jahren eine Hure dieses Namens hopsgenommen hab. Wenn Sie mir jetzt vielleicht sagen würden, warum ich drei Jahre warten sollte, um jemanden umzubringen, den ich mal verhaftet hab.«

»Wir glauben, daß Sie für Julie Balboni als Zuhälter gearbeitet haben, Mr. Doucet«, sagte Rosie. »Wir glauben auch, daß Sie ihm Mädchen für seine Pornofilme liefern.«

Seine Augen musterten ihren Körper von Kopf bis Fuß.

»Quotenfrau?« fragte er.

»Da ist noch was, das Sie nicht wissen, Murph«, sagte ich. »Wir überprüfen alle ungeklärten Frauenmorde, die in der Zeit, wo Sie für die State Police gearbeitet haben, in der Nähe von Highways und Überlandstraßen verübt wurden. Wenn mich meine Nase nicht trügt, werden die alten Dienstberichte Sie mit ein paar Leichen in Verbindung bringen, bei denen Sie sich völlig sicher fühlten.«

»Ich kann gar nicht glauben, was ich hier höre«, sagte er.

»Wie ich es sehe, haben wir Sie am Haken«, sagte ich.

»Am Haken? Sie haben nur ein Messer, das Sie mir untergeschoben haben. Und dieses Mädchen da, die weiß das. Da langt doch ein Blick in ihr Gesicht.«

»Wir haben nicht nur die Waffe und das Foto von Ihnen mit dem Opfer, wir wissen auch, wie und warum es abgelaufen ist.«

»Was?«

»Cherry LeBlanc hat Julie einen Fettwanst genannt und ihn stehengelassen. So was läßt sich Julie nicht bieten. Also hat er sich ans Telefon geschmissen und Sie vom Motel aus angerufen, stimmt's, Murph? Erinnern Sie sich noch an Ihr Gespräch? Oder soll ich's Ihnen Wort für Wort zitieren?«

Er kniff die Augenbrauen zusammen, dann wanderte seine Hand in die Tasche, um nach einer Zigarette zu suchen.

»Nein. Rauchen ist hier verboten«, sagte ich.

»Ich muß mal aufs Klo.«

»Ist grad besetzt«, sagte ich.

»Sie ist wegen was anderem hier. Nicht wegen der toten Nutte«, sagte er.

»Wir sind alle wegen Ihnen hier, Murph. Sie sind dran, Partner. Dabei haben wir Kelly Drummond noch nicht mal erwähnt.«

Er biß sich einen Hautfetzen von der Daumenkuppe.

»Die Anklage wegen Zuhälterei, was bringt die mit sich?« sagte er.

»Meinen Sie, Sie kommen einfach so davon, wenn Sie sich wegen Kuppelei schuldig bekennen, wo Ihnen wegen anderer Delikte der elektrische Stuhl droht? Leben Sie auf dem Mond?« fragte ich.

»Fragen Sie sie. Die ist hier, um Balboni vor Gericht zu bringen, nicht so'n kleines Würstchen vom Wachschutz, also reden Sie keine Scheiße. Was blüht mir vor Gericht?«

»Mr. Doucet, was Ihnen blüht, sind ein paar tausend Volt elektrischer Strom, der Ihnen die Eingeweide garkocht. Beantwortet das Ihre Frage?« sagte Rosie.

Er sah ihr ins Gesicht.

»Gehen Sie und sagen Sie Ihrem Boß, daß ich dafür sorgen kann, daß dieser Spaghetti für siebenundzwanzig Jahre von der Bildfläche verschwindet«, sagte er. »Dann können Sie ja immer noch wiederkommen und mir sagen, daß Sie kein Interesse an einem Deal haben.«

Der Sheriff öffnete die Tür.

»Sein Anwalt ist da«, sagte er.

»Wir fahren jetzt zu Ihrem Haus, Murph«, sagte ich. »Wollen Sie uns noch was sagen, bevor wir gehen?«

Der Anwalt trat in den Raum. Sein Haar war bis auf die Kopfhaut kurzgeschoren, und Krawatte und Hemdkragen saßen so hoch oben auf seinem kurzen Hals, daß man an ein hellbraunes hartgekochtes Ei denken mußte, das jemand in einen Anzug gestopft hatte.

»Sagen Sie kein Wort mehr zu diesen Leuten, Mr. Doucet«, sagte er.

Ich beugte mich vor, stützte mich auf den Tisch und starrte in Murphy Doucets Gesicht. Ich starrte seine weißen Augenbrauen an, die unruhigen Augäpfel, die zahllosen Fältchen in der Haut, die die Farbe eines getrockneten Tabakblattes hatte, den schlitzartigen Mund, die weiße Narbe auf seiner Kehle, die wie von einer Gipskelle hingeklatscht aussah.

»Was ist? Was starren Sie mich so an?« fragte er.

»Erinnern Sie sich noch an mich? Von früher?« fragte ich.

»Yeah. Klar. Wo Sie noch ’n Cop in New Orleans waren.«

»Schauen Sie mich an. Denken Sie mal scharf nach.«

Er nahm abrupt die Augen von meinem Gesicht und blickte zu seinem Anwalt.

»Ich habe keine Ahnung, wovon er redet«, sagte er.

»Worauf wollen Sie raus, Detective?« sagte der Anwalt.

»Dein schmieriger Rechtsverdreher hat nichts damit zu tun, Murph«, sagte ich. »Das geht nur uns beide was an. 1957 ist es gewesen, der Hurrikan Audrey hatte uns gerade einen Besuch abgestattet. Die ganze Marsch roch nach toten Tieren. Erinnern Sie sich noch? DeWitt Prejean ist vor Ihnen weggelaufen, mit einer Kette um die Brust, und dann haben Sie ihm ins Bein geschossen. Erinnern Sie sich noch an den Jungen, der Sie von der anderen Seite der Bucht dabei gesehen hatte? Schauen Sie sich mein Gesicht mal genau an.«

Er biß sich auf die Lippe, legte dann das Kinn auf die Knöchel und starrte konfus an die Wand.

»Der alte Gefängnisvorsteher hat mich drauf gebracht, als er mir erzählte, daß DeWitt Prejean einen Sprudelwagen ausgefahren hat. Prejean arbeitete für Twinky Lemoyne und hatte eine Affäre mit seiner Frau, stimmt's? Einer bleibt wohl tatsächlich immer übrig, der sich an Dinge erinnert, die er besser vergessen hätte«, sagte ich. »Meinen Sie immer noch, Sie hätten uns was anzubieten, Murph? Was meinen Sie wohl, wie lange es dauert, bis ein Typ wie Twinky umkippt und sich entschließt, seine Sünden vor aller Welt kundzutun?«

»Sagen Sie gar nichts, Mr. Doucet«, sagte der Anwalt.

»Das ist auch gar nicht nötig, Mr. Bonin«, sagte ich. »Dieser Kerl bringt seit fünfunddreißig Jahren Leute um. Ich an Ihrer Stelle würd's mir zweimal überlegen, ob ich mich mit einem solchen Klienten einlasse. Gehen wir, Rosie.«

Der Wind wirbelte Staub und Schmutz zwischen den Wagen auf dem Parkplatz auf, und von Süden her roch es nach Regen.

»Das war oscarverdächtig, Dave«, sagte Rosie, als wir in meinen Pickup stiegen.

»Kann nicht schaden, der anderen Seite von Zeit zu Zeit einen Schuß vor den Bug zu verpassen.«

»Das war mehr als nur ein Schuß vor den Bug. Sie hätten mal das Gesicht dieses Anwalts sehen sollen, als Sie mit dem Lynchmord anfingen.«

»Das ist kein Typ, der die volle Distanz gehen kann.«

Als ich den Motor startete, warf ein plötzlicher Windstoß einen Mülleimer um, der über den Bürgersteig schepperte. Die heftige Bö kam durch den Eichenhain auf der anderen Straßenseite. Ein einzelner Lichtstrahl durchbrach die Wolkendecke und schien durch das Blätterdach, und in einer Kaskade goldener Blätter glaubte ich auf einmal hinter den Bäumen eine lange Reihe von Reitern auftauchen zu sehen, die Leiber grau wie Stein, wehende Umhänge um die Schultern und auf den Pferden. Ich kniff mich oben am Nasenrücken, um den Schweiß aus den Augen zu bekommen, und sah noch mal hin. In dem Hain stand nur ein schwarzer Mann, der mit Klebeband die Fenster seines Imbißstandes sicherte.

»Dave?« sagte Rosie.

»Ja?«

»Geht's Ihnen gut?«

»Hab nur ein Staubkorn ins Auge bekommen.«

Als wir in die Straße bogen, warf ich einen Blick in den Rückspiegel und sah weit hinten in den Bäumen scharf bis in alle Einzelheiten einen einzelnen Reiter, am Hut eine Feder von der Farbe einer Pflaume, einen Karabiner über die Schenkel gelegt. Er schob mit dem Gewehrlauf die Hutkrempe hoch, und ich sah, daß sein Gesicht bleich war und völlig entkräftet. Die schwarze Schlinge, die seinen linken Arm hielt, war blutgetränkt.

»Weshalb haben sich Ihre Wunden geöffnet, General?«

»Was haben Sie gesagt?« fragte Rosie.

»Nichts. Ich hab gar nichts gesagt.«

»Was Doucet gesagt hat, das macht Ihnen Sorgen, stimmt's?«

»Ich kann Ihnen nicht ganz folgen.«

»Sie befürchten, daß das FBI sich auf einen Deal mit ihm einläßt.«

»Na ja, der Gedanke ist mir gekommen.«

»Er ist fällig, Dave. Das versprech ich Ihnen.«

»Im Laufe meines Lebens hab ich wieder und wieder feststellen müssen, daß ich andere Prioritäten setze als die Leute, für die ich arbeite, Rosie. Manchmal kommen gerade die Schlimmsten ungeschoren davon, und die Cops helfen ihnen noch dabei.«

Sie blickte zum Beifahrerfenster hinaus, und jetzt war sie es, deren Gesicht von einer nicht zu tilgenden Erinnerung oder Sorge umfangen schien, die sie vielleicht nie richtig mit der Außenwelt würde teilen können.

Murphy Doucet bewohnte ein frisch gestrichenes weißes Haus mit einer Veranda und einem sauber gerechten, schattigen Vorgarten gegenüber dem Golfplatz im nördlichen Teil von Lafayette. Ein gelangweilter Deputy aus dem Iberia Parish und ein Beamter der städtischen Polizei von Lafayette saßen auf der Treppe vor dem Haus und warteten auf uns. Zum Zeitvertreib spielten sie mit einem Taschenmesser, das sie immer wieder ins Gras warfen. In der Einfahrt stand unter einem Seifenbaum der blaue Mercury. Bei der Einweisung ins Gefängnis hatten wir Doucet einen Ring mit Schlüsseln abgenommen, mit einem davon schloß ich den Wagen auf; dann nahmen wir die Fußmatten heraus, legten sie sorgfältig aufs Gras, suchten unter den Sitzen und räumten das Handschuhfach aus. Auf den ersten Blick nichts. Wir hoben die Fußmatten mit spitzen Fingern wieder auf, legten sie zurück auf den Wagenboden und öffneten den Kofferraum.

Der Geruch ließ Rosie einen Schritt nach hinten machen. Sie hustete in die vorgehaltene Hand.

»Oh, Dave, das ist ja –« begann sie.

»Exkremente«, sagte ich.

In dem Kofferraum befanden sich nur ein Ersatzreifen, ein Wagenheber und hinten in einem Eck ein kleiner Pappkarton. Der dunkelblaue Bezug sah sauber aus, mit einem Sauger oder einer Bürste gereinigt, aber ungefähr dreißig Zentimeter hinter dem Verschluß war ein eingetrockneter Fleck, der die Farbe von Tee hatte, in den gehärteten Fasern noch winzige Partikel von Papiertuch.

Ich nahm den Pappkarton heraus, öffnete ihn und brachte ein tragbares Blinklicht zum Vorschein. Es hatte ein Kabel, das man in den Zigarettenanzünder stecken konnte.

»Um das Ding hat er die rote Zellophanfolie gewickelt, als er das Mädchen im Vermilion Parish mitgenommen hat, als Anhalterin«, sagte ich.

»Dave, schauen Sie mal hierher.«

Sie deutete auf die Innenverkleidung auf einer Seite des Kofferraums. Auf der hellblauen Farbe waren da ein halbes Dutzend schwarzer Schmierer. Sie berührte einen davon mit den Fingern und rieb sich dann mit dem Daumen die Fingerspitzen.

»Ich glaube, das sind Spuren von Gummiabsätzen«, sagte sie. »Was für Schuhe hat Cherry LeBlanc getragen?«

»Flache mit Ledersohlen. Und das tote Mädchen in Vermilion hatte gar keine.«

»Okay, soll die Spurensicherung den Wagen abschleppen. Fangen wir mit dem Haus an. Was wir wirklich brauchen –«

»Ja?«

»Was wir wirklich brauchen, ist irgendwas, an das er nicht mehr gedacht hat und das da noch rumliegt.«

»Haben Sie schon bei Ihrer Dienststelle angerufen?«

»Nein. Warum?«

»War nur so 'ne Frage.«

»Nun rücken Sie schon raus, Dave.«

»Hoffen Sie nicht darauf, daß wir da drin einen blutigen Handabdruck finden, um vor Gericht alles klarzumachen. Es sei denn, auf dem Werkmesser sind noch Spuren, mit denen wir eine DNA-Analyse machen können. Die Fotografie taugt nur als Bluff, zumindest wenn es drum geht, Doucet vor Gericht zu bringen. Und wie Sie vorhin schon mal gesagt haben, was wir bis jetzt sonst haben, macht nicht viel her.«

»Na und?«

»Ich glaube, Sie können sich schon denken, was Sie von Ihrem Boß hören werden.«

»Vielleicht ist mir ja egal, was ich von ihm hören werde.«

»Ich will nicht, daß Sie beim FBI Schwierigkeiten bekommen, weil Sie meinen, Sie müßten sich wegen mir stur stellen, Rosie. Daß wir uns da nicht mißverstehen.«

»Passen Sie auf Ihren eigenen Arsch auf und machen sich um meinen mal keine Sorgen«, sagte sie, nahm mir den Schlüsselring aus der Hand und ging die Eingangstreppe zum Haus hoch, ich hinterher. Sie schloß die Tür auf.

Das Innere des Hauses war so sauber und aufgeräumt wie eine Militärkaserne. Die Holzböden waren gebohnert, die Polstersessel zierten Häkeldeckchen, die Pflanzen an den Fenstern zurechtgeschnitten und gegossen, Küche und Spüle makellos, Töpfe und Pfannen an Haken aufgehängt, saubere Plastikbeutel in den Papierkörben, die Modellflugzeuge abgestaubt an Drähten von der Schlafzimmerdecke hängend. Die Überdecke seines Bettes war untergeschlagen und so straff gespannt, daß man eine Vierteldollarmünze darauf springen lassen konnte.

Die Bilder an den Wänden zeigten praktisch keine Menschen, abgesehen von einer Farbfotografie, wo er selbst auf den Eingangsstufen einer Jagdhütte saß, zu seinen Füßen ein toter Achtender. Doucet lächelte; in seinem Schoß lag ein Repetiergewehr mit eisernem Visier und einem Trageriemen.

Eine Stunde lang durchsuchten wir das Haus, die Garage, und dann fingen wir von vorne an und nahmen uns das Haus noch einmal vor. Der Deputy aus dem Iberia Parish kam durch die Tür, in der Hand eine Eistüte. Er war ein dunkelhaariger Mann mit schmalen Schultern und breiten Hüften, der den größten Teil seiner fünf Jahre beim Department damit zugebracht hatte, vor Grundschulen als Schülerlotse zu stehen oder Häftlinge, denen nur Ordnungswidrigkeiten vorgeworfen wurden, zur morgendlichen Anhörung bei Gericht zu bringen. Er hörte auf zu essen und wischte sich mit dem Handrücken Eis aus dem Schnurrbart, bevor er was sagte.

»Jesses, Dave, ihr habt ja keinen Stein auf dem anderen gelassen«, sagte er.

»Wenn du willst, kannst du hinterher gerne noch dableiben und wieder aufräumen«, sagte ich.

»Ihr habt's ja angerichtet, nicht ich.«

»So ist es, also zerbrich du dir mal nicht den Kopf drüber«, sagte ich.

»Mannomann, da ist jemand heute aber unausgeschlafen«, sagte er. Als ich nicht antwortete, kam er in die Mitte des Raumes. »Was habt ihr in der Truhe da gefunden?«

Als ich immer noch nicht antwortete, linste er über meine Schulter.

»Oh Mann, das ist ja lauter Unterwäsche von kleinen Mädchen, stimmt's?« sagte er.

»Ja, du hast recht«, sagte ich.

Der Deputy räusperte sich.

»Hat dieser Typ auch so Zeug gemacht, Dave?«

»Sieht so aus.«

»Mannomann«, sagte er. Dann änderte sich seine Miene. »Vielleicht sollte jemand dem mal zeigen, was passiert, wenn man über einen Stacheldrahtzaun klettert.«

»Das hab ich nicht gehört, Deputy«, sagte Rosie.

»Mir egal«, sagte er. »So'n Kerl, wenn den bestimmte Leute hier in die Finger kriegen, da muß man sich keine Gedanken mehr wegen Beweisen machen. Oh nein. Da brauchen Sie nur Dave zu fragen.«

In der Truhe fanden wir elf kleine Paar Mädchenunterwäsche, Kinderstrümpfe, getupfte Leibchen, kleine Büstenhalter, einen einzelnen schwarzen Schuh aus Kunstleder, dessen Verschluß kaputt war, ein Malbuch, eine rote Haarlocke, die auf eine Karteikarte geklebt war, abgerissene Eintrittskarten für Morgenvorstellungen in einem hiesigen Kino, ein halbes Dutzend alter Fotos von Murphy Doucet in der Uniform eines Deputy Sheriffs im Jefferson Parish, die ihn alle inmitten von Kindern zeigten, bei Picknickfesten unter moosüberwucherten Bäumen, bei einem Baseballspiel der Little League, an einem Swimmingpool, wo Kinder für die Kamera Luftsprünge machten. Alle Kleidungsstücke waren gewaschen, sauber gefaltet und ordentlich auf dem Boden der Truhe verstaut, wo sie eine adrette Lage in Rosa, Blau und Weiß bildeten.

Nach einer kurzen Pause sagte Rosie: »Das ist sein Schrein.«

»Wofür?« fragte ich.

»Für die Unschuld. Er ist ein Psychopath, ein Vergewaltiger, ein Serienmörder, ein Sadist, vielleicht nekrophil, aber außerdem ist er auch noch pädophil. Wie die meisten Pädophilen sucht er einen Zustand der Unschuld wiederzuerlangen, indem er sich mit Kindern umgibt oder sich an ihnen vergeht.«

Dann stand sie auf, ging ins Bad, und ich hörte das Wasser laufen, hörte sie ausspucken, hörte das Wasser spritzen.

»Würd's dir was ausmachen, mal kurz rauszugehen, Expidee?« sagte ich zu dem Deputy.

»Nein, nein, kein Problem«, sagte er.

»Wir kommen gleich nach. Danke für deine Hilfe hier.«

»Kommt der Kerl auf Kaution raus, Dave?«

»Wahrscheinlich schon.«

»Das ist nicht recht«, sagte er. Er wiederholte es noch einmal, als er zur Tür hinausging: »Das ist nicht recht.«

Die Tür zum Bad stand einen Spalt offen, als ich daran klopfte. Sie stand mit dem Rücken zu mir, die Arme starr aufs Waschbecken gelegt. Das Wasser lief immer noch. Immer wieder versuchte sie sich zu räuspern, als sei ihr eine Fischgräte im Hals steckengeblieben.

Ich öffnete die Tür, nahm ein sauberes Handtuch aus einem Schränkchen und wollte ihr damit das Gesicht abtupfen. Ihre Hand fuhr hoch, geradeso, als ob ich sie hätte schlagen wollen.

»Kommen Sie mir damit nicht zu nahe«, sagte sie.

Ich legte das Handtuch auf dem Badewannenrand ab, zog das oberste Kleenex aus einer Schachtel, ließ es im Papierkorb verschwinden, zog dann noch mehrere heraus, knüllte sie in der Hand zusammen und berührte damit ihr Gesicht. Sie stieß meine Hand weg.

»Es tut mir leid. Bei mir hat's ausgesetzt«, sagte sie.

»Da machen Sie sich mal keine Sorgen drum.«

»Diese Kinder, und dieser Geruch im Kofferraum.«

Sie sperrte die Augen auf, so weit sie konnte, um die Tränen zurückzuhalten, aber es gelang ihr nicht. Sie fluteten ihre braunen Augen und rannten dann wie kleine Bäche über ihre Wangen.

»Ist ja alles gut, Rosie«, sagte ich und legte meine Arme um sie. Ihr Kopf vergrub sich an meiner Brust. Ich spürte ihren ganzen Körper an meinem, und ihr Rücken hob und senkte sich unter meinen Händen. Ihr Haar roch nach Erdbeershampoo, ihre Haut nach Seife.

Das Fenster stand auf, und der Wind drückte den Vorhang in den Raum. Auf dem Golfplatz auf der anderen Straßenseite sah man auf einem Grün ein rotes Fähnchen an einem Stock flattern, der selbst in der Halterung im Loch vibrierte. Die ersten Regentropfen fielen, fast parallel zum Boden, und in einem stillen Teich mit dichtem Schilf sah ich eine Gestalt stehen. Hinter ihm wogte dramatisch ein Myrtenstrauch. Er stemmte sich aufrecht mit seiner Krücke gegen den Wind, der Bart flatterte ihm ins Gesicht, der Mund ein großes O, die Worte übertönt vom Donnergrollen in der Ferne. Der Stumpf des amputierten rechten Beins war in frische weiße Bandagen gehüllt, die bereits wieder von frischem Blut scharlachrot gefärbt waren.

»Wovor wollen Sie mich warnen, General? Warum auf einmal wieder diese Schmerzen, Sir?»

Rosie drehte ihr Gesicht an meiner Brust, dann löste sie sich von mir und huschte zur Tür hinaus. In einer einzigen flüssigen Bewegung schnappte sie sich ihre Handtasche, die auf einem Stuhl lag, so daß ich ihr Gesicht nicht sehen konnte. Die Fliegentür knallte hinter ihr zu.

Ich packte den gesamten Inhalt von Doucets Truhe in Klarsichtbeutel, schloß das Haus ab und schaffte es gerade noch in meinen Wagen, bevor ein Hagelschauer vom Himmel platzte, auf die Fahrerkabine prasselte und auf dem sanft geschwungenen Golfplatz in winzigen weißen Fontänen aufschlug, so weit das Auge reichte.

An diesem Abend hieß es im Wetterbericht der Zehn-Uhr-Nachrichten, daß der Hurrikan sich wieder in nordwestlicher Richtung weiterbewegte und wahrscheinlich morgen gegen Abend die Gegend um die Atchafalaya-Bay erreichen würde, etwas östlich von uns. Auf allen Bohrinseln im Golf war die Arbeit eingestellt worden, und die flachen Küstengebiete von Grand Isle bis zum Sabine Pass wurden bereits evakuiert.

Um elf rief der Sheriff an.

»Gerade hat jemand Mikey Goldmans Wohnwagen am Spanish Lake abgefackelt. Der oder die Täter haben eine große Milchflasche mit Benzin gefüllt, eine Signalfackel wie eine Lunte reingesteckt und das Ganze durchs Fenster geworfen«, sagte er. »Wollen Sie mal raus und es sich ansehen?«

»Nicht, wenn's nicht unbedingt sein muß. Wer brüllt denn da im Hintergrund so rum?«

»Dreimal dürfen Sie raten. Es gelingt mir nicht, ihn davon zu überzeugen, daß er von Glück reden kann, weil er nicht im Wohnwagen war.«

»Lassen Sie mich noch mal raten. Er will, daß wir Julie Balboni verhaften.«

»Sie sind ein Hellseher«, sagte der Sheriff. Dann schwieg er kurz. »Ich hab schlechte Neuigkeiten. Am späten Abend ist der Bericht vom Labor gekommen. Das Werkmesser ist sauber.«

»Sind die sich da hundertprozentig sicher?«

»Sie sind auf derselben Seite wie wir, Dave.«

»Der Pathologe kann doch sicher was über die Beschaffenheit der Wunden sagen, das wir vor Gericht verwenden können. Wenn's sein muß, holen wir uns einen Beschluß und exhumieren die Toten.«

»Sie sind müde, Partner. Ich hätt' Sie heut abend nicht mehr anrufen sollen.«

»Doucet ist ein Monster, Sheriff.«

»Da reden wir morgen früh drüber.«

Eine graue Regenwand kam über das Zuckerrohrfeld meines Nachbarn auf unser Haus zu, und in den Wäldern dahinter krachten Blitze.

»Sind Sie noch dran?« sagte er durch das Rauschen in der Leitung.

»Wir müssen dem Kerl den Stecker rausziehen. Und zwar endgültig.«

»Wir reden morgen mit dem Staatsanwalt. Jetzt gehen Sie schlafen, Dave.«

Nachdem ich den Hörer wieder auf die Gabel gelegt hatte, saß ich noch lange Zeit so da und starrte durch die geöffnete

Hintertür in den Regen, der auf den Ententeich und die Rohrkolben am Rand meines Grundstücks fiel. Der Himmel schien erfüllt von elektrischen Lichtern, und im Wind hallten die Stimmen von Kindern.

19

Am nächsten Morgen donnerte der Regen ohrenbetäubend laut auf die Veranda. Als ich die Haustür öffnete, schwammen im Hof ganze Inseln von Pecanblättern in gewaltigen schlammigen Pfützen, und ein feiner, milder, kühler Nebel wehte hinein. Hinter dem Regenvorhang, der in feuchtgelbem Licht auf der Wasseroberfläche des Bayou tanzte, konnte ich die Marsch kaum mehr ausmachen. Ich schlüpfte in meine Regenkleidung und rannte durch Pfützen zum Laden, daß es nur so spritzte. Batist und ich verstauten alle Tische, Stühle und Sonnenschirme im Windschatten des Hauses auf dem Pier, vertäuten sie, zogen unsere Boote aus dem Wasser und verriegelten die Fensterläden. Dann tranken wir im Laden eine Tasse Kaffee und teilten uns eine Pastete, während der Wind sich alle Mühe gab, das Blechdach aus den Verstrebungen zu reißen.

In der Stadt war der Bayou Teche so hoch gestiegen, daß die Pfeiler der Zugbrücken größtenteils unter Wasser standen. An einigen Stellen war das Wasser über die Ufer getreten und hatte die Kamelienbüsche im Stadtpark überflutet. Der Autoverkehr bewegte das Wasser in den Straßen so sehr, daß es in wirbelnden braunen Wellen Straßenabfälle über Randsteine und Vorgärten bis direkt vor die Eingangstreppen der Häuser an der East Main Street schwemmte. Die Luft roch nach Fisch und in Abflüssen vergammelnden Pflanzen und stach fast kalt in der Lunge, wenn man einatmete, und vor dem Gerichtsgebäude kam der Regen in regelrechten Strudeln heruntergepeitscht, die in Nacken und Augen stachen. Binnen kürzester Zeit waren alle Kleidungsstücke triefend naß, wie sehr man sich auch vermummt hatte. Ein Wagen vom Gefängnis brachte Murphy Doucet zum Gericht, zusammengekettet mit sieben anderen Häftlingen. Sein Kopf war unbedeckt, und in der Mitte seines Mundes steckte eine Zigarette. Der Regen ließ ihn die Augen zusammenkneifen, klatschte ihm das graue Haar flach an den Kopf, und er beschwerte sich lautstark über das Metall, das ihm ins Handgelenk schnitt.

Ein Schwarzer war der nächste an der Kette. Er war Epileptiker und geistig zurückgeblieben und kam alle drei oder vier Wochen vor Gericht, weil er in der Öffentlichkeit getrunken oder irgendwo die Ruhe gestört hatte. In der Eingangshalle, als der Gerichtsdiener die Männer an der Kette eben in den Gerichtssaal führen wollte, erstarrte der Schwarze auf einmal und riß an der Kette. Gurgelnde Laute drangen aus seinem Mund, und Speichel troff ihm von der Unterlippe.

»Hey, was ist los mit dir?« fragte der Gerichtsdiener.

»Will ans Ende der Kette. Will nach hinten«, sagte der Schwarze.

»Er sagt, er ist es nicht gewöhnt, im Bus vorn zu sitzen«, sagte Doucet.

»Hat dir dieser Mann was getan, Ciro?« fragte der Gerichtsdiener.

»Nein, Sir. Ich will nur nach hinten ans Ende der Kette. Mir hat kein Weißer nix getan. Alle sind gut zu mir gewesen.«

»Legt mal ’nen Zahn zu, damit wir diese Scheiße hier endlich hinter uns bringen«, sagte Doucet und wischte sich mit dem Ärmel die Augen.

»Bitte, der Kunde ist König«, sagte der Gerichtsdiener, schloß die Handfesseln des Schwarzen auf, ging mit ihm zum Ende der Kette und legte ihm dort die letzten Handschellen, die noch frei waren, ums Handgelenk.

Ein junger Fotograf vom Daily Iberian hob seine Kamera und richtete das Objektiv auf Doucet.

»Liegt dir was an deiner Kamera, Junge? ... Das hab ich mir gedacht. Dann solltest du sie lieber woanders hinstecken«, sagte Doucet.

Das Ganze dauerte fünfzehn Minuten. Der Staatsanwalt, ein nervöser, spindeldürrer Mann, brachte jedes nur denkbare Argument vor, um die Kaution für Doucet möglichst hoch anzusetzen. Durch die fortwährenden Unterbrechungen und Einspruchsrufe von Doucets Anwalt hindurch nannte er ihn einen Pädophilen, einen Psychopathen, eine Bedrohung für die Allgemeinheit und ein Monster.

Der Richter hatte silberfarbenes Haar und ein Profil wie ein römischer Soldat. Im Zweiten Weltkrieg hatte er den Ehrenorden des Kongresses erhalten, und es hatte eine Zeit gegeben, wo er für die Demokraten bei der Gouverneurswahl kandidiert hatte. Er hörte geduldig zu, die Hände übereinandergelegt, der Blick neutral, den Kopf schräg nach vorne geneigt wie ein Priester, der ungeteilte Aufmerksamkeit heuchelt, wenn es darum geht, dem Geschwafel eines besessenen Sünders zu lauschen.

Schließlich zeigte der Ankläger mit zitterndem Finger auf Doucet und sagte: »Euer Ehren, wenn Sie diesen Mann auf freien Fuß setzen und er noch jemanden tötet, gottverdammt, dann klebt dieses Blut an unseren Händen.«

»Würden die Vertreter beider Parteien bitte zu mir vortreten? Sie auch, Detective Robicheaux«, sagte der Richter. Als das geschehen war, sagte er: »Können die Gentlemen mir vielleicht erklären, was zum Teufel hier vor sich geht?«

»Die Untersuchung läuft noch, Euer Ehren. Wir brauchen mehr Zeit«, sagte ich.

»Darauf wollte ich nicht hinaus«, sagte der Richter.

»Ich verwahre mich aufs schärfste dagegen, wie mein Klient hier behandelt wird, Euer Ehren. Diese beiden Männer hier haben ihn zum Freiwild erklärt, ihn schikaniert und seinen Namen vor aller Öffentlichkeit in den Schmutz gezogen. Er –« sagte Doucets Anwalt.

»Von Ihnen hab ich für heute genug gehört, Sir. Sie schweigen jetzt«, sagte der Richter. »Ist das Büro der Staatsanwaltschaft so weit, neue, zusätzliche Anklagepunkte gegen den Beschuldigten vorzubringen?«

»Euer Ehren, wir halten es für möglich, daß dieser Mann seit mehr als drei Jahrzehnten Morde und Vergewaltigungen begangen hat. Vielleicht hat er auch einen Polizisten in Lafayette getötet. Wir wissen gar nicht, wo wir anfangen sollen«, sagte der Ankläger.

»Sie meinen es ehrlich, Sir, soviel ist offensichtlich. Ebenso offensichtlich haben Sie sich nicht unter Kontrolle«, sagte der Richter. »Und keins von beiden bietet eine Lösung für unser Problem. Wir haben uns damit zu befassen, welche Anklagepunkte hier vorgebracht werden sollen, und das wissen sowohl Sie als auch Detective Robicheaux. Verzeihen Sie meine Ungeduld, aber ich werde es nicht zulassen, daß Sie uns hier in den Bereich des ›Was sein sollte‹ abdrängen. Uns interessiert, ›was ist‹. Wenn Sie jetzt alle wieder zurücktreten würden.«

Dann sagte er: »Die Kaution wird auf zehntausend Dollar festgesetzt. Nächster Fall«, und ließ seinen Hammer knallen.

Ein paar Minuten später stand ich im Säulengang vor dem Gericht und sah Murphy Doucet und seinen Anwalt an mir vorbeigehen. Sie ließen sich in ihrem Gespräch nicht stören und nahmen meine Gegenwart mit kaum mehr als einem kurzen Blick zur Kenntnis, dann stiegen sie in den neuen Chrysler des Anwalts und fuhren im Regen davon.

Ich ging zum Mittagessen nach Hause, konnte aber meinen Teller nicht leer essen. Die Hintertür, die zu einer kleinen, mit Gaze verkleideten Terrasse führte, stand offen, und das Gras, der Mimosenbaum und die Trauerweiden entlang des Bachbettes waren in dem unablässigen Regenguß dunkelgrün, die Luft schwer, fast schon kühl riechend, von Nebelfetzen durchzogen.

Alafair saß mir gegenüber und blickte mich an, einen noch ungekauten Bissen ihres Sandwichs im Mund. Bootsie hatte gerade ihren Pony nachgeschnitten, und sie trug ein gelbes T-Shirt mit einer riesigen gelb-roten Tabasco-Flasche auf der Brust. Bootsie streckte die Hand aus und nahm meine Finger von meiner Schläfe.

»Du hast alles getan, was in deiner Macht stand«, sagte sie.

»Sollen sich zur Abwechslung mal andere den Kopf drüber zerbrechen.«

»Der Kerl geht uns durch die Lappen. Mit etwas Zeit können wir sicher ein paar Mädchen auftun, die auf dem Airline Highway für ihn gearbeitet haben, und ihn wegen Kuppelei oder Zuhälterei drankriegen, dazu kommt noch der Widerstand gegen die Festnahme und der tätliche Angriff auf einen Polizeibeamten. Aber er wird einen Handel machen und gegen Julie Balboni aussagen, wenn sie ihm dafür Straffreiheit gewähren. Jede Wette, das ist bereits in der Mache.«

»Das haben dann andere entschieden, und die müssen auch damit leben, Dave«, sagte Bootsie.

»Ich seh das nicht so.«

»Was ist passiert?« fragte Alafair.

»Nichts, Kleines«, sagte ich.

»Kommt der Hurrikan zu uns?« fragte sie.

»Gut möglich. Aber da machen wir uns mal keine Sorgen drum. Hast du nicht gewußt, daß alle Cajuns irgendwo Enten in der Ahnengalerie haben?«

»Meine Lehrerin hat gesagt, wir sollen nicht Cajuns sagen.«

»Manchmal schämen sich die Leute dessen, was sie sind, Alf«, sagte ich.

»Jetzt hör aber mal auf, Dave«, sagte Bootsie.

Unvermittelt ging die Haustür auf, und ein kühler Windstoß zog durchs Haus. Elrod tauchte im Flur auf. Er machte einen Regenschirm zu und wischte sich mit der Hand das Wasser aus dem Gesicht.

»Wow!« sagte er. »Gerade dachte ich wirklich, ich hätte draußen auf dem Bayou Noahs Arche gesehen. Das ließe gewisse Schlüsse zu.«

»Arche? Was ist eine Arche?« fragte Alafair.

»El, da ist noch ein Teller für Sie im Kühlschrank«, sagte Bootsie.

»Danke«, sagte er und öffnete die Kühlschranktür. Das Lächeln auf seinem Gesicht war starr, der Blick bemüht sorglos.

»Was ist eine Arche?« fragte Alafair.

»Das gehört zu einer Geschichte aus der Bibel, Alf«, sagte ich und beobachtete Elrod, der sich mit einem Teller mit Thunfischsandwiches und Kartoffelsalat in der Hand hinsetzte. »Was tut sich draußen am See, El?«

»Da ist erst mal alles dicht, bis der Sturm vorüber ist«, sagte er. Er biß in sein Sandwich und nahm den Blick nicht vom Teller.

»Nun, das ist ja auch sinnvoll, oder?« sagte ich.

Er sah auf.

»Wie ich es sehe, war's das hier«, sagte er. »Es müssen nur noch ein paar Szenen gedreht werden. Ich glaube, Mikey will das in Kalifornien machen.«

»Ah ja.«

Jetzt war es Alafair, die Elrods Gesicht beobachtete. Er konzentrierte seinen Blick auf sein Sandwich.

»Gehst du weg, Elrod?« fragte sie.

»Vielleicht in ein paar Tagen«, antwortete er. »Aber ich komm auf jeden Fall wieder. Und ich hätte auch sehr gerne, wenn du mich mit deinen Eltern besuchst.«

Sie starrte ihn immer noch an, das Gesicht rund und leer.

»Du kannst Tripod ja mitbringen«, sagte er. »Ich habe ein vier Hektar großes Anwesen im Topanga Canyon. Direkt am Ozean.«

»Du hast gesagt, du bleibst den ganzen Sommer da«, sagte sie.

»Ich schätze, es hat halt nicht sollen sein. Obwohl ich es wünschte«, sagte er. Dann sah er mich an. »Dave, vielleicht sag ich hier was Falsches, aber mir war es ernst damit. Besuchen Sie mich in L.A., ich besorge Alafair dort im Handumdrehen eine Rolle. Tatsache.«

»Wir überlegen's uns«, sagte Bootsie und lächelte ihn über den Tisch hinweg an.

»Ich könnte in einem Film mitspielen, wo du wohnst?« sagte Alafair.

»Aber sicher«, sagte Elrod. Als er das Gesicht sah, das ich

machte, fügte er hinzu: »Ich meine, wenn du und deine Familie das so wollen.«

»Dave?« Sie hob den Kopf und sah mich an.

»Warten wir mal ab«, sagte ich und fuhr ihr mit den Fingern über den Pony. Elrod wollte noch etwas sagen, aber ich unterbrach ihn. »Wo ist Balboni?«

»Irgendwie scheint er's nicht wahrhaben zu wollen. Der treibt sich immer noch mit seinen Schmalzlocken da rum und hockt in seinem Trailer. Ich glaube echt, der bleibt da noch sitzen, wenn sie alles abgerissen haben«, sagte Elrod.

»Kann gut sein, daß der Sturm seinen Wohnwagen in den See bläst«, sagte ich.

»Ich glaube, er hat mehr als nur einen Grund, noch dortzubleiben«, sagte Elrod.

Ich wartete darauf, daß er weitersprach, aber das tat er nicht. Wir gingen hinaus auf die Veranda. Das Zypressenholz an Treppe und Fußboden war dunkel vom Regen, den es unter den Dachvorsprung geweht hatte. Die Marsch jenseits des Bayou war in der grauen Luft nur ein unscharfer Schmierfleck. Unten am Pier setzte Batist seinen Einbaum absichtlich auf Grund, damit ihn der Wind nicht an einem Pfeiler zerschmetterte.

»Was war das mit Balboni?« sagte ich.

»Er gabelt in der Stadt junge Mädchen auf und macht ihnen weis, er gibt ihnen eine Rolle in einem Film. Wie ich hörte, hat er in den letzten paar Tagen zwei oder drei da draußen bei sich im Trailer gehabt.«

»Typisch Julie.«

»Wieso das?«

»Als wir in der Schule waren, hat er Selbstbestätigung immer nur gefunden, wenn er die Hose runterließ.«

Er starrte in den Regen.

»Da ist etwas, das sollte ich Ihnen sagen, Dave, aber vielleicht wissen Sie's schon«, sagte er. »Wenn Leute wie wir, damit meine ich Schauspieler und so weiter, in eine fremde Stadt oder Gemeinde kommen, dann finden das alle ganz toll. Jeder denkt dann, daß sich durch uns irgendwie ihr Leben ändert. Ich rede hier von Erwartungen, die geweckt werden, romantische Sachen, glamouröse Affären mit Stars, so was halt. Und eines Tages hauen wir wieder ab, und die Leute stehen mit zusätzlichen Problemen da, die sie vorher noch nicht kannten. Damit meine ich, daß sie sich schämen, wenn ihnen klar wird, wie gering sie sich selbst schätzen. Es ist, wie wenn man nach der Vorstellung im Kino die Lichter anmacht.«

»Unsere Probleme sind hausgemacht, El. Überschätzen Sie sich nicht.«

»Sie haben mich an diesem ersten Abend nicht ins Gefängnis gesteckt und dafür gesorgt, daß ich trocken werde, Dave. Oder mir zumindest einen guten Einstieg verschafft. Und was haben Sie im Gegenzug dafür erhalten? Einen ganzen Sack voll Ärger, den Sie wahrlich nicht verdient haben.«

»Reichen Sie jemand anderem eine helfende Hand. So können Sie es weitergeben«, sagte ich.

Ich legte eine Hand auf seinen Nacken. Ich fühlte seinen straffen Haaransatz unter meiner Handfläche.

»Am meisten muß ich an Kelly denken, wenn es regnet. Es ist so, als ob sie einfach weggespült worden ist, als hätte sie und alles, was mit ihr zu tun hat, sich aufgelöst und wäre in der Erde verschwunden, als ob sie nie dagewesen ist«, sagte er. »Wie kann es sein, daß ein Mensch rund um die Uhr ein Teil deines Lebens ist und dann einfach weg ist? Damit kann ich mich nicht abfinden.«

»Vielleicht leben bestimmte Menschen ja in uns weiter, El. Und eines Tages sehen wir sie dann wieder.«

Er stützte sich mit einer Hand auf einen hölzernen Balken und starrte in den Regen. Sein Gesicht war feucht vom Nebel.

»Es geht zu Ende«, sagte er. »Alles, was wir hier gemacht haben, alles, was passiert ist, das wird bald ein Ende finden«, sagte er.

»Sie sprechen in Rätseln, Partner.«

»Gestern nacht hab ich sie dahinten im Zuckerrohrfeld gesehen. Aber diesmal war es anders. Sie rollten die Fahne ein und beluden ihre Wagen. Sie ziehen ab.«

Warum jetzt? hörte ich mich innerlich fragen.

Er ließ den Arm fallen und sah mich an. Im Schatten glänzte Wasser auf seiner braunen Haut.

»Ein Unglück wird geschehen, Dave«, sagte er. »Ich fühle es wie eine Hand, die mir das Herz zudrückt.«

Er pochte mit der flachen Faust gegen den hölzernen Balken, als wolle er sich vergewissern, daß dieser tatsächlich existierte.

Am späten Nachmittag klingelte der Sheriff bei mir im Büro durch.

»Dave, können Sie vielleicht zu mir ins Büro kommen? Ich brauche Ihre Hilfe«, sagte er.

Als ich durch seine Tür trat, saß er, nach hinten gelehnt, in seinem Drehstuhl. Er beobachtete die Baumwipfel vor dem Fenster, die der Wind flachdrückte, und drückte mit steifen Fingern gegen seinen hervorstehenden Bauch, als entdecke er zum erstenmal sein Gewichtsproblem.

»Oh, da sind Sie ja«, sagte er.

»Was liegt an?«

»Nehmen Sie Platz.«

»Gibt's ein Problem?«

Er rieb sich mit dem Fingerrücken das runde Kinn mit dem Grübchen.

»Da sind bestimmte Dinge am Laufen. Bevor wir hier vor vollendete Tatsachen gestellt werden, würde ich gerne wissen, wie Sie dazu stehen«, sagte er.

»Vollendete Tatsachen?«

»Ich war grad mal zwei Jahre auf der USL, Dave. Für alles die richtigen Worte zu finden ist nicht unbedingt meine Sache. Ich bemühe mich nur, so gut es geht, mit den Realitäten des Lebens auszukommen.«

»Hm, täusch ich mich, oder geht's jetzt ans Familiensilber?«

»Die Welt, in der wir leben, ist nicht perfekt.«

»Wer macht Druck?« fragte ich.

»Es gibt viele Leute, die Balboni aus der Stadt haben wollen.«

»Was für Leute?«

»Geschäftsleute.«

»Bis vor kurzem sind sie noch prächtig mit ihm ausgekommen.«

»Die Menschen haben Mussolini geliebt, bis es soweit kam, daß sie ihn mit dem Kopf nach unten an einer Tankstelle aufgeknüpft haben.«

»Kommen Sie zur Sache, Sheriff. Wer hat hier das Heft in der Hand?«

»Das FBI. Die sind ganz wild auf Balboni. Und Doucets Anwalt sagt, mit Hilfe seines Klienten kriegen die Julie so tief ins Loch, daß sie ihn zur eigenen Beerdigung wieder ausgraben müssen.«

»Was springt für Doucet dabei raus?«

»Er bekennt sich schuldig, was den Widerstand gegen die Verhaftung und die Kuppelei angeht, also Maximum ein Jahr in einem gepflegten Gefängnis. Dann vielleicht eine neue Identität im Rahmen des Zeugenprogramms der Regierung, Therapie, Kontrollauflagen, der ganze Käse.«

»Das sollen die sich in den Arsch schieben.«

»Komisch, irgendwie hab ich mir gedacht, daß Sie das sagen würden.«

»Trommeln Sie die Presse zusammen. Sagen Sie denen, was für Schweinereien hier laufen. Geben Sie die Fotos der toten Cherry LeBlanc frei.«

»Ich bitte Sie. Solche Fotos würden die niemals drucken. Schauen Sie, mit dem, was wir haben, können wir nicht vor Gericht gehen. So verschwindet er wenigstens erst mal von der Straße und bleibt in Beobachtung.«

»Er wird wieder töten. Das ist nur eine Frage der Zeit.«

»Was wäre also Ihr Vorschlag?«

»Keinen Millimeter zurückweichen. Die sollen Blut und Wasser schwitzen.«

»Und wie soll ich das bewerkstelligen? Mich überrascht es schon, daß sein Anwalt den Vorwurf der Kuppelei einfach so hinnimmt.«

»Sie glauben, daß ich ein Foto habe, das Doucet mit Balboni und Cherry LeBlanc in Biloxi zeigt.«

»Sie glauben?«

»Na ja, Doucets Gesicht ist sehr unscharf. Der Mann auf dem Bild sieht aus wie Brotteig.«

»Na, großartig.«

»Ich bin immer noch dafür, daß wir das Opfer exhumieren und feststellen, ob die Schnittwunden dem Werkmesser entsprechen.«

»Ein Sachverständiger kann bestenfalls bezeugen, daß die Wunden denen entsprechen, die ein Werkmesser machen könnte. So heißt's jedenfalls im Büro der Staatsanwaltschaft. Wenn's so läuft, kommt Doucet ungestraft davon. Und Balboni auch. Ich sage, besser der Spatz in der Hand.«

»Das ist ein Fehler.«

»Sie schulden bestimmten Leuten keine Rechenschaft, Dave. Ich schon. Die wollen Julie hier weg haben, und dabei ist ihnen egal, wie wir das machen.«

»Vielleicht sollten Sie mal drüber nachdenken, ob Sie der Familie von Doucets nächstem Opfer Rechenschaft schuldig sind, Sheriff.«

Er nahm eine Kette ineinandergesteckter Büroklammern und zog sie über seine Schreibtischunterlage.

»Ich nehme nicht an, daß es viel Sinn hat, hier noch weiterzureden, oder?« sagte er.

»Ich täusche mich nicht, was diesen Kerl angeht. Lassen Sie den Vogel nicht wegfliegen.«

»Wachen Sie auf, Dave. Er ist heute morgen bereits davongeflattert.« Er ließ die Büroklammern in einen sauberen Aschenbecher fallen und ging mit der Kaffeetasse an mir vorbei. »Heut nachmittag machen Sie besser ein bißchen früher Schluß. Wie's aussieht, ist das ein ziemlich mächtiger Hurrikan.«

Am späten Abend schlug er zu. Er schob eine Flutwelle vor sich her, die in der West Cote Blanche Bay Hausboote und auf Pfosten stehende Holzhütten überschwemmte und wie eine riesige Faust flachdrückte. Der Himmel im Süden hatte erst die Farbe von dunklem Zinn, dann durchzogen ihn Regen- und Gewitterwolken. Kleine Tornados fielen wie Schlangen aus den Wolken, füllten sich mit Wasser und rissen Bäume aus der Marsch, nur um dann unvermittelt auseinanderzubrechen wie Peitschen, die sich mit einem Schlag in nichts auflösen.

Ich hörte eine lose Leinenplane auf dem Pier flattern. Sie blähte sich unter den Seiten auf, mit denen Batist und ich versucht hatten, sie festzubinden, dann wurde sie hochgehoben und überschlug sich und flog davon, bis sie im Röhricht verschwand. Wasser schwamm auf den Fenstern, man hörte Blitze im Sumpf einschlagen, in der graugrünen dunstigen Masse, und in der Ferne dröhnten Wind und Donner – sie schienen über uns zu kommen wie eine gewaltige schwarze Glasglocke. Mir war so, als hörte ich die gequälten Laute, die das Vieh meines Nachbarn ausstieß, als die Rinder sich zusammendrängten, um in einem Wäldchen Schutz zu suchen, wo ausgewachsene Bäume wie Grashalme aus dem weichen Untergrund gerupft wurden.

Bis Mitternacht war der Strom ausgefallen, das Wasser lief nicht mehr, und Teile eines Eichenwipfels waren aufs Dach gekracht und an einer Hauswand heruntergerutscht, wo jetzt Zweige und Blätter die Fenster bedeckten.

Ich hörte Alafair im Schlaf aufschreien. Ich zündete eine Kerze an, stellte sie in eine Untertasse oben auf ihr Bücherregal, wo sie ihre Kinder- und Malbücher aufbewahrte, und kletterte zu ihr ins Bett. Sie trug ihre Baseballkappe – Houston Astros – und hatte die Decke bis übers Kinn hochgezogen. Ihre braunen Augen wanderten aufgeregt hin und her, als ob sie Ausschau hielte nach den Geräuschen, die durch die schweren Zypressenbretter im Dach von außen ins Haus drangen. Im Flackern des Kerzenlichts sah man die ganzen Erinnerungsstücke, die sie von Urlaubsreisen mitgebracht hatte. Manche waren auch Dinge, die wir als private Markierungspfeiler der Entwicklung aufbewahrt hatten, die sie gemacht hatte, seit ich sie aus dem mit dem Dach nach unten gesunkenen Wrack eines Flugzeugs vor Southwest Pass gezogen hatte: Schneckenmuscheln und getrockene Seesterne aus Key West, die roten Tennisschuhe, auf deren Kappen ›Links‹ und ›Rechts‹ stand, eine Donald-Duck-Mütze mit einem quakenden Schnabel – Disneyworld –, das gelbe T-Shirt mit dem lächelnden roten Wal auf der Brust und der Aufschrift *Baby Orca,* das sie einem riesigen Stofffrosch übergestreift hatte.

»Dave, auf dem Feld hinter dem Haus sind lauter Blitze«, sagte sie. »Und in dem Donner draußen kann ich Tiere hören.«

»Das sind die Rinder von Mr. Broussard. Aber denen passiert schon nichts. Die werden sich in der Senke am Bach verkriechen.«

»Hast du Angst?«

»Eigentlich nicht. Aber wenn du ein bißchen Angst hast, dann ist das schon okay.«

»Wenn man Angst hat, hat man kein Rückgrat.«

»Das muß nicht sein. Wenn man Rückgrat hat, gibt man ruhig mal zu, daß man manchmal Angst hat.«

Dann sah ich, wie sich bei ihren Füßen etwas unter der Decke bewegte.

»Alf?«

»Ja?« Sie blickte an die Decke, als beobachtete sie dort einen Vogel, der von Wand zu Wand flog.

Ich hob die Decke am Bettende, bis ich Tripods silbriges Fell und den Schwanz mit den schwarzen Ringen sah.

»Ich frage mich, wie unser Freund hier in dein Bett kommt, Kleines«, sagte ich.

»Er muß sich wohl irgendwie aus seinem Käfig befreit haben.«

»Ja, das wird's sein. Schließlich ist er ja ein echter Experte, wenn's drum geht, verriegelte Türen zu öffnen, stimmt's?«

»Ich finde, wir sollten ihn nicht wieder da rausschicken, Dave. Findest du nicht? Der Donner macht ihm angst.«

»Wir geben ihm heute nacht einen Dispens.«

»Einen Dis- was?«

»Laß gut sein. Wir wollen jetzt schlafen, Kleines.«

»Gute Nacht, Großer. Gute Nacht, Tripod. Gute Nacht, Frosch. Gute Nacht, Baby Squanto. Gute Nacht, Curious George. Gute Nacht, Baby Orca. Gute Nacht, Muscheln. Gute Nacht –«

»Hör auf, Alf. Schlaf jetzt.«

»Okay. Gute Nacht, Großer.«

»Gute Nacht, Kleines.«

Im Schlaf hörte ich den Sturm über uns hinwegziehen wie einen Güterzug, der eine abschüssige Strecke hinunterrast. Auf einmal befanden wir uns im Auge des Hurrikans, die Luft so reglos, als wäre sie in einem Glas gefangen; Blätter trudelten aus den Bäumen zu Boden, und ich konnte die Schreie der Seevögel hören, die über uns kreisten.

Auf den Schlafzimmerfenstern glänzt ein bernsteinfarbenes Licht, das gut in einem Eichenfaß gereift sein könnte. Ich schlüpfe in Khakihosen und Mokassins und trete hinaus in die kühle Luft, die nach Salz und nassem Wald riecht, und ich sehe die Truppen des Generals, die lange Reihen bilden, die wiederum in anderen Reihen aufgehen, die sich über eine endlose Landschaft mit einem Laubwald ziehen. Rote Blätter sind da wie Farbtupfer, und man sieht Pfirsichhaine, Tabakfelder, Flüsse, über denen Dampf steht, purpurfarbene Bergkämme und Täler voller Staubwolken, die die Sanitätswagen und Munitionstransporte und auf Rädern gezogenen Kanonen aufwerfen, ein Maisfeld, kaputtgetrampelt von Pferdehufen und Männerstiefeln, eine gewundene Kalksteinmauer und eine abgesackte Straße, wo wilde Schweine sich an den Toten gütlich tun.

Der General sitzt auf einem Baumstumpf an meinem Bach, umgeben von einfachen Soldaten und seinen Adjutanten. In einem Haufen brennender Stöcke zu seinen Füßen köchelt eine geschwärzte Kaffeekanne vor sich hin. Die Offiziere wie die einfachen Soldaten essen Bienenwaben, die sie aus einer toten Eiche gekratzt haben. Der Uniformrock des Generals ist über dem verletzten Arm zugeknöpft. Ein Zivilist mit karierten Hosen, Hosenträgern, Stiefeletten und einem Strohhut ist damit beschäftigt, eine große Kastenkamera auf einem dreibeinigen Stativ vor der Gruppe aufzubauen.

Der General tippt sich mit der Hand an den Hut und winkt mich zu sich. »Prächtiger Sturm, nicht wahr?« sagt er.

»Warum verlassen Sie uns?«

»Oh, noch sind wir nicht weg. Ach, übrigens, ich möchte, daß Sie sich mit uns fotografieren lassen. Dieser Gentleman dahinten ist der Korrenspondent des Savannah Republican. Er versteht es fürwahr, eine Geschichte zu schreiben, ganz gewiß ebensogut wie dieser Bursche Melville, wenn Sie mich fragen.«

»Ich verstehe nicht, was hier vor sich geht. Warum haben sich Ihre Wunden geöffnet, wovor wollten Sie mich warnen?«

»Das ist meine Dummheit, mein Sohn. Wie Sie mache ich mir das Herz schwer mit Dingen, die ich nicht ändern kann. War es nicht Bacon, der davon sprach, man müsse jede abgeschnittene Blume in Wasser stellen?«

»Was ändern?«

»Unser Schicksal. Ihres, meines. Kümmern Sie sich um Ihr eigenes. Versuchen Sie nicht, mir nachzueifern. Schauen Sie sich doch an, wofür ich mein Leben hergegeben habe. Oh, sicher, wir sind immer Ehrenmänner geblieben – Robert Lee, Jackson, Albert Sidney Johnston, A. P. Hill –, aber die Männer, denen wir dienten, waren korrupt und böse, und der Zweck des ganzen Unterfangens elend. Wie viele Leben wären verschont geblieben, hätten wir uns nicht zu Verteidigern einer widerwärtigen Sache wie der Sklaverei gemacht?«

»Die Menschen können sich ihren Platz in der Geschichte nicht aussuchen, General.«

»Gut gesagt. Sie haben vollkommen recht.« Er gibt mir mit der flachen rechten Hand einen heftigen Klaps auf den Arm, dann stemmt er sich auf der Krücke hoch und rückt den Uniformrock zurecht. »Nun, Gentlemen, wenn Sie jetzt bitte die Bienenwaben verschwinden lassen würden, dann können wir endlich diese Fotografiererei hinter uns bringen. Ich bin erstaunt, was die Wissenschaft dieser Tage hervorbringt.«

Wir bilden eine Gruppe von acht Personen. Die einfachen Soldaten sprechen mit texanischem Akzent, ihre Zähne sind schwarz vom Schießpulver, und ihre Bärte wuchern wie Schlangen auf ihren Gesichtern. Ihre Kleidung riecht nach Pferdeschweiß und dem Rauch von Holzfeuer. In dem Augenblick, als der Fotograf den Strohhut abnimmt und seinen Kopf unter das schwarze Tuch an der Rückseite der Kamera steckt, blicke ich noch einmal in den langen, gewundenen Korridor bernsteinfarbenen Lichts und sehe dort Tausende von Soldaten, die auf Feldern in der Ferne vorrücken, die blau-rot-weißen Flaggen dem gegnerischen Feuer entgegengestemmt. Die Artilleriemannschaften sind in wilder Hektik an den Mündungen der rauchenden Kanonen zugange, und ich kenne die Namen der Orte, ohne daß sie je ausgesprochen worden wären – Culp's Hill, Corinth, The Devil's Den, Kennesaw Mountain, The Bloody Lane –, und ein tosender Lärm, dem kein anderer auf der Welt gleicht, steigt im Wind auf und zieht über das wassergetränkte Land.

Der Fotograf beendet sein Werk und bückt sich unter den Kamerakasten, um das Stativ auf die Schulter zu nehmen. Der General blickt in die frischer werdende Brise, er meidet meinen Blick.

»Wollen Sie mir nicht sagen, was mir bevorsteht, Sir?« sage ich.

»Was spielt das für eine Rolle, solange Sie Ihren Prinzipien treu bleiben?«

»Nicht einmal ein Heiliger würde diese Aussage unwidersprochen hinnehmen, General.«

»Auf bald, Lieutenant. Seien Sie guten Mutes.«

»Halten Sie sich den Rücken frei«, sage ich.

»Ach, der gutgemeinte Rat eines Veteranen.« Dann helfen ihm seine Adjutanten aufs Pferd, und er winkt mit dem Hut nach vorne und sagt: »Hideehoo, Jungs«, aber in seiner Stimme liegt keine Freude.

Der General und seine berittene Eskorte bewegen sich den Hang runter, dorthin, wo das Feld meines Nachbarn liegt, und die Schwänze ihrer Pferde wackeln, über ihnen ein Lichtbogen, so hell und heiß und brechend wie ein Glas Whiskey, das man in die Sonne hochhält.

Als ich am Morgen erwachte, fiel gleichmäßiger Regen auf die Bäume im Garten, und eine Gruppe von Wildenten flatterte über den Teich am Rand meines Grundstücks. Das junge Zuckerrohr auf dem Feld meines Nachbarn war flach in die ausgespülten Ackerfurchen gedrückt, als sei eine Rinderherde darüber hinweggetrampelt. Über dem Baumhorizont im Norden sah ich einen kleinen Tornado, der wie eine Feder vom Himmel fiel. Er füllte sich mit Schlamm und Wasser von einem Feld und barst dann auseinander, als ob er nie existiert hätte.

An diesem Abend arbeitete ich bis fast acht Uhr. In Teilen des Bezirks gab es immer noch keinen Strom; Ampeln waren ausgefallen; in einen Schnapsladen auf dem Land war in der Nacht eingebrochen worden; zwei Krämerläden waren überfallen worden; ein Betrunkener hatte mitten auf einer Straße seinen eigenen Lastwagen angezündet; ein Häftling auf Bewährung, der vor zwei Tagen aus Angola entlassen worden war, hatte seine Frau fast totgeprügelt; ein Kind war in einem Abfluß ertrunken.

Rosie hatte den Tag mit ihrem Vorgesetzten in New Orleans verbracht und war wütend und niedergeschlagen wiedergekommen. Ich machte mir nicht die Mühe, sie nach dem Grund zu fragen. Sie hatte alle Unterlagen, die unseren Fall betrafen, auf ihrem Tisch ausgebreitet, als bestünde immer noch die Möglichkeit, zu einem anderen Ergebnis zu kommen, wenn sie alles noch mal durchlas und komplett neu ordnete. Ein anderes Ergebnis – namentlich, daß wir die Zellentür hinter Murphy Doucet zuschlagen konnten und uns nicht eingestehen mußten, daß wir der Bürokratie gegenüber machtlos waren.

Als ich gerade die Schreibtischschubladen schließen und gehen wollte, klingelte das Telefon.

»Dave, ich glaube, ich hab Scheiße gebaut. Ich glaube, Sie kommen besser nach Hause«, sagte Elrod.

»Was ist los?«

»Bootsie ist in die Stadt und hat mich gebeten, auf Alafair aufzupassen. Dann hat Alafair gesagt, sie wolle mal kurz runter zum Laden, um uns ein paar Pasteten zu holen.«

»Jetzt reden Sie schon, Elrod. Was ist?« Ich sah, wie Rosie mich anblickte, das Gesicht reglos erstarrt.

»Ich hatte vergessen, daß Batist den Laden bereits dichtgemacht hatte. Ich hätte mit ihr gehen sollen.«

Ich versuchte gegen den Zorn anzukämpfen, der mir in den Hals stieg.

»Hören Sie zu, Elrod –«

»Ich bin dann runter, und sie war weg. Die Tür steht sperrangelweit auf, und der Schlüssel steckt noch –«

»Wie lange ist das her?«

»Eine halbe Stunde.«

»Eine halbe Stunde?«

»Sie verstehen nicht. Ich bin zuerst rüber zu Poteet und habe dort nachgesehen. Dann hab ich Tripod gesehen – er lief frei auf der Straße, die Kette noch am Hals.«

»Was hat sie angehabt?«

»Einen gelben Regenmantel und eine Baseballkappe.«

»Wo ist Bootsie?«

»Noch in der Stadt.«

»Okay, bleiben Sie am Telefon. Ich bin in ein paar Minuten da.«

»Dave, es tut mir leid, ich weiß nicht, was ich sagen soll, ich –«

»Ist nicht Ihre Schuld.« Ich legte den Hörer wieder auf die Gabel, und in meinen Ohren rauschte es wie Wind in einer Muschel. Das Blut stieg mir in den Kopf, und meine Gesichtshaut war angespannt, als wäre sie über einen Kürbis gezogen worden.

20

Bevor Rosie und ich das Department verließen, wies ich den Dispatcher an, einen Rundruf rauszuschicken, daß Alafair vermißt wurde, und sich mit der State Police in Verbindung zu setzen.

Den ganzen Nachhauseweg über versuchte ich mir einzureden, daß es eine andere Erklärung für ihr Verschwinden gab als jene, die so unerträglich war, daß ich immer nur für ein paar Sekunden daran denken konnte. Vielleicht war Tripod ihr einfach ausgebüxt, als sie im Laden war, und sie suchte immer noch draußen nach ihm, dachte ich. Vielleicht war sie auch zu dem Kolonialwarenladen an der großen Kreuzung gelaufen, hatte vergessen, die Tür hinter sich zuzuschließen, und Tripod hatte sich einfach von der Wäscheleine losgerissen.

Aber Alafair vergaß nie, den Laden abzuschließen, und sie ließ Tripod nicht im Regen an der Wäscheleine.

Wenige Augenblicke nachdem ich den Laden betreten hatte, wurden all die Vorstellungen und Ängste, die ich so gut wie möglich verdrängt hatte, mit einem Mal Wirklichkeit, eine Wirklichkeit, aus der es kein Entrinnen gab, so wie man von einem Alptraum erwacht, wenn es Tag wird, und mit einem Stich im Herzen realisiert, daß der Alptraum Teil dieses neuen Tags ist und nicht ein Produkt des Schlafes. Hinter dem Ladentresen sah ich ihre Baseballkappe, flachgedrückt auf den Dielen, mit dem Abdruck eines dreckigen Schuhs oder Stiefels. Elrod und Rosie sahen mir wortlos zu, wie ich sie aufhob und oben auf den Tresen legte. Ich fühlte mich, als sei ich tief unter Wasser, jenseits des Punktes, wo der Druck unerträglich wird, und in meinem Kopf war etwas wie ein kleines Stöckchen zerbrochen und schwirrte jetzt lose umher. Durch die Fliegentür sah ich Bootsies Wagen in die Einfahrt biegen und beim Haus parken.

»Ich hätte wissen müssen, daß er so was tut«, sagte ich.

»Doucet?« fragte Rosie.

»Er ist Polizist gewesen. Er hat Angst vor dem Gefängnis.«

»Wir können nicht wissen, daß es tatsächlich Doucet ist, Dave«, sagte sie.

»Er weiß, was Cops im normalen Strafvollzug blüht. Erst recht, wenn sich rumspricht, daß es ein Pädophiler ist. Ich geh jetzt hoch und rede mit Bootsie. Geht nicht ans Telefon, okay?«

Rosies Zähne hinterließen weiße Druckspuren auf ihrer Unterlippe.

»Dave, sobald wir Beweise haben, daß es sich um ein Kidnapping handelt, werde ich das FBI einschalten«, sagte sie.

»Bis jetzt hat's alles nichts genutzt, was wir auf dem Dienstweg gegen ihn unternommen haben. Es ist an der Zeit, daß wir uns das beide eingestehen, Rosie«, sagte ich, ging zur Tür hinaus und wollte hoch zum Haus.

Ich war erst wenige Meter weit gekommen, als ich hinter mir das Telefon klingeln hörte. Ich rannte durch den Regen zurück und riß den Hörer von der Gabel.

»Sie klingen ziemlich außer Atem«, sagte die Stimme.

Du darfst jetzt keine Scheiße bauen.

»Lassen Sie sie gehen, Doucet. Es lohnt sich nicht für Sie«, sagte ich. Ich blickte zu Rosie und machte ein Zeichen in Richtung des Hauses.

»Ich werd's uns beiden einfach machen. Sie holen das Werkmesser und das Foto aus dem Beweisschrank. Sie stecken beides in einen Plastikbeutel. Morgen früh um acht legen Sie den Beutel in den Mülleimer an der Ecke der Royal Street und der St. Ann Street in New Orleans. Ich schätze, Sie sollten sich schon mal drauf einstellen, daß Sie heute nacht nicht viel Schlaf bekommen.«

Rosie hatte leise die Fliegentür hinter sich geschlossen und ging rasch im schwächer werdenden Licht die Steigung zum Haus hoch.

»Das mit dem Foto war nur ein Bluff. Es ist völlig unscharf«, sagte ich. »Man kann Sie nicht identifizieren.«

»Um so leichter fällt's Ihnen, sich davon zu trennen.«

»Sie haben nichts zu befürchten, Doucet. Wir haben nicht genug für eine Verurteilung.«

»Sie sind ein dreckiger Lügner. Sie haben meine Bude auseinandergenommen. Ihr Abschleppwagen hat Kratzer in den Lack meines Wagens gemacht. Sie geben nicht Ruhe, bis Sie mich irgendwie fertiggemacht haben.«

»Weil Ihr persönliches Eigentum beschädigt worden ist, haben Sie so reagiert?«

»Ich werd Ihnen mal sagen, wie ich noch reagieren werde, wenn Sie mir mit irgendwelchen Tricks kommen. Nein, das stimmt nicht ganz. Ich werd gar nichts tun, weil ich nämlich in meinem ganzen Leben noch keinem Kind was zuleide getan hab. Haben Sie das geschnallt?«

Er sagte erst mal nichts mehr und wartete auf meine Antwort. Dann sagte er noch einmal: »Haben Sie das geschnallt, Dave?«

»Ja«, sagte ich.

»Aber da gibt's so einen Kerl, der in Balbonis Filmen mitgespielt hat, ein Typ, der elf Jahre in Parchman war, weil er ein kleines Niggermädchen umgebracht hat. Soll ich Ihnen mal erzählen, wie er das gemacht hat?«

Er erzählte es mir. Ich starrte zur Fliegentür hinaus auf die dunkelgrüne Wiese meines Nachbarn, auf seine gewaltigen Rosen, deren Blüten dem Regen nicht standgehalten hatten und jetzt wie einzelne rosa Tränen über das Gras verstreut waren. Ein Hund bellte auf, und dann hörte ich ihn kurz aufheulen, als hätte ihm jemand mit einer Kette auf die Rippen geschlagen.

»Doucet –« unterbrach ich ihn. Meine Stimme klang feuchtgedämpft, als ob meine Stimmbänder voll Schleim wären.

»Haben Sie was an meiner Beschreibung auszusetzen? Meinen Sie etwa, ich versuche nur, Ihnen angst zu machen? Sie sollten sich mal einen seiner Snuff-Filme besorgen. Dann werden Sie mir zustimmen, daß der Mann ein wahrer Künstler ist.«

»Jetzt hören Sie mir mal gut zu. Wenn Sie meiner Tochter auch nur ein Haar krümmen, dann krieg ich Sie. Egal wie, im Gefängnis oder draußen, als Kronzeuge mit einer neuen Identität, scheißegal, dann zerleg ich Sie in Einzelteile, Doucet.«

»Sie sagen eine Menge Dinge, und nur eins davon stimmt. Ich

komme heil aus der ganzen Sache raus, und Sie werden mir dabei helfen, es sei denn, Sie haben sich von der Quotenschlampe das Hirn wegbumsen lassen. Ach, übrigens, eine Fangschaltung können Sie vergessen. Ich steh hier in einer Telefonzelle, und Sie sind in die Scheiße getappt.«

Die Leitung verstummte.

Ich zitterte am ganzen Körper, als ich hoch zum Haus lief. Rosie öffnete die Fliegentür und kam auf die Veranda heraus, gefolgt von Bootsie. Die Haut von Bootsies Gesicht lag straff auf den Knochen, und ihr Hals war gerötet wie von einem Sonnenbrand.

»Er hat zu schnell aufgehängt. Wir haben's nicht geschafft«, sagte Rosie.

»Oh Gott, Dave, was –« sagte Bootsie. Ihr Puls jagte im Hals.

»Gehen wir rein«, sagte ich und legte einen Arm um ihre Schultern. »Rosie, ich bin gleich wieder da.«

»Nein, sag's hier. Sofort«, sagte Bootsie.

»Murphy Doucet hat sie in seiner Gewalt. Er will die Beweisstücke, von denen er denkt, daß sie ihn ins Gefängnis bringen können.«

»Wieso das?« fragte sie. »Gestern hast du mir noch gesagt, daß er die besten Chancen hat davonzukommen.«

»Das weiß er nicht. Und er wird auch keinem glauben, der ihm das jetzt sagt.«

»Wo ist sie?«

»Das weiß ich nicht, Boots. Aber wir holen sie uns wieder. Wenn der Sheriff anruft, sag ihm nichts. Wenigstens jetzt noch nicht.«

Ich spürte, wie Rosie mein Gesicht anstarrte.

»Was hast du vor, Dave?« fragte Bootsie.

»Ich melde mich gleich wieder bei dir«, sagte ich. »Bleib du mit Elrod hier, okay?«

»Und wenn dieser Mann noch einmal anruft?«

»Das macht er nicht. Er denkt sicher, daß wir eine Fangschaltung gelegt haben.«

Bevor sie etwas darauf erwidern konnte, ging ich ins Haus

und öffnete den Wandschrank im Schlafzimmer. Unter einigen zusammengelegten Decken im obersten Fach holte ich eine Schachtel Schrotpatronen Kaliber 12 und die Remington Repetierflinte hervor, deren Lauf ich direkt am Vorderschaftrepetierer abgesägt und deren Magazinsperre ich vor Jahren schon entfernt hatte. Ich kippte die Patronen, teils Flintenlaufgeschosse, teils Rehposten, aufs Bett und drückte sie nacheinander ins Magazin, bis die Feder an der fünften Patrone einrastete. Die restliche Munition steckte ich in die Taschen meines Regenmantels.

»Ruf das FBI, Dave«, sagte Bootsie hinter mir.

»Nein«, sagte ich.

»Dann mach ich's.«

»Boots, wenn die's verbocken, bringt er sie um. Wir werden nicht mal die Leiche finden.«

Ihr Gesicht war weiß. Ich legte die Flinte weg und drückte sie an mich. In meinen Armen fühlte sie sich ganz klein an, der Rücken rund.

»Ein paar Stunden bleiben uns«, sagte ich. »Wenn wir sie dann noch nicht gefunden haben, werde ich seine Forderungen erfüllen. Dann können wir nur hoffen, daß er sie auch tatsächlich freiläßt. Wenn's soweit kommt, hol ich auch den Sheriff und das FBI.«

Sie machte einen Schritt nach hinten und blickte mir ins Gesicht.

»Hoffen –« sagte sie.

»Doucet hat noch keinen lebenden Zeugen zurückgelassen.«

Sie wollte mit uns kommen, aber ich ließ sie mit Elrod auf der Veranda stehen, wo sie hinter uns herstarrte und wieder und wieder die Hände ballte.

Es war fast dunkel, als wir von der alten zweispurigen Überlandstraße auf die unbefestigte Straße bogen, die zum Spanish Lake führte. Regen fiel in die Bäume und auf den See, und ich konnte sehen, daß in einem Wohnwagentrailer unter dem Hängemoos dicht am Ufer Lichter brannten. Auf der ganzen

Strecke zum See hatte Rosie kaum etwas gesagt, sie hatte nur so dagesessen, die kleinen Hände zusammengefaltet auf der Handtasche, und die Schatten hatten über ihr Gesicht gespielt wie kleine Regenstrudel.

»Ich will ehrlich sein, Dave. Ich weiß nicht, wie lange ich hier noch mitspielen kann«, sagte sie.

»Wenn Sie jetzt Ihre Leute hinzuziehen, dann schalte ich auf stur.«

»Halten Sie so wenig von uns?«

»Ich halte sehr viel von Ihnen. Aber die Leute, für die Sie arbeiten, sind bürokratische Erbsenzähler. Die sind in erster Linie daran interessiert, ihren Arsch aus der Schußlinie zu halten, und die ziehen so was nach Schema F durch. Was am Ende darauf rausläuft, daß ich Alafair verliere.«

»Was haben Sie vor, wenn Sie Doucet erwischen?«

»Das liegt an ihm.«

»Meinen Sie das ehrlich, Dave?«

Ich gab keine Antwort.

»Als Sie aus dem Schlafzimmer gekommen sind, da hab ich gesehen, wie Sie etwas in Ihre Manteltasche steckten«, sagte sie. »Ich habe so den Eindruck, als ob Sie nicht wollten, daß Bootsie es sieht. Aber vielleicht bilde ich mir das nur ein.«

»Vielleicht denken Sie zuviel über die falschen Dinge nach, Rosie.«

»Ich will Ihr Wort, daß das hier nicht in Selbstjustiz ausartet.«

»Machen Sie sich wirklich Sorgen drüber, daß alles korrekt nach Vorschrift abläuft ... bei so einem Mann? Was ist los mit Ihnen?«

»Vielleicht vergessen Sie, wer Ihre wirklichen Freunde sind, Dave.«

Bei der Wachkabine hielt ich an, kurbelte mein Fenster runter und hielt dem Mann darin eine Marke hin. Er saß zurückgelehnt auf seinem Stuhl, vor sich einen tragbaren Fernseher. Er setzte die Mütze auf, kam raus und ließ die Kette zu Boden fallen. Durch die offene Tür konnte ich den Ton eines Kriegsfilms hören.

»Ich laß sie für Sie unten«, sagte er.

»Danke. Dahinten, wo das Licht brennt, ist das Julie Balbonis Trailer?« fragte ich.

»Yeah, genau.«

»Wer ist bei ihm?«

Die Augen des Wachmanns wanderten von mir zu Rosie.

»Dieselben wie immer, schätze ich«, sagte er. »Ich achte nicht so drauf.«

»Wer noch?«

»Manchmal bringt er Gäste aus der Stadt mit.« Er sah mir in die Augen.

Ich drehte das Fenster hoch, rollte über die Kette und fuhr in den Eichenhain unten am See. Keine zwanzig Meter von Balbonis erleuchtetem Wohnwagen stand die eingestürzte und verkohlte Ruine eines zweiten Trailers. Regen blies durch die leeren Fenster, und durch den kaputten Boden sickerte Asche in die Pfützen. Die Äste darüber waren versengt, zahlreiche Blätter verkohlt. Zur einen Seite von Balbonis Wohnwagen waren zwischen zwei Bäumen ein VW und der purpurrote Cadillac mit den getönten schwarzen Fenstern geparkt. Ich sah, wie sich jemand im Cadillac eine Zigarette anzündete.

Ich stieg aus dem Pickup, die Flinte in der herunterhängenden rechten Hand, und pochte mit einem Knöchel ans Fahrerfenster. Er kurbelte die Scheibe runter, und ich sah die lange rosa Narbe auf der Innenseite des rechten Unterarms, das toupierte Haar im Nacken, an der Unterlippe ein schwarzer Wulst wie ein wütendes Insekt, wo ich ihm im Restaurant auf der East Main Street den Zahn rausgeschlagen hatte. Der Mann auf dem Beifahrersitz hatte die flachgedrückten Augenbrauen und um die Augen das graue Narbengewebe eines Preisboxers; er beugte sich nach vorn, damit er nach oben in mein Gesicht blicken konnte, um zu sehen, wer ich war.

»Was wollen Sie?« fragte der Fahrer.

»Ihr seid beide gefeuert. Jetzt macht, daß ihr hier wegkommt. Laßt euch hier nicht mehr blicken.«

»Da hör sich einer den Kerl an. Sie meinen wohl, hier ist Dodge City?« sagte der Fahrer.

»Haben Sie beim erstenmal nichts gelernt?« fragte ich.

»Klar doch, daß Sie 'n Wichser sind, der mich mit'm ganz linken Schlag erwischt hat, daß ich Sie am Arsch krieg, daß Julie Anwälte hat, die –«

Ich hob die Flinte über den Fensterrahmen und drückte ihm die Mündung gegen die Wange.

»Tun Sie sich einen Gefallen, und besuchen Sie Ihre Familie in New Orleans«, sagte ich.

Die Knöchel seiner Finger wurden am Lenkrad ganz weiß, als er den Kopf vom Gewehrlauf wegdrehen wollte. Ich drückte ihm die Mündung noch fester in die Wange.

»Scheiße, mach, was er sagt. Ich hab's dir gesagt, der Job hier ist den Bach runter, als Julie Cholo den Stiefel gegeben hat«, sagte der andere Mann. »Hey, ganz ruhig, Mann, hören Sie. Wenn Sie da persönliche Dinge zu regeln haben, das geht uns nichts an, wenn Sie verstehn, was ich meine. Mann, Sie sind vielleicht hart drauf, Sie sollten mal kalt duschen oder so was, damit Sie nicht gleich ausrasten.«

Ich machte einen Schritt nach hinten und zog die Flinte aus dem Fenster. Der Fahrer starrte die Finger meiner Hand an, die im Abzugsbügel steckten.

»Mann, Sie sind 'n Irrer, das Ding war voll entsichert«, sagte er.

»Frohe Fahrt«, sagte ich.

Ich wartete, bis die Hecklichter des Cadillacs in den Bäumen verschwunden waren, dann stieg ich die paar Stufen am Eingang des Wohnwagens hoch, drückte die Klinke und riß die Tür so heftig auf, daß sie gegen den Wagen knallte.

Ein Mädchen von höchstens neunzehn, das nur Höschen und einen rosa BH trug, zwängte sich neben zwei Campingbetten, die in der Raummitte zusammengeschoben worden waren, in eine enge Jeans. Ihr langes Haar war ungleichmäßig gebleicht, auf den sommersprossenübersäten Schultern sah es aus wie fließender Honig; ich weiß nicht, warum, aber der schief aufgetragene Lippenstift an ihrem Mund ließ mich an einen kleinen roten Schmetterling denken. Julie Balboni stand vor einem Aluminiumwaschbecken, nur in einem Minislip aus schwarzer Seide. Die graubraunen Locken hingen ihm in die Augen, und feine schwarze Härchen bedeckten seinen ganzen Körper. Er hielt in der Bewegung inne, in seiner Hand eine rechteckige Flasche mit Scotch über einem Glas mit kleingestoßenem Eis. Sein Blick senkte sich zu der Flinte, die in meiner rechten Hand baumelte.

»Drehst du jetzt endgültig durch, Dave?« fragte er.

Ich nahm die Bluse des Mädchens vom Bett und gab sie ihr.

»Sind Sie aus New Iberia?« fragte ich.

»Jawohl, Sir«, sagte sie und starrte mich wie gebannt an, als sie in ihre Pumps stieg.

»Bleiben Sie weg von diesem Mann«, sagte ich. »Frauen, die sich mit ihm abgeben, leben nicht lange.«

Ihr verängstigtes Gesicht blickte erst Julie an, dann mich.

Rosie legte die Hände auf die Schultern des Mädchens und drängte sie zur Tür.

»Sie können jetzt gehen«, sagte sie. »Sie sollten beherzigen, was Ihnen Detective Robicheaux gerade gesagt hat. Zum Film wird dieser Mann Sie nicht bringen, es sei denn, Sie sind scharf drauf, beim Porno zu landen. Sind Sie okay?«

»Ja, Ma'am.«

»Hier ist Ihre Handtasche. Machen Sie sich keine Gedanken über das, was hier vor sich geht. Es hat nichts mit Ihnen zu tun. Halten Sie sich nur von diesem Mann fern. Er hat Riesenprobleme«, sagte Rosie.

Das Mädchen blickte noch einmal kurz zu Julie, dann huschte sie aus der Tür und verschwand in der Dunkelheit. Julie zog jetzt seine Hosen an, mit dem Rücken zu uns. An den Wänden hingen plüschige Wandteppiche, die rotmäulige Tiger und Boa constrictors zeigten, die sich um verzweifelte Einhörner wanden. Neben der Tür lag die Leinentasche mit den Basebällen, den Fanghandschuhen und den Aluminiumschlägern. Im Licht der Lavalampe auf dem Nachttisch wirkte Julies Haut braun und frisch geölt.

»Sieht aus, als hättest du bei Mikey Goldmans Wohnwagen ganze Arbeit geleistet«, sagte ich.

Er zog den Reißverschluß an seiner Hose hoch. »Da liegst du falsch, wie meistens«, sagte er. »Ich geh doch nicht los und lege hier Feuer auf meinem eigenen Filmset. Cholo Manelli ist das gewesen.«

»Was hat er gegen Mikey Goldman?«

»Gar nichts. Er hat gedacht, daß es mein Trailer ist. Er ist ziemlich sauer, weil er sich einbildet, ich hab ihm irgendwie unrecht getan. Er spinnt. Der Kerl hat den Arsch offen. Ihr würdet gut zusammenpassen.«

»Was meinst du, warum ich hier bin, Julie?«

»Wie zum Teufel soll ich das wissen? Ich werde aus keiner deiner Aktionen mehr schlau, Dave. Willst du den Wagen auseinandernehmen, weil du hoffst, daß die kleine Nutte 'n paar Downer im Bett vergessen hat?«

»Du meinst also, es ist der übliche Kleinkram, ja? Reine Schikane wegen nichts, Julie?«

Er streifte sich mit den Fingern die Locken nach hinten. Über der Hose sah sein Nabel wie ein schwarzer Haarwust aus.

»Du nimmst dich zu ernst«, sagte er.

»Murphy Doucet hat meine Tochter.« Ich beobachtete sein Gesicht. Er pulte sich mit dem Daumennagel in den Zähnen, um irgendeinen Speiserest rauszupicken. »Hast du mich gehört?«

Er goß sich drei Fingerbreit Scotch ins Glas und ließ ein Stück Zitronenschale hineinfallen. Sein Gesicht war gefaßt, und er warf einen kurzen Blick aus dem Fenster, als in der Ferne ein Blitz aufflackerte.

»Wie unangenehm«, sagte er.

»Wie unangenehm?«

»Yeah. Ich hör so was nicht gern. So was geht mir an die Nieren.«

»Ach, so was geht dir an die Nieren, ja?«

»Yeah. Deswegen schau ich auch nicht diese Fernsehsendung an, wo sie verschollene Menschen suchen. Das geht mir auch an die Nieren. Hey, du kannst ja ihr Bild auf so 'ner Milchtüte abdrucken lassen.«

Als er seinen Highball trank, konnte ich sehen, wie ein Mundwinkel leicht nach oben zuckte und um seine Augen ein Lächeln spielte. Er nahm sein geblümtes Hemd von einer Stuhllehne und zog es sich in aller Ruhe vor dem Spiegel an der Tür zum Bad an, als ob wir gar nicht da wären.

Ich gab Rosie die Flinte, legte die Hände an die Hüften und musterte meine Schuhspitzen. Dann zog ich einen Aluminium-Baseballschläger aus der Leinentasche, schloß beide Hände fest um den mit Klebeband umwickelten Griff und ließ den Schläger auf seinen Nacken und seine Schultern herabsausen. Seine Stirn prallte gegen den Spiegel, der an einer Stelle zersprang, von feinen Rissen wie von einem Spinnennetz durchzogen wurde, als hätte man mit dem Luftgewehr drauf geschossen. Er drehte sich zu mir um, Augen und Mund ungläubig weit aufgesperrt, und ich schlug noch mal zu, hart, diesmal mitten ins Gesicht. Er krachte kopfüber gegen das Toilettenbecken, ein Schwall von Blut schoß aus seiner Nase, und der Mund hing völlig schief nach einer Seite, als seien alle Muskelfasern und Nervenenden dort mit einem Schlag durchtrennt worden.

Ich beugte mich vor und fesselte ihn mit Handschellen an die Toilettenschüssel. Seine Augen waren nach hinten gerollt und konnten nicht klar sehen. Sie standen dicht beieinander wie die eines Schweins. Unter seinem Kinn füllte sich das Wasser in der Toilette mit dunklen Tropfen – wie scharlachrote Baumwolle, die sich auflöst.

Ich gab ihm mit der Baseballkeule einen Stups auf den Arm. Er blickte auf und sah mir ins Gesicht.

»Wo ist sie, Julie?« fragte ich.

»Ich hab Doucet von der Leine gelassen. Mit dem, was er tut, hab ich nichts zu tun. Bleib mir jetzt vom Leib, sonst zahl ich dir das heim, Dave. Scheißegal, ob du ein Cop bist oder nicht, ich setz ein Kopfgeld auf dich aus, ich laß deine ganze Familie fertigmachen, ich –«

Ich drehte mich um und nahm Rosie die Pumpgun aus den Händen. Ich konnte sehen, wie sich in ihrem Gesicht Worte formten, aber ich ließ sie gar nicht erst zu Wort kommen. Ich beugte mich vor, gerade noch am Rand von Julies Blickfeld.

»Letzte Chance, Feet.«

Er atmete heftig durch die Nase aus und versuchte sich das Gesicht an der Schulter abzuwischen.

»Das ist die Wahrheit, ich schwör's. Ich hab keinen blassen Schimmer, was der Kerl so anstellt«, sagte er. »Das ist 'n Perverser ... solche Typen heuer ich nicht an, die schick ich zum Teufel ... ich hab schon genug Ärger, ohne daß Irre für mich arbeiten.«

»Du lügst schon wieder, Julie«, sagte ich, trat zurück, zielte mit der Flinte über seinen Kopf und schoß schräg in den Wassertank der Toilette. Die Rehposten spritzten Wasser und Keramiksplitter über die ganze Wand. Ich hebelte die leere Patronenhülse auf den Boden. Julie riß an seinen Fesseln, daß die Toilette wackelte, wie ein Tier, das sich aus einer Stahlfalle zu befreien sucht.

Ich legte die warme Mündung an seine Augenbraue.

»Allerletzte Chance, Feet.«

Er schloß die Augen; er verlor die Beherrschung und stieß unkontrollierte Blähungen aus; Wasser und winzige Keramikscherben tropften aus seinem Haar.

»Er hat eine Hütte im Süden vom Bayou Vista«, sagte er. »Fast schon an der Atchafalaya-Bay. Sein Name steht nicht im Grundbuch, niemand weiß davon, da macht er seine ganzen perversen Sachen. Es ist genau da, wo die Straße an der Salzmarsch aufhört. Ich hab's mal gesehen, als wir mit meinem Boot unterwegs waren.«

»Ist meine Tochter dort?« fragte ich ruhig.

»Ich hab's dir doch gesagt, da geht er hin, wenn er was Perverses vorhat. Mach dir selbst deinen Reim drauf.«

»Wir kommen nachher zurück, Feet. Du kannst ordentlich Krach schlagen, wenn dir danach zumute ist, aber deine Schläger sind weg, und der Mann vom Wachdienst sieht sich Kriegsfilme im Fernsehen an. Wenn ich meine Tochter wiederkriege, schick ich jemanden vom Department, der kommt und holt dich. Dann kannst du mich anzeigen, oder was du sonst tun willst. Aber wenn du mich angelogen hast, dann ist das was anderes.«

Ich sah, wie in seinen Augen eine verborgene Unruhe aufkeimte, eine Sorge, eine Angst, die nichts mit mir oder dem Schmerz und der Erniedrigung zu tun hatte, die ich ihm zugefügt hatte. Es war die Angst, die unweigerlich in den Augen von Männern wie Julie und seinesgleichen auftaucht, wenn sie begreifen, daß sie durch eine ironische Fügung sich jetzt selbst Mächten gegenüber sehen, die ebenso grausam und ungehemmt von Moralvorstellungen sind wie die Energien, mit denen sie selbst jeden Morgen ihres Lebens begonnen hatten.

»Cholo –« sagte er.

»Was ist mit ihm?« sagte ich.

»Er ist irgendwo da draußen.«

»Das bezweifle ich.«

»Du kennst ihn nicht. Er hat ein Rasiermesser. Wenn der sich einmal was in den Kopf gesetzt hat ... der vergißt nicht. Einmal hat er einen Kerl in Einzelteilen an einen Deckenventilator gebunden.«

Seine Brust bewegte sich mit seinem Atem am Rand der Toilettenschüssel. Falten furchten seine Stirn, die Nase war wie ein feuchter roter Schmierfleck auf seinem Gesicht, und seine Augen zuckten, erfüllt von einem tranigen Funkeln.

Ich drehte das Wasserrohr zu, aus dem immer noch Wasser in den zerstörten Wassertank spritzte, dann fand ich in einem Wäscheschrank eine Steppdecke und ein paar Handtücher. Die Handtücher legte ich unter Julies Unterarme, die Decke zwischen seine Knie und den Fuß der Toilettenschüssel.

»Mehr kann ich nicht für dich tun, Feet. Vielleicht ist das für uns beide die letzte Runde«, sagte ich.

Die Vorderräder des Pickup tanzten auf dem Asphalt, als ich hochschaltete. Wir waren auf dem Highway 90, südöstlich von der Stadt. Der Regen hatte aufgehört, Nebel bedeckte die Eichen und Palmen am Straßenrand, und im Süden ging der Mond auf wie eine bläßliche weißblaue Oblate. Wolkenstreifen, die sich vom Horizont über dem Golf gelöst hatten, zogen an ihm vorbei.

»Weiter kann ich den Kopf nicht mehr aus dem Fenster hängen, Dave«, sagte Rosie.

»Was würden Sie denn anders machen? Das müssen Sie mir sagen, Rosie.«

»Ich glaube, wir hätten Balboni verhaften sollen – es besteht dringender Verdacht, daß er an einem Kidnapping beteiligt ist.«

»Und meine Tochter wäre tot, sobald Doucet es erfährt. Jetzt sagen Sie mir nicht, daß das nicht stimmt.«

»Ich bin mir nicht sicher, ob Sie sich noch unter Kontrolle haben, Dave. Was Sie da vorher über die letzte Runde –«

»Was ist damit?«

»Sie denken dran, Doucet umzubringen, stimmt's?«

»Ich kann Sie da vorne an der Ecke absetzen. Soll ich das tun?«

»Meinen Sie etwa, Sie sind der einzige, dem etwas an Ihrer Tochter liegt? Meinen Sie etwa, ich will irgendwas tun, das ihre Lage noch verschlimmert?«

»Eins hab ich bei der Armee gelernt, Rosie. Die Regeln werden gemacht, wenn die Schlacht geschlagen ist. Wer was anderes glaubt, hat's nie am eigenen Leib miterlebt.«

»Das sehen Sie ganz falsch, Dave. Den Gefallen dürfen wir der anderen Seite nicht tun, daß wir wie sie werden.«

Vor uns sah ich die erleuchteten, baumbeschatteten weißen Stuckwände einer ganztägig geöffneten Tankstelle, die es schon seit den dreißiger Jahren gab. Ich nahm den Fuß vom Gaspedal und blickte hinüber zu Rosie.

»Fahren Sie weiter«, sagte sie. »Ich sage kein Wort mehr.«

Wir fuhren durch Jeanerette und Franklin zum äußeren Rand des Atchafalaya-Beckens, wo das Sumpfland von Louisiana in den Golf von Mexiko mündet, nicht weit von dem Ort, wo diese Geschichte mit einem Lynchmord im Jahre 1957 begonnen hatte. Rosie war an die Wagentür gelehnt eingeschlafen. In Bayou Vista bog ich auf die unbefestigte Straße, die südwärts zum Riedgras an der Atchafalaya-Bay führte. Unter dem Mond sahen die Felder wie geschmolzener Zinn aus, das Zuckerrohr flach ins Wasser gedrückt wie Stroh. Hölzerne Farmhäuser und Scheunen waren aus den Fundamenten gerissen worden und standen jetzt schief, als hätte ein gigantischer Daumen auf ihre Dächer gedrückt, und auf einem Straßenstück waren über ungefähr einen Kilometer alle Telefonmasten gleichmäßig und sauber in Bodenhöhe abgeknickt und wie Stöcke in die Bäume geschleudert worden.

Dann führte die Straße durch einen dichten Eichenkorridor, und durch die Bäume hindurch konnte ich vier weiße Pferde sehen, die auf einer von Nebelfetzen durchzogenen Weide im Kreis galoppierten. Der Stacheldrahtzaun machte sie scheu, Schlamm spritzte von ihren Hufen, sie blähten die Nasenflügel, und ihre Augen glänzten angsterfüllt vor den Blitzen im Hintergrund. Unter dem Fell sah man die Muskeln rollen wie silbriges Wasser, das über Stein fließt. Dann war ich mir auf einmal sicher, daß ich eine Gestalt am Straßenrand gesehen hatte, dahinter die schwankenden Schatten der Stachelpalmen. Der stahlgraue Uniformrock war bis zur Kehle zugeknöpft, der Offiziershut mit der weichen Krempe bis tief in die Augen gezogen.

Ich schaltete das Fernlicht ein, und für den Bruchteil einer Sekunde sah ich sein längliches milchweißes Gesicht wie in einem Fotoblitz.

»Was machen Sie hier?« fragte ich.

»Schieben Sie nicht die Menschen, die Sie lieben, vor, um eine unehrenhafte Tat zu rechtfertigen.«

»Das ist doch nur Gerede.«

»Sie haben Sykes genau dasselbe geraten.«

»Sie waren es, der mir sagte, ich solle es notfalls unter schwarzer Flagge tun. Wissen Sie noch? Diesmal heizen wir dem Feind tüchtig ein, General.«

»Dann müssen Sie das auf sich alleine gestellt tun, Sir, denn auf mich können Sie nicht zählen.«

Der Pickup machte einen Satz, als die Vorderräder ein Schlagloch erwischten. Dreckiges Wasser spritzte über die Windschutzscheibe. Dann hatte ich sie auf einmal hinter mir gelassen, die Weide und die Pferde, die im Mondlicht im Kreis gerannt waren. Wir waren jetzt tief in den küstennahen Ausläufern des Sumpflandes, zu beiden Seiten unter Wasser stehende Waldungen, Blaureiher segelten mit ausgestreckten Flügeln aus den Kanälen hoch in die Luft, und die feuchte Luft klatschte einem den Geruch von Salz und Erdgas ins Gesicht, das bei Ölbohrungen draußen in den Sümpfen freigesetzt wurde.

Die Straße führte in einem Bogen aus den Bäumen heraus, und vor mir öffnete sich eine weite Landschaft aus Riedgras und Schlammzonen, die sich bis in die Bucht ausdehnte. Sie wurde zerschnitten von einem Netzwerk von Kanälen, die die Ölgesellschaften gegraben hatten und die jetzt langsam das Sumpfland mit Salzwasser vergifteten. Rosie war wieder aufgewacht. Sie rieb sich die Augen mit dem Knöchel eines Fingers, das Gesicht noch ganz steif vor Müdigkeit.

»Es tut mir leid. Ich wollte nicht einschlafen«, sagte sie.

»Ist ein langer Tag gewesen.«

»Wo ist die Hütte?«

»Da unten bei dieser Landzunge sind ein paar Bretterbuden, aber die sehen verlassen aus.« Ich fuhr an den Straßenrand und machte das Licht aus. Es war Ebbe, und die Bucht wirkte flach und grau. Meeresvögel pickten im Mondlicht Schellfische aus dem nassen Sand. Dann kam von Süden her eine Windbö. Sie blies so heftig, daß sie eine Gruppe von Trauerweiden beugte, die auf einem kleinen Erdhügel zwischen der Marsch und der Bucht stand.

»Dave, dahinten in den Bäumen, da ist ein Licht«, sagte Rosie.

Dann sah ich es auch, am Ende eines breiten Sandwegs, der sich zwischen den Weiden hindurch und über den Erdhügel wand.

»Okay, los geht's«, sagte ich und drückte am Türgriff.

»Dave, bevor wir da reingehen, will ich Ihnen noch was sagen. Wenn's schiefgeht, wenn Alafair nicht okay ist, dann nicht, weil Sie was falsch gemacht haben. Das ist wichtig, daß Sie das jetzt bereits akzeptieren. Wenn ich an Ihrer Stelle gewesen wäre, ich hätte alles ganz genauso gemacht.«

Ich drückte ihre Hand.

»Einen besseren Partner als Rosie Gomez kann sich ein Cop nicht wünschen«, sagte ich.

Wir stiegen aus dem Wagen. Die Türen ließen wir offenstehen, um unnötigen Lärm zu vermeiden, dann gingen wir durch den Sand hoch zu den Bäumen. Ich hörte die schrillen Rufe der Möwen, die über uns kreisten, und den einsamen Schrei eines Sumpfbibers tief in der Marsch. Der Weg war rechts und links von Müllhaufen gesäumt, und ich brauchte eine Weile, bis ich darauf kam, daß es sich um Krankenhausabfälle handelte – Verbandsmaterial, Spritzen und Ampullen, fest gewordene Gelatinebeutel, Bettwäsche, die von irgendwelchen getrockneten Flüssigkeiten ganz steif war.

Wir gingen seitlich vom Weg ab und schlugen uns in die Bäume. Ich hielt die Flinte schräg vor meinem Körper, und die .45er hing schwer in meiner rechten Manteltasche. Rosie hielt die verchromte .357er Magnum mit beiden Händen, den Lauf nach oben gerichtet, dicht an der rechten Wange. Dann bogen sich die Bäume noch einmal im Wind, der einen Regen feuchter Blätter auf eine Lichtung wehte, wo wir eine Hütte mit Blechdach sehen konnten. Sie hatte eine kleine Veranda, die mit Angelruten, Krebsfallen und kleinen Sportnetzen vollstand. Auf einem Holztisch im Innern der Hütte stand eine Petroleumlampe, die weiß vor sich hin zischte. Auf der Rückseite waren eine Außentoilette und ein Einbaum, umgekehrt auf Holzböcke gelegt, und hinter der Außentoilette stand der blaue Mercury von Murphy Doucet.

Ein Schatten bewegte sich am Fenster, dann setzte sich ein Mann an den Tisch, mit dem Rücken zu uns. In seinen Händen hielt er eine Kaffeekanne und eine große weiße Tasse. Selbst durch den verrosteten Fliegenschutz konnte ich das steife, graue, militärisch kurz geschnittene Haar sehen und die tiefgebräunte Haut im Nacken, deren Farbton und Beschaffenheit mich an ein getrocknetes Tabakblatt erinnerte.

Eigentlich hätte es leichtes Spiel für uns sein müssen. Aber dann sah ich im Mondlicht etwas aufblinken. Es war Draht. Er war über die sandige Straße gespannt, in einer Höhe von etwa zehn Zentimetern. Ich stellte die Flinte an einen Baum, ging im nassen Laub auf die Knie und tastete mit den Fingern am Draht entlang, bis ich zwei leere Frühstücksfleischdosen berührte, die mit Faden am Draht befestigt waren. Dann kamen noch zwei, und noch zwei. Durchs Unterholz konnte ich im Mondlicht, das von der Lichtung her schien, ein regelrechtes Netzwerk ausmachen, bestehend aus Nylonangelleinen, die kreuz und quer zwischen Baumstämmen, Ästen, Wurzeln und Sträuchern gespannt waren und an denen überall Blechdosen, Tortenplatten und sogar eine Kuhglocke befestigt waren.

Ich schwitzte jetzt stark unter dem Regenmantel. Ich wischte mir mit der Hand das Salz aus den Augen.

Ein kurzer Spurt über die Lichtung, daß die Lunge platzt, dachte ich bei mir. *Ein Schritt über die Veranda, die Tür aus den Angeln treten, dann wumm! – die Sache ist erledigt.*

Aber ich wußte, daß es so nicht laufen würde. Bevor ich noch die Veranda erreichte, würde ich so viel Lärm machen wie ein fahrender Schrotthändler, und die Wahrscheinlichkeit war groß, daß er dann mit einer Pistole an ihrem Kopf dort stand, falls Alafair überhaupt noch lebte.

»Wir müssen warten, bis es hell wird oder er rauskommt«, flüsterte ich Rosie zu.

Wir knieten uns zwischen den Bäumen hin, in der feuchten Luft, auf die dichte Schicht aus schwarzen und gelben Weidenblättern, inmitten der Moskitos, die in richtigen Wolken unter uns aufstiegen und sich auf unsere Gesichter und die freien Stellen an Händen und Hals stürzten. Einmal sah ich ihn aufstehen. Er ging zu einem Regal, dann wieder zurück zum Tisch, wo er in einer Zeitschrift las, während er salzige Cracker aus einer Schachtel aß. Meine Schenkel brannten, und ein stechender Schmerz, gegen den ich keine Abhilfe fand, breitete sich nach und nach in meinem ganzen Rücken aus. Rosie saß da, auf den Hacken kauernd, und wischte sich die Moskitos von den Unterarmen. Das rosa Kleid war hoch über ihre Schenkel gerutscht, und die Waffe hatte sie auf eine Astgabel gestützt. Ihr Hals glänzte vor Schweiß.

Kurz nach vier hörte ich eine Meeräsche im Wasser springen, ein Alligator klatschte hinten in der Marsch mit dem Schwanz, und hinten am anderen Ende der Lichtung sang eine einsame Spottdrossel. Die Luft veränderte sich; von der Bucht her kam eine kühle Brise auf, die das Aroma von Fisch und Shrimps über die Schlammzonen blies. Dann breitete sich am unteren Rand der Wolkenbanken am östlichen Horizont ein fahler Lichtrand aus, wie Kobalt, wie das wäßrige grüne Licht im Sommer unmittelbar vor einem Regen, und binnen weniger Minuten konnte ich die dunklen Konturen der schmalen Landzungen sehen, die weit in die Bucht hineinragten, kleine Wellen mit den Gischtkronen der herankommenden Flut und in der Ferne die Takelage eines Fischerbootes, das in der Dünung schaukelte.

Dann schrieb Murphy Doucet den Rest des Drehbuchs für uns. Er löschte die Petroleumlampe, streckte sich, nahm etwas vom Tisch, ging zur Vordertür hinaus und lief außerhalb unseres Blickfelds hinter der Hütte auf das Toilettenhäuschen zu.

Wir traten aus den Bäumen auf die Lichtung, sorgsam bemüht, die gespannten Angelleinen nicht zu berühren, schafften es bis zur vorderen Ecke der Veranda, ohne Lärm zu schlagen, und trennten uns dort. Von unter der Hütte roch es salzig nach verdorbenem Eiweiß, nach toten Ratten und Brackwasser.

Die Fenster an der Rückseite der Hütte waren mit Obstkistenbrettern vernagelt, so daß ich nicht ins Innere blicken konnte. Bewegung vernahm ich auch keine. An der Rückwand angekommen, blieb ich stehen, drückte die Flinte flach an die Brust und riskierte einen Blick um die Ecke. Murphy Doucet hatte jetzt fast die Tür der Außentoilette erreicht, an den Füßen Jagdstiefel mit offenen Schnürsenkeln. Ein silberner Gegenstand blinkte in seiner rechten Hand. Jenseits des Klos, am Rand der Marsch, war ein Jagdhund an einen Pfosten gebunden, umgeben von einem Ring von Kothaufen.

Ich trat aus dem Schatten der Hütte, riß den Kolben der Flinte gegen die Schulter, zielte auf einen Punkt zwischen Doucets Hals und seinen Schulterblättern und spürte bereits, wie sich die Worte in meiner Kehle formten, nach oben stiegen wie Blasen in einem kochenden Wasserkessel: *Überraschung, Motherfucker! Waffe weg! Sofort!*, als Rosie an einer Angelleine hängenblieb, die an einer Kuhglocke auf der Veranda befestigt war.

Er warf einen Blick über die Schulter in ihre Richtung, machte einen Satz vorbei am Klo und rannte auf einem langen grünen Streifen festen, trockenen Bodens, auf dem lauter Butterblumen wuchsen, in Richtung Marsch. Aber wenige Meter vor den Trauerweiden und toten Zypressen, die ihm Deckung hätten bieten können und vielleicht schon außerhalb der Reichweite unserer Waffen waren, sank er mit den offenen Stiefeln in einem Haufen verrotteter Krankenhausabfälle ein, der dicht von Schlingpflanzen überzogen war. Eine hölzerne Krücke, die wie selbstgezimmert aussah, mit einem einzelnen Holzschaft, auf dem die Armstütze montiert war, tauchte auf einmal unter seinem Stiefel auf und fuhr ihm zwischen die Beine wie ein Stock, der in die Fahrradspeichen gerät.

Er drehte sich hilflos zu Rosie, verlor das Gleichgewicht und taumelte nach hinten. Die blauen Augen zuckten wild, und er streckte ihr den rechten Arm entgegen, als sei es nicht zu spät, als müsse sie doch erkennen, daß er in seiner Hand keine Waffe hielt, sondern nur eine Büchse Hundefutter. In diesem Augenblick gab sie den ersten Schuß aus ihrer .357er Magnum ab. Er traf ihn mitten ins Brustbein.

Aber das war nicht alles. Sie schoß weiter, den Revolver mit beiden Händen umklammernd, und jedes einzelne der Weichspitzgeschosse warf ihn nach hinten wie der Schlag eines Preßlufthammers. Scharlachrote Blumen explodierten auf seiner knochigen Brust und zerfetzten das Hemd, bis die letzte Kugel in der Trommel ihn in den Brustkorb traf und ihm da am Wasserrand die Eingeweide aus dem Leib riß. Dann klappte er einfach an der Stelle zusammen, wo seine Beine unter ihm nachgegeben hatten, als hätte ein Chirurg alle Knochen in seinem Leib entfernt.

Als sie die Waffe herunternahm, sahen ihre Wangen aus, als seien darin winzige glühendrote Kohlenstücke, und ihre Augen waren weit aufgesperrt, als starre sie ins Antlitz eines tosenden Sturms, eines Sturms, in dessen Zentrum unsichtbare Kräfte und schneidende Winde wüteten, die nur sie hören konnte.

Aber ich hatte keine Zeit, mir Gedanken darüber zu machen, welche Trennlinie Rosie da überschritten hatte und welchen Schmerz und welche Erkenntnis dieser dunkle Moment für sie mit sich bringen würde.

Hinter mir hörte ich, wie Bretter brachen, dann sah ich metallene Stuhlbeine durchs Fenster fliegen, dicht gefolgt von Alafair, die hinauskletterte, der kleine Leib hoch in der Luft, die rosa Tennisschuhe strampelnd über dem feuchten Boden.

Ich rannte zu ihr, packte sie um die Taille und drückte sie fest an mich. Sie vergrub ihren Kopf an meiner Brust und krallte sich mit den Beinen an mir fest wie ein Frosch, und ich konnte spüren, wieviel Spannung in ihren Muskeln lag, wie heiß ihre Hände waren, wie abgehackt der Atem in ihrer Kehle rasselte, als sei sie gerade aus tiefem Wasser nach oben gekommen in einen warmen, salzigen Luftzug und in die Helligkeit eines sonnigen Tages, der vom Geschrei der Meeresvögel erfüllt war.

»Hat er dir was getan, Kleines?« fragte ich, und mir wurde das Herz dabei schwer.

»Ich hab ihm gesagt, daß er es ja nicht wagen soll. Ich hab ihm gesagt, was du dann tust. Ich hab ihm gesagt, daß du ihm die Eier abreißt. Ich hab ihm gesagt –«

»Wo hast du denn so reden gelernt, Alf?«

Ein Zittern ging durch ihren Körper, als hätte sie gerade ihre Hand von einem heißen Gegenstand genommen, dann machte sie die Augen zu und begann zu weinen.

»Es ist alles gut, Kleines. Wir gehen jetzt nach Hause«, sagte ich.

Ich trug sie an meiner Hüfte zurück zum Wagen, ihre Arme um meinen Hals, das Gesicht naß an meinem Hemd.

Ich hörte hinter mir Rosies Schritte im Laub. Sie schüttelte die leeren Hülsen aus der Trommel des Revolvers in ihre Hand, sah sie stumpf an und warf sie dann in die Bäume, wo sie klingelnd aufprallten.

»Machen Sie sich keine Vorwürfe, Rosie. Der Kerl hat es so gewollt. Die Weichen dazu hat er schon vor langer Zeit gestellt.«

»Ich konnte einfach nicht aufhören. Warum hab ich nicht aufgehört zu schießen? Es war vorbei, und ich hab immer weiter geschossen.«

»Weil man in solchen Situationen nicht mehr nachdenkt.«

»Nein, das war es nicht. Er mußte für etwas zahlen, das mir selbst vor langer Zeit widerfahren ist, oder?«

»Überlassen Sie das ruhig den Freudianern. Die verbringen selten Zeit an vorderster Front. Lassen Sie nur. Das Gefühl, das Sie jetzt haben, das vergeht mit der Zeit. Glauben Sie mir, es ist immer so.«

»Nein, nicht wenn man noch viermal auf einen Mann schießt, der schon getroffen war. Ein Mann, der nur mit einer Dose Hundefutter bewaffnet war.«

Ich blickte auf den Lichtstreifen, der sich draußen über der Bucht immer weiter ausbreitete, und die Möwen, die über die Wellen glitten.

»Er hat eine Kanone gehabt, Rosie. Sie haben es nur im Moment vergessen«, sagte ich und legte ihr Alafair in die Arme.

Ich ging noch einmal zurück zu den Bäumen, wo ich meinen Regenmantel aufhob. Ich legte ihn über den Arm und lief zu der Stelle, wo Murphy Doucet halb aufrecht in den Butterblumen saß. Blut aus seinen Wunden bildete Rinnsale im Wasser. Aus der Manteltasche nahm ich Lou Girards Revolver, den kleinen .32er, wischte mit dem Taschentuch den abgewetzten Lauf und den geklebten Holzgriff ab, drückte die

Waffe in Doucets Hand und schloß seine steifen Finger um den Abzugsbügel.

Auf seinem Unterarm waren Spuren von Zahnabdrücken, die so aussahen, als stammten sie von einem Kind.

Das nächste Mal legst du dich nicht mit Alafair Robicheaux oder der konföderierten Armee an, Murph, dachte ich.

Dann hob ich die Krücke auf, die sich zwischen seinen Beinen verfangen hatte. Das Holz war alt, verwittert grau, der Schaft mit einem Messer zurechtgeschnitzt, die Armstütze mit verrotteten Flanellstreifen gepolstert.

Die Sonne brach durch die Wolken über mir, und unter dem grünen Blätterdach in der Marsch zog sie feine Streifen durch das flirrende Licht, wie zartes Blattgold, und ich sah graue Gestalten, die denen längst toter Wachposten ähnelten, und wie ein Mann, der endlich gelernt hat, daß man in einer unvernünftigen Welt nicht vernünftig denken kann, hielt ich die Krücke hoch in die Luft, und ich bot sie ihnen allen dar, den schemenhaften Gestalten in den Bäumen, und selbst den Klängen der Geschöpfe, die sich im Wasser bewegten, und ich fragte: *»Wollen Sie das nicht mitnehmen, Sir?«*

Aber wenn er darauf antwortete, so hörte ich es nicht.

Epilog

An dieser Stelle würde ich jetzt gerne davon erzählen, daß das Department und das Büro der hiesigen Staatsanwaltschaft Julie Balboni schließlich doch noch vor Gericht brachten, daß wir vor der eigenen Tür kehrten und ihn in Ketten für zwanzig oder dreißig Jahre nach Angola schickten. Aber so war es nicht. Wie könnte es auch? In vieler Hinsicht war Julie ein Teil von uns, genau wie es schon sein Vater gewesen war, als er die Stadt mit Spielautomaten und halbseidenen Etablissements auf der Railroad Avenue und der Hopkins Avenue versorgt hatte. Nachdem Julie auf eigene Faust die Stadt verlassen hatte, um Karriere in der Mafia von New Orleans zu machen, hatten wir ihn bei seiner Rückkehr willkommen geheißen, und wir hatten augenzwinkernd über seine Anwesenheit hinweggesehen oder so getan, als ob er nicht das wäre, was er war.

Ich glaube wirklich, daß Julie und sein Vater etwas über uns wußten, das uns selbst nicht bekannt war. Sie wußten, daß wir käuflich waren.

Auch Julie erwischte es schließlich, aber so, wie es niemand erwartet hatte – wegen der Steuer. Nein, auch das stimmt so nicht ganz. Der IRS, diese allgegenwärtige Bundesbehörde, die Nemesis des organisierten Verbrechens, war nur eine Fußnote zu Julies Untergang. Der Keim von Julies Ende lag in Julie selbst. Und ich schätze, in seiner Maßlosigkeit wäre es Julie anders auch gar nicht recht gewesen.

Von Rechts wegen hätte er es mit links hinter sich bringen können, schlappe drei Jahre in einem Luxusgefängnis in Florida, ohne Stacheldraht oder bewaffnete Wärter, mit Zweibettzimmern, die man kaum Zellen nennen konnte, Tennisplätzen und Freigang übers Wochenende. Aber während der

Untersuchungshaft in New Orleans spuckte er einem Gerichtsdiener ins Gesicht, riß die Naßzelle aus der Zellenwand und sagte einem Informanten, den sie zu ihm in die Zelle gesteckt hatten, daß er Cholo Manelli umbringen lassen wollte, von dem er glaubte, er hätte seine Bücher dem IRS in die Hände gespielt (was zutraf, wie ich später hörte).

Also verfrachteten sie Baby Feet in den Hochsicherheitstrakt von Fort Leavenworth, Kansas, ein Ort, wo man im Winter glauben könnte, daß die Erde dort mit Agent Orange vergiftet wurde und daß eisige Winde aus allen vier Richtungen gleichzeitig blasen können.

Die wenigsten Leute wissen, was man sich unter den Insassen eines Hochsicherheitstrakts vorzustellen hat. Für gewöhnlich sind es nicht Männer wie Baby Feet, der intelligent und für einen Soziopathen noch relativ bei Verstand war. Nein, eher Psychopathen, bei denen alle Sicherungen durchgeknallt sind, obwohl sie nicht offiziell als geisteskrank eingestuft werden, da sie andernfalls ja in psychiatrische Anstalten eingewiesen würden, wo man sie wiederum in relativ kurzer Zeit wieder auf freien Fuß setzt. Ihr Intelligenzquotient entspricht vielleicht dem batteriebetriebener Kohlköpfe, dafür haben sie gewaltige Zweimeter-Körper, denen die Brunft aus jeder Pore kommt. Oft sind es auch Muttersöhnchen, die Hornbrillen tragen und sich das Haar wie Mädchen über die schmalen Schultern kämmen, ganze Familien auslöschen und dafür keine weitere Erklärung liefern können als ein amüsiertes, leicht konfuses jugendliches Lächeln.

Aber keiner von ihnen war Julie gewachsen. Er war ein mächtiger Mann im organisierten Verbrechen, mit besten Beziehungen sowohl im Gefängnis als auch in der Außenwelt, ein Ungeheuer mit gewaltiger Statur, dessen wirbelnde Füße Gegner aus jeder Körperöffnung bluten ließen. Er übernahm den Rauschgifthandel im Knast, knackte in der Dusche diverse Schädel und Lenden, ließ es sich etwas kosten, einen Rivalen im Gefängnishof abstechen und einen Spitzel in der Toilettenschüssel ertränken zu lassen.

Außerdem wurde er eine richtige Berühmtheit als Wolf unter Wölfen. Die Jungs, die sich und ihre Sexualität jeweils dem Stärksten unterwarfen, bügelten seine Kleider, wuschen ihm das Haar, manikürten seine Nägel und fragten ihn schon im voraus, welche Perücken und was für Frauenunterwäsche sie tragen sollten, wenn sie ihn in seiner Zelle besuchten. Er schürte Eifersüchteleien unter ihnen und betrachtete amüsiert, wie sie Intrigen schmiedeten und darum stritten, wer am höchsten in seiner Gunst stand und so in den Genuß des Marihuanas, der Pillen und des selbstgebrannten Alkohols kam, die er seinen Favoriten zukommen lassen konnte.

Vielleicht fand er sogar die Bewunderung und devote Unterwürfigkeit, die ihm seit seiner Jugend schon immer versagt worden war, von der Zeit, wo er Bable White's Mischlingsbordell in Crowley frequentierte, bis zu dem Tag, an dem er Cherry LeBlanc ermorden ließ.

Das dachte zumindest der Psychologe in Fort Leavenworth, der mir diese Geschichte erzählte. Er sagte, daß Julie in seinem ersten und letzten Frühling auf dem Gefängnishof tatsächlich glücklich wirkte, wie er seinen Boys auf dem Baseballfeld weite Bälle zuschlug, den Schläger von weit hinten mit der Wucht und der Eleganz eines DiMaggio schwang, das feine schwarze Haar an den Schultern schweißglänzend, die schwarzen Seidenshorts lose an den Hüften mit dem lockeren männlichen Selbstvertrauen eines erfolgreichen Athleten und Lovers. Seine Handgelenke federten, wenn er den Ball traf, ihn höher in den blauen Himmel aufsteigen ließ, als es jemals jemand in Leavenworth geschafft hatte, während rings um ihn andere Häftlinge sich anstießen und anerkennend nickten.

Vielleicht gingen all diese Dinge ihm immer noch im Kopf herum, als er an jenem Sonntag abend vom Spielfeld kam, duschte und in die leere Zelle seines gegenwärtigen Boys ging, um dort unter einem kleinen Ventilator seinen Mittagsschlaf zu halten, ein Leintuch über den Kopf gezogen. In seinen Träumen war er vielleicht noch einmal ein Filmproduzent, der kurz vor dem großen Durchbruch stand, ein Kleinstadtjunge, dessen

Geschichte einst von Biographen neu erzählt werden und in Hollywood zur Legende werden würde, ein ebenso wohltätiger wie gefürchteter Mogul in einem weißen Tropenanzug für zweitausend Dollar, die Sonnenbrille im Gesicht, der elegant und anmutig auf den Gartenpartys von Beverly Hills durch die Bougainvilleas und Palmen und das Klingen der Champagnergläser wandelte.

Vielleicht sah er aber auch ganz kurz, als ein Schmerz so intensiv, daß es seine schlimmsten Vorstellungen übertraf, wie eine rote Glasscherbe in sein Bewußtsein schnitt, das Gesicht seines Vaters, verzerrt und zusammengeballt wie eine Faust, der ihn mit der Waffe in Schach hielt und mit der Metalltülle eines Gartenschlauchs auf seinen zuckenden Rücken einschlug.

Der Molotowcocktail, den ein Mitbewerber um Julies Gunst geworfen hatte, zerbrach an der Steinmauer über Julies Schlafplatz und hüllte seinen ganzen Körper in brennendes Paraffin und Benzin. Er stürzte aus dem Bett, fuchtelte wild mit den Armen durch die Luft, und das Leintuch löste sich an seiner Haut in schwarze Löcher auf. Er rannte blind durch die offene Zellentür, versuchte sich über Augen und Mund zu wischen, jetzt nur noch ein riesiger Flammenkegel, der sich rapide selbst zerstörte, und mit einem langen, gellenden Schrei sprang er über das Geländer des Treppengangs und stürzte wie ein Meteor drei Stockwerke tiefer auf den Betonfußboden.

Was geschah mit Twinky Hebert Lemoyne?

Nichts. Zumindest nicht äußerlich. Er ist immer noch da draußen, ein Mitglied einer Generation, deren Metamorphose nie richtig stattfindet.

Manchmal sehe ich sein Bild im Wirtschaftsteil der Tageszeitung von Lafayette. Wenn irgendwo ein Wohltätigkeitsfrühstück stattfindet, je nachdem, wie es in der Geschäftswelt gerade schick ist, Gutes zu tun, kann man auf seine Anwesenheit zählen. Höchstwahrscheinlich meint er es sogar ehrlich. Ein- oder zweimal sind wir uns bei einem Krabben- oder Fischgrillfest in New Iberia über den Weg gelaufen. Allerdings tut er sich schwer, wenn er auf so persönliche Weise mit seiner Vergangenheit konfrontiert wird. Seine Manieren sind selbstverständlich immer noch die eines Gentlemans, und seine rosige Haut und der Eierkopf und der zerknitterte Seersucker-Anzug entsprechen voll dem Bild, das man sich von besonnenen und distinguierten Südstaatenhonoratioren macht, aber an dem ständigen, eingeübten Ausweichen seiner Augen, wenn man ihm ins Gesicht sieht, läßt sich ein anderer Mann erkennen. Ein Mann, der so wenig Selbstachtung besaß, daß er sich an einem Lynchmord beteiligte, weil ihm einer seiner schwarzen Angestellten Hörner aufgesetzt hatte.

Nein, das ist ihm gegenüber nicht ganz fair.

Vielleicht ist er genau wie Julie Balboni ein Teil von uns. Er stand seiner Vergangenheit mit so viel Abscheu gegenüber, daß er sich niemals dazu bekennen konnte, sie nie sühnen konnte und sich natürlich auch nie selbst vergeben konnte. Wie Proteus, der aus dem Meer steigt und auf ewig neue Gestalt annimmt, schloß also Twinky Hebert Lemoyne einen Vertrag mit sich, in dem die Lüge festgeschrieben wurde, und als Konsequenz war er dazu verdammt, an jedem Tag seines Lebens die Vergangenheit von neuem zu durchleben.

Beim großen Krabbengrillfest im Park am Bayou Teche setzte er sich versehentlich keinen Meter von mir, Bootsie und Alafair an einen Holztisch unter den Pavillon. Er hatte gerade begonnen, die Scheren eines Krebses zu knacken, als er merkte, wer ihm da gegenübersaß.

»Was machen Sie hier?« fragte er mit offenem Mund.

»Ich wohne in New Iberia. Man hat mich eingeladen.«

»Wollen Sie mich schikanieren?«

»Für mich ist erledigt, was im Sommer 1957 geschah, Mr. Lemoyne. Warum ziehen Sie nicht auch einen Strich unter das Ganze?«

Tief in seinen Augen schimmerte ein schmerzliches Licht wie ein brennendes Streichholz. Er versuchte mit einem Nußknacker die Schere des Schalentiers aufzubrechen, aber seine Hand rutschte aus, und der Saft spritzte auf seine Hemdbrust.

»Sagen Sie es einem Priester, einem Polizisten, oder steigen Sie in ein Flugzeug und erzählen Sie's einem Menschen, den Sie zuvor noch nie gesehen haben«, sagte ich. »Werden Sie's nur ein für allemal los und hören Sie auf, hier ewig den Rotarier zu spielen.«

Aber er war bereits eilig auf dem Weg zur Herrentoilette, nervös mit einer Serviette über die Handflächen wischend. Kleingeld klimperte in seinen Hosentaschen, und er drehte den Hals hin und her, als drückten der steife Kragen und die Krawatte wie ein Seil gegen seine Haut.

In diesem Jahr verbrachten wir unseren Urlaub in Kalifornien. Wir besuchten Elrod auf seiner Ranch, einem auf Holzpfeilern erhöhten Haus hoch auf einer Klippe im Topanga Canyon, mit Ausblick auf den Pacific Coast Highway und den Ozean, auf dem jeden Morgen eine dicke bläulich-weiße Nebeldecke lag, unter der man die Wellen wie Lawinen an den Strand krachen hörte.

Zwei Wochen lang hatte Alafair eine Rolle in einem Film, den Mikey Goldman und Elrod draußen bei Columbia Tri-Star drehten, und an den Abenden aßen wir in Gladstone's am Strand Cherrystone-Austern oder machten mit Mikey Goldmans Wasserflugzeug Ausflüge nach Catalina Island. Wenn die untergehende Sonne im Ozean versank, schien sie einzelne schwarze Wolkenfetzen mit sich zu ziehen wie ein brennender roter Planet, der langsam ins wäßrige Grün des Pazifiks eintauchte. Als die gesamte Küste in rosa Licht getaucht war, sah man praktisch ein Kaleidoskop der Pflanzenwelt und Geologie des amerikanischen Kontinents, von den purpurnen Gipfeln der Santa Monica Mountains bis hinunter zu der schäumenden Gischt, die die Strände hochkroch: Da waren trockene Hügel, bewachsen mit Chapparal, Mesquitesträuchern und Zwergeichen, Eukalyptus und Zinnkraut, zwischen den Stuckhäusern mit den blauen Kacheln Goldkiefern und andere Nadelbäume, rote Gartenmauern, überwuchert von Bougainvillea, auf den Hügeln angelegte Gartenterrassen voller Oleander, Yuccapalmen und Hortensien, dicht durchzogen von Schlingpflanzen, und Orangenhaine, deren Bewässerungsgräben im Nachleuchten der Sonne wie Quecksilber pulsierten.

Dann gingen Millionen von Lichtern an, in den Canyons, auf den Freeways, überall in dem ganzen weiten Becken von Los Angeles, und es war fast so, als ob man einen Ausblick auf den Endpunkt des amerikanischen Traumes hätte, ein geographisches Gedicht, zu dem schließlich alle unsere Highways führen, eine Stadt der Illusionen, gegründet von Conquistadoren und Missionaren, der Obhut von Engeln überantwortet, wo sich heute weit unter den kreisenden Propellern unseres Wasserflugzeugs schwarze Jugendliche auf den palmengesäumten Straßen von Watts wilde Jagden mit automatischen Waffen lieferten.

Der Morgennebel zog durch den Canyon, und ich dachte, daß ich vielleicht doch noch einmal den edlen und ritterlichen John Bell Hood sehen würde. Nur eine kurze Erscheinung vielleicht, ein galanter Gruß mit dem Hut, ein gütiges Lächeln, der leicht gehetzte Ausdruck, der immer in seinem Gesicht lag. Aber als die Tage so vergingen und ich nach und nach die ganzen gewalttätigen Ereignisse dieses Sommers abschütteln konnte, mußte ich mich damit abfinden, daß der General, wie Bootsie gesagt hatte, in der Tat nur ein Wunschbild meiner Phantasie war, eine metaphorische und mythische Gestalt, die vermutlich ebenso der Feder von Thomas Mallory oder Walter Scott zuzuschreiben war wie dem LSD, das mir jemand draußen am Spanish Lake in den Drink gegeben hatte.

Zwei Abende vor unserer Abfahrt saß Alafair auf der roten Mauer am Rand von Elrods Terrasse und blätterte in einem der Bücher über den Bürgerkrieg, die Bootsie aus der Bibliothek geholt hatte.

»Was machst du denn da drin, Dave?« fragte sie.

»Wo drin? Wovon redest du, Kleines?«

Sie starrte immer noch auf eine Seite, die aufgeschlagen in ihrem Schoß lag.

»Du bist auf dem Bild da. Mit dem alten Mann, den Poteet und ich im Maisfeld gesehen haben. Der so streng gerochen hat«, sagte sie und drehte das Buch, damit ich es auch sehen konnte.

Die Fotografie, ein steifes, gestelltes Porträt, wie es im neunzehnten Jahrhundert so üblich war, zeigte den General und sieben seiner Adjutanten und Soldaten.

»Der dahinten. Der ohne Waffe. Das bist du, Dave«, sagte sie. Dann hob sie den Kopf und starrte mich an, einen fragenden, leicht verwirrten Ausdruck im Gesicht. »Nö?«

»Du sollst nicht ›nö‹ sagen, Kleines.«

»Was machst du in dem Bild?«

»Das bin ich nicht, Alf. Das sind texanische Soldaten, die mit John Bell Hood gekämpft haben. Ich wette, daß das ziemlich tüchtige Burschen waren«, sagte ich und streichelte ihr über den Kopf.

»Woher weißt du, daß die aus Texas sind? Das steht hier gar nicht.«

»Das hab ich nur geraten.«

Sie betrachtete noch einmal das Foto, dann wieder mich, und ihr Gesicht wurde zusehend verwirrter.

»Komm, wir holen Elrod und Bootsie und gehen runter an den Strand und essen ein Eis«, sagte ich.

Ich nahm ihr das Buch aus der Hand und schloß es, hob sie hoch an meine Hüfte und ging durch einen Korridor purpurner Klettertrompeten zu der Terrasse hinter dem Haus, wo Bootsie und Elrod den Abendbrottisch abräumten. Unten im Canyon trieb der Rauch von Grillfeuern durch die Zedern und Mesquitebäume, und wenn ich in die untergehende Sonne blickte und die Augen zusammenkniff, hätte ich mir fast einbilden können, daß an diesen Hügeln spanische Soldaten mit silbernen Brustpanzern und schmiedegehämmerten Helmen oder ein längst ausgestorbener Stamm von Jägern campierte. Oder vielleicht sogar alte Südstaatler in nußbraunen Uniformen auf einer Odyssee durch die Geschichte – galant, in mancher Hinsicht wie Ritter der Tafelrunde, die kugeldurchlöcherte Fahne hochgereckt in den Pulverdampf, in ihren Gesichtern ein schicksalhaftes Licht, das uns daran erinnert, daß der Kampf nie ganz zu Ende ist, das Feld nie ganz gewonnen.